话语转型与民国时期的外国文学研究

——以若干重要文学期刊为中心

杨克敏 ◎ 著

中国社会科学出版社

图书在版编目(CIP)数据

话语转型与民国时期的外国文学研究：以若干重要文学期刊为中心 / 杨克敏著 . —北京：中国社会科学出版社，2020.4
ISBN 978-7-5203-3788-5

Ⅰ.①话… Ⅱ.①杨… Ⅲ.①外国文学—文学研究 Ⅳ.①I106

中国版本图书馆 CIP 数据核字(2018)第 295097 号

出版人	赵剑英
责任编辑	任　明
责任校对	冯英爽
责任印制	李寡寡

出　　版	中国社会科学出版社
社　　址	北京鼓楼西大街甲 158 号
邮　　编	100720
网　　址	http：//www.csspw.cn
发 行 部	010-84083685
门 市 部	010-84029450
经　　销	新华书店及其他书店
印刷装订	北京君升印刷有限公司
版　　次	2020 年 4 月第 1 版
印　　次	2020 年 4 月第 1 次印刷
开　　本	710×1000　1/16
印　　张	20.5
插　　页	2
字　　数	334 千字
定　　价	108.00 元

凡购买中国社会科学出版社图书，如有质量问题请与本社营销中心联系调换
电话：010-84083683
版权所有　侵权必究

序　　言

　　克敏的书稿即将面世，我很乐意为它写上几句话，这不仅是因为书稿是克敏随我攻读学位时写就的博士论文，还在于克敏的这部书稿与我的一段学术经历密切相关。

　　2009年底，我申报的国家社科基金重大项目"新中国外国文学研究60年"获得立项。次年上半年经过筹划，大体确定了研究思路和各卷分工。"总论"为两卷，其中卷一《外国文学研究的方法论问题》中拟辟出一块，对新中国外国文学研究的学术历程做总体的考察。在项目进行的第二年，我与课题组的专家商量后决定，将项目限定的"新中国"拓展至中华人民共和国成立前，这主要是考虑到学术研究的延续性不宜隔断，从外国文学研究萌芽期和发展期开始更为妥当；同时也考虑到此前国内对中华人民共和国成立前的外国文学研究关注不够，也希望通过本项目的研究能有所补正。我决定让2011年进校的博士生杨克敏参与此事。克敏当时已在高校任教，但比较年轻。我信任她是基于北京大学一位同行教授对她的好评和她入学前考核的优秀，此外她入学后给我的印象不错：稳重、踏实、好学，文字功底不错。对于博士论文选题，我一般主张学生在教师指导下自主选择。这次让克敏"命题作文"，我也有点担心，怕她在这一研究领域学术准备不足。与克敏商量，她表示对这一研究方向有兴趣，并愿意在研究中努力克服自己的不足，于是她的博士论文的方向就定在对中华人民共和国成立前外国文学研究的学术历程做总体考察上。这就是克敏书稿的由来。克敏的关注范围从清末至1949年，主要是民国时期。她当时也面临角度选择的问题。如她所言，最初设想"将民国时期的外国文学研究总结为四大模式：俄国及弱小民族文学研究模式、经典名家模式、西化模式、通俗文学模式，以这样的共时结构作为论文的框架"，但在具体概念的界定和设置上似乎经不起推敲。于是又设想"从民国学人的角度，将此时段的留学生群体的外国文学研究成果作为论述的主体"，但把握时又感力不从心。最终，她选择"以话语变迁与外国文学研究对象的转移，来梳理该时段外国文学研究的成果"，这样可减少因为概念不清而引起的质疑。当然，随后的任务仍很艰巨，民国时期的史料繁多，不易获取，即使有了材料，还要熟悉材料的语境和相关内容，需要很强的分析、提炼与综合能力。经过几年艰苦的努力，克敏很好地完成了论文的写作，我主持的那个项目成果也选用了其中的部分内容。

这部书稿的价值显而易见。作者认为，一门学科的发展与成熟离不开对其学术史的追溯，而此前学界对中华人民共和国成立前的外国文学研究重视不够，影响了学术史的完整。克敏的见解是有道理的，我在对俄苏文学学术史进行梳理时，发现民国时期有不少有价值的研究成果。这部书稿中也引用了一些学者的材料佐证，如有学者称，冯至1935年的博士学位论文《自然与精神的类比：诺瓦利斯的文体原则》对德国浪漫派问题做了深入研究，20世纪40年代他发表过多篇关于歌德及其《浮士德》研究的力作，可是这些重要研究成果基本上未进入后来中国学者研究外国文学史的视野。也有学者指出，仅1927年4月至1937年5月的10年间出版的外国文学研究著作就有96种之多，这些成果应该受到重视。这些学者的论述增强了克敏的信心。她在挖掘、整理和细读散落在期刊等载体上的晚清至民国史料上下了大功夫，并在此基础上结合20世纪中国文学的实际进程，客观、全面地呈现了该时段外国文学研究的总体面貌与演变轨迹，凸显了它在百年中国外国文学学术史中的地位与价值。

这部书稿除了对外国文学研究在晚清的原初状态有所回溯外，分别从"《新青年》：启蒙思想话语下的外国文学研究"、"《小说月报》：文学革命话语下的外国文学研究"、"左联期刊与《现代》：多元话语并置下的外国文学研究"、"《西洋文学》、《民族文学》：多维视野话语下的外国文学研究"和"学人与话语：关于外国文学研究方法的探讨"等方面展开论述，以点带面地把握民国时期外国文学研究的发生、发展的主要脉络，呈现民国学人对外来文学资源的不同感知和想象。作者既注重实证研究，对外国文学研究中的史料缺漏问题进行修正与补充；又注重理论阐释，对所选史料进行认真辨析，对所述问题提出自己的见解与判断。作者较好地将总体描述与个案分析相结合，也在一定程度上论述了民国时期各种社会文化思潮与外国文学研究之间的互动关系。

克敏的博士论文经过毕业后的认真打磨，全文出版，这是令人高兴的。它也让我想起克敏当年的付出。克敏在读期间极为勤奋与刻苦。她的家当时远在新疆石河子，因路途遥远，她在读期间很少回家。她有一个温馨的家庭和一个聪明伶俐的女儿妞妞（我去新疆开会时见过，非常讨人喜欢），克敏对年幼的女儿的思念是可以想见的。她全身心于学业，以顽强的毅力，按时并出色地完成那篇30余万字的博士论文，顺利毕业。2016年，我主持的国家社科重大项目成果《中国外国文学研究的学术历程》（12卷）出版，克敏和温华写的两篇文章的节选以"外国文学研究话语的转型"为题合起来放在这部著作的"总论·卷一"的下篇。这部著作已先后获得上海市第十四届社会科学优秀成果奖一等奖、第七届中华优秀出版物奖等奖项。今年元月，该书又获得教育部颁发的第八届高等学校科学研究优秀成果奖一等奖。作为主持者，我借此向所有作者表示由衷的感谢！这里也有克敏、温华的一份功劳。克敏还年轻，起步已不低。愿她一如既往，稳步前行，不断有新成果问世

陈建华
2020年春于沪上西郊

内容摘要

从学科建设的角度看，一门学科的发展与成熟离不开对其学术史的追溯。相对于中国古代文学、现代文学，外国文学界对自身学术史的梳理工作明显是缓慢而滞后的。从现有的、为数不多的外国文学学术史论著可以看出，民国时期的外国文学研究并没有进入有些学者的学术视野。有的将其从外国文学学术史中一笔抹杀，有的将其作为附件并入该时期的翻译活动中。对于外国文学这门学科来说，这样的学术史显然是不完整的，还有待于完善。

基于此，本书将民国时期的外国文学研究作为独立的考察对象，以若干重要文学期刊——《新青年》《小说月报》《现代》《西洋文学》《民族文学》《时与潮文艺》为经线，以中国现代社会的话语嬗变为纬线，在经纬交织中呈现民国时期外国文学研究的总体风貌，及其在中国百年外国文学学术史上的地位与意义。

本书的主体部分由六章构成：第一章主要以梁启超、林纾、王国维为例，梳理外国文学研究在晚清的原初状态，以此作为引入本书论题的铺垫。在晚清科学救国的国家话语下，梁启超在《清议报》上以日本政治小说为依托，宣传维新变法思想，标志着外国文学作为话语对象在中国学界的首次登场，这预示着中国的外国文学研究不可避免地带有社会功利色彩。王国维在《教育世界》上撰写的外国作家传记，既代表了中国百年外国文学学术史中的传记研究模式，也体现了独立于国家话语之外的个人美学话语在外国文学研究中的运用。民国时期的外国文学研究与其有着精神血脉上的延续，尤以民初孙毓修《欧美小说丛谈》最为明显。

第二章分析20世纪前十年，在启蒙思想话语下，《新青年》对于民国时期外国文学研究的理论意义。从陈独秀的《现代欧洲文艺史谭》、胡适的《易卜生主义》、周作人的《人的文学》等文章可以看出，《新青年》将外国文学作为批评话语，寻求思想革命与文学革命的突破点。由此，进化文学史观、写实主义、欧洲中心主义成为民国时期外国文学研究的主调。其中，周作人倡导"人"的文学观念，使外国文学研究话语从晚清时期的"国家"话语向"人"的话语转变。由此，俄国文学与弱小民族文学研究，因为"人"的话语获得生机。所以，《新青年》在一定程度上成为民国时期外国文学研究的理论策源地。

第三章主要以《小说月报》为例，呈现20世纪20年代外国文学研究的概貌。在文学革命话语下，《小说月报》继承《新青年》的衣钵，成为继《新青年》之后该时段中国外国文学研究的重要阵地。《小说月报》将俄国文学与弱小民族文学作为文学"为人生"的主要支撑，进一步落实了"人"的话语在外国文学研究中的运用。由此，形成了以现实主义文学为中心、以俄国与弱小民族文学为主导的外国文学研究模式。此种研究模式代表20世纪20年代中国主流学界的外国文学观，成为中华人民共和国成立后外国文学研究的优良传统，毛泽东称其为"鲁迅方向"。同时，对于现代主义文学的"现实主义式"的认识也在这里埋下了伏笔。

第四章主要以《文学》《现代》等刊物为例，在多元话语并置下，呈现20世纪30年代外国文学研究的概貌。随着民族矛盾的激化，中国文学界的话语由"文学革命"转向"革命文学"，外国文学研究的话语由人的话语转向革命话语。其中，《拓荒者》《萌芽》等左翼刊物将苏联、日本的无产阶级革命文学作为主要研究对象。与此相对，李健吾之于福楼拜、叶公超之于艾略特等经典作家研究的出现，则显示了30年代革命阶级视角之外，学理层面上外国文学研究的实绩。《现代》这份具有左翼与自由主义双重视角的"非同人"刊物，以"现代"意识绘制了世界文学的图景。此外，《文学》关于"文学遗产"的争论，使莎士比亚成为研究热点。

第五章主要以《西洋文学》《民族文学》等刊物为例，在解放区、沦陷区、国统区的不同话语背景下，呈现20世纪40年代外国文学研究的概貌。周立波在解放区鲁迅艺术学院的外国文学讲稿，预示了毛泽东《在延安文艺座谈会上的讲话》的精神要领；《西洋文学》在沦陷区的刊发，成为战争年代处于孤岛上人们重要的精神慰藉；国统区的《战国策》《民族文学》力主战时文化重建，以叔本华、尼采学说为主要话语，倾力易卜生、歌德等的研究，则凸显了国统区另类的外国文学研究；《时与潮文艺》展示了学院派研究的特征，是此时段外国文学研究成果最为丰富而集中的一个刊物。

第六章主要从总体上分析民国学人对外国文学研究探讨。在民国文学期刊刊载的论文中，我们可以看到民国学者不但对外国作家、作品、文学现象等有着独到的见解，并且能够高屋建瓴地对外国文学研究本体进行理性的判断和思考。20世纪20年代，茅盾与郭沫若关于外国文学介绍与研究的争论，使外国文学研究的合法地位得以确立。20世纪30—40年代，"怎样研究西洋文学"引起学者们的广泛关注。总的看来，此时的外国文学研究不仅仅是停留在普及外国文学常识的启蒙阶段，而且已经进入了学术研究的层面。

目 录

绪论 …………………………………………………………………… (1)
  一 "外国文学学"的提出 ……………………………………… (1)
  二 论题的研究现状分析 ………………………………………… (2)
  三 以文学期刊为切入点 ………………………………………… (7)

第一章 晚清：外国文学研究的滥觞 ……………………………… (12)
  第一节 外国文学的引入与思想维度 …………………………… (13)
  第二节 译作序跋对外国文学研究的贡献 ……………………… (21)
  第三节 《教育世界》上的外国作家传记研究 ………………… (29)

第二章 《新青年》：启蒙思想话语下的外国文学研究 ………… (36)
  第一节 《现代欧洲文艺史谭》与进化论文学史观 …………… (38)
    一 文学思潮研究范式的确立 ………………………………… (38)
    二 进化论文学史观的烙印 …………………………………… (40)
    三 进化论文学史观的思考 …………………………………… (47)
  第二节 《易卜生主义》与写实主义 …………………………… (54)
    一 外国文学：思想大于艺术 ………………………………… (54)
    二 《易卜生主义》：只是一个写实主义 …………………… (56)
    三 只抓问题，不看戏剧 ……………………………………… (58)
  第三节 《人的文学》与"人"的话语下的外国文学研究 …… (60)
    一 "人性论"研究范式的凸显 ……………………………… (61)
    二 人道主义思想：被压迫民族文学研究的建构 …………… (67)
    三 关于欧洲中心主义 ………………………………………… (72)

第三章 《小说月报》：文学革命话语下的外国文学研究 ……… (80)
  第一节 《小说月报》的外国文学研究 ………………………… (81)
    一 前期：外国文学的感知和想象 …………………………… (81)
    二 后期：外国文学地图的绘制 ……………………………… (96)

第二节 "为人生"：现实主义文学研究的确立 …………（109）
　一 以十九世纪现实主义文学研究为主导 ……………（109）
　二 以俄国文学研究为中心 ………………………………（113）
　三 弱小民族文学研究 …………………………………（115）
第三节 现代主义文学的"现实主义式"认识 …………（126）
　一 现代主义文学的认同 ………………………………（127）
　二 现代主义文学的批判 ………………………………（129）

第四章 左联期刊与《现代》：多元话语并置下的外国文学研究 …（138）
第一节 革命、阶级视角下的外国文学研究 ……………（139）
　一 左联期刊与外国文学研究 …………………………（139）
　二 关于"普罗文学"的研究 …………………………（144）
　三 《文学》：文学遗产问题的言说 ……………………（152）
第二节 多重视角下的外国文学研究 ……………………（162）
　一 关于"马雅科夫斯基之死"的讨论 ………………（163）
　二 艾略特与福楼拜的研究 ……………………………（165）
　三 莎士比亚的研究 ……………………………………（173）
第三节 《现代》的外国文学研究 ………………………（184）
　一 马克思主义文论的引介与研究 ……………………（187）
　二 现代美国文学专号：现代意识构建世界文学图景 …（191）

第五章 《西洋文学》《民族文学》：多维视野话语下的外国文学研究 ………………………………………………（205）
第一节 《讲话》精神指引下的外国文学研究 …………（206）
　一 解放区的外国文学研究 ……………………………（208）
　二 俄苏文学研究 ………………………………………（210）
　三 文学遗产问题的延续 ………………………………（217）
第二节 不同的现代旨趣：《西洋文学》《战国策》与《民族文学》 …………………………………………（221）
　一 《西洋文学》的外国文学研究 ……………………（221）
　二 《近代西洋问题剧本》 ……………………………（226）
　三 民族主义话语下的外国文学研究 …………………（227）
　四 陈铨的欧洲文学研究 ………………………………（230）
第三节 《时与潮文艺》：学院派研究的典范 ……………（238）

  一 "女性"文学研究 …………………………………………（242）
  二 古典戏剧研究 …………………………………………（249）
  三 国别文学史研究 ………………………………………（253）
  四 作家研究 ………………………………………………（261）
第六章 学人与话语：关于外国文学研究方法的探讨 …………（266）
 第一节 关于外国文学介绍与研究的讨论 ……………………（267）
  一 介绍：民国时期外国文学研究的存在方式之一 ……（267）
  二 外国文学介绍与研究的争论 …………………………（271）
  三 外国文学翻译与研究的思辨 …………………………（277）
 第二节 "怎样研究西洋文学"的讨论 ………………………（280）
  一 关于外国文学研究本体的探讨 ………………………（280）
  二 关于外国文学研究方法的探讨 ………………………（285）
  三 关于外国文学教学研究的探讨 ………………………（287）
  四 关于外国文学课程设置的探讨 ………………………（290）
结论 ……………………………………………………………………（296）

参考文献 ………………………………………………………………（302）
后记 ……………………………………………………………………（314）

绪　　论

一　"外国文学学"的提出

如果说，1903年晚清政府在京师大学堂设立"西国文学史"课程，标志着我国高校外国文学学科的诞生，1917年周作人在北京大学讲授《欧洲文学史》是其成熟的标志。那么，外国文学这门学科在我国已走过百余年的历史。从学科建设的角度看，一门学科的发展与成熟离不开对其学术史的追溯。相对于中国古代文学和现代文学等学科，外国文学界对自身学术史的梳理工作，明显是缓慢而滞后的。直到20世纪80年代末，外国文学界才逐渐开始关注对学术史的梳理工作。

1989年3月10日，《世界文学》编辑部召开"五四运动与外国文学"座谈会，戈宝权先生在谈到翻译文学的发展方向时，提出三点希望："其一、应该对外国文学工作，作个全面的回顾，写成外国文学研究史，或文学翻译史之类的专著，其中应特别阐述外国文学对中国新文学所起的影响；其二、将已翻译出版的外国文学作品编成书目，有关外国文学的论文编成索引，供研究者参考之用；其三、翻译质量有待进一步提高，出版社应分工协作，对于外国文学名著系统地加以介绍，以丛书、全集、选集或文集的形式出现。"① 其中，戈宝权先生提出"应该对外国文学工作，作个全面的回顾"的倡议，对于外国文学界的学术史研究工作具有一定的现实指导意义，颇具前瞻性。

1994年9月20日，在"面向21世纪的外国文学——在中国外国文学学会第五届年会"上，吴元迈先生进一步明确提出：

> 为了更好更系统地做好外国文学的研究工作，我们外国文学界应

---

① 戈宝权：《对纪念五四运动70周年的几点希望》，《世界文学》1989年第3期。

该创立一门独立的学科——外国文学学。它以外国文学研究为对象,为己任,亦即外国文学研究的研究。其目的和任务至少包括以下几点:第一,对我国外国文学研究的历史和现状及当前的热点和重点、成就和问题、不同的学术观点和学派、发展的趋向和方向等,作出全面的客观的评估;第二,对各国外国文学研究的历史和现状及其特点、方法、趋势和方向等作出分析;第三,对中国和外国的外国文学研究的主要课题和主要成果进行比较分析;第四,这样做,可以为我国外国文学研究(包括二级、三级学科在内)的各种研究规划提供较为合理和坚实的基础,克服外国文学研究规划中曾经出现过的拼盘现象和不必要的课题重复,加强外国文学研究的整体性和全局性,使之更为合理和系统,以推动和促进今后的外国文学研究工作的全面发展。从现在起,就应该有专门的人才来从事外国文学学的工作。从中华民族的主体性出发,从中国人自己的眼光出发,建立外国文学研究的中国学派,在外国文学研究中发出中国学者的独特声音。[①]

吴元迈先生提出的"外国文学学"主要包括总体外国文学研究史、国别文学研究史、中外外国文学研究的比较三个方面,旨在构建中国外国文学研究的主体身份,以增强本学科的自省能力与理论研究深度。"外国文学学"强调对中国外国文学研究的历史与现状进行"整体性"与"全局性"的回顾与反思。由此,外国文学学术史的梳理工作应注重自身发生、发展的各个阶段。而实际上,民国时期的外国文学研究并未引起学者们足够的重视,其大多处于被忽视、被否定的状态。

二 论题的研究现状分析

1959年,卞之琳、叶水夫等先生在总结中华人民共和国成立后外国文学翻译与研究的工作时,较早对民国时期外国文学研究的现状做出了回应。在《十年来的外国文学翻译和研究工作》一文中,他们认为:

  至于研究工作,那几乎是一片空白。社会上还不太感觉到需要对外国文学作专门研究。进步作家和批评家,要从事社会、政治活动,

[①] 吴元迈:《吴元迈文集》,上海辞书出版社2005年版,第524—525页。

又没有安定的生活，兼做翻译工作和普及性的外国文学评论工作，已经忙不过来，没有条件再去深入研究外国文学的专门问题。一些"高等学府"里的"学者"比较具有便利条件，可以研究，但是他们差不多都是当时俗话叫"出洋"学生出身，其中不少人摆脱不了半殖民地社会某些人所特有的民族自卑感，缺少志气，又和我们的外国文学介绍工作的优良传统格格不入，袭取西方资产阶级的方式研究西方文学，肯定不会有什么建树，当然谈不上有什么符合人们需要的贡献。①

冯至在《继承和发扬"五四"以来翻译界的优良传统》中谈到民国时期的外国文学教学与研究时，这样写道：

> 和翻译界正相反，从"五四"到1949年全国解放的30年内，在大学外国语文学系里，对于外国文学的研究却少得可怜，不只是少，而且是和中国人民的需要背道而驰，因为它掌握在买办资产阶级"学者"手里，其中不少大学外语系科的教授是在为国内反动势力和帝国主义服务。②

袁可嘉在《五四运动后四十年来关于亚非各国文学的介绍和研究》中也谈道："关于日本文学的研究工作，在解放前也几乎是白纸状态。谢六逸曾经写过一本《日本文学史》，除了介绍一些资料外，不能够供给我们更多的帮助。也曾经有人在杂志上零星地介绍过一点日本古代的'和歌''俳句'，但只停留在文学形式的介绍上，甚至还夹杂着资产阶级般的猎奇成分，离阐明日本文学的本质还远得很。"③

从以上学者的表述可以看出，20世纪50年代的学者们对民国时期外国文学教学与研究现状，不同程度地着有意识形态的色彩。1958年，文艺评论界开展学术大批判运动，外国文学与文化被视为资产阶级学术思想的残余而受到批判。在中西政治文化对峙的特殊历史语境中，一切向苏联

---

① 卞之琳等：《十年来的外国文学翻译和研究工作》，《文学评论》1959年第5期。
② 冯至：《继承和发扬"五四"以来翻译界的优良传统》，《世界文学》1959年第4期。
③ 袁可嘉：《五四运动后四十年来关于亚非各国文学的介绍和研究》，《北京大学学报》1959年第2期。

看齐成为整个时代的风向标。胡平对此不无讽刺地说:"人们在组织或在觉悟的驱使下,纷纷站到苏联的理论和学术思想的水龙头下,尽力洗去西方的理论和学术思想,以便能穿上一件清一色的,但在外面大街上可以通行无阻的马列主义外衣。"① 这种二元对立的冷战思维是学者们对民国时期外国文学研究持否定态度的原因之一。"文化大革命"期间,几乎所有的外国文学作品不分青红皂白地受到抵制和查禁,外国文学研究工作基本处于停滞状态。尤其是"斗资批修"使民国时期的许多外国文学研究专家遭到不同程度的批斗与迫害,他们的研究成果很长一段时间不被提及。新时期以来,学界对民国时期外国文学研究状况的态度,仍无多大改变。如上文所述,吴元迈先生提出的"外国文学学"即外国文学学术史的梳理工作,在20世纪90年代中后期,并未引起外国文学界的重视。直到2001年,张大明教授的《传播与碰撞:西方文学思潮在现代中国的传播史》才详细梳理了民国时期象征主义、唯美主义、自然主义等文学思潮在中国的接受状况。但该著在行文上过于匆忙,对具体问题的分析往往以大段引文代替,或蜻蜓点水似的一笔带过,缺乏深入地分析和推理,问题意识不够突出。

2005年,龚翰熊教授撰写的《西方文学研究》,作为"20世纪中国人文学科学术研究史丛书"之一,是外国文学界第一部全面回顾外国文学学术史的专著。该著以1949年为界,分为上下两编,较为清晰地梳理了晚清至新时期各阶段中国外国文学研究的主要成果,其创新意义和学术价值在本学科领域值得称赞。其中,尤为引人注意的是,该著以三分之二的篇幅对民国时期外国文学研究进行了宏观的梳理。但是,该著述多论少,或述而不论,学术反思不够深入,也缺少对本学科方法论、价值取向以及整体发展状况的理论探讨。2007年,陈建华教授的《中国俄苏文学研究史论》是中国第一部国别文学研究史专著,也是第一次系统梳理百年来中国学者研究俄苏文学的论著。该著在中国学术史和文化史的背景上,立足于文学研究本体,探讨了普希金、拉斯普京等24位作家,以及俄国革命民主主义文论、苏联马克思主义文论、俄国形式主义文论等在中国的研究状况。该著以丰富的史料与系统的研究,显示了作者扎实的学术功力和开阔的学术视野。此外,叶隽主编的《德语文学研究与现代中国》也是国

---

① 胡平:《禅机1957 苦难的祭坛》(上卷),广东旅游出版社2004年版,第34页。

别文学学术史研究中的又一力作。2009年，何辉斌教授的《20世纪浙江外国文学研究史》主要从浙江籍的学人角度出发，相继对王国维、鲁迅、周作人、梅光迪、茅盾、郁达夫、郑振铎、梁实秋、朱维之、施蛰存等民国学者在外国文学翻译与研究方面的成就进行了全面的梳理。由于研究视野的限制，以上所举各著，或倾向于国别学术史的梳理，或集中于学人成果的单独罗列，它们虽然对民国时期的外国文学研究有所论及，但缺乏整体视野与全局意识。2011年，陈众议教授在《外国文学学术史研究——"经典作家作品系列"总序》中，对中华人民共和国成立至2010年的外国文学研究进行了精彩的分析。但是，在谈到中华人民共和国成立前的外国文学研究时，作者仍然延续了20世纪50年代学者们的观点："1949年前的外国文学研究却基本上属于旁批眉注、前言后记式的简单介绍，既不系统，也不深入。"[1] 我们认为，这样的看法是不妥当的，还有待商榷。2012年，林精华教授在《中国的外国文学史建构之困境：对1917—1950年代文学史观再考察》一文中指出："1950年代外国文学史的研究和教学，还背离了现代中国已经形成的文学史研究和教学。我们知道，冯至作为德国文学专家，1935年在海德堡大学答辩的博士学位论文《自然与精神的类比：诺瓦利斯的文体原则》已对德国浪漫派问题做了深入研究，1940年代他发表过多篇关于歌德及其《浮士德》研究的力作，可是这些重要研究成果基本上未进入后来中国学者研究外国文学史的视野。远不只是冯至的研究成果没有转化为文学史学科建设的资源，各种版本的《外国文学史》同样没有从朱光潜、罗念生和罗大冈等人的杰出研究中受益。"[2] 林精华教授对民国时期外国文学研究的肯定，给本书的写作提供了有益的启示。

在一些翻译文学史的著作中，如郭延礼的《近代翻译文学概论》、许钧的《20世纪法国文学在中国的译介与接受》、陈玉刚的《中国翻译文学史稿》、谢天振的《中国现代翻译文学史》、孟昭毅的《中国翻译文学史》等也有对民国时期外国文学研究的关注。王建开的《五四以来我国英美文学作品译介史》全面梳理英美文学作品在"五四"时期的译介情况。值得注意的是，王著将文艺期刊纳入翻译文学的研究视野，梳理了民国时期

---

[1] 陈众议：《外国文学学术史研究——"经典作家作品系列"总序》，《东吴学术》2011年第2期。

[2] 林精华：《中国的外国文学史建构之困境：对1917—1950年代文学史观再考察》，《外国文学研究》2012年第1期。

中文期刊的翻译专号、英美文学专号、被压迫民族文学专号、俄国文学专号等,并以表格的形式展示了一些重要文学期刊上的外国文学研究论文,这些为本书的写作提供了具有可操作性的线索。作者在该著第一章文末的注释中这样写道:"仅 1927 年 4 月至 1937 年 5 月的 10 年间出版的外国文学研究著作(中文撰写,不是译作)就有 96 种之多(包括国别文学、跨洲文学、流派、作者研究),不知'空白'之说何据?"[1] 可以说,正是在翻阅大量原始史料的基础上,作者才掷地有声地反驳了关于民国时期外国文学研究的"空白"说。谢天振、查明建主编的《中国现代翻译文学史(1898—1949)》以翔实的期刊史料,梳理了该时段外国文学翻译所取得的成果。其中,作者谈道:"具体说来,就是在时代社会文化的语境中揭示翻译文学的时代文化意义以及中外文化交流的时代特征,从翻译的角度切入中外文学、文化的特质。在中国现代文学和文学的语境中,深入考察、探讨中国现代外国文学研究现状和特点,对 20 世纪上半叶我国外国文学研究史进行系统梳理,深刻把握各个时期外国文学研究的主要特征,对在中国现代文学史上产生重大影响的外国文艺思潮、作家、作品的研究特点和得失,进行细致分析,在时代语境中,做出文化阐释。以外国文学研究发展史脉络准确、清晰的勾勒、描述为经,以对中国现代社会时代文化对外国文学研究的制约和影响的分析为纬,经纬中国现代外国文学研究史时空,彰显 20 世纪上半期我国外国文学研究的成果和文化意义。"[2] 作为一部翻译文学史专著,虽然该著并没有像引文中所描绘的那样,呈现 20 世纪上半叶中国外国文学研究的方方面面。但是,正是通过对民国期刊史料的实地查阅,作者认可民国时期的外国文学研究。从这点上看,相对于有些论著对民国时期外国文学研究的简单否定与片面抹杀来说,该著表明,实证研究的有效性与说服力。总的看来,翻译文学史或注重民国时期学人的翻译活动、翻译思想、翻译理论与实践地探讨,或重在考察外国作家作品的译介过程,或将译入语与目的语、原作与译作的对照作为主要任务。虽然,这些翻译文学史也有对民国时期的外国文学研究的考察,但

---

[1] 王建开:《五四以来我国英美文学作品译介史》,上海外语教育出版社 2003 年版,第 23 页。

[2] 谢天振、查明建主编:《中国现代翻译文学史(1898—1949)》,上海教育出版社 2004 年版,第 14 页。

在内容上将其归为外国文学译介,而没有将此时段的外国文学研究①作为独立的个体进行系统的梳理。

在比较文学的著作中,陈建华的《20世纪中俄文学关系》、钱林森的《法国作家与中国》、智量的《俄国文学与中国》、王厚锦的《五四新文学与外国文学》、葛桂录的《中英文学关系史稿》、李春林的《鲁迅与外国文学关系研究》、刘久明的《郁达夫与外国文学》等在阐发中外文学与文化的交流与互动时,也会关注民国时期的外国文学研究。但是,在这些论著中,学者们或关注外国文学对中国文学与文化现代转型的作用,或集中探讨外国文学对现代作家创作思想的内在影响。在这里,外国文学只是作为一种附属陪衬的角色,发挥对现代作家及现代文学完成蜕变的催化作用,而失去了自身的主体性。可以说,外国文学作为他者出现在学者们的视野中,而中国学者的外国文学研究成果并没有得到足够的重视。

从以上对外国文学学术史、翻译文学史、比较文学等论著的分析中,可以看出,学界对民国时期外国文学研究的梳理虽然取得了一定的成果,也出现了开创性的研究论著。但是,总的看来,或由于历史条件的限制,或由于研究专业和方向的不同,这些论著大多局限于中华人民共和国成立后至今,涉及民国时期外国文学研究的成果,则寥寥无几。在为数不多的论著中,有的将民国时期的外国文学研究从外国文学学术史中一笔抹杀,有的把它作为附件并入该时期的翻译活动中,从而掩盖、模糊了民国时期外国文学研究的本体存在。本书认为,民国时期的外国文学研究是中国外国文学学术史图景中不可或缺的组成部分。但是,它在整个外国文学学术史中所起的开创意义也并未引起人们的关注,它仍是一个尚待进一步开发的领域。也正是这种被遮蔽与被压抑性,显示了它的独特性。基于此,"去蔽"是本书研究的核心。

三 以文学期刊为切入点

文学期刊、报纸副刊、文学书籍是建构文学场的三种载体。晚清报业主要充当各党派要人争夺权柄的工具,报馆主持"均不为名誉之职业,不仅官场仇视之,即社会亦以搬弄是非轻薄之"②,正如陈平原先生所言:

---

① 本书指的不是外国文学翻译的历史,也不是去探究翻译的技术层面。
② 张开沅编:《比较中的审视:中国早期现代化研究》,浙江人民出版社1993年版,第582页。

"这无疑是个以刊物为中心的文学时代。"① 鲁迅、吴宓、周作人、瞿秋白、茅盾、施蛰存、陈铨、孙晋三等民国学人对外国文学的研究，从开始的序跋、语录等感悟式的点评，到具有相当学术水平的论文，再到有目的、有意识地出版外国作家作品的专号、专辑等，大都以文学期刊为载体实现与公众的最初接触。可以说，文学期刊作为面向公众的话语空间，在晚清、民国时期的文化生活中发挥着核心作用，成为人们输入与输出文化信息的主要渠道。相对于报纸副刊与文学书籍，文学期刊又具有篇幅短小、传播迅捷、论述相对集中等特征。可以说，文学期刊的特有时效性，在一定程度上能够生动地反映民国时期外国文学研究的发展动态。所以，文学期刊更适合作为论文的考察对象。需要说明的是，虽然本书以文学期刊为分析对象，但在行文中会根据具体的论述需要，涉及该时期外国文学研究的其他期刊史料与单行本论著。

本书依据中国现代文学期刊总目，从中详细梳理了各个文学期刊中外国文学研究的史料，它们涉及外国作家研究、作品研究、外国文学史研究以及外国文学思潮研究等。这些表面上看似互不联系的研究成果，虽然不具主观上的系统性，但它们以文学期刊为平台，自觉或不自觉地形成了一种对话，显示了民国时期本学科领域研究成果的丰富性、持续性，正如阿英在《中国新文学大系》（1917—1927）《史料·索引》集的序文中，谈到该卷所编选的期刊目录时所言："有了这样一个编目，再加有出版期的注明，则一路看来，使题目上也可见当时文运是如何向前发展，好像是在读一部有系统的文学史。若是在论战期内，更可连同对方的杂志编目互看，看双方如何的在刀枪相敌，各文来路极明。"② 这些外国文学研究史料表明，在民国时期社会历史由启蒙思想话语、文学革命话语、革命文学话语到"为工农兵服务"话语转变中，中国学者在不同时期对于外来文学资源有着不同的择取与配置、感知与想象。也正是在这个过程中，外国文学参与了中国新文学与文化的建设，也渗透到了中国学人个体的学术生涯中。可以说，外国文学研究在民国时期总是与当时的社会问题紧密相连，也伴随着学者个人的学术追求。由此，本书以文学期刊为切入点，结合20世纪中国文学的实际进程，以该时段

---

① 陈平原：《二十世纪中国小说史》第1卷，北京大学出版社1989年版，第16页。
② 阿英：《中国新文学大系史料·索引（1917—1927）》，上海良友图书印刷公司1936年版，第4—5页。

政治文化的话语变迁为背景,从总体上论述民国时期外国文学研究的概貌。

然而,民国时期的文学期刊浩如烟海,受本人的功力与时间所限,加之本书亦不是民国时期外国文学学术通史的写作。所以,本书不可能也没有必要事无巨细地呈现与外国文学研究相关的所有期刊。基于此,本书择取民国时期的《新青年》《小说月报》《文学》《现代》《西洋文学》《民族文学》《时与潮文艺》等刊物作为主要考察对象。一方面,相对于该时段的其他刊物,这些刊物的外国文学研究成果比较丰富,能够集中反映民国时期社会话语转变与外国文学研究的互动关系;另一方面,这些刊物在民国时期的社会文化语境下,具有较强的代表性与影响力。

《新青年》在中国现代学术史上,具有划时代的重要意义。在胡适看来,《新青年》是"中国文学史和思想史上划分一个时代的刊物。最近二十年的文学运动和思想改革,差不多都是从这个刊物出发的"[①]。对于中国的外国文学研究来说,《新青年》同样不可小觑。我们认为,在启蒙思想话语下,《新青年》成为民国时期外国文学研究的理论策源地;《小说月报》被誉为"二十年代第一刊"[②],是20世纪20年代中国外国文学研究的重要阵地,尤其是在茅盾和郑振铎主编《小说月报》期间,将中国的外国文学研究推向了高潮。从《新青年》到《小说月报》,可以看出,中国外国文学研究从批评话语到文学研究的形态过渡与转变;在20世纪30年代的文学刊物中,《文学》是左联所有的机关刊物中寿命最长的一个大型刊物。《文学》对文学遗产问题的讨论,使古典文学研究成为20世纪30年代外国文学研究的热点。《现代》的"非同人"性质使其成为20世纪30年代"综合性的、百家争鸣的万华镜"[③]。其中,"现代美国文学专号"的开辟凸显了该时段中国学者对西方现代文学的关注。在20世纪40年代的多元政治格局下,《西洋文学》虽然存在时间短,但其体现出沦陷区外国文学研究在小说、戏剧等方面的重要成果;《民族文学》以"战国策"派特有的视角,阐述了国统区学者对

---

① 胡适:《〈新青年〉重印题辞》,见胡适《胡适全集》第22卷,安徽教育出版社2003年版,第513页。

② 陈平原:《思想史视野中的文学——〈新青年〉研究(上)》,《中国现代文学研究丛刊》2002年第3期。

③ 施蛰存:《〈现代〉杂忆》,见施蛰存《沙上的脚迹》,辽宁教育出版社1995年版,第28页。

歌德、易卜生等的另类解读;《时与潮文艺》则代表了学院派研究的学术化气息。所以,本书主要对这些期刊的外国文学研究成果进行史料钩沉,以点带面地把握民国时期外国文学研究的总体风貌与演变轨迹。

在查证原始史料的过程中,本人发现民国时期外国文学研究的成果是极为丰富的。就本书以若干重要文学期刊史料为主体的梳理而言,也只是民国时期文学期刊中的"冰山一角"。《中国留美学生月报》《学衡》《新月》《西风》《学文月刊》《世界文学》《真善美》《文艺复兴》等刊物同样也值得关注。如民国时期的学院派研究刊物,本书仅以《时与潮文艺》为代表进行论述。如在《清华学报》中,陈铨的《十九世纪德国文学批评家对哈孟雷特的解释》《迦茵奥斯丁作品中的笑剧因素》《歌德浮士德上部的表演问题》《赫伯尔玛利亚悲剧序诗解》《席勒麦森纳歌舞队与欧洲戏剧》;叶公超的《爱略特的诗》、吴达元的《拉马丁与拜伦》与《福楼拜评传》等;在《国立武汉大学文哲季刊》中,陈西滢的《易卜生的戏剧艺术》与《对于"英国当代四小说家"的商榷》、张沅长的《近代英美戏剧上之道德革命》、方重的《十八世纪的英国文学与中国》与《英国小品文的演进与艺术》、费照鉴的《济慈心灵的发展》、袁昌英的《沙斯比亚的幽默》、唐钺的《詹姆士情绪说及对它的批评》等。由于受论题与篇幅所限,本书未能展开具体论述。在文学期刊之外,报纸副刊与文学专著中的外国文学研究成果也是纷繁杂呈,关于民国时期外国文学研究的专著更是种类繁多。所以,民国时期外国文学研究史料还需进一步挖掘与梳理。如上所述,由于本书旨在从总体上反映民国时期外国文学研究的状况,主要以若干重要文学期刊为切入点,可能造成民国时期外国文学研究史料的遗漏,但这并不妨碍本书研究目标,以后本人会继续从事这方面的研究工作。

由于本书属于"反向缺类研究",叙述性是本书的主要特色,正如王佐良在谈到中外编写文学史的不同之处时所言:"他们面对本国读者,许多史实和作品几乎是人人皆知,无须多事叙述,倒是更需要从新的观点进行分析评论。面对中国读者,则首先要把重要史实和作品向他们交代清楚。"[①] 同样,长期以来,由于研究方向所限,很少有学者对民国文学期刊中的外国文学研究进行系统梳理。所以,它对于很多研究者来说是比较陌生的。基于

[①] 何辉斌:《20世纪浙江外国文学研究史》,浙江大学出版社2009年版,第213页。

此，本书以实证研究见长，以细节呈现的方式，尽可能全面、详细而准确地对原始史料进行发掘、钩沉、整理，使本书结论建立在大量文献研究工作的基础之上，从而从总体上把握民国时期外国文学研究的脉络，展现其的原生状态，以期使民国时期的外国文学研究引起学者们的关注。

第一章

晚清：外国文学研究的滥觞

自1840年鸦片战争以来，欧美列强的坚船利炮轰开了中国的大门，"清王朝的声威一遇到不列颠的枪炮就扫地以尽，天朝帝国万世长存的迷信受到了致命的打击，野蛮的、闭关自守的、与文明世界隔绝的状态被打破了"。① 面对"千年未有之变局"，"晚清朝野不仅逐渐承认并接受取'天下'而代之的'世界'，更努力想要融入这个'世界'，并以此为国家民族追求的方向"。② 富国强兵、救亡图存成为时代主流话语。随着民族危亡的不断加深，"向西方学习"成为时代最强音。由于经世致用的传统思想与富国强兵的迫切愿望，国人的视野中"西学"主要集中于军事、科技、实业等理工科，而社会科学则一直处于边缘化的位置，外国文学更是不屑一提。直到1898年梁启超的《译印政治小说序》发表，外国文学作为一种话语资源，才真正得以显现，并与中国学界结下不解之缘。由此可见，外国文学作为现代学术的分支，它显然是游离于中国传统学术知识体系的母体之外，它的建立是社会转型时期晚清学人的自觉选择。正是晚清社会的内需，为外国文学作为话语对象出现，提供了良好的支撑力与推动力。其中，政治小说、侦探小说、言情小说、科学小说等一度成为爱国知识分子救亡图存、启蒙大众的工具。梁启超、林纾、王国维等话语主体揭开了外国文学参与中国学术文化建设的序幕。

总的看来，虽然，晚清时期还算不上真正自觉的外国文学研究，但其在百年外国文学学术发展史上的意义和价值，并不能因此而受到低估和忽视。以现在的眼光看，其中很多个案也只是限于一般常识性的介绍或编译。但是，"没有晚清，何来五四"，③ 民国时期外国文学研究的种种变迁

---

① 马克思：《中国革命与欧洲革命》，见《马克思恩格斯选集》第2卷，人民出版社1995年版，第2页。
② 罗志田：《近代读书人的思想世界与治学取向》，北京大学出版社2009年版，第56页。
③ 王德威：《19、20世纪中文小说新论》，麦田出版社1998年版，第23—42页。

在这段历史中埋下了伏笔。在话语主体的身份上，胡适、陈独秀、茅盾、郑振铎、瞿秋白等首先不是外国文学研究者，正如梁启超、林纾、王国维是以政治家的身份引介日本政治小说。在话语场所的建构上，文学期刊成为他们表达外国文学想象的公共话语空间等。所以，本章首先将晚期时期的外国文学"研究"作为前史，论述晚清与民国时期的外国文学研究在精神血脉上的联系。由于晚清时期，文学期刊中的外国文学研究论文较少。所以，在本章的论述中，将会出现文学期刊之外的史料，如林纾译作的序跋等。特此说明。

第一节 外国文学的引入与思想维度

在中西文化碰撞的历史语境下，晚清知识分子对于"西学"抱以极高的热望。林则徐"开眼看世界"，引领了晚清知识分子自上而下的社会改良与变革；洋务派倡导"师夷长技以制夷"，旨在学习西方的先进造船制炮技术。而甲午中日海战战败，意味着"器物"不能挽救国运；继而"戊戌变法"旨在模仿西方的君主立宪制度，但梦想终归没能照进现实。于是，梁启超借助外来文学资源在文学界发起"小说界革命"，倡导文学救国。

1898年12月，梁启超在日本横滨创办《清议报》。从《横滨清议报叙例》上可知，该刊主要由日本及泰西人论说、万国近事、政治小说等板块构成。其中，政治小说是梁启超格外关注的板块。在梁启超看来，西方"各国政界之日进，则政治小说为功最高焉"。众所周知，政治小说采用对话、游记等形式，尽可能地表达作者的政治观点或哲学思想，其艺术性并不高。政治小说一般具有"重政治"而"轻小说"的倾向，小说的情节、人物等基本要素被弱化或淡化，这些要素仅仅是作者借以表达政治观念或政治抱负的工具。政治小说可谓是政治与小说的联姻，政治提升小说的地位，小说负载政治的使命。政治小说由欧洲经过日本传入中国，梁启超在《清议报》的创刊号上撰写《译印政治小说序》一文，其开篇即言："政治小说之体，自泰西人始也"[①]。从文体上

[①] 梁启超：《译印政治小说序》，见陈平原、夏晓红编《二十世纪中国小说理论资料》第1卷，北京大学出版社1989年版，第21页。

看，政治小说不是中国的自产①，而是来自英国的"舶来品"，由曾两度出任英国首相的迪斯累理②所创。在日本明治维新时期，迪斯累理大受欢迎，他的5部作品被翻译成了日文。李顿曾任英国国会议员③，他的14部政治小说被译为日文。可以说，他们促进了政治小说在日本的兴起。1880—1890年间，政治小说在日本盛极一时。同时，政治小说忽视小说的艺术形式、人物塑造等方面的缺陷，受到当时进步人士的抨击。1885年，坪内逍遥发表《小说神髓》时，曾否定了政治小说的功利主义文学观。1888年，德富苏风也批评了政治小说构思缺少变化、结构松散等弊端。1898年，梁启超流亡日本之时，政治小说在日本已经处于低潮。即便是这样，也丝毫没有影响梁启超对政治小说的热情。在梁启超看来，"政治小说者，著者欲借以吐露其所怀抱之政治思想也"④。梁启超看重的是政治小说的宣扬性与鼓动性，而它为人所诟病的缺陷则完全可以忽略不计。

梁启超在《译印政治小说序》中指出："在昔欧洲各国变革之始，其魁儒硕学，仁人志士，往往以其身之所经历，及胸中所怀，政治之议论，一寄之于小说。于是彼中辍学之子，黉塾之暇，手之口之，下而兵丁、而市侩、而农氓、而工匠、而车夫马卒、而妇女、而童孺，靡不手之口之。往往每一书出，而全国之议论为之一变。彼美、英、德、法、奥、意、日本各国政界之日进，则政治小说，为功最高焉。英名士某君曰，小说为国民之魂，岂不然哉。岂不然哉。今特采日本政治小说佳人奇遇译之，爱国之士，或庶览焉。"⑤可以看出，梁启超对欧洲的"魁儒硕学，仁人志士"赞赏有加。他称伏尔泰："当路易十四全盛之时，愁然忧法国前途，乃以其极流丽之笔，写极伟大之思，寓诸诗歌、院本、小说等，引英国之政治，以讥讽时政，被锢被逐，几濒于死者屡焉。卒乃为法国革新之先锋，

---

① 中国古代小说类型主要有三类：志人、志怪、讲史，或可分为言情小说、英雄小说、历史小说、讽刺小说、神魔小说、侠义小说等。进入20世纪后，由于受西方文学的影响，在小说类型方面又增添了政治小说、科学小说、侦探小说和教育小说，这四种小说类型都是古代小说中所未有的。

② 迪斯累理（Benjamin Disraeli，1804—1881）。

③ 李顿（Lord Bulwer-Lytton，1803—1873）。

④ 新小说报社：《中国惟一之文学报〈新小说〉》，《新民丛报》1902年第14号，见黄霖《中国历代小说论著选》（下），江西人民出版社1985年版，第33页。

⑤ 梁启超：《译印政治小说序》，见邬国平《中国文论选·近代卷》下，江苏文艺出版社1996年版，第302—303页。

与孟德斯鸠、卢梭齐名。盖其有造于法国民者,功不在两人下也。"① 称托尔斯泰:"生于地球第一专制之国,而大倡人类同胞兼爱平等主义。……其所著书,大率皆小说,思想高彻,文笔豪宕,故俄国全国之学界,为之一变。见年以来,各地学生咸不满于专制之欲,屡屡结集,有所要求,政府捕之、锢之、放之、逐之,而不能禁,皆托尔斯泰之精神所鼓铸者也。"② 伏尔泰是18世纪启蒙运动的代表作家和思想家,同时也是百科全书派的代表之一,托尔斯泰是19世纪俄国著名的小说家、思想家。梁启超列举他们对所在国政治变革发挥的重要作用,意在向国人制造一个外国政治小说"救国"的神话,即在昭示中国引介政治小说也可发生同样的效用。其实,政治小说"救国"在中国之外也只是非典型个案,并不具有普遍的有效性。这种简单置换心理与带有明显感情色彩的视角,显然是为其宣扬政治小说能够救国利民提供立论根据。另外,梁启超清楚地认识到要救国,就必须唤醒沉睡中的国民,改造国民性是当务之急,而小说在中国社会历来就有极广泛的读者群和社会影响力。③ 梁启超作为当时舆论界执牛耳者,他的社会地位决定了其言论"似乎登高一呼,群山响应"。梁启超的话语策略保证了日本政治小说作为启蒙工具,发挥其教化国民并使之觉悟的可能性。

1902年11月,梁启超在《新小说》创刊号上发表《论小说与群治的关系》,正式提出"小说界革命"。梁启超则从"开启民智""改良群治"的角度,关注小说的社会启蒙功能,这极大地更新了国人对小说功能的认识。但是,梁启超基于开发民智、维新改良的理想,把小说的地位提升至挽救民族危亡的历史高度,以至把所有的社会问题孤注一掷于"小说",从而夸大甚至曲解了小说的作用,这在客观上是缺乏说服力和可信度的。梁启超发起的"小说界革命",在学界掀起了"文学救国"的潮流。"小说救国""科学救国"的思想,在清末民初的文学研究中普遍存在。外国小说可以"改造社会""改造国民性""保种强国",成为"梁启超们"

---

① 梁启超:《论学术之势力左右世界》,《新民丛报》1902年第1号,见侯宜杰选注《梁启超文选》,百花文艺出版社2006年版,第73—73页。

② 同上书,第74页。

③ 在《论小说和群治的关系》中,梁启超认为:"吾中国人状元宰相之思想何自来乎?小说也。吾中国人才子佳人思想何自来乎?小说也。吾中国人江湖盗贼之思想何自来乎?小说也。吾中国人妖巫狐鬼之思想何自来乎?小说也。"见侯宜杰选注《梁启超文选》,百花文艺出版社2006年版,第83页。

的文学宗旨。1903年,戢翼翚翻译了普希金的《上尉的女儿》①。在译者序中,戢翼翚认为:"夫小说有责任焉。吾国之小说,皆以所谓忠臣孝子贞女烈妇等为国民镜,遂养成以奴隶之天下。然则吾国风俗之恶,当以小说家为罪首。是则新译小说者,不可不以风俗改良为责任也。……我国人见此,社会可以改革矣。"② 1908年,鲁迅在《摩罗诗力说》中之所以对雪莱、拜伦、普希金、莱蒙托夫、裴多菲等充满溢美之词,主要基于这些惊世骇俗的诗人所具有的"立意在反抗,指归在动作"③ 的浪漫主义精神,能够在晚清社会重现其光芒,从而激发国人的斗志,以促进民族国家的复兴。同时,科学小说、侦探小说是政治小说之后,又一成为中国外国文学研究对象的话语资源。周桂笙④认为:"侦探小说,为我国所绝乏,不能不让彼独步。盖吾国刑律讼狱,大异泰西各国,侦探之说,实未尝梦见。"⑤ 侠人在《小说丛话》中写道:"西洋小说尚有一特色,则科学小说是也,中国向无此种,安得谓其胜于西洋乎?"⑥ 学人们对科学小说、侦探小说等的关注,如程小青的《论侦探小说》《侦探小说的多方面》,周桂笙的《歇洛克复生探案弁言》《神女再世奇缘序》与鲁迅的《〈月界旅行〉辨言》等,大多明显倾向于唤醒民众、启蒙救国的功利目的。如鲁迅在《〈月界旅行〉辨言》里,指出科学小说具有"经以科学,纬以人情……破遗传之迷信,改良思想,补助文明"⑦ 的作用,认为:"故苟欲

---

① 1903年,上海大宣书局出版了普希金的《上尉的女儿》,该作由戢翼翚翻译。当时的译名为《俄国情史》,还有一译名为《花心蝶梦录》。译作前有《俄国情史斯密士玛丽传》。
② 戈宝权:《中外文学因缘——戈宝权比较文学论文集》,北京出版社1992年版,第264页。
③ 鲁迅:《摩罗诗力说》,见吴晓明编《鲁迅文选》,上海远东出版社2011年版,第13页。
④ 杨世骥认为:"周桂笙的翻译工作在质量方面虽赶不上林纾,但有三事使我们不能念怀于他:第一,他是最早能虚心接受西洋文学特长的,他不像林译一样,要说迭更司(狄更斯)的小说好,必说其有似我国的太史公,而周桂笙却是能爽直地承认欧美文学本身的优点的。第二,他翻译的小说虽不多,但大抵都是以浅近的文言和白话为工具,中国最早用白话介绍西洋文学的人,恐怕要算他了。第三,他的翻译工作,在当日实抱着一种输入新文化的企图,虽然没有什么成绩表现,他的一番壮志是值得表彰的。"杨世骥:《记周桂笙:中国最早介绍西洋文学的人》,《新中华》1943年第1卷第1期。
⑤ 郭延礼:《中国近代翻译文学概论》,湖北教育出版社1998年版,第232页。
⑥ 张正吾、陈铭选注:《中国近代文学作品系列·文论卷》,海峡文艺出版社1992年版,第369页。
⑦ 鲁迅:《〈月界旅行〉辨言》,见《鲁迅文集》第7卷,黑龙江人民出版社1995年版,第444—445页。

弥今日译界之缺点，导中国人群以进行，必自科学小说始。"① 可以说，类似夸大小说历史作用的个案，在晚清民初的外国文学研究中极为普遍。

梁启超本意是通过外国政治小说的输入，达到宣传变法、启蒙大众的目的。而问题的症候是，我们从中发现了外国文学话语的生产机制。梁启超选择外国文学中的政治小说，作为其宣传维新变法思想的媒介，这是外国文学作为话语对象与中国现实问题的第一次碰撞。作为话语对象，小说在欧洲出现得比中国晚。现在所见的《三国志演义》最早的版本是明朝嘉靖年间的（16世纪中叶），但小说的产生肯定早于此，因为罗贯中大约在15世纪初就去世了。文艺复兴时期，薄伽丘的《十日谈》还算不上小说，它只是以框架结构组织起来的故事集。乔叟的《坎特伯雷故事集》，尽管比《十日谈》有了发展，其故事讲述者具有了紧张的社会心理状态与自我塑造意识，但它也不是小说，因为它是用诗记述的。拉伯雷的《巨人传》出现在16世纪30年代，塞万提斯的《堂·吉诃德》写于17世纪初，它们可以说是近代意义上小说的雏形。西方小说真正的成熟是在18世纪中叶的启蒙主义时期，此时尤以英国小说家理查生的创作为标志。正如俞大姻在《李查生和他的作品》里所言，17世纪班扬的《天路历程》是"一个伸长隐喻，结构虽是虚设，而描写却是有情有理。通俗的文字完全摆脱了传奇的夸张和虚设"②。18世纪初，笛福的《鲁滨逊漂流记》和斯威夫特的《格列佛游记》"都是描写得非常逼真"。在俞大姻看来，在一部完善的小说里，人物、结构和背景这三个要素都应具有相当的地位和价值。在李查生以前的小说，无论是"传奇或流氓或牧野的小说，没有注意到这三个要素的平均发展。传奇故事每每，以至发生超自然之遭遇，对于人物和背景的描写较为粗糙。流氓故事，多半拿一个低级社会的人物，很幽默地叙述他的冒险底经验。这一些琐碎的细事的连串，变成了小说的全部。既没有复杂的结构，也没有人物的心理的描写。牧野故事，冒险故事都不过是对于风景或人事片段的表现，都不配称为真正的小说。因此，我们可以说，小说

---

① 张正吾、陈铭选注：《中国近代文学作品系列·文论卷》，海峡文艺出版社1992年版，第411页。

② 俞大姻：《李查生和他的作品》，《学生杂志》1941年第21卷第6期。该作包括李查生的生平、李查生以前的小说、李查生的作品、李查生的艺术和影响四个部分。

在英国，直延至十八世纪中叶才诞生。以前几百年不过是酝酿期"①。可以说，李查生之后的西方小说"把握住了左右思想和情感底缰绳"，②逐渐走向了发展的高峰期与黄金期，成为19世纪欧美文坛拥有最广泛读者群的文学体裁③。此时出现了大量广为流传的经典之作，"细节真实""再现典型环境中的典型人物"等成为巴尔扎克、托尔斯泰、狄更斯等作家的写作要旨。进入20世纪，随着非理性哲学和现代心理学的发展，人的无意识成为意识流小说家们关注的焦点。后现代主义时期，颠覆与拼贴成为小说创作的主流，传统巴尔扎尔时代的小说显然已经不合时宜，成为作家们抨击的对象。"新小说"派主张小说应以"物"为中心，进行所谓的"零度写作"。"元小说"更是以作家的创作过程、创作意图为写作中心，凸显小说的虚构性成为作家们共同的追求。卡尔维诺《寒冬夜行人》以第二人称创作、整个作品是由十篇故事的开头构成，而这十个篇名恰好是一首诗，"时间零"则是彻底颠覆了传统小说追求前因后果的线性叙事。

中西方小说发展史表明：19世纪晚期，小说在古代中国的确是不登大雅之堂，一直被视为"小道"，而西方此时的小说则是取得了极高的艺术成就。而政治小说在西方小说发展的历史长河中，可谓沧海一粟。它的文学地位与成就在西方小说发展史上，只是匆匆过客而已。但颇具反讽意味的是，正是政治小说首先成为进入中国学界、参与中国社会改良与变革的话语对象，并成为引发"小说界革命"的导火线，以致虚无党小说的译介也蔚然成风，只因梁启超在流亡日本的邮轮上与日本政治小说的"偶遇"。据《梁启超年谱长编》载："戊戌八月，先生脱险赴日本，在彼国军舰中，一身以外无文物，舰长以《佳人奇遇》一书俾先生遣闷。先生随阅随译，其后登诸《清议报》，翻译之始，即在舰中也。"④梁启超对此

---

① 俞大姻：《李查生和他的作品》，《学生杂志》1941年第21卷第6期。
② 同上。
③ 俞大姻认为，在各种文学体裁中，小说是最小的老弟。英诗在14世纪乔叟的《坎特伯雷故事集》里已经表现了具体的结晶。戏剧在伊丽莎白时代，由于莎士比亚及其他作家的杰作，已得了不朽的光彩。散文和随笔，在18世纪上半段，已经暴露了强大的力量。小说是最复杂而又最能表现人生的一种——迟至18世纪中才出世。
④ 丁文江编：《梁启超年谱长编》，上海人民出版社1983年版，第158页。

小说格外重视，①并给予极高评价："于日本维新之运动有大功者，小说亦其一端也……而其浸润于国民脑质，最有效力者，则《经国美谈》《佳人奇遇》两书为最云。"②当学术跌入现实，极易受情绪和经验的控制。梁启超救国心切，视"政治小说"如救命稻草，这种急躁功利的心理使其失去面对异域文学时的存疑精神，透露出梁启超缺乏对外国文学总体认识与宏观把握的硬伤。于是，外国文学的经典之作还未与中国读者会面，而艺术水准欠佳的政治小说倒是夺得了头彩。这并不是偶然的阴差阳错，而是梁启超经世致用的文学思想的再现。

在某种程度上，日本政治小说只是一种催化剂，激活以至强化了梁启超文化心理中传统的载道文学观。传统功利主义文学观认为，文章要为治理世事和管理国家服务，尤其是曹丕等人将文学提升到"经国之大业，不朽之盛事"的政治高度。随着清王朝内忧外患的日益加深，这种入世的功利主义文学传统更是得到了梁启超的阐释与发挥。此种倾向一直延续到新文化与文学运动乃至更长的一段时期内。茅盾在仔细研究西方文学的古典主义—浪漫主义—写实主义—新浪漫主义文学思潮的发展轨迹之后断言："中国的新文学一定要加入世界文学的路上，那么，西洋文学进化途中所已演过的主义，我们也有演一过之必要。"③郑伯奇在 1935 年写道："在这短短十年中间，西欧两世纪所经过了的文学上的种种动向，都在中国很匆促地而又很杂乱地出现过来。"④ 1944 年，于潮在《方生未死之间》也这样感慨："在这短短二十五年当中，我们的新文化运动经历了欧洲近代文化发展史上的五百年的道路，我们有过十四、十五、十六世纪意大利文艺复兴时期'人的发现'和'个性的解放'，我们有过十七八世纪英法的民主思想，最后我们有了十九世纪科学的社会主义；所有这一系列的新文化发展的每一阶段，在欧洲需要一个乃至三个世纪才能完成的，而

---

① 夏晓虹教授写道："自《清议报》创刊，梁译《佳人奇遇》即开始在'政治小说'栏连载：全 36 册，又续刊《经国美谈》，到 69 册全部载完，该栏目即撤销。由于《清议报》的文学栏目只有'政治小说'与'诗辞随录'，并只出刊一百期，因此日本政治小说在梁启超主办的《清议报》上，的确是获得了殊荣地位。"夏晓虹：《觉世与传世——梁启超的文学道路》，中华书局 2006 年版，第 201 页。

② 梁启超：《传播文明三利器》，见易鑫鼎编《梁启超选集》下，中国文联出版社 2006 年版，第 569 页。

③ 茅盾：《文学作品有主义与无主义的讨论——复周赞襄》，《小说月报》1922 年第 13 卷第 2 期，见茅盾《茅盾全集》第 18 卷，人民文学出版社 1989 年版，第 157—158 页。

④ 郑伯奇：《中国新文学大系·小说三集影印本》，上海文艺出版社 1981 年版，第 2 页。

在我们差不多只有几年的光景就把它跨过了。我们跑得很快，但是到头来，在有些方面我们差不多还是站在原来的地方：对于有一些人，二十五年来的新文化运动的历史简直是一篇新术语的流水账，以致使得认真的人不得不发出'变戏法的虚无主义'的慨叹。"① 幸哉？祸哉？换一个角度看，外国文学对中国学人来说，不仅仅是中国之外的文学，更是一种精神认识的范畴、标尺和价值，是学人们生命力的表现。他们急不可待地要挣脱狭小的文化价值空间的束缚，以自己的眼光、自己的尺度去把握、描绘身外的文学世界，其视野由最初的模糊、不确定、不全面到逐渐清晰、深入、完整，以至20世纪30年代至40年代学人们可以从本体意义上对外国文学进行理性思考。外国文学在中国的建构本身是一个动态的发展过程，这个过程展示了晚清民国学人看清外国文学的独特性和迫切性，从中表达了一种对生命极致状态的渴望、期待和追求。

在救亡图存的特定历史时期，作为话语主体，政治家的身份使梁启超以日本政治小说为"小说界革命"的范本，政治小说在梁启超的学术视野中充当了媒介、工具作用，正是借政治小说这个传声筒，宣传他的维新变法思想。这种工具性的角色表明，中国的外国文学研究从"学习时代"既不是象牙塔里的案头学问，也不是学院内的学术行为，而是直接走向十字街头与中国的现实问题相结合，深深浸泡在现实当中，成为知识界解决自身问题的主要思想资源。如在新文化运动之后，外国文学更是服务于中国的新文学与新文化的建设等。不同时代的话语主体根据自身对于中国文化的定位，其择取外国文学资源也不尽相同。由此，我们可以看出中国知识界从一开始就强调并且实践着外国文学引介与研究的主体性。外国文学研究必须要与中国的实际问题相结合，必须转化为本土的文化资源。"小说界革命"可以说标志着外国文学作为话语对象正式与现代中国学术接轨，在此后中国社会政治与文化的历史沿革中，外国文学总是与不同时期中国社会问题密切相关。正如施蛰存在《现代美国文学专号导言》中所言："一方面固然说明了我们首先注意到美国文学的理由；另一方面，我们是更迫切地希望能够从这样的说明，指示出一个新文化的建设所必需的条件来。"② 在"启蒙与救亡"话语、文学革命话语、革命文学话语、战争话语等话语模式的更替中，外国文学作为建立现代民族国家、现代化想

---

① 乔冠华：《方生未死之间》，《中原》1944年第1卷第2期。署名于潮。
② 施蛰存：《现代美国文学专号导言》，《现代》1934年第5卷第6期。

象以及新文学、新文化建设的重要学术资源走到了历史前台，接受中国文化语境的筛选、甄别、过滤，从而开始它在异国他乡的"文化之旅"。

第二节 译作序跋对外国文学研究的贡献

据统计，从 1897 年到 1921 年，林纾与其合作者共译①作品有 189 种，包括未刊者 23 种。这些翻译作品来自英国的最多，占半数以上，共 100 种。其次是法国，共 23 种，美国有 16 种，俄国有 10 种，此外希腊、德国、日本、比利时、瑞士、挪威、西班牙各一种。② 林纾的这些译作对于中国外国文学研究的贡献主要有两点。

第一，培育外国文学学术话语的生产主体。杨联芬女士认为："林译小说文本的意义，既超越了他本人理性的审美与道德预设，也超越了晚清一般文人读者的审美期待。因此它的最大价值乃是其'超前性'；隐性的后果就是塑造了一个崇尚西方文学的新的读者群——五四一代新文学作家。"③ 胡适晚年回顾自己青年时代的写作生活时说："我那时还写古文……那时叙事文学受林琴南的影响。林琴南的翻译小说我总看了上百部。"④ 周作人认为，林琴南"确是清室孝廉……老实说，我们几个都因了林译才知道外国有小说，引起一点对于外国文学的兴味。我个人还曾经很模仿过他的译文。……在过去二十几年竟译了好好丑丑这百余种小说"⑤。从胡适、周作人、茅盾、郑振铎、钱锺书等的传记和回忆录中，可以看出林纾的译作伴随着他们度过了童年、青年，引领他们走进了外国文学译介与研究领域。这种阅读记忆是他们走向外国文学研究的主要原因之一。当然，留学生制度、外国文学学科建制、现实社会政治文化变迁等

---

① 本节为了论述集中，仅以林纾译作的序跋为分析个案。由于林纾不审西文，更没有出国留学的机会，所以他的译作是以"恃二、三君子为余口述其词，余耳受而笔追之，声已笔止"的方式完成。见林纾《孝女耐尔传·序》，见钱谷融编《林琴南书话》，浙江人民出版社 1999 年版，第 77 页。

② 这是林薇以马泰来《林纾翻译作品全目》为基础参以其他资料整理出来的数字，见林薇《百年沉浮——林纾研究综述》，天津教育出版社 1990 年版，第 86—95 页。

③ 杨联芬：《晚清至五四：中国文学现代性的发生》，北京大学出版社 2003 年版，第 111 页。

④ 胡颂平编：《胡适之先生晚年谈话录》，中国友谊出版公司 1993 年版，第 280 页。

⑤ 周作人：《林琴南与罗振玉》，《语丝》1924 年第 3 号，署名开明，见陈子善编《周作人集外文（上集）1904—1925》，海南国际新闻出版中心 1995 年版，第 623—624 页。

要素同样也是促使他们参与外国文学的话语实践。

第二，激活中国早期的外国文学研究。虽然林纾对原作的随意删改与选目不精而颇遭诟病，但从客观上说，林纾的译作为晚清社会输入了新鲜的血液，一种完全不同于中国传统文学观念的异质文学资源，确实起到了"一广国人之见闻，一新国人之观感"①的作用，成为晚清社会了解异国的人情风貌与价值观念的重要窗口。在任何社会中，话语一旦产生，就会立即受到若干程序的控制、筛选、组织和再分配，②"这些程序的作用在与防范他的权力和危险，把握不可始料的事件"③。以《巴黎茶花女遗事》为代表的西方小说在晚清学界引起广泛关注，面对外来文化的冲击与本土文化的重新发现，林纾的译作成为晚清社会各种文化力量的对抗和对话的焦点。包天笑认为该作："轰动一时。有人谓外国人亦有用情之专如此吗？"④ 严复认为："可怜一卷《茶花女》，断尽支那荡子肠"；⑤ 由于茶花女、迦茵与中国传统的女性标准发生的剧烈冲突与反差，西方的爱情观与女性观动摇了中国封建礼教的基础。以金天翮为代表的国粹派猛烈抨击小仲马《巴黎茶花女遗事》、哈葛德《迦茵小传》，认为女子婚前不守贞操而怀孕，这种行为背离中国传统道德，应受到唾弃。他们担心握手、接吻、跳舞等西方生活方式，随着这些小说的传播而逐渐渗透到中国文化里，从而影响民族国粹和社会风化。所以，他们呼吁应对言情小说"厉行专制，起重黎而使绝地天之通"。⑥ 文学史家张静庐从中西小说的结构出发，认为："中国小说，大半叙述才子佳人，千篇一律，不足以餍其好奇之欲望；由是西洋小说便有乘时勃兴之机会。自林琴南译法人小仲马所著哀情小说《茶花女遗事》以后，辟小说未有之蹊径，打破才子佳人团圆式之结局。"⑦ 以上所举个案表明，林纾译作成为检验国人对外来文化与文学态度的试金石。不同价值观念与视角的学人或表现出强烈的情感认同，或生发被同化的恐惧感与抵触感，或展示出冷静的学理分析。林纾译

---

① 陈子展：《中国近代文学之变迁》，上海古籍出版社2000年版，第87页。
② 黄念然：《20世纪中国古代文论研究史·文论卷》，东方出版社2006年版，第105页。
③ 福柯：《话语的秩序》，见阿兰·谢里登《求真意志》，上海人民出版社1997年版，第160页。
④ 包天笑：《钏影楼回忆录》，中国大百科全书出版社2009年版，第171页。
⑤ 邹振环：《影响中国近代社会的一百种译作》，中国对外翻译出版公司1996年版，第123页。
⑥ 林薇：《百年沉浮——林纾研究综述》，天津教育出版社1990年版，第20页。
⑦ 薛绥之：《林纾研究资料》，福建人民出版社1983年版，第215—216页。

作使中国文学与外国文学的碰撞与对话成为可能,从而激活了为中国的外国文学研究。

在林纾译作的诸多序、跋中,我们可以看出,中国传统诗学话语与外国文学的碰撞。可以说,这是最具中国特色的外国文学研究视角。中国传统诗学话语的主要载体是文言文。文言文是古代知识分子的书面表达工具,它以单音节为主,结构紧凑,一个字往往包含着容量极为丰富的意蕴。在新文化运动中,胡适国提出"白话文运动",认为文言文是"死的文字"[①],提倡"国语的文学、文学的国语"。[②]但在传统知识分子看来,文言文则具有宇宙古今之美,正所谓"语言是思想存在的家园"。吴宓认为:"今日中国文字文学上最重大急切之问题乃为'如何用中国文字表达西洋之思想;如何以我所有之旧工具,运用新得于彼之材料'。"[③]林纾的诸多译作表明,文言文并没有成为林纾引介与研究外国文学的障碍。相反,文言文在其传达异域文学资源的文化内涵时,往往更具有中国特色。作为古文大家,林纾具有文学家的敏感与批评家的眼光,在分析与定位外国小说时,往往表现出其特有的视角。林纾认为,西方小说"处处均得古文义法"[④]。其中,义指"言有物",法指"言有序",义法强调的是以"义"为基础的内容与形式的完美统一,"义以为经,而法纬之,然后为成体之文"[⑤]。虽然,林纾自己并不承认是桐城派,但其最擅长的还是用"义法"分析外国文学的思想内容与艺术构思。

爱国与启蒙是林纾评价西方小说的"义",即思想内容的主要基调。林纾希望通过翻译外国文学小说,表达自己救亡图存的爱国思想。林纾在《深谷美人·叙》中写道:"余老矣,羁旅燕京十有四年,译外国史及小

[①] 对于林纾运用文言文翻译外国小说,胡适这样写道:"平心而论,林纾用古文做翻译小说的实验,总算是很有成绩的了。古文不曾做过长篇的小说,林纾居然用古文译了一百多种长篇小说,还使许多学他的人也用古文译了许多长篇小说。"胡适:《五十年来中国之文学》,《胡适学术文集·新文学运动》,中华书局1993年版,第106—110页。

[②] 胡适:《建设的文学革命论》,见龚海燕编《海上文学百家文库:蔡元培、陈独秀、胡适卷》,上海文艺出版社2010年版,第342页。

[③] 吴宓:《马勒尔白逝世三百周年纪念》,《学衡》1931年第65卷。

[④] 陈平原:《二十世纪中国小说理论资料》第1卷,北京大学出版社1997年版,第4页。"义法"是清代桐城派创始人方苞对于中国传统文论的概括。由于桐城派处于中国古典散文发展的最后阶段,它主要对其之前散文创作进行归纳总结,以应用于具体的创作实践。

[⑤] 林治金等编:《中国古代文章学辞典》,山东教育出版社1991年版,第11页。

说,可九十六种,而小说为多。其中皆名人救世言,余稍微渲染,求合于中国之可行者。"①"纾已年老,报国无日,故日为叫旦之鸡,冀吾同胞警醒。"② 可以说,林纾这种亡国灭种的忧患意识与晚清启蒙救亡的主流话语相契合。林纾在《埃司兰情侠传·序》《利俾瑟战血馀腥录·序》《雾中人·序》《滑铁卢战血馀腥·记序》等译作序言中,总是适时地抒发自己忧国忧民的情怀,并强调尚武精神对于健全国民性格、振奋国民精神的重要性。最为典型的个案就是《黑奴吁天录·序》。林纾将这本名著译为《黑奴吁天录》,其意义在于:"余于魏君同译是书,非巧于叙悲以博阅者无端之眼泪,特为奴之势逼及吾种,不能不为大众一号。……其中累述黑奴惨状,非巧于叙悲,亦就其原书所著录者,触黄种之将亡,因而愈生其悲怀耳。……为振作志气,爱国保种之一助。"③ 林纾所翻译的《黑奴吁天录》在晚清社会引起了巨大反响,因此被誉为"一部影响中国历史的译作"。④

在诸多外国小说家中,林纾对狄更斯情有独钟。他多次强调狄更斯"出身贫贱,故能于下流社会之人品,刻画无复遗漏"。⑤ 在林纾看来,狄更斯的作品具有"情罪皆真、声影莫遁"⑥ 的写实性。在《孝女耐儿传·序》中,林纾准确地论述了狄更斯创作的现实主义特色:"刻画市井卑污龌龊之事,至于二三十万言之多,不重复,不支厉(离),如张明镜于空际,收纳五蛊万怪,物物皆涵清光而出,见者如凭栏之观鱼鳖虾蟹焉。则迭更斯者盖以至清之灵府,叙至浊之社会,令我增无数阅历,生无穷感喟矣。"⑦ 林纾尤为赞赏狄更斯对社会底层小人物的关注:"若迭更司者,则

---

① 林纾:《深谷美人·叙》,见钱谷融编《林琴南书话》,浙江人民出版社1999年版,第112页。
② 林纾:《不如归·序》,见钱谷融编《林琴南书话》,浙江人民出版社1999年版,第93页。
③ 林纾:《黑奴吁天录·跋》,见钱谷融编《林琴南书话》,浙江人民出版社1999年版,第5页。
④ 邹振环:《影响中国近代社会的一百种译作》,中国对外翻译出版公司1996年版,第146页。
⑤ 薛绥之:《林纾研究资料》,福建人民出版社1983年版,第257页。
⑥ 林纾:《滑稽外史·短评》,见林薇《论林纾对近代小说理论的贡献》,《中国社会科学》1987年第6期。
⑦ 林纾:《孝女耐尔传·序》,见钱谷融编《林琴南书话》,浙江人民出版社1999年版,第77页。

扫荡名士、美人之局,专为下等社会写照。"① 这一点,可以说是后来者陈独秀提出"平民文学"的先声。

同时,林纾也格外重视"法",即西方小说的叙事手法。林纾以自己的翻译活动总结道:"仆译外国文字,成书百三十三种。审其文法,往往于一事之下,带叙后来终局,或补叙前文遗漏,行所无事。带叙处无臃肿之病,补叙处无牵强之迹。窃谓吾国文章但间有之。"② 林纾所言的"带叙"与"补叙"即今天所指的插叙,指在行文脉络中恰到好处地交代相关事由。这是外国作家创作时比较常见的叙事手法,这一点在中国文学中却很少见,正如施蛰存所言:"中国传统小说的创作,永远是按照编年排日的次序以叙述故事情节的发展。不会用倒叙、插叙、推理、分析、旁白、独白种种艺术手法。碰到一个故事需要追溯前情或补述旁事的时候,只会用'话分两头,且说……',或'这且按下不提,再说……'这一类公式化的结构。"③ 可以说,外国小说中的"带叙"和"插叙"为晚清小说界提供了有效的借鉴。为了引导读者阅读西方小说,林纾在其译作序跋中绘制出不同于中国小说的"地形构造图"。在《洪罕女郎传·跋语》中,林纾认为:"哈葛德之为书,可二十六种,言男女事,机轴只有两法,非两女争一男者,则两男争一女。……大抵西人之为小说,多半叙其风俗,后杂入以实事。风俗者不同也,因其不同,而加以点染之方,出以运动之法,等一事也,赫然观听异矣。"④ 这样虽简单却形象的概括,大大消除了读者对外国文学写作程式的心理障碍与隔阂,也不失为一种激发读者阅读兴趣的策略。林纾还站在世界文学的高点,总结中外文学大师的创作经验,指出鸿篇巨制在谋篇布局上的共同之处。在谈到《黑奴吁天录》时,林纾认为该作"开场、伏脉、接笋、结穴,处处均得古文家义法。可知中西文法,有不同而同者。译者就其原文,易以华语,所翼有志西学者,勿遽贬西书,谓其文不如中国也"。⑤ 司各特的《萨克逊劫后英雄略》,"传中事,往往于伏线接笋

---

① 薛绥之:《林纾研究资料》,福建人民出版社1983年版,第178—179页。
② 同上书,第129页。
③ 施蛰存:《文艺百话》,华东师范大学出版社1994年版,第103页。
④ 林纾:《洪罕女郎传·跋语》,见钱谷融编《林琴南书话》,浙江人民出版社1999年版,第40页。
⑤ 林纾:《〈黑奴吁天录〉例言》,见钱谷融编《林琴南书话》,浙江人民出版社1999年版,第4页。

变调过脉处，大类吾古文家言"①。以上所举各例，均表现出林纾以中国传统诗学话语对中西小说结构的认知。

林纾对狄更斯《大卫·科波菲尔》的叙述艺术给予极高的评价。在《块肉余生述·序》中，林纾写道："此书为迭更斯生平第一著意之书，分前后两篇，都二十余万言；思力至此，臻绝顶矣。古所谓锁骨观音者，以骨节钩联，皮肤腐化后，揭而举之，则全具锵然，无一屑落者。方之是书，则固赫然其为锁骨也。大抵文章开阖之法，全讲骨力气势，纵笔至于浩瀚，则往往遗落其细事繁节，无复检举；遂令观者得罅而功。此故不为能文者之病，而精神终患弗周。迭更斯他著，每到山穷水尽，辄发奇思，如孤峰突起，见者耸目，终不如此书伏脉至细，一语必寓微旨，一事必种远因。……而迭更司乃能化腐为奇，摄散作整，收五虫万怪，融汇之以精神，真特笔也。"②林纾用"锁骨观音""伏脉"③等中国古代文论的批评话语，生动而具体地指出该作在情节结构上环环相扣，且前呼后应的严谨性与巧妙性，字里行间中透露出林纾对狄更斯小说高超技法的推崇与褒扬。

林纾以"法"这个层面审视西方小说的艺术构思，可以说触及外国文学大师的创作精要。晚清时期，因为报刊连载的形式，中国小说普遍存在结构散乱的弊端。鲁迅在《中国小说史略》中认为，《儒林外史》"全书无主干，仅驱使各种人物，行列而来，事与其来俱起，亦与其去俱讫，虽云长篇，颇同短制"④。可以说，林纾对西方小说"法"的强调，在一定程度上为晚清中国长篇小说的写作具有一定的借鉴意义与纠偏功能。但林纾不懂西文，中国传统诗学话语具有感悟性思维的特征，其重印象、重直觉、富于情感性等倾向，使得林纾只是用"伏线、接笋、变调、过脉、骨节"等"法"去简单置换西方小说的艺术结构，其实这种表层的直接迁移难以真正体悟西方小说结构的奥妙。

---

① 林纾：《〈撒克逊劫后英雄略〉序》，载钱谷融编《林琴南书话》，浙江人民出版社1999年版，第34页。
② 林纾：《〈块肉余生述〉前编序》《块肉余生述》前编，载钱谷融编《林琴南书话》，浙江人民出版社1999年版，第83—85页。
③ 伏脉即今人所言的铺垫、伏笔。林纾说："伏笔即付脉。"
④ 鲁迅：《中国小说史略》，载《鲁迅全集》第9卷，人民文学出版社1981年版，第221页。

林纾作为"介绍西洋近世文学的第一人",① 本书认为,林纾的贡献不仅在于翻译了189部西方小说,开阔了晚清读者的阅读视野,使国人认识到西方文学的独到和高超之处,从而扭转了人们对西方文学的偏见。从外国文学学术史的角度看,林纾更为外国文学在中国的研究启程开航。如果说,梁启超是在社会层面关注外国文学,他主要借助日本的政治小说,阐发小说与群治的关系,诉诸开民智、促革新,倾向于社会性、政治性。那么,林纾关注外国文学更多着有文学研究的底色,他倾注更多的是外国文学的思想内容、艺术结构以及中西文学的共通与互补。从而在质和量两方面弥补了梁启超的不足,在一定程度上,更修正了梁启超因过于功利而暴露的缺陷。纵观百年中国外国文学学术史,林纾是较早以中国传统诗学话语审视外国文学的研究者。文言思维决定了林纾运用传统诗学话语表达对异域文学资源的体悟,这也是以林纾为代表的知识分子审视外国文学研究的主要思维方式。在林纾之后,应时以"文质"烛照德国现代诗歌流派、② 孙毓修以文体③阐释欧美小说、曾虚白以"文、质"观照欧洲文学观念演变史、④ 叶公超运用中国古代诗论阐释艾略特的诗歌等。⑤ 1914年,

---

① 胡适:《五十年来之中国文学》,载姜义华编《胡适学术文集·新文学运动》,中华书局1993年版,第106页。

② 应时(1887—1942),字溥泉,浙江吴兴(今湖州市)人。

③ 1903年,马君武在日本写的《法兰西文学说例》这篇短文所说的"文学"实际上指的是各种文体(其中也包括部分文学体裁)、与我们今天所说的文学还不完全是一回事。马君武将法兰西文学分为散文与诗词两类,又将散文分为记事、辩论、学说、戏剧、书牍五种。其中,记事包括历史、小说(或稗史)、漫言、报章四种。马君武认为:"小说者,其所记之事。为描写之与事实 使读之者有甚深之趣益,甚高之理想,而终不可不归本于道德。费纳龙所著之《退累马克》,沙头不里昂所著之《流血者记》,皆小说之杰出者也。小说中之所谓历史小说者,缀拾遗事,而引伸变换之。英人司各脱最长此技。漫言者,亦小说之类,而特荒唐无稽,惟小儿最乐读之。卑娄尔氏著漫言最有名。……戏剧之文,用诗歌者多,用散文者少。而亦常有用散文者,若法国著名之戏剧(家)Moliere及Besumarchais之是也。戏剧之文,分为三类:曰悲剧,曰狂剧,曰小狂剧。"贵公(马君武):《法兰西说例》,《新民丛报》第33号,1903年,见莫世详编《马君武集——辛亥革命百年纪念文库》,华中师范大学出版社2011年版,第165—166页。

④ 虚白:《欧洲各国文学的观念》,《真美善》1930年第6卷第4、5期。

⑤ 叶公超:《再论艾略特的诗》,《北平晨报·文艺》1937年第13期。

应时发表中国最早的德国诗歌译本《德诗汉译》。① 在该译本末的《德诗源流》中，应时以歌德与席勒为例，以"文、质"为切入点，分析了德国现实主义诗歌与浪漫主义诗歌的发展脉络与成就。尽管应时对德国诗歌源流的叙述略显简单粗糙，但作为中国最早论及德国诗歌史的论著，其史料价值值得关注。1918 年，周作人在《欧洲文学史》也常使用中国传统诗学话语来阐释外国文学现象。如在第四章"悲剧"中，周作人引用《诗·大序》里的句段："所谓情动于中而形于言；言之不足，故嗟叹之；嗟叹之不足，故永歌之；永歌之不足，不知手之舞之，足之蹈之也。"② 周作人在阐释酒神狄奥尼索斯的祭歌时，这样写道："Dithyrambos 者，春之歌也。生之复活之歌。"③ 可以看出，周作人并未脱离传统文论如《文心雕龙》《文选》等潜在的影响。尤其是 1930 年，曾虚白以"文质"为切入点，研究欧洲各国的文学观念。在 20 世纪 40 年代之后，几乎成为一种历史绝唱。虽然，他们的外国文学研究工作略显粗浅，但有所意识就是值得注意的事情。以传统诗学话语切入外国文学研究，是中国外国文学研

---

① 该译本采用文言文、德文对照的形式，收录包括歌德、席勒、海涅等十位诗人的 11 首诗。正文前有徐建生的《〈德诗汉译〉序》和应时的《〈德诗汉译〉自序》，书末另附《德诗源流》《诗人姓字居里表及本诗所选书目》《勘误表》。在《德诗源流》中，应时认为："德人有诗以来，家法备承一系。华实奇正，旨趣不齐，意林广狭，词海深浅，固因智识为流别，时缘时代为后先，世界文学之公例，其阶级如是也。质家之诗直笔朴辞，止于事理；文家则灵思隽语，穷究事理者也。此构实镜，观察最真，彼设玄想，范围最广。凝重活泼，皆然殊科。文家者流不暇顾及事理，隐语寓言，乘兴而往，驰骋于幽冥怪异之途，以图寄神祇鬼妖；为其惊人之语，得意之作，一若地狱天堂果有其事，而身如其境焉。此在古代自易措词，及今视之，不能容于科学之世界，诵其言，咏其声者，宁不使人搁笔哉！文化愈进，诗境愈真，粉饰藻缋之资久已无稽见屏，欲其体物切情，又有枯窘之状态，束诸窄塞之途，而作诗之道难矣。况乎诗人之旨所以启迪化源，宣扬国风，邮传世务，非徒陶冶性情，吟风弄月已也。及知文丽用寡，尽失诗人之本意，欲其博物洽闻，有补于世，故质家尚焉。德之古诗大都昭告神明与夫儿女英雄之谈，寄托诙谐，假藉讽喻，要不离乎灵感诡迹，抒其沉寂幽眇之思，托义于比兴，非是者，持论不根，无以资诵习焉；如神主降灾，祝福求福，蛙鼠搆怨，蚊蚁剧战之类，皆其特点也。今之诗人，恒因他国之轶事，世界之异闻，著为弦歌，期于感发心志，故咏史必详，文主以谏，或抒下情，或宣上德。诗人之本意盖不悖于四始六义，而与古之作诗以证事，而非引事以明诗者，其指归正相反也。此今诗之特点也。近世作者，盛于'今时'第三期，而仍以戈德、翕雷二氏为最著。此二世者，初不同道，戈德为质诗，翕雷则文家派。翕雷天才爽逸，鼓吹自由，少壮盛气溢于行间，甚为后生小子所爱重，盖其臭味同相投也。阅历世道多所倾蹶，始稍稍知事理，辍笔乃不复作，埋首伏案，潜研历史哲学，如是者五年，再作韵语。遂一变故态，粹然为质家之言。故其平生截为先后两派，终翕雷之身与戈德异出而同归，以成今文第三期之盛。今之诗人莫不奉为圭臬焉。"应时：《德诗源流》，见应时《德诗汉译》，世界书局 1939 年版，附录。

② 王育颐编：《中国古代文学词典》（第 4 卷），广西教育出版社 1989 年版，第 393 页。

③ 周作人：《欧洲文学史》，河北教育出版社 2002 年版，第 20 页。

究在初始阶段的重要特征。可以说，这些极具中国特色的研究视角是百年中国外国文学研究史上的一抹亮色，是最为独特的"中国之声"。

第三节 《教育世界》上的外国作家传记研究

1901年，罗振玉在上海创办《教育世界》杂志。自1904年3月至1907年10月，该杂志开辟"传记"专栏，刊载了王国维撰写的外国作家系列传记。如下表。

篇名	刊号	时间
《德国文豪格代希尔列尔合传》	甲辰第2期（总70号）	1904年3月
《格代之家庭》	甲辰第12、14期（总80、82号）	1904年8月、9月
《脱尔斯泰传》	丁未第1、2期（总143、144号）	1907年2月、3月
《戏曲大家海别尔》	丁未第3、5、6期（总145、147、148号）	1907年3月、4月
《英国小说家斯提逢孙传》	丁未第7、8期（总149、150号）	1907年5月
《莎士比传》	丁未第17期（总159号）	1907年10月
《倍根小传》	丁未第18期（总160号）	1907年10月
《英国大诗人白衣龙小传》	丁未第20期（总162号）	1907年11月

说明：格代希尔列尔（歌德席勒）、格代（歌德）、脱尔斯泰（托尔斯泰）、海别尔（黑贝尔）、斯提逢孙（斯蒂文森）、莎士比（莎士比亚）、倍根（培根）、白衣龙（拜伦）。

从上表可以看出，王国维所选的作家主要集中在18—19世纪，如歌德是18世纪启蒙主义文学的集大成者，托尔斯泰是19世纪现实主义小说的高峰。其中，莎士比亚与培根属于文艺复兴时期。空间上，王国维以欧洲作家为主，涉及英国作家莎士比亚、培根、拜伦、史蒂文森；德国作家歌德、席勒、黑贝尔；俄国作家列夫·托尔斯泰。从文体上看，莎士比亚、黑贝尔以戏剧著称，托尔斯泰、史蒂文森以小说见长，拜伦、培根各倾向于诗歌、散文等。用今天的文学标准来衡量，在王国维选择的八位话语对象中，基本都是外国文学史册上留名的经典作家。

受到康德、席勒、叔本华的影响，王国维美学思想的核心是文学审美的无功利性，这在晚清文坛以政治启蒙话语为主导的语境下，无疑具有"世人皆醉我独醒"的意味与离经叛道的色彩。王国维认为："吾国今日之学术界，一面当破中外之见，而一面勿以为政论之手段。"① 这句话表明，王国维对中外文化与文学研究的态度。一方面，王国维主张应当破除中外文学的门户之见，将中外文学置于同一平面，促进两者的相互交流与沟通，建立一种超越狭隘的民族和国家观念局限的世界性、人类性的文学视野。1857年，传教士艾约瑟在《六合丛谈》第一号撰写《希腊为西国文学之祖》一文，提倡将西学与中学打通，使用过"西国文学"一词。但其主要目的是传教，而不在于综合的外国文学知识的传播。② 20世纪初，梁启超在《论中国学术思想变迁之大势》中，基于中外文化交流和沟通的重要意义，提出了"中西文明结婚论"的思想："生理学之公例，凡两异性结合者，其所得结果必加良。此例殆各种事物认同皆同也，大抵文明祖国凡五个辽远隔绝，不相沟通，惟埃及安息，借地中海之力，两文明相遇，遂产生欧洲之文明，光耀大抵焉。其后阿剌伯之西渐，十字军之东征，欧亚文明，再交媾一度，乃成近世震天铄地之现象，皆此公例之明验也。我中华当战国之时，南北两文明初相接触，而古代之学术达于全盛，及隋唐与印度文明相接触，而中世之学术放大光明。今则全球若比邻矣，埃及安息印度墨西哥四祖国，其文明皆已灭，故虽与欧人交，而不能产新现象，盖大地今日只有两文明，一泰西文明，欧美是也；二泰东文明，中华是也。二十世纪，则两文明结婚之时代也。吾欲我同胞张灯置酒，迓轮俟门，三揖三让，以行亲迎之大典，彼西方美人，必能为我家育宁馨儿以亢我宗也。"③ 在这里，梁启超从世界文明史的宏观角度认为，社会进步与学术繁荣的内在动因在于打破中外文明的隔阂。而王国维作为一名纯粹的学者，他提倡"中西二学，盛则俱盛，衰则俱衰，风气则开，互相推动"④。可以说，王国维更多地从中外学术相辅相成、相互依存的共通关系角度，指向学术研究的世界性。他曾这样预言："今日之时代，已入研究自由之时代，而非教权专制之时代。……异日发明光大我国之学术者，必在兼同世界学术之人，而不在一孔之陋儒，固可绝也。"⑤ 学术

---

① 王国维：《论近年之学术界》，载姜东赋选注《王国维文选》，百花文艺出版社2006年版，第51页。
② 袁进：《中国文学的近代变革》，广西师范大学出版社1996年版，第96页。
③ 梁启超：《饮冰室合集》第7集，中华书局1989年版，第4页。
④ 王国维：《王国维文选》，上海远东出版社1997年版，第112页。
⑤ 王国维：《奏定经学科大学文学章程书后》，载《王国维遗书》第5册，上海古籍书店1983年版。

的自由与独立是其生存之根本。由此，在王国维的思想中，只有"借他山之石"，才"可以攻玉"，若陷入狭隘的自我封闭与满足，必将为世界所唾弃。学习与借鉴世界文学与文化，是中国文学与文化创新与发扬的必经之路。

另外，王国维主张审美和艺术"去政治化"。在《文学与教育》中王国维论及文学的重要性："生百政治家不如生一大文学家，何则？政治家与国民以物质上之利益，而文学家与以精神上之利益。……物质上之利益，一时的也；精神上之利益，永久的也。前人政治上所经营者，后人一旦而坏之。至古今之大著述，苟其著述一日存，则其遗泽且及于千百世而未沫。……何则？彼等诚与国民以精神上之慰藉，而国民之恃以为生命者，若政治家之遗泽，绝不能如此广且远也。"① 王国维强调文学具有独立性，文学本体存在的意义在于给人以情感和知识的满足和慰藉。这种倾向表明，王国维反对梁启超所主张的社会功用论。所以，王国维把文学作为"国民之精神上之慰藉"，但"回顾我国民之精神界则奚若，试论我国之大文学家有足以代表全国民之精神如希腊之鄂谟尔（荷马）、英之狭士丕尔（莎士比亚）、德之格代（歌德）者乎，吾人所不能答也，其所以不能答者，殆无其人欤？抑有之而吾人不能举其人以实之欤？二者必居一焉，由前之说则我国之文学不如泰西，由后之说则我国文学之重文学不如泰西，前说我所不知，至于后说则事实较然无可讳也"②。在王国维看来，"学无新旧也，无中西也，无有用无用也"。③ 所以，中外文学在文学本体论上是共通的也是互通的。由此，王国维回避中国文学与西方文学孰优孰劣的问题。当王国维将目光转向泰西文学时，发现荷马、莎士比亚、歌德这些经典作家是其所在国"国民精神代表者"。我们不难发现，王国维在《教育世界》发表诸位作家传记的意义，即在于借欧洲文学大师，激发中国的国民精神。从这里可看出，王国维在出世与入世之间的悖论。

在这样的美学话语下，王国维在上文所列各篇中，以"世界大诗人""世界的文豪""世界之人物"等评价所传作家。他称曹雪芹《红楼梦》和歌德《浮士德》为"宇宙之大著作"，"夫欧洲近世之文学中，所以推

---

① 叶嘉莹：《王国维及其文学评论》，河北教育出版社2000年版，第24页。
② 同上书，第125页。
③ 王国维：《国学丛刊序》，载《王国维集》第2册，周锡山编，中国社会科学出版社2008年版，第325页。

格代之《法斯德》为第一者,以其描写博士法斯德之苦痛,及其解脱之途径,最为精切故也。若《红楼梦》之写宝玉,又岂有以异于彼乎?"① 在王国维看来:"当知莎氏与彼主观的诗人不同,其所著作,皆描写客观之自然与客观之人间,以超绝之思,无我之笔,而写世界之一切事物者也。所作虽仅三十余篇,然而世界中所有之离合悲欢,恐怖烦恼,以及种种性格等,殆无不包诸其中。"② 称英国新浪漫主义作家斯蒂文森代表作之一《化身博士》:"Doctor Jekyll and Mr. Hyde 之一篇,乃其全集中最有真面目之后作也。或谓此作含有高远寓意,乃哲学之著述,虽不必尽然,然此作实说明人间高卑部分之关系,或为恶之渊源,意见真挚,固不疑也。卷中所述,为千古不变之道德问题,详言行善之难,为恶之易,实有功名教之作也。"③ 从"无我""世界""种种性格""高远寓意""善恶"等关键词可以看出,王国维以文学审美无利害的观念为出发点,阐述莎士比亚作为世界诗人的博大胸襟与斯蒂芬孙小说的哲学意味,而非政治的眼光。拜伦在王国维看来:"白衣龙之为人,实一纯粹之抒情诗人,即所谓'主观之诗人'是也。其胸襟甚狭,无忍耐力自制力,每有所愤,辄将其所郁之于心者泄之于诗。"④ 王国维将其美学思想的重要内容"主观之诗人"与"客观之诗人"对拜伦进行点评,恰当与否,我们暂且不论。关键是我们看到在晚清学者的外国文学研究中,王国维将自己的特有学术话语运用到分析、阐释西方作家及其创作的实践,其本身就是说明中国学者明确的主体意识。

王国维为八位外国作家立传,可以说是中国较早的外国文学作家系列的专题研究,树立了外国文学传记式研究的模式。中国自古以来就有史传传统,从贾谊"前事之不忘,后事之师也"到太史公"究天人之际,通古今之变","藉人明史"是我国史传的一贯传统。史传文学始于司马迁的《史记》,其鲜明的文学性使其成为古代传记文学的典范。文学传记注重人物所处的时代环境、生平事迹、文学成就,展现人物的精神风貌与生

---

① 王国维:《王国维文集》,线装书局2009年版,第94页。
② 王国维:《莎士比传》,载《王国维集》第2册,周锡山编,中国社会科学出版社2008年版,第8页。
③ 王国维:《英国小说家斯提逢孙传》,载《王国维集》第2册,周锡山编,中国社会科学出版社2008年版,第19页。
④ 王国维:《英国诗人白龙衣小传》,载《王国维集》第2册,周锡山编,中国社会科学出版社2008年版,第11页。

命历程。王国维所写的外国文学作家传记，同样也是遵循了中国传记文学的写法。在《莎士比传》中详细交代了莎士比亚的婚姻家庭、伦敦岁月、创作过程等基本情况，并且传文中又提到了莎士比亚的"四大悲剧"：《鬼诏》《黑瞀》《蛊征》《女变》，指出"盖惟此四篇实不足以窥此大诗人之蕴奥"。① 在八位外国作家传记中，王国维用力颇多的是《脱尔斯泰传》。该传记包括"绪论""家世""修学""军人时代""文学时代""宗教时代""农事意见""教育意见""上书""家庭""丰采""交游及论人""佚事"等内容。王国维对托尔斯泰的文学地位给予高度评价："脱尔斯泰者，非俄国之人物，而世界之人物也；非一时之豪杰，而千古不朽之豪杰也。以之为文学家，则为琐斯披亚、唐旦、格代等可与之颉颃。以之为宗教家，则惟路得可与肩伍。"② 在"文学时代"部分，王国维认为托尔斯泰的三大杰作《和平与战争》《俺讷小传》《再生记》，"实千古不朽之作，海内文坛，交相推重。与格代之《法斯德》，琐士披亚之戏曲，唐旦之《神曲》，价值相等云"③。接着，王国维对它们分别进行评述。如他认为，托尔斯泰的《再生记》："此书实捕捉十九世纪之政治问题、社会问题，而以深远有味之笔，现之于纸上者也。"④ 王国维以法国批评家的观点为例，表达了对该著的赞誉："谓《再生记》之作，乃对十九世纪人间之良心，为当头一棒喝！可谓知言。故即令脱氏生平，无他杰作，而仅此一篇，亦足执世界文坛之牛耳矣。"⑤ 虽然寥寥数语，可谓切中肯綮。

在特定的历史语境下，《教育世界》以专栏形式刊载王国维撰写的外国作家系类传记，对于晚清时期的中国读者了解异域民族作家的艺术生命历程，无疑是十分必要的。在王国维之后，外国作家的传记研究模式是民国时期作家研究的一个重要方面，几乎只要有外国作家被引进，关于他们的传记就会与读者见面。此种模式一直延续到中华人民共和国成立后的很长一段时期内。在《小说月报》《现代》《文学》等刊物的外国作家专号

---

① 王国维：《莎士比传》，载《王国维集》第 2 册，周锡山编，中国社会科学出版社 2008 年版，第 7—8 页。
② 王国维：《脱尔斯泰传》，载《王国维集》第 2 册，周锡山编，中国社会科学出版社 2008 年版，第 42 页。
③ 同上书，第 48 页。
④ 同上书，第 49 页。
⑤ 同上。

或特辑中，相关的作家传记研究是其重要的编辑策略之一。如《小说月报》先后刊载了沈雁冰的《近代俄国文学家三十人合传》《现代德奥文学者略传》《现代世界文学者略传》、郑振铎《太戈尔传》、耿济之的《俄国四大文学家合传》、小航的《陀思妥以夫斯基传略》等。尤其《小说月报》的"文学家研究"栏目取消之后，《小说月报》加大了"传记"一栏的介绍力度，"对于传记一栏，从第七期起，更欲特别注意：多登在西洋已是名震一时而中国尚未知晓的文家的评传"①。可以说，为外国作家写传记是中国文学的史传传统的具体表现。

关于传记研究方法，有学者指出："单就研究模式而言，传记研究依据作家所在国或国外的参考书、作品、自传或传记、国外学者的评论材料或研究成果，按照作家的生平、时代、文学思潮、同时代文学创作或流派、主要作品的结构、主旨、意蕴和艺术手法等方式，将材料进行分类整理，意译转述为中文，在此基础上进行阐释，由此成为国内了解该作家的研究成果。"② 这些外国作家传记的呈现在一定程度上可以说是对晚清新民思潮的极好回应与图解。尤其是对不了解这些作家的晚清读者而言，足可以唤起他们心中沉睡已久的国民意识，激起他们对异域文学斑斓纷呈的文学想象，从而发挥普及外国文学常识的启蒙作用。

在晚清科学救国的国家话语下，梁启超将政治小说作为中国外国文学译介与研究的最初话语对象，其潜在的负面影响也是显而易见的：社会实用角度的考量多于艺术层面。这也预示着中国的外国文学研究在"启蒙与救亡"的政治话语下，不可避免地带有社会功利色彩，在很大程度上诉诸社会政治层面。林纾将更具文学性的异域文学注入晚清社会的体内，激活了中国的外国文学研究。作为一介书生，林纾虽未明确诉诸启蒙③，但在其译作的序跋中，仍可看到新民、保国的夙愿。对于中国外国文学研究最有意义的是，古文家身份的林纾用中国传统诗学话语"义法"阐释西方

---

① 《最后一页》，《小说月报》1921年第12卷第6号。
② 王晓路：《事实·学理·洞察力——对外国文学传记式研究模式的质疑》，《外国文学研究》2005年第3期。
③ 1920年，梁启超在《清代学术概论》中，这样写道："有林纾者，译小说百数十种，风行於时，然所译本率皆欧洲第二三流作者；纾治桐城派古文，每译一书，辄'因文见道'，于新思想无与焉。"薛绥之：《林纾研究资料》，福建人民出版社1983年版，第208页。其中"因文见道"表明，林纾确实在为梁启超的小说界革命摇旗呐喊。在林纾的译作中，西方经典作品也占有一定的比例。林纾不愿承认自己是桐城派，基于当时舆论称其为"桐城谬种"，梁启超却随声附和。显然，梁启超对林纾的评论有失公允。

小说的思想内容与艺术结构。虽未免有些"隔靴搔痒",但在百年中国外国文学研究史上这样的特例也是寥寥无几,可以说这是真正具有"中国特色"的外国文学研究视角之一。

而作为文学研究,外国文学更需要从内部审美的层面加以关注,唯其如此,它才能夯实在异域文化环境中生长土壤,才能绽放其艺术之美。王国维是艺术造诣极高的学者,他的审美无利害的美学思想独立于晚清社会的国家话语之外。《教育世界》上刊载的外国作家传记,既代表了百年中国外国文学研究中的传记式研究模式,也体现了王国维美学话语在外国文学研究中崭露头角。虽然在晚清"启蒙与救亡"的时代话语只是昙花一现,但对于外国文学研究却传递了一个信息:外国文学研究也是文学研究,"回归文学性"是其根本之所在。在王国维之后,诸多学人如叶公超对艾略特的研究、盛澄华对纪德的研究、李健吾对福楼拜的研究、梁实秋对莎士比亚的研究等成果,则显示了从学术学理层面系统地研究外国文学成为很多学者自觉的学术追求。正如盛澄华所言:"物理学家久已着手于原子能的研究,但他并不一定想到要造原子弹。这不是说学术必须与现实脱节,而是学术的主要途径并不为求当前的实用,唯其不求当前实用,它才能放胆深入到它所追求的理想。"[①]

总的看来,梁启超、林纾、王国维等学人在各自的外国文学研究话语实践中,或诉诸启蒙、爱国,或倾向娱乐、审美,虽然在研究的深度、广度上有待于进一步提高,但其在一定程度上拉开了中国外国文学研究的序幕,后来者正是在他们所开创的研究路径上继续前行。可以说,民国时期的外国文学引介与研究与其有着精神血脉上的延续,尤以民初孙毓修《欧美小说丛谈》最为明显。由于本书的主要研究对象是民国时期的外国文学研究,对于晚清只能择其要而论之,若有所疏漏,也是在所难免。

[①] 盛澄华:《试说大学外国语文学系的途径》,《周论》1948年第1卷第6期。

第二章

《新青年》：启蒙思想话语下的外国文学研究

1911年，孙中山领导的辛亥革命，推翻了中国两千多年的封建专制体制。中华民国临时政府的成立，实现了资产阶级革命派的梦想。但是袁世凯复辟、北伐战争等使国内政局动荡不安，现实表明革命暴力不能解决中国社会文化的痼疾，原有的文化运行机制并没有破除。依然如故的国民精神使陈独秀认识到："救中国，建共和，首先得进行思想革命。"[①] 而唤醒人心、启蒙大众的最有效方式就是办刊物，"只要十年八年的工夫，一定会发生很大的影响"[②]。1915年9月15日，一份名为《青年杂志》（第二卷第一号起更名为《新青年》）的刊物在上海正式创刊，它的主编正是陈独秀。

陈独秀在《新青年》创刊号上发表的《敬告青年》，被认为是新文化运动的宣言书。该文指出青年是国家的未来，要实现社会变革，关键在于青年一代的自身觉悟和观念更新。为营造一代新人、建设新国家，陈独秀提出"新青年"必须具有"自主而非奴隶的""进步而非保守的""进取而非退隐的""世界的而非锁国的""实利而非虚文的""科学而非想象的"六项思想意识。其中，"世界的而非锁国的"要求"新青年"具备宽广的世界胸怀与开阔的世界视野。因为"投一国于世界潮流之中，笃旧者固速其危亡，善变者反因以竞进"[③]，而"国民而无世界智识。其国将何以图存于世界之中。……各国之制度文物，形式虽不必尽同，但不思驱其国于危亡者，其遵循共同原则之精神，渐趋一致，潮流所及，莫之能违"[④]。顺应并融入世界潮流既是青年一代成长的必修课，又关涉民族国

[①] 周为筠：《杂志民国：刊物里的时代风云》，金城出版社2009年版，第5页。
[②] 汪原放：《回忆亚东图书馆》，学林出版社1983年版，第32页。
[③] 陈独秀：《敬告青年》，《新青年》1915年第1卷第1号。
[④] 同上。

家的生死危亡。由此，在启蒙思想话语下，引介与研究世界文学潮流成为《新青年》的议题之一。于是，《新青年》刊载了陈独秀《法兰西人与近代文明》《现代欧洲文艺史谭》，周作人《陀思妥夫斯奇之小说》《读武者小路君所作一个青年的梦》《文学上的俄国与中国》《日本近三十年小说之发达》，胡适《易卜生主义》《论短篇小说》；宋春舫《戈登格雷的傀儡剧场》《近世名戏百种目》，李大钊《俄罗斯文学与革命》，凌霜《托尔斯泰之平生及其著作》，YEC《日本人之文学趣兴》，陶履恭《法比二大文豪之片影》，知非《近代文学上戏剧之位置》，茅盾《十九世纪与其后的匈牙利文学研究》，郑振铎《文学与现在的俄罗斯》；此外，在《新青年》刊载的翻译小说中，译者撰写的长跋也体现出一定的研究意识。如《二渔夫》前于分析写实主义、自然主义和理想主义的区别，《梅吕哀》前附有对莫泊桑的简评，《基尔米里》前约有 3000 字关于龚古尔兄弟及其作品的评述文字，等等。其中，《新青年》的第四卷第六号隆重推出"易卜生专号"，① 这是中国外国文学研究史第一个以外国作家研究专号。该专号发表了胡适的《易卜生主义》、袁振英的《易卜生传》以及罗家伦、胡适合译的《娜拉》和陶履恭译的《国民之敌》等文章。从以上所列诸项可以看出，《新青年》关于外国文学引介与研究的成果似乎并不丰富，毕竟这不是一本以外国文学引介与研究为主的刊物。但是细读这些数量不多的文章，20 世纪 20 年代乃至其后中国外国文学研究的基调从中已初露端倪。如果说在晚清"国家"话语主导下，梁启超在《清议报》上以日本政治小说为依托，宣传维新变法思想，标志着外国文学作为话语对象在中国学界的首次登场，其中，政治小说、科学小说、言情小说建构了晚清外国文学引介与研究的秩序。那么，《新青年》时代的外国文学研究则是在启蒙思想的话语主导下，陈独秀力主思想革新、胡适倡导白话文运动、周作人倾向"人"的文学，他们无一不是从对外国文学的研究当中，领悟到外国文学与文化之于中国文学的独特性，从而获得建设新文学与新文化的灵感与动力。由此，外国文学研究迎来了从晚清民初以来的新气象、新

---

① 针对这个专号的发行，《新青年》第 4 卷第 4 号就已经发表了《本社特别启事（易卜生专号）》："易卜生（H. Ibsen）为欧洲近代第一文豪，其著作久已风行世界，独吾国尚无译本，本社先拟以六月份之《新青年》为《易卜生专号》，其中材料专以易卜生为主体，除拟登载易卜生所著名剧《娜拉》（A Doll's House）全本及《易卜生传》，之外尚拟征关于易卜生之著作以为介绍易卜生进入中国之纪念。"

局面。以《现代欧洲文艺史谭》《易卜生主义》《欧洲文学史》《文学上的俄国与中国》等为代表的研究成果，分别从文学思潮、文学语言、文学史等角度极大地拓展了外国文学研究的范围、视角，初步构建了以欧洲文学、俄国与弱小民族文学为中心的外国文学研究秩序，奠定了进化文学史观、人性论文学史观在民国时期外国文学研究中应用的基础。

总的看来，《新青年》的外国文学研究，在很大程度上是作为批评话语而出现的，这与梁启超时代的政治宣传工具作用在本质上无任何区别，外国文学仍然只是通往"新文学与新文化建设的"途径之一。但相对于晚清，此时的外国文学研究则具有更多的自觉性，有了更为开阔的品格。

第一节 《现代欧洲文艺史谭》与进化论文学史观

一 文学思潮研究范式的确立

1915年11月，陈独秀在《新青年》发表《现代欧洲文艺史谭》一文。可以说，该文就是"新青年"的历史使命与世界意识的有效注解。该文开篇对欧洲文学的发展趋势进行了全景式的扫描：

> 欧洲文艺思想之变迁，由古典主义（Classicalism）一变而为理想主义（Romanticism），此在十八十九世纪之交。文学者反对模拟希腊、罗马古典文体，所取材者，中世之传奇，以抒其理想耳，此盖影响于十八世纪政治社会之革新，黜古以崇今也。十九世纪之末，科学大兴，宇宙人生之真相，日益暴露，所谓赤裸时代，所谓揭开假面时代，宣传欧土，自古相传之旧道德、旧思想、旧制度，一切破坏。文学艺术，亦顺此潮流，由理想主义，再变而为写实主义（Realism），更进而为自然主义（Naturalism）。①

可以看出，陈独秀是以文学思潮为切入口，阐述欧洲文学的发展历程。综观民国时期外国文学研究的概貌，学者们往往或从文学思潮的角

---

① 陈独秀：《现代欧洲文艺史谭》，《青年杂志》1915年第1卷第3号。该文根据法国文学史家乔治·贝利西埃的《当代文学运动》的观点和材料撰写而成。

度，或以"概观""潮流""大势""趋向"等类似词语为出发点，浮光掠影地快速扫描外国文学不同时段、不同国家的总体风貌。这样，总不免将纷繁复杂的外国文学现象，浓缩至几个"主义"或作家、作品走马灯式的更替与轮换，也必然导致对文学现象具体分析的松弛，从而使人们对外国文学的认知全面性有余而深刻性不足。尽管这种总论、泛论式研究的诟病显而易见，但是20世纪20—30年代外国文学研究中最基本、最普遍的研究模式之一，是各种外国文学史主要的结构线索。文学思潮研究的综合、宏观视角，在一定程度上能够有效地建构外国文学的整体视野，也符合初学者认识外来文学资源的过程，是其走进异域文学与文化的必经阶段。在胡适看来，该文把法国文学艺术的变化分成几个时期：（一）从古典主义到理想主义（即浪漫主义）；（二）浪漫主义到写实主义；（三）从写实主义到自然主义，把法国文学上各种主义详细地介绍到中国，陈先生算是最早的一个，以后引起大家对各种主义的许多讨论。①

可以说，文学思潮研究是民国时期外国文学研究的一个重要面向。此种研究在当时的历史语境下，有效地发挥传播外国文学基本知识的启蒙功能。陈独秀之所以采用文学思潮鸟瞰欧洲文学史，有两方面的原因。第一，与其1913年流亡日本时受到日本学者注重文学思潮研究的影响相关。在民国时期的文学思潮研究中，学者用力颇多的还是对日本文学思潮的翻译。如本间久雄的《欧洲近代文艺思潮概论》、相马御风的《欧洲近代文学思潮》、宫岛新三郎的《欧洲近代文艺思潮》、厨川白村的《文艺思潮论》、勃兰兑斯的《十九世纪文学之主潮》等。以上所举个案，除勃兰兑斯的《十九世纪文学之主潮》外，几乎全是日本学者的著作。第二，文学思潮在时间动态延展中的更迭，更符合陈独秀破旧立新功利目的。陈独秀将进化论文学史观渗透于西方文学思潮的流变中，从而为其力主思想革新、发动文学革命寻求有力根据。

在该文中，陈独秀将18—19世纪欧洲文学思潮的流变和社会政治的革新相结合，梳理了欧洲文学思潮从古典主义、理想主义、写实主义、自然主义的演变。其中，陈独秀以"黜古以崇今"的理论预设，旨在强调各个文学思潮的流变是直线式地向前发展，这显然是将达尔文的进化论观念应用于文学史流变的产物。陈独秀认为，18—19世纪的浪漫主义文学，

---

① 胡适：《陈独秀与文学革命》，见《胡适文集》第12卷，北京大学出版社1998年版，第35页。

打破 17 世纪古典主义的规则:"文学者反对模拟希腊、罗马古典文体,所取材者,中世之传奇,以抒其理想耳。"由此,文学潮流由古典主义转向浪漫主义。19 世纪的"三大发现"使科学精神备受青睐,科学讲求实证性、客观性的特征在一定程度上更是强化了对现实的认可。科学大兴就是对一切"旧道德、旧思想、旧制度"的破坏,而文学思潮顺此由浪漫主义转变成现实主义甚至是自然主义。在《中国韵文里头所表现的情感》这篇文章中,梁启超将文学分为写实的和浪漫的,并且认为它们各有价值:"欧洲近代文坛,浪漫派和写实派迭相雄长。我国古代,将这两派划然分出门庭的可以说没有;但名大家作品中,路数不同,很有些分带两派倾向的。"① 在梁启超看来,浪漫派侧重以想象力构造境界,写实派则将情感收起,"专用冷酷客观",而陈独秀对两者则有新与旧的价值判断。其中,"一变而为""反对""革新""暴露""破坏"等带有强烈反传统色彩的话语,表明陈独秀在论述欧洲文学思潮从古典主义到自然主义的转变时,否定各个文学思潮之间历史连续性的前提下,似乎是没有一个与古典主义断裂的目标,浪漫主义的动力根本就不可能形成。

可以说,在进化论的时间序列中,陈独秀并不愿意在过去与现在之间寻找一种连续性与平衡感,而是刻意证明两者的断裂,并且在断裂中创造新文学、新文化,一切旧的、传统的文化都被陈独秀的激进情绪所排斥。在一定意义上,任何一种新的意义和话语的产生,都是在"你中有我,我中有你"的互文性关系中得以生成的。欧洲文学思潮的更迭有赖于前后的继承与革新,而并非新比旧好、新必胜古。这种破旧立新的进化论文学史观,是陈独秀在《现代欧洲文艺史谭》中激进态度的根源。

二 进化论文学史观的烙印

在陈独秀之前,进化论文学史观已经存在于学者们的学识视野中,正如史华慈所言:"世纪之交的中国知识分子眼中的达尔文进化论不仅是一个关于生物演化的假说,更是唯一适合用以象征并支持西方文化所有价值的宇宙观神话。"② 面对西方思想文化的冲击,中国先进知识分子对自己的

---

① 梁启超:《中国韵文里头所表现的情感》,见张燕瑾编《20 世纪中国文学研究论文选·通论卷》,社会科学文献出版社 2012 年版,第 122 页。
② 王德威:《写实主义小说的虚构:茅盾,老舍,沈从文》,复旦大学出版社 2011 年版,第 82 页。

民族文化产生了一种爱恨交织的文化疏离感,在思考如何融入世界文学潮流、促进民族国家的文化建设时,以西方为范本、复制或挪用西方文学的学术历程,几乎成为一代学人的不二选择。具体地讲,在隐喻的层面上,进化论承载着晚清知识分子关于外国文学的各种乌托邦想象。1904 年,黄人撰写的《中国文学史》中就已经将文学的进化观念运用到其对世界文学史的初步理解中,"观于世界文学史,则文学之诚,亦初级进化中不可逃之公理。创世之记、默示之录、天方夜谭、希腊神话,未尝非一丘之貉,不当独为我国诟病,惟彼之贤乎我者,华与实不相掩,真与赝不相杂,而除一上帝外,无赞美指纹,除几种诗歌小说外,无神怪直说。即间有之,而语有分寸,尚殊奴隶之卑污,事有依据,不等野蛮之迷信。故其国民皆以诚为至善,以诳为极恶,外交内政,昭如划一,以固其国础,文学未始无功焉"。① 可以看出,黄人把"文学之诚"作为世界文学史进化的目标。

1913 年 5 月,在《白阳》创刊号上刊登了署名为"息霜"的文章《近世欧洲文学之概观》,就目前掌握的史料而言,这是目前为止我国有据可考的第一篇关于外国文学史的专论。其作者"息霜"就是享誉海内外的弘一法师李叔同。② 该文原有多章,由于《白阳》只出创刊号一期,故仅刊出第一章《英吉利文学》,其余皆已散失。作为第一部研究欧洲文学史的论著,李叔同开门见山地梳理了欧洲文学思潮的演进轨迹:

---

① 汤哲声编:《黄人评传·作品选》,中国文史出版社 1998 年版,第 44 页。
② 李叔同祖籍浙江平湖,1880 年 10 月 23 日生于天津,幼名成蹊,学名文涛,字叔同。1905 年东渡扶桑,1906 年组织春柳社,并以李息霜之名登台演出。丰子恺语曾这样描述李叔同:"由翩翩公子一变而为留学生,又变而为教师,三变而为道人,四变而为和尚。每做一种人,都做得十分像样。好比全能的优伶:起青衣像个青衣,起老生像个老生,起大面又像个大面。"李叔同具有出众的艺术才华,擅长诗文、音乐、绘画、金石、书法等。他在《艺术谈》一文中称"文学美者,文明之花""艺术一部,乃表现人类性灵艺术之活泼"。基于对艺术的较高体认,李叔同用诗意的语言对欧洲各时期文学的整体风格与审美内涵作出了较为准确而简练地艺术概括。作者认为古典主义文学之"环伟卓绝,磅礴大字"、浪漫主义文学之"热烈直挚之诗风"、写实主义与自然主义文学之"更尚精致之描写,及确实之诗才"、现代主义文学之"反动力"(反传统)等,其中洋溢着作为艺术家的李叔同所具有的敏锐的艺术感悟力与激越的抒情气质。在作家、作品的评论方面,李叔同对"诗风""诗才"钟情有加,他列举了包括华兹华斯、柯勒律治、司各特、拜伦、雪莱、济慈、丁尼生等在内的二十余位近代英国诗人,并对其进行了精准的艺术定位。如称华兹华斯和柯勒律治的《抒情诗集》为"真挚文学之先驱""近世诗界之祖",称丁尼生是"十九世纪集大成之诗家"。称华兹华斯"作品不炫奇异,然清新高远,热情奔放为其特长"。这在评价狄更斯和萨克雷时,作者指出"前者善于描写市街之光景及下民之状态,后者善以轻妙之语调描写上流绅士社会之表里,共于小说界放一异彩"。些使该文充满浓郁的艺术气息,极具李叔同的个人色彩。可以说,这将是一部个性化较强的文学史论著。

> 中世古典派文学（Classic）环伟卓绝，磅礴大宇，及十八世纪初期，其势力犹不少衰。操觚簪笔家佥据是为典则。其后承法兰西革命影响，而热烈直挚之诗风，乃发展为文艺界一大新思潮，即传奇派（Romantic）是。殆至十九世纪，基于自然之进步，现实观之发达，乃更尚精致之描写，及确实之诗才，而写实主义与自然主义遂现于十九世纪后半期。及夫末叶，反动力之新理想派，乃萌芽于欧土。①

李叔同以文学思潮为切入点，论述了欧洲文学自古典主义、浪漫主义、写实主义、自然主义向现代主义的演化轨迹。从中我们可以看出，李叔同对欧洲文学的发展趋势有着高屋建瓴的把握，也显示进化论的观念已经存在于李叔同的无意识中，其对于外国文学史研究的影响可以说是潜在的。

在民国时期的外国文学研究中，以进化文学史观对域外文学史进行解读，当属文学研究会的理论旗手茅盾最具代表性。茅盾在《文学上的古典主义浪漫主义和写实主义》《欧洲大战与文学：为欧战十年纪念而作》《西洋文学通论》等论著中，均表现了其明显的进化文学史观。茅盾在《新文学研究者的责任与努力》这篇文章里，将欧洲文学理解为单线发展的趋势，"翻开西洋的文学来看，见他由古典—浪漫—写实—新浪漫……这样一连串的变迁，每进一步，便把文学的定义修改了一下，便把文学和人生的关系束紧了一些，并且把文学的使命也重新估定了一个价值"②。茅盾在《新旧文学平议之评议》中，认为新文学是进化的文学，且为新文学总结了三个规律："一是普遍的性质；二是有表现人生、指导人生的能力；三是为平民的非为一般特殊阶级的人的。"③ 显然，茅盾为新文学创作总结规律，显然是滑进了机械唯物论的泥淖。茅盾在《欧洲大战与文学：为欧战十年纪念而作》④ 一文里，以"进步"与否讨论20世纪初的文学。在该文中，茅盾将文学家对于战争的态度

---

① 李叔同：《近世欧洲文学之概观》，《白阳》，创刊号，1913年。署名息霜。
② 茅盾：《新文学研究者的责任与努力》，载《茅盾全集》第18卷，人民文学出版社第66—67页。
③ 茅盾：《新旧文学平议之评议》，载《茅盾文艺杂论集》，上海文艺出版社1981年版，第12页。
④ 沈雁冰：《欧洲大战与文学：为欧战十年纪念而作》，《小说月报》1924年第15卷第8号。

分为赞助者、反对者、充耳不闻的冷静观察者三类。其中，茅盾将赞助者的态度分为三种：德法文学家充满爱国主义的狂热，常常互相谩骂并诋毁对方的民族性；英美的主战文学家打起拥护正义的旗号，为永久的和平与人类的解放而战。在茅盾看来，这两派文学家只是帝国主义者的喉舌。第三种态度是以辛克莱等为代表的社会主义文学家，唯有他们真正看清此次大战的主要原因。茅盾的倾向性一目了然。以上个案分析并不是要批评茅盾的进化论文学史观，而是意在表明进化论在民国时期外国文学研究中的典型性。下面我们且以《文学上的古典主义浪漫主义和写实主义》与《西洋文学通论》为例，探讨进化论文学史观在外国文学研究中的应用。

茅盾在《文学上的古典主义浪漫主义和写实主义》一文中，以文学思潮为切入点，从宏观上梳理了欧洲文艺复兴以来的文学演变。该文开篇指出写作目的：

> 本篇之作，约含三个意思：（一）是想用不偏颇的眼光解说这三个主义的意义和本身的价值。（二）是想用"鸟瞰" "birds eyes view"的记述说明文艺进化之大路线。（三）是想为古典主义浪漫主义鸣冤，为写实主义声明不受过分之誉。[①]

本着这样的出发点，茅盾以进化论为理论框架，将古典主义、浪漫主义、写实主义三大文学思潮作为考察对象，勾勒了"文艺进化之大路线"。在具体论述过程中，茅盾探讨了各个文学思潮进化的历史原因。与陈独秀一样，茅盾也认为，文学思潮的变更受社会环境的影响。如茅盾将写实主义的兴起与19世纪"科学昌明""劳动运动萌发""德谟克拉西权威很盛"相结合。值得注意的是，该文虽以进化文学史观阐述欧洲文学的总体发展，但其并没有仅仅停留于这三种思潮在时间进程上的直线性梳理。正如开篇所言，茅盾还以相互比较的方法对这三种思潮的总体特征进行简明而准确的概述，并客观分析他们的缺点和不足。如他将古典主义与浪漫主义对比，指出两者的七大不同之处，认为浪漫主义的主观性、个人性造成其与现实人生的冲突；将浪漫主义与写实主义对

---

① 沈雁冰：《文学上的古典主义浪漫主义和写实主义》，《学生杂志》1920年第7卷第9期。

比，在罗列两者的区别之后，认为太重客观、太重批评是写实主义的两大弊端。从这一点上看，茅盾除了关注外在社会原因对文学思潮的影响外，也注重文学自身内在动力及其相互之间的矛盾性与差异性，对文学思潮更替的内在影响。

尤为可贵的是，茅盾注重阐述某种文学思潮在不同作家创作上差异性和复杂性。如茅盾认为，托尔斯泰写实主义的独特性在于：其作品的环境描写、次要人物都是写实，而主人公"不是现实的，而是理想的，是托尔斯泰主观的英雄"。[①] 托尔斯泰看重的不是客观的描写，而是将主观的理想的人物置于客观描写的环境中，"而标示作者的一种主义"。在茅盾看来，托尔斯泰的写实主义是写实派的另一面目，并将其称为"主义的写实主义"。称陀思妥耶夫斯基是心理的写实派、安特列夫是悲观的写实派、屠格涅夫是诗意的写实派等。总的看来，在条分缕析的分析论证中，茅盾对古典主义、浪漫主义、写实主义的价值判断，还是切中肯綮的。如茅盾认为，古典主义是"一成的无可增损的美"，"自由"是浪漫主义的精神实质，写实主义是客观观察的艺术。最后，茅盾在"余论"中对欧洲文学的发展进行了总结：

> "古典主义浪漫主义写实主义新浪漫主义这四种东西，是依着顺序下来，造成文学进化的"；"无论古典主义有怎样的缺点，他的本身有价值的，他的风流，多少有点功效在文学进化史中"；"反抗古典文学而起的浪漫文学，便是极力提倡思想自由，极力发挥作者的才能的文学"，而"浪漫文学所有的思想自由，用于创造的精神，到万世之后，尚是有价值，永为文学进化之原素"，"写实文学中所包有的批评精神和平民化精神，我也敢决言永为文学中添出新气象的"。[②]

茅盾认为，文学的"本质非既是纯粹艺术品，当然不便弃却人生的一面……况且文学是描写人生，犹不能无理想做个骨子了"。而新浪漫主义文学"不尽能包括现在以及将来的趋势"，只因其与茅盾的文学观相背离。

[①] 沈雁冰：《文学上的古典主义浪漫主义和写实主义》，《学生杂志》1920 年第 7 卷第 9 期。
[②] 同上。

茅盾这篇从文学思潮角度以进化文学史观卓有成效地研究欧洲文学史发展的文章，不但在当时具有代表性，即使将其置于百年中国外国文学学术史的视野中，该文同样也具有一定的历史地位。因为茅盾对这三种文学思潮的价值判断，即使在今天看来，也是具有一定的合理性。况且对照现行的各种外国文学史教材上，它们对这三种思潮的论述也并未超越或突破茅盾当年的创见，只是在不同程度上延续或拓展了茅盾的观点。如浪漫是注重想象，写实是注重观察；浪漫是主观的文学，写实是客观的文学；浪漫文学专描写上等社会的生活，写实文学专描写下等社会的生活；浪漫文学重艺术，写实文学重人生；等等。可以说，茅盾对各种文学思潮的评价是具有远见卓识的，该文的进化论文学史观在外国文学思潮史研究中可以说是一个范例与标本。

1930年，茅盾推出《西洋文学通论》。在例言中，茅盾交代该书"不是文学史的性质"。① 所以，对于西洋文学史的介绍不求面面俱到，如对于欧洲中世纪文学，茅盾只论述骑士文学。通观全书，茅盾主要从文学思潮的角度，简要叙述了西洋文学从神话传说至写实主义文学的总体轮廓。该著以马克思主义方法论指导，运用经济基础与上层建筑（文学）的关系，解释西洋文学发展的深层原因。茅盾认为引发西洋文学变革的并非作家个人的意愿，而是"生产方法"：

> 自从蒸汽机发明了以后，人类生活的各方面以加速度转变，文艺亦跟着加速度转变。每一次生产手段的转变，跟来了社会组织的变化，再就跟来了文艺潮流对的变革。并不是任何文学家个人想要怎样改变就改革了的，是推动人类生活向前进展的那个"生产方法"的大磐石使得文学家不得不这样跑！②

这显然忽视促使西洋文学史发展的内在动力，而片面强调外在社会生产的重要性。于是，茅盾否定了之前的文艺批评家用来解释思潮变迁的"两个H，四个R"之说，认为"我们现在却不能不说像这样的迂回曲折

---

① 茅盾：《西洋文学通论》，书目文献出版社1985年版，第1页。
② 同上书，第8页。

的解释是徒费了气力"。① 而这本通论的重心是:"要从历史的直线上叙述西洋文学的主要面目。"② 该著叙述了包括神话和传说、古希腊罗马文学、骑士文学、文艺复兴时期文学、古典主义、浪漫主义、自然主义及之后写实主义等在内的西洋文学进程及其各个发展阶段。在茅盾看来,"欧洲文学的波动,是越到近代而越快。文学上的各种'主义'的尖浪,也是愈到近代而愈多而愈复杂"。③ 茅盾运用数字分析文艺思潮波动和进程之后,④ 认为:"如果比照着人类的生产手段的进化来观看,便会使你窥得了一个重大的消息,即是人类的生产手段愈进步愈增加了利率,那便文艺的变革亦愈快。"⑤ 最后茅盾这样总结:

> 我们从西洋文学进程的全体而观,可以归纳三条大路线:从天上到人间,从规矩准绳的束缚到个人的自由表现,从娱乐到教训,组织

---

① 从前的文学批评家解释文学思潮的变迁,有"两个H,四个R"之说。所谓"两个H"便指的是Hebrism(希伯来主义)和希腊主义Helenism,"四个R"就是Renaissance(文艺复兴)Reformation(宗教改革)、Rationalism(合理主义),Revolution(法兰西革命)而言。尤其是"二希",很被重视为欧洲文艺史的两大动脉,然而我们现在却不能不说像这样的迂回曲折的解释是徒费了力气。当然我们并否认"文艺复兴"的高潮是立足于"希腊精神"的追索,然而并不是那时候的思想家和文学家半夜里从梦中醒来,忽然想到要追求"希腊主义";也不是因为1453年君士坦丁堡——这个保留着古代希腊文化的最后的文库——被土耳其人攻占,在那里的希腊的学者逃亡到意大利,带来了希腊的文学知识,因而遂引起了"文艺复兴"这巨潮的。而是因为在中世纪的漫漫长夜里,生产手段有了新的进步,在僧侣和贵族的两重"神权"的硬壳下,早孕起新的社会阶级,要求着新的社会组织,而又恰好觉得古代希腊的社会组织有几分合于他们的憧憬,所以便燃起了"研究希腊"的热情来了。毕竟文学的潮流不是半空中掉下来的,也不是在梦中拾得的,而是从那个深深地作成了人类生活一切变动之源的社会生产方法的底层爆发出来的上层的装饰。茅盾:《西洋文学通论》,书目文献出版社1985年版,第8页。
② 茅盾:《西洋文学通论》,书目文献出版社1985年版,第13页。
③ 同上书,第7页。
④ 茅盾这样写道:我们不妨用数目字来表示一个大概。从原始人的"战歌"到初期氏族社会的"颂歌",这中间所经过的时期,少说也有五千年光景;再从初期氏族社会的"颂歌"到农业社会雏形国的那些"史诗"的前身——神话和传说,这中间的时日,就恐怕要得四千多年;从希腊、罗马到中世纪的"骑士文学",也有两千多年;以后就不同了,"骑士文学"占的时代差不多一千年,"文艺复兴"却只有二百多年,"古典主义"是一百多年,"浪漫主义"只有半世纪光景,"自然主义"还要少些,"自然主义"以后的什么什么主义,和它们的前辈相比,正可以或是方生方灭的浪尖儿,现在正当勃兴的"新写实主义",我们还不能算它的命有多少长,或者有较长的寿命也难说。茅盾:《西洋文学通论》,书目文献出版社1985年版,第7页。
⑤ 茅盾:《西洋文学通论》,书目文献出版社1985年版,第7—8页。

意识。在原始文艺中，上三条的后二条是非意识地保持着；在希腊悲剧中，三条都有些影子；在古典主义时代，三者可以说全没有；在浪漫主义时代，又是三者都有些影子；在自然主义时代，只有了前两条；在自然主义以后的各派主义中，只显示了中间一条；在最近的文艺中，则三者是有意识地奔赴着的鹄的。①

茅盾将纷繁复杂的西洋文学史片面地进行主观的抽象概括，强调西洋文学发展的进步性和规律性，这明显是将达尔文的生物进化论投射于西洋文学史研究的结果。其实，西洋文学史的流变不仅仅是一条直线与三条规律可以覆盖的，这样宏观、抽象的概括，其实是遮蔽了西洋文学史的本真存在。这在民国时期的外国文学著述中具有一定的代表性。

三 进化论文学史观的思考

在进化论文学史观的影响下，胡适力主语言文字的变革，发起白话文运动，明确提出文言文是死文字的观点。在胡适看来，"文字乃社会文化之一要征"。② 1916年10月，胡适在《新青年》发表《文学改良刍议》一文，提出"八不主义"。其中，胡适将"不避俗字俗语"置于最后一条，这样写道："欧洲中古时，各国皆有俚语。而以拉丁文为文言，凡著作书籍皆用之，如吾国之以文言著书也。其后意大利有但丁（Danta）诸文豪，始以其国俚语著作，诸国踵兴，国语亦代起。路得创新教，始以德文译'旧约'、'新约'，遂开德国文学之先。英法诸国亦复如是。今世通用之英文'新旧约'乃一六一一年译本，距今才三百年耳。故今日欧洲诸国之文学，在当日皆为俚语。迨诸文豪兴，始以'活文学'代拉丁之死文学；有活文学而后有言文合一之国语也。"③ 可见，正是由于对欧洲各国文学史的深入研究，胡适领悟到欧洲文艺复兴始于文学语言的改革，这为其发起白话文运动奠定了前提基础。

1918年4月，胡适撰写《建设的文学革命论》一文，进一步为白话文运动进行辩护。他这样写道："我这种议论并不是'向壁虚造'的。我这几年来研究欧洲各国国语的历史，没有一种国语不是这样造成的。没有

---

① 茅盾：《西洋文学通论》，书目文献出版社1985年版，第197页。
② 王力：《中国语言学史》，复旦大学出版社2006年版，第118页。
③ 胡适：《文学改良刍议》，《新青年》1917年第2卷5号。

一种国语是教育部的老爷们造成的。没有一种是言语学专门家造成的。没有一种不是文学家造成的。"① 在这篇文章中，胡适详细列举了欧洲各民族的"土语"取代拉丁语的过程，并再次提到但丁对俗语的提倡："五百年前，欧洲各国但有方言，没有'国语'。欧洲最早的国语是意大利文。那时欧洲各国的人多用拉丁文著述通信。到了十四世纪的初年，意大利的大文学家但丁（Dante）极力主张用意大利话来代拉丁文。他说拉丁文是已死了的文字，不如他本国俗语的优美。所以他自己的杰作《喜剧》，全用脱斯堪尼（Tuscany）（意大利北部的一邦）的俗语。这部喜剧风行一世，人都称他做'神圣戏剧'。那'神圣喜剧'的白话后来便成了意大利的标准国语。后来的文学家包卡嘉（Boccacio，1313—1375）和洛伦查（Lorenzo de Medici）诸人也都用白话作文学。所以不到一百年，意大利的国语便完全成立了。"② 胡适从但丁、乔叟、威克列夫、莎士比亚等作家对各自所在国国语建立的贡献，认为国语大都靠着文学的力量才变成标准的国语。由此，胡适提出的"国语的文学，文学的国语"。可见，胡适以欧洲文学为范本，才获得了改革中国文学的信心。1919 年 10 月，胡适在《谈新诗》中写道："我常说，文学革命的动力，不论古今中外，大概都是从'文的形式'一方面下手，大概都是先要求语言文字文体等方面的大解放。欧洲三百年前各国国语的文学起来代替拉丁文学时，是语言文字的大解放；十八、十九世纪法国嚣俄、英国华次活（Wordsworth）等人所提倡的文学改革，是语言文字和文体的解放。这一次中国文学的革命运动，也是先要求语言文字和文体的解放。"③ 胡适通过研究欧洲各国文学史，从语言层面探究方言、土语在各国文学革命中发挥的重要作用，从而为其发起文学革命找到了有力的参照。

在这里，白话文较之文言文，具有清晰、准确、逻辑化的表述特点。可以说，这种转变对于普及外国文学基础知识，减少中外文学之间的交流障碍等方面，发挥着更为迅捷、有效的启蒙作用，这是文言文过于凝练、模糊化的表述特点所无法比拟的。但是，在中国传统学术系统中，文言文不但是中国传统知识分子表情达意的书面用语，同时也是他们观察世界的

---

① 胡适：《建设的文学革命论》，《新青年》1918 年第 4 卷第 4 号。
② 同上。
③ 龚海燕编：《海上文学百家文库：蔡元培、陈独秀、胡适卷》，上海文艺出版社 2010 年版，第 395 页。

思维方式。在他们看来，文言文历经时间考验，在千年演变中已经形成了一定的规范，其蕴含着"古今宇宙之美"。文言文作为传统诗学话语的主要载体，在胡适倡导白话文是活文字、文言文是死文字的历史语境下，传统诗学话语在外国文学研究领域的历史命运如何，是销声匿迹抑或据理力争？我们首先且以林纾为例。林纾作为中国认识西洋文学的第一人，曾几何时，他的译作成为一代人的精神食粮。新文化运动期间，林纾依然继续着翻译活动，只是他的译作不再像以前那样大受欢迎。胡适发表《文学改良刍议》之后，钱玄同最早写信表示"绝对赞同"的态度，"顷见六号新青年胡适之先生文学刍议。极为佩服。其斥骈文不通之句及主张白话体文学、说最精辟。……惟选学妖孽、桐城谬种、见此又不知若何咒骂。虽然得此辈所咒骂一声，便是价值增加一分也"。① 钱玄同把骈文、散文大家们贬为"选学妖孽、桐城谬种"，梁启超在此时也随声附和。在梁启超以日本政治小说发起"小说界革命"之极，林纾为其摇旗呐喊："吾谓欲开发民智，必立学堂；学堂功缓，不如立会演说；演说又不易举，终之唯有译书。顾译书之难，余知之最深。昔巴黎有汪勒谛者，在天主教汹涌之日，力说辟之，其书凡数十卷，多以小说启发民智。"② 在其译书的序跋中，往往贯穿明确的启蒙意识。在新文化运动期间，林纾被贬为"桐城谬种"，梁启超在1920年写《清代学术概论》可知："有林纾者，译小说百数十种，风行于时，然所译本率皆欧洲第二三流作者；纾治桐城派古文，每译一书，辄'因文见道'，於新思想无与焉。"③ 其中，"因文见道"表明林纾支持梁启超的小说界革命。其实在林纾的译作中，西方经典作品也占有一定的比例。显然，梁启超此时对林纾的评价，含有落井下石之嫌，且有失公允与厚道。面对此种损名毁誉之恶言，林纾似乎显得束手无策："吾辈已老，不能为正其非，悠悠百年，自有能辨之者。请诸君拭俟之。"④ 作为古文大家、文言文的捍卫者，林纾几乎无力应对新文化运动的汹涌来袭，只能带着种种英雄迟暮之感，在历史的滔滔江流中黯然隐退。但是，他相信"自有能辨之者"。

---

① 钱玄同：《桐城谬种选学妖孽》，《新青年》1917年第2卷第6号。
② 林纾：《译林·序》，《清议报》，1901年，见郭延礼《中国近代翻译文学概论》，湖北教育出版社1998年版，第64页。
③ 梁启超：《饮冰室合集》第34集，中华书局1989年版，第72页。
④ 孙郁：《苦境：中国文化怪杰心录》，辽宁人民出版社1997年版，第387页。

可以说，"学衡派"完成了林纾的夙愿。其中，胡先骕对胡适的观点给予了有力回击。① 胡先骕认为，胡适将中国的白话文与英、法、德的现代文字、文言文与拉丁文对比，带有"偷梁换柱"之嫌疑："须知欧洲各国文字认声，中国文字认形。认声之文字，必因语言之推迁而嬗变。认形之文字，则虽语言逐渐变异，而字体可以不变。""质言之，中国文言与白话之别，非古今之别，而雅俗之别也。"② 当时《新青年》人员涣散，并转向介绍马克思主义。可能是因为被胡先骕戳到软肋、点到死穴，胡适并没有就该文发表看法，只有罗家伦弱弱地作出回应，而罗家伦无论从哪方面来说，均不是胡先骕的对手。胡适与胡先骕同样具有丰富的西方文学经验，但他们的结论却完全相反，原因就在于两人对进化论的认识不同。胡适以西方文学史为参照，将白话文与英法德的现代文字、文言文与拉丁文对比，以同类比附的进化思维，以期找到白话文运动的理论突破口，及其存在的合法性；胡先骕从文字的诞生论述，不赞成文学或文化上的进化，以植物学家的身份认为，进化文学史观是"误解科学误用科学之害也"。③ 所以，在胡先骕看来，文言和白话只有雅俗之别，而无古今之分。胡适把文言文与白话文设置成"死与活"的模式，其背后却隐藏着"新与旧"的进化论思维。在学理上，胡先骕的观点更具合理性，而胡适非此即彼的单线思维方式，就显得有些简单武断。从这里我们可以看出，胡先骕对文言文合法地位的力挺，为以其载体的传统诗学话语，在新的历史条件下于外国文学研究中得以复苏、重生，奠定了良好的基础。

20世纪20年代，以胡先骕、吴宓、梅光迪等为代表的"学衡派"，将自己最高的崇敬献给新人文主义。他们反对文学进化论思想，重视古

---

① 如胡先骕这样写道："胡君创白话诗与白话文理由有二：一以过去之文字为死文字，现在白话文重所用之文字为活文字。用活文字所作之文学为活文学，用死文字所作之文学为死文学。而以希腊、拉丁文以比中国古文，以英、德、法文比之中国白话，以自创白话之乔塞至于英国文学，路德之创德国文学。以不相类之事，相提并论，以图眩世欺人，而自圆其说，予诚无法以谅胡君之过矣。希腊拉丁之于英德法，外国文也。……夫今日之类英意文固异于乔塞、路德，但丁时之英德意文也，乔路但时之英德意文，与今日之英德意文较，则与中国之周秦古文，与今日之文字较相若，而非希腊拉丁语英德意文较之比也。"胡先骕：《评〈尝试集〉》，《学衡》1922年第1期。
② 胡先骕：《评胡适〈五十年来之中国文学〉》，《学衡》1923年第18期。
③ 胡先骕：《文学之标准》，载《胡先骕文存》上卷，张大为编，江西高校出版社1995年版，第275页。

典文学研究。梅光迪《近世欧美文学之概观》、胡先骕《欧美新文学发展之趋势》、吴宓《希腊文学史》《世界文学史》等研究成果,均以文言文翻译与研究外国文学,破解了胡适"死文字,不可做活文章"的魔咒。其中,吴宓的《希腊文学史》①很值得注意。吴宓在该文以中国小说评点的方法、术语引入《荷马史诗》的文本分析。在研究《荷马史诗》时,吴宓以中国传统文体弹词与西方史诗相比较。②在翻译《世界文学史》③时,吴宓以按语的形式阐述梵语文学的研究状况,并印度文学的特征总结如下:印度文学固极浩博,而除历史外,各类文体之文章无一不备;印度文学皆印度民族之所自创而非由他国、他族影响;印度文学中诗多而散文少;印度文学以宗教及哲学之著作为主;印度文学常流于奇诡浮夸;印度文学受其人宗教信仰之影响极深;印度文学所最缺乏者为历史。④

---

① 吴宓:《希腊文学史》,《学衡》1923年第13期。
② 吴宓这样写道:"吾以荷马史诗比之中国文章,窃谓其与弹词最相近似。试举其相同之点。弹词所叙者多为英雄儿女,其内容资料与荷马史诗同,一也。弹词虽盛行,而其作者之名多不传,二也。弹词之长短,本可自由伸缩,有一续二续三续者。有既详其祖并叙其孙,亲故重叠,支裔流衍,溯源寻底,其长至不可究诘,而通常则断其一部为一书者,此正如荷马史诗未作成以前。史诗之材料,为人传诵,前后一贯,各相攀连钩挂,又有所谓 Epic Cycles 者,将荷马史诗亦统入其中,为一小部焉,三也。弹词不以写本流传,而以歌者之奏技而流传。歌者亦此为专业,父子师弟相传,虽亦自备脚本,而奏技时,则专恃记忆纯熟而背诵 recite 之。此均与荷马时代之歌者 bard 同,四也。业弹词者,漂泊流转,登门奏技,且多盲。其奏技常于富人之庭,且以夜,主人之戚友坐而听焉。此均与荷马时代歌者奏技之情形同,五也。弹词之歌者,只用一种极简单而凄楚之乐器,弹琵琶以自佐,与荷马时代歌者之用筝 Cithara 同,六也。弹词之音调甚简单,虽曰弹唱,无殊背诵。不以歌声之清脆靡曼为其所擅长,而以叙说故事绘影1922年,传神为主。Story-teller 自始至末,同一音调,句法除说白外,亦只七字句与十字句两种,与荷马史诗之六节音律,通体如一者同,七也。弹词意义虽浅近,而其文字确非常之俗语,自为以体,专用于弹词,间亦学位古奥,以资藻包饰。凡此皆与荷马史诗之文字同,八也。弹词中写一事,常有一定之语句,每次重叠用之,与荷马史诗同;又其譬喻亦用眼前常见之事物,九也。弹词中人物各自发言,此终彼继,由歌者代述之,Speeches 而无如章回体小说中之详细问答 Dialogue,此亦荷马史诗同,十也。弹词开端,常漫叙史事,或祝颂神佛与皇帝,此与荷马之 Invocation 相近,再者概括全书,与荷马同,十一也。弹词中之故事及人物虽简陋质朴,然写离合悲欢,人情天理,实能感动听者,虽绩学而有阅历之人,亦常为之歔欷流涕,故弹词亦自有其佳处长处,与荷马史诗同,十二也。总之,以其大体精神及作成之法论之,弹词与荷马史诗极相类似。故窃意若欲译《伊里亚》及《奥德西》为吾国文,则当译之为弹词矣。"吴宓:《希腊文学史》,《学衡》1923年第13期。
③ 李查生与欧文合著《世界文学史》。1924年,《学衡》第28期至第30期连载吴宓翻译该著的前三章。
④ 吴宓译:《世界文学史》,《学衡》1924年第29期。

从表面上看,运用进化文学史观论述外国文学史的进程,似乎是酣畅淋漓、一以贯之,实则它以预设的理念切割了外国文学史的动态发展过程,从而忽视外国文学史发展内在矛盾性与复杂性。从广义上看,精神文化与完美的人性,只有发扬而无所谓进步,将进化论用于文学史研究的做法,已经超出其适用于科学与社会实用知识的范围,这样的生搬硬套往往把复杂的文学现象简单化。达尔文的生物进化论投射于文学史研究,最明显的特点就是强调文学发展的进步性和规律性。对于这一点,"学衡派"的代表之一梅光迪一针见血地指出:"文学进化之说,全无根据。盖事物之进化,有其规律和方法言之耳。故机械科学有进化之象征。文学美术则规律以外,尚有赖乎天才。"① 梅光迪反对文学进化之说:

> 文学进化,至难言者,西国各家,(如英国十九世纪散文家即文学批评家韩士立 Hazlitt)多斥文学进化论为流俗之错误,而吾国人乃迷信之。且谓西洋近世文学,由古典派而变为浪漫派,由浪漫派而变为写实派,今则又由写实派而变为印象、未来、新浪漫诸派,一若后派必优于前派,后派兴而前派即绝迹者。然稍读西洋文学史,稍闻西洋名家绪论者,即不作此等妄言。何吾国人童呆无知,颠倒是非如是乎。②

梅光迪注重的是共时的文学品性而非历时的时间范畴,他说:"我们必须理解和拥有通过时间考验的一切真善美的东西……判断真伪与辨别基本的与暂时性的东西。"③ 他认为,文学经典具有超越时空的价值,古典文学是过去一切经验、生活、智慧堆积而成的蓄水池,历经千年而不朽,且无古今中外之分。在民国时期外国文学研究中,以"学衡派"为代表的"经典作家研究模式"在很大程度上就是反对"新青年"所代表的进化论文学史观。由此,梅光迪认为"文学进化之学者,不知文学之历史者也"。④ 梅

---

① 梅铁山主编:《梅光迪文存》,华中师范大学出版社2011年版,第98页。
② 同上书,第133页。
③ 梅光迪:《我们这一代的任务》,《中国学生留美月报》1917年第12卷第3期。
④ 梅铁山主编:《梅光迪文存》,华中师范大学出版社2011年版,第98页。

光迪《近世欧美文学之概观》① 则呈现出完全不同于进化论文学史观的视角，可以说，其是对古非今是的文学发展观的驳斥。

晚清时期，处于起步阶段的外国文学研究大多仅限于作家作品的评介，外国文学史在此时基本处于空白状态。以新青年学人为代表的民国学者将进化文学史观用于外国文学史的研究，结束了晚清时期孤立研究外国文学的状态，从而使外国文学研究具有了历史的思维。虽然进化文学史观否定了文学现象之间的历史联系，忽视了外国文学作品的精细解读，但它从宏观上呈现了外国文学整体性面貌，对于当时的人们来说，不失为是一种认识外国文学的捷径与便道，在一定程度上完成了"文学启蒙"的历史任务。在20世纪30年代以后，唯物辩证法、新批评等的引入，进化文学史观与文学思潮研究逐渐退出了外国文学史研究领域，学界更加注重外国作家、作品个体的审美研究。但是不能否认，进化文学史观与文学思潮之间的化学反应，不但是民国时期也是中华人民共和国成立后外国文学研究普遍存在的现象与常用方法。

---

① 《选课课程纲要：近世欧美文学纲要》，《师范教育》1922年第2期。该纲要主要包括以下内容：本科目每星期一小时，半学年十八小时毕事。本学程教学的宗旨：（甲）简括地说明所以进展成近代欧美文学之原因。（乙）简括地说明近代欧美文学之趋势。（丙）简括地籀论中国文学在近代欧美文学中占何位置及其应行改良之点。本学程讨论的方法：（甲）多述简明的理论，力避琐碎的事实，务使从未读过西洋文学之血神个，对于近代欧美文学可得一清晰之概念。（乙）先从古代希腊文学述起，以为近代欧美文学之引线。导言：时代的范围（古达中世近代的划分）、疆域的范围（以英法德美等国文学为主间以中国文学比较之）；第一章文学之起源及其展进：谣舞、文学的四个形式（甲描写、乙表现、丙诗歌、丁散文）、文学的展进；第二章文艺复兴时代：西洋新文艺之发生、中世纪三大制度之消亡（甲封建制度、乙学究制度、丙寺院制度）、科学与智识之义、发现新地、印刷术发明、自由精神之产出、宗教与文学之分离、评论的精神、知识之义、官能上之快乐；第三章亚里士多德之诗说：模仿人生（甲代表的、乙普遍的）、假托、适合、悲剧中之主人翁、美术之目的、文字；第四章古学派之文学：时代、价值、界说、古学派之特质（模仿希腊罗马文学、亚里士多德之诗说及近世西洋文学评论之产出、偏重理智与轻视感情、中和主义之人生观、少数之文学）；第五章浪漫主义之大概：引论（甲范围、乙时代、丙疆域）、界说、浪漫主义发生之原因；第六章浪漫派之自然主义：天才、个性、文学标准之破坏、返璞归真；第七章浪漫派与自然界：黄金时代、自然生活、自然界之兴趣、自然界之美性、逃世思想、理想之美人、象征主义、神秘主义；第八章浪漫派与近世民族主义：民族之个性、进化论；第九章浪漫派与近世大同主义：人道主义、和平运动、大同之无望；第十章浪漫派之超人主义：德国、法国、尼采；第十一章近世西洋之小说：导言、浪漫派之起源、写实派之起源、两派同一之宗旨、两派之优劣；第十二章结论：西洋文学与中国文学、中国文学与改良之商榷。《近世欧美文学趋势》是1920年梅光迪为南京高等师范第一届暑期学校授课所撰写。该作被收录在《梅光迪文存》里，2011年4月由华中师范大学出版社出版，并与梅光迪《文学概论讲义》《中国文学在现在西洋之情形》等结集为《文学演讲集》，于同年6月由海豚出版社出版。本人也撰写了《论梅光迪〈近世欧美文学趋势〉的研究特色与史料价值》一文，对该讲义进行了集中而详细的分析。

第二节 《易卜生主义》与写实主义

一 外国文学：思想大于艺术

进化论文学史观的主要特点是关注文学的"现实性""当下性"，即强调"黜古以崇今"，当时很多学人都将目光聚焦于"新""新近""进步""潮流"等时髦而新锐的主题词。如《新潮》《新青年》、"新浪漫主义""新写实主义"等，似乎只有这样才能证明自己是与时俱进的。可以说，"新字当头"成为当时文坛的一大特征。在新青年同人看来，这个"新"不但表现在对当下现实社会人生问题的关注，即改造国民性与民族国家的建构，一切都是以这些问题的解决为旨归；也表现在对外国作家作品的选择上，《新青年》倾向于19世纪外国作家作品。两者的契合点在于：从根本上说，陈独秀的文学革命总是与政治革命紧密相连，文学革命最终还是为政治问题服务。文学只是其政治思想的一部分，文学在作为政治家的陈独秀看来，具有鲜明的工具和功利色彩。所以，陈独秀对于19世纪外国作家作品，往往注重其思想性，而不是艺术性，它们所蕴含的思想价值可以为其政治革命服务。从外国文学中发现思想，成为《新青年》从创刊号开始的宗旨。陈独秀在《法兰西人与近代文明》一文中认为，东西文明之间差异实际上是古代文明与近代文明差异，欧洲文明是最为独特的近代文明，法兰西文明又为欧洲近代文明之母。近代欧洲三大文明——人权说、进化论、社会主义"皆法兰西人之赐,[1] 世界无法兰西，今日之黑暗不识仍居何等"。[2] 可以看出，陈独秀对法兰西文明的赞誉溢于言表，而其重点不在法国文学。

在《现代欧洲文艺史谭》中，陈独秀时而称左拉、易卜生、托尔斯泰为世界"三大文豪"，时而又称易卜生、屠格涅夫、王尔德、梅特林克为近代"四大代表作家"。那么，在诸多外国作家之中，陈独秀为何对这六位大师情有独钟呢？在陈独秀看来：

---

[1] 它们分别指法国的拉法耶特的《人权宣言》、拉马尔克的《动物哲学》和傅立叶的社会主义。

[2] 陈独秀：《法兰西人与近代文明》，《新青年》1915年第1卷第1号。

左氏之所造作，欲发挥宇宙人生之真精神真现象，于世间猥亵之心意，不德之行为，诚实胪列，举凡古来之传说，当世之讥评，一切无所顾忌，诚世界文豪中大胆有为之士也。①

陈独秀视自然主义为欧洲文学的主潮，认为"现代欧洲文艺，无论何派，悉受自然主义之感化"，而自然主义坚持"文学上之观察力，及现实界真诚之研究，其功迹亦未可没"。所以，陈独秀称左拉是"与理想派勇战苦斗"的"自然主义之拿破仑"；称托尔斯泰："尊人道，恶强权，批评近世文明，其宗教道德之高尚，风动全球，亦非可以一时代之文章家目之也。"最后陈独秀总结道："西洋所谓大文豪，所谓代表作家，非独以其文章卓越时流，乃以其思想左右一世也……若英之沙士皮亚（Shakespear），若德之桂特（Goethe），皆以盖代文豪而未大思想家著称于世者也。"② 可以看出，陈独秀的着眼点在于这些外国文学家的思想价值，而并非其作品本身。

陈独秀认为，现代欧洲文坛最为推崇的文体是戏剧，诗与小说退居其次。戏剧"以其实现于剧场。感触人生愈切也"，并将王尔德、萧伯纳、梅特林克等人归为"以剧称名于世界者也"。《新青年》第一篇译介的外国文学作品就是王尔德的戏剧《意中人》，第一卷第三号的封面为王尔德的头像。虽然，胡适在1916年10月致陈独秀的信中，认为陈独秀"洞晓世界文学之趋势，又有改革文学之宏愿"。但对于《青年杂志》刊载王尔德戏剧《意中人》，他表明自己的态度。胡适认为，原著虽佳：

"然似非吾国今日士夫所能领会也"，若"遽译之，岂非冤枉王尔德耶？……吾以为文学在今日不当为少数文人之私产，而当以能普及最大多数之国人为一大能事。吾又以为文学不当与人事全无关系。凡世界有永久价值之文学，皆尝有大影响于世道人心者也"。③

在胡适看来，王尔德的唯美主义戏剧脱离现实生活，尤其是与文学革命的艰巨任务相去甚远。所以，在其后，《新青年》所刊载的翻译文学

---

① 陈独秀：《现代欧洲文艺史谭》，《青年杂志》1915年第1卷第3号。
② 同上。
③ 赵家璧：《新文学大系·建设理论集》，上海文艺出版社影印本2003年版，第14页。

中，王尔德的唯美主义戏剧没了踪影。而易卜生的戏剧，则大受胡适青睐，只因其既"与人事"相关，又有益于"世道人心"。

二 《易卜生主义》：只是一个写实主义

1918年6月15日，《新青年》推出"易卜生专号"。① 该专号发表了胡适的《易卜生主义》、袁振英的《易卜生传》以及罗家伦、胡适合译的《娜拉》和陶履恭译的《国民之敌》等文章。其中，最值得注意的是胡适的《易卜生主义》，该文继承了陈独秀在《现代欧洲文艺史谭》对易卜生戏剧思想价值的关注，但与陈文轻描淡写地称易卜生为"刻画个人自由意志者也"相比，胡文更为详细地论说了易卜生戏剧思想对于文学革命的启示。胡适通过对易卜生的《娜拉》《社会栋梁》《博克曼》《雁》《国民公敌》《海上夫人》等剧本以及易卜生书信的分析，阐述了易卜生所写家庭的四种恶德：自私自利、倚赖性、假道德、儒怯，以及社会的三大势力：法律、宗教、道德。所以，胡适认为：

> 易卜生的人生观只是一个写实主义。易卜生把家庭社会的实在情形都写出来，叫人看了动心，叫人看了觉得我们的家庭、社会原来如此黑暗腐败，叫人看了觉得家庭、社会真正不得不维新革命——这就是易卜生主义。②

在该文中，易卜生对社会阴暗面的揭露和批判，正迎合胡适"戏剧是工具"的文学观念。由此，胡适发现"易卜生的戏剧中，有一条极显而易见的学说，是说社会与个人互相损害。社会最爱专制，往往用强力摧折个人的个性（Individuality），压制个人自由独立的精神；等到个人的个性都消灭了，等到自由单独的精神都完了，社会自身也没有生气了，也不会进步了"。③ 胡适从易卜生剧作中领悟到人的自由意志与个性的重要性，

---

① 针对这个专号的发行，《新青年》第4卷第4号就已经发表了《本社特别启事（易卜生专号）》："易卜生（H. Ibsen）为欧洲近代第一文豪，其著作久已风行世界，独吾国尚无译本，本社先拟以六月份之《新青年》为《易卜生专号》，其中材料专以易卜生为主体，除拟登载易卜生所著名剧《娜拉》（A Doll's House）全本及《易卜生传》，之外尚拟征关于易卜生之著作以为介绍易卜生进入中国之纪念。"

② 胡适：《易卜生主义》，《新青年》1918年第4卷第6号。

③ 同上。

"易卜生可代表 19 世纪欧洲的个人主义的精华"。①

可以看出,主张"多研究些问题,少谈些主义"的胡适,竟然也谈起了"主义"。其实,胡适给易卜生戏剧创作贴上个人主义与写实主义的标签,是胡适在特定历史语境下对易卜生的有意"误读"。正如胡适在开篇所言:

> "易卜生主义"这个题目不是容易做的,我又不是专门研究易卜生的人,如何配做这篇文字?但是现在我们推出一本"易卜生号",大吹大擂地把易卜生介绍到中国来,似乎又不能不有一篇"易卜生主义"的文字,没奈何只好把我心目中的"易卜生主义"写出来,做一个"易卜生号"的引子。②

表面上看,胡适作此文似乎是无奈之举,或是其自谦之辞。而实际上,也可以说易卜生的戏剧思想契合了胡适的社会改良理念。个人主义寄寓着胡适以"救出自我""个性解放"的思想启蒙之声,唤醒在专制守旧社会里沉睡的麻木国民。尤其是对于当时具有觉醒意识而力求挣脱守旧势力束缚和桎梏的青年来说,这无疑是一个令他们欢欣鼓舞的共鸣之音。可以说,胡适成就了"娜拉热"。由此,"娜拉"成为五四时期个性解放的标志性符码。③

胡适对易卜生戏剧思想的关注,在一定程度上是胡适对陈独秀倡导的"推倒陈腐的铺张的古典文学,建设新鲜的立诚的写实文学"④ 的有效呼应。在他们看来,写实主义不仅仅是指一种再现现实的文学类型,它更指向历史进步势力对腐朽文化的冲击。带着这样的理论预设,易卜生戏剧的社会思想成为胡适的首要关注点。对于这一点,胡适说得更明确:"我们

---

① 胡适:《介绍我自己的思想》,见《胡适文集》第 2 集,人民文学出版社 1998 年版,第 166—168 页。
② 胡适:《易卜生主义》,《新青年》1918 年第 4 卷第 6 号。
③ 在《易卜生主义》中胡适介绍过来的易卜生的剧作和"娜拉"形象更是风行一时:"影响非常之大,许多学校都上演过。在'五四'运动高潮中,译介易卜生作品和宣扬易卜生主义更蔚成风气。易卜生在当时中国引起巨大的波澜,青年人狂热地喜爱他,也几乎没有一个报刊不谈论他。'五四'时期许多新文学作者也都曾经从仿效易卜生写'问题小说'和'问题剧'入手,而转向关注与反映社会现实人生的。"钱理群、温儒敏、吴福辉:《中国现代文学三十年》,北京大学出版社 1998 年版,第 11 页。
④ 陈独秀:《文学革命论》,《新青年》1917 年第 2 卷第 6 号。

的宗旨在于借戏剧输入这些戏剧的思想。……试看我们那本《易卜生号》，便知道我们注意的易卜生并不是艺术家的易卜生，乃是社会改革家的易卜生。"① 关于易卜生的身份定位，茅盾在《谈谈〈傀儡之家〉》中写道："《新青年》出'易卜生专号'曾把这位北欧的大文豪作为文学革命家，妇女解放，反抗传统思想……等等新运动的象征。"② 鲁迅曾问，"何以大家偏要选出 Ibsen 来呢？"③ 在这里，鲁迅引用青木教授的观点，认为："要建设西洋式的新剧，要高扬戏剧到真的文学底地位，要以白话来兴散文剧……因为事已亟矣，便只好先以实例来刺戟天下读书人的直感""还因为敢于攻击社会，敢于独占多数。"④ 无论易卜生是胡适眼中的"社会改革家"、茅盾所谓的"文学革命家"，还是鲁迅所认为的要"以实例来刺戟天下读书人的直感"，他们的着落点都在于易卜生戏剧强烈的社会意义。关于"娜拉出走"的讨论更强化了这一倾向，鲁迅在《娜拉走后怎样》中认为，娜拉忽视社会经济基础，她出走后要么回来要么堕落；郭沫若在《〈娜拉〉的答案》中认为，娜拉在由被人玩弄的木偶解放为独立自主的人之后："脱离了玩偶家庭的娜拉，究竟该往何处去？求得应分的学识与技能以谋生活的独立；在社会的总解放中争取妇女自身的解放，为完成这些任务不惜以自己的生命作牺牲——这些便是正确的答案。"⑤ 在郭沫若看来，"中国的娜拉"——秋瑾，形象地回答了易卜生留下的问题，而娜拉缺乏一种真正的革命理想。

三　只抓问题，不看戏剧

胡适从思想角度关注易卜生戏剧的现实意义，而忽视其艺术成就的诟病，遭到了其他学人的批评。如"学衡派"代表之一胡先骕认为，不应忽视易卜生对戏剧艺术的贡献。他指出："易卜生对于近代戏曲之影响……实在改革戏曲之方法。易氏承司克卜（Scribe）与小杜马之绪，以改良之。小杜马之借戏中人物口述其主义者，易氏乃将其主义分布于去全剧中。昔人之戏剧，以动作之表示达其极点（Climax），易氏则每借剧中

---

① 胡适：《论译戏剧——答 T. F. C 等》，《新青年》1919 年第 6 卷第 3 号。
② 茅盾：《谈谈〈傀儡之家〉》，《文学周报》1925 年第 176 号。
③ 鲁迅：《〈奔流〉编校后记》，见《鲁迅文集·集外诗文选》，黑龙江人民出版社 1995 年版，第 212 页。
④ 同上。
⑤ 郭沫若：《〈娜拉〉的答案》，《妇女之路》1942 年第 33 期。

人物之口语，渐次达此极点。昔人戏剧中常用之手段，如假装逃匿、窃取问文书、窃听密语、独语、旁语及文学之语句等，易氏皆尽弃而不用，而纯以理致取胜。此则易氏之所不可及者。故无论易氏之主义如何，其艺术上之改革，实不可磨灭，而终为后世所宗仰者也。"① 较之胡适，胡先骕对于易卜生戏剧艺术特色有着更为全面、更为理性的认识。在梁实秋看来，新文学运动以易卜生的戏剧为提倡话剧的兴奋剂，是非常适当的。因为"易卜生不仅是一个思想家，他也是一个艺术家，可是在新文学运动当中无疑的易卜生的思想比他的艺术赢得更大的注意。这在新文学运动方面来看，颇像是一个损失，因为抓到了易卜生的思想，可是没有抓到易卜生的艺术，所以对于新剧便没能有什么大的益处"。② 梁实秋辩证地论说了缺失对易卜生戏剧艺术的关注，对于新剧建设而言无疑是"捡了芝麻，丢了西瓜"。

陈独秀的《现代欧洲文艺史谭》、胡适的《易卜生主义》等文章从文学改良社会的功利观念出发，多侧重阐发托尔斯泰、易卜生、左拉等作家的思想倾向及其作品的社会作用。这种单纯注重思想内容、忽视艺术分析的外部研究，虽然脱离外国文学的审美特征，也不是纯粹意义上的文学研究。但是，由于它契合了文学革命话语的需要，也因此显示了其存在的价值。可以说，此种倾向对民国时期乃至中华人民共和国成立之后外国文学研究，产生了深远的影响。20世纪20年代，《小说月报》对外国作家作品的解读明显具有该种倾向（后文待续）。在20世纪30年代革命战争话语下，随着马克思主义文论的引入，社会历史批评或是阶级分析更是强化了此种研究倾向，尤其是鲁迅、瞿秋白、茅盾、周扬等一批有着左翼思想倾向的学者评论家，往往从文学与社会关系的角度出发，强调外国文学的现实主义美学价值。茅盾的《世界文学名著讲话》与《汉译西洋文学名著》、莎士比亚的阶级性以及关于马雅科夫斯基之死的讨论等则是此种倾向的极好体现。40年代，毛泽东《在延安文艺座谈会上的讲话》则更从政治视角，提出"文艺为工农兵服务"的方向，将外国文学作为思想教育的工具，哈姆雷特、罗亭等成为改造知识分子的典型。周立波、萧三等在鲁迅艺术学院，强调外国文学的思想教化功能等个案，反映了《讲话》精神对外国作家作品所进行的具有现实功用色彩的文化过滤与筛选。

---

① 胡先骕：《欧美新文学最近之趋势》，《东方杂志》1920年第17卷第18期。
② 龚翰熊：《西方文学研究》，福建人民出版社2005年版，第328页。

总的看来，《新青年》这种只抓"问题"、忘掉"戏剧""思想大于艺术"的外国文学研究思路，无论是"娜拉热""维特热""易卜生热""拜伦热""王尔德热""高尔基热"等，均出现此种主题先行、过多注重作品思想内容的倾向。它们总是着眼于社会问题的需要，或以短暂的政治实用意义为旨归，或以革命和政治取代艺术。这些反映了民国时期的外国文学研究与其时的社会政治、文化等始终发生一种相互凝望、相互介入的关系，在一定程度上，避免外国文学研究与现实的隔膜化。但是，正如胡愈之所言："现在将西洋文学的总是偏于思想方面，艺术天才像都介涅夫的就少人注意。我想文学到底是一种艺术，思想不过是文学上所应必须表现的一种东西。要想吸收西洋的近代文学，确立我国的国民文学，艺术方面实在比思想方面，更应该研究。"① 这种社会历史批评作为一种批评方法，其本身是没有利弊之别，关键是在运用时的适度问题。20世纪30年代，此种研究方法倒向的庸俗社会学，其理论代表者之一弗里契认为，文学是为了表达社会的阶级内容与经济内容而存在，此种方法论将社会学批评框定在机械反映论的认知模式中。由此，外国文学研究出现了偏离其本来面貌的歪曲解读，正如弗里契所言："写实主义是资产阶级的艺术、浪漫主义实是资产者文学发达上的一个阶段"② 等。最典型的个案是粗暴地将一切表达自我意识与自我危机的西方现代主义文学，统统贴上资产阶级颓废、消极、腐朽的标签而加以唾弃。在"十七年文学"时期、"文化大革命"时期，这种阶级分析、政治批判的视角，强调现代主义文学的负面影响，直到新时期现代主义文学才得以"重见天日"。可以说，社会历史批评在中国的外国文学研究中，具有较强大的历史惯性与弹性。

第三节 《人的文学》与"人"的话语下的外国文学研究

文评家舒芜在谈到周作人时指出："他是北京大学第一个讲授欧洲文学史的教授。他还写了大量介绍外国作家作品，输入外国文学理论与知识的文章。接着他又作为文艺理论家出名。他的名文《人的文学》，第一次给中国新文学运动制定了一个民主的人道的思想纲领，启发了一代两代的

---

① 胡愈之：《都介涅夫》，《东方杂志》1920年第17卷第4号。
② 李何林：《李何林全集》第4卷，河北教育出版社2003年版，第114页。

文学青年。接着他第一个提出了'思想革命'的口号，为文学革命提出了进一步的目标。他呼吁人的发现，女性的发现，儿童的发现，他提倡宽容和自由，反对束缚和统制。"[1] 从这段引文中可以看出，周作人无论对于中国新文学的建设，还是对于中国的外国文学研究，均作出突出而又重要的贡献。其中，"人"的发现对于民国时期外国文学话语秩序的建构，具有极强的理论意义。在"人"话语下，个人与人类的共处关系，置换了"国家"话语下的个人与国家的依附关系，人从"国家"话语的干预与束缚中解放出来，"人的自觉""民族觉醒"成为新青年同人反封建、反传统的目的。在此种语境下，"人的文学"之灵肉一致的人性论、个人主义的人间本位主义之人道主义等，同样规约了外国文学研究的总体面貌。

一 "人性论"研究范式的凸显

1918年12月15日，《人的文学》发表于《新青年》第五卷第六号上。在该文中，周作人以欧洲三次"人"的真理的发现为历史参照，[2] 认为在中国"四千余年来，中国人的问题，从来未解决"。而重新发现"人""辟人荒"，关键是认识什么是"人"。周作人所界定的"人"，"不是世间所谓'天地之性最贵'，或'圆颅方趾'的人。乃是说，'从动物进化的人类'。其中有两个要点，（一）从'动物'进化的，（二）从动物'进化'的"。[3] 前者旨在强调人的动物性本能；后者旨在点明人又是经过"进化"的动物，其"内面的生活，比其他动物更为复杂高深，而且逐渐向上，有能改造生活的力量"。人除生物欲望之外，还有更高的精神追求与理智升华，这又是克服人的"兽性余留"与"古代礼法"的重要面向。所以，"这两个要点，换一句话说，便是人的灵肉二重的生活。……其实两者都是趋于极端，不能说是人的正当生活。到了近世，才有人看出这灵肉本是一物的两面，并非对抗的二元。兽性与神性，合起来便只是人性"。[4] 周作人所讲的"人"，就是灵与肉、兽性与神性统一的独

---

[1] 舒芜：《串味读书》，辽宁教育出版社1995年版，第52页。
[2] "第一次是在十五世纪，于是出现了宗教改革和文艺复兴两个结果。第二次成了法国大革命，第三次大约便是欧战以后将来的未知事件了。"
[3] 周作人：《人的文学》，《新青年》1918年第5卷第6号。
[4] 同上。

立个体。在周作人看来，片面地表现"兽性"或"神性"的文学，只能导致海淫海盗之状与不食人间烟火之态的"非人的文学"。周作人主张，应该用科学的态度描写人的"生物性"，"希望从文学上起首，提倡一点人道主义思想"。周作人不但在理论上倡导人性二元论，也将之贯彻到具体的外国文学研究实践中。在这里，我们不能不论及周作人的《欧洲文学史》与《近代欧洲文学史》。① 它们对于外国文学学科发展史、外国文学学术史，具有重要意义。

从外国文学学科发展史来看，晚清政府在1902年的《钦定京师大学堂章程》与1904年《奏定大学章程》中，要求在文学类课程中设置"西国文学史"课程。由于当时条件的限制，该课程只是徒有虚名。1913年1月，新成立的民国政府教育部颁布了新的大学规程，要求文学类专业均设"希腊文学史""罗马文学史""近世欧洲文学史"等课程。② 而在此时，李叔同正在杭州浙江第一师范学校（原浙江两级师范学堂）任教。1913年5月，在他创办的该校综合性刊物《白阳》上发表《近世欧洲文学之概观》的部分章节。该文出现在民国政府颁布新的大学规程后不久，在一定程度上可以说是外国文学学科的雏形之作。1917年9月，周作人在北京大学教授"欧洲文学史"，则是外国文学学科成熟的标志。在北京大学中国文学的课程设置中，"希腊罗马文学史"和"近世欧洲文学史"这两门课由周作人讲授，而课程的实际讲述内容与课表名称有所差异，分别变更为欧洲文学史和19世纪文学史。1918年10月，周作人以1917年的欧洲文学史讲稿为底本，作为当时北京大学与商务印书馆合作的"北京大学丛书"出版同名专著《欧洲文学史》。该著共分三卷，分别介绍了古希腊、罗马文学的起源、发展和分类，中古与文艺复兴及17—18世纪欧洲文学的兴起。据止庵先生考证，周作人在编写该书的同时，也撰写了《近代欧洲文学史》，此书正是"近世欧洲文学史"的课程讲义。但因译名问题与出版社产生分歧，该书在当时未能及时出版。直到2007年，止庵先生根据新发现的史料校正注释，才正式出版。从具体内容来看，《近代欧洲文学史》前接《欧洲文学史》，续写了19世纪欧洲文学，将其分为"传奇主义时代"与"写实主义时代"两部分，每部分分别介绍了英国、

---

① 本书的论述重点是民国时期的文学期刊史料，但周作人的这两部著作在外国文学学科史上占有重要地位，所以本书在此作为个案加以论述，特此说明。

② 舒新城编：《中国近代教育史资料》中册，人民教育出版社1981年版，第645—646页。

法国、德国、俄国、丹麦、挪威等国的国别文学，与《欧洲文学史》共同呈现了欧洲文学从古希腊到 19 世纪的发展历程。

对于《欧洲文学史》，吴宓认为："盖自新文化运动之起，国内人士竞谈'新文学'，而真能确实讲述西洋文学之内容与实质的则绝少，仅有周作人北大教授之《欧洲文学史》上册，可与谢六逸之《日本文学史》并立。"① 金克木也称该著"片言往往有新义"。② 在这之前，马君武于 1911 年 11 月 9 日在《民立报》上发表《欧洲文学丛谈》。虽然马著题为《欧洲文学丛谈》，但是，其仅关注雨果《可怜人》的部分节译，"法文豪庚哥 Hugo 所著《可怜人》（Les Miserable），汪洋闳肆，世界名著。其中一篇《石下之心》，尤为全书之结晶体"。③ 该文旨在宣扬人类之爱，"神者，天上之完全体；爱着，人间之完全体"。④ 上文提到李叔同的《近世欧洲文学之概观》，由于历史原因，只刊出第一章内容，其余皆已散失。从现存的文稿来看，作为艺术家的李叔同对欧洲文学史的初步描述，带有较明显的艺术倾向。与马著的简略与李著的未完成，周作人的《欧洲文学史》是中国外国文学研究史上第一部详细而完整的区域文学史专著。

周作人在《人的文学》中认为，人的本质是理性与情感、神性与兽性、灵与肉等的二元统一，人的文学应是人的本质即人性的反映。基于这样的认识，周作人将"人的文学"理念贯穿于欧洲文学史的写作中。在《欧洲文学史》中，周作人这样写道：

> 希腊文化，为欧洲先进，罗马以来，诸国典章文物务必被其流泽，而艺文学术为尤最。故言欧洲文学变迁，必溯源于希腊。虽种族时地，各有等差，情思发见，亦自殊别，唯人性本元，初无二致，希腊思想为世间法之代表，与出世法之基督教，递相推移，造成时代。世之论欧洲文明者，谓本于二希，即希腊与希伯来思想，史家所谓人性二元者是也。物质精神两重关系，为人生根本，个人与民族皆所同具，唯性有偏至，则所见亦倚于一端。故希伯来思想为灵之宗教，希

---

① 吴学昭：《吴宓与陈寅恪》，清华大学出版社 1992 年版，第 27—28 页。
② 金克木：《金克木小品》，中国人民大学出版社 1992 年版，第 274 页。
③ 马君武：《欧洲文学丛谈》，见莫世祥编《马君武集》，华中师范大学出版社 2011 年版，第 213 页。
④ 同上书，第 214 页。

腊则以体为重，其所吁求，一为天国未来之福，一则人世现在之乐也。……希腊古代之精神，而后世文艺思潮中时或隐见，至近来乃益显。新希腊主义（Neo Hellenism）之复兴，实现代思想之特征，至可注意者也。①

周作人在《近世欧洲文学史》中，总结道：

> 文艺复兴期，以古典文学为师法，而重在情思，故又可称之曰第一传奇主义（Romanticism）时代。十七、十八世纪，偏主理性，则为第一古典主义时代。及反动起，十九世纪初，乃有传奇主义之复兴。不数十年，情思亦复衰竭，继起者曰写实主义（realism）。重在客观，以科学之法治文艺，尚理性而黜情思，是亦可谓之古典主义之复兴也。惟是二者，互相推移，以成就世纪初之文学。及于近世，乃协合而为一，即新传奇主义是也。②

从以上引文可以看出，在考察欧洲文学的源流时，周作人以历史循环论为出发点，将"二希"思想作为欧洲文学的两大源头。其中，希腊思想代表"体"，希伯来思想代表"灵"，从其后的中世纪文学到18世纪的欧洲文学，就是希腊精神和希伯来精神的相互斗争和此消彼长的历程，也就是人性"体"与"灵"的二元交替出现。在这里，周作人特别强调欧洲文学的源头——希腊文学。在《欧洲文学史》中周作人用近三分之二的篇幅详叙希腊、罗马文学，他的"希腊情结"可见一斑。周作人认为，希腊民族是"世界最有节制之民族"，并将希腊文化概括为"尚美而不失道德，主情而不失理智，重思索而不害实行"。希腊神话"为纯粹神人同形说（Anthropmorphism）"；希腊戏剧"不明演杀伤事迹，仅以影写出之"；希腊美术"尤以安详著称。如雕刻之像，多静而少动"。周作人将希腊文学的特征总结为三点：尚美精神、现世主义、中和原则，并将此为准绳审视后世文学。在周作人看来，希伯来文学与罗马文学均是对希腊文学的反拨："希腊为尚美，罗马为崇实""人神既逝（Mangod），神人（Godman）代兴"；中世纪文学主要关注"浪游之歌"和"骑士文学"。

---

① 周作人：《欧洲文学史》，岳麓书社2010年版，第55页。
② 周作人：《近代欧洲文学史》，团结出版社2007年版，第3页。

其中，"浪游之歌"满怀现世精神，它是对希伯来文学的颠覆；"骑士文学"源于宗教，趋于尚美，本为希腊文学的回归。文艺复兴，注重现世、人生、自然，可以说是希腊精神的回返等。周作人以希腊文学与文化精神为主线，将欧洲文学的历史进程概括为希腊精神与希伯来精神的循环往复的发展过程。

  从这里可以看出，周作人将"两希"这两种相互冲突的力量对欧洲文学的总体发展加以抽象概括，尽管不无几分机械，却点明了千余年来欧洲文学的总体发展趋向。《欧洲文学史》的"人性二重论"的写作范式，不但影响了周作人后来《新文学的源流》的写作，① 也在20世纪20年代至30年代外国文学论著中颇为常见。"灵肉二元论""灵肉合一论""灵肉一元观"，可以说是民国时期很多学者阐释外国文学发展的代表性解释系统。② 这些解释系统在很大程度上依赖于当时译介过来的、数量相当的文学史、思想史著作，《欧洲文学史》的"人性论"研究模式，明显受到厨川白村的潜在影响（此不赘述）。以周作人为代表的民国学者，大多认为西方文学思潮的前后更替，不外是性质相反的"两希"相互斗争的结果，这几乎成了他们论述西方文学发展不证自明的现代标尺。如朱心星的《欧洲文学管窥》、曾虚白的《欧洲各国的文学观念》、高昌南的《怎样研究西洋文学》、胡水波的《世界文学的两大来源》、赵景深的《西洋文学史概论》、许振鸾的《欧洲近代文学鸟瞰》、徐常修的《文艺复兴都西洋文学底派别及其变迁的背景》、朱自清的《欧洲文学的渊源》等文章均认为，"两希"是促成欧洲文学前进的主要思想动力。如许文认为，"欧洲近代文学的导源，文艺复兴（Renaissonce）宗教改革（Reformation），启蒙思潮（Rationtism Enlightmont），和法国大革命（Revolution），即一般所谓4R是也。4R之起因，是2H交错对立的作用，本来欧洲文明的历史，是希腊思潮（Hellenism）和希伯来思潮（Hebrowism）消长起伏的历史。

---

  ① 周作人在《中国新文学的源流》一书中曾提出过这样一种文学观：中国两千多年的文学发展史是一条载道与言志两方互相争斗、此消彼长的河流。载道期过后，言志期紧跟而上，两者的作用和价值各不相同，难分高下，可正是他们的合力推动了这条河流的变迁与前进。周作人：《中国新文学的源流》，河北教育出版社2002年版，第17—18页。

  ② 施蛰存曾这样回忆："第二年，我到上海进上海大学，读中国文学系。陈望道老师讲修辞学，沈雁冰老师讲西洋文学史，俞平伯老师讲诗词，田汉老师讲欧洲浪漫主义文学，这些课程都对我有相当影响。西洋文学史的教材是周作人编的《欧洲文学史》，这部书的内容，实在只讲了希腊、罗马部分，我以为不足，就自己去找英文本的欧洲各国文学史看。"施蛰存：《我治什么"学"》，见施蛰存《北山四窗》，上海文艺出版社2000年版，第261页。

希腊思潮的特色是享乐的，入世的，科学的，实验的；而希伯来思潮则为禁欲的，出世的，信仰的，独断的。"① 可以看出，周作人所倡导的人性二元论，对于民国时期的外国文学研究的深远影响。

20世纪20年代末前后的"革命文学"时期，随着国内阶级矛盾的不断升级与民族危机的日益加重，文坛爆发了关于人性论与阶级论的论争。以梁实秋为代表的自由主义者与以鲁迅为代表的左翼阵营，分别以"人性论"与"阶级论"展开针尖对麦芒式的激烈交锋。阶级性与人性之间的对立，即两种阶级之间的对立。周作人倡导的"人"的话语模式，受到"革命阶级"话语的冲击。鲁迅指出，"文学不借人，也无以表示'性'，一用人，而且还在阶级社会里，即断不能免掉所属的阶级性"。② 以阶级性衡量人道主义传统，致使人道主义被认为是资产阶级思想。由此，西方现代派文学遭受误解甚至是曲解。20世纪40年代，随着周作人的落水附逆，"人"的文学被"人民"的文学所取代，个人主义在革命战争时代逐渐消融在集体主义的洪流中，在"为工农兵服务"的大众化基调中，个人主义成为资产阶级或小资产阶级的代名词而受到批判，于是苏联文学、反法西斯文学成为主要的研究对象，而欧洲现实主义文学中的经典形象简·爱、约翰克斯多夫等个人主义者受到一定程度的批判。虽然周作人在《欧洲文学史》以"两希"解释西方文学纷繁复杂的发展过程，后来受到一些学者的质疑。这种质疑主要来自周作人的"人性二元论"将人看成抽象的存在，在一定程度上忽视人的社会性。在阶级分化、阶级斗争时期，周作人的"人性二元论"也自然会受到批判。③ 但是，这种"人性论"模式对于外国文学史编写的影响，却是持久而长远的。郑克鲁主编的《外国文学史》剔除周作人在《欧洲文学史》中的历史循环论观念，将进化论和人性论结合起来，认为外国文学史的发展就是人性的不断升华的过程。

---

① 许振鸾：《欧洲近代文学鸟瞰》，《安徽教育》1931年第2卷第11期。
② 鲁迅：《"硬译"与文学的阶级性》，《萌芽》1930年第1卷第3期。
③ 如伍蠡甫在《怎样研究西洋文学》认为："教师一大部分工作都在说出西洋文学思潮之迁变，作家受着思潮的影响，呈露在作品里的某种意识。……这两种相反的思想，完全基于相反的两种人类的本性，它们一盛一衰，一胜一败，循环往复的斗争着，形成了欧洲文明的历史。至于盛衰胜败是由何决定的呢？这循环往复的动力是从何处来的呢？"伍蠡甫：《怎样研究西洋文学》，《出版周刊》1936年第188—189期。显然，伍蠡甫不满意此种忽视外在社会环境因素，而偏重主观的解释。在他看来，此种倾向主要是没有弄清西洋文学研究的目的。

二 人道主义思想：被压迫民族文学研究的建构

在20世纪20年代，周作人及其所代表的"五四"一代人，大多认为，外国文学之于中国文学，最闪亮、最有价值的地方就是个人主义与人道主义，而这正是中国文学千百年来最为奇缺与匮乏之处。正如郁达夫所言："五四运动的最大的成功，第一个要算'个人'的发现。"[①] 周作人从长期密闭的封建宗法统治下发现人，从而使人的地位、人的解放、人的尊严等成为文学创作与研究的重要议题。可以说，这种人道主义话语是当时国人想象外国文学的重要视角。

从外国文学史的发展看，人道主义思想和宗教思想是其两大主题。其中，人道主义关注"人""人性"的问题，人的权力、人的尊严、人的个性、人的存在等是外国文学史的重要议题，"以人为本"的人道主义精神贯穿于整个外国文学史中。古希腊文学时期，"人是万物的尺度"，希腊神话中的神具有人的性格，前奥林匹斯神系，强调人的权欲；奥林匹斯神系，强调人的情欲。希腊"命运悲剧"反复重申了人的意志与神的意志的冲突，即使是遭遇杀父娶母的命运，也要保持人的主体精神不倒。在中世纪文学中，作为官方代表的教会文学，旨在宣扬上帝的权威与伟大。在来世主义与禁欲主义的阴影下，人只是一只犯罪的羔羊。而英雄史诗、骑士文学、城市文学等民间文学，则闪烁着被教会文学遮蔽的人性。文艺复兴时期，人文主义者在对古希腊文学与文化的研究中，发现了"人"存在于世间的快乐与幸福。于是，薄伽丘的《十日谈》以人不可禁止也禁而不止的自然情欲，抵制基督教的禁欲主义。拉伯雷在《巨人传》中，以人强大的食欲，反抗基督教节衣缩食的苦修主义；以人的强烈求知欲"寻找神瓶"，粉碎了基督教所宣扬的"一切知识皆在《圣经》"的蒙昧主义等。莎士比亚的"性格悲剧"，更是从"内面"强调人是感性与理性的统一体。"人"的发现是文艺复兴文学与文化的精髓，其本身就具有反封建、反教会、以人性反对神性的目的论色彩。17世纪古典主义文学，将政治意义上的"理性"锁定在人性中，18世纪的启蒙主义文学则在认知层面上，认为人的思想、意识、思维才是人的本质。在法国大革命时期，启蒙主义者缔造的"自由、平等、博爱"的理性王国，更将"人"

[①] 郁达夫：《现代散文导论》，见蔡元培《中国新文学大系导论集》，岳麓书社2011年版，第175页。

提升至"理性"的主体确认的历史高度。19世纪浪漫主义文学与现实主义文学,分别将"人的情感"与"人的社会关系"作为描写对象。20世纪现代主义文学以"异化"为切入点,思考人的本体存在。萨特的《存在主义是一种人道主义》生动阐明了人的存在,即自己创造自己。后现代主义文学认为,之前所有关于"人"或人性的种种界定,都只是一种说法,一切只是一种叙事而已。总的看来,人道主义在外国文学史上是一个处在动态变化之中的重要范畴,强调个人本位主义是其主要出发点。

周作人在《人的文学》中,指出人道主义并非"世间所谓'悲天悯人'或'博施济众'的慈善主义,乃是一种个人主义的人间本位主义"。①虽然,周作人强调个人本位主义上与西方文学史上的人道主义有相通之处。但是,"人间本位主义"则在中国传统的伦理学意义上,又延伸出对个人与人类互动关系的强调。周作人将个人与人类的关系比喻为树木与森林的关系,认为两者是相互影响、相互促进的:"第一,人在人类中,正如森林中的一株树木。森林盛了,各树也都茂盛。但要森林盛,去仍非靠各树各自茂盛不可。第二,个人爱人类,就只为人类中有了我,与我相关的缘故。……我说的人道主义,是从个人做起。要讲人道,爱人类,便须先使自己有人的资格,占得人的位置。"② 个人并不是单向地受制于人类,而在保持自身独立性与自觉性的前提下,促进"人类"的繁荣与发展。在周作人看来,妇女和儿童也必须拥有作为"人"的地位。周作人主张在文学上:"(一)是男女两本位的平等;(二)是恋爱的结婚。世间著作,有发挥这意思的,便是绝好的人的文学。"只有满足这两个条件,才能有"真实的爱与两性的生活",才能实现人的"灵肉二重的一致"。③ 周作人以易卜生的《娜拉》、托尔斯泰《安娜·卡列尼娜》、哈代的《苔丝》等小说为范例,认为文学要表达这样的平等的爱情。荷马《伊利亚特》、欧里庇得斯《俄瑞斯特斯》、屠格涅夫《父与子》等表现父子关系的作品,"都很可以供我们的研究"。④ 人间本位主义的人道主义,就是关注人自身的个体存在与属性。

"人的文学"中的"人"的发现,意味着个人主体性的彰显,妇女、

---

① 周作人:《人的文学》,《新青年》1918年第5卷第6号。
② 同上。
③ 同上。
④ 同上。

儿童等一直被忽视的弱势群体得以在文学中占有一席之地，从而使"人"范围指向全人类。由此，周作人认为人类在精神层面是共通的，人与人之间不存在高低贵贱的等级或阶级差别。可以说，对人类意志、人类爱的表达，就是对个人自由与尊严的抒写。正是基于这种人类意识，周作人于1918年12月20日撰写的《平民文学》一文，可以说是对"人的文学"具体阐释。周作人眼中的"平民文学"并不是指写作阅读对象或写作对象为平民，而是指向一种文学精神的平民性："平民文学不是专做给平民看的，乃是研究平民生活——人的生活——的文学。"① 周作人认为："除却当时的境遇不同以外，思想趣味，毫无不同，所以在人物一方面上，分不出什么区别。"周作人反对文学上的阶级斗争，这也是在20世纪30年代"革命阶级"话语中"人"的话语陨落的原因。周作人对平民文学的提倡，基于对人类共性的关注。因为"平民文学所说，近在研究全体的人的生活，如何能够改进到正当的方向，乃是对于他自己的与共同的人类的运命"。

我们且从《新青年》的文学翻译的选择看这一问题。参见下表：

卷次号次	作者	国别	译作	译者
1卷1—4号	屠尔格涅甫	俄国	春潮	陈暇
1卷5号—2卷2号	屠尔格涅甫	俄国	初恋（长篇）	陈暇
2卷1号	泰来夏甫	俄国	决斗（短篇）	胡适
2卷5号	麦道克	英国	磁狗	刘半农
2卷6号和3卷5号	龚枯尔兄弟	法国	基尔米里（长篇）	陈暇
3卷1号	莫泊三	俄国	二渔夫（短篇）	胡适
3卷2号	莫泊三	俄国	梅吕哀	胡适
4卷1号	陀思妥夫斯奇	俄国	陀思妥夫斯奇之小说	周作人
4卷3号	Sologub	俄国	童子之奇迹	周作人
4卷4号	Kuprin	俄国	皇帝之公园（幻想）	周作人
5卷3号	Ephtaliotis	新希腊	扬拉奴妮复仇的故事	周作人
5卷3号	Ephtaliotis	新希腊	扬尼思老爹和他驴子的故事	周作人
5卷4号	Henryk Sienkiowic	波兰	酋长	周作人

---

① 周作人：《平民文学》，《每周评论》1919年第5号。

续表

卷次号次	作者	国别	译作	译者
5卷5号	Ljov Tolstoj	俄国	空大鼓	周作人
5卷6号	江马修	日本	小小的一个人	周作人
6卷1号	H. C. Andersen	丹麦	卖火柴的女儿	周作人
6卷1号	F. Sologub	俄国	铁圈儿	周作人
6卷2号	Anton Tshekhov	俄国	可爱的人	周作人
7卷1号	L. Andredev	俄国	齿痛	周作人
7卷3号	Stefan Zerornski	波兰	诱惑	周作人
7卷3号	Stefan Zeromski	波兰	黄昏	周作人
8卷2号	科罗连珂	俄国	玛加尔的梦	周作人
8卷4号	阿尔支拔绥夫	俄国	幸福	鲁迅
8卷4号	千家元磨	日本	深夜的喇叭	周作人
8卷5号	国木田独步	日本	少年的悲哀	周作人
8卷6号	显克微之	波兰	愿你有福了	周作人
8卷6号	阿伽洛年	阿美尼亚	一滴的牛乳	周作人
8卷6号	普路斯	波兰	世界的徽（La ahime）	周作人
9卷1号	莫泊三	俄国	西门底爸爸	雁冰
9卷1号	KuPrin	俄国	快乐（神话）	沈泽民
9卷3号	菊池宽	日本	三浦右卫门的最	鲁迅
9卷4号	包以耳	挪威	一队骑马的人	茅盾
9卷5号	伊巴涅支	西班牙	颠狗病	周作人

从上表可以看出，"人的文学"所包含的人道主义思想，使默默无名的"小人物"、社会底层的无业者、受压迫的无产者等，成为《新青年》外国文学译介与研究的重要一面。如《卖火柴的女儿》在周作人看来是别有一番特色的作品，该作的译后记中这样写道："他写这女儿的幻觉，正与俄国平民诗人 Nekrassov《赤鼻霜》诗里，写农妇在林中冻死时所见过去的情景相似，可以同称近世文学中描写冻死的名篇。"① 鲁迅赞叹菊池宽的小说："是竭力的要挖出人间性的真实来""我便被唤醒了对于人间的爱的感情；而且不能不和他们吐 Here is a man 这一句话了"② 等。这

---

① 周作人：《卖火柴的女儿》译后记，《新青年》1919年第6卷第1号。
② 鲁迅：《〈三浦右卫门的最后〉译者附记》，《新青年》1921年第9卷第3号。

些个案显示了《新青年》对处在社会底层的妇女、儿童等弱势群体的关注。在《新青年》所刊载的33篇翻译小说中,以俄国小说占据近二分之一强(16篇),且译者大多是周作人。俄国文学素有的社会忧患意识,及其对现实人生的深切体察等特征,尤其是其对"被侮辱与损害的人"给予的人道主义关怀,更使周作人看到一种对个体命运的同情、尊重,及对人类的爱。所以,周作人将目光投向俄国文学研究,其"文学表现人生""文学为人生"的思想,尤为周作人所看好。翻译《陀思妥夫斯奇之小说》是周作人在《新青年》的第一次登场,该文表明周作人对俄国文学的高度关注。在译者案中,周作人这样写道:"谋杀老妪前,当时,及其后心理状态,极为精妙。吾非跪汝前,但跪人类苦难之前。陀氏所作书,皆可以此语做注释。七年,不过七年,他们当初快乐,看这七年只如七月。他们不晓得,新生活不是可以白得的。须出重价去买,须要用忍耐、苦难、同努力,方能得来。但是现在,一部历史已经开端。一个人逐渐的革新,缓慢而确实的上进,从这一世界入别以未知世界的变化,这可以做一部新小说的题目。但我所要说给读者听的故事,却在此处就完结了。"①周作人对陀思妥耶夫斯基的代表作《罪与罚》,所表现的忏悔意识和苦难意识的把握,可以说抓住了该作以及俄国文学的重要特征。

晚清时期,在林纾对《黑奴吁天录》以及狄更斯系列小说引介与研究中,就已经关注下层社会"小人物"。但林纾对其的关注缺乏理论指导,而周作人以"人的文学"为中心,在理论上系统论述之。20世纪20年代,"新青年"学人们发起的思想革命口号逐渐淡出了人们的视野,"三大主义""八不主义"曾经占领社会舆论的话语也走过了昔日的光辉岁月。但在此时,文学研究会倡导"文学为人生",创造社秉承"文学为艺术"(创造社以《创造季刊》《创造周报》为话语场所,形成了19世纪以浪漫主义文学为中心的外国文学研究秩序。其中,歌德、拜伦是其倡导革命理想的主要话语对象。在一定程度上与《小说月报》形成对话机制)。他们从不同面向继承了"人"的文学话语模式,成为其在另一历史语境的再生与延续。可以说,《小说月报》直接继承《新青年》的衣钵,倡导"文学为人生""血与泪"的文学宗旨。尤其是1921年,《小说月报》开辟"俄国文学研究专号"与"被损害民族的文学专号"等。由此,

---

① 周作人译:《陀思妥夫斯奇之小说》,《新青年》1918年第4卷第1号。

《小说月报》不但确立了 19 世纪现实主义文学一统天下的局面,对现代主义文学的"现实主义式的"狭隘认识也在此时埋下伏笔。更重要的是,形成以俄国文学与弱小民族文学研究为主导的外国文学研究秩序。此种研究模式是民国时期外国文学研究的重要组成部分,它的影响最为深远,生命力也最为顽强,成为中华人民共和国外国文学引介与研究的优良传统。由于周作人提出的"人的文学"主张在 20 世纪 30 年代与革命文学理论形成尖锐矛盾,因此受到批判。他在《文学的未来》中提出文学是非政治的,也是非集团的,而是个人的,进而提出了"文学无用说"与当时普遍的思潮相抗衡。在阶级斗争异常激烈而复杂的时代,周作人捍卫文艺的独立与纯洁,虽具有远见卓识,但是已经走向了时代的背面。20 世纪 40 年代,由于周作人落水附逆,他倡导的俄国文学及弱小民族文学研究的方向,也被毛泽东称为"鲁迅方向"。从中我们可以看出,"人的文学"观念暗含着个人与时代的内在矛盾与张力。

三　关于欧洲中心主义

在《人的文学》中,"人类"这一术语的出现,标志世界主义观念已经开始深入当时学人的学术理念中。这一点,对于民国时期的外国文学研究来说,具体表现为学者们普遍打破了"华夏中心主义",不再简单地论述中西文学孰优孰劣的问题,而是将目光投向欧洲文学的内在流变,从中汲取中国文学得以借鉴与效仿,进而形成"欧洲中心主义"的趋势,正如方孝岳所言:"文学革命之声,倡之于胡君适,张之于陈君独秀。二君皆欲以西洋文学之美点,输入我国,其事甚盛。……知其异点,然后改良者有叙可循。"① 可以看出,文学话语的革命是以西方的文学话语为中国未来新文学的话语标准。

1917 年 2 月,在《文学革命论》的开篇写道:

> 今日庄严灿烂之欧洲,何自而来乎?曰,革命之赐也。欧语所谓革命者,为革故更新之义,与中土所谓朝代鼎革,绝不相类;故文艺复兴以来,政治界有革命,宗教界亦有革命,伦理道德亦有革命,文学艺术,亦莫不有革命,莫不因革命而新兴而进化。近代欧洲文明

---

① 方孝岳:《我之改良文学观》,《新青年》1917 年第 3 卷第 2 号。

史，宜可谓之革命史。①

陈独秀以铺成的排比与灼热的言辞，表达了自己从欧洲的社会变革中寻求在国内发起文学革命的动力和信心。在陈独秀看来，思想文化上的"换脑"革命，使欧洲社会得以"庄严灿烂"，欧洲文学艺术也因此而"新兴进化"。由此，陈独秀从欧洲文学革命与社会革命的关系，得出中国社会要变革，须变革国民精神，而要变革国民精神，文学革命势在必行的结论。欧洲文学在陈独秀政治视野中有着非同一般的作用：

> 欧洲文化，受赐于政治科学者固多，受赐于文学者亦不少。予爱卢梭、巴士特之法兰西，予尤爱虞哥、左喇之法兰西。予爱康德、赫克尔之德意志，予尤爱桂特、郝卜特曼之德意志；予爱倍根、达尔文之英吉利，予尤爱狄锵士、王尔德之英吉利。吾国文学豪杰之士，有自负为中国之虞哥、左喇、桂特郝、卜特曼、狄锵士、王尔德者乎？有不顾迂儒之毁誉，明目张胆以与十八妖魔宣战者乎？予愿托四十二生之大炮，为之前驱。②

在这段激情澎湃的慷慨陈词中，陈独秀鸟瞰欧洲文化界，发现伟大的文学者与其所在国民族国家的建立有着密切的关系，卢梭、雨果、左拉之于法兰西，歌德、霍普特曼之于德意志，狄更斯、王尔德之于英吉利，这些足以在陈独秀心中唤起对美好民族国家未来的乌托邦想象。当时"尊古灭今、咬文嚼字"的"十八妖魔辈"称霸文坛，他们虽"著作等身，与其时之社会文明进化无丝毫关系。以至今日中国之文学。委琐陈腐。远不能与欧洲比肩"。陈独秀认为，"今欲革新政治，势不得不革新盘踞于运用此政治者精神界之文学"。所以，他"愿托四十二生之大炮"去降妖除魔，从而推翻整个传统文学，在豪言壮语中足见陈独秀的革命精神和激进立场。

陈独秀及其"新青年"同人不但在文学革命的动力上向欧洲看齐，而且也将视野锁定在欧洲文学发展趋势上，以从中汲取文学革命的方法。

---

① 陈独秀：《文学革命论》，《新青年》1917年第2卷第6号。
② 同上。

1918年4月，胡适在《建设的文学革命论》中，认为中国文学的方法欠完备，而"西洋的文学方法，比我们的文学，实在完备得多，高明得多，不可不取例"①。在胡适看来，西方的散文系列文体，如长篇传记、科学文字、自传、史论等"都是中国从不曾梦见过的体裁"，胡适对西方的戏剧、小说更是赞不绝口："以戏剧而论，二千五百年前的希腊戏曲，一切结构的功夫，描写的功夫，高出元曲何止十倍。近代的莎士比亚（Shakespear）和莫逆尔（Molire）更不用说了，最近六十年来，欧洲的散文戏本，千变万化，远胜古代，体裁也更发达了。最重要的，'问题戏'，专研究社会的种种重要问题；'寄托戏'（Symbolic Drama），专以美术的手段作的'意在言外'的戏本；'心理戏'，专描写种种复杂的心境，作极精密的解剖；'讽刺戏'，用嬉笑怒骂的文章，达愤世救世的苦心。……更以小说而论，那材料之精确，体裁之完备，命意之高超，描写之工切，心理解剖之细密，社会问题讨论之透彻，……真是美不胜收。至于近百年新创的'短篇小说'，真如芥子里面藏着大千世界；真如百炼的精金，曲折委婉，无所不可；真可说是开千古未有的创局，掘百世不竭的宝藏。"②其中，胡适尤为看好西方的短篇小说。

1918年5月，胡适在《论短篇小说》中指出，"最近世界文学的趋势，都是由长趋短，由繁多趋简要"。③"写情短诗""独幕剧""短篇小说"代表世界文学最近的趋势。其中，胡适以都德的《最后一课》《柏林之围》与莫泊桑的《二渔夫》为例，论证短篇小说的"短"不在篇幅短小，而在于"用最经济的文学手段，描写事实中最精彩的一段，或一方面，而能使人充分满意的文章"。短篇小说最有价值的地方就是，用最经济的文字描写人物、国家、社会的某个横截面，从而展现其整体的"纵剖面"。可以说，胡适对短篇小说定义是切中肯綮的。胡适曾选译各国短篇小说的代表作品，并于1919年、1920年分别出版《短篇小说》一集、二集。1919年1月，张毅汉也在《小说月报》第十卷第一、二、五、十、十二期上发表《名家短篇小说范作》，从西方文学理论术语"结构""人

---

① "即以散文而论，我们的古文家至多比得上英国的倍根（Bacon）和法国的孟太恩（Montaene），至于像柏拉图（Plato）的'主客体'，赫胥黎（Huxley）等的科学文字，包士威尔（Boswell）和莫烈（Morley）等的长篇传记，弥儿（Mill）、弗林克令（Franklin）、吉朋（Giddon）等的'自传'，太恩（Taine）和白克儿（Bukle）等的史论；……都是中国从不曾梦见过的体裁。"
② 胡适：《建设的文学革命论》，《新青年》1918年第4卷第4号。
③ 胡适：《论短篇小说》，《新青年》1918年第4卷第5号。

物""主意""设境"的角度论述小说创作的方法。张毅汉对莫泊桑、爱·伦坡、欧·亨利、亨利·詹姆斯等短篇小说家有所论述。1935年，《新中华》第3卷第7期开设"短篇小说研究特辑"专栏，刊载了周楞伽的《契诃夫的短篇小说》、毛秋白的《莫泊桑的短篇小说》、伍蠡甫的《契诃夫的短篇小说》、赵家璧的《海民威的短篇小说》、郑伯奇的《几个日本短篇小说家》、艾芜的《屠格涅夫和契诃夫的短篇小说》、且予的《斯特林堡的〈结婚集〉》、施蛰存的《从亚伦坡到海敏威》。如施蛰存认为，美国的短篇小说从爱伦坡到海明威，正好是从终点回到起点的循环往复。两人的短篇小说都是没有故事，而主要在于表现"一种情绪，一种气分（Atmosphere），或一种人格"。① 他们并不是要拿一些奇幻诡谲的故事娱乐读者，而是要用以"一种极艺术、极生动的方法，记录某一些'心理的'或'社会的'现象"。② 区别在于爱伦坡的目的是个人的、态度是主观的、题材是幻想的，海明威则与之相反。在施蛰存看来，这种区别是19世纪以来短篇小说的不同点。

　　1918年10月，胡适在《文学进化论与戏剧改良》中，为了"证明研究西洋戏剧文学可以得到的好处"，列举"悲剧的观念"和"文学的经济"这两个概念。关于"悲剧的观念"他说："中国最缺乏的是悲剧的观念。无论是小说，是戏剧，总是一个美满的团圆"，"这种'团圆'的小说戏剧，根本说来，只是脑筋简单，思力薄弱的文学，不耐人寻思，不能引人反省"。而西方文学自从埃斯库罗斯、索福克罗斯、欧里庇底斯时代"即有极深密的悲剧观念"。"第一，即是承认人类最浓挚最深沉的感情不再眉开眼笑之时，乃在悲哀不得意无可奈何的时节；第二，即是承认人类亲见别人遭遇悲惨可怜的境地时，都能发生一种至诚的同情，都能暂时把个人小我的悲欢哀乐一齐消纳在这种至诚高尚的同情之中；第三，即是承认世上的人事无时无地没有极悲极惨的伤心境地，不是天地不仁，'造化弄人'（此希腊悲剧中最普通的观念），便是社会不良使个人销磨志气，堕落人格，陷入罪恶不能自脱（此近世悲剧最普通的观念）。有这种悲剧的观念，故能发生各种思力深沉，意味深长，感人最烈，发人猛醒的文

---

　　① 施蛰存：《从亚伦坡到海敏威》，见施蛰存《北山散文集》，华东师范大学出版社2001年版，第463页。
　　② 同上书，第464页。

学。这种观念乃是医治我们中国那种说谎作伪思想浅薄的文学的绝妙圣药。"① 关于"文学的经济"这一概念，胡适认为，中国的戏剧最不讲究"经济方法"，而"西洋的戏剧最讲究经济方法"。如讲"三一律"，中国要"补救这种笨伯的戏剧方法，别无他道，只有研究世界的戏剧文学，或者可以渐渐的养成一种文学经济的观念"。针对中国戏剧自来就有的"光明的尾巴"与烦琐的"遗形物"，胡适从戏剧的内容和形式两方面，论述西方戏剧可资中国戏剧参考之处。尤其是亚里士多德的"悲剧净化说"与17世纪古典主义戏剧的"三一律"，是中国戏剧从中"可以得到的好处"。

在译介外国文学的策略上，欧洲文学也成为新青年同人的最爱。1916年2月3日，胡适在致陈独秀的信，这样写道："今日欲为祖国早新文学，宜从欧西名著入手，使国中人士有所取法，有所观摩，然后乃有自己创造之新文学可言也。"② 1918年4月，胡适主张"赶紧多多的翻译西洋的文学名著做我们的模范"。③ 胡适并且主张出版"西洋文学丛书"，建议国内的西洋文学学者应通力合作，严格审查，并附以序言和著者略传。在翻译次序上，应先小说、戏剧、散文，"诗歌一类，不易翻译，只可从缓"；④在翻译语言上，则应该采用白话。这个意见得到北京大学法文学教授宋春舫的赞同，宋春舫选译了《近世名戏百种目》。这些100种剧目涵盖19世纪后半期13个国家的58位戏剧家，正如胡适所言："这表内所举百种戏，未必能完全包括近世的第一流名戏，但这一百种戏很可代表世界新戏的精华。"⑤ 1917年2月，陈独秀在致钱玄同的信中说："中国小说，有两大毛病：第一是描写淫态，过于显露；第二是过贪冗长……但是外国文学经过

---

① 胡适：《文学进化论与戏剧改良》，《新青年》1918年第5卷第4号。
② 胡适：《论译书寄陈独秀》，见胡适《胡适留学日记》下，安徽教育出版社1999年版，第269页。
③ 胡适：《建设的文学革命论》，《新青年》1918年第4卷第5号。该文在结尾指出翻译外国文学名著的办法："只译名家著作，不译第二流以下的著作。我以为国内真懂得西洋文学的学者应该开一会议，公共选定若干种不可不译的第一流文学名著，约数如一百种长篇小说，五百篇短篇小说，三百种戏剧，五十家散文，为第一部《西洋文学丛书》，期五年译完，再选第二部。译成之稿，由这几位学者审查，并一一为作长序及著者略传，然后印行；其第二流以下，如哈葛得之流，一概不选。诗歌一类，不易翻译，只可从缓。"
④ 胡适：《建设的文学革命论》，《新青年》1918年第4卷第4号。
⑤ 胡适著、宋春舫记：《近世名戏百种目》，《新青年》1918年第5卷第4号。

如许岁月，中间许多作者，供给我们许多文学的技术和文章的形式。"①
1919年7月，陈独秀在《今日中国之政治问题》中，认为无论从哪方面说："西洋的法子和中国的法子绝对是两样……一切都应该采用西洋的新法子，不必拿什么国粹、什么国情的鬼话来捣乱。"② 1918年4月，周作人在《日本近三十年小说之发达》中也指出："摆脱历史的因袭思想，真心的先去模仿别人。随后自能从模仿中，蜕化出独创的文学来"，③ 认为目下的"切要办法"，"也便是提倡翻译及研究外国著作……目下所缺第一切要的书，就是一部讲小说是什么东西的《小说神髓》"。④

新青年学人不论以外来文学与文化为切入点力主思想革新，还是以研究西方文体如戏剧、小说等探讨丰富中国文学创作的方法，或是译介外来文学资源促进文学、文化转型，他们大多以欧洲文学为标准，尤其是上文论述到新青年学人对西方文体的推崇及该文体的代表作家均从欧洲文学中汲取有效成分，从中更可看到中国传统"词章"研究的"文体辨析"特色。可以说，欧洲文学这个他者更是新青年学人自身的文学、文化乃至社会的重要参照。陈独秀、胡适以及他们所代表的"五四"一代人，满怀对中国文学和文化的现实问题的强烈关注，由此形成了他们在外国文学引介与研究上的特殊眼光。可以说，"言必及欧美"是民国时期外国文学研究中普遍存在的倾向。如梁启超在《欧游心影录》之"文学上的反射"一节中说道："要晓得时代思潮，最好是看他的文学。欧洲文学，讲到波澜壮阔，在前则有文艺复兴时期，在后则推十九世纪。两者同是思想解放的产物，但气象却有点根本不同之处。前者偏于乐观，后者偏于悲观。"⑤ 吴康在《现阶段的世界文学》中所言："我们平日所谓的世界文学，事实上即是指外国文学，与中国文学相对待。外国人所谓世界文学，世界哲学，常把东方如中国等除外，这是外人传统上的习惯。结果和他们一样，这是专说欧美而已。所以，我在这里要谈的世界文学，也仅是欧美文学!"⑥ 1913年李叔同《近世欧洲文学概观》，1915年陈独秀《现代欧洲

---

① 陈独秀：《文学革命论》，《新青年》1917年第2卷第6号。
② 陈独秀：《今日中国之政治问题》，《新青年》1918年第5卷第1号。
③ 周作人：《日本近三十年小说之发达》，《新青年》1918年第5卷第1号。
④ 同上。
⑤ 梁启超：《欧游心影录》，载《梁启超选集》下卷，易鑫鼎编，中国文联出版社2006年版，第424页。
⑥ 吴康演讲、李伟涛记录：《现阶段的世界文学》，《狂潮》1938年第1卷第6期。

文艺史谭》，1918年周作人《欧洲文学史》，1920年梅光迪《近世欧美文学概观》、胡先骕《欧美新文学最近之趋势》，1922年谢六逸《西洋小说发达史》，1930年茅盾《西洋文学史概论》等欧洲文学成为学者们关注的热点。在民国时期的外国文学研究中，无形中就具有欧洲中心主义意识。

从这里均可看出，民国时期外国文学研究的欧洲中心主义倾向已初见端倪。这种倾向，在一定程度上表明民国时期的外国文学研究者，已经体验到欧洲文学的先进性，能够以开放的心态向欧洲学习。在民国文坛，欧洲文学研究的强势姿态也造成了对俄国及弱小民族文学研究的压抑与遮蔽。两者在研究成果分布上的悬殊，是不争的事实，虽然后者的生命力在中国的社会语境中比前者更为顽强。与此同时，突破"欧洲中心主义"，世界文学也出现在此时的外国文学研究中。这可以说是一个好兆头，它预示着民国时期外国文学研究地形图的构建，将逐步涵盖东西方文学研究，表明民国时期外国文学研究者具有开阔的世界文学视野，能够预测并把握世界文学潮流，推动世界文学的进程，世界文学研究是民国时期外国文学研究的目标。

综上所述，在晚清"国家"话语主导之下，梁启超引介日本政治小说的主要目的，在于宣传维新变法思想以"新民"。此时外国文学的引介与研究大多处于一种自发状态，偶然性、零碎性的特征使其缺乏系统性、有序性。相对于晚清民初，20世纪头10年中期以后的外国文学引介与研究，则更多地具有了一种自觉性。其主要原因在于，以新青年学人为代表的外国文学研究主体，具有更为广阔的文学视野与更为真切的文学情怀。他们大多既具有较为深厚的国学基础，又经历了欧风美雨的沐浴。尤其是在"实业救国"向"文学救国"转变的历史氛围中，学习并研究所在留学国家的文学，成为他们的不二之选。这样近距离的接触，他们对外国文学的认知更接近其本来面目。可以说，在获取外来文学资源的渠道上，他们较之晚清民初的研究者更为便利、及时；在知识构成与知识储备上，也更具优越性与丰厚性。如上文所述，在"文学革命"话语下，胡适、陈独秀、周作人等新青年学人能够深入外国文学的内部，发现外国文学的"文学性"之所在，从而借鉴与参考外国文学发起"文学革命"。在"文学革命"话语下，陈独秀力主思想革命，以进化文学史观审视西方文学思潮；胡适发起白话文运动，使以文言文为载体的中国传统诗学话语在外国文学研究中运用受到考验；在反对进化论文学史观与白话文运动中，学衡派"唯经典是举"的研究模式在此时得以酝酿;① 陈独秀、胡适在外国文学研究实践中的"欧洲中心主义倾向",奠定了民国时期外国文学研究的"西化"模式。周作人倡导"人的文学",外国文学研究话语从晚清时期的"国家"话语向"人"的话语转变。其中"人性论"文学史观与进化文学史观,成为民国时期外国文学史研究的重要观念。"俄国文学与弱小民族"文学研究模式因为"人道主义"话语获得生机。同时,欧洲中心主义成为民国时期外国文学研究的主导倾向。所以,本书认为《新青年》在一定程度上是民国时期外国文学研究的多种倾向理论理论源头。

---

① 该问题在第一章第三节第三个问题已论述,本章略去。

第三章

《小说月报》：文学革命话语下的外国文学研究

在 20 世纪前十年的启蒙思想话语下，陈独秀、胡适、周作人等新青年学人从思想革命、语言变革的文化立场出发，将"外国文学"作为批评话语，阐述其对于破除旧文学、建设新文学的借鉴意义，外国文学研究的问题意识得以凸显。与此同时，周作人的《欧洲文学史》使"外国文学"从"批评话语"的状态中分化出来，在一定程度上获得了学术研究的独立性，并奠定了民国时期外国文学学科发展的基础。20 世纪 20 年代，陈独秀的"三大主义"、胡适的"八不主义"逐渐淡出了人们的视野，而周作人倡导的"人"的文学话语保持了往日的温度，成为 20 世纪 20 年代外国文学研究的主流话语。如文学研究会倡导"文学为人生"、创造社秉承"文学为艺术"，它们从不同层面继承了"人"的文学的话语模式，成为其在另一历史语境的再生与延续。20 世纪 20 年代，各种社团和刊物如雨后春笋般出现在当时的文坛。[①] 在诸多具有文学性质的社团中，文学研究会的《小说月报》侧重弱小民族和俄苏文学研究，创造社的《创造周报》与《创造》季刊侧重雪莱、歌德研究，"学衡派"的《学衡》侧重西方古典文学研究，新月社的《新月》侧重莎士比亚、哈代、曼斯菲尔德研究等。

其中，《小说月报》直承《新青年》的衣钵，成为继《新青年》之后 20 年代中国外国文学研究的重要阵地，尤其是在茅盾和郑振铎主编《小说月报》期间，将中国的外国文学研究推向了高潮。在"文学为人生"

[①] 据统计，1921—1923 年，全国出现大小文学社团 40 余个，出版文艺刊物 50 多种。而到 1925 年，文学社团和相应刊物激增到 100 多个。其中，著名的如 1921 年 1 月，文学研究会成立，同月，革新后的《小说月报》第 12 卷第 1 号出版；1923 年《文学旬刊》创刊；1921 年 6 月，创造社成立，其后《创造》季刊、《创造周报》等相继创办；还有浅草社和《浅草》、语丝社和《语丝》、未名社和《未名》、沉钟社和《沉钟》等。

的话语指导下,《小说月报》明确将"为人生""表现人生"作为外国文学研究的重点,以"走向世界"为外国文学研究的远大目标。从《新青年》到《小说月报》,可以看出,中国外国文学研究从批评话语到文学研究的形态过渡与转变,尤其是《小说月报》开辟了"俄国文学研究专号""被损害民族的文学号""法国文学研究专号"等。由此,形成了以19世纪现实主义文学为中心、以俄国与弱小民族为代表的以被压迫民族文学为主导的外国文学研究模式。此种研究模式代表着20世纪20年代中国主流学界的外国文学观,也是民国时期外国文学研究的重要组成部分。它的影响最为深远,生命力也最为顽强,成为中华人民共和国外国文学研究的优良传统,毛泽东称之为"鲁迅方向"。同时,对于20世纪现代主义文学的"现实主义式"的认识也在这里埋下了伏笔。

第一节 《小说月报》的外国文学研究

1910年8月29日,《小说月报》在上海创办,1931年12月10日终刊,历时21年,共出258期,被誉为"二十年代第一刊"[①]。学界一般以1921年为界,将《小说月报》分为前后两个时期。对于中国外国文学研究来说,这样的分期在一定程度上更具有历史意义。

一 前期:外国文学的感知和想象

1921年之前,王蕴章、恽铁樵主编《小说月报》,主要以刊登鸳鸯蝴蝶派小说为主,间或会有外国文学译介与研究之作出现。其中,较具代表性的外国文学研究成果是孙毓修的《欧美小说丛谈》《近代俄国文学杂谈》、谢六逸《文学上的表象主义是什么?》等零星的文章。其中,孙毓修的《欧美小说丛谈》以文白相杂的表达方式,从文体研究、作家作品研究等方面展示了民初中国学者对于域外文学的感知和想象。

1913年4月至1914年12月,《欧美小说丛谈》在《小说月报》上连载,署名或东吴旧孙或无锡孙毓修。[②] 柳和城在《孙毓修传》中指出:

[①] 陈平原:《思想史视野中的文学——〈新青年〉研究(上)》,《中国现代文学研究丛刊》2002年第3期。

[②] 孙毓修(1871—1922),字星如,号留庵,江苏无锡人,清末目录学家、藏书家、图书馆学家。

"《欧美小说丛谈》（以下简称《丛谈》）写作渊源至少可以追溯到1908年、1909年间，孙的《读欧美名家小说札记》。当时孙毓修读了诸如伦敦出版的《少年百科全书》之类的英文书刊，写了一组介绍欧美小说的笔记，交给《东方杂志》'文苑'栏目刊用。1909年2月《东方杂志》第6卷第1号以'读欧美名家小说札记'为题刊出其中三则：'记天方夜谭'、'安徒生'和'霍生宁'，《札记》无疑是《丛谈》雏形之作，《札记》仅登一次，似未刊完，可能孙毓修改变了计划，决定以较大篇幅的丛谈形式介绍欧美文学。"[①] 这样，孙毓修陆续在《小说月报》上发表了一系列评价欧美小说的文章。这些文章的主要目次如表所示。

名称	卷：期	时间
《希腊拉丁三大奇书》《孝素之名作》	4：1	1913.4.25
《孝素之名作》《英国十七世纪间之小说家》	4：2	1913.5.25
《司各德迭更斯二家之批评》	4：3	1913.7.25
《英国奇人约翰生》《神怪小说》	4：4	1913.8.25
《斯托活夫人》《德林郡主》《霍桑》《欧文》《沙罗》	4：5	1913.9.25
《神怪小说之著者及其杰作》《寓言小说之著者及其杰作》	4：6	1913.10.25
《英国戏曲之发源及其种类》	4：7	1913*25
《马罗之戏曲》《莎士比之戏曲》《彭琼生之笑剧》	4：8	1913*25
《二万磅之奇赌》	5：9	1914*25
《金刚钻带》《耶稣诞日赋》《旁卑之末日》《红种之人杰》《无声之革命》	5：10	1914.12.25
《猎帽记》《汉第自传》	5：12	1914.12.25

说明：希腊三大奇书即《破船之舟子》（Ship-wrecked Sailor），指《遭难水手的故事》或《沉舟记》，《伊律亚特》（Iliad）指《伊利亚特》，《乌地绥》（Odyssey）指《奥德塞》；孝素之名作《坎推倍利诗》（Canterbury）指乔叟的《坎特伯雷故事集》；《二万磅之奇赌》指凡尔纳的《八十日环游世界》；《耶稣诞日赋》指狄更斯的《圣诞欢歌》；《金刚钻带》指18世纪法国小说家 vizetelly 的 Story of Diamond Necklace；《旁卑之末日》指英国作家 Iord Lytton 的 The Last Day of Pompeil；《红种之人杰》指美国小说家 Fenimore Cooper 的 The Last of Mohieans；《无声之革命》指美国 Soldier Author General Lewis Wallace（刘易斯·华莱士）Ben Hur（《本·赫尔》）；《猎帽记》指都德的（Alphonce Daudet）的《达哈士孔的达达兰》（Tartarine of Tarascon）；《汉第自传》指爱尔兰小说家 Samuel Lover 的 Handy Andy。

[①] 柳和城：《孙毓修评传》，上海人民出版社2011年版，第124页。

1916年12月，这些单篇文章作为商务印书馆《文艺丛刻甲集》之一，结集出版同名单行本《欧美小说丛谈》①。关于《丛谈》的性质，曾有学者称其为"中国人写的第一部世界文学史"，②还有学者称《丛谈》"不是一部完整的欧美文学史"③。笔者认为，将《丛谈》定性为文学史，是值得商榷的。因为文学史是以文学的历史为研究对象，是描述文学现象、评判文学思潮与作家作品的历史著作。综观《丛谈》的28篇文章，孙毓修主要以英美作家评论为主，其他国家稍有论及，而对俄国作家基本没有涉及。外国文学史上的经典作家，如德国的歌德、法国的巴尔扎克等并没有进入作者的视野，而一些较为边缘性的作家，如法国小说家 Vizetelly、英国作家 Iord Lytton、美国的刘易斯·华莱士④等却作为评论对象出现在《丛谈》中。再者，孙毓修所选的作品也并不全是该作家的代表之作，如都德的创作以深刻的爱国主义思想与精湛的艺术技巧而著称，而孙毓修却认为，"近世欧洲小说界中善为滑稽之谈者，惟法人亚方思……"⑤他评论的不是《最后一课》《柏林之围》，而是《猎帽记》。《丛谈》对于外国文学史上的主要文学思潮与流派只字未提，尤其是对中世纪文学、17世纪古典主义文学的相关作家作品更是无从谈起，等等。所以《丛谈》缺乏文学史的世界意识与经典意识，它并不具备文学史应具有的系统性、完整性与连续性。

因此，在篇幅规模和研究深度上，与其说《丛谈》是中国人写的第一部世界文学史，不如说它是我国第一部以外国文学批评为主体的欧美文学评论集，它开创了民国时期外国文学研究的作家作品型研究模式与文体型研究模式。当然，《丛谈》并不仅仅是作家作品论与文体论的简单堆砌，孙毓修从欧美文学的源头《荷马史诗》论起，一直延续到18世纪至19世纪的欧美小说。虽然在具体章节安排上前后重复或错位，但读者只要具备外国文学史的基本常识，从宏观角度看，在这隐性的叙述中欧美文

---

① 此单行本比在《小说月报》上刊载的文章多出3篇：《生鸳死鸯》即雨果的《海上劳工》(The Toilers of the Sea)、《兹律额斯朝之舞台及优人》《覆水记》（即李辞 Charles Reades 的 The Cloister and The Hearth）。

② 昌分：《中国人写的第一部世界文学史》，《社会科学报》1990年3月22日。

③ 柳和城：《孙毓修和〈欧美小说丛谈〉》，《出版史料》2004年第3期。

④ 刘易斯·华莱士 "以批茶夫人 Mrs. Pestow 之《黑奴吁天录》(Uncle Tom's Cabin) 为最。至今万众流传，必能与《黑奴吁天录》并有千古矣。乃以其百战余生与一弱女子争著作之荣名。当年雄杰之意态何在"。孙毓修称其代表作《本·赫尔》为 "美国说部之不朽者"。

⑤ 孙毓修：《猎帽记》，见孙毓修《欧美小说丛谈》，商务印书馆1916年版，第161页。

学发展的基本脉络还是清晰可见的。

（一）"臧否人物"：印象式点评

在语言表达上，《丛谈》以文白参半的形式写就。在"品评作品，臧否人物"时，中国传统的印象式点评在《丛谈》中很多见，它们虽三言两语，却入骨见髓。孙毓修在谈到班扬的《天路历程》时说："此本箴俗说理之书，而托以比喻，杂以诙谐，劝一讽百，实小说之正宗。其文又平易简直，妇孺皆知，英人尊之，至目之为《圣经》之注脚。"① 孙毓修称本·琼生为"莎士比之替身"②；梭罗一生未离开美国，并且"淡泊宁静，怡志林泉"③，称其为"纯粹之美国小说家"④；对于司各特和狄更斯："十九世纪之间，英之大小说家，联翩而起，要以司各德、迭更司为著，非独著于一国，抑亦闻于世界，司各德之书，主于历史；迭更司之书，主于社会。各造其极，未易轩轾也"⑤；称理查逊"其体似一长笺，有闭户构造，八年之久，始脱稿者，事皆平平，读之不终卷而令人倦矣。顾在当日，颇极风行一世之概。而大陆诸国之小说家，亦倾慕其格调，奉立却特孙为巨子。……亦具左右世界之力焉"⑥。孙毓修所述的正是理查逊以书信体小说著称、以细腻的心理刻画见长的创作特色；称《鲁滨逊漂流记》，"事本子虚，而惊心动魄，不营身受，更以激人独立自治之心，故各国争译之"⑦ 等。同时，孙毓修时常用中国古代文论审视外国文学经典。如在谈到《荷马史诗》与《奥德赛》时，"二书其格调则诗也，而其铺叙则似小说，其荒唐则似神话，其敷衍则似弹词。或云希腊诗人荷马（Homer）所作，或以为非荷马一人所撰，疑莫能名也"⑧。总体看来，孙

---

① 孙毓修：《英国十七世纪间之小说家》，见孙毓修《欧美小说丛谈》，商务印书馆1916年版，第16—17页。
② 孙毓修：《沙士比之戏曲》，见孙毓修《欧美小说丛谈》，商务印书馆1916年版，第97页。
③ 孙毓修：《沙罗》，见孙毓修《欧美小说丛谈》，商务印书馆1916年版，第53页。
④ 同上书，第52页。
⑤ 孙毓修：《司各德迭更斯二家之批评》，见孙毓修《欧美小说丛谈》，商务印书馆1916年版，第24—25页。
⑥ 孙毓修：《英国十七世纪间之小说家》，见孙毓修《欧美小说丛谈》，商务印书馆1916年版，第21页。
⑦ 同上书，第18页。
⑧ 孙毓修：《希腊拉丁三大奇书》，见孙毓修《欧美小说丛谈》，商务印书馆1916年版，第1页。

毓修能较为准确地对各个作家作品进行简明扼要的分析，但这些评论浅尝辄止，基本上没有进一步展开具体论述。从这里可以看出，民国初期外国文学研究还不是"很学术"，仅仅是限于对作家作品进行总体的、综合的整体考察。

值得注意的是，孙毓修在《丛谈》中对女性作家进行专门论述。相对于其他作家，孙毓修对她们给予了更为详细而集中的阐述。在《斯拖活夫人》中，作者这样写道："我国宫闺，多擅篇什，而留意于小说者，殊少概见。欧美才媛则不然，芬芳之舌，蜿蜒之思，于虞初九百之中，别树一帜者，其人何限。脱去女儿口吻，有功于世道人心者，其惟国斯拖活夫人 Harriet Beeehes Stow 之 Uncle Tom's Cabin 乎！……以一支弱笔挑动南北之干戈，喋血数年，杀人盈野，夫人之仁有如是夫。然夫人著书之时，第发其心中所主道之人道而释奴一战，即人道所开之花也。"① 孙毓修对斯托夫人写作《汤姆叔叔的小屋》的初衷及其巨大社会影响力的评述，可谓所言极是。孙毓修还阐述了斯托夫人对于美国文学的重要意义："英以先进国自豪，对于美国人之出版物辄不胜其鄙薄思。惟郎法罗 Longfellow 之诗，斯拖活之小说，则举国爱诵，与三岛文字，不分轩轾，其推挹可见矣。"② 作者认为，斯托夫人的创作引起了英国文学界对美国文学的高度重视，进一步改变了英国对美国文学的歧视。在今天看来，孙毓修的这一论断仍具有一定的预见性与前瞻性。

与此同时，孙毓修还专门论述了裕德龄。③ 作者认为："其所造小说，虽不敢与斯拖活并论，要亦欧风东渐后之一段新文学史云其人为谁，则胜朝裕庚之女。"④ 在《德林郡主》中，孙毓修点评了她的两部作品《掖庭二年记》（《清宫二年记》）与《十年一梦》，"一写理想，一记实事，皆足令人眼泪不干耳"。⑤ 在这里，孙毓修只是从局部看到裕德龄写作清宫秘闻时所流露哀怨与伤感之情，却没有点明她的创作所具有的史料意义与

---

① 孙毓修：《斯拖活夫人》，见孙毓修《欧美小说丛谈》，商务印书馆1916年版，第41页。
② 同上。
③ 裕德龄（1886—1944）：美籍华人作家，其代表作《御香飘渺录》（《慈禧后私生活实录》）、《瀛台泣血记》等在海外广为流传。同时她是晚清为数极少的受过西方教育，且能操多国语言的女性，也是慈禧的贴身翻译与御前女官。
④ 孙毓修：《德林郡主》，见孙毓修《欧美小说丛谈》，商务印书馆1916年版，第43页。
⑤ 同上书，第45页。

文献价值。孙毓修为裕德龄专设一篇的写法，有学者提出异议。① 从表面上看，《德林郡主》似乎游离于《丛谈》所论述的范围而略显单薄。其实当我们把目光置于清末"女子救国"的时代氛围中时，就不难理解孙毓修写作《斯托夫人》与《德林郡主》的用意所在。虽然《丛谈》写作略晚于清末女权启蒙运动的高潮，但从孙毓修对两位女性作家的关注，仍可以看到它的余韵和身影。孙毓修对中西两位女性作家的生平与创作进行较为详细的评述。虽然其中的结论或显武断，或显简略，但它展示了中国传统文人以平等的眼光与西方文学进行对话与交流的一种姿态与自信，也暗含了孙毓修振兴民族文学、融入世界文学潮流的愿望。

（二）注重文体研究

孙毓修在《丛谈》的前言中说道："欧美小说，浩如烟海。即就古今名作，昭然在人耳目者，卒业一过，已非易易。用述此编，钩玄提要，加以评断，要之皆有本原，非凭臆说。但此非有专书可译，故未能一一注明也。天寒笔冻，日得数行，其有愧于司各得之手多矣。"② 综观《丛谈》的篇目，孙毓修"评断"的并非全是小说，寓言、童话、戏剧等都包含其中。

在《寓言》这篇论文里，孙毓修对寓言进行了较为生动的理论探讨。他认为："Fable 者，捉鱼虫草木鸟兽天然之物，而强之入世，以代表人类喜怒哀乐、纷纭静默、忠俊邪正之概。《国策》桃梗土人之互语，鹬蚌渔夫之得失，理足而喻显，事近而旨远，为 Fable 之正宗矣。译者取庄子寓言八九之意，名曰寓言，日本称为物语。此非深于哲学，老于人情，富于道德，工于词章者，未易为也。自教育大兴，以此颇合于儿童之性，可使不懈而几于道，教科书遂采用之。高文典册，一变而为妇孺皆知之书矣。"③ 可以看出，孙毓修对寓言的美学价值与教育意义的理论概括与提升，极具学术眼光。作者称伊索为"古之专以寓言著书，自成一子者"，④

---

① 柳和城这样写道："不知为什么，《丛谈》却设一篇专谈中国人'德林郡主'（即撰写《御香飘渺录》等清宫秘闻的德龄公主）。不写但丁、薄伽丘、大仲马、巴尔扎克、歌德、托尔斯泰和普希金，却把这样一位东方人列入其中，无论如何是不合适的。"见柳和城《孙毓修与〈欧美小说丛谈〉》，《出版史料》2004 年第 3 期。
② 孙毓修：《欧美小说丛谈》，商务印书馆 1916 年版，前言。
③ 孙毓修：《寓言》，商务印书馆 1916 年版，第 71—72 页。
④ 同上书，第 72 页。

第三章 《小说月报》：文学革命话语下的外国文学研究　　87

视其与荷马同为"希腊之诗圣"①；称法国寓言作家芳登（拉封丹）为"伊索之嗣音。然芳等之书，大半取材于伊索，为易散文为韵语耳，述而不作"②。而唯一能与伊索并驾齐驱的是俄国寓言作家克利陆甫（克雷洛夫），称其"当第十八世纪世界唯一专制之国羁勒之下，故其所造之说，幽思深虑，纤回百转，尤耐人寻味焉"③。作者对斯威夫特的《格列佛游记》也格外青睐，认为《小人国》"鉴于时局，不欲危言严论，而微词讬讽。有为而作，此则寓言八九羌无所指也"④"政见尽于此书，而其诙谐之资料，惝恍之奇情，实令人一读一赞赏"⑤。孙毓修对外国文学史上的寓言作家作品的评述，可以说是极为独到而精辟的，在今天看来仍然具一定的合理性。

　　孙毓修在《神怪小说之著者及其杰作》中对"神怪小说"即童话进行了极为详细的论述。他认为，"神怪小说"乃是"小说之祖"，⑥ 而我国却历来不重视对此的研究："不知小说本于文学，而神怪小说又文学之原素也。天下之事，因易而创难。神怪小说，则皆创而非因，且此创之一字，仅上古无名之人，足以当之。"⑦ 孙毓修惋惜《路史》在中国只落得个"觉其荒唐，斥为不典"的境地，而西方却格外重视对童话的研究。孙毓修从发生学的角度考察了西方童话的起源，颇见乾嘉学派的作风，注重实证、考据，具有一定的说服力。作者认为历史名城威尼斯⑧是神怪小说的发源地，"依山傍水，风景天然，商旅辐凑、骚人墨客至此寻题分咏者，踵相接也。莎士比之《威匿斯富人》Morehant of Venice，其尤著

---

① 孙毓修：《寓言》，商务印书馆1916年版，第72页。
② 孙毓修：《寓言》，见孙毓修《欧美小说丛谈》，商务印书馆1916年版，第74页。
③ 同上。
④ 孙毓修：《神怪小说之著者及其杰作》，见孙毓修《欧美小说丛谈》，商务印书馆1916年版，第62页。
⑤ 斯威夫特的《格列佛游记》直刺人性，并对人性产生质疑。而长期以来人们认为，该作是儿童文学，这大多源于孙毓修。
⑥ 孙毓修：《神怪小说之著者及其杰作》，见孙毓修《欧美小说丛谈》，商务印书馆1916年版，第54页。
⑦ 同上。
⑧ 《丛谈》中孙毓修多次表述了此观点。如孙毓修在《神怪小说》中说："神怪小说之有专书，始于第十六世纪。意大利之北有古城威匿斯者。山平水远，风光秀媚。富商达官，多居于是。繁华富丽中甲于欧洲。作小说者皆讬始于此。"在《彭·琼生》中认为威尼斯是中古之时欧洲社会的中心，"有钱者来此讬迹，有文化者来此寻题，而一时之富人常为文人揶揄之资料，此实富人之不幸也。斯德拉巴罗拉之神话，谓四海之神相誓不娶富商之女。莎士比之曲谓犹太富商欲割债客之肉。凡此不朽之作，类皆威匿斯富人之小史也"。

者……作小说者皆托始于此。……洵乎文艺之渊薮非此莫属矣",① 神怪小说之鼻祖斯德拉巴罗拉②即出生于此地。孙毓修对斯氏的身世进行考证，认为"其决非威匿斯之土著，而自邻近诸国转徙来此，借风土清嘉之地，以写其胸中之小说者也"。③ 中世纪时，欧洲各国只有社会中心威尼斯有雕版之术，这为斯氏写作（《穿靴子的猫》）等神怪小说奠定了物质条件，所以正是威尼斯孕育了神怪小说。在作者眼中，威尼斯的地缘意义与文学意义非同一般。④ 孙毓修认为法国虽夙以神怪小说闻名于世，而18世纪法国最受读者欢迎的神怪小说《蓝鬓》《睡美人》《母鹅》等的作者，并不是出自人们所认为的"笔洒珠玑，舌灿莲花"⑤的杜尔诺哀爵夫人与波老儿，"此二人之撰述盖无不窃取于斯氏"⑥。由此，孙毓修认为，斯氏是"神怪小说之第一人"⑦，并更加确信"神怪小说之有述而无作也……今日文学史上赫赫之巨子惟掇拾古人之唾馀，附于述而不作之列，尚无术以自创也。由此言之，神怪小说岂易言哉、岂易言哉"⑧。孙毓修对在神怪小说方面作出贡献的学者给予了较高的评价，他称德国格林兄弟"神怪小说之巨子"⑨，又称安徒生为"丹麦之大文学家亦神怪小说之大家也"⑩。

孙毓修以文体为出发点，对外国文学史上的寓言、童话、戏剧等文体的产生、形成、演变等进行动态考察，并对其代表性的作家作品进行较为系统的梳理。可以说，这已经具有了比较文体学研究的意识。虽然在研究的深度和广度上都有待于进一步提高，但在当时的确是难能可贵的。从某种意义上说，作者对各国文学史实的择取、对作家作品的阐释、对文体范

---

① 孙毓修：《神怪小说之著者极其杰作》，见《欧美小说丛谈》，商务印书馆1916年版，第55页。

② 斯德拉巴罗拉（Straparola, 1480—1557）：一位记录传说故事的作家，不过他记录的故事都比较雷同。

③ 孙毓修：《神怪小说之著者极其杰作》，见孙毓修《欧美小说丛谈》，商务印书馆1916年版，第55页。

④ 孙毓修在《旁卑之末日》中认为"罗马为历史之渊薮，历史为小说之材料，故欧美作家莫不搜题于此"。

⑤ 孙毓修：《神怪小说》，见孙毓修《欧美小说丛谈》，商务印书馆1916年版，第38页。

⑥ 孙毓修：《神怪小说之著者极其杰作》，见孙毓修《欧美小说丛谈》，商务印书馆1916年版，第55页。

⑦ 同上书，第56页。

⑧ 同上书，第56、54页。1909年，孙毓修曾在国文部主编《童话》丛书，并参照《泰西五十轶事》等编写《无猫国》《大拇指》等儿童读物的经历相关，由此深知创作童话的不易。

⑨ 同上书，第65页。

⑩ 同上。

畴的界定，都建立在作者文学观念的基础之上。清末民初，小说的地位发生了逆转，由之前的"小道末技"被推崇为"文学之最上乘"。孙毓修在《丛谈》中专门对欧美小说进行综合研究，表明他在文学观念上还是比较前卫的，且具有较为开阔的文学视野。① 尤其是他格外关注小说作为"小道"的通俗性、平民性，认为霍桑"小说之才于美为第二等作家，而其明显反出于欧文 Washington Irving 考伯尔 Cooper 之上。吾求其故，则知通俗喻情固小说之正轨，人欲自显其名至于村童牧，皆知有罗贯中施耐庵，则莫如为浅俗之小说矣。霍桑之书，专为普通人作荳棚闲话者，如祖父之座（Grandfather's Chair）、有名之古人（Famous old People）、自由树（Liberty Tree）、怪书（Wonderful Book），理想虽不高，而爱读者甚多焉"。② 强调平民文学也是后来新文化、新文学运动的主旨之一。但是孙毓修作为传统文人，在他身上还带有中国传统的小说观念。孙毓修是从杂文学的角度理解小说，所以他把戏剧、寓言、童话等不同的文体归入"小说"，即把小说看成一种文类，在经、史之外的一切不入流的文体统统纳入小说这个"收容袋"，而作为一种文体的小说的独立价值远远没有显示出来。如在《欧文》这一篇里，孙毓修认为，欧文"生平未营他业，而惟恃造作小说以为生"。③ 而实际上奠定欧文文学地位的代表作《见闻札记》，主要包括散文、杂感、故事等，这些并不是小说所涵盖的范围。

总的看来，孙毓修在小说回归文学本位上向前迈出了一大步，但"古来小说之定义"的印痕在其头脑中尚未完全消除，他对"小说"的内涵和外延的界定具有一定的模糊性、片面性与局限性。这使《丛谈》在体例上新旧杂陈，存在各种文体兼而有之的共生现象，而缺乏"精""专"

---

① 孙重点介绍《块肉余生述》的故事后说："迭更司每一摇笔，则一时社会上之人物之魂魄，自奔赴腕下，如符箓之役使鬼物焉。尝有画师，写迭更司著书之画，于其背面，作云烟蓊蔚之状。中有种种之男女，老者、少者、俊者、丑者；容则醉饱者、饥寒者；冠则大冠者、小冠者；衣则新者、旧者；其状则各忧其所忧，喜其所喜，得意于其所得意，失望于其所失望，是皆迭更司小说中之主人也。是即世界众生之行乐图。无古无今，悉为此老写尽矣。呜呼！"孙毓修所描绘的场景即巴斯的名画《狄更斯的梦》，展示狄更斯对现实的观察与反思；《英国十七世纪间之小说家》："英文 Story 一字，为纪事书之总称，不徒概说部也。其事则乌有，其文则甚长者，谓之 Novel，如《红楼梦》一类之书是矣。为此书者，皆古之伤心人，别有怀抱，乃虚造一古来所未有人，力所不能之境，以畅其志。江阴老儒作《野叟曝言》，奇则奇矣，而中无所托，故不见重于世。盖 Novel 者，出乎人之意外，又入乎人之意中者也。"这两例表明孙毓修具有广阔的学术视野，并非限于一孔之见。

② 孙毓修：《霍桑》，见孙毓修《欧美小说丛谈》，商务印书馆 1916 年版，第 45—46 页。
③ 孙毓修：《寓言》，见孙毓修《欧美小说丛谈》，商务印书馆 1916 年版，第 72—73 页。

的研究意识。

(三) 外国文学与现实

陈平原教授在谈到西方小说在中国的影响时说:"经过周桂笙、徐念慈,到恽铁樵、孙毓修,中国小说批评家对西方小说的了解逐步深入,不但肯定了西洋小说独立的艺术价值,而且明确主张以西洋小说来改造中国。"① 长期以来,"文以载道"的观念使中国的文学研究总是与现实密切相关。中国的外国文学研究从一开始就不是从象牙塔里走出,而是深深浸泡在现实当中,与中国本土的现实问题密切相关。如在救亡图存的特定历史时期,鲁迅《月界旅行》的弁言中认为,科学小说可以"改良思想,补助文明……导中国人群以进行"。②

《丛谈》写于1913—1914年,处于中华民国成立与新文化运动的过渡期。"民主""共和"的思想已深入人心,振奋民族精神、启蒙国民思想,做"世界公民"成为民国初年的主旋律。在《寓言》中,孙毓修由屈原作《离骚》与伊索撰《寓言》的不同境遇而联想到:"西方自治之平民,终胜于东方专制之君主,希腊共和之世,最重自由之民,伊索每置身于公众聚会之场,高视阔步,人皆仰之。"③ 表面上看,这是孙毓修的闲来之笔,④ 其实暗含作者对中国走向公民社会的期盼与改造社会的文学想象。孙毓修对科幻小说的热衷在很大程度上是与时代节奏合拍,与国家和社会的命运相连。

孙毓修把我国古代小说分为三类:"女子怀春,吉士诱之,是为海淫之书;牛鬼蛇身,善恶果报,是为迷信之书;忠义堂上,替天行道,是为海盗之书。近五百年作者如鲫,而范围不逾此数者亦陋矣。"⑤ 在孙毓修看来,中国古代小说于世道人心均无益,仅是供人们茶余饭后消遣。与之相对,欧洲已经出现了"科学小说"或"理想小说"。在《二万镑之奇

---

① 陈平原:《小说史:理论与实践》,北京大学出版社1989年版,第235页。
② 鲁迅:《鲁迅序跋文选》,黑龙江人民出版社1995年版,第35页。
③ 孙毓修:《欧文》,见孙毓修《欧美小说丛谈》,商务印书馆1916年版,第49页。
④ 这样的闲来之笔,在《丛谈》多次出现。孙毓修谈到本·琼生时,对中西墓志铭进行比较:"呜呼,希有之彭琼生 O Rare Ben Jonson 寥寥数言,足概生平,胜于我国谀墓之文累百行而不休者多矣。"表明孙毓修对西方简约文风的赞扬。
⑤ 孙毓修:《二万镑之奇赌》,见孙毓修《欧美小说丛谈》,商务印书馆1916年版,第104页。

赌》中，孙毓修这样写道："第十八世纪之间，正欧西科学萌芽之代。而为科学之先导者，乃在区区之理想小说。其意境之奇辟，寄托之高深，实有卢牟六合，驰骋古今之概。发明家读之，因得开拓心胸，暗室之中，孤灯远照，依此曙光，终达彼岸，其文甚趣，其功更伟，此中巨子，如法兰西产之柔罗氏 Jules Verne 亦其一也。一千八百二十八年，生于南次 Nantes，一千九百又五年，卒于亚门 A-mens。"① 作者所言的柔罗氏就是儒勒·凡尔纳。在《海底漫游录》中，孙毓修又这样写道："此亦柔罗氏 Jules Verne 理想小说之极佳者……出版于一千八百七十三年当此时也，欧美之人，已能履海如平地，而欲潜行海底，则尚未能。柔罗氏于此著笔而畅发其理想。四十年来，潜水艇已有发明者，而终不能往来自由，令人畅游海底之风光如柔罗氏之所云者……读此篇，令人冒险好奇之心油然而生。此等盛事，安必不于吾身亲见之哉。"② 其中，"科学之先导""冒险好奇之心"等表明，孙毓修希望通过科学小说的科学性、想象性等因素培养国人的爱国心和冒险心。如孙毓修在《兹律额斯朝之舞台及优人》中认为，马洛、莎士比亚、本·琼生是"英国戏曲之祖"，"人事有变迁，时局有反复。独此三人之脚本犹存三人之中，尤推莎士比其事至今如新，五百年如一日也。夫人情莫不厌旧而喜新，岂英国人之嗜好独殊哉。盖彼所赏者不在事迹，而在文学也。彼法德诸国剧场之中，亦各有其万年不弊之莎士比，日日发现于国民之目中，用能整齐民志，人人有爱国之心。返顾吾国则缺如也，古乐亡而京戏起，京戏厌而新剧兴。要皆无深入人心，足使人不厌百回看之精神存乎。此则爱国之士所以当急为设法者也。吾祝中华之莎士比及时生产，以文学而保国也"。③ 可以看出，孙毓修的爱国之心与报国之志溢于言表，但其中也有夸大文学社会作用的片面倾向，这明显受到梁启超文学观念的影响。④ "中华之莎士比"暗含了民国时期外国文学界对研究者的主体意识与身份认同的焦虑。

---

① 孙毓修：《二万镑之奇赌》，见孙毓修《欧美小说丛谈》，商务印书馆1916年版，第104—105页。
② 孙毓修：《海底漫游录》，见孙毓修《欧美小说丛谈》，商务印书馆1916年版，第153—154页。
③ 孙毓修：《兹律额斯朝之舞台及优人》，见孙毓修《欧美小说丛谈》，商务印书馆1916年版，第103—104页。
④ 梁启超企图通过"小说界革命"达到"改良群治"和"开启民智"的目的，"今日欲改良群治，必自小说界革命始；欲新民，必自新小说始"。梁启超：《论小说与群治之关系》，《新小说》1902年第1号。

从以上个案可以看出，民国初期的外国文学研究在很大程度上诉诸社会政治层面，这奠定了整个民国时期乃至中华人民共和国成立后很长一段时间内中国外国文学研究的基调和底色。尽管学术从来都不会是"纯粹"的智力活动，学术与政治现实紧密扭结仍然是中国学界一个最为鲜明的特点。如伍蠡甫认为研究西洋文学应以"做现代的一个中国人"为出发点，"从积极方面培植自己的文字，以推动社会的新发展，于消极方面吸收外国的新食粮，以作培植的资源"。① 在伍蠡甫看来，其中最重要的是认识文学和人生的关系。而中性的、学院化的"为研究而研究"似乎并不适应中国的现实需要，柳无忌认为："真正的广征博引的西洋文学研究是不可能，而且也是不必需的，这些工作尽有西洋学者在他们本国穷年累月地做着，我们在不适宜的环境下，倘使也要跟随他们，模仿他们，那是走上了一条绝路。"② 而叶公超对艾略特的研究、盛澄华对纪德的研究、李健吾对福楼拜的研究、梁实秋对莎士比亚的研究等成果，则显示了从学术学理层面所进行的系统研究也是很多学者自觉的学术追求。其实，只有这两个层面互动与共生，才能使中国的外国文学研究获得不断发展的原动力。

(四) 问题与不足

作为一部开创性的研究著作，《欧美小说丛谈》的不足与局限也相当明显，典型地体现了早期外国文学研究因缺乏参考与借鉴而带来的普遍性问题。

"误读"是文化、文学交流过程中不可避免也是不可忽视的现象，尤其是在外国文学研究中，受到本国文化的过滤或是研究者主观因素的制约，对于外来作家作品、文学现象等的原本意义解读多少会存在不同程度的"变形"或"脱落"。在《耶稣诞日赋》中，孙毓修指出："英人迭更斯之小说，善状社会之情态，读之如禹鼎象物，如秦镜照胆。长篇大卷，一气呵成，魄力之大，古今殆无其匹。林纾只译出四五本小说，而迭更斯的第一本成名之作，'乃始于说鬼，寥寥短章也。秋坟隐语，荁棚闲话，其有忧谗畏讥之心乎'。"③ 作者对狄更斯现实主义创作特色有一定的认识，

---

① 伍蠡甫：《怎样研究西洋文学》，《出版周刊》1936年第189期。
② 柳无忌：《西洋文学的研究》，见柳无忌《西洋文学研究》，中国友谊出版公司1985年版，第5页。
③ 孙毓修：《耶稣诞日赋》，见孙毓修《欧美小说丛谈》，商务印书馆1916年版，第122页。

但关于《圣诞欢歌》整体意蕴把握却是有出入的。书名的英文原文为"A Christmas Carol in Prose, Being A Ghost Story of Christmas",即"看来是个圣诞鬼故事,实质上却是一首以散文写出的圣诞颂歌"。狄更斯通过主人公斯克鲁济在平安夜,由三个精灵引领,在精神层面上游历了过去、现在和未来。这部作品意在表明:人性的复苏与回归才是圣诞节的本质和生活的意义。而孙毓修从中国传统的鬼神与幽冥观念出发,将其理解为"忧谗畏讥之心",明显背离了这部作品的真谛。在中西文化、文学激烈碰撞的民国时期,各种不同思想来源的外国作家作品以及文学思潮涌入中国时,国人对于这些异质文学的解读在不同程度上出现或多或少的"误差",也正是这种"误读",在一定意义上为中西文化与文学交流做出了特有的贡献,也许正如人们所说的"世界文学"就是在"误读"的背景下逐步向人类走来。

《丛谈》也存在常识性的误读。孙毓修在论及斯托夫人时这样写道:"美国当殖民时代,无所谓文学也。① 独立之初,飞书草檄,则推富兰克林 Franklin 为巨子。然富兰克林与其谓之文学家,毋宁谓之政治家科学家也。开山之文学家当推斯拖活为第一,一时须眉男子如欧文 Washington Irving 霍桑 Hawthorne 诸人,皆读夫人之文而起者也。"② 孙毓修将斯托夫人置于美国文学史大背景并给予其艺术定位,在一定程度上表明孙毓修在研究外国文学时已具有了"史"的意识。但是从文学史的角度看,1815 年《见闻札记》问世,欧文(1783—1859)正是因为这部作品被誉为"美国文学之父"。1848 年霍桑(1804—1864)的《红字》发表,1851 年斯托夫人的《汤姆叔叔的小屋》才在废奴主义杂志《国家时代》连载 40 周。从时间的先后顺序上看,欧文与霍桑在文学上的黄金期出现在 1851 年之前,而孙毓修认为他们"皆读夫人之文而起",③ 这种说法显然是站不住脚的。孙毓修在《欧文》这篇文章中,指出欧文"初造美国文学"。④ 在这里他又称斯托夫人是美国文学的开创者,在表述上也是欠严谨的、矛盾的。孙毓修特别提出英国"诗人之角"唯独没有斯托夫人的位置,也可见孙毓修对斯托夫人的崇敬之情,也许是孙毓秀受到情感因素的干扰与清末民初林纾翻译《黑奴吁天录》

---

① 孙毓修在《沙罗》中写道:"美之文学莫不取材于英兰,受其感化。"
② 孙毓修:《斯托活夫人》,见孙毓修《欧美小说丛谈》,商务印书馆 1916 年版,第 43 页。孙毓修可以说是最早对美国文学史进行初步梳理的研究者。
③ 同上书,第 43 页。
④ 孙毓修:《欧文》,见孙毓修《欧美小说丛谈》,商务印书馆 1916 年版,第 49 页。

的影响，从而夸大了斯托夫人的文学地位。

此外，在清末民初的特定历史条件下，翻译文学的蓬勃发展使读者对外国文学作品的内容相对熟知，而对作者生平事迹的了解就显得薄弱很多。《丛谈》特别注重作家生平事迹的铺叙，孙毓修对莎士比亚、本·琼生、安徒生、霍桑、斯托夫人等的生平往往进行极为详细的描述，尤其是作者用了近2万言讲述了安徒生曲折坎坷的一生。孙毓修尤其强调作者的生平经历与其创作的密切关系，在《丛谈》中多次出现"生平贡献于读者。……吾人欲知此大诗翁之来历，则不可不先溯其家庭"，①"穷愁著书，中外一例，殆亦天地间一种之公例耶?"② 其中，"穷愁"又常常"与政府为敌之文，未尝绝笔"③，"生以不得志于时，其幽愤嫉世之怀，皆寄之于文字"④，"人出处静躁之度皆本于少年之家庭。观于霍桑而益信也"⑤ 等语段相连。以《司各德迭更司二家之批评》为例，孙毓修在其中这样言及："迭更司少更患难，熟知阎闾情伪，故其小说，善摹劳人婆妇之幽思，孤臣孽子之痛苦，虽穿箭乞丐者流读之，亦不啻其自叙。"⑥ 无可否认，作者的生活经历会直接或间接地影响其创作。但是，孙毓修把作品当成作家的自传或倒影，这就倾向于机械、教条之嫌，而远离了作品的文学性。若以艾布拉姆斯的文学四要素为依据，孙毓修强调作者与作品、作品与世界的关系，而在很大程度上削弱或忽视了作品自身的审美意义，也不利于读者对文学本体、文学审美性的认识，在20世纪20—30年代外国文学研究中，庸俗社会学、机械唯物主义等可以说就是这种倾向的极端化。此外，在《二万磅之奇赌》《金刚钻带》《耶稣诞日赋》《旁卑之末日》《红种之人杰》《无声之革命》《猎帽记》《汉第自传》等诸篇中，孙毓修多以说书人的口吻，用大量的篇幅讲述这些作品故事梗概，如他称凡尔纳的小说"如桴鼓之相应，因果之相随也"，并用上万字详细叙述了《八十

---

① 孙毓修：《沙士比之戏曲》，见孙毓修《欧美小说丛谈》，商务印书馆1916年版，第82、87页。
② 孙毓修：《英国十七世纪间之小说家》，见孙毓修《欧美小说丛谈》，商务印书馆1916年版，第18页。
③ 同上。
④ 孙毓修：《英国奇人约翰生》，见孙毓修《欧美小说丛谈》，商务印书馆1916年版，第36页。
⑤ 孙毓修：《霍桑》，见孙毓修《欧美小说丛谈》，商务印书馆1916年版，第46页。
⑥ 孙毓修：《司各德迭更司二家之批评》，见孙毓修《欧美小说丛谈》，商务印书馆1916年版，第29—30页。

日环游世界记》（即《二万镑之奇赌也》）的情节，这既满足都市读者的阅读需求，又使其获得"广见闻"的附加效应。

关于外国作家生平经历、作品的内容介绍，在一定程度上增强了《丛谈》的可读性、满足了读者对外来文学资源的猎奇心理，这与孙毓修早年主编《少年杂志》《少年丛书》①过程中对这些作家的传略和轶事熟知相关。但是这些内容在具体的论述中顺便涉及即可，列单篇或以大段文字专门介绍则显枝蔓，徒增篇幅。由此，这种社会学的研究方法使《丛谈》偏离了文学研究轨道，冲淡了它的学术意味。可以说，这也是中国外国文学研究中存在很长一段时间的痼疾。在这里，我们并不是否定社会学批评的价值。因为文学之所以为文学，不仅仅因为其本身为文学，还基于它存在于社会这个大系统中，社会的诸多因素都会不同程度地渗透文学中。因此，只要摒弃社会学研究中庸俗化、机械化的倾向，它就仍不失为切入文学现象的有用方法。它可以和其他研究方法相辅相成，共同构成多元互补、生动活泼的局面。

在孙毓修之前，周桂笙、徐念慈、林纾等或从宏观上考察中西文学观念的不同，或在对具体的作品解读中呈现外国文学的艺术特色。孙毓修延续了前辈们对中西文学的深入思考，外国文学的研究意识在孙毓修的《丛谈》中进一步增强。孙毓修对所选作家总体创作倾向的认知、对其作品的独到分析，尤其是以文体为线索，对童话、戏剧、寓言等文体在外国文学史上的动态发展进行了详细的梳理，并从理论上对这些文体进行抽象概括，这些表明：《丛谈》并不是通常人们所认为的只是对国外研究成果的编译②，或只是限于一般的启蒙式的介绍，而没有自己的独立思考。虽然其中有些部分在很大程度上带有"普及"的性质，以现在的眼光看，还显得有些稚嫩，还存在这样或那样的问题。但在当时的中国，这样多篇幅地集中呈现对外国文学的感知与想象，孙毓修还是第一人。可以说，《丛谈》代表了当时中国外国文学研究的最高水平。同时《丛谈》也是一部能引发我们思索的具有范式意义的外国文学研究专著。在梳理外国文学学术史时，我们可

---

① 这些读物"记事简明，议论正大，阅之足以增长见识，坚定志气"。
② 在论述莎士比亚戏剧创作的概况及其分期时，孙毓修这样写道："论其戏曲。可分为三大类。一笑剧。二历史剧。三悲剧。而以纪年的眼光论之。则其成书之次第。约可分之为四期。芬尼伐尔 Furnivall 首创此说。今皆从之。"孙毓修能较早转述国外的研究成果，在一定程度上反映出：在中西文化与文学的激烈碰撞期，中国传统知识分子顺应时代潮流，促进自身知识结构更新的趋势。

以褒扬它、贬低它，但不能无视它的存在。孙毓修在《丛谈》开创的作家作品研究模式、社会学研究方法、比较研究方法①、对外国作家作品的"误读"等方面，尤其是作家作品研究成为民国时期外国文学研究的主战场，在20世纪20—30年代，在各个文学期刊上出现的外国作家专号、专辑、特辑等研究，足以证明《丛谈》具有筚路蓝缕之功。当然，其中的不足与缺陷还有待于后来者进一步补充与完善。

二　后期：外国文学地图的绘制

1921年，茅盾出任《小说月报》主编之后，采取一系列措施进行大刀阔斧的整改，《小说月报》的面貌因此而焕然一新，外国文学研究由此获得了空前的繁荣。继茅盾之后，郑振铎、叶圣陶、徐调孚任《小说月报》主编之时，格外注重外国文学引介与研究的力度。茅盾在影印本《小说月报》的"序言"中这样写道："一九二一年，我接编并全部革新了《小说月报》，两年后由郑振铎接编，直到终刊。这十一年中，全国的作家和翻译家，以及中国文学和外国文学的研究者，都把他们的辛勤劳动的果实投给《小说月报》。……这十一年中，《小说月报》广泛地介绍了世界各国的文学，首先是介绍了俄国文学和世界弱小民族的文学，也介绍西欧、北欧、南欧以及曾为西班牙殖民地的拉丁美洲的一些国家的文学。也许，这一些就是革新后的《小说月报》之所以在当时产生广泛影响的原因。"②可以说，改革后的《小说月报》实践了《改革宣言》所规划的"译述西洋名家小说而外，兼介绍世界文学界潮流之趋向"的宏伟蓝图。在栏目设置上，《小说月报》开辟"文学家研究""小说新潮栏""译论"等栏目，发表了大量关于外国文学史研究、文学思潮研究、作家作品研究的论文。③据统计，1921—1931年，《小说月报》共刊登了39个国家、304位作家的804篇作品，出版了"被损害民族的文学""俄国文学研究"

---

① 关于《丛谈》中的比较研究方法的运用，详见柳和城的《孙毓修和〈欧美小说丛谈〉》与袁荻涌的《孙毓修和他的〈欧美小说丛谈〉》。故本书不再赘述。

② 沈雁冰、郑振铎：《民国文学期刊〈小说月报〉影印本》，书目文献出版社1981年版，第1页。

③ 谢菊归纳了《小说月报》译介外国文学的五种方式：设立消息栏目，构筑想象"现代"的空间；关注诺贝尔文学奖的评选情况，凸显文学的世界性；以作家的生、卒年为纪念，集中介绍进现代著名的作家作品；以专号和号外的形式，对国别文学做大规模的研究性的译介；推出现代世界文学专号，初步建立起世界文学的观念。

"法国文学研究"三个专号。此外，泰戈尔、屠格涅夫、陀思妥耶夫斯基、拜伦、安徒生、莫泊桑、法朗士、易卜生等名家专号、特辑，规模化、系统化地介绍了外国作家作品。可以看出，《小说月报》以广阔的世界文学的视野，呈现了西方文学发展的整体景观，体现了茅盾所说的"广义的介绍"。对于帮助当时的读者建立起西方文学发展史的基本框架，了解各国文学的主要特点和概貌，奠定阅读外国文学的基本知识背景，发挥了重要的启蒙作用。

（一） 在外国作家作品研究方面的成果

《小说月报》在革新后，非常注重19世纪欧洲各国文学家的介绍力度。从第12卷第1期开始，刊登了茅盾的《脑威写实主义前驱般生》《波兰近代文学泰斗显克微支》《西班牙写实主义的代表者伊本讷兹》《百年纪念祭的济慈》《十九世纪丹麦大文豪柯伯生》，郑振铎的《史蒂芬孙评传》《脑威现在的大文豪鲍其尔》，沈泽民的《王尔德评传》，厂晶的《犹太文学与宾斯奇》等论文。1921年12月，沈雁冰在第12卷第12号的《一年来的感想与明年的计划》中意识到，对于"闻名世界著名的文学家而用数千字一篇传去介绍他，总嫌太潦草，不能引起人十分的兴味；所以明年起特立这一门（文学家的研究），介绍一个文学家，从各方面立论，多用几篇论文，希望可使读者对于该文学家更能了解。因为国内还是读英文的人多，故更附一书名表列举英文著作的关于该文学家的书及译出的作品"。① 从1922年1月即第13卷第1号开始，《小说月报》设置"文学家研究"一栏，相继推出系列外国作家研究。如第13卷第1号刊载"陀斯以夫斯基研究"，包括茅盾的《陀斯以夫斯基研究专号的思想》与《陀思妥以夫斯基地位》、小航的《陀思妥以夫斯基传略》、记者的《关心陀思妥以夫斯基的英文书》；第13卷第2号刊载"泰戈尔研究"，② 包括郑振铎的《太戈尔传》与《太戈尔的艺术馆》、瞿世英的《太戈尔的人生

---

① 茅盾：《一年来的感想与明年的计划》，《小说月报》1921年12卷12号。
② 此时正值泰戈尔欲来华访问，后虽因疾病和天气原因，泰戈尔推迟了访华日期，但《小说月报》还是按原计划在"文学家研究"栏刊出关于泰戈尔研究的相关论文，"印度诗人太戈尔来华的事，已经确定。他在中国的时间，约有七八九等三个月。我们拟于本报八月号，出一关于太戈尔的专号。内容包括传记，论文集译丛等。大家如果肯以什么稿件帮助我们，我们是很感谢，很欢迎的。收稿的截止期为六月底"。《最后一页》，《小说月报》1923年第14卷第5号。

观与世界观》、张闻天的《太戈尔之诗与哲学观》《太戈尔的妇女观》《太戈尔对于印度与世界的使命》；类似这样集中介绍的形式，还有第13卷第3—6号分别刊载的屠格涅夫研究、包以尔研究、法朗士研究、霍普德曼研究。① 1917年，《新青年》刊载"易卜生研究专号"，但这样以专号形式集中介绍外国作家的形式，在当时并不多见，而真正大规模、系统化地介绍始自改革后的《小说月报》。《小说月报》重点、集中、多角度介绍外国著名作家，极大地便利了读者在短时间内全面、有效获得该作家的相关信息。

但是，从1922年7月第13卷第7号开始，"文学家研究"专栏被取消。1921年8月11日，在茅盾写给周作人的信中，这样写道："据实说，《小说月报》读者一千人中至少有九百人不欲看论文。（他们来信骂的亦骂论文，说不能供他们消遣了！）"② "曾有数友谓如今《月报》虽不能说高深，然已不是对于西洋文学一无研究者（或可说是嗜好耳）所能看懂；譬如一篇论文，讲到某文学家某文学派，使读者全然不知什么人是某文学家，什么是某文派，则无论如何愿意之人不能不弃书长叹；而中国现在不知所谓派……以及某某某文学之阅《小小说月》者，必在数千之多也。"③ 不少读者纷纷发出感叹，认为改版后的《小说月报》"有许多不能领悟的地方"④。可以看出，或由于缺乏鉴赏外国文学的能力⑤，或由于视文学为游戏消遣的观

---

① 《小说月报》第13卷第3号刊载屠格涅夫研究，包括谢六逸的《屠格涅夫传略》、耿济之《猎人日记研究》，第13卷第4号刊载包以尔研究，包括（脑威）卡特霍沈则民译《包以尔传》与《包以尔著作中的人物》、沈雁冰《包以尔的人生观》；第13卷第5号刊载法朗士研究，包括陈小航《法朗士传》与《法朗士著作编目》、陈小航译《布兰兑斯的法朗斯论》；第13卷第6号刊载霍普德曼研究，包括希真的《霍普德曼传》《霍普德曼的自然主义作品》《霍普德曼的象征主义作品》以及希真译《霍普德曼与尼采哲学》（选自2"Anton Hellmann"）。
② 茅盾：《沈雁冰致周作人》，见李玉珍《文学研究会资料》，知识产权出版社2010年版，第656页。
③ 茅盾：《致周作人》，见孙中田《茅盾书信集》，文化艺术出版社1998年版，第26页。
④ 王砥之致沈雁冰：《怎样提高民众的文学鉴赏力？》，《小说月报》1922年第13卷第8号，见李玉珍《文学研究会资料》，知识产权出版社2010年版，第233页。
⑤ 孙伏园认为，当时的中国"教育不发达，一般人没有常识，没有研究学问的兴味"。记者：《编辑闲话三则》，《晨报》副刊1922年11月11日。孙伏园并没有因此放弃对读者的启蒙，"读者虽当此知识饥荒的时代，而从前浮躁的习性还没有完全去掉，冷静细密的头脑还没有锻炼成功，他们不愿意看灌输知识的东西，但倘我们认为必要，我们尽可以用了好的方法从事灌输，他们不愿意看译述的东西，但倘我们认为必要，我们尽可以在译笔上格外讲究，使不愿意的，也渐渐愿意。所以总括一句，本刊今后的方针，就是一面认清材料的价值，设法弥补上述三个缺点；一面纠正读者眼光，使他们对于知识有一种热烈的爱好，正如对于艺术有一种热烈的爱好一样"。记者：《一九二一年之最后一天》，《晨报》副刊1921年12月31日。

念，当时的普通读者大都"望外国文学而兴叹"，并没有对外国文学产生强烈的求知欲。茅盾对此类读者的市民趣味和猎奇心理进行了批判，"读外国文学犹之看一盆外国花，尝一种外国肴馔"。① 茅盾的本意欲提高读者的鉴赏水平，这些论文的刊载显然却背离了读者的期待视野。

1922年11月，《小说月报》的"通讯"栏发出申明："专研究一个作家，至少要懂得那时代文学思潮的大概情形，和那个国（作家所在之国）的文学史略，并且还须读过该作家的重要著作一二种（或译本）方才有兴味，如今国内大多数读者对于西洋文学源流派别，还不大明白，忽然提出一个作家，去评论起来，自然要觉得茫无头绪，不生兴味了。所以我们把每期附一个文学研究的计划暂时取消，预备将来再做。"② 从1922年7月第13卷第7号开始，直到1924年4月第15卷第4号的拜伦专辑、第16卷第8—9号的安徒生专号、第18卷第9号的芥川龙之介专号等出现之前，《小说月报》的外国作家研究栏目出现了近两年的空档期。"文学家研究"栏目的取消，可以说是读者市场、学者研究、期刊生存三者之间妥协的结果，显示了外国作家的"介绍"与"研究"在20世纪20年代学界的两难处境，但最终外国作家研究还是在《小说月报》获得了它的合法地位。

（二）在外国文学史研究方面的成果

如上所述，在《小说月报》第12卷第11号"通讯"中，茅盾明确把"每期附一个文学研究的计划暂时取消"后，在第12卷第12号《一年来的感想与明年的计划》中谈到，下一年打算刊载"西洋小说史略"。在茅盾看来："我们觉得现在一般读者对于西洋小说发达的情形上不大明白，新出版物中亦没有这一类的书，所以从明年起按期登载这一种，预定六期登完，希望未曾研究过西洋小说的读者可以得些帮助。"③ 于是，从第13卷第1号开始至第2、5、6、7、11号，《小说月报》连载谢六逸著《西洋小说发达史》，系统介绍西方文学的发展概况。从这里可以看出，由作家研究向文学史研究转变，表明茅盾"注重源流和变迁""介绍世

---

① 李玉珍：《文学研究会资料》，知识产权出版社2010年版，第476页。
② 茅盾：《致马鸿轩》，《小说月报》1922年第13卷第11期，见孙中田《茅盾书信集》，文化艺术出版社1998年版，第80—81页。
③ 李玉珍：《文学研究会资料》，知识产权出版社2010年版，第478页。

文学界潮流之趋向"的宏观史学姿态。据统计,《小说月报》共刊出百余篇介绍世界三十多个国家文学发展和文艺思潮运动的论文,如海镜的《后期印象派与表现派》、雁冰的《未来派文学之现势》、郑振铎的《俄国文学史略》①、谢六逸的《近代日本文学》等。其中,最引人注目的是《小说月报》从1924年1月第15卷第1号至1926年12月第17卷第12号,依次分40章连载《文学大纲》②。郑振铎以世界文学的视野和气魄,勾勒了自古希腊、古印度、古代中国以来的东西方文学发展大势,颇受读者欢迎。③

特别值得一提的是,《小说月报》还以专号和号外的形式,呈现了国别文学史研究的成果。1921年9月推出第12卷号外《俄国文学研究》,包括郑振铎的《俄国文学的起源时代》、耿济之的《俄国四大文学家合传》、郭绍虞的《俄国美论及其文艺》、张闻天的《论讬尔斯泰的文艺观》、周作人的《文学上的俄国与中国》等20篇论文;④ 1921年10月

---

① 郑振铎:《俄国文学史略》,《小说月报》1923年第14卷第5—9期。该著共14章,依次为:绪言、启源、普希金与李门托夫、歌郭里、屠格涅夫与龚察洛夫、杜思退益夫斯基与托尔斯泰、尼克拉莎夫与其同时代作家、戏剧文学、民众小说家、政论作家与讽刺作家、文艺评论、柴霍甫与安特列夫、迎尔询与其他、劳农俄国的新作家。王统照称该作是"近来论俄国文学最好的小册"。
② 《文学大纲》包括《世界的古籍》《荷马》《圣经的故事》《希腊的神话》《东方的圣经》《印度的史诗》《希腊语罗马》《中世纪的欧洲文学》《欧洲文艺复兴时代的文学》《十七世纪的英国文学》《十七世纪的法国文学》《十八世纪的英国文学》《十八世纪的法国文学》《十八世纪的德国文学》《十八世纪的南欧与北欧》《十八世纪的英国诗歌》《十九世纪的英国小说》《十九世纪的英国批评家及其他》《十九世纪的法国小说》《十九世纪的法国诗歌》《十九世纪的法国戏剧与批评》《十九世纪的德俄文学》《十九世纪的俄国文学》《十九世纪的波兰文学》《十九世纪的斯坎德那维亚文学》《十九世纪的南欧文学》《十九世纪的荷兰与比利时》《爱尔兰的文艺复兴》《美国的文学》。
③ "《文学大纲》连在本报上登载了好几年,颇受到一半读者的欢迎。现在单行本第一册已出版,全书亦可在明年四月内出全。明年本报正月号拟登一篇《现代的文坛》,这乃是《文学大纲》的总结束。"《最后一页》,《小说月报》1926年第17卷第12号。
④ 包括郑振铎《俄国文学的起源时代》,耿济之《俄国四大文学家合传》,郭绍虞《俄国美论及其文艺》,张闻天《论讬尔斯泰的文艺观》,周作人《文学上的俄国与中国》,沈泽民《俄国的叙事诗歌》,沈雁冰《近代俄国文学家三十人合传》,耿济之《俄国乡村文学家伯得洛柏夫洛斯基》,耿济之《阿里鲍甫略传》,鲁迅《阿尔志跋绥夫》,静观《兹腊讬夫斯基略传》,胡根天《俄罗斯的美术——绘画怎样发达》,沈泽民《克鲁泡特金的俄国文学论》,明心《俄国文艺家录》,[俄]沙洛维甫著、耿济之译《十九世纪俄国文学的背景》,[日]升曙梦著、陈望道译《近代俄罗斯文学的主潮》,[英]约翰科尔诺斯著、周建人译《菲陀尔 梭罗古勃》,[俄]克鲁泡特金著、沈泽民译《俄国底批评文学》,[英]拉哀脱著、沈泽民译《俄国的农民歌》,[日]白鸟省吾著、夏丏尊译《俄国底诗坛》,[日]西川勉著、夏丏尊译《俄国底童话》,[日]升曙梦著、灵光译《俄罗斯文学里讬尔斯泰的地位》,[俄]克鲁泡特金著、夏丏尊译《阿蒲罗摩夫主义》。

《小说月报》在第12卷第10号刊载《被损害民族的文学号》,包括茅盾的《新犹太文学概观》、胡天月的《新兴小国文学述略》等东北欧弱小民族文学发展历史及思潮流派的七篇论文。贺其颖在《苏俄与弱小民族》中指出:"'联合苏俄'实成为弱小民族的革命运动更向前的惟一机械;况且实际上也只有苏俄是弱小民族的友邦,因其客观上的阶级利益与弱小民族是共同的。因而,自苏俄产生后,全世界弱小民族的命运为之一变,土耳其民族之独立更足以证明。"① 可以说,以俄国为代表的弱小民族文学研究是《小说月报》在外国文学研究方面的又一特色。1924年4月,《小说月报》发行第15卷号外"法国文学研究",包括谢六逸译的《法兰西近代文学》、刘延陵的《十九世纪法国文学概观》、汪馥泉译的《法国的自然主义文艺》等16篇论文(其中译作7篇,中国学者撰写9篇)。② 表面上看,法国文学研究专号似乎与俄国文学专号、弱小民族文学专号格格不入,但两者在对写实精神的强调上取得了一致。如茅盾在《纪念佛罗贝尔的百年生日》③ 一文中,明确指出:"我们如今恭敬地纪念他的百年生日,对于国内的将来不免有了两层希望:一是希望把佛罗贝尔的科学的描写态度介绍过来,校正国内几千年来文人的'想当然'描写的积习;二是希望佛罗贝尔的'视文学如视宗教'的虔诚严肃的文学观在国内普遍起来,校正数千年来文人玩视文学的心理。所以我觉得我们要拿更郑重的态度去纪念这位一百年前生的法国文学家!"④ 可见,客观、真实的写作风格是茅盾推崇福楼拜的主要原因。可见,在"文学为人生"编辑方针的指引下,《小说月报》的总体筹划具有一定的严密性。

---

① 贺其颖:《苏俄与弱小民族》,《晨报副刊》1923年11月8日。
② 郑振铎与沈雁冰《法国文学对于欧洲文学的影响》,胡梦华《法文之起源与法国文学之发展》,王靖《法国战时的几个文学家》,刘延陵《十九世纪法国文学概观》,王统照《大战前与大战中的法国戏剧》,君彦《法国近代诗概观》,佩蕾《巴尔札克的作风》,俊仁《文学批评家圣佩韦评传》,雁冰《佛罗贝尔》,明心《法国文艺家录》,佛利柴著、耿济之译《中产阶级胜利时代的法国文学》,谢六逸译《法兰西近代文学》(译自日本《近代文艺十二讲》),G. L. Stracheg 著、希孟《法国的浪漫运动》,相马御风著、汪馥泉译《法国的自然主义文艺》,L. Lewishlon 著、胡愈之译《近代法国写实派戏剧》,Sturm(史笃姆)著、闻天译《波特莱尔研究》,刺外西原著、沈泽民译述《罗曼罗兰传》。
③ 茅盾:《纪念佛罗贝尔的百年生日》,《小说月报》1921年第21卷第12号。
④ 愈之:《近代法国文学概况》,《东方杂志》1922年第18卷第3号。

（三）在文学思潮研究方面的成果

茅盾在主持《小说月报》之后，加大了对自然主义文学思潮的引介与研究力度。在茅盾看来："文学上自然主义经过的时间虽然很短，然而在文学技术上的影响却非常之重大。现在固然大家都觉得自然主义文学多少有点缺点，而且文坛上自然主义的旗帜也已竖不起来，但现代的大文学家——无论是新浪漫派，神秘派，象征派——那个能不受自然主义的洗礼过。中国国内创作到近来，比起前两年，愈加'理想些'了，若不乘此把自然主义狠狠的提倡一番，怕'新文学'又要回原路呢？"①"要排除中国小说不重描写，不知客观观察，游戏消遣态度这三大错误，必须提倡文学上的自然主义。"② 1922 年的 5—7 月是《小说月报》介绍自然主义最集中的时期。如谢六逸的《自然派小说》、茅盾的《文学作品有主义与无主义的讨论》《通信——自然主义的论战》《通信——自然主义的怀疑与解答》《自然主义与中国现代小说》等。在茅盾看来，自然主义文学是克服中国文学"不重描写，不知客观观察，游戏消遣态度这三大错误"的利器。但是，对于自然主义作品的引介与研究，相对来说就显得有些冷清。众所周知，左拉是自然主义文学的重要代表，而《小说月报》对左拉自然主义理论的关注远远大于对其创作的兴趣。再者，《小说月报》对莫泊桑的作品关注也远远大于左拉。谢位鼎在《莫泊三研究》中认为，左拉只是自然主义"理论方面的大头脑"，而莫泊桑才是自然主义"创作方面的大头脑"。其原因是莫泊桑的创作既严格遵循了"真实"的原则，"也有理想主义的影子"，从而避免了左拉的宿命论③观念"使人完全绝望"④的弊端。所以，《小说月报》大量译介的是莫泊桑的作品，而不是左拉。

在这里，《小说月报》对写实主义与自然主义"客观描写"与"实地观察"的强调，引起了创造社、学衡派、新月派等学人的质疑。从"学衡派"与茅盾的争论可见一斑。在《近世欧美文学趋势》中，梅光迪以亚里士多德对照相和图画的区别为例，指出近世写实主义（即自然主义）

---

① 编者：《最后一页》，《小说月报》1921 年第 12 卷第 8 号。
② 沈雁冰：《自然主义与中国现代小说》，《小说月报》1922 年第 13 卷第 7 号。
③ 茅盾：《曹拉主义的危险性》。茅盾在该文中特别强调：科学观察与客观描写的态度、无私无我的要求、决定论的观念是左拉创作的主要特征。
④ 谢位鼎：《莫泊三研究》，《小说月报》1924 年第 15 卷第 2 号。

的弊端在于描写人生而无选择。他认为："专写不良事实，不造理想人格，反日以囚盗淫恶之事为其材料，是率人而禽兽也。"① 在梅光迪看来，时人所称颂的托尔斯泰、莫泊桑（孟伯骚）等的写实主义，究其实质不过是欧美文学的一部分："浅者不察竟视为不迁之宗，代表一切，不其谬乎。此无他故，乃不知欧美文学之奥蕴，日从日本故纸堆中讨生活也。"② 胡先骕在《欧美新文学最近之趋势》一文中指出："戊巳以还，新潮汹涌。国人之囊日但知司各得、迭更司者。今乃群起而膜拜易卜生、托尔斯泰、陀司妥夫士忌、捷苛夫。不两年间，写实主义遂受青年社会偶像之崇奉。此好现象也。"③ 但是，"近日至趋势，亦有一种可虑之危险，则社会青年，但知新文学之一鳞一爪，而未能有系统之研究。以提倡之人以写实主义自然主义相号召，遂群以写实主义自然主义为文学之极则。有为最高之文学。斯为写实主义。再进而为自然主义者"④。在该文中，胡先骕之所以反对写实主义、自然主义，其主要理由是："惟须知写实主义自然主义，终非文学界之极则。他日时过境迁，今日所痛心疾首大声疾呼之社会罪恶，已成陈迹，则此种种地狱变相，必为明哲之社会所不欲睹。而此类之著作。亦终有弃之于废篮中耳。"⑤ 文末，胡先骕向青年读者提出两点警告：一是法、德、俄文学中多有性描写，要青年们"引以为戒"；二是"在著作某种文体或择定某种主义之前，宜平心静气，读各名人各主义之著作若干年，再观察人情物理若干年，然后择定一种主义而著作某种文体以问世，则无盲从胡诌之病，而中国文学始有发扬光大之一日。庶几他日中国，亦有托尔斯泰、易卜生、毛柏桑、辛奇依志得见于世乎"。⑥

茅盾在《〈欧美新文学最近之趋势〉书后》中，从"写实文学的意见、丑恶描写的文学之意见、新浪漫文学之意见"三方面反驳了胡先骕的意见。其中，茅盾认为，写实文学"偏重观察而屏弃想象虽于现实能适合使表现（文学）不至与实在（人生）冲突而其弊则在丰肉而枯灵。……写实文学家之以文学为主义的宣传，初不背乎文学之原理。所惜者，写实文学能抨击矣，而不能解决。能揭破社会之黑幕矣，而不能放进未来社会

---

① 梅铁山：《梅光迪文存》，华中师范大学出版社 2011 年版，第 96 页。
② 同上书，第 92—93 页。
③ 胡先骕：《欧美新文学最近之趋势》，《解放与改造》1921 年第 2 卷第 15 号。
④ 同上。
⑤ 同上。
⑥ 同上。

之光明。故其结果,使人愤懑而不知自处。而终至于消极失望,或者则趋于危险之思想"。① 虽然写实主义在表现理想方面有不足之处,但是"其有功于文艺之进化,实不可磨灭"。② 吴宓也发表《写实主义之流弊》一文,认为写实主义"以不健全之人生观示人也"。③ 在吴宓看来,写实主义和自然主义只是历史潮流中"一偏",注重"客观描写"的写实小说存在诸多弊端,它不仅偏离写实的本来意思,更为恶劣的是缺乏一种"平达通正的人生观"。在吴宓看来,过度地暴露人类的弱点、社会的罪恶,会引导大家同入魔道、永堕悲观。茅盾撰写《"写实主义之流弊"?——请教吴宓君,黑幕派与礼拜六派是什么东西!》予以回应。在该文中,茅盾以克鲁泡特金在《俄国文学的理想与实质》中反对左拉等人的"丑恶描写"为例,认为自果戈理以来的俄国写实主义含有"广大的爱"与"高洁的自我牺牲精神",④ 此种写实主义是区别于法国写实主义的"新"写实主义。由此,茅盾认为,"以不健全之人生观示人也"是吴宓加给俄国写实派的罪名。多年之后,茅盾在《我走过的道路》中,回忆当年的争论时,认为:"事实上,吴宓对于欧洲的写实主义小说并没作全面的研究,只把帝俄时代的写实派大师如托尔斯泰、果戈理、屠格涅夫拿来作例子,这足以证明他对于托尔斯泰等等是毫无所知的。"⑤

此外,"新月派"代表的叶公超⑥撰写《写实小说的命运》一文,表达自己对"写实主义"文学的看法。该文开篇即表示,"我也不去谈什么浪漫主义,自然主义,还有什么叫作新浪漫主义,印象的自然主义及其他种种人造的主义",⑦ 而是"先把现代写实小说的几个最显要的特点提出来讨论一下,看看它们各自的表现在什么地方,它们所取用于生活的是哪类的资料,然后再从集中代表作品里去推算它们的作家对于生活是抱着哪

---

① 茅盾:《〈欧美新文学最近之趋势〉书后》,《东方杂志》1921年第17卷第18号。
② 同上。
③ 吴宓:《写实主义之流弊》,《中华新报》1921年10月22日。
④ 茅盾:《"写实主义之流弊"?——请教吴宓君,黑幕派与礼拜六派是什么东西!》,《文学旬刊》1921年第54期。
⑤ 茅盾:《我走过的道路》,《茅盾全集》第34卷,人民文学出版社1984年版,第243—247页。
⑥ 叶公超在《新月》上发表的论文不多,仅有创刊号上的《写实小说的命运》《牛津字典的贡献》(第1卷第7期)、《墙上的一点痕迹》(第4卷第1期)、《论翻译和文字的改造》(第4卷第6期)。
⑦ 叶公超:《写实小说的命运》,《新月》1928年创刊号。

种的态度与观念"。① 从这里可以看出，叶公超极力回避观念化、概念化的文学研究，而力行具体入微的文本细读。叶公超认为，"批评的方法大致有三种，一是关于作品和作家的各种事实；二是以往所有同类的作品以及当时的评论；三是批评者个人的生活经验与环境。批评家既要兼容三种方法，更要重视"作品里的经验对于各个人在生活意义上的价值"。② 在叶公超看来，这三点不仅可以断定写实小说的性质和倾向，还可以表现它未来的命运与原动力。正是带着这样的问题意识，这篇文章主要对"晚近三十年来的英文写实小说"进行了具体而又见深度的论述。

首先，叶公超将400年来的写实文学分为三大类："感伤的""讥讽的""训世的"。其中，在"感伤的"文学中，作家不是对书中人物过度的怜惜，便是抱着殉情者的赞美态度；在斯威夫特、萨克雷等"讥讽的"文学中，作者是"厌恨世人的，他讥讽中并未含有改良社会或惊世的目的"；在狄更斯《老古玩店》《雾都孤儿》等"训世"文学中，或是带有"警世的目的"，作者"用理智的眼光来批评生活，用直接攻击的方法来表示他们的理解"。在叶公超看来，以上三种对于生活的态度，"都是过去的了"，而以乔治·艾略特、高尔斯华绥、夏洛蒂·勃朗特等为代表的英文小说则"另开了一个新生面"。"多数读过一两部现代小说的人，迟早都会感到现代的作家们对于生活的一种显明的冷淡态度，一种理智性的中立态度，或是一种'任它怎着吧'的客观观念。我们记得从前的感伤、讥讽和训世的三种态度，虽然各有不同，但全都是表示与生活很有关系而关心于生活的。那末，现在这样，不是变态吗？假如我们多看几部亨利·詹姆斯（Henry James）、康拉德（Joseph Conrad）或是哈代（Hhomas Hardy）、韦尔士（H. G. Wells）、高尔士华绥、乔治·摩尔（George Moore）和乔治·吉辛（George Gissing）等一般人的小说，更就觉得骇异了。因为他们不但不批评或怜惜我们这个共同的生活，好像反而说：'我们是不爱与不恨，不攻击也不隐蔽生活的；我们的责任，只是观察和纪实。这便是我们的艺，我们的术。'"③ 从这里可以看出，叶公超所谓的"写实"，更指向在呈现外在社会现实时的客观、冷静的态度，所论"写实小说"就是20世纪的西方文学。它主要包括两大块：20世纪的现实主义文学与现

---

① 叶公超：《写实小说的命运》，《新月》1928年创刊号。
② 同上。
③ 同上。

代主义文学。对于前者主要指具有现代主义表现手法的现实作品，如以哈代、康拉德等作家为代表的小说；后者主要指以乔伊斯、伍尔芙为代表的现代主义文学。这篇文章重点对前者进行了极为详细而客观的论述，对于后者也有所提及。

接着，叶公超以具体的作家作品为例证，总结了现代"写实小说"的产生与及其特征："在晚近这五十年里最普遍的一种影响，在学术思想方面最剧烈的一场震动是甚么？不是自然科学的产生吗？不是科学人生观的出现吗？十九世纪最重要的两部出版物，后来影响最远大的两部书可以说是达尔文的《物种起源》（The Origin of Spicies）和汤姆士赫胥黎的那部散文集 Lay Sermona，Addresses and Reviewso。这两部书给我们开辟了一个新思想的世界；更改了我们的思想原则；还有最要紧的就是间接的产生了现代的社会科学。人类从此就有了一种新觉悟，新理智，新眼光。英美的写实小说可以简单地说都是受了社会科学的影响而产生的。所以，写实小说对于生活的态度也是客观的，普及的同情；它取用的材料是'性'的，奇的，反常的；它表现的方法是生物学的，心理学的。这都是原来社会科学的常性，也就是现代写实小说'八字'的意义。"[1] 在此，叶公超总结了写实主义小说的五大特征：冷淡的客观主义、普及的同情、好奇心、偏重于性的表现、科学式的记载和表现法。在今天看来，仍然是有理有据的。其中，叶公超认为，哈代的《无名的裘德》是现代"性"的小说的第一部。他这样写道："以后没有一部出名的小说是没有'性'的分析的。渐渐的加以新心理学说之补充，'性'的实现，好像变成了小说的专利。"[2] 叶公超质疑写实主义纯粹客观的创作原则，在他看来，"文学是文艺家批评他个人所见觉到的第一部分的生活。既是他个人所见觉到的生活，他的创作当然是不能逃脱他的'自己'；换言之，他的著作无形中就在那里好像自动的给他表示他的人格、思想、主见。因此多数的艺术批评家才领会到艺术家的目的是在使别人也要感觉到他自己所经过的一番觉悟或是情绪。所谓作者自己的觉悟当然是属于主观心灵上的经验；否则怎能将这种个人的觉悟授意于人呢？所以其实没有一本好的写实小说在见解上不是主观的，无意中不是间接着批评生活的。"[3] 叶公超还对马修·阿诺

---

[1] 叶公超：《写实小说的命运》，《新月》1928年创刊号。
[2] 同上。
[3] 同上。

德"文学是生活的批评"的观点进行了补充。① 所以,在叶公超看来,冷静、客观的态度只是一种"时髦的传言"。

最后,叶公超认为,小说史上的理想主义和写实主义是"你来我往"的,即相互替代、此消彼长的,这与茅盾等学者所持的进化文学史观完全不同。叶公超将写实小说的优点归结于:更接近生活。他这样写道:"有许多往日我们不理会的事实,不敢说的情绪,现在都变成了小说的好材料;换言之,生活在现代的思想中是比以前更复杂了,显明了,郑重了。"② 由此,作者对写实小说的命运进行了颇为乐观的预测:"写实小说的体质,它倒是个健全的,有能力的,而且现在正走着中年的'眼运'。"③ 从以上分析可以看出,叶公超对英国写实小说的研究颇具真知灼见。

关于20世纪的现代主义文学,文章论述不多,但也有独到见解。在谈到"写实小说"的特征时,叶公超写道:"最奇怪的要算詹姆士·乔艾斯(James Joyce)的《尤利西士》Ulysses。这部书出版之后,大家都张目而视,不知怎样批评它才好,至今还有许多人不知所从。我想这类奇著,假使装订漂亮买来看完之后,放在书架上作个陈列品;否则看完了就把它当做便宜的字纸去换取灯也未尝不可。简单说来,这书里的话,尤其是尾后那无标点的六七十篇,都是我们胆大的人说不出口的,我想就是张竞生先生恐怕也要觉得不好意思了。"④ 可以看出,叶公超对于乔伊斯的意识流小说并不看好。相反,意识流小说的另一代表伍尔芙却引起叶公超的高度重视。1932年,《新月》第四卷第一期上刊载了叶公超翻译了伍尔芙的《墙上的一点痕迹》。叶公超在"译者识"中认为,伍尔芙的小说"极端的婉丽","她所注意的不是感情的争斗,也不是社会人生的问题,乃是那极渺茫,极抽象,极灵敏的感觉,就是心理分析学所谓下意识的活动。当我们看见一件东西,我们的意识和下意识立刻就开始动员;下意识的隐衷,和所积蓄的印象,都如饿鬼一般跳了出来为意识所唤使。所以,一个简单意识的印象可以引起无穷下意识的回想。这种幻影的回想未必有逻辑

---

① 作者认为,阿诺德"文学是生活的批评"(literature is a criticism of life.)这句话却是不错;但是觉得应该在尾后加上 as the writer sees it。
② 叶公超:《写实小说的命运》,《新月》1928年创刊号。
③ 同上。
④ 同上。

的连贯,每段也未必都能完全,竟可以随到随止,转入与激动幻想的原物似乎毫无关系的途径。吴尔夫的技术是绝对有价值的"。① 叶公超从《墙上的一点痕迹》中体悟到:伍尔芙运用自由联想的手法对"意识""下意识"等内在真实进行极为精细的描摹,使看似"极渺茫"且"毫无关系"的内心活动得以秩序化。在《"现代"的"评传"》中,叶公超这样写道:"我以为我们不妨,或者是应该,走出一般人所谓的象牙之塔来,大步踏入'现实'里去,去观察它,剖析它,冷静的在它浮面的纷乱下,发现人生的'内实'的新方面。('内实'这名词,自然是我杜撰;意义是'内在的真实',与'现实'恰相对立。譬如希腊悲剧中所把握住的'运命',莎士比亚所把握住的'性格',浪漫主义所把握住的'热情'等,都是人生'内实'的一方面。)抓住了'内实',这作品一定能超越时代。"② 可以看出,叶公超所谓的"写实"逼近包含呈现外在真实时的客观态度,也包括人类意识、潜意识中飘忽必定、稍纵即逝的"内实"。显然,叶公超强调"内实"才是生活的最本质、最核心的要素。可以说,"内实"与"外物"的绝妙契合是伍尔芙意识流小说创作的重要特色,也是叶公超倾心伍尔芙而不是乔伊斯的理由之一。由此,伍尔芙比乔伊斯更具审美性。萧乾在书评《鉴赏的脚注——评〈诗的意象〉〈天堂的乳汁〉》也提到:"这里,作者触到一个相当大的题目,那就是诗与小说的分野。直到哈代,小说家将意象用在形容动作、表现情节上,而吴尔夫夫人的《波浪》则把这个分野给打破了。"③ 可以看出,叶公超对写实主义文学的严密论证和分析,远远高于茅盾与学衡派同人。

在《小说月报》改革后,茅盾、周作人、郑振铎等对于中国外国文学研究的目的却有着共同的认知:为新文学与新文化的建设服务。如茅盾在研究外国文学时坚持:"取精用宏,吸取他人的精萃化为自己的血肉;这样才能创造划时代的文学。"④ 虽然他们社会身份不同,但基于这样一个宏伟目标,学习外国文学、融入世界文学潮流的梦想使他们聚集在《小

---

① 叶公超:《墙上的一点迹痕》,《新月》1932年第4卷第1期。
② 叶公超:《"现代"的"评传"》,《新月》1932年第4卷第3期。
③ 萧乾:《鉴赏的脚注——评〈诗的意象〉〈天堂的乳汁〉》,见傅光明编《萧乾文集》第9卷,浙江文艺出版社1998年版,第139页。2005年,笔者的硕士学位论文《试论〈海浪〉的诗化性》正是从这一点出发,展开论述。
④ 茅盾:《商务印书馆编译所》,载《茅盾全集》第34卷,人民文学出版社1997年版,第150—151页。

说月报》下，书写了20世纪20年代外国文学研究的华丽篇章，极大地推动了中国文学变革的历程。在梳理《小说月报》外国文学研究成果时，我们可一目了然地发现，19世纪现实主义作家成为《小说月报》关注的中心和重心。

第二节 "为人生"：现实主义文学研究的确立

一 以十九世纪现实主义文学研究为主导

1917年1月，陈独秀在《文学革命论》中倡导"建设新鲜的立诚的写实文学"。① 陈独秀认为，当时中国文学的发展方向是："今后当趋向写实主义"② "写实之外，别无所谓理想，别无所谓有物"。③ 据安敏成考证，陈独秀并不是第一个使用"写实"一词的中国知识分子。事实上，"写实"一词来自日本，是明治时代的知识分子在翻译西方文学、哲学著作时，创造的众多新词中的一个。它继而被中国学生采用，他们中的大多数是通过日文的课本和译作第一次接触到西方观念的。1898年，逃亡日本的改良者梁启超就是其中一员。正是梁启超将"写实"这一概念首次引入了汉语。④ 1902年，梁启超在《论小说和群治之关系》一文中，引用坪内逍遥的观点，将小说分为理想派和写实派，前者将读者从现实环境提升至一种更美好的想象性世界，而后者则向读者揭示常常被掩饰或忽略的现实世界的真相。⑤ 这种区分支配了后来许多有关小说的讨论，虽然"理想"一词常常被"浪漫"一词替换。1918年6月，胡适在《易卜生主义》里，明确提出"睁开眼睛来看世间的真实现状"的主张；同年12月，周作人在《人的文学》中指涉"社会的、人生的"的文学。可以说，"写实"标志新青年学人与根深蒂固的传统鬼神迷信观念和古典主义思想的断裂。⑥

---

① 陈独秀：《文学革命论》，《新青年》1917年第2卷第6号。
② 陈独秀：《通信·答张永言》，《新青年》1915年第1卷第4号。
③ 陈独秀：《文学革命论》，《新青年》1917年第2卷第6号。
④ ［美］安敏成：《现实主义的限制：革命时代的中国小说》，姜涛译，江苏人民出版社2011年版，第26页。
⑤ 同上书，第29页。
⑥ 同上书，第26页。

作为《新青年》的忠实读者，茅盾将"写实"作为衡量外国文学价值、建设新文学的标准，并且在《小说月报》的《改革宣言》里明确指出："写实主义的文学，最近已见衰歇之象。就世界观之立点言之，似已不应多为介绍；然就国内文学界情形言之，则写实主义之真精神与写实主义之真杰作实未尝有其一二，故同人以为写实主义在今日尚有切实介绍之必要。"① 茅盾之所以强调写实主义文学的介绍，一方面受到进化文学史观点的影响，另一方面在于写实主义是改变中国传统的文学观念的依据。茅盾认为，文以载道的观念使中国小说家"抛弃真正的人生不去观察不去描写，只知把圣经贤传上朽腐了的格言作为全篇'柱意'，凭空去想象出些人事，来附会他们因文以见道的'大作'"；游戏的观念本着"吟风弄月文人风流"的素志，游戏起笔墨来，结果也抛弃了真实的人生不察不写，只写了些佯啼假笑的不真实的东西"。② 依据这两种文学观念写出来的作品，必然同人类隔绝、同社会隔绝，而写实主义文学则是医治此种文学观念的良药。在茅盾看来，写实主义文学能够发挥"为人生"的作用："我们现在的社会背景是怎样的社会背景？……顽固守旧的老人和向新进取的青年，思想上冲突得极厉害，应该有易卜生的《少年社会》和屠格涅夫的《父与子》一样的作品来表现它；迟缓而惰性的国民性应该有冈察洛夫的《奥勃洛摩夫》一般的小说来表现它；教育界的蠢虫就应该有像梭罗古勃的《小鬼》里的批雷道诺夫来描写它；乡民的愚拙正直可怜和'坏秀才'的舞文横霸，就应该有像显克微支的《炭画》一样的小说来描写……"③ 所以，"介绍西洋文学的目的，一半固是与介绍他们的文学艺术来，一半也为的是欲介绍世界的现代思想——而且这应是更注意些的目的的"。④ 在这里，茅盾将西洋文学的介绍一分为二，即"文学艺术"与"现代思想"两部分。其中，茅盾看重的西洋文学艺术成就之外的思想性、社会内容。在《小说月报》的作家作品研究中，很少有哪位重要作家仅仅因为艺术成就而被关注，其往往是思想艺术并重，或者思想性胜过艺术性。

1924年是拜伦逝世100周年，《小说月报》推出"拜伦专辑"，刊发

---

① 茅盾：《改革宣言》，《小说月报》1921年第12卷第1号。
② 茅盾：《自然主义与中国现代小说》，《小说月报》1922年第13卷第7号。
③ 茅盾：《社会背景与创作》，《小说月报》1921年第12卷第7号。
④ 茅盾：《新文学研究者的责任与努力》，《小说月报》1922年第12卷第2号。

了研究拜伦的 19 篇论文。① 郑振铎在这一期的卷首语这样写道："我们爱天才的作家,尤其爱伟大的反抗者。所以我们之赞颂拜伦,不仅仅赞颂他的超卓的天才而已。他的反抗的热情的行动,其足以使我们感动实较他的诗歌为尤甚。他实是近代一个极伟大的反抗者!反抗压迫自由的恶魔,反抗一切虚伪的假道德的社会。诗人的不朽,都在他们的作品,而拜伦则独破此例。"② 可以看出,在"为人生"的现实主义文学观念的指导下,浪漫主义诗人拜伦之所以受到《小说月报》的推崇,并不因为他的诗歌艺术(虽然作者并不否认他的诗歌天才),而在于拜伦强烈的反抗精神。1902 年,梁启超在其所办《新小说》第 2 号上,认为"拜伦又不特文家也,实为一大豪侠者,当希腊独立军之起,慨然投身以助之"③。1907 年,鲁迅在《摩罗诗力说》中,认为拜伦:"所遇常抗,所向必动,贵力而尚强,尊己而好战,其战复不如野兽,为独立自由人道也。"④ 可见,在中国学者的心目中,拜伦追求独立与自由的现实姿态,要远远高于其在诗歌艺术上的卓越创造。茅盾在《拜伦百年纪念》中,这样写道:"中国现在正需要拜伦那样的富有反抗精神的震雷暴风般的文学,以挽救垂死的人心,但是同时又最忌那狂纵的,自私的,偏于肉欲的拜伦式的生活……我但愿盲目的'拜伦热'的时代已经过去,我们现在纪念他,因为他是一个富于反抗的诗人,是一个攻击旧习惯道德的诗人,是一个从事革命的诗人;放纵自私的生活,我们青年是不肯做的,正像拜伦早年本不肯做,而晚年——虽然他的生活是那样短促——是追悔的。"⑤ 以拜伦、雪莱等为代表的浪漫主义诗人之所以受到《小说月报》的青睐,主要是因为其作品所具有的反抗精神,而并不是因为其艺术成就的卓越。

《小说月报》对于托尔斯泰与陀思妥耶夫斯基文学成就和地位的评

---

① 拜伦专辑包括西谛的《诗人拜伦的百年祭》,樊仲云的《诗人拜伦的百年纪念》,王统照的《拜伦的思想及其诗歌的评论》,徐志摩的《拜伦》,沈雁冰的《拜伦百年纪念》,诵虞的《拜伦年谱》,张闻天译《勃兰兑斯的拜伦论》,R. H. Bowles 著、顾彭年译《拜伦在诗坛上的位置》,小泉八云著、陈铎译《评拜伦》,R. H. Bowles 著、顾彭年译《拜伦的个性》,甘乃光的《拜伦的浪漫性》,子贻的《日记中的拜伦》,耿济之的《拜伦对于俄国文学的影响》,本村鹰太郎仲云译《拜伦的快乐主义》,Long 著、赵景深译《拜伦评传》等论文。
② 郑振铎:《卷首语》,《小说月报》1924 年第 15 卷第 4 号。
③ 倪正芳:《拜伦与中国》,青海人民出版社 2008 年版,第 35 页。
④ 鲁迅:《坟·摩罗诗力说》,《鲁迅全集》第 1 卷,人民文学出版社 1981 年版,第 81—82 页。
⑤ 茅盾:《拜伦百年纪念》,《小说月报》1924 年第 15 卷第 4 号。

价，也是强调他们创作思想性的一面。20世纪20年代，《小说月报》的外国文学研究继承了《新青年》的衣钵。如耿济之在《俄国四大文学家合传》中认为，托尔斯泰"初期的作品都系偏于艺术的描写，晚期的作品却偏重于思想方面，含着高深的哲理，作者著作时的文学功用只在于鼓吹一种主义，其他不复计"。① 该文对托尔斯泰的关注显然偏于其思想一面，而对其思想又简单化理解为"只在鼓吹一种主义"。郑振铎在《阿尔志跋绥夫与沙宁》中认为："沙宁的重要在于，它是表白出人生的永恒不息的，且将永久继续的一种情欲的，是代表了永久而且永将占据与人类心理的强烈的个人思想的。"② 茅盾的《陀斯妥以夫斯基的思想》一文更能说明问题。在该文中，茅盾首先论述了陀思妥耶夫斯基思想的复杂性。但在随后，茅盾指出："陀斯妥以夫斯基的思想或者确是偏的极端的，他的爱与牺牲的宗教或者竟如一二评论家所说，是歇斯迭里患者的幻想。……他的对于将来的乐观，对于痛苦的欢迎，他的对于无产阶级的辩诬和同情……——都是现代的消沉、退缩、耽安乐、自我的青年的对症药。"③ 茅盾从现实功用的角度出发，对陀氏思想中不适合中国国民性的因素进行了过滤与剔除，从而背离了陀氏创作的要旨。

在"文学为人生"的口号下，《小说月报》对现代主义文学的观点完全不同。沈泽民在《王尔德评传》一文中，认为王尔德的人生是不健全的，他贪恋享乐，远离人生，这使他不能成为"为人生的艺术家"。由此，作者将王尔德的一生概括为："他是个主情热的希腊主义的人，但又不能做个健康的希腊式人物而堕入了颓废一派。人生上艺术上，王尔德是一个个人主义者。缺乏同情的性质使他不能成为'为人生'的艺术家；自我的观念过强使他成为乖僻的王子。……因为避见和远避人生的缘故，使他更不了解人生的真义，因而一生在烦闷之中愈陷愈深。最后受了运命的教训。"④ 这样的解读，显然是偏离唯美主义文学的本质。

从以上《小说月报》对浪漫主义文学、现实主义文学以及现代主义文学中具有代表性的作家作品的分析，可以看出，《小说月报》同人对其解读，更多从其思想性、社会性切入，注重挖掘作家作品的社会价值与社

---

① 耿济之：《俄国四大文学家合传》，《小说月报》1921年第12卷号外。
② 郑振铎：《阿尔志跋绥夫与沙宁》，《小说月报》1924年第15卷第5号。
③ 沈雁冰：《陀思妥以夫斯基的思想》，《小说月报》1922年第13卷第1号。
④ 沈泽民：《王尔德评传》，《小说月报》1921年第12卷第5号。

会意识。可以说，是否"写实"以及如何"写实"成为《小说月报》的判断外国文学价值的主要标准。由此，《小说月报》对那些"毫不注重文学于社会的价值"的"名士派"极端反感，而对于托尔斯泰、契科夫等"有绝强的社会意识"①的现实主义文学大师，表示钦佩。

二 以俄国文学研究为中心

19世纪是欧洲现实主义文学的黄金期，巴尔扎克、司汤达、哈代、狄更斯、易卜生、托尔斯泰、果戈理等经典作家，共同书写了欧洲现实主义文学发展史上极为辉煌的篇章。"五四"时期至少有四种现实主义活跃在中国文坛：一是以巴尔扎克、狄更斯等为代表的西欧现实主义；二是以左拉为领袖的法国自然主义；三是以别林斯基、托尔斯泰等为标志的俄国现实主义；四是以易卜生等为代表的东北欧现实主义。客观性、真实性是19世纪现实主义文学的重要特征，正如鲁迅所言：

> 英、法的文学，向来都和社会上政治上的问题密接地关系着，不待言了；至于俄、德的近代文学，则极明显地运用着这些问题的很不少，其中竟还有因此而损了真的艺术底价值的东西呢。倘没有罗马诺夫（Romanov）王家的恶政，则都介涅夫、托尔斯泰、陀思妥夫斯基，也都未必会留下那些大著作了罢。战后的西洋文学，大约要愈加人道主义地，又在广义的道德底和宗教底地，都要作为"人生的批评"，而和社会增加密接的关系罢。②

那么，为什么俄国能够在西欧、东欧、北欧等区域的现实主义文学中脱颖而出，而成为《小说月报》的首选专号？首先，中俄两国具有相同的国情。周作人在《文学上的俄国与中国》开篇讲道："我的本意，只是想说明俄国文学的背景有许多与中国相似，所以他的文学发达情形与思想的内容在中国也最可以注意研究。"③ 该文将19世纪至20世纪初的俄国

---

① 茅盾：《俄国近代文学杂谈》，《小说月报》1920年第11卷第1—2号。
② 鲁迅：《苦闷的象征·出了象牙之塔》，人民文学出版社1988年版，第243—244页。
③ 周作人：《文学上的俄国和中国》，《小说月报》1921年第12卷号外。1920年11月8日，周作人曾到北京师范学校发表讲演，讲演内容后来经过整理先后发表在当月15日、16日的《晨报》副刊，11月19日《民国日报·觉悟》。1921年1月1日刊登在《新青年》第8卷第5号，1921年9月又在《小说月报》第12卷号外"俄国文学研究"上刊载。

文学分为四个时期，并简要对其进行述评。周作人指出，俄国文学是"社会的、人生的"文学，"俄国近代的文学，可以称作理想的写实派的文学，文学的本领原来在于表现及解释人生。在这一点上俄国的文学可以不愧称为真正的文学了"。① 虽然中俄两国国情有相同之处，"中国的创造或研究新文学的人，可以得到一个很大的教训，中国的特别的国情与西欧稍异，与俄国却多相同的地方，所以我们相信中国将来的新兴文学，当然的又自然的也是社会的人生的文学"，② 但是，中俄两国的国民精神却不同。周作人从宗教、政治、地势、生活、忏悔意识等多方面对此做了阐述。在谈到生活的困苦这方面时，周作人这样写道："俄国人所过的是困苦的生活，所以文学自民歌只诗文都含有一种阴暗悲哀的气味，但这个结果并不使他们憎恶怨恨或降服的心思，却只培养成了对于人类的爱与同情。他们也并非没有反抗，但之反抗也正由于爱与同情，并不是因为个人的不平。俄国的文人都爱那些'被侮辱与损害的人'，因为——如安特来夫所说——'我们都是一样的不幸'，陀思妥也夫斯奇，托尔斯泰，伽而洵，科罗连珂……俄国人的文学和生活差不多是合而为一，有一种崇高的悲剧气氛。"③ 从中俄两国文学的对比中，周作人认为，俄国文学体现着劳苦大众在社会底层的呻吟，这是最能激活人类爱的文学。总的看来，中俄两国同样拥有辽阔的地域、长期的专制统治、沉重而苦难的国民性，并且同样深受异族的侵略与压迫。彼得一世改革与十月革命的成功，使俄国逐步成为独立的民族国家。俄国在探索社会出路、民族文学建设等方面的经验使中国学者深受鼓舞，尤其是19世纪俄国文学取得了举世瞩目的辉煌成就，更使富于想象的新文学建设者勾画着中国新文学未来的图景：今日的俄国就是明日的中国。由此，19世纪俄国现实主义文学成为中国学者学习与研究的心仪对象。显然，中俄两国在地缘政治上的相似性，更能使《小说月报》同人产生一种精神归宿感与认同感。所以，他们在心理上更能接受俄国现实主义文学。正如李开中在《文学家的责任》一文中认为的，"五四"时期的新文学家们提倡的是："灰色的惨淡的俄国文学，不是贵族的雍容而雅的英国文学。"④

---

① 周作人：《文学上的俄国和中国》，《小说月报》1921年第12卷号外。
② 同上。
③ 同上。
④ 李开中：《文学家的责任》，《文学旬刊》1921年第8期。

其次，俄国文学的"写实性"。如前所述，俄国文学是"社会的，人生的"文学，这与《小说月报》所倡导的"为人生"的文学观不谋而合。可以说，真诚与真实是俄国文学的重要特征。俄国作家以强烈的社会责任感和使命感，批判了沙皇专制制度与农奴制的黑暗与弊端。尤其他们以深厚的人道主义关怀，将目光聚焦于社会底层的"小人物"。《驿站长》《外套》《小公务员之死》《被损害与被侮辱的》等作品贴切而生动地映照了"小人物"的不幸与挣扎。陀思妥耶夫斯基说"我们都是从《外套》中来的"。可以说，"小人物"传统是俄国文学贡献给世界文学的优秀遗产。所以，周作人认为："俄国的文人都爱那些'被侮辱与损害的人'，因为——如安特来夫所说，我们都是一样的不幸，陀思妥耶夫斯基、托尔斯泰，伽尔洵，科罗连珂，戈尔奇，安特来夫都是如此。"① 虽然狄更斯等西欧作家也对社会现实与"小人物"进行了精密的描摹，但在茅盾看来："英国作家狄更思未尝不会描写下流社会的苦况，但我们看了，显然觉得这是上流人代下流人写的，其故在缺乏真挚浓厚的感情。俄国文学家便不然了。他们描写到下流社会人的苦况，便令读者肃然如见此辈可怜虫，耳听得他们压在最下层的悲声透上来，即如屠格涅夫、托尔斯泰那样出身高贵的人，我们看了他们的著作，如同亲听污泥里的人说的话一般，决不信是上流人代说的。"②《小说月报》进一步确立俄国文学在民国时期外国文学引介与研究的重要地位。

三 弱小民族文学研究③

据施蛰存回忆："最先使我对于欧洲诸小国的文学发生兴趣的是周瘦

---

① 周作人：《文学上的俄国与中国》，《小说月报》1921年第12卷号外。
② 沈雁冰：《俄国近代文学杂谈》，《小说月报》1920年第11卷第1号。
③ 当时的学者给予关于弱小民族文学以一定的关注。如周作人："那时我的知趣乃至所谓大陆文学，或是弱小民族文学，不过借英文做个居中传话的媒婆而已……俄国不算弱小，其时正是专制与革命对抗的时候，中国人自然就引为同病的朋友，弱小民族盖是后起的名称，实在我们所喜欢的乃是被压迫的民族之文学耳。"周作人：《瓜豆集·东京的书店》，河北教育出版社2002年版，第71页。鲁迅这样写道："也不是自己想创作，注重的倒是在介绍，在翻译，而尤其注重于短篇，特别是被压迫的民族中的作者的作品。因为那时正盛行着排满论，有些青年，都引那叫喊和反抗的作者为同调的。因为所求的作品是叫喊和反抗，势必至于倾向了东欧，因此所看的俄国、波兰以及巴尔干诸小国作家的东西就特别多。"鲁迅：《我怎么做起小说来》，见《鲁迅全集》第4卷，人民文学出版社1981年版，第511页。周作人也认为："总括一句，旨在标举'弱小民族文学'——确切地说，是'抵抗压迫，求自由解放的民族'文学。"见周作人《周作人回忆录》，湖南人民出版社1982年版，第220页。

鹃的《欧美短篇小说丛刊》，其次是小说月报的《弱小民族文学专号》，其次是周作人的《现代小说译丛》。这几种书志中所译载的欧洲诸小国的小说，大都篇幅极短，而又强烈地表现着人生各方面的悲哀情绪。这些小说所给我的感动，比任何一个大国度的小说所给我的更大。尤其是《弱小民族文学专号》，其中又有一些论文，介绍欧洲诸小国文学状况之一斑，使我得到了初步的文学史知识。"① 在施蛰存看来，弱小民族文学的优势在于对人类情感共性的书写与表达。

（一）"被损害民族文学"专号

1921年，《小说月报》推出了"被损害民族文学"专号，此举显示了当时的中国学界对弱小民族文学研究的重视。该专号包括记者《引言》，沈雁冰《新犹太文学概观》，胡天月《新兴小国文学述略》，［波］诃勒温斯奇著、周作人译《近代波兰文学概观》，［捷］凯拉绥克、著唐俟译《近代捷克文学概观》，［塞］Chedo Mijatovich 著、沈泽民译《塞尔维亚文学概观》，Hermione Ramsden 著、沈雁冰译《芬兰的文学》，［德］凯尔沛来斯著、唐俟译《小俄罗斯文学略说》等七篇文章。对于如何研究弱小民族文学，茅盾在《被损害民族的文学背景的缩图》一文中认为，应特别注意这些弱小民族文学产生的社会历史背景："一、属于何人种——（民族遗传的特性）；二、因被损害而起的特别性；三、所处的特别环境——（自然的与社会的影响）。"② 可以看出，茅盾与其同时代的很多人一样，明显受到泰纳社会学文学观的直接影响。正如李何林所说："这种'社会学的文学论'的思想，当时的创造社诸人无论已，即在文学研究会范围内，大家也都不过了解的朦朦胧胧，仅仅知道'文学是人生的表现或社会的'而已。"③ 茅盾也曾明确表示："我现在最信仰泰纳的纯客观批评法，此法虽有缺点，然而却是正当的方法。"④ 该专号正是用泰纳的"文学三要素说"的方法，呈现了波兰、捷克、南斯拉夫、保加利亚、乌克兰、芬兰等6国的文学面貌。对于"为什么要研究被损害的民族的文学"，茅盾也作出了如下陈述：

---

① 陈子善编：《施蛰存七十年文选》，上海文艺出版社1996年版，第822页。
② 茅盾：《被损害民族的文学背景的缩图》，《小说月报》1921年第12卷第10号。
③ 李何林：《近20年中国文艺思潮论》，陕西人民出版社1981年版，第94页。
④ 茅盾：《小说月报·通信栏》，《小说月报》1922年第13卷第4号。

凡在地球上的民族都一样的是大地目前的儿子；没有一个应该特别的强横些，没有一个配自称为"骄子"！所以一切民族的精神的结晶都应该视同珍宝，视为人类全体共有的珍宝！而况在艺术的天地里，是没有贵贱，不分尊卑的！

凡被损害的民族的求正义、求公道的呼声是真正的正义的公道。在榨床里榨过留下来的人性方是真正可宝贵的人性，不带强者色彩的人性。他们中被损害而向下的灵魂感动我们，因为我们自己亦悲伤我们同是不合理的传统思想与制度的牺牲者；他们中被损害而仍旧向上的灵魂更感动我们，因为由此我们更确信人性的沙砾里有精金，更确信前途的黑暗后就是光明！①

这段引文表明，茅盾打破文学的空间界限，认为一切民族的文学没有高低贵贱之分，它们作为人类共同的精神财富，在艺术世界中是独立而平等的。尤其是被损害民族的文学"求正义、求公道"的诉求，更能激发国人同病相怜的共鸣感与乐观主义的自信心。在茅盾看来："世界上许多被损害的民族，如犹太如波兰如捷克，虽曾失却政治上的独立，然而一个个都有不朽的人的艺术，使我敢确信中华民族哪怕将来到了财政破产强国共管的厄境，也一定要有，而且必有不朽的人的艺术！而且是这'艺术之花'滋养我再生我中华民族的精神，使他从衰老回到少壮，从颓丧回到奋发，从灰色转到鲜明，从枯朽力爆出新芽来！在国际——如果将来还有什么'国际'——抬出头来！"② 20世纪20年代，弱小民族文学之所以能够引起国人的共鸣，主要原因在于其所具有的反抗与革命精神，成为学界人道主义同情的对象与反观自身的镜像。鲁迅、周作人、茅盾等极大地推动了弱小民族文学的引介与研究。

在弱小民族作家研究方面，周作人十分推崇显克微支，曾因《小说月报》没有刊载显克微支而不满。周作人翻译显克微支的《酋长》，并撰写了译后附记，给予高度评价。茅盾在《波兰文学泰斗显克微支》中，称显克微支："能兼有浪漫主义和写实主义的精神，确确实实，而又很有理想地主张地表现人类的生活，喊出人类的吁求。他的著作，不论是描写血肉横飞的战争，暗无天日官吏乡绅土豪，在惨凄的表现的底下，一定有个

---

① 沈雁冰：《被损害的民族文学号》，《小说月报》1921年第12卷第10号。
② 沈雁冰：《一年来的感想与明年的计划》，《小说月报》1922年第12卷第12号。

面目完全不同的根本思想伏着：——这就是'爱'，爱人类的'爱'；他自己曾说：爱是一切文学的基础；法国有名文学批评家格拉比博士（Dr. Glabisz）也说：显克微支汗牛充栋的著作只创造了一个字，就是'爱'。"① 鲁迅这样评价显克微支："A Mickiewicz（1798—1855）是波兰在异族压迫之下的时代的诗人，所鼓吹的是复仇，所希求的是解放。在二三十年前，是很足以招致中国青年的共鸣的。"② 胡先骕在《欧美新文学最近之趋势》中对显克维支尤为赞赏："当写实主义风靡于俄法小说界时，乃有人焉，嗜好与俗殊其酸碱，不惜布司各得、大杜马之后尘，以著数十万言之历史小说闻，此非所称为文学界之铁匠之辛奇魏志（Sinkiewicz）其人乎。……辛氏之著作，实导源于荷马、莎士比亚、司各得与大杜马四人之著作。虽为长篇叙事小说，然其精神方法，实不啻长篇叙事诗。故其著作中最显著之优点，为极大之伟力、雄奇之想象、描写景物之能力。其方法则注重叙述各个英雄之功绩。凡此种种特性，皆属于叙事诗者也。其能熔铸万事万物于一炉，则不让莎士比亚。其叙述决斗及大侠之行为，则有似大杜马。其爱国精神之表示，与乎历史上事实之安插，则抗手司各得。然较大杜马、司各得之著作，尤能动人焉。……辛氏其为此后代新文学之前锋乎。"③ 以上所举个案表明，显克微支的创作既适应了中国革命与现实的需要，又为新文学的建设提供了创作技巧。

希腊文学也是诸多弱小民族文学颇受关注的一个。希腊文学是西方文学的源泉，已是不争的事实。1925年，《小说月报》曾计划刊载"古希腊文学号"，"我们近来接连的收到不少关于古希腊文学的稿子；如三大悲剧家的重要杰作之类，都已各有一二种在我们这里了。希腊是一个很值得我们注意的古国，虽然他们的古语现在是无人说了，然而他们的文化，他们的文学，却是永活在人类的心里，我们很想在今年之内，能够得到大家的帮助，使我们可以出一二本《古希腊文学号》"。④ 但因故这个专号没能出版。之后，《小说月报》刊载了张永淇《希腊人之哀歌》、沈玄英《希腊神话与北欧神话》，郑振铎译述了《希腊罗马神话与传说中的恋爱故事》《希腊神话与英雄传说》等文章。在郑振铎看来："希腊神话是欧

---

① 茅盾：《波兰文学泰斗显克微支》，《小说月报》1921年第12卷第2号。
② 鲁迅：《鲁迅文集·集外诗文选》，黑龙江人民出版社1995年版，第230页。
③ 胡先骕：《欧美新文学最近之趋势》，《东方杂志》1920年第17卷第18号。
④ 编者：《最后一页》，《小说月报》1925年第16卷第2期。

洲文化史上的一个最宏伟的成就，也便是欧洲文艺作品所最常取材的渊薮。有人说，不懂希腊神话价值没法去了解和欣赏西洋的文艺，这话是不错的。只要接触着西洋的文学艺术，你便会知道不熟悉希腊神话里的故事，将是如何的苦恼与不便利。"又说："知道了现在，艺术家们，诗人们，还总是不断的会过头去，向那里求得些什么。她是永远汲取不尽的清泉，人类将永远在其傍憩息着，喝饮着。"① 可以看出，《小说月报》对希腊文学的重视，表明该刊物具有广阔的世界文学视野。当然，这与郑振铎当时编写《文学大纲》紧密相关。

20世纪30年代，有学者专门解释了什么是"弱小民族"，即"指给各帝国主义者为了夺取国外市场，而用政治、经济与文化等来侵略压迫下的民族"。② 1934年5月，《文学》杂志推出了"弱小民族文学专号"，刊登了亚美尼亚、波兰、立陶宛、爱沙尼亚、匈牙利、捷克、南斯拉夫、罗马尼亚、保加利亚、希腊、土耳其、阿拉伯、秘鲁、巴西、阿根廷、印度等弱小民族的作家作品，以及茅盾的《英文的弱小民族文学史之类》和胡愈之的《现世界弱小民族及其概况》。值得一提的是，胡文介绍了"弱小民族"概念的三重内涵。（1）被压迫民族指殖民地半殖民地的"土民"，在白种人统治下的有色人种等。（2）少数民族指若干国家内部的异民族，此等异民族虽失却政治独立，但在经济文化上依然保持其民族集团的独立性，不与其统治民族同化。（3）小国民族指若干弱小国家，尤其是许多战后新兴小国的民族；此等民族在表面上虽获得了政治独立，但其经济文化受强国支配，依然不能独立发展。③ 在作者看来："这三种民族有一共同点，即其民族文化，受帝国主义政治势力的支配，不能独立地自由地发展，所以不妨概括起来，给予'弱小民族'这一个总称。这些民族的文学艺术都表现出一种共同的特征：反帝的情感，也要求民族解放的热望。所以研究弱小民族，不应用着好奇的心理，却应该以反帝情感和民族解放热望这共同性上面去探索，才有些意思。"④ 弱小民族成为争取民主自由、反抗帝国主义侵略的代名词。

---

① 郑振铎：《〈希腊神话与英雄传说〉原叙》1934年9月，见龚翰熊《西方文学研究》，福建人民出版社2005年版，第305页。
② 杨晋雄：《新术语浅译：弱小民族》，《青年界》1936年第10卷第1号。
③ 胡愈之：《现世界的弱小民族及其概况》，《文学》1934年5月第2卷第5号。署名化鲁。
④ 同上。

(二) 民族主义视野下的弱小民族文学研究

20世纪30年代,民族主义文艺派基于建立民族意识、提倡民族精神,往往将目光聚焦于"弱小民族文学"的研究。可以说,世界弱小民族文学成为其所创办刊物的常客。1934年6月,在南京出版的《矛盾》月刊推出了"弱小民族文学专号"。① 其中刊有秘鲁、波兰、丹麦、立陶宛、罗马尼亚、新犹太、澳大利亚、朝鲜、西班牙、葡萄牙、爱沙尼亚等国的作家作品。我们且以《现代文学评论》《黄钟》为例。

《现代文学评论》创办于1931年4月,终刊于1931年10月。虽然这份刊物存在时间只有6个月,也只有5期与读者见面。但是,其中刊载了不少外国文学研究的论文。如杨昌溪的《匈牙利文学之今昔》《雷马克与战争文学》《土耳其新文学概论》《一九三零龚枯尔文学奖得者佛柯尼》《阿根廷的近代文学》;赵景深的《现代荷兰文学》《英美小说之现在及其未来》;叶灵凤的《现代丹麦文学思潮》《现代挪威小说》;谢六逸的《新感觉派》、林疑今的《现代美国文学评论》、段可情的《德国短命女作家碧萝芙的小说》、奚行的《几本文学史的介绍》、易康的《西线归来之创造》、奚行的《"饿"与"哈姆生"》、向培良的《戏剧艺术的意义》、李则刚的《新世纪欧洲文坛的转动》、奚行的《〈潘彼德〉与巴利》、周起应的《巴西文学概观》、张一凡的《未来派文学之鸟瞰》等。从中我们可以发现,不论是该刊对国外学术动态的翻译,② 还是对中国学者原创论文的推出,尤其是谢六逸、赵景深、周扬、杨昌溪等著名学者的参与,足见《现代文学评论》对外国文学研究的高度关注。其中,荷兰、丹麦、匈牙利、阿根廷、巴西、土耳其、挪威等弱小民族文学成为该刊关注的一个重

---

① 弱小民族文学专号,《矛盾》1934年第3卷第3、4合刊。
② 该刊物刊载国外的外国文学研究论文主要有:[荷兰] 韩铁斯(Haantjes)著、赵景深译《现代荷兰文学〈在英国伦敦大学讲演〉》,[德] 巴特斯著、段可情译《德国短命女作家碧萝芙的小说》,[日] 高须芳次郎著、谢六逸译《日本文学的特质》,[瑞典] Erik Axel Karlfeldt 著、汪倜然译《论路威士及其作品》,海维西著、赵景深译《匈牙利大诗人裴都菲》,[德] 威尔赫谟·孔辙著、段可情译《赫尔曼黑塞评传》,Edward Shank 著、李赞华译《班奈德》,[英] 戈斯著、韦丛芜译《文学史作法论》,[日] 荻原朔太郎著、孙俍工译《象征》,[日] 横川有策著、高明译《现代英国文艺思潮》,郁达夫《歌德以后的德国文学举目》,[日] 横川有策著、高明译《现代英国文艺思潮》(续),科恩著、芳草译《大战以后的美国文学》等。这份刊物可以让人们看到当时文坛上左翼文艺运动以外的"别一面"。唐沅编:《中国现代文学期刊目录汇编》第三卷,知识产权出版社2010年版,第1679页。

要方面。如杨昌溪在《土耳其新文学概论》一文中说道："所以，世界的读者们只知道有波斯、阿拉伯的故事、诗歌，绝没有提到土耳其。但是，土耳其也并不是无文学的国家，不过，他的文学被国际地位和文字的艰深而埋没了。假如不是有了新土耳其的建立和文字的革命，土耳其文学永远没有发扬的一日呢。"① 周扬在《巴西文学概观》一文中，表达了巴西文学由封闭走向世界文学潮流的过程："恰如政体正在由君主趋向共和，巴西文学也徘徊于濒死的古典主义和方兴的浪漫主义之间了。至18世纪末，从一只向母国葡萄牙船艘开放的海港现在向全世界开放了，同样巴西的文化也向欧洲各国的思想潮流取着开放主义了。"② 可以看出，《现代文学评论》这份刊物注重土耳其、阿根廷、巴西等弱小民族，在文字、文学、世界文学视野等方面，给予中国新文学建设的重要启示。

《黄钟》这份民族主义文艺派刊物的发刊词，明确表示："我们当前的时代……尤其是一个全世界弱小民族求生存和争自由平等的时代！试看世界虽大，哪里有弱小民族立足之地？哪里听不到弱小民族哀痛的绝叫？哪里看不见弱小民族狼藉的血肉？……我们想起这两个弱小复兴的民族，便不能不联想到他们伟大的文艺作家和他们在文学上对民族复兴的建树。我们追思波兰的美基韦兹，斯洛委基，显克微支；我们敬仰立陶宛的珂隄尔达；我们更敬佩这几位作家足以代表他们全民族精灵的伟大的著作，他们忠勇热泪的'为民族'的努力，他们在民主争自由平等的史册上不朽的光芒。"③ 可以看出，《黄钟》将介绍弱小民族文学作为其办刊的宗旨。该刊物特别注重古今中外具有"民族性"的历史名人与作家，如施善馀的《但丁的一生》、白桦的《热情诗人海涅的生涯及其思想》《亨利·易卜生——北欧的反抗儿的孤愤的一生》《象牙塔里的英雄——纪念民族文豪史格得的百年祭》《美基委兹与显克微支——波兰二大民族文豪》《大战前后的波兰民族文学》《克利斯笃夫与悲多汶——罗曼罗兰的新英雄主义》《新希腊的爱国诗人巴拉玛滋》《新兴捷克斯洛伐克的双翼——第克与吉拉塞克》《法西斯蒂文豪唐南遮及其代表作〈死的胜利〉》、陈心纯的《十九世纪的爱尔兰爱国诗人——爱尔兰文艺复兴的前驱》等。

在《法西斯蒂文豪唐南遮及其代表作〈死的胜利〉》一文中，白桦

---

① 杨昌溪：《土耳其新文学概论》，《现代文学评论》1931年第1卷第2期。
② 周扬：《巴西文学概观》，《现代文学评论》1931年第2卷第1、2期合刊。
③ 蕖子：《献纳之辞》，《黄钟》1932年第1卷第1号。

主要对邓南遮的生平与创作进行了详细的分析与解读。作者认为，《死的胜利》是邓南遮总题为《蔷薇的小说》①中成就最高的一部，并对这部作品给予极高的评价。在作者看来，邓南遮的作品往往具有"火焰一般地渲染着最强有力的色彩的，是极端的肉感的恋爱与情热的法悦。但是小说《死的胜利》却达到这种倾向的最高潮。正和我们在陀思妥耶夫斯基的《罪与罚》里面发现了深刻的精神的苦闷，在左拉的自然主义小说的现实描写里面共感着爱欲的混沌一样，我们在《死的胜利》里面，也再度的感觉着涡卷的情热的急湍。从这一点来看，《死的胜利》可以说是近代文坛的一个奇迹"②。而在茅盾看来，《死的胜利》"表见的思想是老病的凄惨和死之恐怖，厌世观念弥满于全篇"。③ 文章结尾，白桦这样归纳邓南遮的文学地位："他是一个浪漫主义者，同时也是一个新写实主义者，他的纤细的心脏的脉搏，和他的毫无假借的现在透视，是把那无论怎样深奥的人间的微妙的欲望都给观察出来。在他的作品里面，并且有一种在其他的许多伟大作家的作品中所没有的东西，那就是一种力，一种超人间的伟大的力量。……唐南遮之所以为唐南遮，唐南遮之所以为全世界最大的文豪之一，唐南遮之所以为全意大利的黑杉的少年男女所爱戴，所崇拜，所奉为法西斯文化的代表的领袖，就是因为他的许多作品里面潜伏着这一种力量，就是因为他是一个力的说教者。"虽然，白桦较为准确地阐述了邓南遮创作的艺术特色。但是，他将"力"视为邓南遮之所以伟大的原因，在一定程度上，又凸显了邓南遮的政治家身份所具有的激进色彩。由此，在特定的历史语境下，遮蔽了作为文学家的邓南遮在世界文学中的地位。而茅盾在邓南遮的多重身份④中，特别强调邓南遮文学家的身份："邓南遮是天才的艺术家，他意大利文学史上占的地位，就，可说是与——并不是过誉的话——但底（Dante）相并。但底是十八世纪意大利唯一的大文学家，邓南遮便是二十世纪意大利唯一的大文学家""鼎鼎大名、震动全

---

① 《蔷薇的小说》（今译《玫瑰三部曲》）包括《快乐》（今译《欢乐》）、《牺牲》、《死的胜利》。
② 白桦：《法西斯蒂文豪唐南遮及其代表作〈死的胜利〉》，《黄钟》1933年第1卷第19期。
③ 茅盾：《意大利现代第一文家邓南遮》，《东方杂志》1920年第17卷第19期。
④ "他是个诗人，是小说家，戏曲家，雄辩家，古物学家，兼是政治家；他新近更加上两块招牌，便是好手的飞行家和好军人。"茅盾：《意大利现代第一文家邓南遮》，《东方杂志》1920年第17卷第19期。

世界的唯美主义文学巨子邓南遮"。① 从这里可以看出，民族主义运动者更为看重邓南遮在现实中作为"超人"的社会影响力。

1936年，周扬在《非常时期的文学研究纲领》中指出："真正能同情中国解放的国家，除了苏联，首先是各弱小民族的人民，他们的声音使我们感到亲切，他们的反抗，更能在精神上给我们许多兴奋和助力，因此，弱小民族文学也是我们的友伴。"② 梅雨的《国防文学与弱小民族文学》则体现了在"两个口号"的论争中，弱小民族文学与国防文学建设的密切关系。与之前学者对弱小民族文学的全盘接受不同，该文则对弱小民族文学进行了批判性的分析与论述。作者认为，当时文坛对弱小民族文学译介的力度远远不够，③ "我们所见到的弱小民族文学，大多是探求人生意义的低音的哀歌，或是牧歌样的，唱咏田园的作品，真正能够找出赋有反抗侵略者精神的，实在是寥寥可数"。④ 在作者看来，即便是含有反抗精神的作品，我们亦不能无条件地接受。这是因为："有一部分，它的反抗是来自民族的历史的偏见，有一部分又是源于宗教信仰的纠纷；至于真正是反帝的，热望民族的自由与解放的作品，其中亦有些含着'侵略的民族主义'的毒素。这些假如我们不站在进步的世界观上给予严正的批判，对于国防文学的前途亦还是有害的。"⑤ 尤其是有一部分弱小民族文学只是狭义的爱国主义文学，它们是"'侵略主义'的文学，这些毒素，我们的国防文学是不会有也不应有的。我们国防文学的任务是寻求中国民族的自由解放，而不想成为一个侵略其他民族的国家"。⑥ 在作者看来，虽然朝鲜、战前的波兰等业已亡国的弱小民族文学，谈不上是国防文学也无所谓国防，但"反映在文学上的那种反叛的姿态和精神，亦是我们国防文学的一种营养。尤其可贵的他们用艺术的形象，表现了侵略国非人的暴行，正加强我们民族自卫的决心；表现了亡国奴可悲的境遇，正清切地告诉我

---

① 茅盾：《意大利现代第一文家邓南遮》，《东方杂志》1920年第17卷第19期。
② 周扬：《非常时期的文学研究纲领》，《读书生活》1936年第3卷第7期。
③ 作者认为，"以前因为泰戈尔来华、显克微支同雷芒德获得诺贝尔文学奖，使读者看到点波兰近代文学，但除开这奴才的同狭义的爱国主义者的作品之外，如果没有几个进步的翻译家（其中大多数是世界语学者）的介绍，我们简直没有跟进步的弱小民族文学接触的机会"。
④ 梅雨：《国防文学与弱小民族文学》，《生活知识》1936年第1卷第11期。
⑤ 同上。
⑥ 同上。

们，目前只有抗战这一条路"。① 从波兰作家显克微支的《血与剑》、罗马尼亚作家沙罗维奴的《流浪的人们》等具有代表性的弱小民族文学中，作者看到"女英雄""英雄的民族的女儿"这样的经典形象时常出现于其中。于是，梅雨不禁发出感慨："一个民族有她这样的女儿，这样民族，不怕她没有前途啊！……现在我们是多么迫切地需要这一类的作品啊。"②在该文中，作者称泰戈尔是隐藏在弱小民族阵营里"自己的敌人"，"典型的白种人的奴隶"，"我们学者曾经为文捧场的典型的奴隶诗人。这是国防文学应该唾弃的"。③ 而前进的印度作家兼诗人爱哈比华豁却是值得我们学习的，其诗集《叛逆》《暴风雨之前》《伤痕》以及剧本《锁链中的印度》，"充满了对外国压迫者的怒气"。④ 作者认为，以匈牙利的拉古兹⑤、保加利亚的伐佐夫等为代表的战后弱小民族反战文学，也是国防文学的重要一翼，因为他们的作品"暴露了统治者的欺骗，战场上的残忍同展示战士们的觉醒。现在民族解放战争是伴同着反帝国主义战争的，这些反战的作品亦是我们宝贵的资料"。⑥ 最后，作者总结道："他们的作品里，不只诅咒反抗压迫者，而且为着未来真理的王国而斗争，他们热爱自国的同胞，亦同样热爱着世界各处的被压迫的兄弟，因为他们的目的是同一的，他们的敌人亦是同一的。所以我们看到在弱小民族文学里，由于作家态度的不同，划出抗战与投降，生与死，主人与奴隶的两条路。我们的作家必须认清这一点，排斥那些是中华民族的掘墓者的汉奸作家，而且在他们的作品里，用汉奸同卖国事件来作为英勇的民族儿女与坚决的抗争的陪衬，给中国的大众指出一条解放与自由的正确的道路。"⑦

除此之外，黑人文学、犹太文学同样也引起学者们的关注。1931年8月，汪倜然在译自 John Chamblain《美国黑人文学底启源》一文的前言中，认为黑人小说家、诗人、戏曲家并不劣于一般的白人作家。在作者看来："黑人作家底作品，都表现着强烈的民族意识和浓厚的反抗情绪。尼格罗民族在白种人世界之中所感受的苦闷与悲哀，所怀抱的希冀与热望，

---

① 梅雨：《国防文学与弱小民族文学》，《生活知识》1936年第1卷第11期。
② 同上。
③ 同上。
④ 同上。
⑤ 其作品《重归故乡》与巴比塞《炮火》齐名。
⑥ 梅雨：《国防文学与弱小民族文学》，《生活知识》1936年第1卷第11期。
⑦ 同上。

都在他们的作家底作品里透露出来；这样的透露遇到晚近愈明显。当然黑人文学是正在发展的时期，将来的收获现在尚难逆料，但对于关心民族运动和世界文学的人，却是很该加以注意的。黑人文学之兴，在美国也还是近来才引起批评界底注意；在中国则还没有人详细介绍过。"① 同时，杨昌溪在《黑人文学中的民族意识之表现》一文中，将美国黑人作家、黑人生活、黑人命运题材的作品作为研究的重点。杨昌溪这样写道："被美国人轻视的黑人也能在白人的藐视下，努力创造他们的文学，把他们的民族中意识，借着主人公的行动，活跃地表现出来，表现尼格罗人的反抗精神。"② 作者认为，以麦克开《哈伦的回归》、那生《流沙》等为代表的革命小说，"蕴藏着对于白种人挑战的意识"。③ 20世纪30年代后期，德国④在希特勒统治之下，排犹主义倾向越来越严重，许多犹太籍知识分子纷纷流亡国外。由此，"德语流亡文学"成为当时学者们关注的一个方面。1936年，郑伯奇发表了《德国的新移民文学》一文，对这一文学现象进行了详细的介绍："在希特勒的巨棒之下，进步的作家艺术家思想家和小市民的新犹太人在德国又没有生路了。他们要不肯白白的送命就只得向国外逃命。……有些老作家，像昂里希·莽，像瓦塞尔莽，像得过诺贝尔奖的托玛斯·莽，像诗人贝歇尔都不能不神色仓皇地逃出祖国去过寂寞的亡命生活。但，这些文人先生们，虽然在外国吃苦，笔杆子却依然不肯放弃。三三五五地又结合起来，发刊杂志，发表作品。这又形成了一种新的移民文学。"⑤ 该文表达了中国知识界对进步德语流亡作家境遇的同情。

从以上典型个案的梳理中，我们可以看出，民国学人对弱小民族国家文学的研究，不仅仅单纯从地理政治的意义上将弱小民族文学看成一种抽象的存在，他们更注重从文化心理上阐明弱小民族文学对中国革命与现实的重要意义。可以说，在这种同类比附的思维中，显示了民国学者对弱小民族文学认同的心理，表明中国学界在面临帝国主义侵略时，与备受外族侵略的国家或民族作家心灵的一种呼应。尤其是《小说月报》《现代文学

---

① John Chamblain 著、汪倜然译：《美国黑人文学底启源》，《真美善》1930年第6卷第1号。
② 杨昌溪：《黑人文学中的民族意识之表现》，《橄榄月刊》1931年第16期。
③ 同上。
④ 1929年，茅盾在《近代文学面面观》的序文中，认为"介绍弱小民族文学是个人的癖性。此册内所述，除德奥外，皆为小民族。但德奥在大战后，亦不复能厕于威焰逼人的'列强'之列，则亦几已可以视为小民族了"。茅盾：《近代文学面面观》序，世界书局1929年版。
⑤ 郑伯奇：《两栖集》，上海书店1987年版，第88页。

评论》等刊物对被压迫民族文学研究的关注，使中国的外国文学研究不仅限于"英国国文学研究""法国文学研究"单一的区域文学研究，从而使其扩展至东欧、北欧等被边缘化的地区。从这里可以看出，20世纪20—30年代中国的外国文学研究已经具有了世界文学的视野和胸怀。

第三节 现代主义文学的"现实主义式"认识

尽管《小说月报》在《改革宣言》中表明："不论如何相反之主义咸有演剧之必要……对于为艺术的艺术与为人生的艺术，两无所袒。"① 但从实际情况看，19世纪现实主义文学成为《小说月报》外国文学引介与研究的重中之重。而《小说月报》对"非写实的文学"如新浪漫主义、唯美主义等的引介与研究就显得轻描淡写。虽有所论及，但在"文学为人生"的口号下，它们在不同程度上受到曲解甚至忽视以及封杀。由此，学界对20世纪现代主义文学的"现实主义式"的认识在此埋下了伏笔。

现代主义文学包括欧洲19世纪后期的唯美主义，20世纪的象征主义、表现主义、意识流、超现实主义，以及20世纪60—70年代的"黑色幽默""垮掉的一派"、荒诞派戏剧、新小说等诸种文学思潮。20世纪前20年，学者们将其称为"新浪漫主义"或"新浪漫派"，他们关注的是象征主义、唯美主义、未来主义、表现主义等产生于19世纪末20世纪初的现代主义文学流派。谢六逸、田汉②、茅盾、胡愈之等中国学者对此进行了相关的论述。其中，茅盾作为社会人生派的代表人物，他认为，文学不是高兴时的游戏、失意时的消遣，文学要"为人生"。这种注重文学的社会

---

① 茅盾：《改革宣言》，《小说月报》1921年第12卷第1期。
② 田汉：《新罗曼主义及其他——复黄日葵兄一封长信》，《少年中国》1920年第1卷第12期。该文与宋春舫的《近世浪漫派戏剧之沿革》并称为"五四"时期介绍、提倡现代主义戏剧之双璧。田汉认为："所谓新罗曼主义，便是想要从眼睛看得到的物的世界，去窥破眼睛看不到的灵的世界；由感觉所能接触的世界，去探知超感觉的世界的一种努力。"由此出发，田汉对新罗曼主义的特点作了这样的归纳："我以为原始的罗曼主义重直觉，重主观，重情绪，有类女性。极端的自然主义，重研究，重客观，重知识，有类男性。新罗曼主义者所取的由肉的世界窥破灵的世界，由刹那顷看出永劫，即'求真理'的手段，谓与重研究，宁重直觉；与重客观，宁重主观；与重知识，宁重情绪。"新罗曼主义，是以旧罗曼主义为母，自然主义为父产生的宁馨儿啊！拜伦的《雅典娜女郎》与叶芝的《白鸟之歌》认为两者意蕴不同："前者肉踊血沸"，"如在目前"，而后者"在全体看来，只是歌欲脱情思的烦恼，而如海上的白鸥一般，人悠闲禅悦之境的心情"。

性、思想性的观念，使茅盾面对具有较强先锋、实验色彩的现代主义文学时，他的态度经历了从开始的赞赏、搁置到后来的否定、曲解的转变。茅盾对现代主义文学前后态度的转变，尤其是20世纪20年代中期，茅盾用阶级批判的政治眼光对现代主义文学进行的"现实主义式"认识，使现代主义文学长期处于被曲解的、被遮蔽的状态。从中我们可以看出，民国时期乃至中华人民共和国成立后，主流学界对现代主义文学的观点和立场。

一 现代主义文学的认同

1920年1月，茅盾在《小说新潮栏宣言》中指出，西洋小说经历了浪漫主义—写实主义—表象主义—新浪漫主义的发展过程，而"我国却还是停留在写实以前，这个又显然是步人后尘的。所以新派小说的介绍，于今实在是很急切了"。由于新派小说"神秘、表象、唯美三者，不要说作才很少，最苦的是一般人还都领会不来。所以现在为欲人人能领会打算，为将来自己创造先做系统的研究打算，都该尽量把写实派自然派的文艺先行介绍"。与此同时，茅盾在《致傅东华》中又这样说："我们要晓得西洋自从过去六七十年中写实主义盛行以来，到现在是合神秘表象①而为新浪漫，但新浪漫只算是写实的进化，不是反潮。"② 可以看出，茅盾在主张介绍写实派与自然派时，并不排斥新浪漫派。

对于写实主义和自然主义，茅盾也表示出不满。在茅盾看来，"颓废和唯我便是自然文学在灰色的人群中盛行后产生的恶果"③，"写实主义的缺点使人心灰，使人失望，而且太刺戟人的感情，精神上太无调剂"。④ 1920年2月23日茅盾写道："我们提倡写实一年多了，社会的恶根发露尽了，有什么反应呢？可知现在的社会人心的迷溺，不是一味药所可医好，我们该并时走几条路。……况且新浪漫派的声势日盛，他们的确有可以指人到正路，使人不失望的能力。我们定要走这条路的。"⑤ "表象主义

---

① 关于什么是表象主义，谢六逸认为："泰西文学思潮，在实写主义（Realism）之后，因为神秘的倾向和近代人心病的现象相结合，别产一派新主义，就是表象主义（Symbolism）。"谢六逸：《文学上的表象主义是什么》，《小说月报》1920年第11卷第5—6号。
② 茅盾：《致傅东华》1920年1月，见《茅盾全集》第36卷，人民文学出版社1989年版，第6—7页。
③ 雁冰：《为新文学研究者进一解》，《改造》1920年第3卷第1期。
④ 雁冰：《我们现在可以提倡表象主义的文学么？》，《小说月报》1920年第11卷第2号。
⑤ 同上。

是承接写实之后,到新浪漫的一个过程,所以我们不得不先提倡。"①1920年4月,茅盾又解释:"新世纪初表象派和神秘派大兴,纯粹写实派努力大减,渐渐有另成新派的现象。到今日已经有法国的罗兰、巴比塞和西班牙的伊本纳等立起那新浪漫来了。"② 可以看出,茅盾所言说的新浪漫派,其实就是20世纪带有现代性色彩的现实主义文学。在茅盾看来,艺术"不能专重客观,也不能专重主观。专重主观,其弊在不切实际;专重客观,其弊在枯涩而乏轻灵活波之致"。③ 而新浪漫主义则有"兼观察与想象,而综合地表现人生"。④ 在茅盾看来,新浪漫主义吸收了浪漫主义与现实主义的优点。1920年8月,茅盾对"新浪漫派"作出正面解释:"最近海外文坛遂有一种新理想主义盛行起来了。这种新理想主义的文学,唤作新浪漫派运动(Neo = Romantic Movement)。"⑤ 1920年9月,茅盾认为"最能为新浪漫主义之代表之作品,实推法人罗兰之《约翰·克利斯朵夫》。罗兰于此长卷小说中,综括前一世纪内之思想变迁而表现之,书中主人翁约翰·克利斯朵夫受思潮之冲击,环境之压迫,而卒能表现其'自我'。进入新光明之'黎明'。其次则如巴比塞之《光明》,写青年之'入于战场而终能超于战场,不为战争而战争'"⑥。罗曼·罗兰的《约翰·克利斯多夫》、巴比塞的《光明》是20世纪现实主义的代表作,茅盾从"我要空气,我要对不卫生的空气反抗"与"打破锁链、消灭一切特权,争取平等"中,读出人类灵魂的英雄气息与谋求自由解放的浪漫精神。可以看出,茅盾所指的"新浪漫主义"除了指20世纪初期产生的"表象派与神秘派"等现代主义文学各流派,也包括20世纪现实主义文学中的理想主义精神。1920年底,"我现在仔细想来,觉得研究是非从系统不可,介绍却不必定从系统。否则文海浩瀚,名著如山,何时才能赶上这世界文学步伐而不致落伍?"⑦ 基于先前的理论准备与反复,茅盾暂时搁置自然写实派的介绍,而大力提倡新浪漫主义。

---

① 雁冰:《我们现在可以提倡表象主义的文学么?》,《小说月报》1920年第11卷第2号。
② 茅盾:《近代文学的反流——爱尔兰的新文学》(续),《东方杂志》1920年第17卷第7号。
③ 沈雁冰:《文学上的古典主义浪漫主义和写实主义》,《学生杂志》1920年第7卷第9期。
④ 茅盾:《新文学研究者的责任和努力》,《小说月报》1921年第12卷第2号。
⑤ 沈雁冰:《文学上的古典主义浪漫主义和写实主义》,《学生杂志》1920年第7卷第9期。
⑥ 茅盾:《〈欧美新文学最近之趋势〉书后》,《东方杂志》1920年第17卷第18号。
⑦ 李玉珍:《文学研究会资料》,知识产权出版社2010年版,第184页。

二 现代主义文学的批判

针对《小说月报》提倡的新浪漫主义，胡适在1921年7月22日的日记中这样写道:"不可滥唱什么'新浪漫主义'……现代西洋的新浪漫主义的文学所以能立脚，全靠经过一番写实主义的洗礼。有写实主义作手段，故不致堕落到空虚的坏处。如梅特林克，如辛兀（Meterlinck, Synge），都是极能运用写实主义的方法的人。不过他们的意境高，故能免去自然主义的病境。"① 由此，1921年8月10日在《小说月报》中，出现了这样一番话:"文学上的自然主义经过的时间虽然很短，然而在文学技术上的影响却是非常之重大。现在固然大家都觉得自然主义文学多少有点缺点，而且文坛上自然主义的旗帜也已竖不起来，但现代的大文学家——无论是新浪漫派，神秘派，象征派——那个能不受自然主义的洗礼过。"② 从此之后，茅盾在《小说月报》上刊载了大量关于自然主义文学的介绍与研究的文章，并引发了与读者的"自然主义论战"。《小说月报》"为人生"的主张，以及自然主义文学对"真"的强调，使茅盾由早期对现代派的大力提倡，转变为以社会学视角对其加以否定。

1922年8月，茅盾在《文学上各种新派兴起的原因》③ 一文中，表达了他在20世纪20年代初期对于现代主义文学的基本观点。该文认为:"文艺是人生的反映，是时代精神的缩影，一时代的文艺完全是该时代的人生的写真。"④ 茅盾从文学的时代性和社会性主张出发，以"未来派、大大派、表现派"三种"西洋最新"的现代派文学为例，逐一分析了它们产生的社会背景以及创作特征。茅盾认为，未来派是小中产阶级心理反应的产物，这取决于20世纪初欧洲的社会状况:"物质文明骤然进化，科学和机械挟其雷霆万钧之力扫荡社会，人的心理咸受其影响"，"一般人的脑子里也旋转着'力''速'两个字，这便是那时人生的真相，未来派作为小中产阶级的代表受到这种现状的暗示，'自然也要做出崇拜力、崇

---

① 胡适:《胡适的日记》上，中华书局1985年版，第156—157页。
② 《最后一页》:《小说月报》1921年第12卷第8号，见《茅盾全集》第18卷，人民文学出版社1989年版，第328页。
③ 茅盾:《文学上各种新派兴起的原因》，《时事新报》1922年，见中国现代文学研究会《中国现代文学研究丛刊》第1辑，北京出版社1984年版。据王欣荣考证，该文是1922年茅盾在宁波开班暑期教师讲习所时的演讲稿。
④ 同上书，第176页。

拜速的作品来了'"。① 达达派兴起于欧战剧烈的1916年，该派作家避乱世于世外桃源："觉得世界上的事都是可笑的、无意识的……他们就要本此见解以创作……人类借了好听的冠冕堂皇的名词，实行破坏的时候。大大派亦感到了，所以他们实行破坏艺术上的一切法规。"② 于是，他们就写出了"不可解释的东西"；表现派则是因为德国战败，人们一方面过着"变态的肉欲和没有意义的生活，这就是表现派所表现的人生"。③ 但另一方面，他们却不肯服输，渴望着"精神复苏"。这两个方面的原因形成了表现派对"人间悲观极了……破弃一切旧规则而努力要创新的精神，以及变态性欲的生活，都是现在这时代的人生的缩影"④。最后，茅盾总结文学上各种新派的兴起的原因："时代不同，人生各异，并非原于人之好奇喜新。或者有人说文学上派别兴起的原因，不仅是时代，那也未尝不可；不过总不能不承认时代背景是最重要的原因。"⑤ 在该文中，茅盾较多关注现代派文学产生的社会背景，将现代主义文学看成一战后社会形势与社会心理的直接反映。间或也有对现代派文学特征的分析。如他认为，未来主义对速度、力量、机械的崇拜，达达派是视破坏为最高原则，表现派的悲观情绪等。该文侧重现代派文学产生的社会原因，而忽视其艺术方面的实验与创新。从整体上看，文中虽有含对现代派的轻蔑与排斥倾向，但在客观上对现代派采取较宽容的态度。茅盾认为："这新派产生的东西亦尽有许多不满人意的地方，但这是启蒙时代必不可免的现象。"⑥ 1925年前后，茅盾开始关注革命文学。在《论无产阶级艺术》⑦ 这篇文章中，茅盾开始以阶级分析的观点，对现代主义文学进行批判。未来派、意象派、表现派等成为茅盾倡导无产阶级艺术的牺牲品，该文这样写道："蔓草般的新派，什么未来主义、意象主义等，便是一无所用的。……譬如未来派、意象派、表现派等等，都是旧社会——传统的社会内所生的最新派；他们有极新的形式，也有鲜明的破坏旧制度的思想，

---

① 茅盾：《文学上各种新派兴起的原因》，《时事新报》1922年，见中国现代文学研究会《中国现代文学研究丛刊》第1辑，北京出版社1984年版。据王欣荣考证，该文是1922年茅盾在宁波开班暑期教师讲习所时的演讲稿，第18页。

② 同上书，第180页。

③ 同上。

④ 同上书，第182页。

⑤ 同上。

⑥ 同上。

⑦ 茅盾：《论无产阶级艺术》，《文学周报》1925年第172、173、175、196期，见李玉珍等编《文学研究会资料》（上），知识产权出版社2010年版。

当然是容易被认作无产阶级作家所应用的遗产了。但是我们要认明这些新派根本上只是传统社会将衰落时所发生的一种病象,不配视作健全的结晶,因而亦不能作为无产阶级艺术上的遗产。如果无产阶级作家误以此等新派为可宝贵的遗产,那便是误入歧途了。"① 在茅盾看来,"革命的浪漫主义的文学和各时代的Classicso"② 才是无产阶级艺术学习的榜样,因为它们是"一个社会阶级的健全的心灵的产物",③ 而不是"腐烂的变态的"④ 现代主义文学。这种厚此薄彼的观点,显然有失公正与客观。

20世纪30年代,左翼作家接受马克思主义的现实主义美学观念,现实主义文学在中国文坛占据着主导地位。在《西洋文学通论》中,茅盾运用马克思主义文学观,对现代主义文学进行辩证分析。一方面,茅盾认为现代主义文学反对自然主义的客观描写,本是无可厚非;另一方面,茅盾从意识是物质的客观反映出发,进一步贬斥现代主义文学。在茅盾看来,现代主义文学"弄得自己使人看不懂,那么,艺术就成了'幻术',失却了社会的意义。同样地是热情而极度至于'没有认真的态度',向未来派之一切都以狂乱(他们认为狂乱就是美)的开玩笑出之,也能使艺术成为游戏,也失却了社会的意义。所以自然主义以后的一些新主义都不免有些病态,甚或较自然主义为尤甚,都是极度矛盾混乱的社会意识的表现"。⑤ "'世纪末'的神秘象征主义曾为一些倦于正视现实的作家找到了'哲学'的论据,把'幻想'世界作为遁逃薮。……只是逃避现实的苦闷惶惑的脸相。"⑥ 可以看出,茅盾从社会历史批评的视角出发,难以对现代主义文学产生好感,也只能得出如上的结论。现代主义文学往往以极端的形式变革,展现作者在艺术上的标新立异,从而探索文学创新的可能性。无意识、非理性等成为作家表达信仰价值的失落、人性的复归,以及人的归属感等精神追求的主要方式。由此,社会历史批评本身对于文学研究来说,是行之有效的,但它并不是放之四海而皆准的。关键是研究者要

---

① 茅盾:《文学上各种新派兴起的原因》,见中国现代文学研究会《中国现代文学研究丛刊》第1辑,北京出版社1984年版,第142页。
② 茅盾:《文学上各种新派兴起的原因》,《时事新报》1922年,见中国现代文学研究会:《中国现代文学研究丛刊》第1辑,北京出版社1984年版,第143页。
③ 同上。
④ 同上。
⑤ 茅盾:《西洋文学通论》,书目文献出版社1985年版,第374页。
⑥ 同上书,第330页。

用之有度，避免生硬机械地将社会历史批评普遍化、神圣化，从而使文学研究走向阶级分析与政治批判的歧途。茅盾作为当时文坛的代表之一，他对于现代主义文学的观点具有一定的影响力和辐射力。我们且以20世纪30年代普通学者眼中的"新派"为例。

1931年，许振鸾发表《欧洲近代文学鸟瞰》一文。该文认为，一个时代的文学特征是由其所在时代的社会生活及意识形态的样式所决定。据此，作者同样以阶级分析的方法审视了欧洲近代文学的概貌："在战前，文学上的主流派，主要地是封建底及资产阶级底强制的力所限制。在战时，诸势力——压迫阶级与被压迫阶级——是均衡着。而战后，由经济的恐慌而引起的产业合理化，一方面资产阶级的势力渐次恢复，一方面小资产阶级在绝望的探求着什么出路。可是，伟大的弱小民族及无产大众的势力并未消减，或者是具着作为可怕的未来的姿态吧！"① 在作者看来，文学与社会相伴而生，所以"古典主义者是调和人生，浪漫主义者是放浪人生，写实主义者止于分析生活，自然主义者止于描写生活，印象主义者是单单由那个性而反映着诸现象，象征主义者和颓废主义者则成为时代的预言者。新的诸流派——未来派，表现派，踏踏主义等是想将小资产阶级的本质来改良着，高扬着，并置在生活的核心"。② 作者还将欧洲近代文学的发展状态用表格的形式加以详细的说明，③ "从上述的图解中，我们可

---

① 许振鸾：《欧洲近代文学鸟瞰》，《安徽教育》1931年第2卷第11期。
② 同上。
③ 未来派：利用同时立时（Simultanism）和写实主义的方法，主体派和象征派的形式，旋律的，力学的，打倒下意识的美，而主张机械化科学化的美。对于现实，本能，压力，杀戮，斗争充满了活联的情绪；表现派：主观的热情，客观的冷静，批判现代，讽刺现代，追求新的生存意义，战争的否定与诅咒；父子之间即新旧两时代之争的象征；踏踏主义：反对理智，反对观念，否定一切过去即成的艺术，完全是感觉的和精神上的"自我"的表现有虚无主义的倾向；新兴文学：诅咒战争，永久和平的渴望，反资本主义社会，反个人主义，充满了阶级性，世界观和唯物史观的情调，描写一般人不能达到的物质生活的水准；写实主义：明确的，冷静的，重视事实，观察事实；再明确的，冷静地将它描写出来。为着热爱真理，避免自己的主观的偏见。福楼拜、莫泊桑、柴霍夫；自然主义：立脚在自然科学的机械观之上，来观察、解剖、分析、评价人生。题材是性的主题及资产阶级的生活。易卜生、左拉；象征派：在内容上是阐明内在的世界和从事精神观察的一种精神主义；所以有点形而上学的及神秘的倾向。在技巧上是要零化形学而使之脱离修辞学的和外形的束缚；唯美派：使感觉敏锐，尽可能的接受周围刹那间所起伏的刺激，以经营个人每刹那间的美化生活。因此憎恶自然，排斥功利主义的人生观而主张艺术至上及官能的满足；古典主义：在描写情趣上是崇尚礼貌，优雅鲜明，有序和道德。在题材上是个人的信仰，个性的专重，观念及事实的总和。在文艺上模拟希腊罗马文学并摄取其美丽的词句来丰富文学的内容。浪漫主义：在描写情趣上是神秘、渴望、爱美、反抗悲观等。在题材上是个人重于社会的现实的生活，中世纪时代的传说逸事等。在文体上是用破格的、色彩的、暗喻的来表现折中观念。

以看出三个不同的范畴，第一个范畴所表现的是那伤感的享乐的，及形而上学的，或对于中产阶级以上的社会生活的迷恋，或诅咒的那个人主义的文学。如古典主义，浪漫主义……唯美派等等皆是。第二个范畴所表现的是那爱国的，战争的热情的鼓舞那国家主义的文学，如未来派便是。第三个范畴是对于资本主义社会的黑暗的暴露，对于无产大众的行动的同情，如新文学便是。"[1] 可以看出，该文的社会学观点，同样也是将现代主义文学视为资产阶级社会生活的反映，其阶级分析的视角也使该文具有较强的意识形态色彩。

其实，在20世纪30年代，苏联学者的观点也影响了中国学界对现代主义文学的看法。1936年，苏联学者柯根在《世界文学史纲》中这样解释现代主义：

> 它（现代主义）嘲笑市民制度之机械的压迫的形式，它具体化了由于它的人格之震动，因而在智力上所引起的骚乱，它指出了在工业生活之铁的锁链中是怎样的严密。它指示了那些唯一解放的路，这些道路是欧洲布尔乔亚智识分子底意识形态在旧世界破坏之前夜及世界普鲁列格利亚之开始来临时所达到的。让我们把这些道路归纳为简单的公式。尼采和易卜生对我们说，解放之路——尊重自我，对别人的痛苦无情的冷淡。梅特格林承认人类的命运之残酷，他提出悲观主义，神秘的遁世，在它里面灵魂才能无止底倾听生存之秘密，奥斯卡·王尔德是虚幻、虚伪、唯美主义的兴奋，普西具塞夫斯基是性的兴奋，过失及犯罪之放纵，克鲁特·汉生不是合理的精神状态，妄谵，疯狂，所有的现代主义者都知道，这些解放之路——同时也就是到死之路。现世界自由与死在他们看来就是一个东西，而另一个世界，它本身带来新生活的另一世界，他们就看不见而且也不能看见，因为他们的诗文是垂死底悼歌，而不是新生活底快乐的欢迎词。
>
> 尼采主义、象征主义以及一切戴着现代主义这总头衔的19世纪之全部文学，无疑是危机时代底文学……现代主义者……在神秘主义里，在色情狂及唯美主义之一切形式里，在沉醉淫荡、幻影及梦想里，在自由自在的虚伪，在精神恍惚及颠倒是非里寻找出路时……未

---

[1] 许振鸢：《欧洲近代文学鸟瞰》，《安徽教育》1931年第2卷第11期。

曾转向社会斗争,为创造新生活,为组织新社会关系,为解放人格,自由发展自己的全部理论,消灭社会必须与自由职业间的矛盾而斗争者方面。①

这段引文表明柯根对现代派文学的立场。他既承认易卜生、王尔德、梅特林克等作家对"自我""命运""精神"等现代性论题的精辟分析,但从"垂死的悼歌""色情狂""幻影"等关键词可以看出,曾被瞿秋白视为"革命的文学评论家"②的柯根,对于现代主义文学的蔑视与否定。在柯根对共产主义的美好憧憬中,现代派文学无疑是其从必然王国通向自由王国的最大障碍。在阶级与革命话语下,现代派文学因缺乏对人类的未来蓝图的勾画和想象,缺乏无产阶级"创造新生活"的实践与勇气,被认为是阻碍革命的绊脚石,因此遭到了左翼文学界的批判。而柯根对现代派的论述,在一定程度上强化了左翼文学界批判现代主义文学的倾向。

20世纪30年代末至40年代,在"战争高于一切"的主导话语下,现代派文学的确是难以为继。1940年6月,萧乾有意翻译《尤利西斯》。在写给胡适的信中,萧乾认为:"目前这欲望是近于'不识时务'了。"③直到1990—1994年,萧乾才与文洁若合作完成了《尤利西斯》的翻译。在《译本序》中,萧乾谈到《尤利西斯》这部小说问世以来很难进入中国文学视野的原因:"我们还太穷、太落后,搞不起象牙之塔。我们的小说需要更贴近社会,贴近人生……我个人曾对这本书有过保留性的评价,那时由于当年我是把'象牙之塔'与'十字街头'对立起来的,绝对化了。我从开始写作就强烈地意识到自己属于后者。"④ 1944年,茅盾在《杂谈文学现象》中谈到现代派文学时,这样写道:"贫血的乃至抽筋拔骨的作品如果想从技巧方面取得补救,一定也是徒劳的。世纪末的欧洲文学就不免只是涂脂抹粉的骷髅。"⑤ 显然,茅盾从表现内容到表达技巧上彻底否定了现代派文学,认为这种"世纪末"的文学与振奋民族精神的

---

① [苏]柯根:《世界文学史纲》,杨心秋、雷鸣蛰译,上海读书生活出版社1936年版。
② 瞿秋白这样写道:"俄国文学的伟大产生这文学评论的伟大,——引导着人类的文化进程,和人生的目的。"见《瞿秋白文集文学篇》第2卷,上海文学出版社1986年版,第234页。
③ 萧乾:《萧乾致胡适》,见胡适《胡适来往书信选》,中华书局1979年版,第470页。
④ 萧乾:《尤利西斯·译本序》,见詹姆斯·乔伊斯《尤利西斯》,译林出版社1994年版,第4、26页。
⑤ 茅盾:《杂谈文艺现象》,《青年文艺》1944年新1卷第2期。

时代氛围是格格不入的。1946年一场关于波特莱尔的论争，也值得我们关注。1946年，诗人陈敬容在《文汇报》的"笔会"和"浮世绘"等副刊上发表了波特莱尔的译诗。在《波特莱尔与猫》一文中，陈敬容肯定了雨果对波特莱尔的赞美："给了我们文坛一种新的战栗。"陈敬容认为，波特莱尔的诗"色调丰富，音乐神秘，真挚深沉，给一切细微的事物都涂上一层神异的光辉。他写感伤，不是无病呻吟；写欢乐，是真正火焰似的欢乐，是一些生命的火花。说：'波特莱尔颓废，那只是臆测之词。'"①陈敬容对波特莱尔的肯定，很快招致激进评论家的批评。左翼评论家林焕平在《波特莱尔不宜赞美》中指出，翻译和赞美波特莱尔是"不良倾向"，闻一多、臧克家、卞之琳等有才能的诗人，都从这个倾向中跳出来了："我们现在却仍有人要跳进去，此时此地，是多么不合时宜。"②李白凤从自身翻译波特莱尔的诗论起："我自己，十年前曾经是一个百分之百的波特莱尔的崇拜者，甚而自己也曾经执笔，写过不少'学步式'的诗篇的作者，现在却认为那些纯粹抒情的、描写微细感触、写作技巧力求其纤柔做作和晦涩低吟的诗，那是对一个方生未死的古老民族的最大的斫伤。此时，再写出或译出一些徜徉、迷离、神秘得不可索解的诗句，是不可原谅的。很可能造成一种不良风气，就是引导更年轻的爱好新诗的朋友们，走上模仿波特莱尔不健康的路途。"③李白凤特别提出警惕："象征派在战后抬起低垂了八年的头"，④并且强调："波特莱尔我们并不反对，我们只反对在这求生存，争民主的道路上，高唱迷离的歌的风习。"⑤覃子豪则从阶级分析的角度断言，波特莱尔诗里的"歇斯特里"的病态情绪和"矫揉造作，故弄玄虚"的表现范式，不值得赞扬。因为那不过是"十九世纪末没落的小布尔乔亚一个共通的产物，波特莱尔不过是一群没落的小布尔乔亚的代表"。⑥此个案又从一个侧面反映了现代主义文学在20世纪40年代的境遇。

1956年，茅盾在《夜读偶记》中对现代主义文学的批评更为偏执："如果说'现代派'诸家的思想根源是主观唯心主义，它们的创作方法是

---

① 陈敬容：《波特莱尔与猫》，《文汇报》1946年12月19日。
② 林焕平：《波特莱尔不宜赞美》，《文汇报》1946年12月28日。
③ 李白凤：《从波特莱尔的诗谈起》，《文汇报》1947年1月10日。
④ 同上。
⑤ 同上。
⑥ 覃子豪：《消灭歇斯特里的情绪》，《文汇报》1947年2月9日。

反现实主义的（而且和浪漫主义也没有共同之处），它们的发端于第一次世界大战前夕而蓬勃滋生于第一次世界大战到第二次世界大战之间乃至二次大战后欧洲大陆的资本主义国家，正反映了没落中的资产阶级的狂乱精神状态和不敢面对现实的主观心理——如果这样说，是科学的，合乎事实的，那么，它是不能否定现实主义的，它是只能造成文艺的衰落、退化而已！"① 这样充满政治意识形态的话语，是1958年学术大批判运动的前奏。茅盾的这种观点，一直影响到20世纪80年代初人们对于对现代派文学的基本认识。我们以王欣荣的文章为例。1982年11月28日，王欣荣在《〈文学上各种新派兴起的原因〉考评》中，以"对外国现代派文学的科学剖析认"为小标题，主要对茅盾写于20世纪20年代的这篇文章做出了如下陈述："茅盾抓住了各派的特点，以国情、时代精神、社会心理进行了分析，指出他们共同的特点是'要打破艺术上旧有的规则'。这些生活在特定国情、时代的作家，以其变态心理、空虚的悲哀、难遣的烦闷，寻求感官的刺激，以表现他们对于人生的见解，而对这些问题的解释，茅盾归结为时代的缩影，人生的反影。对于现代派（包括未来派、达达派、表现派）的研究，就目前学术界来说已达到这一步，即：现代派是一次大战后西方资本主义危机的产物和反映，由于战争和革命的影响，社会矛盾的深化，使作家陷入怀疑、困惑和绝望的境地，其共同倾向是对资本主义文明和传统观念的怀疑和否定。派别内部左、中、右并存，派内派间互相转化，作品的倾向性也不一致……然而，对这种复杂的社会现象的本质解释，直到今天也没有超出茅盾在《原因》一文中的所作解释的水平。"② 可见，茅盾对于现代派文学的"现实主义式"的认识，影响极为深远。

通过以上个案的梳理，我们可以看出，在"文学为人生"的观念统摄下，学界要么强调现代主义文学产生的社会历史背景，要么干脆以阶级分析、政治批判的角度，将现代主义文学视为腐朽、没落、反动、畸形、颓废的资产阶级意识形态，从而忽视其在整个外国文学史系统中的沿革和继承。可以说，在特定的历史语境下，现代主义文学成为检验作家、学者思想先进与落后的尺码，"站错队伍"将意味着被卷入政治斗争的旋涡。

---

① 茅盾：《夜读偶记》，百花文艺出版社1979年版，第124页。
② 王欣荣：《〈文学上各种新派兴起的原因〉考评》，载中国现代文学丛刊编辑部《中国现代文学研究丛刊》第1辑，北京出版社1984年版，第192—193页。

当然，以茅盾为代表的中国左翼视角，并不能完全代表整个中国学界对于现代主义文学的看法。如民国时期，施蛰存、柳无忌、叶公超、费照鉴、孙晋三①等学者在《现代》《西洋文学》《新月》《时与潮文艺》等刊物上表达了他们更接近于现代主义文学本来面目的观点。最后，我们以戴望舒对关于波特莱尔论争的回应，表达本书对于现代主义文学的观点：

> 对于指斥波特莱尔的作品含有"毒素"，以及忧虑他会给中国新诗以不良的影响等意见，文学史会给予更有根据的回答，而一种对于波特莱尔更深更广的认识，也许会产生完全不同的见解。……至少拿波特莱尔作近代 classic 读，或是用更时行的说法，把他作为文学遗产来接受，总是允许的吧？他认为以一种固有的尺度去量一切文学作品，无疑会到处找到"毒素"的，而在这种尺度之下，一切古典作品，从荷马开始，都可以废弃了。至于影响呢，波特莱尔可能给予的是多方面的，要看我们怎样接受。只要不是皮毛的模仿，能够从深度上接受他的影响，也许反而是可喜的吧。②

---

① 孙晋三：《介绍参桑：从卡夫卡说起》，《时与潮文艺》1944 年第 4 卷第 3 期。
② 戴望舒：《〈恶之花〉掇英》，见戴望舒《丁香空结雨中愁》，古吴轩出版社 2012 年版，第 127 页。

第四章

左联期刊与《现代》：多元话语并置下的外国文学研究

20世纪20年代，在"文学革命"话语下，文学研究会的《小说月报》、创造社的《创作周报》、"学衡派"的《学衡》代表了外国文学研究的三种方向：《小说月报》以俄国现实主义文学与弱小民族文学为中心，《创作周报》以歌德和雪莱为代表的启蒙主义文学与浪漫主义文学研究为中心，《学衡》以西方古典文学研究为中心。总的看来，《小说月报》中被压迫民族文学研究成为主导20世纪20年代中国外国文学研究的主要方面。

20世纪30年代，随着国际形势与民族矛盾的激化，"五四"时期相对自由的学术氛围逐渐消失，中国文学界的话语由"文学革命"转向"革命文学"，周作人倡导的"人"的话语被鲁迅的革命阶级话语所代替，而成为隐形话语。从外国文学研究者的转型看，茅盾从1925年发表《论无产阶级艺术》一文开始，到20世纪30年代成为"左联"的灵魂人物，逐步强化了其在外国文学研究中的阶级性倾向；主张"文学为艺术"的创造社成员穆木天、郭沫若等成为"左联"的同人；"学衡派"成员远离社会政治圈，转入高校从事外国文学教学研究。其中，"马雅可夫斯基之死"在戴望舒与蒋光慈的观照中，也表明中国外国文学研究话语转变的复杂性。1930年3月，中国左翼作家联盟成立，《拓荒者》《萌芽》《北斗》《文学》《译文》等左翼刊物从文学的阶级性和现实性出发，加强马克思主义文学观的引介与研究，以《毁灭》《蟹工船》等为代表的无产阶级文学适应了中国革命的现实需要，从而构建了此时主流学界外国文学研究的秩序。由此，外国文学研究由20世纪20年代的"人的文学"转向了30年代的"革命的阶级的文学"阶段。与此相对，《现代》《新月》等自由主义知识分子刊物，从文学的自主性、独立性出发，则体现了此时更接近西方文学传统的研究，李健吾之于福楼拜、叶公超之于艾略特、梁实秋之于莎士比亚等经典作家研究的出现,显示了20世纪30年代左翼阶级、政治视角之外,学理层面上外国文学研究成果的实绩。此外,20世纪30年代的学术论争在一定程度上也使外国文学研究走向历史前台。鲁迅与梁实秋关于"阶级论"和"人性论"的争论,使莎士比亚研究重返学界舞台;茅盾与施蛰存关于"文学遗产"的争论,显示宏观的文学史视角已经完成了启蒙任务,而注重文学文本细读的"新批评"(如《世界文学名著讲话》《汉译西洋文学名著》)成为外国文学研究的主要方法。同时,鲁迅提出的"拿来主义",表明此时中国学人已有明确的外国文学观。

总的看来,马克思主义的革命阶级话语与自由主义的人道主义话语是20世纪30年代外国文学研究的两种主要话语。但是在白色恐怖和红色风暴同时并存的20世纪30年代,外国文学研究的总体环境与人道主义传统发生了断裂,战后新兴文学(苏联的无产阶级文学)与现代文学(美国文学)构建了此时外国文学研究的秩序。本章首先从鲁迅系的左翼刊物入手,论述此时革命、阶级视角下的外国文学研究成果。然后以《现代》这份具有左翼与自由主义双重视角的"非同人"刊物为例,以点带面地宏观论述20世纪30年代外国文学研究的整体面貌。

第一节 革命、阶级视角下的外国文学研究

一 左联期刊与外国文学研究

19世纪中叶,欧洲三大工人运动标志着无产阶级作为独立的政治力量登上历史舞台。由此,表现无产阶级革命运动的左翼文学成为一股势不可当的国际性潮流。20世纪20—30年代,无产阶级革命文学形成高潮。从1928年"革命文学"论争到1937年抗战爆发,这段时期在中国现代文学史上被称为"左翼十年"。中国左翼文学实际上是此时国际性的无产阶级文学运动在中国的反映,也是这个运动的一个重要组成部分。[①] 其间,"五四"时期以19世纪西方人道主义为核心、以民主科学为旗帜的文学革命,逐渐让位于凸显集体主义的无产阶级革命文学。在马克思主义文学观的引领下,战后苏联、日本等无产阶级文学成为中国学界建设新文学与

---

① 艾晓明:《中国左翼文学思潮探源》,湖南文艺出版社1991年版,第20页。

文化的主要对象。以革命、阶级视角观照外来文学资源，成为"红色的三十年代"中国外国文学研究的主要特征之一。

1930年3月2日，"中国左翼作家联盟"（简称"左联"）成立，标志着中国正式加入国际无产阶级文学运动的行列。鲁迅、茅盾、瞿秋白等左翼知识分子的文学活动，使左联成为20世纪30年代中国文坛的风向标。1932年3月15日，在《关于左联目前具体工作的决议》中，左联要求学生团体和工农文艺团体：

> 一面研究着世界的普罗文学和革命文学，一面就要学习着把世界革命文学的名著用普通的白话传达给群众，这在最初，可以只是最简短的讲述故事的口头谈话，列入《铁流》《毁灭》等等都是可以关涉到目前紧迫的反帝国主义斗争的题目。……必须开始由系统的介绍世界的革命文艺和普罗文艺的工作。①

在这里，左联明确将介绍和研究世界无产阶级文学作为自己的历史使命之一。1934年，苏联"国际文学"②社就下述三个题目征求世界著名作家意见："苏联的存在与成功，对于你怎样？（苏维埃建设的十月革命，对于你的思想路径和创作的性质有什么影响？）你对于苏维埃文学的意见怎样？在资本主义各国，什么事和种种文化上的进行，特别引起你的注意？"③鲁迅和茅盾对此均做出书面回答。他们认为，中国学者从伟大丰富的苏联文学中获得了工作的精神和方向，④并认识到无产阶级是"新社会"的创造者，《毁灭》《铁流》等具有战斗性的苏维埃文学正是中国需

---

① 马良春、张大明编：《三十年代左翼文艺资料选编》，四川人民出版社1980年版，第195—196页。
② 1927年11月，国际无产阶级大会在莫斯科召开，十一个国家的三十多名革命作家组成世界革命文学国际局，并出版机关刊物《世界革命文学》。1931年，改为《国际文学》，鲁迅、茅盾、郭沫若等被聘为该刊特约撰稿人。
③ 孙中田编：《茅盾研究资料》（上），知识产权出版社2010年版，第67页。
④ 茅盾：《答"国际文学"社问》，见孙中田编《茅盾研究资料》上，知识产权出版社2010年版，第66—67页。茅盾的回答："在'十月革命'之后，中国只是对托尔斯泰、屠格涅夫、高尔基等作家充满热情，而对'十月革命'之后的苏俄文学还没有触及，茅盾自己在那时候是一个'自然主义'与旧写实主义的倾向者。1927年，大革命失败后，茅盾虽然对布尔乔亚的文学理论有过'相当的研究'，但他竭力脱下这个旧外套，而竭力从'十月革命'及其文学中获得工作的精神和方向。中国青年已经从'十月革命'认识了自己的使命，从苏联伟大丰富的文学收获了认识了文学工作的方向。"

要的文学。① 1931年，茅盾在《中国苏维埃革命和普罗文学之建设》中也写道："（苏联）这大群的作家将要随五年计划的更成功，将要随世界革命的高潮的更发展，而更成为世界广大群众的宠儿，也是一定无疑的。这大群的作家，就中国现文坛薄弱的介绍力以及狭隘的学生读者群众而言，也已经有几个名字和几部著作是为大家所熟悉的了。我们已经有了属于苏联革命初期的《一周间》和《铁流》《毁灭》《叛变》，已经有了属于新经济政策时期的《水门汀》，更将有了属于'五年计划'集体农场的《新土地》。换言之，世界第一个普罗塔利亚国家的普罗塔利亚文学的第一次收获，在我们中国算是已经有了一些粗制的'拓本'了。虽然是粗制的'拓本'，然而多少足供我们抚摩了罢？多少足使我们了然于'革命'给与苏联的作家以那样充实的生活，热烈的情绪，与多方面的经验，而苏联的作家也已经怎样无愧于这伟大的赐予了！"② 当时的苏联被左联称作"全世界工农的祖国"和"无产阶级的祖国"。可见，苏联是左联同人顶礼膜拜的革命圣地，苏联文学亦是他们心驰神往的精神栖息地。这在一定程度上表明，苏联左翼文学对左联的绝对影响。

其中，左联的"喉舌"——《拓荒者》《萌芽》《北斗》③《文学》等机关刊物，从文学的阶级性和现实性出发，将引介与研究国际无产阶级文学作为其主要常规工作。1932年3月9日，左联秘书处扩大会议通过的《关于左联理论指导的机关杂志〈文学〉的决议》明确提出："左联的机关杂志必须负起传达文艺斗争的国际路线，（国际革命作家联盟的一切决

---

① 《答国际文学社问》，见《鲁迅文集》，吉林大学出版社2009年版，第5页。鲁迅的回答："……我觉得现在的将建设的，还是先前的将战斗的——如《铁甲列车》，《毁灭》，《铁流》等——于我有兴趣，并且有益。我看苏维埃文学，是大半因为想介绍给中国，而对于中国，现在也还是战斗的作品更为重要。三，我在中国，看不见资本主义各国之所谓'文化'；我单知道他们和他们的奴才们，在中国正在用力学和化学的方式，还有电气机械，以拷问革命者，并且用飞机和炸弹以屠杀革命群众。"

② 茅盾：《中国苏维埃革命和普罗文学之建设》，《文学导报》1931年第1卷第8号，见上海文艺出版社编《中国新文学大系1927—1937》第19集，上海文艺出版社1989年版，第408页。

③ 《北斗》在1931年9月创刊，1932年7月终刊，共出八期。创刊号开辟"世界文学名著选译"栏目，刊载隋洛文译里琪亚·绥甫林娜的《肥料》（创刊号、第一卷第二期）、易嘉译卢那察尔斯基的《被解放的堂·吉诃德》（第一卷第三、四期，第二卷第三、四期）。在"批评与介绍"栏目中，刊载穆木天译巴比塞的《左拉的作品及其遗范》（第一卷第二期）等。

议及指示）于中国的一切革命文学者及普罗文学者的责任。"① 如《拓荒者》于 1930 年 1 月创刊，1930 年 5 月终刊，共出五期。第一卷第三期的《中国左翼作家联盟的成立》中写道："我们的理论要指出运动之正确的方向，并使之发展。常常提出中心的问题而加以解决，加紧具体的作品批评，同时不要忘记学术的研究，加强对过去艺术的批判工作，介绍国际无产阶级艺术的成果，而建设艺术理论。"② 在第一期特大号上，《拓荒者》刊登夏衍翻译的《露莎·罗森堡的俄罗斯文学观》、若沁的《小林多喜二的〈蟹工船〉》、祝秀侠《格莱特可夫的传略及其〈水门汀〉》、若英《罗曼诺夫与两性描写》等；第二期刊登成文英翻译的《论新兴文学》（即列宁的《党的组织和党的文学》）、沈端先译《伊里几的艺术观》；第四、五合期上刊登阿英《安特列夫与阿志巴绥夫倾向的克服》等。阿英的文章以列宁的经典著作《党的出版物与文学》为理论依据，指出李守章的创作虽然遵从了无产阶级革命思想，但在很多地方被安特列夫与阿志巴绥夫的精神所支配。阿英对这种人道主义思想予以批评，并认为只有克服这种倾向，才能有利于无产阶级文学的健康发展。

《萌芽月刊》于 1930 年 1 月创刊，1930 年 6 月终刊，共出 6 期。《萌芽月刊》重点介绍了马克思主义文艺理论和苏联及各弱小民族文学的进步文学的概貌。1930 年 5 月《萌芽月刊》第五期"五月各节纪念号"上，报道了"左联作家联盟消息"：

……国际文化研究会第一次研究题目。国际文化研究会自成立以后，曾开过两次集会，将研究部门分为如下几种：（一）欧美文化研究会；（二）日本文化研究会；（三）苏联文化研究会；（四）殖民地及弱小民族文化研究会。第一次研究题目为：各国文化的现状及其与经济及政治的关系。马克思主义理论研究会也于本月初开始工作了。研究部门暂分为如下几种……（二）外国马克思理论的研究。……（四）外国非马克思主义的文艺理论的探讨。（五）外国无产阶级文学作品之研究。……第一次研究题目，……取个人的研究形式者，有如下的题目为各研究员自己所提出：……（三）爱尔兰的斗争及其

---

① 马良春、张大明编：《三十年代左翼文艺资料选编》，四川人民出版社 1980 年版，第 192 页。

② 同上书，第 134 页。

文学；……①

从此报道可以看出，国际文化研究会和马克思主义理论研究会制订了较为详细具体的外国文学引介与研究计划。在第一卷第一至五期连载鲁迅翻译的法捷耶夫的《溃灭》（今译《毁灭》）、第一卷第二期曹靖华《〈第四十一〉后序》、第一卷第三期刊登恩格斯《在马克思葬式上的演说》、弗里契《巴黎公社的艺术政策》、鲁迅的《"硬译"与"文学的阶级性"》等。

《译文》于1934年9月创刊，1937年6月终刊，共出28期，由鲁迅主编。正如当时与鲁迅合办《译文》的茅盾所言："办这个杂志，可以开辟一个新园地，也能鼓一鼓介绍和研究外国文学的空气。"② 其中，第一卷第二期刊载"杜勃洛柳蒲夫诞生百年纪念"与"罗曼罗兰七年诞辰纪念"，第一卷第五、六期与第二卷第一期刊载"高尔基逝世纪念特辑"，第二卷第六期刊载"普式庚逝世百年纪念号"等。可以看出，中国主流学界将苏联文学奉为中国革命实践与文学创作的精神领袖。如1932年，鲁迅、茅盾、丁玲、曹靖华、洛扬（冯雪峰）、突如（夏衍）、适夷等联名撰写《高尔基的四十年创作生活——我们的庆祝》，文中这样写道：

> 高尔基的名字代表着世界文学史上的新时期，这里，世界上的新的阶段开辟了一条光明的道路，开始创造真正全人类的新文化。……高尔基是第一个从"社会的底层"里出来的作家。他是个"下等的"公认。他很长久地生活在"社会的底层"，亲身感受到这个地狱里的一切折磨。……他——高尔基在自己的《母亲》里反映出这些劳动群众怎么样走到无产阶级的领导之下，怎么样发见真正伟大的光明的理想和目的：社会主义。……我们承认高尔基是我们的导师，我们要向高尔基学习，我们要为中国几万万的劳动群众的文化生活而奋斗！③

---

① 马良春、张大明编：《三十年代左翼文艺资料选编》，四川人民出版社1980年版，第137—138页。
② 李标晶：《茅盾传》，团结出版社1990年版，第137页。
③ 鲁迅等：《高尔基的四十年创作生活——我们的庆祝》，《文化月报》1932年第1卷第1期，见倪墨炎《鲁迅的社会活动》，上海人民出版社2006年版，第347—351页。

该文发表在中国左翼文化总同盟的机关刊物——《文化月报》的创刊号上，它在一定程度上代表了中国主流学界对于高尔基的态度，也决定了高尔基在当时中国社会的地位。其实在当时的苏联，文学成就高出高尔基者大有人在，况且高尔基在苏联的文学影响力远不及其在中国。《译文》之所以推出这些作家专号、特辑，主要用意是："通过介绍苏联及其他国家的革命和进步的文学作品的方法，来推动当时作家们对于现实主义创作方法的学习，并在青年中间进行国际主义和爱国主义的教育。"①《译文》用整整三期隆重推出高尔基特辑表明，20世纪30—40年代中国特殊的时代氛围和社会环境，为无产阶级作家的高尔基受到中国学者的热捧提供了良好的土壤。本书重点对中国学者原创性质的外国文学研究论文展开相关论述，而《译文》是以翻译外国文学作家作品和相关国外研究的期刊。所以，在这里本书只择取该刊译介的重点，以期反映当时外国文学研究的趋势。

从以上代表性的左翼刊物可以看出，世界性的左翼文学思潮对于中国外国文学引介与研究的决定性影响。正如邓中夏所言，文学是"惊醒人们使他们有革命的自觉"的一种"最有效用的工具"。② 以《蟹工船》《铁流》《毁灭》等为代表的无产阶级文学适应了中国革命和战争的现实需要，从而构建了此时主流学界外国文学研究的秩序。由此，外国文学研究由20世纪20年代的"人的文学"转向了20世纪30年代的"革命的阶级的文学"阶段。

二 关于"普罗文学"的研究

在"红色的三十年代"，"普罗文学"即无产阶级文学适应了中国革命的需要，从而成为主流学界外国文学引介与研究的主要外来文学资源。如1934年，莱昂曾年委托国立北平图书馆的袁同礼统计当年该馆读者阅读的各国文学译作。结果显示，美国作品中辛克莱的三部小说借阅最多。恰在同一年，辛克莱的小说《石炭王》和《屠场》中译本由于"极力煽动阶级斗争"，"意在暴露矿业方面的资本主义的榨取与残酷"③，被列入

---

① 刘宏权主编：《中国百年期刊发刊词600篇》下册，解放军出版社1996年版，第68页。
② 陈建华：《苏联早期文学思想与中国无产阶级革命运动》，见倪瑞琴编《论中苏文学发展进程》，华东师范大学出版社1991年版，第31页。
③ 王建开：《五四以来我国英美文学作品译介史》，上海外语教育出版社2003年版，第216页。

国民党查禁的149种图书中,这从侧面反映了无产阶级文学强烈的现实批判意识。其中,苏联、日本等国无产阶级作家受到左联的关注。且以《毁灭》与《蟹工船》的研究为例。

《毁灭》是苏联无产阶级革命家法捷耶夫的代表作,这部作品在苏联问世后,被称为"无产阶级文学前线上的胜利",是"立在现代苏联普罗列塔利亚文学底最高峰"的名著。1931年1月,《萌芽》从第一卷第一期至第五期,连载由鲁迅执笔翻译的、以《溃灭》为名的这部作品。该著在刊登到第一卷第五期时,《萌芽》因出"五月各节纪念号"而被勒令停刊。随即,该著在续出的《新地月刊》上接载,一期后被禁。鲁迅认为,《毁灭》是"一部纪念碑的小说",并高度评价了这部作品的现实主义特色:"所写的农民矿工以及知识阶级,皆栩栩如生,且多格言,汲之不尽,实在是新文学中的一个大炬。"① "虽然粗制,却并非滥造,铁的人物和血的战斗,实在够使描写多愁善病的才子和千娇百媚的佳人的所谓的'美文',在这面前淡到毫无踪影"。② 在鲁迅看来,《毁灭》避免了正面人物总是"高大全"的公式化、概念化倾向,法捷耶夫笔下的英雄并非"神人一般的先驱",这更符合人物的真实性。

1931年12月,鲁迅翻译的法捷耶夫《毁灭》单行本出版后,瞿秋白在写给鲁迅的信中,这样说道:"你译的《毁灭》出版,当然是中国文艺生活里面的极可纪念的事迹。翻译世界无产阶级革命文学的名著,并且有系统地介绍给中国读者(尤其是苏联文学的名著,因为它们能把伟大的'十月',国内战争,五年计划的'英雄',经过具体的形象,经过艺术的照耀而贡献给读者),——这是中国普罗文学者的重要任务之一。……《毁灭》《铁流》等等的出版,应当成为一个革命文学家的责任,每一个革命的文学战线上的战士,每一个革命的读者,应当庆祝这一个胜利,虽然这还只是个小小的胜利。……20世纪的才子和欧化名士可以用'最少的劳力求得最大的'声望;但是,这种人物如果不彻底的脱胎换骨,始终只是'纱笼'(salon)里的哈吧狗。现在粗制滥造的翻译,不是这班人干的,就是一些书贾的投机。你的努力——我以及大家都希望这种努力变成

---

① 鲁迅:《三闲书屋校印书籍》,《鲁迅全集》第8卷,人民文学出版社1981年版,第446页。

② 鲁迅:《二心集·关于翻译的通信》,《鲁迅全集》第4卷,人民文学出版社1981年版,第385页。

团体的，——应该继续，应当扩大，应当加深。"① 马克思主义者的瞿秋白，将引介与研究《铁流》《毁灭》等世界阶级革命文学作为中国学者的责任和使命。从这点上看，瞿秋白顺应了国际左翼文学思潮的大势，使中国的外国文学研究对象扩展至无产阶级革命文学，从而拓宽了外国文学研究的视野。但是，瞿秋白以革命阶级视角审视"20世纪的才子和欧化名士"，只因其背离无产阶级文学，而将之视为"'纱笼'（salon）里的哈吧狗"，是有偏颇的。这种排他性的倾向在左翼作家中较为普遍地存在，这也符合"左联的机关杂志必须时时刻刻的检查各派反动文艺理论和作品，严格的指出那反对的本质"②的要求。此个案从侧面表明，当时的左翼学者将具有现代主义精神的作家，作为无产阶级文学前进征途中的绊脚石而予以剔除。其实，他们在学理层面的外国文学引介与研究方面成果，在今天看来更具有学术生命力。

1936年2月10日，周立波在《非常时期的文学研究纲领》一文中主张："对于国外的作品，首先要采取苏联的花蜜。不但是行将出现的铁霍洛夫的《战争》等作品，我们研究，就是《铁流》和《溃灭》等作品，我们也得把它们当做建立'国防文学'的艺术的模范，因为，中国今日，在另一种意义上讲，也正是《铁流》和《溃灭》的时代。"③ 1938年，周扬《抗战时期的文学》一文进一步指出："《毁灭》写一队游击队牺牲到只剩下十九个人，那结尾是悲哀的"，但并非"悲哀的文学"，它灌输给读者"以胜利的信念，并且教育读者怎样去斗争，这是战斗的文学，我们目前需要的，就是这样的作品"。④ 20世纪40年代，周立波在延安鲁迅艺术学院任教时，认为《毁灭》塑造的并不是"'穿着火药（气味）的烟和英雄伟业所做的衣服'的抽象的英雄，他们有许多缺点，因为，他们是从污秽，粗野，残酷和不客气的环境中长成，还使我们知道了行动的重要，战斗的欢喜，使我们在困难残败和悲痛中，不感到绝望"。⑤ 毛泽东《在延安文艺座谈会上的讲话》中这样写道："法捷耶夫的《毁灭》，只写出了

---

① 瞿秋白：《论翻译》，文木编《瞿秋白文集》，中央广播电视出版社1997年版，第83—84页。
② 马良春、张大明编：《三十年代左翼文艺资料选编》，四川人民出版社1980年版，第192页。
③ 周立波：《非常时期的文学研究纲领》，《读书生活》1936年第3卷第7期。
④ 周扬：《抗战时期的文学》，《自由中国》1938年创刊号。
⑤ 周立波：《周立波文集》第5卷，上海文艺出版社1985年版，第459页。

一支很小的游击队，它并没有想去投合旧世界读者的口味，但是却产生了全世界的影响，至少在中国，像大家所知道的，产生了很大的影响。"①

从鲁迅、瞿秋白、周扬、毛泽东对《毁灭》一脉相承的论述中，可以看出《毁灭》在革命战争年代，在激励身处民族解放战争激流中的中国群众的革命热情方面，发挥着积极的作用。

小林多喜二是20世纪30年代日本著名的无产阶级文学作家，以《蟹工船》、《一九二八年三月十五日》（副标题"献给我们的无产阶级先锋战士"）、《为党生活者》等作品蜚声当时日本文坛。其中，《蟹工船》于1929年3月问世。小林多喜二通过对在蟹工船上资本家对工人的残酷剥削黑幕的揭发，暴露了现代日本资本主义社会尖锐的阶级矛盾，表现了劳动阶级从自发到自觉的反抗意识的觉醒。当时的日本评论界大多认为这部作品的真正价值，在于宣传了劳动阶级的反抗意识，认为此作是"打落布尔乔亚文学的落水狗的打狗棒"，② 并赞誉小林多喜二是"日本的辛克莱"。在20世纪30年代的中国左翼评论界，小林多喜二也引起了中国左翼学者的关注。1930年，潘念之翻译《蟹工船》，小林多喜二为该译本作序："日本无产阶级在蟹工船上遭受的极其悲惨的原始剥削和从事囚犯般的劳动，难道不正是和在帝国主义的铁蹄践踏下、被迫从事牛马般劳动的中国无产阶级一样吗？……中国无产阶级的英勇奋斗，对紧邻的日本无产阶级是一股多么巨大的鼓舞力量啊！……我相信，这部粗浅的作品，虽然非常粗浅，也一定能够成为一种力量！"③ 从中我们可以看出，小林多喜二的无产阶级立场和国家主义精神，使《蟹工船》成为深受帝国主义政治侵略与经济盘剥的各国与民族的缩影。其中，劳工大众被压迫、被剥削的悲惨遭遇与其顽强的反抗精神，足以使中国人民产生一种同病相怜的共鸣感。但不久该作即被国民党反动当局以"普罗文艺"的罪名密令查禁。即便是在这样白色恐怖的淫威下，仍然不能减退20世纪30年代左翼学者对小林多喜二的热情。

1930年1月10日，一篇署名为"若沁"的文章《关于〈蟹工船〉》上出现在《拓荒者》第一期上，这位"若沁"就是著名的左翼作家夏衍，该文可能是我国文学界对小林多喜二最早的评介。夏衍在文章开篇这样写

---

① 毛泽东：《毛泽东选集》第3卷，人民出版社1966年版，第833页。
② 王任叔：《小林多喜二底"蟹工船"》，《现代小说》1930年第3卷第4期。
③ 潘念之译：《蟹工船》，上海大江书铺1930年版，序言。

道:"假使有人问:最近日本普罗列塔利亚文学的杰作是什么?那么我们可以毫不踌躇地回答:就是《一九二八年三月十五日》的作者小林多喜二的《蟹工船》。"① 夏衍对小林多喜二的文坛地位给予极高的评价:"他是一个励精刻苦的作家,也是一个在冰雪的北海道地方,为着普罗列塔利亚特的胜利和解放,苦心惨淡在那里从事组织运动的先锋。'蟹工船'在本年五、六月号的战旗杂志发表,确是普罗列塔利亚文学上的一出划时代的事件。……而且在暴露文学上,得到了比辛克莱的屠场更加深刻、更加伟大的收获。"② 作者客观地描述了蟹工船的由来:"蟹工船虽然叫做'工船',但是因为它在海洋上面工作,所以并没有工厂法的约束。"③ 对于渔民、贫苦学生、失业工人、破产农民等无产者,在"博光丸"号所从事原始、落后、繁重的捕蟹劳动,作者也进行了揭露:"在这种血腥臭和蟹腥臭混着的冰冻也似的空气里面,渔夫们渐渐地知道了'团结'的事情。"④ 在这里,正如夏衍在《小林多喜二的"一九二八·三·一五"》中所写:"这种人物和事象之间,也没有构图的连系,而只是一件一件地罗列着的多元的描写。普罗列塔利亚写实主义的作家,当然不能像自然主义的,写实方法一样,毫无选择地单从'客观'的立场,来描写一切周围的现实。但是,假使我们认定了新写实主义是阶级的地艺术的地,表现现实的手段,那么我们当然也不必局限于自己的主观,而将现实的事象牵强地粉饰,空想地改造。"⑤ 在作者看来,小林多喜二在《蟹工船》中,以无产阶级的视角、现实主义的态度,客观地呈现了无产阶级的生存境遇。这种基于一定阶级立场的现实主义,应是无产阶级文学应该表现的主题和题材。文章结尾夏衍这样概括道:

> 使一切布尔乔亚批评家也发出了惊异的叹声的这一篇作品的力量,存在于他的主题和题材里面。一定数量的利润,阻住了资本主义发展的前路,他们为着维持自己的生长,为着完成从资本主义到帝国主义的使命,"不论什么事情都做,不论什么地方都去"地,伸展到

---

① 若沁:《关于〈蟹工船〉》,《拓荒者》1930 年第 1 期。
② 同上。
③ 同上。
④ 同上。
⑤ 沈端先:《小林多喜二的"一九二八·三·一五"》,《拓荒者》1930 年第 4 期。

了靠近北极的海上。——这本小说,很调和地将每个工人的生活要求和历史的事件之进展,织成了一种特异的织物,而在这种纤细的经纬结合里面,就藏了无限的力量。作品里面,没有一定的主人公,没有表示出一个特异的性格,但是,我们"全体的"地看时,立刻可以看出,在这种血肉相搏的斗争里面,有两个代表的典型,就是,一个是噩梦里面的魔鬼一般张牙舞爪地笼罩在北海上面的帝国主义,一个是在这种死的胁威之下不断地生长急速地认识了自己阶级的力量的劳动大众!许多赤裸裸的描写例如——描写那些饥渴于女性的渔夫的性生活的场面——粗俗的字句,乃至土俗的言语,这些,或许都足以使我们唯美主义批评家和绅士淑女们的文学(?)爱好者颦蹙不堪,但是,我们假使承认,艺术的使命是在鼓动读者的感情,艺术的目的是在兴奋读者的心灵,使他们获得光明,确实有益的意识,而使他们从这种意识转换到组织化了的行动,那么我们可以大胆地推荐:《蟹工船》是一部普罗列塔利亚文学的杰作。①

夏衍极为准确地阐述了《蟹工船》的艺术特色,"没有一定的主人公,没有表示出一个特异的性格"②。这正是无产阶级文学的重要特征,即刻画出无产阶级全体的群像。法捷耶夫在《创作方法论》中提出一个重要的观点,即无产阶级文学表现的"不是个人,而是团体","不是一个人,而是阶级"。这种所谓的"集团艺术"是从波格丹诺夫到弗里契等人所一贯主张的,其基本理由是无产阶级文学的集体精神决定了无产阶级艺术只能表现集体的意识。③ 所以,《蟹工船》在叙事过程中并不注重典型形象的塑造和人物个性的刻画。而"在这种血肉相搏的斗争里面,有两个代表的典型"④ 中,揭露了资本主义向帝国主义转化的过程中,资产阶级为追求利润的最大化,进行世界性的殖民统治和扩张,从而造成资产阶级和无产阶级的尖锐矛盾。《蟹工船》的重要意义就在于它以客观、真实的现实主义笔调,揭露了存在于日本社会内部的奴役与被奴役、侮辱与被侮辱的阶级关系,从而使世界各地的无产者获得反抗帝国主义的政治侵略

---

① 若沁:《关于〈蟹工船〉》,《拓荒者》1930年第1期。
② 同上。
③ 陈建华:《二十世纪中俄文学关系》,高等教育出版社2002年版,第121页。
④ 沈端先:《小林多喜二的"一九二八·三·一五"》,《拓荒者》1930年第4期。

与经济剥削的信心和动力。夏衍在《一九二九年日本文坛》一文中谈道："一方，在火一般的斗争和死一般的弹压下面，全日本普罗列塔利亚艺术团体协会的机关志《战旗》，不论在质在量，都有飞跃的进步，一年内日本文坛值得推荐的作品，《战旗》派作家占有了压倒的多数。我们非举出小林多喜二的《蟹工船》不可。和作者自署的 Subtitle 一样，这是'殖民地资本主义侵入史的一页'。……作品的特点，是在作家抛弃了身边杂事式的描写，而正确明快地描写出了在北极附近的海上，受着毒龙一般的资本主义的酷使而不断地和'死'争斗着的一团渔夫的生活之一点。这篇作品里面，不单单描写了劳动者生活的苦痛，而且毫不牵强地写出了渔夫们感到了组织和斗争之必要的过程。这一点，我觉得是特别应该注意的事情。"① 在夏衍看来，唤起无产阶级团结起来的行动意识，是小林多喜二对于世界无产阶级文学贡献之所在。马克思主义的真谛不仅仅是用来解释世界，更重要的是让无产者将改变世界作为自己的任务和使命。所以，夏衍认为，《蟹工船》是一部普罗列塔利亚文学的杰作。1930年1月15日，王任叔在《现代小说》第三卷第四期上发表《小林多喜二底"蟹工船"》。该作开篇便引用小林多喜二为中译本《蟹工船》所撰写的序文：

> 中国普罗列搭利亚底英雄的奋起，对于切肤相关的日本普罗列搭利亚，是怎样地增加其勇气呵。我现在知道《蟹工船》是由同志潘念之底可敬的努力，在这英雄的中国普罗列搭利亚中，得被阅读的了——感到异常的兴奋。在这作品上所采取的事实，像在日本的这么一般，对于中国普罗列搭利亚是关系较浅的吧。但是，把蟹工船底极度残酷的原始的榨取，因人的劳动，和被各帝国主义的铁锁所紧缚的，强烈地给以动物线以下的虐使着中国普罗列搭利亚底现状，就是这么换置了过来看，可是不能够的吗？是可以的啊！那么，这个贫弱的作品，虽然是贫弱的，但总得成为一种"力"。我比较什么总相信这一点。
>
> 可是，同道而行的中国底朋友们啊，我祝望你们底常常康健与光明！
>
> 你紧固的握手。
小林多喜二②

---

① 夏衍：《一九二九年日本文坛》，《大众文艺》1930年第2卷第3期。
② 王任叔：《小林多喜二底"蟹工船"》，《现代小说》1930年第3卷第4期。

第四章　左联期刊与《现代》：多元话语并置下的外国文学研究　　151

　　王任叔之所以在开篇引用这段序文，旨在表明《蟹工船》之于中国无产阶级革命事业的精神鼓舞力量。从小林多喜二的殷切希望与良好祝愿中，可以看出《蟹工船》在20世纪30年代的中国已经超出了一部作品所具有的文学意义，而成为中日两国在地缘文化上一衣带水的邻邦友好关系的见证。接着，该文以Matsa的《欧洲普罗列搭利亚文学之道》一文为理论源泉，将无产阶级文学的发展分为四个历史阶段，而《蟹工船》则属于第四阶段，即"普罗列搭利亚艺术作品底Composition，必然地，从阶级的主观主义，移到阶级的历史的客观主义；从分析的写实主义，移到综合的写实主义。……艺术家必定不满足于普罗列搭利亚现实底'插话'的，片断的，偶然的场面；在一切的'插话'与偶然中，看到了和作为全体的现象底联系，和向过去及未来底历史的道程底联系。这时，他必然地弃却分析的写实足以，而慕进于综合的写实主义之路"。① 《蟹工船》已不再是缺乏对现实进行历史展望的小布尔乔亚的人道主义或改良主义，"蟹工船的构成，正是一种综合主义的构成法，篇中没有一个所谓较主要的主人，但每个人都辐凑于或一点。……这就是由于作者底意德沃罗基而反映于作品上的意德沃罗基的力"。② 在这里，作者所言的"意德沃罗基"即意识形态，作品中的各个人物因作者的意识形态而具有向心力和凝聚力。在大段转引《蟹工船》的相关片段后，作者援引平林初之辅的观点，总结了无产阶级写实主义的基本构成要素：客观、现实的唯物主义态度；社会的、阶级的看事物的态度；从一切的无产阶级的胜利看事物的立场。由此，作者认为，小林多喜二是"站在普罗列搭利亚写实主义的作者，在一切描写与用语上，实在是打起了劳动者文学的特别旗帜了"。③ 王任叔的这篇论文将《蟹工船》作为无产阶级文学的样本，在字里行间充满了对小林多喜二"辩证法手腕与坚定的阶级立场"的赞赏。

　　1930年2月，鲁迅在《文艺研究》创刊号上刊登了《蟹工船》的出版预告："日本普罗列塔利亚文学，迄今最大的收获，谁都承认是这部小林多喜二的《蟹工船》。在描写为帝国主义服务的《蟹工船》中，把渔夫缚死在船栏上，这一工船专为自身利益宁愿牺牲求救的别一工船的数百性

---

① 王任叔：《小林多喜二底"蟹工船"》，《现代小说》1930年第3卷第4期。
② 同上。
③ 同上。

命，这种凄惨的场面中，惊心动魄地显示出了两大阶级的对立。"① 从鲁迅的简要评述中，可以看出《蟹工船》极大地撼动鲁迅内心深处对被压迫者的同情与声援，以及鲁迅爱憎分明的阶级意识。

总的看来，夏衍、王任叔、潘念之、鲁迅等左翼学者对小林多喜二及《蟹工船》的解读，在一定程度上表明，中国学者对于世界性左翼文学思潮的高度关注与参与意识。

三 《文学》：文学遗产问题的言说

1933年7月《文学》创刊，1937年11月因上海沦陷停刊，前后持续了四年多时间。在左联所有的机关刊物中，《文学》是寿命最长的一个大型刊物。该刊由郑振铎、傅东华主编，茅盾作为隐形主编参与了实际编务。该刊曾刊出一系列的外国文学专号、特辑，如"弱小民族文学专号""一九三五年世界文人生卒纪念特辑""屠格涅夫逝世五十周年纪念特辑""高尔基纪念特辑""托尔斯泰逝世二十五周年纪念"等。此外，还有诸多外国作家作品研究，主要有顾仲彝的《巴蕾》、伍蠡甫的《德莱赛》、傅东华的《英国诗人济慈》、马宗融的《法国小说家雨果》、狄福的《丹麦童话家安徒生》、味茗的《匈牙利小说家诃摩尔》、胡仲持的《美国小说家马克吐温》、胡风的《蔼理斯的时代及其他》、孟十还的《果戈理论》、赵家璧的《安特生研究》、王独清的《古典主义的起来和它的时代》、惕若的《读〈小妇人〉》、沈起予的《纪德的一生》、济之的《托尔斯泰的离家与死》、宜闲的《戈尔登惠叟的回忆》、胡风的《〈死魂灵〉与果戈理》、梁宗岱与马宗融的《再论〈可笑的上流女人及其他〉》、马宗融的《现代法国人心目中的雨果》与《浪漫主义的起来和它的时代背景》等。总的看来，较之《萌芽》《拓荒者》《北斗》等刊物对于战后无产阶级革命文学的关注不同，《文学》将关注现实、反映社会作为其择取稿件的主要标准，尤其对于19世纪末20世纪初现实主义作家作品的研究用力颇多，且旁及17世纪古典主义文学与19世纪浪漫主义文学。可以说，《文学》选取外国文学研究对象的范围较广，并非局限于无产阶级革命文学。这在一定程度上反映了在左翼革命阶级视角之外，《文学》对于文学审美性的强调。20世纪30年代关于"文学遗产问题"的讨论，使

---

① 《文艺研究》1930年创刊号。

《文学》呈现出"向后看"的特征。

值得我们注意的是,《文学》在第二卷、第三卷设置"文学论坛"栏目,为20世纪30年代关于"文学遗产问题"的讨论搭建了互相交流的公共平台。外国文学遗产问题引起了当时学者们的关注,莎士比亚等经典作家重归中国学界,使西方文学传统在20世纪30年代的中国外国文学研究中得以延续。

关于这一问题的讨论,首先要从施蛰存说起。1933年秋,施蛰存在《申报·自由谈》撰文奉劝青年读《庄子》和《文选》,他的理由是:第一,感到有些青年的文章太拙直,字词太小,而从《庄子》和《文选》这两部书中则可参悟一点做文章的方法,同时也可以扩大一点字词;第二,希望有志于文学的青年能够读一读这两部书,因为每一个文学者都有必要借助于他上代的文学。鲁迅为此撰文予以驳斥,认为从《庄子》《文选》"这样的书里去找活字汇,简直是糊涂虫"。茅盾撰写了《文学青年如何修养》《再谈文学遗产》等文章回应了施蛰存的观点。在茅盾看来:"文学是没有国界的,在'接受遗产'这一名义下,我们不应当老是望着自己那不完全的一份;我们还得多多从世界文学名著去学习。不要以为中国字写的才是'遗产'呀!"[①] 由此,《文学》第二卷、第三卷的"文学论坛"栏目成为展开"文学遗产问题"讨论的主要阵地,一场声势浩大的"文学遗产问题"大讨论就此拉开帷幕。

茅盾作为这次论争的主将,撰写《文学的遗产》《我们该怎样接受遗产》《我们有什么遗产》《中国的文学遗产问题》《"文学遗产"与"整理国故"》等多篇文章与施蛰存展开辩论。在《文学的遗产》一文中,茅盾从苏联对文学遗产的尊重与传播论起,提出了我们必须放弃"新的是好的,旧的是坏的"[②] 观念,必须用批判的态度接受世界文学的遗产。同时,茅盾还提出了一个问题:在当时,世界文学名著遭遇无人译、无人读的命运。茅盾认为,对于这种不健全的现象须迅速予以纠正。言外之意,"文学遗产"应包括外国的文学遗产。在《我们该怎样接受遗产》中,茅盾明确指出:"文学遗产没有国别,世界文学的名著是全世界共享的权利。……名著之所以为名著,必有它们的社会的历史的原因。接受遗产应该用批判的态度……从现代的视角下批判固然贤明,但是从历史的视角下批判也同样重要。……接受前代文学遗产是为增富现代故,因而遗产需拿

---

① 茅盾:《文学青年如何修养》,《文学》1934年第2卷第4号。
② 茅盾:《文学的遗产》,《文学》1934年第2卷第1号。

来实际受用。"① 勃生撰写的《从"文学遗产"到"世界文库"》也认为文学遗产没有中外之分,"'文学遗产'这口号一到中国来立刻就引起了'整理国故'和'古典再认识'的论争。'整理国故'的议论自然是错误而且昏庸的,这里没有给它任何考虑的余地。科学和艺术从没有过国界,这是人类努力的结晶,是时代的标识,但在中国连这'文学遗产'也曾有了中外之分似的"。② 关于"文学遗产问题"的论争,使古典文学受到研究者的关注。我们且以茅盾为例。

1935年,在"文学遗产问题"的讨论中,《中学生》杂志的编者为了使中学生对欧洲文学有一个初步而正确的认识,于是茅盾受邀在《中学生》第47—53期撰写包括《伊利亚特》《伊勒克特拉》《神曲》《十日谈》《吉诃德先生》《雨果与〈哀史〉》《战争与和平》七篇世界文学名著的评论。1935年4月,上海东亚书局将以上七篇文章合并,推出名为《世界文学名著讲话》的单行本。与此同时,亚细亚老板又约茅盾撰写同样性质的论著。1936年,茅盾在《汉译西洋文学名著》中生动论述了《伊利亚特》和《奥德赛》《伊勒克特拉》《神曲》《十日谈》《吉诃德先生》《雨果与〈哀史〉》《战争与和平》、无名氏的《屋卡珊和尼各莱特》、莎士比亚的《哈姆莱特》、弥尔顿的《失乐园》、莫里哀的《恨世者》、伏尔泰的《戆第德》、笛福的《鲁滨孙漂流记》、斯威夫特的《格列佛游记》、菲尔丁的《约瑟·安德鲁传》、卢梭的《新哀绿绮思情书》、歌德的《浮士德》、席勒的《阴谋与爱情》、司各特的《萨克逊劫后英雄略》、拜伦的《曼弗雷德》、大仲马的《三个火枪手》、雨果的《欧那尼》、莱蒙托夫的《当代英雄》、显克微支的《你往何处去》、萨克雷的《浮华世界》、狄更斯的《大卫·科波菲尔》、果戈理的《巡按》、屠格涅夫的《父与子》、托尔斯泰的《复活》、陀思妥耶夫斯基的《罪与罚》、契诃夫的《三姊妹》、福楼拜的《波华荔夫人传》、左拉的《娜娜》、莫泊桑的《一生》、易卜生的《娜拉》、王尔德的《莎乐美》等欧洲文学名著。同年,上海开明书店出版单行本《汉译西洋文学名著》。茅盾在该著再版

---

① 茅盾:《我们该怎样接受遗产》,《文学》1934年第2卷第1号。
② 勃生:《从"文学遗产"到"世界文库"》,《杂文》1935年第2期。作者认为:"何况在目前,介绍外国的东西比搬玩自家的古董急于万倍呢!郑先生忽视了现阶段的需要。这里还有一个疑问,《世界文库》为什么不替读者的便利上想一想作为丛书出版呢?像《唐吉可德》那样的大著作,弄成碎片(分期发表)塞进读者的脑里去不但无益,而且是有害的。读者未必高兴看近于五马分尸的'遗产'吧。"

的序言中，这样写道：

> 三十年代的上海出版界，曾一度竞相出版外国古典文学名著。为适应读者的需要，有的书店和杂志社就约我撰写介绍外国名作家及其作品的文章。当时我考虑，青年们，尤其是中学生，正是求知欲旺盛的时候，需要引导他们对欧洲文学及其发展有一个初步而正确的认识，免得他们在茫茫的书海中迷失方向。于是我就选了三十二部欧洲古典文学名著，写了一本通俗的介绍的小书，叫做《汉译西洋文学名著》；同时我又陆续写了七篇，比较详细地介绍了七位著名作家的七部名著，发表在《中学生》杂志上。后来开明书店将这七篇编为单行本，取名《世界文学名著讲话》。这两本书解放后都没有再重印。①

《世界文学名著讲话》和《汉译西洋文学名著》是20世纪30年代茅盾在《文学》上关于"文学遗产问题"论争后，推出的重大外国文学研究成果。这些研究个案，表明茅盾已经抛弃了20世纪20年代的宏观的文学进化论史观，而趋向于对作家作品的微观细读。以今天的眼光来看，其中的有些论述略显幼稚，但是在20世纪30年代的中国，这些研究成果在当时的确发挥了重要的启蒙和宣传作用。在茅盾关于外国文学名著的论述中，既有文学的视角又有阶级的视角，下面我们各举几例来观之。

茅盾将《十日谈》与《神曲》进行对比分析后②，指出："《神曲》是没落的贵族文化的总结束而带着新兴的'市民'文化之烙印的，《十日谈》则是完全属于'市民'文化的。新的文化的内容，要求一种新的形式，《十日谈》的形式便是这种新形式的'初步'。"③ 由此，茅盾认为，《十日谈》的100个故事表面上看彼此分离，但"在预定的大计划——思

---

① 韦韬：《茅盾杂文集》，三联书店1996年版，第957页。
② 茅盾认为："《神曲》的人物主要是帝王、主教，但《十日谈》的人物主要的却是商人、手艺人（这是他们第一次在文艺上登场）。《神曲》是宗教的，象征的，而《十日谈》是现在的，写实的；《神曲》宣扬'禁欲主义'，而《十日谈》极端抨击'禁欲主义'；《神曲》虽然也指摘教皇和教会，但其根本精神则是赞崇宗教，反之，《十日谈》则以为僧侣和修道士们是最坏的坏人，常是讪笑的资料。《神曲》是'梦的故事'，是象征的，幻想的，两眼向着天上的，而《十日谈》则是现实的描写，人间丑恶诈伪的剥露，是注视着活人的社会的；而且，《神曲》是中世纪贵族文化之'回光返照'，而《十日谈》则是代替了贵族文化的新兴工商业'市民'文化之'第一道光线'。"
③ 茅盾：《世界文学名著杂谈》，百花文艺出版社1980年版，第107页。

欲巴罗人间社会种种形相的大计划下"①却是一个有机的整体。五百年后，巴尔扎克的《人间喜剧》在组织结构上，"又何尝不能说是《十日谈》的计划的扩展"。《十日谈》的这种空间性结构作品的方式，"在欧洲（不单是意大利）文学上划一时代。这是'市民'的文艺式样第一次的果实，也是第一部的杰作。在这以前，韵文是文艺领域中最有势力的角色，《十日谈》打破了这种独尊的局面。在这以前，不是没有散文的作品，例如但丁的《新生》就是用韵文写的，但是《十日谈》不但把散文的文艺表现力提高了一阶段，并且开始了'小说'的纪元"。②茅盾从《十日谈》的艺术构思着手，从结构、形式层面分析该著是如何写成的。可以看出，茅盾的论述已经具有结构主义分析的意味。同时，茅盾也注意到："薄伽丘常常把相反的两个故事一前一后并置，以显示世态的多端以及他对于人性的真正的见解。"③从这点可以看出，20世纪30年代，学界侧重的是外国文学遗产的创作技巧，正如穆木天所言："对于过去的文学作品作精确研究，得到正当的认识，而由之获得新的技术，新的创作方法，是承继文学遗产的问题。主要点是在于把旧的技巧发展一下，如果作'拷贝'式的学习，也许是有害的。"④茅盾对《十日谈》艺术特色的分析，对于新文学的建设具有一定的启示意义。

在茅盾看来，以笛福的《鲁滨逊漂流记》为代表的冒险小说："是将人类从游牧渔猎的原始生活直到笛福那时的市民政权的生活，很巧妙地依着笛福（商业资产者）的人生观、世界观写了出来的。而且书中主人公鲁滨孙的冒险欲以及艰苦的奋斗，刚毅的意志，创造的能力，又都是那时代的商业资产者的冒险家的典型。在形式上，这不是并不写日常的社会生活，而写荒岛；没有许多人物，却只有一个人物。这也是空前的。……然而鲁滨孙比真人的息尔克伟大得多，有办法得多。倒是这虚拟的鲁滨孙才是笛福那时英国商业资产者最好的典型。又从鲁滨孙的生活上表示出只有靠自己的力量才能在生活中胜利，这自己就是个人，不是集团；所以此书又是礼赞了资产者的个人主义和自由主义的作品。"⑤茅盾将鲁滨逊定位

---

① 茅盾：《世界文学名著杂谈》，百花文艺出版社1980年版，第107页。
② 同上书，第119页。
③ 同上书，第127页。
④ 穆木天：《这是历史的问题》，《申报自由谈》1934年。
⑤ 茅盾：《世界文学名著杂谈》，百花文艺出版社1980年版，第280—281页。

为"商业资产者的冒险家的典型",认为《鲁滨逊漂流记》是对个人主义的礼赞,在今天看来,这种观点仍然是耳熟能详,可见其影响之深远。茅盾对18世纪英国的现实主义小说家理查逊在小说发展史上所发挥的作用,亦有精彩的论述:"理查生所完成者,已经是很重要的一步;他将十七世纪的恋爱小说(这已经是商业资产者化了的东西)改作为家庭的教训主义的恋爱小说。十七世纪的恋爱小说描写上流社交界男女恋爱的浪漫史,理查生则描写并且宣扬那作为家庭生活基础的真挚的夫妇间的爱情。这种性爱关系是适应于资产者社会的家庭的。正像笛福他们的冒险小说是把从前贵族的骑士的'冒险谈'翻改为资产者的'冒险谈'一样。所以在这一点上,理查生和笛福他们所完成的,也可以说是并行线上两顶点。而菲尔丁却是将这并行的两顶点扭合为一,创立了更完备的形式的一人。"[①]从以上分析可以看出,茅盾不仅从表现内容上描述了西方小说的发展历史,更重要的是从小说结构、形式的层面,论述了薄伽丘、笛福、理查逊、菲尔丁等作家在西方小说发展史中的地位和贡献。可见,茅盾对于外国文学研究已经具有了相当的理论视野。

茅盾对于外国文学的社会历史分析,在以上所列诸篇中也颇为常见。茅盾对《荷马史诗》上下部的分析,总是与"经济"相勾连;在《莎士比亚的〈哈姆莱特〉》中,茅盾指出:"莎士比亚的作品正反映了旧的贵族文化和新的商业资产者文化的冲突。……莎士比亚虽然很忠实地写出了贵族的不得不没落,但他属于贵族这方面的。他之所以享了不朽的盛名,皮相者每夸其诗句之美妙,及戏曲的技术之高妙,而其实则因他广泛地而且深刻地研究了这社会转形期的人的性格:妒忌,名誉心,似是而非的信仰,忧悒性的优柔寡断,傲慢,不同年龄的恋爱,一切他都描写了。他的作品里有各种的生活,各色的人等,其丰富复杂是罕见的。"[②] 茅盾从社会反映论的角度,认为莎士比亚的创作反映了文艺复兴时期新旧两种文化的冲突,从而凸显了莎士比亚现实主义的创作特色。由此,在中国的外国文学史中,一个现实主义者的莎士比亚就此被定下了基调。茅盾又一针见血地从人性论的角度,指出莎士比亚悲剧是性格悲剧的特色。在茅盾看来,莎士比亚之所以不朽的真正原因在于其对人性的深刻揭示。茅盾抓住了莎士比亚创作的重要特征,而这样的评价在中国后来出现的莎评中一再

---

① 茅盾:《世界文学名著杂谈》,百花文艺出版社1980年版,第286—287页。
② 同上书,第263—264页。

重现。茅盾在《罪与罚》中阐述了陀思妥耶夫斯基对现实的二重态度："他一方面否认了人造的法律有裁制罪犯的权力，——拉斯考尼考夫的行为是超于善恶之外的，法律不配去制裁他；然而另一方面陀思妥耶夫斯基却又要借法律的手来实现拉斯考尼考夫的'灵魂的净化'。否定了现存制度，然而又屈伏于现存制度之下，而又创造出一种神秘的'哲理'来调和这矛盾，——这便是小市民知识分子的陀思妥耶夫斯基的思想。"① 茅盾称作者把"'罪恶是灵魂净化所必要'这一'哲理'来支撑他自己的对于人生终极的乐观"。② 虽然茅盾对陀思妥耶夫斯基的身份定位有待商榷，但他对拉斯科尔尼科夫犯罪成因的分析，现在看来也具有一定的合理性。

此外，茅盾认为，《猎人笔记》"这部书对于俄国的舆论有很大的影响，普遍一致的对于农奴制的憎恶是此书所唤起的。农奴制之终于废止，此书尽了相当的力量。这些小说是在一八八四年到五〇年之间发表的"。③ 虽然，《猎人笔记》是基于对农奴制的抗议而创作，但茅盾对于此书现实作用的描述具有夸大文学作品社会意义的倾向。茅盾将《格列佛游记》和《鲁滨孙漂流记》列为"英国散文文学的古典杰作"，这在文学史上基本没有异议。但是茅盾认为这两本著作"有许多供儿童读的节本。中文有韦丛芜的译本（开明版），内容为大人国及小人国游记。又有吴景新译的《大人国游记》《小人国游记》《飞岛游记》及《兽国游记》，则为儿童读物，颇多删改。最早尚有林纾的文言本《海外轩渠录》（商务版），虽然完全，却也不失直译"。④ 这部书目在为读者提供阅读指南上，具有一定的益处。由此，《格列佛游记》作为表现人性的严肃小说，竟然以儿童文学的面貌出现在中国读者的视野中，这不能不说是茅盾对斯威夫特的"误读"。

茅盾持鲜明的阶段论的视角，他认为："波华荔夫人是脆弱的、色情狂的、贪婪的……《波华荔夫人传》有一个中心：人生的丑恶。"⑤ 包法利夫人的爱情悲剧，在茅盾的视野中成为小资产阶级的个人主义情调而受到批判。在茅盾看来，这与福楼拜早年神经衰弱所引起的悲观思想有关，同时也是"工业资本主义的内在矛盾所造成的世纪末的心情在作家身上最

---

① 茅盾：《世界文学名著杂谈》，百花文艺出版社1980年版，第359页。
② 同上书，第359页。
③ 同上书，第348页。
④ 同上书，第285页。
⑤ 同上书，第369页。

早的反映"。① 由此，茅盾指出福楼拜客观之中有主观创作特色；同时，茅盾也以阶级的观点激烈地批判了浪漫主义文学。茅盾指出，拜伦的作品混淆了古典主义的特性和浪漫主义的特征："他站在中世纪的封建制度的精神中，用强盗的服装披在那些对社会不满的新教徒和革命者的身上。他是用了诗的艺术把封建阶级没落的历史渲染至于不朽的。他的人物常常一面是纨绔的浪子，一面又是革命的煽动家，但在此两面的中心却是个孤独的厌世的人。"② 茅盾对"拜伦式英雄"的贬斥大于褒扬，此观点明显有着左翼文学批评的色调，代表了20世纪30年代中国左翼学界对浪漫主义文学的否定态度。正如邓恭三在《略论〈世界文库〉的宗旨选例及其它》中所指出的，"外国文学之对于我们，单是促成了文学革命运动这事实，已不许我们数典忘祖，而几十年来翻译的成绩，却始终未曾使一般读者藉之而认识了外国文学的庐山真面。就最常见的现象说，'浪漫派'一词在中国，迄今犹被用作放荡甚至恶滥无品等行为的假借，而在西欧，却原是被认作'回向中古'，被认作'天主教之复活'，本是最严肃的工作，反当作了无耻的荒淫，这误解是需要拿实际的货色来加以纠正的"。③ 1932年是歌德百年忌辰，该年4月4日《文艺新闻》刊载的《追忆歌德百年祭》一文，对纪念歌德的这种"奔腾的热情"提出了严正的警告："一般被称作'浪漫谛克'的气氛，至今还普遍在小资产阶级青年知识分子的血液中，没有清算。这是当我们在纪念歌德的时候，应该深自警惕的。"④ 在20世纪30年代的革命阶级话语之下，浪漫主义所表现的个人情感受到无产阶级集团意识的抵制。尤其是茅盾对唯美主义的分析，最能见其阶级视角的运用。在《王尔德的〈莎乐美〉》中，茅盾这样写道："写实主义可称为资产阶级的文艺样式，自然主义可称是小资产阶级的，那么，印象的唯美主义是上流社会者和吃放债吃利息者一流的寄生阶层的文艺样式。写实主义，特别是自然主义，是努力要描写现实及具体的世态的，印象的唯美主义却极力要避开现实及过于物质了的东西，而以技巧浓重的形式去描写。自然主义者具有批判的悲观气氛，唯美主义者则是乐观的，——生之愉快，对于世界

---

① 茅盾：《世界文学名著杂谈》，百花文艺出版社1980年版，第369页。
② 同上书，第310—311页。
③ 邓恭三：《略论〈世界文库〉的宗旨选例及其它》，《国闻周报》1936年第13卷第1期。
④ 卫茂平：《德语文学汉译史考辨：晚清和民国时期》，上海外语教育出版社2004年版，第91—92页。

完全取唯美的态度。他们以为人生之最高意义是美，艺术高于生活，美学就是最高的道德。所以唯美主义也是反道德的。"① 茅盾的上述评论颇能代表20世纪30年代左翼学者在外国文学研究中的话语方式。

茅盾对现代主义文学的观点，受到日丹诺夫的影响。1934年8月，苏联作家第一次代表大会召开，日丹诺夫作了《苏联文学是世界上最先进、最有思想性的文学》的报告。他指出："苏联文学的成功是以社会主义建设的成功为先决条件的。苏联文学的成长是我们社会主义制度的成功和成就的反映。我们的文学是全世界各民族和各国文学中间最年轻的文学。同时它又是最有思想、最先进和最革命的文学。"② 而对于资本主义社会现代文学，日丹诺夫这样说道："由于资本主义制度的衰颓与腐朽而产生的资产阶级文学的衰颓和腐朽，这就是现在资产阶级文化与资产阶级文学状况的特色和特点……沉湎于神秘主义和僧侣主义，迷醉于色情文学，这就是资产阶级文化衰颓和腐朽的特征。资产阶级文学，把自己的笔出卖给了资本家的资产阶级文学，它的著名人物'现在是盗贼、侦探、娼妓和流氓了'。"③ 日丹诺夫这种二元对立的思维方式，将苏联文学和西方文学视为相互对立的两级，两者根本没有交流与对话的可能，足见日丹诺夫缺乏世界文学意识。由此，在日丹诺夫的狭隘阶级视野中，现代主义文学受到批判、否定。

此外，周立波在20世纪30年代的外国文学研究工作也值得我们关注。④

---

① 茅盾：《世界文学名著杂谈》，百花文艺出版社1980年版，第385页。
② 何宝骥：《世界社会主义思想通鉴》，人民出版社1996年版，第312页。
③ ［苏］日丹诺夫：《日丹诺夫论文学与艺术》，人民文学出版社1959年版，第7—8页。
④ 20世纪30年代，周立波相继在报刊上发表如下论文：1935年1月14日《申报·自由谈》《美国市民的嘲笑者的马克吐温》、1935年4月12日《申报·自由谈》《俄国文学中的死》、1935年5月6日《申报·自由谈》《詹姆斯乔伊斯》、1935年5月23日《申报·自由谈》《现代艺术的悲观性》、1935年7月29日《申报·自由谈》《葡萄牙最伟大的诗人卡摩因一生的颠沛》、1936年4月24日《申报·文艺专刊》《"太初有为"——读哥德的〈浮士德〉有感》、1935年6月4日《时事新报·青光》《诗人马查多的六十诞辰》、1935年6月11日《时事新报·青光》《一个古巴的半中国诗人及其作品》、1935年6月14日《时事新报·青光》《纪念普式庚》、1935年7月26日《时事新报·青光》《萧伯讷不老——为纪念他的生辰作》、1935年8月24日《时事新报·青光》《最近的波兰文学》、1935年9月1日《时事新报·青光》《悼巴比塞》、1936年6月30日《时事新报》《西班牙文学近况》、1935年10月28—29日《时事新报·青光》《中亚诗人沙德内丁·艾尼》、1935年8月8日《大晚报》第六版《马克吐温的读者》、1936年2月23日《大晚报·火炬》《纪念罗曼罗兰七十岁生辰》、1935年10月20日《生活知识》第1卷第2期《纪念巴比塞》、1935年11月20日《生活知识》第1卷第4期《纪念托尔斯泰》、1936年3月24日《每周文学》第27期上《多勃洛留波夫诞生百年纪念》、1936年6月25日《光明》第1卷第2期《一个巨人的死》、1937年5月《光明》第2卷第10期《西班牙的法西斯文化》、1937年2月1日《现世界》第1卷第12期《普式庚的百年祭》。

从周立波的《詹姆斯乔伊斯》《美国市民的嘲笑者的马克吐温》《"太初有为"——读哥德的〈浮士德〉有感》《自卑与自尊》《现代艺术的悲剧性》《俄国文学中的死》等文章中，可以看出，作为革命文学家的周立波对外国文学研究所特有的思想印记。在《俄国文学中的死》一文中，周立波认为："不只是贵族文学，在整个旧俄文学中，死成了最触目的主题。"[①] 造成这种文学现象的主要原因，在于沙皇统治下"资本制度的半身不遂"。在《自卑与自尊》一文中，周立波将陀思妥耶夫斯基作品的基本精神归结为："把屈辱和苦难当作赎罪祭，当作人类精神上的享乐。"在《"太初有为"——读歌德的〈浮士德〉有感》的文末，周立波发出了鼓舞国民士气的呼声："现在中华民族人民解放的狂风暴雨，已经够猛烈了。这是我们一个多么有为的时候。"[②] 在《纪念高尔基》一文中，周立波明确指出："我们要学习高尔基的精神，一方面，要歌颂建设的工人和农民，一方面要和新中国的各种残敌去作坚决的斗争。"[③] 周立波以浮士德的实践精神与高尔基的人民视角，激励国人为民族国家的解放独立而奋斗的革命浪漫主义激情。从这一点可以看出，周立波的人民性立场与强烈的现实主义态度。由此，周立波认为乔伊斯与普鲁斯特的作品只是"粪的分析和梦的微音"。[④]

在《詹姆斯乔伊斯》一文中，一方面周波高度评价了乔伊斯的文学地位，另一方面又进一步强化了此观点："为什么乔伊斯所看到的人间是这样地丑陋和恶心呢？第一，是他的社会的存在决定了他只能看到这些。通过灰色的玻璃只能看到灰色的对象，同样，通过颓废的没落心理，只能看见否定的人类。其次，他的那种爱无差等的速记式的写实和毫无选择的心理描写，更帮助他歪曲了现实，他看到了许多没有相互关系的表面的偶然的形象，却抓不住人间的本质，看不出人民大众的最根本的契机，不理解发展的基本线索，更不知道世界的动向，这样，在他的作品中，当然只

[①] 周立波：《俄国文学中的死》，见周立波《周立波文集》第 5 卷，上海文艺出版社 1985 年版，第 169 页。

[②] 周立波：《"太初有为"——读哥德的〈浮士德〉有感》，见周立波《周立波文集》第 5 卷，上海文艺出版社 1985 年版，第 184 页。

[③] 周立波：《纪念高尔基》，见周立波《周立波文集》第 5 卷，上海文艺出版社 1985 年版，第 309 页。

[④] 周立波：《"太初有为"——读哥德的〈浮士德〉有感》，见周立波《周立波文集》第 5 卷，上海文艺出版社 1985 年版，第 183 页。

有毫无价值的人物和杂沓的心理。"① 在周立波革命现实主义的视野中，乔伊斯的创作因脱离实际而毫无价值可言。乔伊斯狭小的视野使其"不得不去摸索意识和潜意识的每一个黑暗的角落，去抚弄他的'在的经验'的一切微小部分"。② 乔伊斯作品奇异的形式与空虚的内容，尤其是"他的显微镜的方法，他的'潜意识的实现'和'内在的独白'的方法，甚至于他的描写外界的自然主义的手法，对于文学都没有裨益，因为这都带着静学的、矫揉造作的性质，是与文学应当有新鲜的内容和崇高的目的相违反"。③ 所以："《优里西斯》……是有名道德猥亵的小说……只能发见一些无价值的琐事和偶然的形象……在整个乔伊斯作品里，充斥了俗物。……猥琐，怯懦、淫荡，犹疑是乔伊斯的人物的特质。"④《尤利西斯》所体现的现代意识、现代情绪以及意识流的表现技巧，在周立波看来，只有"脂肪过剩的人"才需要它。在《现代艺术的悲剧性》一文中，周立波认为："爱立奥特（T. S. Eliot），在他的晦暗的诗的外衣下，藏着'性和生活机能的恐怖'，和'深深的生活的嫌恶'。……他歌颂'禅定'，歌颂'空虚的人'。"⑤

周立波以阶级论视角对乔伊斯、艾略特等现代主义作家的误读与曲解，虽是时代所致，但方法论是错位的。当然，这并不能否定周立波在20世纪30年代在外国文学研究方面所做的大量工作和所做出的成绩。

第二节 多重视角下的外国文学研究

"左翼"文学、自由主义文学是20世纪30年代中国文坛较为显著的文学思潮。其中，以鲁迅、茅盾、夏衍等为代表的左翼学者以革命、阶级视角为出发点，紧紧附着于中国现实政治与意识形态的需要，注重各国无产阶级文学对于中国革命的现实意义，将战后苏联、日本等无产阶级革命文学，作为建设中国无产阶级文学的主要外来文学资源。与左翼学者相对

---

① 周立波：《詹姆斯乔伊斯》，见周立波《周立波文集》第5卷，上海文艺出版社1985年版，第197—198页。
② 同上书，第198页。
③ 同上。
④ 同上书，第197页。
⑤ 周立波：《现代艺术的悲剧性》，见周立波《周立波文集》第5卷，上海文艺出版社1985年版，第173页。

(指总体倾向，当然存在个体差别)，自由主义者如梁实秋、徐志摩、叶公超、李健吾、柳无忌等，则远离社会政治，主张文学的创造性与自我表现。他们往往从自身的学术趣味出发，致力于英美现代作家作品的系统研究。在外国文学的引介与研究上，他们注重外国作家作品的系统研究，叶公超之于艾略特、李健吾之于福楼拜、梁实秋之于莎士比亚、梁宗岱之于里尔克等经典作家研究的出现，显示了20世纪30年代左翼阶级、政治视角之外，学理层面上外国文学研究的实绩。

一 关于"马雅科夫斯基之死"的讨论

如上所述，左翼学者与自由主义者在文学观念上的差异是显而易见的。由此，也导致了20世纪30年代的文学论争。左翼学者冠以自由派资产阶级的称号，自由主义者徐志摩这样回击："我们不仅懂得莎士比亚，并且还认识丹麦王子汉姆雷德，英国留学生难得高兴时讲他的莎士比亚，多体面多够根儿的事，你们没到过外国看不完原文的当然不配插嘴。"[①]从徐志摩略显傲慢的神情与居高临下的优越性语气上，可以看出，自由派以熟知莎士比亚为他们抵御左翼学者人身攻击的挡箭牌。"十字街头"与"象牙塔"之间的对立和矛盾，更充分表现在鲁迅与梁实秋关于"阶级性"与"人性"的争论中，也表现在关于"诗人之死"的不同表达中。我们且以"马雅科夫斯基之死"为例。

1930年4月，马雅科夫斯基自杀。对于马雅科夫斯基之死，左翼学者与自由主义学者作出了不同反应。周扬在《十五年来的苏联文学》中这样写道："马雅珂夫斯基，这革命的鼓手之死，在苏联是一个非常痛心的损失。他在死之前所写的悲痛的诗句（'恋爱的船在生活上面破碎了'）隐隐地反映了这位杰出的诗人，这位过去十五年间的最光辉灿烂的人物内心的悲剧。他是被他所深恶痛绝的旧世界的势力压倒了。……马雅珂夫斯基不能把自己完全改造，就这样从社会主义建设的高架上堕了下来。"[②]周扬将马雅科夫斯基的自杀原因归结于个人恋爱的失败，进而从意识形态上认为，马雅科夫斯基之死与其在新旧两个世界中不能完成自我改造相关，这明显具有左翼学者的社会学批评视角。

[①] 徐志摩：《汉姆雷德与留学生》，《晨报副刊》1925年10月26日。
[②] 周扬：《十五年来的苏联文学》，《文学》1933年第1卷第3期，署名起应。

而戴望舒在《诗人玛耶阔夫司基的死》①一文中，并不认为马雅科夫斯基是旧时代的诗人。戴望舒这样写道："他是在革命的斗争中长大起来的。他以自己的诗为革命的武器，同时，他是建设着新生活的，建设着社会主义而且要把它扩大到全世界去的人们底诗人。他是梦想着未来的世界是要由他的火一样的诗句来做向导的。但是他却像不惯新生活的旧时代的叶赛宁一样，怯懦地杀害了自己的生命。它的意义是什么呢？"当时，苏联各家报纸上称：马雅科夫斯基由于"实验诗剧失败""不能恢复健康的常病"而自杀，戴望舒对此结论进行了驳斥。在戴望舒看来，一方面马雅科夫斯基是一个未来主义诗歌的信徒，未来主义带着一种盲目性、浪漫性和英雄主义来理解和赞美革命。另一方面，十月革命以后，革命的英雄时代已经终结，平庸的、持久的、琐碎的建设生活已经开始，马雅科夫斯基已经分明地看到他那样热烈歌颂过的革命只是一个现实的平凡的东西，其失望是可想而知的。但马雅科夫斯基是"无产阶级的大诗人"，是"忠实的战士"，他不能辜负这些荣誉，他不能背叛革命，这样：

> 我们是可以看到革命与未来主义这二者之间的矛盾的最尖端的表现了。革命，一种集团的行动，毫不容假借地要强迫排出了集团每一分子的内心所蕴藏的个人主义的因素，并且几乎近于残酷地把各种英雄的理想来定罪；而未来主义，英雄主义的化身，个人主义在文学上的最后的转世，却还免不得在革命的强烈的压力之下作未意识到的蠢动。玛耶阔夫司基是一个未来主义者，是一个最缺乏可塑性（plasticity）的灵魂，是一个倔强的、唯我的、狂放的好汉，而又是——一个革命者！他想把个人主义的我溶解在集团的之中而不可能。他将塑造革命呢，还是被革命塑造？这是仅有的两条出路，但绝不是为玛耶阔夫司基而设的出路。他自己充分意识到了这个，于是没有出路的他便不得不采取了他自己所"不劝别人这样做的"方法，于是全世界听到了这样一个不幸的消息——诗人符拉齐米尔·玛耶阔夫司基死了。②

戴望舒从人类理想与现实冲突的永恒命题，解读马雅科夫斯基之死。

---

① 戴望舒：《诗人玛耶阔夫司基的死》，《小说月报》1930年第21卷第12期。
② 同上。

可以说，戴望舒抓住了诗人内心最本真、最本质的存在。马雅科夫斯基是一个从未来派诗人转向无产阶级的歌手，这种双重身份使身在革命队伍中的诗人，始终处在自己的艺术理想与革命的现实政治之间的矛盾与纠缠之中。当心灵的这种矛盾、分裂无法在现实中得以缝合时，可以说，自杀是诗人在小我的艺术追求与大我的革命事业之间两难选择的结果。戴望舒在文章最后谈到了马雅科夫斯基死后的荣誉，期待未来的世界不会像马雅科夫斯基所企图的那样，而马雅科夫斯基也将像普希金和契诃夫一样成为历史的遗迹。这当然只是一种良好的愿望，在此后的无产阶级文学运动史上，马雅科夫斯基并没有仅仅成为遗迹。那种悖论式的处境不仅困扰着马雅科夫斯基，同样也是后来的革命诗人无法逃避的问题。以现在的眼光，比较周扬与戴望舒对马雅科夫斯基之死的分析，戴望舒的观点更具有文学研究的意味，周扬的分析在一定程度上扩展了我们对马雅科夫斯基的认识。

二 艾略特与福楼拜的研究

从以上两个个案可以看出，虽然左翼文学思潮把持着20世纪30年代中国文坛的话语权，以鲁迅、周扬等为代表的左翼学者，用阶级论审视外国文学，表明中国学者并不是毫无保留地赞赏或蔑视外来文学资源，而有自己鲜明的立场。同时，以梁实秋、戴望舒等为代表的具有自由主义倾向的知识分子，他们对于外国文学的引介与研究更应该得到关注。自由主义者大多具有较完备的欧美教育背景，往往能够一以贯之地倾力于一个欧美作家的系统研究；在研究对象的选择上，往往选择留学所在国的作家，或直接将自己的导师作为研究对象。从叶公超的《艾略特的诗》《再论艾略特的诗》，李健吾的《包法利夫人》《论福楼拜的人生观》《福楼拜的文学形体一致观》《福楼拜的短篇小说集》，梁实秋的《〈哈姆雷特〉问题》《〈马克白〉的意义》，费照鉴的《济慈与莎士比亚》《济慈的一生》《济慈美的观念》，宗白华的《浮士德与欧洲近代人文主义思想》等研究成果可以看出，相对于左翼学者将各国无产阶级文学作为主要研究对象，从社会反映论出发，或影射中国现实政治，或激发中国革命的热情相比，自由主义学者更注重从文学研究的独立性出发，阐述自己对外国文学的见解。他们一般较注重研究方法的切入，实证研究、新批评等西方研究方法，时不时地出现在他们的外国文学研究实践中。尤其是20世纪30年代兴起的

"新批评",叶公超等将"细读"作为研究方法,从而使 20 世纪 30 年代的外国文学研究脱离了 20 世纪 20 年代的宏大叙述,外国作家作品研究成为这一时期研究者倾力最多的一个方面。叶公超之于艾略特、李健吾之于福楼拜、梁实秋之于莎士比亚、梁宗岱之于瓦雷里、费照鉴之于济慈研究等。可以说,自由主义者以自觉的文学意识与明确的艺术取向,将民国时期的外国文学研究从"粗放"向更具纯粹的学术研究转变的例证。下面我们选取叶公超与李健吾这两个个案,具体分析自由主义者为 20 世纪 30 年代外国文学研究作出的贡献。

陶希圣先生称叶公超具有:"文学的气度,哲学的人生,国士的风骨,才士的手笔。"[①] 叶公超是 1930 年艾略特研究用力最勤的学者。1934 年,叶公超撰写《艾略特的诗》和《再论艾略特的诗》两篇文章,分别刊登在《清华学报》和《北平晨报·文艺》上。我们且以《艾略特的诗》为例。

《艾略特的诗》全文约 7000 字,主要表达了叶公超对 1931—1932 年伦敦出版的三本与艾略特有关的英文著作——威廉生的《艾略特的诗》、马克格里非的《艾略特研究》以及艾略特 1917—1932 年发表的批评论文选等的看法。该文的结构就是对这三本书的依次评论,体现了"评者与著者两种思想的较量"[②]。通观这篇文章,叶公超对于艾略特的认识主要有两点。第一,艾略特的诗歌理论与诗歌创作是一致的,读懂艾略特诗歌必须结合诗人的诗歌理论。叶公超以艾略特诗歌创作中的用典现象为例,认为:"在诗里为什么要用典故,而且还不只用一国文学一方面的典故,也可以用来说明他在诗里常用旧句或整个历史的事件来表现态度与意境的理由。……所以要想了解他的诗,我们首先要明白他对于诗的主张。""知道了他对于诗的主张未必就能了解他的诗;不过完成了这步,你至少不至于像许多盲从新奇者一般的感觉他是个含有神秘的天才,也不至于再归降于一般守旧批语家的旗帜之下,轻信各种谬说。"[③] 在叶公超看来,了解艾略特的诗歌主张是理解艾略特创作的关键所在。艾略特于 1922 年创作的《荒原》,被誉为现代主义诗歌的里程碑。叶公超以《荒原》为界,认为艾略特在《荒原》前后的诗歌创作并无不同,都是"出于同一种心理

---

① 《书屋》编辑部:《在政治与学术之间游走》,湖南教育出版社 2009 年版,第 114 页。
② 叶公超:《读书评》,见陈子善编《叶公超批评文集》,珠海出版社 1998 年版,第 47 页。
③ 同上书,第 112 页。

背景",其早期创作大多"都闪着一副庄严沉默的面孔,它给我们的印象不像个冷讥热嘲的俏皮青年,更不像一个倨傲轻世的古典者,乃是一个受着现代社会的酷刑的、清醒道德、虔诚的自白者。……在技术方面,《荒原》里所用的表现方法大致在以前的小诗里都有了试验,不过《荒原》是综合以前所有的形式和方法而成的,所以无疑的是他诗中最伟大的试验。"① 叶公超认为,当下青年人所受艾略特的影响大多是技术,解释艾略特的诗也应该从技术上来着眼。在这里,叶公超所说的"技术"主要指艾略特诗歌创作中隐喻、用典、戏剧化等手法的运用。叶公超尤为强调艾略特"在技术上的特色全在他所用的的 metaphor 的象征功效。他不但能充分的运用 metaphor 的衬托的力量,而且能从 metaphor 的意象中去暗示自己的态度和意境。要彻底解释艾略特的诗,非分析他的 metaphor 不可,因为这才是他的独到之处"。② 叶公超引用艾略特的话说:"我们的文明包括极端的参差与复杂的成分,这些参差与复杂的现象戏弄着一个精敏的知觉,自然会产生差异的与复杂的结果。以后的诗人必要一天比一天的包括广大,必要更多用隐喻的方法,必要更加间接,为的是要强迫文字,甚至使它脱榫,去就他的意思。"③ 隐喻便是通过"两种性质极端相反的东西或印象来对较",④ 使它们形成更加强烈的对比与更加突出的审美效果。

　　第二,关于艾略特的宗教信仰与诗歌的关系。叶公超认为:"艾略特的宗教信仰至少对于他自己是一种思想的结论,是一种理智的悟觉。这种结论,这种悟觉是他思想方面的生活,徒有这种生活未必就能写诗。……艾略特的诗之所以令人注意者,不在他的宗教信仰,而在他有进一步的深刻表现法,有扩大错综的意识,有为整个人类文明前途设想的情绪,其余的一切都得从别的立场上去讨论。"⑤ 在这里,叶公超的潜台词表明:艾略特的非个人化观念,是其表达现代意识与运用相应表现手法的主要依据。由此,叶公超认为,将艾略特视为一个古典主义者是极不恰当的,即使诗人自己也这样认为。"假使因为他受了伊丽莎白时代戏剧和'形而上学派诗人'的影响而定他为古典主义者,那么为什么不就说他是与他自己

---

① 陈子善编:《叶公超批评文集》,珠海出版社1998年版,第114—116页。
② 叶公超:《艾略特的诗》,《清华学报》1934年第9卷第2期。
③ 同上。
④ 同上。
⑤ 陈子善编:《叶公超批评文集》,珠海出版社1998年版,第117页。

的理论不符，因为他的'历史的意义'原是包括古今的。假使说因为在他出现之前的英文诗已坠落到不可收拾的地步，而他为诗坛重开了一条生路，那也不能就定他为古典主义者。这点很有矫正的必要，因为假若认定它是古典主义者，我们就等于没有明白他的地位了。"① 此外，叶公超还讨论了艾略特的"客观对应物"思想。叶公超说，在艾略特的诗论中，"最重要而又写得最精彩的部分"就是关于文学作品中的"情绪如何传达"的论述："艾略特答问情绪如何传达的话：'唯一用艺术形式来传达情绪的方法就是先找着一种物界的关联东西：（objective correlatire）换句话说，就是认定一套物件，一种情况，一段连续的事件来作所要传达的那种情绪的公式；如此则当这些外界的事实一旦变成我们的感觉经验，与它相关的情绪便立即被唤起了。'其实这是一句极普通的话，象征主义者早已说过，研究创作想象的人也都早已注意到这种内感与外物的契合，并且有更精细的分析。"②

1940年，赵萝蕤在《艾略特与〈荒原〉》一文中，分析了艾略特诗歌语言的节奏和用典。作者认为，典故具有"熔古今欧洲诸国之精神的传统于一炉"③与"处处逃避正面的说法而假借他人，他事来表现他个人的情感"④的作用。作者特别指出《荒原》的三个主要意象："一则是淹没于情欲之海的非尼夏水手；二则为海，海是情欲的大海，是沉溺了非尼夏水手的海；三则为佛教的教训，就是要甘霖降临到荒原必须制欲、慈善、同情。"⑤ 赵萝蕤以这三个主要"肌质"阐述《荒原》的主题，体现了"新批评"注重文本细读的原则。

从以上分析可以看出，叶公超、赵萝蕤等学者对新评批理论及其代表作家的解读，不但限于一般层面上的常识引介，而且上升到对作品进行细读的理论层面。总的看来，20世纪30年代，中国学者往往能够指出艾略特与人类的精神、心理层面相关性。可以说，这样的结论与通常所谓的"新批评"注重文本的语义分析、强调读者的接受等原则相去甚远。而"新批评"一词随着1941年兰姆《新批评》的出版而问世，所以在1930

---

① 陈子善编：《叶公超批评文集》，珠海出版社1998年版，第120页。
② 叶公超：《艾略特的诗》，《清华学报》1934年第9卷第2期。
③ 赵萝蕤：《艾略特与〈荒原〉》，《时事新报》1940年。
④ 同上。
⑤ 同上。

年代中国学者只是接受了早期新批评的观点。如 1929 年，"新批评"的创始人瑞恰慈出版其代表作《实用批评：文学标准的一种研究》(*Practical Criticism: A Study of Literary Judgment*)，该著奠定了瑞恰慈在西方理论界的权威地位。1933 年，《国立武汉大学文哲季刊》刊载了陈西滢的《文学批评的一个新基础》与张沅长《Practical Criticism: A Study of Literary Judgment 之评介》，这两篇文章可以说我国最早介绍与评论新批评的文章。其中，陈文提出了"批评的原则是专为人破坏而设的""批评是不能离开心理而独立的"① 等观点；张文认为，"在文学批评中引用心理学，比起以前的文艺评论，当然是一种进步。Richards 对于意义及解释两方面的确有一些贡献。他教人家在心中感动时候去读诗、评诗，也是一种经验之谈，并不是怎样可笑的。心理学的弱点，他也知道。除了主观的心理分析之外，心理学对于自己许多难题没有办法，哪里会有多少力量来帮文学批评的忙？Richards 也是不是已才想到叩齿二十通，画起神符念'太上老君急急如急律令敕'"。② 但在注重文本分析上，当时的中国学者却是抓住了新批评的主要特征。1931 年，叶公超在清华大学外文系讲授现代诗歌。他认为，教材《现代英美代表诗人选》的编选者"并不想借此表现什么新理论，新主义，或是什么运动；不过是选出几位现代英美诗人来作一种单独的研究而已"。③ 当时，翟孟生在外文系讲授西洋文学概要。叶公超给其讲义《欧洲文学小史》作序时，认为其对作品内容的分析，力度不够，并特地向翟孟生指出，当时学生有"好谈运动、主义与时代的趋势，而不去细读原著"④ 的毛病，中国最需要的就是瑞恰兹倡导的"这种分析作品的理论"。⑤

可以看出，叶公超极为重视从作品本身入手，强调对作品精研细读的文学本位立场。在 20 世纪 30 年代，"不描写时代便非文学""不作阶级斗争的武器的文学便非文学"的主流话语中，叶公超重视文学作品细节呈现的微观研究，尤显可贵。

---

① 陈西滢：《文学批评的一个新基础》，《国立武汉大学文哲季刊》1930 年第 1 卷第 1 期，署名滢。
② 张沅长：《Practical Criticism: A Study of Literary Judgment 之评介》，《国立武汉大学文哲季刊》1933 年第 2 卷第 1 期。
③ 叶公超：《〈美国诗抄〉、〈现代英美代表诗人选〉》，《新月》1929 年第 2 卷第 2 期。
④ 叶公超：《欧洲文学小史》，《大公报·文学副刊》1931 年第 166 期。
⑤ 叶公超：《〈科学与诗〉序》，曹葆华译，《科学与诗》，商务印书馆 1937 年版。

福楼拜是19世纪法国著名的作家、评论家。1921年,《晨报副镌》尊奉福楼拜为"文艺女神的孤忠的祭司""爱真与美的冷血诗人",这极为准确地概括了福楼拜的艺术追求与艺术精神。20世纪30年代,留学法国的李健吾成为研究福楼拜的专家,先后撰写了《论福楼拜的人生观》《福楼拜文学形体一致观》《〈包法利夫人〉的时代意义》①等文章,并于1935年出版专著《福楼拜评传》。在该著的序言里,李健吾写道:"司汤达深刻,巴尔扎克伟大,但是福楼拜,完美。巴尔扎克创造了一个世界,司汤达剖开了一个人的脏腑,而福楼拜告诉我们,一切由于相对的关联。"② 1936年,吴达元在《清华学报》上发表了题为《福楼拜评传》的文章。该文主要对这部研究专著进行了客观而又详细的解读。吴达元认为:"国人研究外国作家很少有系统和长年工作的毅力,所以从来没有研究一个作家的巨著出现,有之子李健吾先生的《福楼拜评传》。"③ 李健吾对福楼拜作品的研究:"无所轩轾,更不避难就易,每部小说都用同样的力量去研究,把它们的价值尽量指点给我们看。"④

在该文中,吴达元重点分析了《福楼拜评传》的结构及其主要内容,"全书共分八章,另加附录四段,插图八幅,共四一七页。除去附录,专论福氏的占三八八页"。⑤ 吴达元指出,李健吾在第一章介绍了福楼拜的生平,重点从遗传、环境、时代三方面讲述了福楼拜性格与创作的关系。李健吾认为,父族历代相传的医生职业、儿时居住的路昂市立医院环境、19世纪"时代病"等,是福楼拜忧郁、悲观、幻想、孤僻性格形成的主要原因,由此也培养了福楼拜对事物进行缜密观察的习惯:"他虽然隐居在路昂,他可不是和世界完全隔离。他喜欢蒙田,布路耶,服尔德,这些作家不无多少加深他观察的爱好。他又浸润于勒布莱,沙氏比亚,雨果,沙多布里安,拜伦和哥德——特别是他的浮士德——想深刻了解福氏的忧郁和悲观的作风,这些作家的影响当然不能漠视。这两点我想应当做为研

---

① 《论福楼拜的人生观》,《文学季刊》1934年第1卷第4期;《福楼拜文学形体一致观》,《文学季刊》1935年第2卷第1期;《〈包法利夫人〉的时代意义》,《文艺复兴》1947年第4卷第1期。
② 李健吾:《福楼拜评传·序》,商务印书馆1935年版。
③ 吴达元:《福楼拜评传》,《清华学报》1936年第11卷第4期。
④ 同上。
⑤ 同上。

究福氏的线索的补充。"① 从第二章到第七章，李健吾分别研究了福楼拜的六部杰作：《包法利夫人》《萨朗波》《情感教育》《圣安东尼的诱惑》《短篇小说集》和《布法与白居谢》。吴达元认为："每章开首就给我们好些丰富而且有价值的引证，阐明福氏写作每部小说的动机和历程，用来增加我们对福氏作品的兴趣，和增进我们对福氏作风的了解力。这些材料的收集是一出很费力的工作，因为他们大多数都埋藏于信札和些回忆录里面。"② 在此，吴达元赞扬了李健吾注重原始材料的实证研究，"我们觉得应该特别感谢作者所介绍的高钠版本，其中福氏的信札都整理得清清楚楚，让研究福氏的人们好去发掘一切需要的材料"。③ 基于这些扎实的考据工作，李健吾兼用主观批评与客观批评两种方法④，在《福楼拜评传》中"李先生的旁征博引，实在是一番苦功夫"。⑤ 吴达元称第一章"福楼拜"为"开场白"，主要向读者说明该著所要研究的福楼拜的性格，称第八章"福楼拜的宗教"为"收场白"，主要对第二章与第七章的研究结果进行总结，阐明福楼拜的艺术观念。第八章最重要的是："说明福氏怎样跑出浪漫派，走进巴尔纳斯派，从发泄主观的情感，到'无我'的客观的描写。这是福氏所走的路，也是当时一般作家所走的路。福氏一生所追求的就是'美'，因为对于他，'美'即是'真'，所以他写作一部小说必得经过积年的努力，用尽无限的心血，不轻于随随便便用一个字。这样为艺术而艺术的精神，李先生在他的第八章里面说得很详细。"⑥ 关于这一章，吴达元认为有两处不妥：一是第八章的题目"福楼拜的宗教"，容易引起读者的误解："李先生的'宗教'两个字系修辞学的隐喻用法，作'信仰'解释。福氏的信仰就是艺术。可是我们读福氏的小说，时常遇见些关于宗教的问题的——尤其是《萨朗波》里面的日神和月神，《圣安东

---

① 吴达元：《福楼拜评传》，《清华学报》1936 年第 11 卷第 4 期。
② 同上。
③ 同上。
④ 吴达元认为："关于批评，普通有两种方法：（一）主观的：批评根据个人的鉴赏力，判定一部作品的好坏。（二）客观的：批评家虚心探寻作者主观的艺术观念，判定他的作品是否完成了他自己的理想。两种方法都有好处和坏处，李先生在他的《评传》里面，两种方法都兼用，这是一个聪明的办法，因此《评传》给我们对福楼拜的观念比较准确。我们可以想象得出，客观的批评比较主观吃力得多，主观的批评可以任批评家信口开河，说作品好坏；至于客观的批评则非有根据不能轻易随便说话。"
⑤ 吴达元：《福楼拜评传》，《清华学报》1936 年第 11 卷第 4 期。
⑥ 同上。

尼的诱惑》的上帝和魔鬼等,因此,我们会认为李先生用最后一章来研究福氏的宗教哲学,来阐明福氏到底信仰什么宗教?"① 二是李健吾对于福楼拜在行文中如何斟酌、推敲用词等屡屡谈及,但没有对福楼拜的文笔进行详细集中的讨论:"莫非因为译文难于表达,所以只好删去不谈?那么把福氏的手稿作一两幅插图如何?评传里面一共有插图八幅,有些为福氏生前的遗迹,有些和他的作品有关系,加上他的手稿也许能使得这些插图更完善更有意义罢。"②

吴达元还就"福楼拜是写实派还是浪漫派"的归属问题进行了讨论。吴达元认为,福楼拜的性格倾向于忧郁和幻想,他喜欢看可怖的尸身、喜欢中古世纪与旅行,以终身没到过中国为憾。幼年爱读"时代病"作家的作品,这些都是视福楼拜为浪漫派作家的要素;但是,福楼拜的艺术观念是"无我",以"无我"观察人生。11岁的时候,福楼拜留意中产阶级的言语举动,并分析观察所得。所以,福楼拜具有外科医生解剖病人的精细分析能力与写实派作家清楚的头脑。那么,福楼拜到底应当属于浪漫派呢,还是写实派呢?关于这一点,吴达元认为"李先生比法盖聪明得多了"。③ 法盖在其《福楼拜》一书里认为:"福氏的《包法利夫人》是写实派的,《萨朗波》是浪漫派的,《情感教育》是写实派的,《圣安东尼的诱惑》是浪漫派的,《布法与白居谢》是写实派的。于是他定了一个算学式的方式,说福氏写完一本写实派的小说总跟着就来一本浪漫派的小说,在译本浪漫派的小说完成后,又回到写实派去。"④ 可以说,法盖的观点在现在很多教材中普遍存在。在吴达元看来,伟大的天才根本不受"门派"和"主义"的约束。对于福楼拜的作品,仅仅贴上写实派或浪漫派的标签是片面的,因为它们同时有浪漫派的气息和写实派的精神:"李先生因为根本就不想下定论,这大约是研究福氏的艺术观念得来的聪明罢。……所以能都在他的《评传》里面尽量阐明福氏的多方面的作风。他一方面把《包法利夫人》的浪漫性格详细地分析给我们看,一方面告诉我们《包法利夫人》那本小说是经过福氏缜密地观察人生才写成的,它有浪漫派的血肉同时有写实派的骨干。这是他的《福楼拜评传》的一

---

① 吴达元:《福楼拜评传》,《清华学报》1936年第11卷第4期。
② 同上。
③ 同上。
④ 同上。

个很大的长处。"① 最后,吴达元指出,李健吾为了使《福楼拜评传》通俗易懂,有时将福楼拜的小说与《西游记》《红楼梦》等作比较。

总的看来,在《福楼拜评传》中,只有第一章讨论作者的生平,李健吾用更多的笔墨探讨了福楼拜小说艺术的各种禀赋和特征,其论述之精当与材料之丰富,代表了当时中国学界福楼拜研究的最高水平,就是在今天看来,仍然具有一定的学术价值。

三　莎士比亚的研究

20世纪30年代关于"文学遗产问题"的争论,使莎士比亚研究回归学界舞台。据《全国专科以上学校教员专题研究概览》②记载,当时外国文学研究课题共有32个。其中,莎士比亚戏剧成为研究的热点,正如勃生在《从"文学遗产"到"世界文库"》一文中所言:"莎士比亚在今日的世界文坛,一直是非常伟大的作家。读他的作品,自可以得到文学技术修养的帮助。这不消说,是莎氏的作品本身是伟大的,而同时英国文坛文艺批评的传统之对古典文学有相当的看重,未始不是一个原因。"③ 20世纪30年代是莎士比亚研究成果最为丰富的时期。由此,学界聚焦于莎士比亚研究。下面我们择取民国时期文学期刊中的莎士比亚研究的个案,以期全面呈现此时莎士比亚研究的面貌。

首先我们简要回顾30年代之前的莎士比亚研究。1913年,孙毓修在《小说月报》上发表《莎士比亚之戏曲》一文,是民国较早的莎士比亚研究论文。该文主要对莎士比亚的生平和戏剧创作进行了较为详尽的介绍。其中,有两方面值得关注:一是作者认为,"吾人欲知此大诗翁之来历,则不可不先溯其家庭"。④ 从中可以看出,中国传统以人物为中心的史传观念与社会学批评在孙毓修"评断"作家时的影响。二是作者高度评价莎士比亚在世界文学中的地位。在文章结尾作者这样写道:"莎士比之理想,其势力之伟大,凡英国之人,无不受其感化者,盖除新旧约Bible以外,无他书可以相匹也。……自十六世纪以后,久成为莎士比之世界矣。盖至今莎士比之曲,凡有文字者莫不翻译,则心思之被其转移者,固不独

---

① 吴达元:《福楼拜评传》,《清华学报》1936年第11卷第4期。
② 教育部编:《全国专科以上学校教员专题研究概览》,商务印书馆1937年版。
③ 勃生:《从"文学遗产"到"世界文库"》,《杂文》1935年第2期。
④ 孙毓修:《莎士比亚之戏曲》,《小说月报》1913年第4卷第8期。

一英国也。"① 字里行间，流露出作者对莎士比亚的无限敬仰。1917年，东润在《太平洋》撰写的《莎氏乐府谈》②是现在所能见到的中国最早独立成章的、完整的莎评论文。该文主要介绍了莎士比亚的生平、莎士比亚时代的舞台、林纾翻译的《吟边燕语》的篇目以及《罗密欧与朱丽叶》《尤利乌斯·凯撒》这两个剧本。该文作者对莎士比亚赞不绝口："莎氏乐府为世所艳称久矣，非特英人崇视莎士比亚，恍如天神；即若法若德诸国人士，莫不倾倒于其文名之下，以为非国人所能及。"③ 除此之外，东润还对莎士比亚的艺术成就有所论及。作者认为，莎士比亚非常注重人物的个性化塑造，"人人具一面目，三十五种剧本之中，即不啻有几百几十人之小照。在其行墨之间，而此几百几十人者，又无一重复，无一模糊，斯真可谓大观也已"。④ 在戏剧语言方面，莎士比亚"言词变化入神，文笔亦如天来游龙，夭矫屈伸，诚文学之大观。读莎氏原文者，于此不可不留意也"。⑤ 从这两点可以看出，东润对莎士比亚戏剧艺术主要特征有着较为准确的把握。但是，在具体论述上浅尝辄止，语言流于概括、笼统，仅停留在个人欣赏及经验性表达的层面。

　　从以上分析我们可以看出：在研究方法上，民国初期的莎士比亚研究以综合的印象式点评为主，学者们大多对莎士比亚在世界文学的地位给予高度肯定；在研究内容上，则主要集中在对莎士比亚的生平及其剧作的简单介绍上，而对莎士比亚创作的思想性、艺术性的认识还有待于进一步深化。总之，民国初期对莎士比亚的研究比较零碎、肤浅，感性赞誉有余，而理性分析不足，莎士比亚创作中的丰富性与复杂性远远没有被揭示出来。20世纪20年代，在茅盾与郭沫若关于外国文学翻译与研究的讨论中，茅盾主张系统、经济地翻译外国文学，要紧的是自然主义和写实主义的作品。因此，在茅盾看来，翻译研究但丁、莎士比亚、歌德等经典作家是不合时宜的。如1921年，茅盾在《新文学》发表《近代文学体系研究》一文。在茅盾看来，莎士比亚只会"迎合贵族的趣味""贵族阶级的

---

① 孙毓修：《莎士比亚之戏曲》，《小说月报》1913年第4卷第8期。
② 《太平洋》在1917年的第1卷第5、6、8号，1918年的第1卷第9号刊登该文。
③ 东润：《莎氏乐府谈》，《太平洋》1917年第1卷第5号。
④ 同上。
⑤ 同上。

玩好"。我们需要的"是社会的工具，是平民的文学",[①] 而莎士比亚不能发挥文学作为"文学为人生"的作用。由于以茅盾为代表的文学研究会在文坛上的话语权和地位，20世纪20年代关于莎士比亚研究的成果就显得比较薄弱，零星可见的只有关于"莎士比亚问题"的讨论，以及莎士比亚在国外研究的几篇翻译性质的论文。

20世纪30年代，在关于文学遗产继承问题的争论中，莎士比亚才真正受到研究者的关注。如克夫在《莎士比亚的宇宙观与艺术》的译者前言中指出："莎士比亚的研究占着文学遗产问题中最重要地位之一。"[②] 郑伯奇在《〈哈姆雷特〉源流考》的前记中所言："五四以来的新戏剧运动是以易卜生开始的，伟大的莎士比亚在中国也不免受到冷遇。近年来，接受文艺遗产的号召和先进国家对于莎翁的评价才引起了国人对于这位剧圣的注意。"[③] 1931年，张沅长首次在中国提出"莎学"[④] 这一术语，并且将其与中国"红学"相提并论。1936年，马贯亭以编年体的形式撰写《莎士比亚年谱》[⑤] 一文，比较详细地介绍了莎士比亚的生平与创作，为当时的中国读者全面了解莎士比亚提供了重要的史料。在诸多莎士比亚研究者中，梁实秋对莎士比亚研究，用力最勤，正如王平陵所言，"梁先生是年来中国研究莎士比亚最努力一人"。[⑥]《概览》这样记述：

校名：国立北平大学

文科：外国文学

研究人：梁实秋，教授，三十四岁，河北省北平县人。

研究题目：莎士比亚之翻译与研究

研究计划及步骤：拟翻译莎士比亚之全集，并研究其生平、艺术、背景等。

研究期间：开始，民国二十一年；预定完毕，民国三十一年。

研究结果：翻译方面已陆续完成者有哈姆雷特、马克白、奥赛

---

① 茅盾：《近代文学体系的研究》，《茅盾全集》第32卷，人民文学出版社2001年版，第450—452页。
② 克夫译：《莎士比亚的宇宙观与艺术》，《时事类编》1937年第4卷第17期。
③ 郑伯奇译：《〈哈姆雷特〉源流考》，《中原》1943年第1卷第2期。
④ 张沅长：《莎学》，《国立武汉大学文哲季刊》1931年第2卷第2号。
⑤ 马贯亭：《励学》，《莎士比亚年谱》1936年第7期。
⑥ 梁实秋：《莎士比亚的戏剧艺术》，《戏剧时代》1937年第1卷第3期。

罗、威尼斯商人、如愿六种。尚有二种在进行中,已交中华教育文化基金董事会编译委员会印行。研究方面,已完成莎士比亚概论一册(尚未付印),及论文多篇。①

诸种研究个案表明,20世纪30年代中国莎士比亚研究的范围渐趋扩大和深入,问题意识逐步增强,研究方法也趋向多样。无论是对莎士比亚的创作思想、艺术成就的阐发,还是从比较研究、实证研究、新批评研究等视角切入莎士比亚的剧作等诸多方面,显示了民国莎士比亚研究趋向于学术学理探究层面,较多地呈现出纯粹的、中性的学院化研究的特色。

关于"莎士比亚问题"的讨论受到学者们的关注。1936年,梁实秋认为,"所谓'培根派'实在是19世纪后半的一场梦呓。'培根派'的理论在20世纪简直是笑谈,没有一个学者再肯在这一个论争上费一个字"。② 1941年,有学者认为莎士比亚问题"历时三百余年,终不过疑局一场"。③ 民国时期,关于"莎士比亚问题"的讨论,对于今天的中国学者已是耳熟能详,但在当时还是颇为新鲜的,它在很大程度上丰富和深化了当时读者对莎士比亚生平及作品的认识。正如陈西滢所言:"萧士比亚的传记虽然没有近代一般大诗人的详尽,然而经了无数考证家的研究,我们知道的还不算少。"④

同时,莎士比亚剧作蕴含着丰富的思想内容,如何看待这些剧作与当时社会之间的关系,在其中又透露出莎士比亚怎样的价值观,这些使30年代莎士比亚研究的问题意识逐步增强。

(一) 莎士比亚的现实主义观

1934年,茅盾以昧茗为笔名发表《莎士比亚与现实主义》⑤一文。该文向中国读者传递了这样一个信息:莎士比亚是一个伟大的现实主义者,这奠定了后来人们对莎士比亚的总体认识。如1936年,杨深夔在《莎士比亚底〈汉姆莱脱〉》译后记中这样写道:"以我们来看莎士比亚,他就

---

① 教育部编:《全国专科以上学校教员专题研究概览》,商务印书馆1937年版。
② 梁实秋:《莎士比亚研究之现阶段》,《东方杂志》1936年第33卷第7号。
③ 《莎士比亚之谜》,《三六九画报》1941年第9卷第7—9期。
④ 陈西滢:《独身主义的萧士比亚兄妹》,《现代评论》1925年第1卷第10期。
⑤ 昧茗:《莎士比亚与现实主义》,《文史》1934年第1卷第3期。

不是艺术至上主义底伟大诗人。而只是高餐者的。伟大的，天才的大宣传家。斗士，写实主义者。"① 在 30 年代以后的很长一段时间里，中国读者认为，莎士比亚是一个现实主义者。

作为现实主义者的莎士比亚是否反映了自己的时代？梁实秋的《莎士比亚的戏剧艺术》②与陈铨的《莎士比亚的贡献》③等论文对此进行了较为深入的探讨。其中，在梁文附带的"编者按"里，编者对梁实秋所持论点的短评，很值得玩味。梁实秋以莎士比亚"不曾描写宗教斗争与吸烟"，而得出"莎氏作品中不曾反映当时社会"的结论。这在编者看来，恰恰表明了梁实秋否认艺术与时代的关系。编者认为，其实在莎士比亚的剧作中有很多关于宗教问题的表现，莎士比亚甚至说过"上帝是在人们的心里的"这样的话，只不过是莎士比亚没有正面描写。至于吸烟，编者认为那只是一种生活习惯，作家描写人生与反映时代，本不必从这些细枝末节入手。在这里，梁实秋侧重现实主义的"细节真实"，但是表述上不够严密，得出的结论也过于盲目、武断；而编者倾向于现实主义的"典型论"，认为文学应反映时代、社会中的重大事件，作家不可能也没有必要事无巨细地反映社会的方方面面。他们只是说明了现实主义的一个方面。

随着对莎士比亚研究的深入，1944 年，梁实秋发表《莎士比亚：三十三年十一月在中央大学演讲稿》一文，主要对莎士比亚的创作是否反映自己时代的问题，又进行了进一步的探讨。梁实秋认为，宗教斗争的确是莎士比亚时代的一件大事。但在莎士比亚的作品中却找不到关于它的半点痕迹。这是因为莎士比亚不受时代问题的干扰："一个时代里偶发事件需要有人记载、批评，但那不一定是艺术家的职务，假如莎士比亚也作出几部报告文学，那真是浪费了天才。我们不能说莎士比亚没有反映时代精神，谁比莎士比亚更充分的表现了文艺复兴时代的精神？他对于人间的苦痛有广大的同情，他对于弱者被压迫者失败者以至于犯罪者，都有同情。这一种悲天悯人的态度盘踞了莎士比亚的心。"④ 从以上分析中，我们可以看出：作为艺术家，莎士比亚的无功利性使其能够逍遥于艺术之中，而

---

① [日] 大下晋平：《莎士比亚底〈汉姆莱脱〉》，杨深译，《文艺》1936 年第 3 期。
② 梁实秋：《莎士比亚的戏剧艺术》，《戏剧时代》1937 年第 1 卷第 3 期。
③ 陈铨：《莎士比亚的贡献》，《青年杂志》1948 年第 1 卷第 2 期。
④ 梁实秋：《莎士比亚：三十三年十一月在中央大学演讲稿》，《文史杂志》1944 年第 4 卷第 11—12 期。

超然于名利之外，从而使他的创作具有超时空性，在本质上能够透视自己的时代，而不仅仅是局限在表面现象上。莎士比亚的确不愧为本·琼生所称赞的"时代灵魂"，"不属于一个时代而属于所有的世纪"。

（二）莎士比亚信鬼吗？

对于鬼怪、神巫等的迷信，存在于莎士比亚生活的时代，莎士比亚的诸多作品中都含有关于鬼魂的描写。1936年，梁实秋的《略谈莎士比亚作品里的鬼》就是讨论此类问题的代表性文章。作者以《麦克白》为例，指出鬼"实在是弱者心里所造出来的。麦克白夫人一再代表着健康的常识，点破她丈夫的麦克白'忧郁见鬼出'的虚幻心理。麦克白所见的空中短刀是恐惧的描写，他所见的鬼也是如此"。[1] 在作者看来，"鬼"是人物恐惧心理的写照。柳无忌的《莎士比亚的尤利乌斯·凯撒》、李子骏的《莎士比亚悲剧之实质》等论文都持有相同的观点。如李子俊认为，莎剧中的怪异力量"给已发生了的内心动作一种确证，定形和影响"[2]。

接着，梁实秋又进一步探讨"鬼"与莎士比亚戏剧创作的关系。作者指出，从表面上看，莎士比亚作品中常常描写鬼、穿插鬼的故事，这可能会使读者认为莎士比亚并未超出自己所处的时代。"但是如果进行深一步考察，我们就会发现莎士比亚作品中的鬼完全是一种'戏剧的工具'。鬼，在莎士比亚的作品中，永远不是主要的部分，永远是使剧情更加明显的方法，永远是使观众愈加明了剧情的手段。鬼的出现，总是有因的。或是因了冤抑而要求报复，或是因了将有不祥之事耳预作征兆。所以把鬼穿插到作品里去，是一种艺术安排，不一定证明作者迷信。"[3] 梁实秋从戏剧艺术创作的高度，为当时的中国读者理解莎士比亚作品中的"鬼"打开了新的思路和视野，从而避免了社会反映论对莎士比亚机械而片面的认识

（三）莎士比亚的阶级性

1934年，《学文》刊载马克思的《莎士比亚论金钱》[4] 一文。马克

---

[1] 梁实秋：《略谈莎士比亚作品里的鬼》，《论语》1936年第92期。
[2] 李子骏：《莎士比亚悲剧之实质》，《刁斗》1934年第1期。
[3] 梁实秋：《略谈莎士比亚作品里的鬼》，《论语》1936年第92期。
[4] 梁实秋译：《莎士比亚论金钱》，《学文》1934年第1卷第2期。

思认为，金钱的罪恶在莎士比亚剧本《雅典的泰门》中得到了淋漓尽致的体现。由此，马克思称莎士比亚是先觉者，是最早发现金钱罪恶的人。在当时的一些所谓的"左翼""普罗"作家看来，莎士比亚写"拜金艺术"就意味着他固守着经济史观，莎士比亚的意识属于资产阶级的意识。

1935 年，梁实秋在《自由评论》上撰写《关于莎士比亚——莎士比亚的阶级性》① 一文。该文认为，"时髦的左倾批评家喜欢援引凯撒大将及考里欧兰奴斯两剧中，贵族对于平民所发之轻薄言词，为莎士比亚轻蔑平民的证据，从而断定莎士比亚是拥护资产阶级的。这是不公道的。假如我们也袭取这种推论方法，我们便很容易的从作品里检出不少的对于平民表示同情的话语"。那么，莎士比亚是否具有资产阶级意识，是否轻蔑平民？接着，梁实秋在《莎士比亚与劳动阶级》中对此做出了回答。梁实秋承认莎士比亚在戏剧中有时既嘲弄了平民，又嘲弄了贵族。但梁实秋认为莎士比亚并没有阶级的偏见，莎士比亚作品中讽刺的指向是人性的弱点和社会的不公。在梁实秋看来，任何伟大作家都具有阔大的胸襟，对于人间疾苦都有深厚的同情，然而，他们的同情是超阶级的。由此，梁实秋认为："从阶级斗争的立场来研究莎翁，故意在他作品中断章取义，附会到他们的政治倾向上去，而攻击莎翁也是不可取的。"② 在今天看来，梁实秋的观点也是很值得我们借鉴的。

（四）莎士比亚的艺术成就研究

莎士比亚所取得的艺术成就举世瞩目，民国学人以他们各自的视角对此进行了相应的探讨。较具代表性的有：1935 年，袁昌英在《国立武汉大学文哲季刊》发表的《沙斯比亚的幽默》③ 是我国 20 世纪 30 年代有代表性的从理论角度分析莎剧的一篇重要论文。该文从幽默的美学范畴出发，将莎剧中具有幽默审美特征的人物集中起来进行分析，重点论述莎士

---

① 梁实秋：《关于莎士比亚——莎士比亚的版本》《关于莎士比亚——仲夏夜之梦》《关于莎士比亚——莎士比亚时代的剧院》《关于莎士比亚——莎士比亚的阶级性》，《自由评论》1935 年第 4、7—9 期。

② 梁实秋：《莎士比亚与劳动阶级》，《自由评论》1935 年第 16 期。该文主要是读者魏詠声与梁实秋之间的书信往来，讨论"莎士比亚讥笑劳动阶级了没有"。

③ 袁昌英：《沙斯比亚的幽默》，《国立武汉大学文哲季刊》1935 年。作者曾留学英国爱丁堡大学，为我国第一位获得英国文学硕士学位的女性。

比亚剧作中，幽默的不同表现及其所营造的艺术效果。1937年，宗白华的《莎士比亚的艺术》重点论述莎士比亚在艺术上的独特性。作者以艺术家特有的审美视角，认为艺术的价值本不在题材及内容，而是在作者如何的写出。在具体写作上，宗白华认为莎士比亚擅长铺成叙述、艺术对照、性格塑造、注重"情调"的营造、强调悲喜剧的融合等。宗白华体悟到莎士比亚对于"人生生命的无穷热力与兴趣"。[①] 与东润在《莎氏乐府谈》中对莎士比亚艺术成就的简略提及不同，宗白华从悲剧艺术的内部规律方面，深化了对莎士比亚戏剧艺术的探讨。同年，梁实秋撰写《莎士比亚的戏剧艺术》[②] 一文，该文主要从故事与结构、人性的描写、客观性、象征法、字汇、音乐的成分六方面论述莎士比亚戏剧在艺术上的特点。

此外，哥伦比亚教授Brander Mattews认为，英国的莎士比亚批评常把莎士比亚当诗人看待，法国把莎士比亚当心理学家看待，美国把莎士比亚当编剧家看待。那么，中国批评界如何定位莎士比亚？1920年，胡愈之认为："莎士比亚是我们所崇拜的大诗人。"[③] 1937年顾良在《莎士比亚研究》中这样写道："一方面'说部丛书'风行着，一方面莎士比亚原著在高等和中等的学府里讲授着；前者把莎士比亚当做说部家，后者把莎士比亚当做一个文章家，而戏剧家的莎士比亚始终落空，始终关在门外。"[④] 这段引文表明：在国人眼中，莎士比亚是一个"说部家""文章家""文人"，而"戏剧家""文学家""艺术家""诗人"的莎士比亚，则受到冷落。

1937年梁实秋在《莎士比亚是诗人还是戏剧家？》一文中对此进行了较为详细的论述。通过对莎士比亚艺术发展过程的考察，梁实秋认为："莎士比亚不仅是一个诗人，亦不仅是一个戏剧家，而是由诗人变成戏剧家，在蜕变之后他没有完全舍弃了他的诗人的性质，这种性质的保留使得他的戏剧大放异彩，不但演起来动人，其自身成为一个难以模仿的类

[①] 宗白华：《莎士比亚的艺术》，《戏剧时代》1937年第1卷第3期。该文是中央大学教授宗白华先生在中央电台的特约演讲稿。
[②] 梁实秋：《莎士比亚的戏剧艺术》，《戏剧时代》1937年第1卷第3期。作者在国立戏剧学校的演讲词，由王平陵先生笔录。
[③] 胡愈之：《托尔斯泰的莎士比亚论》，《东方杂志》1920年第2号。
[④] 顾良：《莎士比亚研究》，《大众知识》1937年第1卷第9期。

型。……从大体论,莎士比亚已可称为诗人与戏剧家之希有的凝和。"①最后,梁实秋指出,只有充分认识莎士比亚的双重身份对其创作的影响,才能正确而完整地理解莎士比亚的艺术之特殊与伟大。梁实秋从文学批评家的视角,通过对莎士比亚的身份解读,表明人们对莎士比亚的认识逐步走向深化。

在研究方法上,20世纪30年代民国学人对莎士比亚的研究从1910年的印象式点评,逐步过渡到较为多元化的系统研究。从以下所列举的几种较具代表性的研究方法我们可以看出,民国莎士比亚研究在方法论上极大地丰富了人们对莎士比亚进行多元解读的可能。

(一) 平行研究

此方面的研究可分为两类:一类是莎士比亚与中国作家比较研究,如前文提到的《莎氏乐府谈》中,东润从中西诗人比较出发认为,李白和莎士比亚"皆天才磅礴,此其所同也";两者不同之处在于"李氏诗歌全为自己写照,莎氏剧本则为剧中人物写照"。②赵景深的《汤显祖与莎士比亚》主要对两者的相同点进行论述。作者认为,两人的生卒年相同;在题材方面大都是取材于前人,而自己创作的少;两者在戏曲界占有最高的地位,"同为东西两大戏曲家";两者都是"不受羁勒的天才,写悲哀最为动人。莎士比亚不遵守三一律,汤显祖不遵守音律"。③另一类是莎士比亚与外国作家的比较研究。其中,1940年,季信撰写的《莎士比亚与易卜生》一文较具代表性。该文主要论述这两位经典戏剧家与戏剧发展的关系。作者认为,莎士比亚和易卜生的著作代表了整个戏剧的潮流:"起点是莎士比亚所表现的'自身的意识',终点是易卜生所表现的'一个时代全人类的性灵的总和'。"④

民国时期,采用平行研究的方法解析莎士比亚的剧作,虽然在拓宽人们的研究视野上,为中国莎学研究做出了一定的贡献。但是在今天看来,由于平行研究的可比性问题一直备受争议,这种A作家与B作家同异比

---

① 梁实秋:《莎士比亚是诗人还是戏剧家?》,《文学》1937年第1卷第2期。
② 东润:《莎氏乐府谈》,《太平洋》1917年第1卷第5号。
③ 赵景深:《汤显祖与莎士比亚》,《文艺春秋》1946年第2卷第2期。
④ 季信:《莎士比亚与易卜生》,《现代》1940年第2期。与此相关的论文还有:1934年,费鉴照在《文艺月刊》第6卷第4期撰写《济慈与莎士比亚》;同年,汪梧封在《光华大学半月刊》第3卷第4期撰写《莎士比亚与莫里哀》等。

附的研究模式，在很长一段时间内成为文学研究中的诟病。在莎士比亚研究中，诸如"汤显祖与莎士比亚"之类的比较研究持续了很长一段时间，这也是文学研究中存在的重要问题之一。

（二）实证研究

在莎士比亚剧作的研究中，实证研究被民国学人所提倡。梁实秋《莎士比亚研究之现阶段》一文，主要从版本考据、传记研究、背景研究三方面审视和梳理了西方四百余年莎士比亚研究的总体趋势与轨迹。在文中，梁实秋认为所谓"研究"者是对事实的搜求、检讨、分析与说明。在梁实秋看来，18世纪学者马龙发表的《莎剧写作次序的试探》是"由考据而认识莎士比亚"，是第一个离开常识的批评而从事科学的考据。在梁实秋看来，这种"故纸堆里寻材料"的精神奠定了莎士比亚研究的基础，在莎士比亚研究史具有划时代的意义。梁实秋的《哈姆雷特之问题》、孙大雨的《莎翁悲剧〈黎琊王〉底最初版本写作年代与故事来源》[①]等文章就是从实证的角度切入莎士比亚剧本的研究，具有可圈可点之处。

梁实秋在《哈姆雷特之问题》一文中，借鉴国外关于哈姆雷特的研究成果，从版本考据的角度，为我们解释了哈姆雷特的"延宕"问题："第一版的哈姆雷特是传统的哈姆雷特，第二版才是真正莎士比亚风味的哈姆雷特，第一版是初稿，第二版是定稿。剧中情节并无多大的改变，只是第二版增加了许多心理解释的大段独白。假如莎士比亚从没有改编第一版为第二版，即哈姆雷特问题根本就不致发生，即使发生亦不致若是之复杂。所以哈姆雷特问题是随着莎士比亚的改变剧本而起来的。"[②] 这为当时的中国读者重新认识哈姆雷特的"延宕"问题提供了耳目一新的思路。在这篇文章的结尾，梁实秋指出："（一）哈姆雷特问题之研究，不但其本身是极饶兴味的一项工作，由此我还可以明白几种批评方法的优劣，我们可以看出浪漫派的批评是如何不可靠，文学批评是如何需要研究的根据。（二）莎士比亚并不是绝对的没有疵谬的作家，一切作家都不可被当做偶像看待，一个最伟大的作家最杰出的作品也是有许多缺漏和遗憾的。我们应把莎士比亚当做一个有血有肉的人，生于某事某地的一个人，一个

---

① 孙大雨：《莎翁悲剧〈黎琊王〉底最初版本写作年代与故事来源》，《中山文化季刊》1943年第1卷第4期。

② 梁实秋：《哈姆雷特之问题》，《文艺月刊》1934年第5卷第1期。

可以理解的人。"① 梁实秋对实证研究与"去偶像化"在文学研究中重要性的强调，这一思考是有启迪意义的。

(三) 细读法

1937年，梁实秋在《莎士比亚的戏剧艺术》中认为："莎翁每一个戏曲的字汇，在应用时，都预定一个特殊的倾向，循着这个倾向，去搜寻主要的材料。"② 在梁实秋看来，莎士比亚非常注重"在每一个字被组成对话以后所体验到的意象的感觉"③。作者以《莎士比亚的意象》为例，向当时的中国读者介绍了莎翁的用字技巧，如《罗密欧与朱丽叶》的字汇倾向于"光"，《哈姆雷特》的字汇倾向于"病"，这部剧作的主要文字侧重在"光""病"的形容与描摹。以今天的视角来看，梁实秋为研究莎士比亚剧作的学者提供了新批评的细读法，从方法论上为文学研究者提供了新的思路和视野。

1938年，朱生豪撰写《傻子在莎士比亚中的地位》一文，该文主要运用新批评的细读法对莎士比亚戏剧中的"傻子"进行集中论述。作者把莎剧中的傻子分若干个类型，认为《李尔王》中的傻子是全部莎翁作品最著名的一个："在那篇伟大的悲剧中间，他所处的地位的重要，使他成为全剧中不可缺的一个成分。当利尔被他的女儿所冷遇，发了疯而在暴风雨中狂奔的时候，他的愤怒的咒骂，和那跟他一同出走的那'傻子'的嘲讽的感慨，以及含冤佯疯的爱特茹的装腔的鬼话，合成了一种奇特的三部合奏曲，把悲剧的情调格外增强了。"④ 朱生豪认为莎士比亚使用他的丑角，总是与该剧的背景相协调。朱生豪对莎士比亚作品中的"傻子"所做的阐发，虽然在研究深度上还有待于进一步深化，但是他对莎士比亚剧作中的人物形象所作的类型化的细读分析，在后来的莎士比亚研究者中找到了回应。

此外，对莎士比亚的跨学科研究也受到研究者的青睐，如朱无掛《莎翁的生物学观》、⑤ 1936年贞一的《莎士比亚与变态心理学》等文章丰富

---

① 梁实秋：《哈姆雷特之问题》，《文艺月刊》1934年第5卷第1期。
② 梁实秋：《莎士比亚的戏剧艺术》，《戏剧时代》1937年第1卷第3期。
③ 同上。
④ 朱生豪：《傻子在莎士比亚中的地位》，《青年周报》1938年第12、13期。
⑤ 朱无掛：《莎翁的生物学观》，《中法大学月刊》1933年第4卷第1期。

了读者对莎士比亚剧作多面性的认知。其中，贞一从心理学的观点出发，认为李尔王的性格就是老年痴呆病（Senile dementia）个案的代表，从中更可明显地看出莎士比亚病态心理学学识之丰富。甚至有学者认为："莎氏并不是有变态心理的悟性，他本身就是一个疯子，一个白痴。好像许多疯癫的人，都有点像他。"①

通过述评具有代表性的部分民国学者的研究视角、方法、研究成果及影响，我们不难发现，由于特殊历史条件的限制，民国的莎士比亚研究所显露的问题是不能回避的。如在研究内容上，多集中于莎士比亚的戏剧，而对于莎士比亚十四行诗的研究就显得比较薄弱；② 与莎士比亚的研究相比，民国莎士比亚的翻译工作是明显滞后等问题。③ 虽然，这一时期的莎士比亚研究在研究内容、研究方法、研究队伍等方面都不够丰富、全面、壮大，尽管如此，它们为后来中国莎学的发展奠定了基础，这一点是不可抹杀的。

第三节　《现代》的外国文学研究

1932年"一·二八"事变之后，商务印书馆在淞沪战争炮火中毁于一旦，《小说月报》就此停刊。此时，现代书局"准备于1932年集中全部力量，出版一种纯文艺的定期刊物，定名现代，以作现代书局永久的基础刊物。故将以前出版的《现代文学评论》、《现代文艺》、《前锋月刊》三种刊物，一律停刊"④。由此，《现代》于1932年5月创刊，1935年2月终刊，共出版34期，成为继《小说月报》之后30年代上海文坛举足轻重的大型文学期刊。据施蛰存回忆，现代书局老板张静庐鉴于当时

---

① 贞一：《莎士比亚与变态心理学》，《清华周刊》1936年第44卷第8期。
② 直到1943年，中国学界才出现第一篇研究莎氏十四行诗的论文，即梁宗岱在《民族文学》第1卷第2期发表的《莎士比亚的商籁》。
③ 1932年，余上沅在《翻译莎士比亚》（《新月》第3卷第5—6期，）一文中，这样写道："中国研究莎士比亚的人并不见得少，而至今还没有一个翻译全集的计划——这还不应该惭愧吗？"1935年，徐云生在《研究莎士比亚的伴侣》（《文学季刊》第2卷第2期）的结尾，这样写道："固然，我们不能希望像西洋学者的研究莎学包罗巨细，不过我们至少对于莎剧本身也应有一番刻苦的努力，即就翻译莎剧一事论，别的国家早已做到，然而回顾我国到现在才译出了几本，而且还不能令人满意，岂不是我国学术界一大可怜之事？"从作者急切而又焦虑的言辞中，我们可以感知：莎士比亚作品的翻译缺乏整体规划的意识。
④ 程光炜：《大众媒介与中国现当代文学》，人民文学出版社2005年版，第186页。

的政治环境与之前的教训①,"想办一个不冒政治风险的文艺刊物。……我不是左翼作家,和国民党也没有关系,而且我有过编文艺刊物的经验,他们以为我是最符合他们的期望的编者"。② 这样,施蛰存成为《现代》主编之一。③ 在《现代》的创刊宣言中,施蛰存这样写道:

> 本志是文学杂志,凡文学的领域,即本志的领域。
> 本志是普通的文学杂志,由上海现代书局请人负责编辑,故不是狭义的同人杂志。
> 因为不是同人杂志,故本志并不预备造成任何一种文学上的思潮、主义或党派。
> 因为不是同人杂志,故本志希望得到中国全体作家的协助,给全体的文学嗜好者一个适合的贡献。
> 因为不是同人杂志,故本志所刊载的文章,只依照编者个人的主观为标准。至于这个标准,当然是属于文学作品的本身价值方面的。④

20世纪30年代,在阶级斗争尖锐、革命浪潮高涨时,《现代》秉持"并不预备造成任何一种文学上的思潮、主义或党派"的政治立场,从而

---

① 据施蛰存回忆,"从《拓荒者》到《前锋月刊》,两个刊物的兴衰,使现代书局在名誉上和经济上都受到损害。淞沪战争结束以后,张静庐急于要办一个文艺刊物,借以复兴书局的地位和营业。他理想中有三个原则:(一)不再出左翼刊物,(二)不再出国民党御用刊物,(三)争取时间,在上海一切文艺刊物都因战事而停刊的真空期间,出版一个刊物"。见施蛰存《我和现代书局》,《北山散文集(一)》,华东师范大学出版社2001年版,第324页。
② 施蛰存:《〈现代〉的始末》,《出版史料》1984年第3期。
③ 《现代》第1、2卷由施蛰存主编,从第3卷起,由施蛰存、杜衡合编。出至1934年11月11日第6卷第1期,休刊四个月。1935年现代书局因受国民党控制,故第6卷第2期"革新号"由汪馥泉编辑,出至第6卷第4期停刊。"关于《现代》杂志事实上我一人独立只编了第一卷和第二卷,后来现代书局老板要我和杜衡合编《现代》杂志,根据当时情况,我感到杜衡的加入,会使《现代》发生变化,造成被动的不利局面。可张静庐是《现代》杂志的老板,杜衡是我的老朋友,我都不便拒绝,只能从第三卷开始合编,我请他负责小说创作和杂文的编选工作。起初几期没有显著改变,因为我同杜衡有一个私下协定,坚持《现代》杂志的'创刊宣言'原则,但后来变化就越加明显,编至第五卷后面临各种困境,销路下降,于是我逐渐有所放弃编务,让杜衡独自主持,编至第六卷。"见施蛰存《往事随想·施蛰存》,四川人民出版社2000年版,第44页。
④ 施蛰存:《创刊宣言》,《现代》1932年第1卷第1期。

使多元文学声音的出现成为可能,也使其避免了帮派主义的嫌疑。① 施蛰存有云:"十里洋场聚九流,文坛新旧各千秋",他特别希望《现代》能够"得到中国全体作家的协助"。② 鲁迅、瞿秋白、周扬、钱杏邨、苏汶、赵家璧、叶灵凤、凌昌言、穆木天、邵洵美、梁实秋、顾仲彝、伍蠡甫、徐迟等均是《现代》的撰稿人。从他们的社会身份和文学趣味上,可以看出《现代》的左翼倾向与自由主义立场。施蛰存以"文学作品的本身价值"为选择稿件的标准,表明《现代》尊重文学独立性与自足性的审美立场,施蛰存将《现代》定位为一份"普通的文学杂志"。③ 而《现代》对这些"新兴文学"和"尖端文学"的接受则是"不讲什么派别圈子的,完全是由着趣味来"。④ 这种"中间路线"的编辑方针,是办刊经验丰富的施蛰存在多年实践中探索的"一条新的路径",也是《现代》在诸多文学刊物中脱颖而出,成为"综合性的、百家争鸣的万华镜"⑤的主要原因。

施蛰存在回顾其一生的学术历程时,曾说自己打开了四扇窗:东窗即中国文学研究、南窗即文学创作、北窗即金石碑刻与书法文物研究、西窗即外国文学翻译与研究。当时的中国读者正是通过《现代》这份刊物,看到了"西窗"的别样风景。如上文所述,《小说月报》作为同人刊物,基于"文学为人生"的共同追求,茅盾、郑振铎等同人将19世纪俄国批判现实主义文学、弱小民族文学作为主要对象,从而展示了20世纪20年代中国学者在外国文学研究方面的诸多成果。而《现代》"不是同人杂志",所以在外国文学研究对象的选择上,呈现出与《小说月报》或有类

---

① 施蛰存、戴望舒、杜衡当初都曾加入过C、Y(中国共产主义共青团),后被捕,被营救后才知道政治旋涡的险恶,从此不敢再直接涉足革命。
② 施蛰存:《创刊宣言》,《现代》1934年第1卷第1期。
③ 施蛰存这样回忆:"现代书局老板的想法要使《现代》杂志与政治没有任何瓜葛及没有风险,我则主张不能成为政治党派的小集团式的同仁帮派杂志,我特别强调'不是同人杂志',《现代》是一本'普通的文学杂志'。"林祥编:《世纪老人的话——施蛰存卷》,辽宁教育出版社2003年版,第43页。
④ 施蛰存:《最后一个老朋友——彭雪峰》,见施蛰存《沙上的脚迹》,辽宁教育出版社1995年版,第129页。施蛰存也坦言曾"接受了日本人的观念""在日本文艺界,似乎这一切五光十色的文艺新流派,只要是反传统的,都是新兴文学。……用日本文艺界的话说,都是'新兴',都是'尖端',共同的是创作方法或批评标准的推陈出新,各别的是思想倾向和社会意义的差异"。
⑤ 施蛰存:《〈现代〉杂忆》,见施蛰存《沙上的脚迹》,辽宁教育出版社1995年版,第28页。

似又完全不同的风格。《小说月报》"在社会上发生广泛影响,却只有十一年,即一九二一年到三一年"。① 可以说,《现代》是继《小说月报》之后,30 年代中国外国文学研究成果最为集中、醒目的大型文学刊物。综观《现代》在外国文学的引介和研究上,同样也体现出这样兼容并包、自由开放的编辑理念。② 不论是对 19 世纪批判现实主义经典作品的研究,还是对 20 世纪初的现代主义文学、一战后苏联社会主义现实主义、新兴的美国文学等的评论,其不拘一格的多样化倾向在同类杂志中首屈一指,大大拓展了中国外国文学研究的范围。

一 马克思主义文论的引介与研究

《现代》对左翼文学及其理论给予了一定的关注。其中,较具代表性的文章主要有:周扬《文学的真实性》③ 与《关于"社会主义的现实主义与革命的浪漫主义"——"唯物辩证法的创作方法"之否定》,瞿秋白《马克思、恩格斯和文学上的现实主义》,德国 Richard Lewinsohn《苏俄的艺术的转换》,苏联华希里可夫斯基著森堡译的《社会主义的现实主义论》等论文。其中,值得我们关注的是瞿秋白与周扬的文章。

---

① 茅盾:《影印本〈小说月报〉序》,见茅盾《茅盾全集》,人民文学出版社 1996 年版,第 446 页。
② [英]赫克思莱著、施蛰存译《新的浪漫主义》,[日]阿部知二著、高明译《英美新兴诗派》,[美]勃克夫人著、小延译《东方、西方与小说》,[意] Luigi Pirandello 著、赵景深译《近代意大利小说之趋势》,[英] Hugh Walpole 著、赵景深译《近代英国小说之趋势》,Milton Waldman 著、赵家璧译《近代美国小说之趋势》,VReni 著、张露薇译《苏联的幽默文学》、[德] Jacob Wassermann 著、赵家璧译《近代德国小说之趋势》,[美]巴伯特·陶逸士著、施蛰存译《诗歌往哪里去?》,[法]高列里著、戴望舒译《叶赛宁与俄国意象诗派》,高明《未来派的诗》,穆木天《心镜主义的文学》,静华《马克思恩格斯和文学上的现实主义》,傅平《现代爱沙尼亚文艺鸟瞰》,周起应《文学的真实性》,[德] Richard Lewinsohn《苏俄的艺术的转换》,[苏]华希里可夫斯基著、森堡译《社会主义的现实主义论》,钱杏邨《关于〈母亲〉》,周起应《关于"社会主义的现实主义与革命的浪漫主义"——"唯物辩证法的创作方法"之否定》,[日]川口浩著、穆木天译《关于文学史的方法诸问题》,高明《一九三三年的欧美文坛》,[法]莫隆著、徐霞村译《艺术中一致与分歧》,[英] V. S. Pritchett 著、赵家璧译《近代西班牙小说之趋势》,文逸译《写实主义之发展》,郭建英《巴尔扎克的恋爱》,[英]詹姆士著、陈汉希译《一个值得拿生命来供献的信仰》等。
③ 周扬:《文学的真实性》,《现代》1933 年第 3 卷第 1 期。署名周起应。周扬在该文中认为:"只有站在革命阶级的立场,把握住唯物辩证法的方法,从万花绮乱的现象中,找出必然的,本质的东西,即运动的根本法则,是到现实的最正确的认识之路,到文学的真实性的最高峰之路。"可见,周扬认为文学的真实性与作家的阶级立场密切相关,并得出"愈是贯彻着无产阶级的阶级性、党派性的文学,就愈是有客观的真实性的文学"的结论。

1931年6月，瞿秋白参与左联的相关工作后，大力向中国文坛介绍苏联左翼文学界关于现实主义文学创作方法及其理论的论述，《马克思恩格斯和文学上的现实主义》①就是其中之一。瞿秋白在该文中全面介绍了马克思与恩格斯关于现实主义的经典论述。如巴尔扎克的伟大之处就在于"他并不限于收集一些事实。他是在发露这部历史的原因，而写出'典型化的个性'和'个性化的典型'。……巴尔扎克的小说里，除开事实以外，还有一些哈克纳斯女士之类的作家所没有的东西。这就是恩格斯说的：'除开详细情节的真实性，还要表现典型环境之中的典型的性格。'——这里的典型的环境是围绕着他们而驱使他们的行动的"②。瞿秋白将马、恩关于现实主义"典型论"直接输入中国，这不但成为以巴尔扎克为代表的19世纪现实主义文学的标签，同时也更进一步强化了唯物主义在外国文学研究中的地位。"巴尔扎克在政治上是个保王主义者，他的伟大的著作是不断的对于崩溃得不可救药的高等社会的挽歌……巴尔扎克不能够不违背自己的阶级同情和政治成见，他见到了自己所心爱的贵族不可避免的堕落，而描写了他们的不会有更好的命运，他见到了当时所仅仅能够找得着的真正的将来人物，——这些，正是我所认为现实主义的伟大胜利之一，老头儿巴尔扎克的伟大特点之一。"马、恩对狄更斯、萨克雷等英国现实主义小说家的评论，"英国现代的最好的一派小说家，他们的很明显很巧妙的描写，暴露了这个世界的政治的社会的真相，比一切政治家，社论家，道德家所写的东西都要更多些，他们描写资产阶级的一切阶层……"③；等等，这些经典语录时常地出现在当时或其后的一些外国文学史的论著或教材中。可以说，马、恩对19世纪现实主义经典作家的相关论述，直接影响了中国学界对巴尔扎克、狄更斯等19世纪现实主义作家的整体认知。可以说，在瞿秋白在《现代》上发表这篇文章之后的很长一段时间，外国文学界研究几乎都是对马、恩的阐发之阐发。这正是《现代》对于中国外国文学研究的贡献之一。

当然，瞿秋白在该文中也并不是马、恩外国文学研究成果的复读机，他时不时也会发表自己的观点。瞿秋白在转述马、恩对19世纪英国现实

---

① 该文是根据苏联公漠学院（即共产主义学院，公漠是Conunism的音译）出版的《文学遗产》发表的马克思、恩格斯关于文学问题的5封书信材料整理译出。
② 瞿秋白：《马克思恩格斯和文学上的现实主义》，《现代》1932年第2卷第6期。
③ 同上。

主义作家的评述之后,这样写道:"他们这种勇敢、公开地暴露资本主义社会的内部矛盾,这种'揭穿假面具'的手段,正是马恩在资产阶级的和小资产阶级的现实主义里面所看重的地方。"① 瞿秋白从方法论上指出,马、恩对巴尔扎克的宇宙观和艺术创作的论述:"他们并没有把思想家的巴尔扎克和艺术家的巴尔扎克对立起来,并没有把艺术家的主观的宇宙观和他的描写的客观性对立起来。"在瞿秋白看来,这正是辩证法唯物论的一元主义的方法,而不是多元主义的折中论。瞿秋白还对巴尔扎克的身份进行了阶级的定位,认为巴尔扎克"'肯定'是资产阶级的作家,他了解并且知道当时阶级斗争的主要骨干正是资产阶级克服地主的贵族和氏族的(世家的)贵族,而资产阶级的这种胜利的'钥匙'就是金钱……他的《人的滑稽戏》是一部法国资产阶级从高利贷的守财奴发展到银行家的历史"。② 瞿秋白这样归纳巴尔扎克的创作:"总之,一般的说起来,巴尔扎克虽然偏重于所谓'旧式的正直的商业资产阶级',然而他是一般的资产阶级的意识代表,他是一个资产阶级的艺术家。因袭,不管他怎样同情于贵族和宗教,而他的《人的滑稽戏》却仍旧成了'教皇国'——梵谛冈的禁书,罗马教皇认为这部大著作是赞美科学而'亵渎宗教'的。"③ 瞿秋白的这些论述对于当时无产阶级文学运动的意义自是不必待言,而对于中华人民共和国成立后学界对巴尔扎克的认识也大体承袭了这一观点。在转述马、恩关于现实主义的论述中,瞿秋白也有理解不够确切的地方。如他认为,马、恩提倡"莎士比亚化"而反对"席勒式"的艺术主张,"不应当塞勒化,而应当莎士比亚化。……鼓励现实主义,而反对浅薄的浪漫主义"。④ 而实际上,马、恩的原意是既要注重莎士比亚剧作情节的生动性和丰富性,也不能忽视席勒的倾向性。只不过马、恩认为,这种倾向性不能刻意直白地表达出来,而应该从情节和场面、从人物性格的发展中自然流露出来,避免人物成为时代精神的传声筒。

周扬撰写的《关于"社会主义的现实主义与革命的浪漫主义"——"唯物辩证法的创作方法"之否定》⑤ 一文,是周扬根据苏联理论家吉尔

---

① 瞿秋白:《马克思恩格斯和文学上的现实主义》,《现代》1932 年第 2 卷第 6 期。
② 同上。
③ 同上。
④ 同上。
⑤ 周扬:《关于"社会主义的现实主义与革命的浪漫主义"——"唯物辩证法的创作方法"之否定》,《现代》1933 年第 4 卷第 1 期。

波丁的报告撰写而成。1934年，苏联召开了第一次作家代表大会，规定"社会主义现实主义"是苏联文学创作与文学批评的方法："社会主义现实主义，作为苏联文学和苏联文学批评的基本方法，要求艺术家从现实的革命发展中真实地、历史地和具体地去描写现实。同时，艺术描写的真实性必须与用社会主义精神从思想上改造和教育劳动人民的任务结合起来。"[①] 但是，社会主义现实主义的概念在此前的1932年就已由古浪斯基提出。是年10月29日至11月3日"全苏作家同盟组织委员会"第一次大会在莫斯科召开，大会清算了"拉普"的错误，重新开展了创作方法的讨论，批判了"唯物辩证法的创作方法"，提出"社会主义现实主义"的新口号去代替它。新的口号在国际共产主义运动中引起了各种不同的反应。周扬的这篇文章在介绍了这次会议的情况以后，指出："截至现在为止，这个问题虽然还是一个未解决的问题，但这个新口号的提出无疑地对于创作方法的发展有着划时期的意义。"之前刊载于《艺术新闻》、根据上田进的论文撰写的《苏联文学的新口号》一文，首次将"社会主义现实主义"介绍到中国。在周扬看来，该文对这一概念的论述极不充分，且包含错误的理解：

> 自从这个口号提出来以后，即在苏联，也还是不见得都能正确地理解社会主义的现实主义这个口号的真正意义；在日本左翼文学的阵营里，对这个问题，更是表露了种种皮相的理解（如上田进等）和机会主义的，甚至取消主义的歪曲（德永直）。新的口号在中国尤其被误解和歪曲的。特别是，这个口号是当作"唯物辩证法的创作方法"的否定而提出来的，假如我那么不从全体去看苏联文学的这个新发展，而单单从"唯物辩证法的创作方法是错误的"这个命题出发的话，那就不但会给那些一向虽不明言但心里是反对唯物辩证法的文学者们一个公然反对唯物辩证法的有利的根据，给那些嘲笑我们"今日唱新写实主义，明日又否定……"的自由主义的人们一个再嘲笑的机会，而且会把问题的中心歪曲到不知甚么地方去，会不自觉地成为

[①] 王秋雯：《日丹诺夫和日丹诺夫主义》，见何宝骥《世界社会主义思想通鉴》，人民出版社1996年版，第312页。

文学上的资产阶级影响的俘虏。①

在周扬看来,"唯物辩证法"的创作方法之所以错误,之所以要以"社会主义现实主义"取代它,是因为:

> 虽然艺术的创造是和作家的世界观不能分开的,但假如忽视了意识的特殊性,把艺术对于政治,对于意识形态的复杂而曲折的依存关系看成直线的,单纯的,换句话说,就是把创作方法的问题直线地还原为全部世界观问题,却是一个决定的错误。②

周扬一针见血地指出了"唯物辩证法"的根本缺陷,表现了中国学者的理论自觉。由于国民党的文化围剿,左联期刊介绍社会主义现实主义的文章并不多。直到1937年4月10日,在日本创刊的左联期刊《文艺科学》出了一个"社会主义现实主义特辑",刊登六篇文章,才集中介绍了社会主义现实主义的创作方法,清算了拉普的"唯物辩证法的创作方法"。1933年11月,《现代》周扬的这篇文章无疑具有重要意义。正如施蛰存所言:"我们愿意尽了一个文艺杂志所做的革命工作","对于一般安于逸乐,昧于危亡,没有看见中国社会种种黑暗,没落,残颓的景象的有希望的青年,我们愿以《现代》为一面警惕的镜子。使他们从这里多少得到些刺激和兴奋,因而坚定了他的革命信仰,这就是我们的目的了"。③可以看出,《现代》对不同文艺思想的兼容。

二 现代美国文学专号:现代意识构建世界文学图景

《现代》之所以命名为"现代",并不是因为这份刊物由现代书局刊印的缘故。在创刊号的《编辑座谈》中,施蛰存透露:"这个月刊既然名为'现代',则在外国文学之介绍这一方面,我想也努力使它名副其实。我希望每一期的本志能给读者介绍一些外国文学现代作家的作品。"④在

---

① 周扬:《关于"社会主义的现实主义与革命的浪漫主义"——"唯物辩证法的创作方法"之否定》,《现代》1933年第4卷第1期。
② 同上。
③ 《社中杂谈》,《现代》1932年第3卷第4期。
④ 施蛰存:《编辑座谈》,《现代》1932年第1卷第1期。

时间体验上,《现代》较关注的是第一次世界大战之后的外国文学思潮和作家作品的研究,大致保持着与国外文坛大致相同的步调与节奏。"所以文学上的 Modemism,是指第一次世界大战之后出现的各种各样的文学流派,新的文学创作方法,包括采用新的文学题材。这所谓'现代',是指二十世纪,第一次世界大战以后。换句话说,就是一九二〇年以后。"[1] 综观《现代》刊载的外国文学研究,不但海明威、帕索斯、福克纳、杰克·伦敦、奥尼尔、高尔斯华绥、高尔基等战后新兴作家成为学者们研究的主要对象,而且通过设置"杂碎""艺文情报""现代文艺画报"等栏目,《现代》对正在发生的外国文学进行生动、具体的跟踪报道。正如施蛰存所言:"关注世界各国的文学动态以及文学思潮,因此特将引介外国文学作为编辑方针之一,以此吸引读者,让他们通过阅读《现代》杂志了解世界文坛的著名人物和大事。"[2]

可以说,《现代》具有一种与世界新兴文学同步发展的时代意识。正是基于这种现代意识,施蛰存将现代翻译为法文时用"Les Contemporains"一词,即相当于英文的"Contemporary",表示"当代的""同时代的""同时期的"等意思。正如李欧梵先生对这一法译标题的分析:"它是施蛰存这个团体的集体自我意象,这些人自觉很'现代'并声称自己是世界文学的'同代人'——是关注世界各地最新、最先锋的文学动态的人。"[3] 这与20世纪30年代外国文学引介与研究在中国的进一步繁荣分不开:"三十年代的文艺界,无论是所谓'京派'、'海派',还是早期的左翼作家,他们对外国都相当熟悉。那时候,外面有了什么新书都能进来。苏联的文艺杂志在秘密书店里也可以买到。外面对于国外文学的了解和吸收基本上是和他们文学发展保持同步的……三十年代外国文学传入中国比较多,外面在上海的人接受的机会也多,自然不免受到影响。"[4] 在施蛰存看来,最具现代意识的要数美国文学。

"现代美国文学专号"是《现代》隆重推出的系列外国文学研究专号之一。施蛰存曾预备一个庞大的构想:"在介绍现代外国文学方面,我们

---

[1] 《为中国文坛擦亮"现代"的火花——答新加坡作家刘慧娟问》,新加坡《联合早报》1992年8月20日。

[2] 林祥编:《世纪老人的话:施蛰存卷》,辽宁教育出版社2003年版,第57页。

[3] 李欧梵:《上海摩登:一种新都市文化在中国(1930—1045)》,人民文学出版社2010年版,第144页。

[4] 施蛰存:《沙上的脚迹》,辽宁教育出版社1995年版,第159、165页。

还有一个计划,我们预备在每一卷里出一次某一国家的现代文学专号,以美国,法国,苏联,英国……这样的次序出下去。这些专号,篇幅将比普通号增多一倍,将登载着许多详尽的介绍和精选的译作,且对订阅本刊者不再加价。"① "从第五卷起,每卷六期编一个外国文学专号,第五卷第六期的《现代美国文学专号》是预备为第六卷第六期的《苏联文学专号》打掩护的。"② 但由于客观条件的限制,这个计划没能实现,只有"现代美国文学专号"如期问世。20世纪20—30年代,中国的外国文学研究者对于美国文学大都存有一种预设的偏见。1928年,曾虚白在《我的美国文学观》一文中,这样写道:"在翻开美国文学史以前,我们应该先要明白了解'美国文学'这个名词,在真正世界文学史上是没有独立的资格的。它只是英国文学的一个支派。"③ 1931年,萧乾也指出:"印在一般人心目中的美国文学是浮躁,是诡奇,正如好莱坞制造的那些影片。"④ 美国作为英国的殖民地,美国文学的确在相当长的一段时期内深受英国文学的影响与制约,其自身的独立性与独特性始终淹没在英国文学的辉煌中。建国后的美国文学,直到马克·吐温的出现,其民族特征才得以彰显。一战后,刘易斯、海明威、福克纳、奥尼尔等作家先后获得诺贝尔文学奖,此时的美国文学已经处于世界文学的领先地位。但由于20世纪20年代末至30年代,世界范围内的左翼文学思潮旨在弘扬无产阶级革命文学,美国作为资本主义国家,其高度发达的资本主义经济与文化被视为这股"红色潮流"的逆流。所以,当时大多中国学者轻视甚至否定美国文学,并对其存以偏见。

而施蛰存认为:"在这里,我们似乎无庸再多说外国文学的介绍,对于本国新文学的建设,是有怎样大的帮助。但是,知道了这种重要性,在过去的成绩却是非常可怜,长篇名著翻译过来的数量是极少;有系统的介绍工作,不用说,是更付阙如。往时,在几近十年以前的《小说月报》曾出了《俄国文学专号》和《法国文学研究》,而替19世纪以前的两个最丰富的文学,整个儿的作了最有益的启蒙性的说明,那种功绩是我们至

---

① 施蛰存:《编后记》,《现代》1934年第5卷第2期。
② 施蛰存:《沙上的脚迹》,辽宁教育出版社1995年版,第55、27页。
③ 虚白:《我的美国文学观》,《真美善》1928年第3卷第1期。
④ 萧乾:《奥尼尔及其〈白朗大神〉》,见《萧乾选集》第4卷,四川人民出版社1984年版,第191页。

今都感谢着的。不幸的是，许多年的时间过去，便简直不看见有继起的、令人满意的尝试；即便有，也似乎没有超越了当时《小说月报》的那个阶段。现在20世纪已经过去了三分之一，而欧洲大战开始迄今，也有二十年之久，我们的读书界，读20世纪的文学，战后的文学，却似乎除了高尔基或辛克莱这些个听得烂熟了的名字之外，便不知道有其他名字的存在。对各国现代文学，我们比较知道一点的是苏联，但我们对苏联文学何尝能有系统的认识呢？这一种对国外文学的认识的永久的停顿，实际上是每一个自信还能负起一点文化工作的使命来的人，都应该觉得渐汗无地的。于是，我们觉得各国现代文学专号的出刊，决不是我们的'兴之所至'，而是成为我们的责任。在这么许多民族的现代文学之中，我们选择了文学历史最短的美国来做我们工作的开始。为着这，在计划的当初，我们是曾经听到许多朋友们的怀疑，甚至于责难。这些怀疑和责难，大部分是出于对美国文学的轻视，以为美国的文学是至今还没有发展到世界的水平线，若比到欧洲的几个重要的民族，彷佛还有点'瞠乎其后'的样子。我们固然愿意承认这种观点也有相当的理由，但是，这种反对却并不能说服我们，使我们把从美国文学着手的计划放弃。

……这一种先后的次序，固然未必是包含着怎样重大的意义，但究竟也不是太任意的派定。首先，我们看到，在各民族的现代文学中，除了苏联之外，便只有美国可以十足的被称为'现代'的。其他的民族，正因为在过去有着一部光荣的历史，是无意中让这部悠久的的历史所牵累住，以致固步自封，尽在过去的传统上兜圈子，而不容易一脚踏进'现代'的阶段。美国，则不然，被英国的传统所纠缠住的美国已经是过去了；现在的美国，是在供给着到20世纪还可能发展出一个独立的民族文学来的例子了。这例子，对于我们的这个割断了一切过去的传统，而在独立创造中的新文学，应该是怎样有力的一个鼓励啊！"[1]

在施蛰存看来，美国文学有两个特点。一、它是创造的。即使在过去为英国的传统所束缚的时期内，美国文学就已经绽露了新的萌芽。如象征主义虽然是法国的产物，"但是根底上却是由于美国的艾伦·坡的启发。在艾伦·坡还没有被美国的读者所了解的时候，那新生的萌芽是到法国去开出灿烂的花来了"[2]。甚至包括苏联在内的革命诗歌，也都直接或间接

---

[1] 施蛰存：《现代美国文学专号导言》，《现代》1934年第5卷第6期。

[2] 同上。

地渊源于美国的惠特曼。美国文学不但已经断然地摆脱了别国的影响，而且已经开始在影响别国文学了，"美国的左翼作家并没有奴隶似的服从着苏联的理论，而是勇敢的在创造着他们自己的东西。……甚至反过来可以影响苏联"。① 所以，"只有新的美国，由于它的环境，才有可能是一切新的东西的摇篮"。② 二、它是自由的。"在现代的美国文坛上，我们看到各种倾向的理论、各种倾向的作品都同时并存着；它们一方面是自由的辩难，另一方面又各自自由的发展着。它们之中任何一种都没有得到统治的势力，而企图把文坛包办了去，它们任何一种也都没有用政治的或社会的势力来压制敌对或不同的倾向。美国的文学，如前所述，是由于它的创造精神而可能发展的，而它的创造精神又以自由的精神为其最主要的条件。在我们看到美国现代文坛上的那种活泼的青春气象的时候，饮水思源，我们便不得不把作为一切发展之基础的自由主义精神特别提供出来。"③

施蛰存对于新兴美国文学的赞誉，可以说是其充分研究美国文学之后的真知灼见，足见其宏观的文学视野与高度的理论概括。《现代美国文学专号》的正文内容分三个部分。第一是关于现代美国文学的概述，主要有赵家璧《美国小说之成长》、顾仲彝《现代美国戏剧》、邵洵美《现代美国诗坛概观》、李长之《现代美国的文艺批评》等论文。施蛰存的原意是把美国小说、戏剧、诗歌、文艺批评这四方面内容作一鸟瞰。但因为文艺批评这一部分的流派太多，而且大多是很有冲突的，一个人不容易写全面，所以又请了三位分别将现代美国三种流派的殊异的文艺批评家及其理论个别地另作专文介绍，这就是梁实秋《白璧德及其人文主义》、赵景深《文评家的琉维松》、张梦麟《卡尔浮登的文艺批评论》。本来还请林语堂写一篇史宾迦的介绍，但林语堂没有按时交稿，施蛰存特别说到要读者去看林语堂的新书《新的文评》中关于史宾迦的文字。关于诗人这一部分，施蛰存认为，现代美国最伟大的当然要算是艾略特（T. S. Eliot），但因为他已于1927年正式加入了英国籍，所以就将艾略特略去。第二部分是美国现代作家的研究：沈圣时的《杰克伦敦的生平》，辛克莱著、钱歌川译的《普灯》，毕树棠的《德莱赛的生平，思想，及其作品》，赵家璧的《怀远旧念的维拉凯漱》，伍蠡甫的《刘易士评传》，顾仲彝的《戏剧家奥

---

① 施蛰存：《现代美国文学专号导言》，《现代》1934年第5卷第6期。
② 同上。
③ 同上。

尼尔》，苏汶的《安得生发展之三阶段》，徐迟的《哀慈拉邦德及其同人》，叶灵凤的《作为短篇小说家的海敏威》，杜衡的《帕索斯的思想与作风》，凌昌言的《福尔克奈——一个新作风的尝试者》。第三部分是毕树棠的《大战后美国文学杂志编目》、薛蕙的《现代美国作家小传》及《现代美国文艺杂话》。是20世纪30年代美国文学研究的重要收获。

(一) 外国文学史研究

从以上这些研究成果可以看出，史论结合是施蛰存编写"现代美国文学专号"的主要思路。《现代》以文学史的眼光，从戏剧、诗歌、小说等方面对美国文学进行了综合性的论述。顾仲彝的《戏剧家奥尼尔》认为，奥尼尔的剧作价值在于"启示人类向上的奋斗"，他剧中的人物不是"以社会一员的资格出现，而只是作为'一个个人'"。在戏剧艺术上，他是一个"实验者"，"打破了许多戏剧的规则，但他从不打破戏剧的基本定律"。在《美国小说之成长》① 中，赵家璧以美国小说的发展论述美国文学民族特性的确立过程："在三十年前要把美国文学当做'美国的'民族产物般研究，是一件很困难的事。从美国初有文学作品起，一直到十九世纪的末期上，不但所有作品中的文字，风格，以及故事等等，随处模仿着英国作家，而被英国的传统所笼罩着；读者对于著作家的态度，也跟了英国批评家的好恶而转移，著作家毕生的目的，就只在如何才能写得跟英国人所写的没有分别而已。……于是一百五十年来，为了思想上，经济上，言语上的落伍，停顿在英国殖民地意识上的美国小说，从马克·吐温起开始挣扎，经过霍威耳斯，伦敦，辛克莱的努力，到二十世纪开始，由德莱赛，安德生，刘易士而逐渐建立，如今到了福尔克纳，帕索斯，而成为一种纯粹的民族产物了。这里，美国的人民活动在美国的天地间，说着美国的韵调，讲述着美国实际社会中许多悲欢离合的故事。……今日的美国小说，不再是英国的一支，而是世界上最活跃最尖端最有希望的一种文学作品了。"② 其中，赵家璧把美国作家分为三代：马克·吐温为近代"美国的"小说之始祖，其所领导的"美国的故事"，替美国文学开辟出一条发展的道路。其中，以辛克莱和杰克·伦敦为代表的美国早期的写实主义思

---

① 1936年，赵家璧又将该文作为专著《新传统》的总论，该著主要对德莱赛、安德森、福克纳、海明威、帕索斯、赛珍珠六位作家进行集中论述。

② 施蛰存：《现代美国文学专号导言》，《现代》1934年第5卷第6期。

潮,以暴露为目的,把典型的美国生活作为美国小说的主要题材;20世纪初,以德莱赛、刘易士为代表的是美国第二代作家,将美国小说从文字上、内容上、写作方法上更加美国化,为美国小说开辟出新的道路;战后的二三十年代,美国经济危机的爆发,使战后美国的黄金时代一下子陷入病态中,帕索斯和福克纳代表了美国文学新一代之成长。可以看出,赵家璧以文学史家的眼光对美国文学进行了宏观论述,很多观点在今天看来,仍然具有一定的合理性。

邵洵美作为"新月"派的成员之一,认为:"伟大的作品一定是对人性深刻了解的表现,决不能归入某种主义、某种意识的旗帜之下,要知道人类究竟还没有到变成机器人的地步,批评家应当明白这一层,读这种'对人性深刻了解的表现'的作品,才会读了一次再想读一次,读一次有一次的新发现,新经验。"[1] 邵洵美以"人性"论的主张,在《现代美国诗坛概观》中对美国诗歌的发展进行了较具文学性的解读。该文介绍了意象派的六个"不",指出意象派的特点是"用文质去写实质,用实质去表现思想"。并且还分析了艾略特的《荒原》,认为以艾略特为代表的现代主义诗歌"所显示、传达及感动我们的,乃是'情感的性质'","他们发现了诗的惟一要素"。朱复的《现代美国诗概论》[2] 一文也值得我们关注。该文用近三万言论述了诗艺复兴前后美国诗歌的发展概况。文章将此时段分为美国南北战争后新英吉利派和维多利亚派衰落时期、惠特曼、改造时期(1870—1890)、现代精神遨游主义国家思想(1890—1910)、诗艺复兴(1912—)五个部分,用力颇多的是"新"诗复兴时期。在该文中,我们可见到作者对各时期具有代表性的诗人惠特曼、庞德、叶芝等的深入研究。如作者用近三千言阐述了惠特曼的诗歌艺术,及其在美国诗歌史上的地位。作者对惠特曼在当时国际影响力的描述,是有理有据的。最后,作者总结了美国诗歌的两个特点。首先,作者认为:"现代美国诗歌,可说是已超脱了模仿的殖民地的时期,而到精壮复杂优美的实验时期了。有人说,现代美国诗,是缺少前期文艺复兴时代那种清明醇朴的美。但是我们如果知道,有一部分美国'新'诗,是一种反抗文学——反抗丑恶,反抗机械化的进步,反抗标准化的'成功',我们才能了解并且鉴赏他的质性。现代美国诗人,已重定诗艺的中心点,再向着实在看。他们

---

[1] 邵洵美:《一个人的谈话》,上海书店出版社2008年版,第193—194页
[2] 朱复:《现代美国诗概论》,《国闻周报》1936年第13卷第14期。

从实在的方面，创造新的美。这种新的美，是与新真理同行的。"① 其次，在作者看来："文学就像人生，是人类心灵的表现，而作家的心灵是读者最有兴趣的东西，至于研究现代美国诗歌，我们不独是要了解美国社会情状，人民生活，民主精神，实业势力，自然景色，人物理想，以求我们对于美国所有种种真善种种虚假种种丑态种种美点的认识，并且要与表现这般东西的作家，做精神上的朋友。……所以，除了研究诗材之外，我们可得各种精神上的朋友，探求各个作家的性情人格，这是何等饶有兴趣的事吓！现代美国诗，就其质量及作家而论，可说是很健全，值得我们研究而欣赏的。"② 作者认为，美国诗歌已经脱离英国文学的影响而走上独立发展的道路，其现实主义精神尤为值得重视。朱复以作家、作品为中心，展开对美国诗歌概况的论述，表明注重"作品"细读的新批评研究已为作者所受用。

《现代》除了以小说、诗歌、戏剧等角度关注美国文学史之外，还将视野扩展至世界各国文学的发展。《现代》从第五卷第一期至第五期分别刊载了由赵家璧翻译的华尔德曼著《近代美国小说之趋势》、瓦塞曼著《近代德国小说之趋势》、蒲里契著《近代西班牙小说之趋势》、皮蓝得娄著《近代意大利小说之趋势》、瓦尔普尔著《近代英国小说之趋势》。这些单篇论文形成了一个比较系统的文学史体系。可见，《现代》已经具备了世界文学史的视野。如《近代德国小说之趋势》从"过去德国小说的缺点""自然主义的文艺复兴""战争小说""心理小说"四个方面论述了文学发展的规律。作者认为，文学作品要产生艺术魅力，必须具有"灵魂"和"精神"的"深刻的灌注"。托尔斯泰的小说之所以能"使读者的血都冲向了脑袋"，就是因为它"用直接的方式反映显示真理而叙写一般人内心的狂乱生活，这里没有什么哲学，也没有什么科学上的发现，也没有什么社会上的丑陋怪事，只是一个人类灵魂的记录，不，是一个平常人的精神上的旅程"。③ 在作者看来，如果文学作品充斥着太多这些传统的东西，也就"不再能有什么吸引人的力量"了。而在"有些什么的意味"的弗洛伊德学说影响下的"心理小说"，既有以"神秘的意味"，"击动了读者的心弦"的作用，又是时代、社会特别是文学历史发展的必然结果："自从福洛爱

---

① 朱复：《现代美国诗概论》，《国闻周报》1936 年第 13 卷第 14 期。
② 同上。
③ 瓦塞曼：《近代德国小说之趋势》，《现代》1934 年第 5 卷第 22 期。

特（Freud）和荣格（Jung）的科学原理掺入了艺术的范围，因为那般徒弟们的热狂，我们从前已很毒恨的'心理'，便从油锅子跌入炉子里去了。……真像在音乐里放弃了和音，在绘画里不再描画客观的东西那种趋势一样，在小说里思想也不再有什么完整的发展。在摒弃理智和经验的一点上看这种趋势是很神秘的；但是另一方面，在反对传统的技巧，和压止习俗上看，也许可以说是理智主义的胜利。"① 作者对德国小说发展的理论探讨，在一定程度上有助于当时的中国读者对国外文学前沿动态的及时了解与把握。

此外，《现代》还将弱小民族文学纳入自己的文学视野。如第二卷第四期刊载罗马尼亚作家勃莱太斯古的小说《小尼克》、第二卷第六期刊载爱沙尼亚作家 A. Galiti 的小说《觅珠人》、第三卷第五期的"文艺史料·逸话"栏里刊载《朝鲜文艺运动小史》、第二卷第六期刊载傅平撰写的《现代爱沙尼亚文艺鸟瞰》等。类似这样的国别文学史的介绍，既开阔了当时读者的文学视野，又显示了 20 世纪 30 年代外国文学研究者的世界文学意识。

（二）作家作品研究

据施蛰存回忆："海明威，福克纳当时刚刚起来，在美国是新兴的刚刚出名的作家。所以我们办的《现代》杂志，大学里读外国文学的学生很欢迎。这些作家，他们大学里没有读到。我们的高等教育还是很传统，很旧的。读了四年英国文学，读来读去还是狄更斯、莎士比亚。"② 《现代》对海明威作为战后新兴作家也给予了更多的关注。叶灵凤③撰写的《作为短篇小说家的海敏威》一文，主要分析了海明威短篇小说创作的特征。作者认为，海明威的短篇小说"没有思索，没有忧郁"，"没有中心人物，没有故事，没有发展，没有结束，可是他却能使你从头至尾读下去而不觉得空虚和枯涩"。④ 海明威有时将几个不同人物的生活片段用一个偶然发生的事故连接起来，有时将几个连贯的或不连贯的短篇构成一个长

---

① 瓦塞曼：《近代德国小说之趋势》，《现代》1934 年第 5 卷第 22 期。
② 施蛰存：《为中国文化擦亮"现代"的火花——答新家坡作家刘慧娟问》，施蛰存：《沙上的脚迹》，辽宁教育出版社 1995 年版，第 178 页。
③ 1931 年 4 月 28 日，左联执委会通过决议开除叶灵凤，罪名是"半年多以来，完全放弃了联盟的工作，等于脱离了联盟""他竟已屈服于反动势力，向国民党写'悔过书'，并且实际的为国民党民族主义运动奔跑，道地的做走狗""已成为无产阶级革命文艺运动之卑污的敌人了"。李广宇：《叶灵凤传》，河北教育出版社 2003 年版，第 185 页。可见，《现代》以文学为本位的宽广胸怀。
④ 叶灵凤：《作为短篇小说家的海敏威》，《现代》1934 年第 5 卷第 6 期。

篇。相对于中国传统小说"阴谋诡计统统戳穿、有情人终成眷属"的封闭式结构，海明威这种蒙太奇式的开放性叙事结构、"平淡中见神奇"的叙事效果，在叶灵凤看来，是海明威对小说艺术的最大贡献。文末，叶灵凤指出，海明威创作中的"冰山原则"是对乔伊斯创作的反抗：

> 十年以来，在世界文坛上支配着小说的内容和形式的，是乔也斯的《优力栖士》。他的风靡一时的精微的心理描写，将小说里的主人公的一切动作都归到"心"上，是对于十九世纪以来，专讲故事和结构所谓 Well-made novel 直接的反抗，用几百页的篇幅写一个人几小时的心理过程，这决不是用十几页篇幅描写女主人公一副手套的十九世纪小说家所能梦想的事。乔也斯的小说所造成的势力，影响到每部小说里的人物，使他们只会思想，不会说话，即使会说话，也是独白或呓语。但是，现代世界的生活并不是全是这样悠闲的，海敏威一流的作家所代表的便是这种对于乔也斯的反抗。他们的小说也不是专讲结构和故事，但是他们同时也不爱那晦涩平泛的心理分析，他们所要的只是动作。人是表现在动作上，而不是表现在思想上。用着轻松的文体，简单的造句，平易的单字，不加雕饰的写着人类在日常生活上所表现出的一切原始赤裸的动作和要求，这便是他们的小说，这便是海敏威的小说。没有感情吗？他们原先是富有感情的，可是世界上的一切使他们将感情藏到喝酒，藏到说话里面去了。将这整个所谓迷途的时代（Lost Generation）的创伤，不安和苦闷，用他自己所追寻的文体传达了出来。①

叶灵凤认为，19 世纪之前的小说注重情节与结构。20 世纪现代主义小说向内转的趋势，使心理分析成为文学创作中心。而海明威则以"轻松的文体，简单的造句，平易的单字"，用动作表现人物。这样的分析既是叶灵凤对西方小说叙事结构的宏观把握，又凸显了海明威短篇小说创作及其文体特征在西方小说发展史中的地位和贡献。可以说，叶灵凤的观点是十分准确而到位的。

《现代》也将目光投向意识流小说家福克纳。如赵家璧在《美国小说

---

① 叶灵凤：《作为短篇小说家的海敏威》，《现代》1934 年第 5 卷第 6 期。

之成长》中指出,福克纳运用分离的碎片进行叙事,且将故事的时间倒置,使读者不断变换阅读视角与顺序去重组故事。福克纳在小说艺术形式方面的这些"新尝试",使其成为"值得尊称为一个文体家的。……他用简单的字汇,写得独创而特殊,流畅而美丽……,有时更发明更把对话,心理描写并合在一处,这一种形式上冲破英国束缚的勇气,比海明威和安得生更值得纪念"。① 而对福克纳进行更为详细论述的是凌昌言的《福尔克奈———一个新作风的尝试者》一文。该文将福克纳小说与人类文明的发展联系起来,"二十世纪,文明达到了它的最高的时代,而同时也是一个疯狂的时代!二十世纪的美利坚合众国,现代文明的集中点,疯狂的国家!"② 福克纳写出了现代人的"现代心":"福尔克奈描写了在文明与野蛮的边境上出入的人物,描写残暴,描写罪恶,描写原始的性欲,他便很自然的成为同样的被要求刺激的都市的读者所爱好,因为他写的不能不说是中古世式的恬静的乡村,而只是最适当的罪恶和残暴的背景的蛮荒僻境。"③ 凌昌言既介绍了福克纳小说出现的背景和其在世界文坛上的地位,又简略概述了福克纳的作品和创作特点,让中国的读者及时体会了福克纳意识流创作的特点。但是,对于福克纳小说主题:着力表现罪恶这个方面,凌昌言给出了这样的评价:"威廉·福尔克奈并不是一个深刻的思想家,要在他的作品里找寻思想发展的过程的人是会失望的。他的人生观也宁说是非常单纯:即,他看到这世界是整个的恶的。他甚至可说自身在神经上也许有某种不健全的处所,因此所看见的一切便都成为罪恶和病狂。我们与其在作家本人身上找寻他的思想的特征,却还不如去考察一下这个福尔克奈可能成为流行的时代的特征较为有益些。……福尔克奈所能给予的不是常态的社会或是人生的表现,他所给予的只是刺激。"④ 可见,作者对福克纳的创作主体并不欣赏,但颇为肯定其意识流小说的写作技巧。

此外,帕索斯也是《现代》关注较多的一位新兴作家。赵家璧在《帕索斯》中讨论了帕索斯在小说形式方面的探索,认为帕索斯使用"新闻篇""名人传记""摄影机镜头"三种技巧,将时代背景、时代中心人物和作者本身的行动渗入故事里。由此,帕索斯打破了旧形式的束缚,把

---

① 赵家璧:《美国小说之成长》,《现代》1934 年第 5 卷第 6 期。
② 凌昌言:《福尔克奈———一个新作风的尝试者》,《现代》1934 年第 5 卷第 6 期。
③ 同上。
④ 同上。

写实主义作品领向了另一条簇新的道路。所以，帕索斯的小说"已经达到了文学的最高点"。① 杜衡在《帕索斯的思想和作风》中，认为"当时的美国知识群中颇流行着一种绝望和迷惘的心情，这种心情一般是称之为defeatism，我们勉强可以译为'失败情绪'"。② 苏汶指出，这种失败情绪在帕索斯的作品中占着绝对优势。他的作品"诅咒物质文明，赞颂安静和自然美，那书的主人公几乎想替自己的'诗的灵魂'在俗世中找一个避难所，但事实告诉他是不可能。……他渐渐的从对机械文明的盲目的憎恨转而为对社会制度的憎恨。于是，把整个罪恶的社会在作品里表现出来的歧途便在帕索斯身上慢慢的成熟"。③ 可以看出，"对政治极为敏感"的苏汶对帕索斯的解读，更注重其创作的社会历史内容。

从以上具有代表性的个案分析中，我们可以看出，《现代》对于福克纳、海明威、帕索斯等现代作家的研究，大多关注其在小说艺术形式方面的探索和贡献，而对于其小说的思想内容却或论之较少，或片面否定。④

杜衡认为："在这许多尝试中，有许多固然是非常合理的，是由新的内容所决定了的，但尽也有许多是发展到一种无必要的。而甚至是不合理的形式上去。……我们应该把好的和坏的区别出来，前者不妨称之为'革新'，而后者不过是一种'怪诞'而已。"⑤ 施蛰存也认为："显然的，近年来的新文学是多量的吸收到西洋文学的影响的。但是我们所应该吸收的，是西洋文学的技巧，而不是要把他们底内容和情绪都完全照原样的搬到中国来。"⑥《现代》侧重吸收外国文学的表现技巧，而对于其思想内容则拒之门外。主要因为在《现代》学人看来，现代派文学逃避具有现实的颓废情绪和消极倾向，与当时中国的革命事业与社会现实格格不入。

可以说，《现代》对外国文学史和作家作品的研究，比较全面而集中地展示了西方现代主义文学的整个面貌。其中，苏联左翼文学及其理论也是《现代》关注的主要研究对象。施蛰存曾这样阐明："'现代派'就是第一次世界大战之后，否定了十九世纪的文学，另外开辟新的路。有的人用新的创作方法，有的人用新的题材。中国的现代派，就是不采

---

① 杜衡：《帕索斯的思想和作风》，《现代》1934年第5卷第6期。
② 同上。
③ 同上。
④ 高明：《一九三三年的欧美文坛》，《现代》1934年第5卷第6期。
⑤ 杜衡：《帕索斯的思想与作风》，《现代》1934年第5卷第6期。
⑥ 《编辑座谈》，《现代》1932年第1卷第4期。

用以前旧传统的。所以左翼的苏联文学，也是现代派。"左翼视角与自由主义视角使《现代》的外国文学引介与研究表现出一种多元性和复杂性。《现代》将外国文学研究的视线挪移至"现代"，战后的苏联文学与美国文学成为其主要的研究领域，尤其是20世纪初期兴起的现代主义文学，使这份刊物的"现代性"意味更为浓厚。《现代》学人对新近发生的外国文学现象的独到分析，足见其厚积薄发的学术功力与逐新应变的学术嗅觉。

可以看出，左翼系期刊以革命、阶级视角，侧重苏联、日本无产阶级革命文学的引介与研究；自由主义系期刊以文学本位的视角，侧重英美现代文学的引介与研究。两者的区别泾渭分明，但这并不意味着它们之间没有交叉与重合。如上所述，《现代》正是在这两种视角下，展开对战后苏联文学与美国现代文学的引介与研究。但是，在20世纪30年代的革命与战争语境下，《现代》的"现代"视野显然是不合时宜的，李欧梵一语中的："施蛰存在这三年里处身文学一意识形态前沿，所取得的微妙平衡到1936年就维持不下去了。当时的左翼分子认为，他们的意识形态任务应该是唤起中国人的抗日爱国情绪，一个反帝国主义敌人的民族主义迅速取代了施蛰存的都会世界主义的旗号。"① 此外，左翼系期刊与自由主义系期刊对于超现实主义取得了态度上的一致。如玄明在《巴黎文艺逸话》中，这样写道："我们在这里，可以总括起来说：这两种新主义，正像大多数的其他新主义一样，都不过是因对现实不满而起的愤世的表现而已。前者是拿它的整个 Nonsense 当做恶意的冷嘲，而后者是更进一步，竟以文坛的暴徒的资格而现了。"② 《现代》对超现实主义的拒斥态度显而易见。据施蛰存回忆，1934年戴望舒在巴黎认识了超现实主义诗人查拉（Jolas）。查拉在戴望舒那里见到《现代》这本杂志之后，写信给施蛰存，希望《现代》出专号宣传超现实主义文艺。但在当时，施蛰存认为："这一种文艺思潮，在中国不能起什么作用，反而会招致批判，于是就复信婉谢了。"③ 同年，《译文》刊载了黎烈文翻译的苏联作家爱伦堡的《论超现实主义派》。该文对超现实主义进行了猛烈的抨击："在他们看来，女人

---

① 李欧梵：《上海摩登：一种新都市文化在中国1930—1945》，北京大学出版社2001年版，第164页。
② 玄明：《巴黎文艺逸话》，《现代》1934年第1卷第1期。
③ 施蛰存：《施蛰存学术文集》，上海人民出版社2012年版，第266页。

不过是 Conformism。他们却弄出了另一个纲领：手淫，男色，拜物教。可是在巴黎，即使是这类东西，也很不容易使人感到惊异。于是现实主义变成了超现实主义。……超现实主义派里面有些似乎是应当送到病院去的真正的病人。但大部分呢，是假装着有这种精神病的，这是 1933 年天才的唯一的记号。"① 1935 年，黎烈文在《文学百题》上基本上继承了爱伦堡的观点。

---

① 爱伦堡：《论超现实主义》，《译文》1934 年第 1 卷第 4 期。

第五章

《西洋文学》《民族文学》：多维视野话语下的外国文学研究

20世纪40年代，中国进入了烽火连天的抗战时期，战争成为外国文学引介与研究的主要语境。正如徐迺翔所言："文艺为战争服务，为战争这个最大的政治服务，突出文艺的'工具'和'武器'功能，强调文艺在战争中的宣传鼓动作用，构成了整个抗战时期乃至解放战争时期的文艺理论和文艺思潮的主旋律。"① 文史研究者通常把抗战时期的中国划分为三个区域：解放区、沦陷区、国统区。其中，解放区指共产党管辖的区域，如陕北及华北的革命根据地，如延安等；沦陷区指抗日战争期间被日本侵占的地区，如北京、上海、广州等；国统区指国民党统治管辖的区域，如战时文化名城重庆、成都、昆明等。从总体上看，俄苏文学研究、反法西斯文学研究、古典文学研究构建了此时外国文学研究的秩序。

但是，基于以上三个区域不同的政治环境，20世纪40年代的外国文学研究呈现出多元化的场景。解放区②以毛泽东《在延安文艺座谈会上的讲话》（以下简称《讲话》）精神为指导，将"政治标准第一，艺术标准第二"的原则运用到外国文学研究中；其中，周立波在延安鲁迅艺术学院的外国文学讲稿颇具代表性，预示了《讲话》精神的要领。总的看来，《讲话》精神在20世纪40年代的外国文学研究的整体语境中，有着或强或弱的影响力。国统区的《时与潮文艺》刊载了俞大姻的女性文学研究、陈瘦竹的古典戏剧研究、盛澄华的纪德研究、范存忠的传记文学研究、徐仲年与吴达元的法国文学史研究，以及"当代美国小说专号"等，集中而醒目地显示了学院派研究的学术化气息。"战国策"派的《战国策》

---

① 《中国新文艺大系理论史料集·导言》第三辑（1937—1949），中国文联出版公司1998年版，第4页。

② 20世纪40年代，解放区的外国文学研究期刊较少。所以，本书暂以周立波在鲁迅艺术学院的外国文学讲稿为分析个案，特此说明。

《民族文学》等刊物在民族主义话语下,力主战时文化的重建与民族精神的重塑,以"狂飙突进"般的激进态度对歌德、易卜生等进行了颇具特色的解读。其中,尤以陈铨的欧洲文学研究为代表;沦陷区的《西洋文学》虽然存在时间短,但在小说、戏剧等文体方面的精细研究,体现出趋向文学性的外国文学研究,闪烁着学术的火花。

总的看来,20 世纪 40 年代的外国文学研究趋于多元化,这也是社会转型时期文学研究繁荣的标志。解放区在《讲话》精神指引下的外国文学研究,成为中华人民共和国成立之后外国文学研究的旗帜。而国统区、沦陷区倾向于学院派的外国文学研究,在中华人民共和国成立后"一切向苏联看齐"的风向标下,被视为资产阶级学术而难以为继。

第一节 《讲话》精神指引下的外国文学研究

1939 年 8 月 3 日,陕甘宁边区中央局在延安召开了民族形式问题的座谈会。何其芳撰写的《论文学上的民族形式》一文,表达了对中国文学的民族形式建立的思考:"我认为欧洲的文学比较中国的旧文学和民间文学进步,因此新文学的继续生长仍然主要地应该吸收这种比较健康,比较新鲜,比较丰富的养分。这种吸收,尤其是在表现方法方面,不但无损而且有益于把更中国化,更民族化的文学内容表现得更好。(比如托尔斯泰的《战争与和平》我们不都承认是很俄罗斯化的吗,然而那形式完全是西欧文学的形式)"[①] 何其芳主张以欧洲文学的"瓶"容纳中国文学的"酒",这样既可以丰富中国文学的表现手法,而又不失去中国特有的民族内涵。在何其芳的学术视野中,欧洲文学可为中国新文学的向前发展提供有效的借鉴与参考。其出发点并不具有政治、阶级的划分意味,而只有审美形式优劣的不同,总体上呈现出比较中性化的学术立场。

1940 年 1 月,毛泽东在《新民主主义论》中对文艺的继承和借鉴问题作出进一步明确指示:"中国应该大量吸收外国的进步文化,作为自己文化食粮的原料,这种工作过去还做得很不够。这不但是当前的社会主义文化和新民主主义文化,还有外国的古代文化,例如各资本主义国家启蒙时代的文化,凡属我们今天用得着的东西,都应该吸收。但是一切外国的

---

① 何其芳:《论文学上的民族形式》,《文艺战线》1939 年第 1 卷第 5 期。

东西,如同我们对于食物一样,必须经过自己的口腔咀嚼和胃肠运动,送进唾液胃液肠液,把它分解为精华和糟粕两部分,然后排泄其糟粕,吸收其精华,才能对我们的身体有益,决不能生吞活剥地毫无批判地吸收。"① 1942年,毛泽东在《在延安文艺座谈会上的讲话》中对此进行了精辟的论述。他说:"我们必须继承一切优秀的文学艺术遗产,批判地吸收其中一切有益的东西……但是继承和借鉴决不可以变成替代自己的创造,这是决不能替代的。文学艺术中对于古人和外国人的毫无批判的硬搬和模仿,乃是最没有出息的最害人的文学教条主义和艺术教条主义。"② 可以说,"取其精华,去其糟粕""批判地继承"是20世纪40年代中国学界对待外国文化与文学的基本思想,这种思想后来成为"十七年"间我国文学界对待外国文学的基本态度。

但是,面对纷繁杂沓的外国文学,哪些是精华、哪些又是糟粕,这本身就包含着一定的理论预设。《讲话》对文艺批评提出两个标准:"一个是政治标准,一个是艺术标准。按照政治标准来说,一切利于抗日和团结的,鼓励群众同心同德的,反对倒退、促成进步的东西,便都是好的。"③ 但是,这并不意味着《讲话》忽视艺术标准。在文艺与政治的关系中,毛泽东确立"政治标准放在第一位,艺术标准放在第二位。……政治和艺术的统一,内容和形式的统一,革命的政治内容和尽可能完美的艺术形式的统一"的标准。④ 毛泽东对知识分子的立场问题也进行了特别的说明,要求文学工作者"站在无产阶级的和人民大众的立场",文艺工作者"要破坏那些封建的、资产阶级的、自由主义的、个人主义的、虚无主义的、为艺术而艺术、贵族式、颓废的、悲观的以及其他种种非人民大众非无产阶级的创作情绪"⑤。《讲话》的核心和重点为文艺工作者指明了方向,即文艺为政治服务,文艺以"工农兵"为主体、以马列主义文艺观为指导。由此,"革命化、民族化、大众化"成为文艺工作者的风向标。在确立文艺为工农兵和怎样为工农兵的基本方针问题后,毛泽东提出:"我们的文学艺术工作者,我们的文学艺术学校,文学艺术刊物,文学艺术团体和一切文学艺术活动,

---

① 毛泽东:《毛泽东选集》第2卷,人民出版社1991年版,第706—707页。
② 毛泽东:《在延安文艺座谈会上的讲话》,见王钟陵编《二十世纪中国文学史论文精粹(文学史方法论卷)》,河北教育出版社2000年版,第135页。
③ 同上书,第143页。
④ 同上书,第144页。
⑤ 同上书,第144页。

就应该依照这个方针去做。离开这个方针就是错误的；和这个方针有些不相符合的，就须加以适当的修正。"① 在《讲话》精神的指引下，"为工农兵服务"成为此时段的外国文学引介与研究的基本话语之一。

一 解放区的外国文学研究

1938年，鲁迅艺术学院在延安成立。据学者江文汉回忆："鲁迅艺术学院校长对我们说，他们的努力基于以下三个原则：第一，把艺术和当前的抗战联系起来；第二，他们的目的在于普及，即尽可能使老百姓明白；第三，他们正在学习用老的形式赋予全新内容和技巧。"② 从这里可以看出，抗战救亡的民族意识、普及大众的启蒙意识是鲁迅艺术学院的办校宗旨。1940年到1942年，外国文学在鲁迅艺术学院颇受欢迎。其中，周立波开设"世界文学名著选读"的课程。

该课程的讲义主要包括《蒙田和他的散文》《司汤达和他的〈贾司陶的女主持〉》《〈贾司陶的女主持〉的诗表现在哪里?》《巴尔扎克》《梅里美和他的〈卡尔曼〉》《莫泊桑和他的〈羊脂球〉讨论提纲》《普希金：〈驿站长〉》《浮士德故事》《浮士德》《普士庚：〈驿长〉》《谈果戈理和他的〈外套〉》《〈混人〉讨论提纲》《罪与罚》《作为一个思想家的托尔斯泰》《作为艺术家的托尔斯泰》《安娜·卡列尼娜》《〈一个秋夜〉的讨论提纲》《毁灭》《不走正路的安德伦》《关于童话的论述及对〈表〉的分析》《关于莱辛论画与诗的界限》等。从中我们可以看出，周立波具有广阔的世界文学视野。该讲稿涉猎从16世纪的文艺复兴文学到19世纪的现实主义文学，在论述各个作家时，往往将其置于外国文学史的整体视野中。尤其是周立波对司汤达、梅里美、巴尔扎克等作家独到的艺术分析与严谨的理论概括，在今天看来，同样不失较高的学术水准。在《司汤达和他的〈贾司陶的女主持〉》中，周立波将司汤达小说艺术的特征总结为四点：布局或结构；奇异；懂得心理、知道种种性格；力、恋爱和热情。③ 在《作为艺术家的托尔斯泰》中，又将托尔斯泰的艺术创作归

---

① 毛泽东：《在延安文艺座谈会上的讲话》，见王钟陵编《二十世纪中国文学史论文精粹（文学史方法论卷）》，河北教育出版社2000年版，第140页。
② 江文汉：《参拜延安圣地》，见朱鸿昭编《众说纷纭话延安》，广东人民出版社2001年版，第336页。
③ 周立波：《司汤达和他的〈贾司陶的女主持〉》，见周立波《周立波鲁艺讲稿》，上海文艺出版社1984年版，第9—16页。

为五点：最清醒的现实主义；自然与和谐的歌唱者，生命的里和单纯的歌颂者；一切人性的洞察者；青春的心；传道的心。[①] 在《莫泊桑和他的〈羊脂球〉讨论提纲》中，将莫泊桑创作特色总结为"纯客观"与"写真实"。在《〈一个秋夜〉的讨论提纲》中，认为高尔基"看出了灵魂里面的东西，看出了复杂的人性"[②] 等。可以说，周立波对所选外国作家创作的总体风貌、对这些作家作品的思想内容与艺术特色，都有独到的分析与严谨的概括。这对于在解放区普及外国文学知识、提高人民群众对外国文学的鉴赏力等方面，发挥了极为有效的启蒙作用。

该讲稿以18世纪的启蒙主义文学、19世纪现实主义文学为主要讲述内容，尤其是集中讲述普希金、托尔斯泰、屠格涅夫、果戈理、高尔基、法捷耶夫、绥拉菲莫维奇等俄苏文学的经典作家。但是，20世纪现代主义作家并未出现在周立波的讲稿中。只是在"讨论会"一节中，周立波在讲述托尔斯泰对于19世纪的颓废派、象征派的排斥态度时，提到波特莱尔、马拉美、魏尔伦、梅特林克、乔伊斯、艾略特等现代主义作家是托尔斯泰批评的主要作家。除此之外，该讲稿并未涉及这些作家的专门论述。可见，20世纪40年代，解放区延安对于这些"暧昧"且专注"游戏"的现代主义作家的否定倾向，是周立波未将他们纳入讲述内容的主要原因之一。但是，随着周立波文学视野的扩展与理论修养的提升，与20世纪30年代对现代主义作家创作技巧的偏颇认识与盲目批判相比，此时，周立波能够客观地认识意识流小说所采用的自由联想、内心独白等创作手法。在谈到司汤达对人物心理的卓越刻画时，对于意识流小说的创作技巧，周立波这样写道："这个新的方法是企图运用作者的心理学的机智和直觉，和他对于人物心灵，它的深度，它的下意识的冲动，活动禁止（inhibitions）和掩着的刺激的深刻的知识，去构成一个不被扰动的思想的川流，这流水是从一个不安的心灵倾注出来，对于思想者，也许常常不是有意识的，而且常常被千百个非主要的目的物使这思想从主要的思想的过程岔开。"[③] 但是，在周立波看来，这样的创作手法"要不得的地方，还是

[①] 周立波：《作为艺术家的托尔斯泰》，见周立波《周立波鲁艺讲稿》，上海文艺出版社1984年版，第92—101页。

[②] 《周立波鲁艺讲稿》，第125页。

[③] 周立波：《司汤达和他的〈贾司陶的女主持〉》，见周立波《周立波鲁艺讲稿》，上海文艺出版社1984年版，第15页。

在它们以思想代替了行动。……我们对于人物的处理的方向，不是自我陶醉的毫无意义的对于他们的意识的分析，而是对于他们的行为的表露"。① 可见，马列主义的现实主义文学观对解放区文学批评的渗透力，也使周立波只是曲折地表达对现代主义作家艺术成就的肯定，而尽量避谈这些专注内心无意识的作家。

此外，在讲稿中，周立波对梅里美的艺术成就赞赏有加。据陈涌回忆："当时也有一些同学，虽然也敬服梅里美在艺术上的精湛、完美，却更倾向于俄国文学的强烈深厚、博大深雄。他们是非议过立波同志的欣赏趣味的。"② 在"讲政治"的延安，像梅里美这样的资产阶级作家显然有"越界"之嫌，正如袁可嘉所言："'人民的文学'必须在'阶级本位'认识的应用上保持适度。"③ 但是，周立波从文学本体关注作家自身的艺术成就，而忽略其阶级身份。这一点，的确是难能可贵。可以说，这也是解放区文艺文学批评注重政治性的表现之一。

周立波在鲁迅艺术学院的外国文学讲稿，早于毛泽东《在延安文艺座谈会上的讲话》与延安整风运动。但是，从以上个案分析可以看出，在解放区的主流意识形态下，该讲稿已经显示了《讲话》的主要精神。如对于托尔斯泰，周立波认为托尔斯泰是"一切人性的洞察者"，但是他也指出托尔斯泰："为了他的永久的宗教真理，他要创造永久的人性。然而永久的人性是没有的，延安的女孩们，少妇们，没有安娜的悲剧。"④ 可以看出，《讲话》对超阶级人性论的批判，在此已经显露。总的看来，周立波对于外国文学的研究具有一定的理论深度与学术见解。同样，该讲稿也体现了社会、政治因素对解放区学者从事外国文学研究工作的外在束缚。

二 俄苏文学研究

1945年，茅盾撰写的《近年来介绍的外国文学——国际反法西斯文学的轮廓》一文，以太平洋战争爆发为界，将1937—1945年间的外国文

---

① 周立波：《司汤达和他的〈贾司陶的女主持〉》，见周立波《周立波鲁艺讲稿》，上海文艺出版社1984年版，第15页。
② 陈涌：《我的悼念》，见《周立波研究资料》，湖南人民出版社1983年版，第142页。
③ 袁可嘉：《"人的文学"与"人民的文学"》，《大公报·星期文艺》1947年7月6日，见《半个世纪的脚印·袁可嘉诗文选》，人民文学出版社1994年版，第131页。
④ 周立波：《安娜·卡列尼娜》，见周立波《周立波鲁艺讲稿》，上海文艺出版社1984年版，第108页。

学引介与研究分为两个时期:"前期的介绍工作主要是苏联的战前作品(苏维埃文学中划时代的长篇巨著),以及世界的古典名著。后期呢,则除继承前期工作而外,还把注意普遍到英美的法西斯战争文学了,——不用说,苏联的反法西斯战争文学是尤其介绍得多的。"① 从现有的史料也可以看出,苏联文学、世界古典名著、反法西斯战争文学构成了此时主流文学界外国文学引介与研究的秩序。我们且以苏联文学研究为例,透视《讲话》精神在20世纪40年代外国文学研究中的印痕。

1932年,鲁迅认为"俄国文学是我国的导师和朋友",② 1949年毛泽东倡导"走俄国人的路",俄国文学总是伴随着中国文学与中国革命的历史进程。20世纪30年代至40年代,俄苏文学是占据主流意识形态的外来文学资源。1942年,作家何其芳在《论文学教育》一文中更是明确指出:"在接受文学遗产的过程中,文学史应该配合着或者包括具体作品的选读。……在作品方面,应该着重的在外国是欧洲和旧俄的旧现实主义的文学,尤其是苏联的社会主义现实主义的文学。"③

夏衍在《乳母与教师——关于俄罗斯文学》④ 一文中,也以乳母与教师为喻,表达了俄苏文学对中国文学所造成的"广大而且深刻的关系"。杨骚的《普式庚给我们的教训——纪念普式庚的百年忌》、胡风的《A.

---

① 茅盾:《近年来介绍的外国文学——国际反法西斯文学的轮廓》,《文哨》1945年第1卷第1号。该文最初发表于1945年5月4日《文哨》"创刊特大号",为《现代翻译小说选》序文,后收入《茅盾文艺杂论集》时改为现在的题目。
② 鲁迅:《祝中俄文字之交》,《文学月报》1932年第5、6号合刊。
③ 何其芳:《论文学教育》,《解放日报》1942年10月16—17日。
④ 夏衍:《乳母与教师——关于俄罗斯文学》,《时代文学》1941年第1卷第4期。在该文中,夏衍这样写道:"十九世纪俄罗斯文艺真实而严肃地表现了该国的社会和集团的深刻的经济悲慌与思想苦闷,这一切现象正和二十世纪初叶的中国有了一脉的相通,清末民初的中国社会里面尽管少有托尔斯泰笔下的忏悔贵族,但是果戈理小说中的愚蠢而吝啬的地主,屠格涅夫作品中的虚无、苦闷而又勇敢可爱的知识分子,不也就是我们民族里面的某一部分活生生的写照么?可悲的是中国比俄罗斯有了更惨重的负担,与微博的恩赉,中国有了绵延若干世纪的异族征服和灭绝思想和智慧的专制主义,而中国却没有了一个短暂的时间,可以让我从容地接受西欧的科学和民主!樱桃园的丁丁伐木声音未曾消失,洛伯兴还没有真正兴起,而海禁大开,中国人一觉醒来,身上已经加上了一幅殖民地奴隶的镣铐了,在这时候,我们又从俄罗斯的赤脚汉、工人、农民、高尔基和维拉菲莫维支、法捷耶夫笔下的营销获得了我们的同感和启示。世界上两个接壤得最辽阔的国家,世界上两个最伟大的民族,他们在文化上是有这样深根于社会底层的不可分的关系!1927年以后,我们从《铁流》,从《毁灭》,从《静静的顿河》得到了多少的营养,得到了多少的启示,那是用'天文学的数字',也无法来形容它的浩大于深刻吧!"

P. 契诃夫断片》[1]、阳翰笙的《关于契诃夫的戏剧创作》[2]、艾芜的《略谈果戈理的描写人物》[3]、周钢鸣的《关于〈欧根·奥尼金〉的几个问题》[4]、王西彦的《论屠格涅夫的罗亭》与《论罗亭》[5]、郭沫若的《向普希金看齐!》[6]、司马文森的《向〈静静的顿河〉学些什么》[7]、邵荃麟的《对于安东·柴霍夫的认识》[8]、芦蕻的《从奥布洛莫夫、罗亭论中国知识分子的几种病态生活》[9]等文章,从不同角度论述了俄苏文学对于抗战时期中国革命与文学的重要意义。

杨骚在《普式庚给我们的教训——纪念普式庚的百年忌》一文中,从普希金的修养、写作态度、反抗精神三个方面,论述了普希金对于20世纪40年代中国文坛提倡的通俗文学与文学大众化的启示。该文指出,普希金从保姆亚莉娜那里学到的民谣、传说、俚言俗语是"国民艺术的宝藏"。这些民间文学元素"在他的诗才的发展上,可以说是最重要的维太命……不但使他的诗情丰富,而且在不知不觉之后中使他对于俄罗斯的国民精神有着理解,使他的纯粹的俄罗斯底灵魂觉醒了"。[10] 普希金在诗歌创作上之所以能够取得成功,在作者看来:"就是为着他的诗情是民间的,他的语言是单纯通俗的,他的音韵又是自然响亮的……民间文艺是他的最大最得力的一个图书馆。"[11] 在这里,我们可以看出,《讲话》提出文学"通俗化、大众化"的方针,对于杨骚在研究普希金时的潜在影响。周钢鸣的《关于〈欧根·奥尼金〉的几个问题》一文,主要从《叶普盖尼·奥涅金》反映的社会现实、塑造的典型人物以及语言运用等方面,高度评价了这部诗体小说的不朽价值。在作者看来,普希金站在写实主义的

---

[1] 胡风:《A. P. 契诃夫断片》,《中原》1945年第2卷第1期。
[2] 阳翰笙:《关于契诃夫的戏剧创作》,《中原》1945年第2卷第1期。
[3] 艾芜:《略谈果戈理的描写人物》,《青年文艺》1949年第1卷第1期。
[4] 周钢鸣:《关于〈欧根·奥尼金〉的几个问题》,《诗创作》1942年第15期。
[5] 王西彦:《论屠格涅夫的罗亭》,《时与潮文艺》1945年第5卷第1期;王西彦:《论罗亭》,《文艺春秋》1948年第7卷第3期。
[6] 郭沫若:《向普希金看齐!》,见罗果夫、戈宝权编《普希金文集》,时代书报出版社1947年。
[7] 司马文森:《向〈静静的顿河〉学些什么》,《艺丛》1943年第1卷第2期。
[8] 邵荃麟:《对于安东·柴霍夫的认识》,《青年文艺》1944年第1卷第6期。
[9] 芦蕻:《从奥布洛莫夫、罗亭论中国知识分子的几种病态生活》,《中原》1945年第2卷第2期。
[10] 杨骚:《普式庚给我们的教训——纪念普式庚的百年忌》,《光明》1937年第2卷第5期。
[11] 同上。

立场，在该作中表现了19世纪20年代俄罗斯人民生活多彩而又灿烂的图画。这部作品的艺术价值在于："诗人在人生与现实中，以及在诗的艺术形象中，所追求的是最高的真、善、美的情操和意境。这里构成了这部灿烂的史诗创作方法上，一个最重要而显著的特征，也是形成了诗人的现实主义的一个明确的创作方向。"① 作者认为，女主人公塔基亚娜"表现了真正的国民性"，她是俄罗斯人纯朴性格的真实本质之所在。而男主人公奥涅金是19世纪20年代贵族形象的典型，他具有这样几种矛盾的心理特征："对当时的社会改革的激进而麻痹，对于爱情的冷淡和寒热病，对于生活的幻想和不安的忧郁。"② 最后，作者这样警示读者："在我们的生活中，是不应走向奥尼金底那条道路去的。"③

邵荃麟在《对于安东·柴霍夫的认识》里指出，契诃夫是"一位诗人，这是不可否认的"④ 但是，仅凭一般的机械论认为契诃夫一个悲观主义者、厌世家，或是人生的旁观者、自然主义者，甚至是一位滑稽家，这样评判契诃夫是不公正的。作者通过对契诃夫生活的历史环境与其真实人生历程的考察，认为契诃夫真正了解俄国人的生活，"不仅仅了解一般的生活，而且了解到他们精神生活的内面，到人民的心底奥秘之处，这样他才能以天才的笔力抉发出这个民族的病根"，"他是深深地感受着人民所痛苦而为他们受伤苦闷而斗争"。⑤ 邵荃麟的这篇文章在一定程度上矫正了人们对契诃夫的误解，最重要的是启示文艺工作者深入生活与群众打成一片，感受群众疾苦，在思想与生活上真正与人民群众相结合；胡风的《A. P. 契诃夫断片》也批判了将契诃夫看作一位"无可救药的悲观主义者""凡俗主义底宣传者""小事件底迷恋者""意志薄弱的人""客观主义者"，其作品"没有内容没有思想"等片面观点，认为："本世纪末和本世纪开头的艺术文学的领域中，他是感觉到革命之不可避免的第一人。……他底生命通向着他预感到了的东西'所昭示的前途'，也就是俄罗斯正在走向的前途。"⑥ 胡风高度赞扬了契诃夫与现实肉搏的主观战斗精神，"看到心里去！听到心里去！这是契诃夫式的'单纯'底胚胎，这

---

① 周钢鸣：《关于〈欧根·奥尼金〉的几个问题》，《诗创作》1942年第15期。
② 同上。
③ 同上。
④ 邵荃麟：《对于安东·柴霍夫的认识》，《文艺青年》1944年第1卷第6期。
⑤ 同上。
⑥ 胡风：《A. P. 契诃夫断片》，《中原》1945年第2卷第1期。

是契诃夫的艺术创造底生命。……特别是象契诃夫似的批判的现实主义者……保持了那样的批判精神,就是由于灵魂底坚强"。① 在《讲话》精神提倡通俗文学和文学大众化的呼声中,普希金与契诃夫创作中的现实主义精神,无疑是避免文艺工作者小资产阶级的观点与情调的有力参照。

芦甸在《从奥布洛莫夫、罗亭论中国知识分子的几种病态生活》一文中这样写道:"我们看到知识分子中间,究竟存在着一些什么病态倾向呢? 首先是对于生活的追随态度,在这些人身上有浓烈的奥布洛莫夫的气质,他们的想法是:生活就像静静的河似的流过他们去,他们只消在河岸上,观察不可避免的,不约而至的依次呈现在每人眼前的现象而已。其次,我们看到消沉、麻痹、回避现实的态度。"② 由于类似奥布莫洛夫这种病态的存在,我国的文艺工作者虽然选取知识分子的生活作为写作题材,但是"今天我们还没有看见一部真正掘发知识分子的灵魂,写出这一个动荡的年代里,他们的思想、感情、他们的苦闷、追求,他们怎样变成了抗争、奋发或者是消沉、麻痹"。③ 相反地,"在俄国文学中的一些典型人的身上,他们却看到一些自己周围的人物,贴近的性格。……中国知识分子从这些人物形象上,可以得到很多的教训"。④ 现在的知识分子已经超越了前一世纪的罗亭,他们在革命的熔炉里已经变得更坚实,但因为"他们正在这种改造和变革的历程中,旧的自我常常在企图作最后的挣扎。如果作为某种病态倾向来看,罗亭仍然可以作为我们的镜子"。以革命意识武装知识分子的头脑,是克服三种病态倾向——对于生活的追随态度;消沉、麻痹回避现实的态度;玩世的个人主义的主要途径:"知识分子虽然参加到民主的斗争,建立了为人民大众服务的观点,但并不就等于已经和人民大众相结合,或者已经成为人民大众中的一员……要凭着理智来克服这些旧的思想,在人民大众生活实践中受到教育,如果革命的意识战胜了这些病态的思想,知识分子也就完成了自身的改造。"作者呼吁:"艰困的生活严峻的考验了一个人,生活的熔炉铸炼了无数的钢铁战士,现实要求着知识分子的改造,知识分子早就该从'精神的瘫痪','美丽

---

① 胡风:《А.Р.契诃夫断片》,《中原》1945 年第 2 卷第 1 期。
② 芦甸:《从奥布洛莫夫、罗亭论中国知识分子的几种病态生活》,《中原》1945 年第 2 卷第 2 期。
③ 同上。
④ 同上。

的剑鞘'变成用生命的火炬照亮同行者脚步的战士。"①

而王西彦的《论罗亭》这篇长文,主要对《罗亭》中的人物形象进行了详细的分析,尤其对罗亭的恋爱悲剧、性格悲剧及其悲剧所产生的社会土壤的分析是该文的论述重点。作者认为,"罗亭的错误是时代的错误,他的悲剧是时代的悲剧"。② 与芦蕻相反,作者这样写道:"罗亭虽然是一个无力的英雄,但绝不是那种对祖国命运漠不关心、对人世采取嘲弄态度的冷血者,他知道应该秉承爱人类的信念,为人类努力,而他也确实献出自己的努力了。他的漂亮的言辞,为自己招来了无数的不幸,不过对于人类和祖国可决不是完全没有用处的。他以一个宗教家的热情,带着理想的种子,风尘仆仆,从一处到另一处,随时随地撒播。……正因为有他们这些不幸的先驱者,才有继起的轰轰烈烈的实行者。这样的人物难道不值得赋予同情吗?只有那般过吝啬生活的人,才是历史的赘物,才是完全无用的废料。屠格涅夫创造了罗亭,同时又创造了列兹尧夫,乃是使之互相批评,互作对照,从这两个老同窗身上,反映了十九世纪四十年代的英雄的全貌,反映出历史的真实。"③ 罗亭以"行动的矮子,语言的巨人"而闻名于中国文坛,一度被认为是中国知识分子的代言人而受到贬斥与奚落。④ 在这篇文章中,王西彦并没有因为罗亭是"行动的矮子",而否定其"语言的巨人"的历史价值。作者认为,罗亭"决不是一个可诟骂的名字"。⑤ 尊重知识分子的社会地位,给予知识分子以合理的客观评价,无疑是对"百无一用是书生"陈腐观念的有力抨击,为在特殊年代里生存的知识分子提供了及时的精神慰藉。从以上所举各例可以看出,俄国文学中的经典的"多余人"罗亭、奥楚莫洛夫、奥涅金等成为知识分子进行思想改造、实现阶级立场转变的有效参照,其现实主义美学价值可见一斑。

从以上期刊史料的分析可以看出,《讲话》精神在 20 世纪 40 年代的俄苏文学研究中的渗透性与辐射力。当时的外国文学工作者大多响应"为

---

① 芦蕻:《从奥布洛莫夫、罗亭论中国知识分子的几种病态生活》,《中原》1945 年第 2 卷第 2 期。

② 王西彦:《论罗亭》,《文艺春秋》1948 年第 7 卷第 3 期。

③ 同上。

④ "在或种场合中,有人要嗤笑知识分子,便不假思索地加人以这样一个帽子:'罗亭呀!'"胡依凡:《屠格涅夫的〈罗亭〉》,《申报自由谈》1935 年 5 月 30 日。

⑤ 王西彦:《论罗亭》,《文艺春秋》1948 年第 7 卷第 3 期。

工农兵服务"的号召,这种对人民性、阶级性话语的认同,在很大程度上是将政治、社会因素生硬地套在外国作家的脖子上。如普希金是"人民的普希金"、莎士比亚已不是一个"舞台上表演世相的艺术家,而是一个在十字街头奔走呼号的煽动者了,是一个真正现代意义上的一位战士"。[①] 罗曼·罗兰[②]也不是"知识分子的个人英雄主义,而是无产阶级革命的共产主义"。[③] 哈姆雷特的"延宕"性格在战时已为国人所诟病:"哈姆雷特的性格,对于生活在抗战中的我们,是一面镜子,是一个教训。对于最后胜利没有信心,意志不集中,力量不集中的人们,是一个刺激,一个讽刺,一个人,或是一个民族,只有意志而没有行动,一定会灭亡;而意志不坚,自己把自己放在进退维谷危机中的人也一定失败。"[④] 当然,也有学者指出《哈姆雷特》对于振奋民族精神、促进战时文化建设具有重要意义:"《哈姆雷特》所含蓄的社会意义之一,是哈姆雷特王子反抗命运支配、反抗专制压迫,从昏庸荒淫堕落悲观的恶劣环境中,力求摆脱、力求解放的那种革命进取的精神。这种精神之感染与升华,正是抗战时期中国人所需要的。……莎翁的剧本演得最多最好的国家,也就是文化艺术水准最高的国家……为了使我国文化只迎头赶上,跻于世界文学之林,则介绍上演莎翁之剧是不可少的。"[⑤] 这种"为我所用"的姿态,早已远离了这些经典作家的本来面貌。但也正是在人民性、阶级性的主流话语下,学人们对外国作家作品进行这样或那样的认可与"包装",从而显示了外国文学在战争年代里的意义和价值。

---

① 宋祥瑞编:《杨晦文学论集》,北京大学出版社1985年版,第80页。
② 这一时期,关于罗曼·罗兰的研究主要有胡晓的《礼赞罗曼·罗兰》、严杰人的《呼吸英雄的气息》、萧军的《大勇者的精神》、胡风的《向罗曼·罗兰致敬》、茅盾的《永恒的纪念和景仰》、闻家驷的《罗曼·罗兰的思想、艺术与人格》、王元化的《关于〈约翰·克利斯多夫〉》、戈宝权的《罗曼·罗兰的〈约翰·克利斯多夫〉》、杨晦的《罗曼·罗兰的道路》、邵荃麟的《从个人主义到集体主义的道路》等文章。
③ 杨晦:《杨晦文学论集·罗曼·罗兰的道路》,北京大学出版社1985年版,第236—240页。
④ 焦菊隐:《关于〈哈姆雷特〉》,《焦菊隐文集》(第二卷),文化艺术出版社1988年版,第167—168页。1942年,莎士比亚的名剧《哈姆雷特》在中国第一次公演。焦菊隐在指导四川国立剧院第五届毕业生时,有这样一段文字说明:哈姆雷特的性格,对于生活在抗战中的我们,是一面镜子,是一个教训。对于最后胜利没有信心,意志不集中,力量不集中的人们,是一个刺激,一个讽刺,一个人,或是一个民族,只有意志而没有行动,一定会灭亡;而意志不坚,自己把自己放在进退维谷危机中的人也一定失败。
⑤ 曹树钧:《余上沅与莎士比亚》,《余上沅研究专集》,上海交通大学出版社1992年版,第303页。

三　文学遗产问题的延续

20世纪30年代,《文学》对于"文学遗产问题"的讨论,使中国学者认识到中国古典文学名著《红楼梦》《水浒》《海上花》等的创作方法,"很少适合我们现在的文学创作,因此不应当老是望着自己那不完全的一份,还得多多从世界的文学名著去学习"。1926年,梁启超在《中国历史研究法补编》中,就以开放的世界性眼光鲜明地表达了对外来文化的态度。在该文中,梁启超把道术(哲学)分为三个类型:主系、闰系与旁系,"主系是中国民族自己发明组织出来,有价值有权威的学派,对于世界文化有贡献的。闰系是一个曾做主系的学派出来以后,继承他的,不过有些整理解释的工作,也有相当的成绩的。旁系是外国思想输入以后,消纳他,或者经过民族脑筋里一趟,变成自己所有物,乃至演变成第二回主系的思想的"。[①] 虽然梁启超从哲学的角度,强调中外思想的融合对于中国新文化建设的意义。但是,这种"以中化西""为我所用"的意识,表明中国学者以自身的立场审视外国的思想文化。在这里,还要特别提到的是蒋光慈。1926—1927年,在《十月革命与俄罗斯文学》[②] 一文中,蒋光慈讨论了无产阶级诗人创造新文化的使命与人类文化遗产的关系问题。在该文中,蒋光慈批评了不加辨析地抛弃一切旧文学,且过于夸张地理解无产阶级创造新文化使命的倾向。在蒋光慈看来:"无产阶级虽然负着创造新文化的任务,但是这种新文化并不是从空中就可以创造好的。旧的文化虽然一部分为资产阶级所利用了,除却这一部分无产阶级所不可采用的以外,还以一些人类共同的价值,我们绝对不可抛弃,而不采取之为建设新文化的材料。倘若不施行这种采取的方法,那么这种无凭无据的创造运动,简直是退后的运动了。"[③] 在革命文学蓬勃兴起的时代,一方面蒋光慈看到文学的阶级性,另一方面也看到了文学的共同性。蒋光慈主张应该利用"人类共同的价值"而为新文化建设服务的观点,表明蒋光慈对外国文学遗产的重视。从以上这两个个案可以看出,

---

[①] 梁启超:《中国历史研究法补编》,北京大学出版社1996年版,第218页。
[②] 蒋光慈:《十月革命与俄罗斯文学》,在1926年、1927年的《创造月刊》上连载,未完,1927年作者将全文以专著形式,题名为《俄罗斯文学》,由上海创造社出版社出版。
[③] 贾植芳:《中外文学关系史资料汇编(1898—1937)》,广西师范大学出版社2004年版,第857页。

中国学者对于外国文化与文学的高度重视，颇具宽广的世界眼光与学术视野。

1928年，创造社和太阳社在"左"倾激进主义思想的主导下，要打倒鲁迅、扫荡茅盾，宣布阿Q的时代已经死去。于是，受到诘难和批判的鲁迅开始阅读和翻译马克思主义理论著作，他这样写道："我有一件事情要感谢创造社的，是他们'挤'我看了几种科学底文艺论，明白了先前的文学史家们说了一大堆，还是纠缠不清的疑问。并且因此译了一本蒲力汉诺夫的《艺术论》，以救正我——还因我而及于别人——的只信进化论的偏颇。"① 进化论是五四时期在中国学界颇具影响力的观点，斩断一切文学传统，破旧立新是其根本精神。在进化论文学史观影响之下，20世纪20年代的中国学界将古典文学名著视为不经济、不切实际，而将之排除在当时外国文学引介与研究的范围之外。鲁迅在马克思主义思想的熏陶下，坚持无产阶级文化建设的继承性，提出著名的"拿来主义"的主张，表达了鲁迅对于文化遗产和外来文化的独立思考。鲁迅认为，左翼文艺界必须重视正确对待文化遗产和外来优秀文化。唯有如此，无产阶级才能创造出新的文化。他在《〈引玉集〉后记》中说："历史的巨轮，是决不因帮闲们的不满而停运的；我已经确切的相信：将来的光明，必将证明我们不但是文艺上的遗产的保存者，而且也是开拓者和建设者。"② "拿来主义"的核心原则是批判与继承，无疑是治愈中国学界"食洋不化"顽症的一剂良药。由此，"拿来主义"一语中的地道出了20世纪30年代中国学者的外国文学观，成为左翼文学界在对待中外传统文化遗产方面的纲领性论断。

20世纪40年代，文学遗产问题仍然受到学者们的关注。如上所述，毛泽东继承了鲁迅的"拿来主义"，在《讲话》提出对待优秀文学遗产的"古今中外法"即"屁股坐在中国的现在，一手伸向古代，一手伸向外国"。后来，毛泽东将其精辟地概括为"推陈出新""古为今用""洋为中用"的文艺方针。但是，在"怎么用"的层面上，"为工农兵服务"的主流话语使文艺工作者对于外国作家作品的解读，更多地以现实的社会政治

---

① 鲁迅：《三闲集·序言》，《鲁迅全集》第4卷，人民文学出版社1980年版，第6页。
② 鲁迅：《革命文学》，《鲁迅全集》第7卷，人民文学出版社1981年版，第418—419页。

需要为出发点，侧重外国文学之于中国新文学与文化的建设①、知识分子的思想改造以及激励民族士气等方面的功利需要，从而忽略了对外国文学的审美属性。

毛泽东在《讲话》中指出："为艺术的艺术，超阶级的艺术，和政治并行或互相独立的艺术，实际上是不存在的。"② 在文艺为工农兵服务、文艺为无产阶级政治服务的立场下，阶级分析成为外国文学研究的主要话语。外国文学被人为地切割为资产阶级的腐朽文学、小资产阶级的人道主义文学、无产阶级的革命文学。其中，资产阶级或小资产阶级文学的人性论、人道主义，"为艺术而艺术"的唯美主义文学等均受到批判。1942年，张庚在《论边区剧运动和戏剧的技术教育》中，指出过去学习文学遗产中存在的问题："没有很好为革命内容服务，学习古典的和外国的文学遗产没有很好地批判继承，有人单纯追求学习托尔斯泰的宗教悲剧气氛。"③ 茅盾在《反动派压迫下斗争和发展的革命文艺》一文中，这样论述国统区革命文艺的缺陷："因为醉心于提高，因为把艺术价值单纯化为技巧问题，有因为抱着上述的各种糊涂见解，于是就出现了漫无批判的'介绍'乃至崇拜西欧资产阶级古典文艺的倾向。欧洲资产阶级的古典作品，其中本来也有的是包含着比较健全的现实主义的创作方法，和若干进步的思想因素，值得介绍，也值得学习。但介绍不能漫无标准，而学习也同时应加批评。不幸那时成为一种风气的，则既无标准，也不加批判。（此指一般现象而言，个别进步的文艺工作者当然不是这样的）。有些文艺工作者甚至以为熟读了一些西欧资产阶级的古典作品就可以获得中国文艺所缺少的高度艺术性。罗曼·罗兰的名著《约翰·克里斯多夫》无论就思想深度言，或就'艺术性'言，当然是不朽之作，但不幸许多读者却被书中主人公的个人主义精神所震慑而晕眩，于是生活于四十年代人民

---

① 司马文森在《向〈静静的顿河〉学些什么》中写道："在苏联革命文学兴盛时，其幼稚成分，也和今日的中国差不了多少，他们单纯地歌颂着革命，公式地让作品拖了一条革命的尾巴，或是带着纠责心情来检讨自己的失败。在这些作品中，看来革命的成功是太容易了，或者是公式地说：不错，革命也会遭受了打击失败过，但是最终他是会成功的。这种观念化的结论在苏联大革命初期的作品中，和我们现在的作品中都存在着。读了《静静的顿河》后，第一个使我深感兴趣的就是这部作品已经脱离了或多或少的公式化和概念化了。"

② 毛泽东：《在延安文艺座谈会上的讲话》，《毛泽东选集》第3卷，人民出版社1991年版，第865页。

③ 张庚：《论边区剧运动和戏剧的技术教育》，《解放日报》1942年9月11—12日。

革命的中国，却神往于十九世纪末期个人英雄主义的反抗方式，这简直是时代错误了。崇拜西欧古典作品的，最极端的例子就是波德莱耳耶成为值得学习的模范。这当然更不足深论。"① 1948年，邵荃麟在《对当前文艺运动的意见》一文中，指出了20世纪40年代国统区革命文艺运动的右倾倾向。在此种政治、阶级视角下，作者认为："大量的古典作品在这时候翻译过来了。托尔斯太、弗罗贝尔，被人疯狂地、无批判地崇拜着。研究古典作品的风气盛极一时。安娜·卡列尼娜的性格，成为许多青年梦寐以求的对象。在接受文学遗产的名义下，有些人渐渐走向对旧世纪意识的降服。于是旧现实主义、自然主义以及其他过去的文艺思想，一齐涌入人们的头脑里，而把许多人征服了。这个情形，和战前国家革命文艺思想对我们的影响相比较，实在是一种可惊的对照。"② 该文认为，19世纪欧洲阶级文学具有"繁琐的和过分强调技巧的倾向……所谓超阶级的人性，以至所谓'圣洁的爱'与'永恒的美'的追求。……对于历史中与现实批判底软弱无力，人道主义的微温的感叹与怜悯；以'含泪的微笑'代替当前中国艰苦的战斗"③。在作者看来，约翰·克利斯朵夫只是"个人主义的战斗者，并且是这样一个战斗的最高典型"，④ 他的奋斗不过是"在个人主义的盲巷中"所作的"无谓摸索"。聂绀弩在《谈简·爱》中认为，虽然该著以对话取胜，但"我不喜欢这部书"。因为该著"不过是世俗观念，市侩观念的表扬，作为艺术品，它不应得到较高的评价。或者这书是憎恶'阶级制度'的，这意思，书里不是找不出证据来，但且不说作者对阶级的观念对不对，只说不同的阶级虽然爱和结婚了，阶级本身仍然如故毫无损伤。而把低阶级的人写成往上爬的，假如用来代表低阶级，对低阶级却是一种侮辱"⑤。在特定的历史语境下，作者毫无保留地表达自己对《简·爱》的观点和立场，有其存在的合理性。但在聂绀弩的阶级视角下，简·爱追求人格独立和精神自由的品格，被扭曲为劳动阶级向有产阶级的俯首称臣、求宠献媚的丑态，实在有待商榷。作为欧洲古典文学精髓的人道主义与个人主义，此时均受到了不同程度的质疑与审判。

---

① 张新编：《中国文论选·现代卷》下，江苏文艺出版社1996年版，第651页。
② 徐迺翔：《中国新文艺大系（1937—1949）·理论史料集》，中国文联出版公司1996年版，第414页。
③ 同上书，第411页。
④ 陈实、黄秋耘译：《搏斗》，广东人民出版社1980年版，"代序"第1—3页。
⑤ 聂绀弩：《谈简·爱》，《萌芽》1946年第1卷第1期。

这些个案表明，当时政治思想介入文学话语时，外国文学研究就会偏离文学性的轨道，而坠入攻其一点、不及其余的主观唯心主义的泥淖中。此种情形极不利于外国文学研究的健康发展，20 世纪 50—70 年代的外国文学研究正是延续了这种倾向。在阶级斗争最为激烈的年代里，尤其是在"反右派"运动和批判"修正主义文艺"运动中，巴尔扎克的《高老头》、司汤达的《红与黑》、托尔斯泰的《复活》作为"毒草"的三类标本，成为"右派分子所窃取的武器"[①] 和"修正主义"思想的根源[②]。可以说，20 世纪 40 年代的人民性、阶级性话语奠定了中华人民共和国成立后外国文学界文学研究的基调和方向。

第二节　不同的现代旨趣：《西洋文学》《战国策》与《民族文学》

一　《西洋文学》的外国文学研究

1940 年 9 月 1 日，《西洋文学》在日本占领下的上海公共租界内诞生，1941 年 7 月停刊，共出 10 期，由居住在美国的林语堂出资赞助该刊物。《西洋文学》顾名思义，以西洋文学的引介与研究为主。林语堂曾"责难国人介绍西方文学，不多事翻译英，法，德文学名著，反而热心负贩'不甚闻名'的波兰，匈牙利作家"。[③] 这从一个侧面反映了 20 世纪 30—40 年代或此时年代中国外国文学引介与研究的不同取向。当时国内的刊物大多以刊载苏联文学为主，《西洋文学》则以英、美、法、德等国文学为主。在发刊词中，编者在谈到办刊宗旨时称：

在这伟大的时代里，我们几个渺小的人，创办这小小刊物，能够有什么意义？以同人学识的谫陋，力量的微弱，希望能够对社会时代有什么贡献，还很难说。然而，虽则吾人不可自信太过，却认为如果

---

① 冯至：《从右派分子窃取的一种"武器"谈起》《略论欧洲资产阶级文学里的人道主义和个人主义》《对于〈约翰·克里斯多夫〉的一些意见》，收入《诗与遗产》，作家出版社 1963 年版。

② 荃麟：《修正主义文艺思想一例——论〈苔华集〉及其作者的思想》，《文艺报》1958 年第 1 期。

③ 陈占元：《两部法国文学史》，《文学杂志》1947 年第 2 卷第 7 期。

个人对于社会，能够依其能力所能做的去做，那末多少总有点成绩。最要紧是看我们所能做的，与这时代或社会是否需要。

我们认为文学不仅是表现人生，表现理想，同时也有其功能。文学不仅是消极的，作为个人的修养，精神的慰藉，或仅只教我们认识时代而已。它也是积极的。它教我们怎样做"人"，做一个时代的"人"。对于人的性情，识力，思想，人格，它有潜移默化的力量；而一直影响到人们的行为，以及社会的趋向。

虽然现在是非常时期，我们决不能忽视文学。相反地，同人以现在正需要有它的激发与感化的力量。同人认为无论环境如何，文化工作都不应该停止。同时深深感到，目前因为种种原因，似乎读书界颇缺乏良好的文学读物，原来称为出版中心的上海更为可怜。我们怀念着好多地方的青年，因为环境而苦闷，彷徨，甚至于意志消沉，更需要一种东西去抚慰鼓励他们，让他们重感到"生"之可贵，而勇敢地生活。而对于一般的读书界，一个介绍外国文学的刊物，我们以为目前也一样需要。

因此，同人在今日出版这个西洋文学月刊，或许不是无意义的。

本刊的工作是翻译，介绍西洋文学。（这不是同人只着重于西洋文学，我们以为文艺创作也一样地重要；但是，介绍西洋文学的工作已经够巨大烦重了，目前本刊只能专为此而工作。）文学原无所谓种族国家之分，我们希望能够陆续把西洋古代和近代最好的文学作品介绍过来；同人深知道这工作是艰难的。然而，假如我们认为应当做的，那么不妨尽我们的力量尝试一下。

本刊依上述标准办下去。但是同人的学识自知不够，对于这巨大的工作，端赖海内外学者专家，加以扶植赞助。所以我们在这里衷诚地作嘤鸣之求，并欢迎读者的批评指正。[①]

以上发刊词表明，《西洋文学》以译介西方最好的文学作品为己任，旨在发挥文学的积极作用，以慰藉战时国人的心灵，让他们明白"生之可贵"。该刊物的名誉主编有叶公超、郭源新（郑振铎）、李健吾、巴金、赵家璧，实际上主要负责人是张联芝、夏济安、柳存仁、徐诚斌四个人。

[①] 《西洋文学》1940年9月1日创刊号。

张联芝在回忆《西洋文学》征稿的对象时，这样写道："上海在珍珠港事变（1941年12月8日）前尚未沦为孤岛，许多未内迁的大学都从郊区迁租界上课，这些学校的教师成为我们征稿的第一批对象。当时滞留上海的著名翻译家如耿济之、傅统先、黄嘉德、周煦良、邢光祖、予且（潘序祖）、全增嘏、谢庆尧、巴金、李健吾，还有我们同辈的郑之骧、陈楚祥、班公（周班侯）、谭维翰等，都在《西洋文学》上发表译作。征稿的第二批对象是远在北平的，特别是燕大的年轻译者，通过挚友宋悌芬，我得以经常受到吴兴华、南星、黄宗江和悌芬自己的译稿。第三批对象是西南联大的一些成名译者，最卓著的有潘家洵、卞之琳、孙毓棠、温源宁、姚可昆（冯至夫人）等。"① 可以看出，《西洋文学》的稿件均出自当时著名的外国文学专家，这确保了该刊物外国文学研究的稿源质量及其学术水平。

在《西洋文学》的外国文学研究成果中，编者所选译的文章或是可以代表某一时代文学的历史、文化、思想背景，或是其原作者对某个问题或某个作家在该领域最有发言权，如张联芝的《十九世纪文艺之主潮》《罗马文学的特质》《乔易士论》《叶芝论》、刘岱业的《但丁与中古思想》、陈耘的《托尔斯泰短评》、宋克之的《论莫泊桑》、诚斌的《曼殊菲尔论》、谬思齐的《近代小说趋势》、吴兴华的《菲尼根的醒来》《乔易士研究》、徐诚斌的《拜伦论》等。如 Edith Wharton 在《近代小说趋势》中认为，想象力"绝并不是一个力量够大的东西，必须被直接的观察力顶替。小说家将创造力换了摄影机。且关于衣物，背景，身体特点的看得出，触得到的详细描写替换了自由随便的人物描写；统计挤出了心理学。这里，'现实派'作家击中了适当的方法；他们发现，当某一个人物出现时，将同一个字句放在他口上，将读者的注意引到同一的身体缺陷上，像斜眼，口吃，怪音（巴尔扎克时常用得过分的辨认方法）等等，比一笔一笔描写他灵魂的形状和生长，来得容易多了。不论什么东西，像亨利詹姆士有一次说的，只要能嗅到、能看到、能尝到、能碰到，应该处在脑力和道德的特质之上。但是后来乃发现，这方法毕竟由另一条路通到早期小说陈腐的呆板方式中——除了这点，先前仅是守财奴的人，现在变成了左眼角向上搐搦的人，先前只是一个神妖的人现在变成了一个跟在一阵'白

---

① 张联芝：《五十五年前的一次尝试》，《读书》1995年12月。

玫瑰花'后年青的女人"。① 这篇文章生动而形象地阐述了小说从浪漫主义想象到现实主义写实转变的过程,从理论到具体文学史实的呈现,显示了原作者对近代小说趋势深刻而透彻的认识。

《西洋文学》有相当一部分是中国学者对国外研究成果的翻译,当然,其中也不乏中国学者原创性质的研究论文。关于这一点,张联芝这样写道:"百分之九十都是译文,但书评乃出自作者手笔,偶尔也有自撰论文。"② 林语堂《谈西洋杂志》、巴金《克鲁包特金的〈伦理学〉》、司徒辉《法兰西大悲剧》、吴兴华《现代诗与传统》、方重《英国诗文研究集》、潘家洵《近代西洋问题剧本》等。《西洋文学》第六期的"编者后记"中,编者对已经出版的六期《西洋文学》进行了一次有意义的回顾和展望。编者认为,《西洋文学》有两点需要向读者解释。其一,该刊物缺乏最新的文学作品,主要因为"我们的标题是'西洋文学',并不是'现代西洋文学'。我们的标准不是新与旧,而是好与坏"。其二,编者明确指出该刊物缺乏创作的论文和批评。如叶公超《普路斯脱(Proust)论》、王馨迪《现代英国文学》,"不幸叶先生去年遇到意外,王先生的大作突然写了一半要离沪,因此这两篇论文不能如期发表。……这两篇论文必能在第二卷第一二期刊出。"因为战争原因,《西洋文学》只发行了六期便夭折,诸位知名学者的文章也未能与读者见面。在《西洋文学》设置的书评栏目中,先后发表了近四十篇学者撰写的书评。这些书评在一定程度上体现了学者们对现代主义文学的研究力度。1939年,乔伊斯的《芬尼根的苏醒》问世。1940年,《西洋文学》刊载了吴兴华的《菲尼根的醒来》。吴兴华对乔伊斯作品的艰涩给予高度评价,认为它们是"苦思及苦作加上绝顶的天才的产生品"。③ 在吴兴华看来,乔伊斯的作品虽难懂难读,但值得用心研究,因为"无论 Joyce 怎样为普通读者所不了解,他已成为现代精神的代表"。④

1940年,《西洋文学》书评栏刊载邢光祖撰写的书评。⑤ 刑光祖认为,艾略特奠定了一种新的作风:"在他自我的抒情里隐含着整个时代的反

---

① Edith Wharton:《近代小说趋势》,廖思齐译,《西洋文学》1941年第6期。
② 张联芝:《五十五年前的一次尝试》,《读书》1995年12月。
③ 吴兴华:《菲尼根的醒来》,《西洋文学》1940年第2期。
④ H. S. Gorman:《乔伊斯研究》,1939年。
⑤ 《西洋文学》1940年第4期。

第五章 《西洋文学》《民族文学》：多维视野话语下的外国文学研究　225

映",①《荒原》可以说是"二十世纪人们心里的 epic"。在作者看来，艾略特的诗可以说是智慧的诗，这些诗是艾略特在"触动圆览"后，把其"独具的人生宇宙的见解——智慧之果——给装进诗的形式和字句的音乐内。诗人在宇宙的默察和体念中常受着一种强烈的感应（heightened consciousness）。在他执笔的时候，他把观念消融在意象中，情感的意态化滤在客观事物的描摹的暗示里，他把观察凝成一种境界，透示出一种心灵的状态"。② 作者以细腻的笔触，显示了对艾略特诗歌艺术特色的精准把握。在该书评中，作者还区分了艾略特的诗与一般哲理诗的不同："旧时的哲理诗常是以诗的形式来开发哲理，以诗的技巧作为说理的工具。这类诗人的玩艺正如几何学中的并分线，把诗和哲理井然地两分（bisect）着，谁是绵羊，谁是山羊，两者之间不存在任何的 tertium quid。但是在这里智慧的诗里，哲理早已在脱胎换骨（physical moodification）的诗内消融着，而诗是它的哲理的内容的肉身坐现（incarnation），两者互为表里。同时这类的诗篇很显然地跟寻常所谓抒情诗不同，只是因为它们是智慧的，不动情的，是用以激起读者的深思和体会，而不是使读者直接地受到情绪上的感应的。诗人也许有无限的感伤或热情，但是这种情绪，正如白热过了的钢条冷了之后就消失了热，不会再诗内熬煮着。所以在《传统和个人的才能》一文中，艾略特说：'诗不是情绪的放纵，而是情绪的桃汛。'在这里所说的情绪的桃汛当然不是说诗内情绪的缺乏，而是指诗内情绪的掩饰和换形。实在也只有在情绪的规避中方总会凝聚智慧的结晶。"③ 同样，这也是作者对艾略特深究细研后的真知灼见。

《西洋文学》虽然存在时间短，但它代表了沦陷区学者对于外国文学引介与研究的旨趣。从第4期开始，《西洋文学》先后刊出了托尔斯泰特辑、乔伊斯特辑、叶芝特辑。每一辑包括小传、原著选译、评论，如乔伊斯特辑就有乔伊斯像及小传，乔伊斯诗选、乔伊斯的短篇《一件惨事》和《友律色斯插话》，以及 Edmund Wilson 的《乔伊斯论》。从这本刊物所刊载的译文看，它及时地反映了国外外国文学研究的学术动态。尤其是书评栏目对国外的新书新作进行及时述评，这些足以慰藉处在孤岛中读者的心灵。原创性的论文在该刊物中所占比例虽略显弱势，但这些"少而精"

---

① 《西洋文学》1940 年第 4 期。
② 同上。
③ 同上。

的个案，坚持文学研究的独立性，政治色彩相对较弱，闪烁着学术的火花。在为数不多的中国学者撰写的外国文学研究论文中，潘家洵《近代西洋问题剧本》值得我们注意。

二 《近代西洋问题剧本》

潘家洵《近代西洋问题剧本》收入北京大学40周年纪念论文集，共分为上、中、下三部分，分别以"从易卜生到萧伯讷麦利生：问题剧本的起源""以各阶级间之不平等为题材的作品""萧伯讷的巴布勒上尉和华仑夫人的职业"为题，论述了西洋社会问题剧的相关问题。自胡适发表《易卜生主义》以来，社会问题剧受到民国学者的关注。潘家洵认为，社会问题剧即"正经讨论当代问题的剧本"，男女关系、贫富贵贱、劳资关系是在近代剧本中的重要地位。对于男女关系，作者指出："本来恋爱在戏剧中间一向占着重要的地位，昔人与今人之不同只在其态度之有异。譬如，前人之描写恋爱多出以欣赏的态度，把它当作一出富有诗意的浪漫情绪看待。他们不追求恋爱的本质，不注意恋爱与人生各方面所发生的连系，不理会它所包含的社会意义。所以从前剧本的恋爱故事多限于未婚嫁的青年男女。夫妻关系很少被人以严肃的态度提出描写。"[1] 潘家洵认为，易卜生开创了以婚姻关系作为现代剧本主要问题的风气，易卜生社会问题剧不但着眼于社会，而且也关注个人。个人主义是易卜生戏剧的出发点与归宿点，真正的个人主义不是独善其身，而是兼济天下的，"想要救大众，又必须先有救自己的能力"。所以，崇真理、重自由的个人主义的态度在《玩偶之家》《群魔》《社会支柱》等剧本中"非常之明显"。由此，易卜生使欧洲戏剧从内容到技巧都发生了空前的变化，创造了一个崭新的时代。在中篇"以各阶级间之不平等为题材的作品"中，潘家洵指出，霍普特曼的《织工》与高尔斯华绥的《争斗》是描写劳资冲突的名著。类似的剧本往往以"进退两难的事实为题材"，劳资问题"最容易激动作者的意气，一己的爱憎常是代替了客观的衡量"[2]。一个肤浅的作者通常会将"争斗的责任加入一方的肩上"，但"高斯倭绥目光如炬，看清了问题的症结。固然，他只提出了这个现实迫切的问题，而不会指点什么解决的路径，但这不能算是他的缺点，因为剧本的责任只是提出问题，使人思

---

[1] 潘家洵：《从易卜生到萧伯讷麦利生：问题剧本的起源》，《西洋文学》1940年第1期。
[2] 潘家洵：《以各阶级间之不平等为题材的作品》，《西洋文学》1940年第2期。

想。能使人思想，其效力之宏大远过于贡献一个主观的具体方案。高尔斯倭绥如此，易卜生，托尔斯泰，萧伯纳亦复如此，他们都只是谈谈病原，说说病象，而不肯立方下药，因为治病不是他们的责任。"① 作者对高尔斯华绥的高度评价，可以说抓住了社会问题剧的本质，即"提出问题，引起注意"，而不是要以解决问题为旨归，由此避免了文坛对社会问题剧的批评与指责。

最后作者这样总结："至于说，剧本应不应该以讨论问题为中心，显著的含着教训或是说理的意义，个人的答案颇不能一致。有人说，一个剧本若是不能在观众心里引起一个问题，它就像是一件没有骨干的东西，不但没有价值，不能使观众真正发生浓厚的兴趣。另有人的意见恰恰与此相反，他们以为戏剧的要素情感多于理智，过分的注意思想会妨碍艺术的美感；有时因为太注意了问题，便忽略了戏剧，其实照原理说，一个问题剧本尽可以同时是好的戏剧。不过实际上许多问题剧本往往不是很好的剧本，主要原因是写剧本的人技巧不够，在提笔的时候胸中早预定下全剧的结局，不顾人物故事如何发展和演进，只想拿一切来迁就自己，来证明预定要证明的真理。结果，自然免不了牵强，过火，空虚，浅薄这几种毛病。手段高强的作家知道人物和故事是剧本的主干，人物须求其像真，故事须求其自然，在这种情形之下发生的问题才会鲜活而有力，可以引起人家同情的注意，发生长久而深刻的印象。这样问题剧本才算充分发挥了他们的效能。"② 以易卜生为代表的社会问题剧是"五四"时期颇受研究者关注，潘家洵对此剧种的研讨触及了问题的内核，颇有见地。

三　民族主义话语下的外国文学研究

《战国策》、《战国》副刊、《民族文学》③ 是 20 世纪 40 年代"战国策派"的主要刊物，西南联大教授陈铨、林同济、雷海宗等为其主要撰稿人。其中，《战国策》刊载的《本刊启事》表达了"战国策"派的立场："本社同人，鉴于国势危殆，非提倡及研讨战国时代之'大政治'（High Politics）

---

① 潘家洵：《以各阶级间之不平等为题材的作品》，《西洋文学》1940 年第 2 期。
② 潘家洵：《萧伯纳的巴布勒上尉和华仑夫人的职业》，《西洋文学》1940 年第 3 期。
③ 1940 年 4 月，《战国策》创刊于昆明，1941 年 7 月终刊，共出 17 期。1941 年 12 月，又在重庆《大公报》开辟《战国副刊》，于 1942 年 7 月停刊，共出 31 期。《民族文学》于 1943 年 7 月创刊，1944 年 1 月终刊，共出 5 期。

无以自存自强。而'大政治'例循'唯实政治'（Real Politic）及'尚力政治'（Power Politics）。……本刊有如一'交响曲'（Symphony），以'大政治'为'力母题'（Leitmolif），抱定非红非白，非左非右，民族至上，国家至上之主旨，向吾国在世界大政治角逐中取得胜利之途迈进。此中一切政论及其他文艺哲学作品，要不离此旨。"① 从中我们可以看出，在国运危难之际，战国策派学人以"国家至上""民族至上"的姿态，致力于民族国家的独立自强。

战国策派学人在反思五四运动与左翼运动时，认为五四运动的先驱没有认清时代：第一，一味贪图国际主义、和平主义和社会主义，把战国时代错认为春秋时代；第二，把集体主义时代，错认为个人主义时代，导致爱国情绪薄弱；第三，把非理智主义时代错认为理智主义时代。② 在他们看来，抗战时期的中国就是"战国时代的重演"，而所谓"战国时代"也就是民族主义高扬的时代。基于这样的认识，他们试图建立以民族主义为基础的文学。陈铨在《民族文学》的发刊词《民族文学运动》中认为："民族文学运动，最大的使命就是要使中国四万万五千万人，感觉他们是一个特殊的政治集团"。③ 民族文学运动"在现今战国时代达到光荣生存的目的"。④ 陈铨正是从世界各国文学史中寻找民族文学运动得以成立的理由。

陈铨在《民族运动与文学运动》一文中，系统地梳理了意大利、英国、法国、德国等欧洲各国文学史的发展概况。在这里，我们暂以陈铨对意大利与德国的民族文学运动的论述为例。在陈铨看来，中世纪是政治和宗教的蜜月期，整个欧洲大都接受罗马教皇的统治，其民族意识极为薄弱。在语言文字方面，拉丁文是全欧的通用语言，凡用本国文字从事创作，"都不能占文学崇高的地位"。在时代精神方面，中世纪一切问题的中心是"神"："只有阐扬圣经的文章，宣传教义的戏剧，证明上帝存在的辩论，赞美神圣的诗歌，得着教堂的宽容。"⑤ 但丁以意大利方言写作《神曲》，表达了人类的喜怒哀乐。但丁在语言创造文学方面的功绩，使

---

① 编者：《本刊启事（代发刊词）》，《战国策》1940年第2期。
② 陈铨：《"五四"运动与狂飙运动》，《民族文学》1943年第1卷第3期。
③ 编者：《本刊启事（代发刊词）》，《战国策》1940年第2期。
④ 陈铨：《民族文学运动》，《民族文学》1943年第1期，见温儒敏编《时代之波——战国策派文化论著辑要》，中国广播电视出版社1995年版，第377页。
⑤ 同上书，第398页。

意大利人具有了强烈的民族意识,从而奠定了意大利民族文学的基础;德国文学在17世纪效仿法国,莱辛认为,德国的民族性与法国根本不同,德国文学要发扬光大,必须先要认识自己的民族性,这样才能摆脱法国文学的束缚。莱辛尖锐地指出法国的新古典主义的缺陷,认为它并不是古代文学的真面目,主要原因在于法国人曲解亚里士多德,而真正符合亚里士多德精神的是莎士比亚,这样莱辛动摇了新古典主义的基础。接着,赫尔德尔领导的狂飙突进运动,打破了一切文学的规律,天才、力量、民族精神是德国文学的指南针。歌德、席勒使德国文学进入黄金时代。

陈铨通过对欧洲各国文学史的研究,得出这样的结论:"我们研究欧洲各国发达的历史,我们很惊异每一个文学运动,都要先经过语言运动,民族意识又往往是推动语言文学运动的原动力。"① 由此,陈铨为发起民族文学运动找到了有力的支撑。在陈铨看来,民族意识是民族文学建立的根基,而民族文学又可强化民族意识。所以,陈铨强调民族意识、民族精神在战时的中国建构民族文学的重要性。而民族文学又与世界文学紧密相关:"所谓世界文学,并不是全世界清一色的文学,或者某一个民族领导,其余的民族仿效的文学,乃是每一个民族发扬自己,集合扰来成功一种文学。我们可以说,没有民族文学,根本就没有世界文学。世界上许多伟大的文学运动,往往同伟大的民族运动同时发生,携手前进。意大利是这样,法国是这样,英德也是这样。"② 在这里,陈铨以广阔的世界文学视野,将中国文学与中国之外的文学置于同一个平面,它们既是世界文学的组成部分,又共同促进世界文学的繁荣。任何一个民族的文学"需要旁的民族的文学来充实它,培养它……对于外来的文学,不能奴隶式仿效,也不能顽固地拒绝"。③

基于这样一种认识,战国策派学人格外注意对外国文学的引介与研究。在"战国策"派的主要刊物中,如陈铨的《狂飙时代的德国文学》《狂飙时代的席勒》《文学批评的新动向》《寂寞的易卜生》《浮士德的精神》《欧洲文学的四个阶段》《中西文学的世界性》《戏剧深刻化》《第三

---

① 陈铨:《民族运动与文学运动》,见温儒敏《时代之波——战国策派文化论著辑要》,中国广播电视出版社1995年版,第339—400页。
② 同上书,第372页。
③ 同上书,第376—377页。

阶段的易卜生》《哈孟雷特的解释》《巴雷的平等观念》①；吴达元的《法国戏剧诗人高乃依》《法国悲剧诗人拉辛》《法国喜剧诗人——莫利哀》；梁宗岱的《莎士比亚的商籁》、孙大雨的《译莎〈黎琊王〉序》、费照鉴的《莎士比亚的故事》、袁昌英的《现代法国文学派别》等，它们体现了"战国策"派独特的外国文学观。其中，戏剧是战国策派学人用力较多的一种文类。莎士比亚、易卜生、莫里哀、拉辛、高乃依等经典戏剧作家之所以成为该派刊物的主要研究对象，正如陈铨在《赫伯尔的泛悲观主义》所认同的赫伯尔对文学种类的看法，即艺术最高尚的形式就是戏剧。如果把艺术比作一座金字塔，那么戏剧就是金字塔的塔尖，因为它最能表示时代的意义和人生的真理。戏剧最好的材料是时代转变的关头，这时旧的社会已经动摇，新的社会即将产生。剧中人物应当是新旧社会两方面理想的代表。这些代表人物是悲剧里的英雄，他们必须牺牲，才能开创时代的新局面。与此同时，战国策派学人对于德国文学、挪威文学，尤其是对歌德、易卜生的研究，也颇见研究功力。可以说，这些研究成果极为鲜明地体现了战国策派学人在非常时期独特的研究视角，在一定程度上丰富了民国时期外国文学研究的成果。我们且以战国策派的代表陈铨为例。

四　陈铨的欧洲文学研究

陈铨撰写的《欧洲文学的四个阶段》②一文，主要从欧洲的历史和文化形态出发，认为欧洲文学的发展经历了四个时代，每一个时代具有各自特有的时代精神。第一个时代是希腊时期。陈铨认为，"悲剧极盛于希腊，希腊人非常明白人生是可怕的，命运与生俱来，前定了一生的结局，然而他们并不颓废悲观"。③ 这样的悲剧观念又与希腊的哲学紧密相关："世界既然能够脱离人类独立存在，所以世界上的自然法则造成一种不可逃避的命运，人类生下来，立刻就要受命运的支配。命运的观念，是希腊文学的中心，也就是因为希腊时代精神活动的对象，是一个肯定存在的世界。希腊悲剧的中心题目就是，人类在命运的绝对支配之下，怎样处理自

---

①　吴瑞麟：《巴雷的平等观念》，《民族文学》1943年第1卷第4期。该文署名吴瑞麟，为陈铨母亲的姓名。巴雷（Barrie）是英国20世纪初作家，代表作《可钦佩的克莱敦》。
②　陈铨：《欧洲文学的四个阶段》，《大公报·战国副刊》1942年第6期。该文收入《文学批评的新动向》中改名为《文学与时代》。
③　陈铨：《戏剧与人生》，大东书局1947年版，第73页。

己。……在这样可怕的命运支配之下，人生还有什么意义，人类还有什么伟大呢？然而希腊在他方面仍然有一种发现，但是命运虽然压迫，人生虽然悲惨，但是人类奋斗的精神，和光明磊落的人格，不但命运不能压迫，反而因命运的压迫而更显出他的伟大。"① 俄狄浦斯明知追查凶手对其不利，但仍要执行，因为他"决不愿意在虚伪中求生活。他这一种求真的精神，就是希腊'世界哲学'表现的时代精神"。希腊悲剧是希腊时代精神的表现。

第二个时代是中世纪。欧洲的时代精神由希腊时期的"世界"转向"上帝"。中世纪人类的人生理想是："怎样信仰上帝，接近上帝，了解上帝，得到上帝的帮助。"人类要获得真理，不能靠对于世界的观察，而必须靠对于上帝的信仰。因为这一种时代精神的发生，所以在里面，人们认为，中世纪文学最有价值的就是宗教的文学，"圣经的解释，赞美的诗歌，忏悔的记录，证明上帝存在的逻辑，少数表演神迹的戏剧，才受到尊敬。有许多历史学家认为中世纪反对文学，其实并不是反对文学，而是反对违背中世纪时代精神的文学"。②

第三个时代是文艺复兴时期。此时的人类在世界、上帝之外，发现了自己，"他们从外在的世界，回复到内在的心灵。从上帝回复到自己"③。笛卡尔推翻了世界上一切事物的真实性，而"只从'我思'，证明'我在'，再从'我在'去建设世界和上帝。人类是一切的中心，人类的思想感情，因此也就成了文艺复兴以后文学最重要的题材"。④ 莎士比亚的戏剧是文艺复兴时代精神最高的代表。他的悲剧英雄，不像希腊悲剧英雄那样严格受命运的支配。"他们自己的情感，自己的个性，是他们悲剧的成因。罗蜜欧和朱丽叶的热情，马克伯斯的野心，哈孟雷特的怀疑，李尔王的天真，阿色罗的嫉妒，都与命运无关。悲剧从个人的内心出发，正表示人类地位的尊严。"⑤

第四个时代是18世纪以来的近代文学。康德认为，"人类是宇宙的主宰，他们有审美的本能，他们自己对自己的行为，负完全的责任"。康德

---

① 陈铨：《欧洲文学的四个阶段》，《大公报·战国副刊》1942年第6期。
② 同上。
③ 同上。
④ 同上。
⑤ 同上。

以其精密神髓的哲学系统，推翻了希腊的"世界哲学"与中世纪的"上帝证明"。随着18世纪欧洲工业文明的发达，19世纪欧洲社会组织也随之改变，人与人、国与国之间关系越来越密切，个人越来越依赖于团体。这样："团体无形对人类取得了伟大支配的力量，人类的尊严渐渐失掉了，个人的意志也渐渐淹没了，代替希腊的'世界'与中世纪的'上帝'来威胁人类的，乃是新起的'社会'。"① 社会成为此时时代精神的焦点，研究近代文学就要"表现个人和社会的冲突，或社会和社会的竞争"。

陈铨对欧洲文学发展阶段的划分，以及对各阶段时代精神的总结，以现在的眼光来看，仍然具有一定的适用性。在具体的论述中，陈铨极为强调文学与时代的关系，认为文学对时代具有重要的意义："文学同时代是分不开的，时代有变化，文学也有变化，一个文学家不能把握时代，他的文学同时代，一定不能发生密切的关系。"所以，文学家应当具有先知先觉的意识，应当站在文化的最高峰。他们不但要把握时代，还要了解人性。从中可以看出，尼采超人哲学的影子。虽然该文只是概论性质的综述，但显示了陈铨广阔的世界文学史的视野与眼光。

陈铨曾留学德国，受到叔本华、尼采权力意志论的深刻影响。在《寂寞的易卜生》里，陈铨认为一个内心不感到寂寞的人，就是没有希望的人。易卜生之所以寂寞，因为"人类是不平等的，智愚相隔的程度，不啻天渊，天才站在时代的前面，时代永远不能了解他，他永远是寂寞的。易卜生永远也是寂寞的"。易卜生与整个社会格格不入，"易卜生要抨击腐朽的旧世界，创造他理想中的新世界，社会上却只要用美丽的文字娱乐大众的戏剧家"。易卜生的戏剧也表现出与众不同的特征。第一，"他再不用历史上的故事，间接攻击现代的社会，他要把实际的生活，直接搬上戏台。他不用诗歌的格式，表示人生普遍的真理，他要用日常生活的语言，痛快描写社会的真相"。② 第二，同样是写社会问题剧，陈铨认为奥尼尔反对欺骗社会上的人，小仲马保护被欺骗的人，易卜生则进一步研究，"为什么会有欺骗的人，他的答案是，因为社会上有许多论念，已经陈腐，不适合于现代社会的生活，所以这两种人物，不断受这些观念的支配压迫"。陈铨认为，《社会栋梁》和《玩偶之家》出版后，之所以在欧洲出现赞成、反对、误解的不同声音，就在于当时的人们没能彻底地了解易

---

① 陈铨：《欧洲文学的四个阶段》，《大公报·战国副刊》1942年第6期。
② 陈铨：《寂寞的易卜生》，《战国策》1940年第4期。署名唐密。

卜生。在陈铨看来："娜拉出走,不过是对于旧式观念一种鲜明反抗的表示。易卜生的主要目的,是要根本铲除这些障碍物,至于整个的妇女问题,当然不是一走就可以解决。假如我们不注意旧观念的打倒,新观念的建设,只想用自由解放空洞的名词,不顾一切地抛弃出走,作为赞成反对的目标,当然要失掉易卜生的本意。"① 在陈铨看来,易卜生重视的不是个性解放,而是以个体对抗群体的超人精神。易卜生就是要塑造一种反抗一切旧式观念的象征姿态,即尼采式的姿态。解决出走问题的办法在于更加彻底的反抗,这才是易卜生的本意。为了澄清学界的误解,1881年易卜生在《群鬼》中对于这个问题进行了进一步的研究,"题目就明白清楚,表示易卜生攻击的对象,是社会上不良的观念"。

最后,陈铨以易卜生1891年创作的《黑达加贝勒》为例,认为这位同名主人公：

> 她没有感情,没有同情,没有道德,她只有坚强的意志,冷静的理智,她也同雷柏茄一样,没有死亡的恐惧,她最大的快乐,就是摧残,征服,支配,在极无聊的时候,她惟一的消遣,就是两支手枪。她是世界上的怪物,她是歌德理想中的魔鬼,她是宇宙间神秘的力量。莎士比亚的哈孟雷特的伟大,建筑在丰富的心灵,无微不知,无微不感；易卜生的黑达加贝勒的伟大,建筑在伟大的力量,摧毁一切,支配一切。不能摧毁,不能支配,人生就毫无意义,所以黑达加贝勒最后发现她的计划失败的时候,她再没有任何留恋,勇敢地把枪口对准自己,不再过奴隶牛马的人生。对于这样的人,我们不能批评他们的是非,我们只能惊骇赞叹他们力量的伟大。②

陈铨以此表明,易卜生戏剧人物的魅力就不在理性、道德,而在"他们不可推倒的意志和力量。他们像狂风暴雨急电走霆,他们到处摧毁,到处建设,替世界开一个新局面"。③ 在陈铨看来,这种典型的尼采式的超人,惊世骇俗的超人主义就是易卜生最后思想的结晶,"这一种带杀气的人生观,需要何等的精神力量才能够形成。许多批评家好说易卜生面临力

---

① 陈铨：《寂寞的易卜生》,《战国策》1940年第4期。署名唐密。
② 同上。
③ 同上。

量崩溃,真是庸庸之论,不值识者一笑"。①

在《第三阶段的易卜生》里,陈铨指出易卜生的戏剧在欧洲产生的影响,主要表现在两方面:一是技术,二是思想。在技术上易卜生的戏剧有如下特征:抛弃浪漫的题目,描写切实的人生;摆脱节奏的诗句,采用日常的语言;废除传统的结构,创造新颖的形式;摒弃一切不自然的表达方式,如独白、旁白等。在陈铨看来,技术只是思想的表现形式,思想决定技术的创新。所以,陈铨将重点放在易卜生思想转变的论述上。该文认为易卜生的思想主要经历了三个阶段:第一阶段(1850—1877)是预备阶段;第二阶段(1877—1885)是社会改造阶段;陈铨认为,第三阶段(1885—1900)易卜生"内心很寂寞的。不但当时的人不了解他,就是到现在,很少有人了解他"。主要因为此阶段易卜生的思想"充满了尼采超人主义的精神"。由于资料缺乏,陈铨虽然没有找到易卜生与尼采确有联系的"外证",但他自认为还是找到了耐人寻味的"旁证"和"内证":欧洲第一个宣传尼采思想的人是丹麦大学教授伯南德士。他曾在丹麦大学开设尼采哲学的课程,1889年他撰写《贵族的过激主义》一文,在当时引起很大反响,而此时尼采的思想,也轰动全欧。由此,陈铨认为易卜生第三阶段的思想"直接间接,受了尼采思想的暗示,并不是不合理的揣测"。② 从1885年《野鸭》发表之后,与第二阶段易卜生极力攻击社会、指出它的一切弊病相比,《野鸭》明显地告诉我们:"一个平凡的人,还没有准备接受新理想的时候,你把他的旧理想打倒,灌输他新理想,只有使他生活陷入同科的状态。"陈铨认为《野鸭》虽表现出消极的倾向,但从另一方面看,"易卜生的态度,比以前更积极的地方,和尼采完全相同。他们俩人都根本认识,高尚思想的事业,不是群众的事业,宣传的对象,不是多数的群众,乃是少数的天才,天才才是推动一切的力量,是指挥群众的将军。群众生活的改进,完全靠他们领导。这一种天才,他们自己可以创造一切,支配一切。他们是宇宙间伟大的力量,力量的发挥,创造出人生一切的精采"。③ 在这一立场之下,陈铨将易卜生晚年的思想归结为尼采的超人思想。

从以上两篇文章可以看出,陈铨以尼采的权力意志论对易卜生戏剧的

---

① 陈铨:《寂寞的易卜生》,《战国策》1940年第4期。
② 陈铨:《第三阶段的易卜生》,《民族文学》1943年第1卷第4期。署名唐密。
③ 同上。

解读，不免有些牵强附会，同时期的学者曾撰文对此进行了批判。洪钟在《"战国"派文艺的改装》中认为，陈铨将易卜生与尼采的思想联系起来是错误的。洪钟指出，易卜生是一位民主主义战士，他的著作代表着"北欧的小市民走向完形的市民阶级之转变的迹态"，① 他的剧作"驳斥平庸的天才，尊崇个性"② 是资本主义上升期的一般新人性的描摹，这与尼采超人有着内容乃至本质上的不同的。

在《狂飙时代的德国文学》一文中，陈铨主要论述了德国文学史上的狂飙突进运动。在该文中，陈铨首先对相关概念进行了界定："德国文学在18世纪的后半，发生了一种伟大的革命运动。文学史家都叫这一个运动，做狂飙运动，这一个时代，叫狂飙时代。"在陈铨看来："狂飙运动不但对于德国文学，产生了解放创造庞大的力量，它对德国的思想政治社会宗教各方面，都有深刻的影响。没有这一个运动，德国的文学，恐怕还在法国新古典主义势力之下，所谓民族文学，根本不能想象。没有这一个运动，德国的思想界，虽然有康德这样伟大哲学家出来，17世纪以来的'光明运动'、'理智主义'，恐怕还要支配若干年。没有这一运动，德国民族的意识，还不能发展，分裂的局面，因此不能改善，封建统治者的残暴，不能改良，至于社会的不平，阶级的斗争，宗教的斗争，也只会有加无减。……自从这一运动成功以后，法国文学的势力消灭了，德国民族的文学成立。一直到今天，德国民族，敢于说他们自己有文学，不能不导源于这一运动。"③ 狂飙突进运动在德国文学史上的确占有重要的地位，不但在文学思想方面充满了改善的热诚，在政治社会方面也浸透了革命的情绪。尤其是在文学上，它将感情因素引入了德国文学，如歌德《少年维特之烦恼》与《铁手骑士葛兹》、席勒《阴谋与爱情》与《强盗》等均体现出"感情真挚的流露"，从而使感情成为狂飙时代新的人生理想的中心，与17世纪光明运动的理智主义针锋相对。虽然陈铨引入狂飙突进运动这一外来概念，主要是基于改造社会、重建民族国家的目的。但是，陈铨夸大狂飙突进运动的社会作用，"狂飙突进，名义上虽然是一种文学运动，实际上对于政治社会法律经济宗教，无处不发生革命的影响"。④ 却

---

① 洪钟：《"战国"派文艺的改装》，《群众》1944年第9卷第23、24期。
② 同上。
③ 陈铨：《狂飙时代的德国文学》，《战国策》1940年第13期。
④ 同上。

是不符合文学史实和历史史实的。

陈铨在文末指出:"浮士德无限追求的态度,热烈的感情,使他成了狂飙时代的象征,实际上我们要了解狂飙时代的精神,必须要彻底了解浮士德。因为浮士德精神,就是狂飙时代的精神。"① 关于这一点的论述,可以说陈铨抓住了狂飙突进运动的精髓。在《浮士德精神》一文中,陈铨对此进一步展开论述。

1941年1月,陈铨在《战国策》中发表《浮士德精神》②。陈铨认为,歌德是19世纪西洋文化的最高峰,诗剧《浮士德》是19世纪日耳曼民族精神最高尚的表现。该文追溯了浮士德故事的源起,认为中世纪浮士德的故事代表基督教的人生观。文艺复兴时期,戏剧家马洛的浮士德则具有强烈的反抗精神,"一种个人主义的伸张,无形中已经表示中世纪人类对于基督教压迫人性教条的激烈反抗"③。但马洛仍未摆脱基督教教义的影响。而歌德的浮士德与前人的认识不同,陈铨将歌德的浮士德精神总结为以下五点:

第一,"歌德的浮士德,是一个对于世界人生永远不满足的人。"
第二,"歌德的浮士德,是一个不断努力奋斗的人。"
第三,"歌德的浮士德,是一个不顾一切的人。"
第四,"歌德的浮士德,是一个激烈感情的人。"
第五,"歌德的浮士德,是一个浪漫的人。"④

作者认为,这样的浮士德精神值得当时的中国社会借鉴:"中国数千年以来,贤人哲士,都教我们乐天安命,知足不辱,退后一步自然宽。对于世界人生不满意,认为是自寻烦恼,这一种不积极的精神,在从前闭关自守的农业社会,外无强邻,还有相当的价值,处在现在生存竞争的时代,不改变这种态度,前途就黯淡了。至于奋斗努力,不顾一切,也是中国的理想,然而却是目前最需要的精神。感情方面,中国人素来就在重重压迫之下,不能发达,浪漫主义者无限的追求,更同我们静观的哲学,根本冲突。然而没有感情的冲动,没有无限的要求,中华民族,怎样还可在

---

① 陈铨:《狂飙时代的德国文学》,《战国策》1940年第13期。
② 同上。
③ 同上。
④ 同上。

这一个战国的时代,演出伟大光荣的一幕。"① 可以看出,陈铨极为推崇狂飙突进的精髓——浮士德精神,将其作为重铸民族精神、健全民族性格的主要手段。正如陈铨在《民族文学运动试论》中所言:"各国的文学都经过了民族文学运动的阶段,而民族文学的发达,首先由于民族意识的觉醒。"② 在陈铨看来,在当时那样一个战国的时代,需要引入浮士德精神这样一种全新的人生观。因为浮士德精神是动的、前进的,而中国人的精神是静的、保守的。中国人只有采取这样一种新的人生观,才能改变从前满足、懒惰、怯懦、虚伪、安静的民族性格。在陈铨看来,全盘地把西洋物质建设、政治组织、军事训练照搬过来,前途注定是黯淡的。在该文的末尾,陈铨给读者留下来一个美好的想象,"在歌德浮士德的结尾,浮士德被救了,天使们把浮士德的灵魂欢迎到天上去。我们可能变成浮士德,来受天使的欢迎?"③

可以看出,陈铨对于外国文学发展史研究以及对易卜生、歌德的研究,均体现出极强的个人化色彩,即以叔本华、尼采的权力意志论为解读外国文学史实的切入口,在具体论述中时而不时地显露出"天才、意志、力量,是一切问题的中心"的观念。战国策派学人力主战时的文化重建,宣扬尼采的权力意志论、鼓吹"尚力政治"④ "英雄崇拜"⑤,林同济在《寄语中国艺术人》更将"恐怖、狂欢、虔恪"定为文学创作的"三母题"。无可否认,战国策派学人激进的观点和立场,的确与德国纳粹主义和民族主义有着无法割裂的渊源关系,他们在当时也就不可避免地受到抗战进步文艺界的猛烈抨击。关于这一点,洪钟认为,陈铨一贯用其错误的法西斯主义世界观对《浮士德》加以曲解,并举出陈铨对《浮士德》存

---

① 陈铨:《狂飙时代的德国文学》,《战国策》1940年第13期。
② 陈铨:《民族文学运动试论》,见徐迺翔编《中国新文艺大系(1937—1949)理论史料集》,中国文联出版公司1998年版,第591页。
③ 陈铨:《浮士德的精神》,《战国策》1940年第1期。
④ 林同济认为:西方人的人生观是力的人生观;西方文化是力的文化;而力的组织,自文艺复兴以来,就愈演愈显著地以民族为单位,国家为单位;到了20世纪,国与国的"力的大拼"已成为时代的中心现实;在日本全面侵略急转直下的关头,中国唯一的出路是"组织国立,抢救自己"。林同济:《思想检讨报告》,见《天地之间——林同济文集》,复旦大学出版社2004年版,第305页。
⑤ 陈铨在《论英雄崇拜》中毫不吝啬对所谓英雄的夸奖,并对英雄与群众的关系作了这样的比喻:"英雄是群众意志的代表,也是唤醒群众意志的先知,群众要没有英雄,就像一群的绵羊,没有牧人,他们虽然有生存的意志,然而不一定能够得着最适当生存的机会;他们到的地方,不一定有良好的青草,他们的四周,说不定还有凶恶的虎狼,要侵害他们。"陈铨:《论英雄崇拜》,《战国策》1940年第4期。

在断章取义的倾向："这些主张，像力就是善，罪恶是生存必须的条件，真正的罪恶就是懦性，和尼采的思想颇有相同之处。……现在世界弱小民族，口口声声呼喊正义人道，终究不能拯救他们灭亡的命运。"① 在洪钟看来，陈铨对《浮士德》以法西斯黑色的污染，将狂飙时代个人"青春的倔强"，牵强解作天才的流露。② 贺麟则认为："攻击陈先生的人，大都从某种政治的立场说话，误认英雄崇拜的提倡，即是为法西斯主义张目。其实英雄崇拜，根本上是文化方面，道德方面，关于人格修养问题，不是政治问题。站在政治的立场去提倡英雄崇拜固然不对，站在政治立场去反对英雄崇拜亦是无的放矢。"③

虽然陈铨的有些观点在今天看来还有待商榷，但是其犀利的目光和充沛的热情，表现出战国策派学人的深厚外国文学素养。

第三节 《时与潮文艺》：学院派研究的典范

对于20世纪40年代，国统区外国文学研究的学术环境，徐仲年在其创办的刊物《法国文学》有如下描述："中日战争延长至八年之久，战时陪都的物资一天缺乏一天，——或者说，少数人不缺乏物资，大多数人却缺乏得厉害。物价高升，印刷之难不输如雨天重庆的街道——贵，是一件事；工作事情不守信，便使人伤脑筋！即使印了出来，纸张之坏，令阅者、读者、编者都头疼！日本人一投向，重庆的印刷价格比较低落；而因各刊物的停出，在时间上也比较有把握。无奈国共谈判尚未完成，复员难能迅速进行，于是物价又迅速回涨了！这是说物质环境恶劣。比这重要的还有精神环境。抗战八年，大家对于艰苦的生活有了习惯，——固然生活的负担压得教书匠和公务员透不过气来，但总得活下去，——勉强安得下心，有时候动动笔。纵令参考书十分缺乏，还能写几篇聊以解嘲的论文，或译些东西。原子弹一下子，日本人慌张失措，江南人急欲回乡。平时对于法国文学有研究的人大概在大学里教书，而大学的中心在重庆、昆明、乐山。现在这批教授同时有家未得：走，走不成（为了无钱买车票），心

---

① 陈铨：《狂飙时代的德国文学》，《战国策》1940年第13期。
② 洪钟：《"战国"派文艺的改装》，《群众》1944年第9卷第23、24期。
③ 贺麟：《英雄崇拜与人格教育》，见温儒敏编《时代之波——战国策派文化论著辑要》，中国广播电视出版社1995年版，第302页。

却扰乱了！加之，中国的将来诚然光明，目前却是黯淡的：愁上加愁，哪里来的心绪谈法国文学？然而，夜长梦多，创业须速，我们集合少数人的力量，把这部《法国文学》刊出了再说。"① 从这段引文可以看出，40年代国统区的外国文学工作者通过在高等院校创办刊物，作为他们引介与研究外国文学的主要方式之一。

随着战争的爆发，北京大学、清华大学、南开大学合并组建西南联合大学。该校教师杨振声、李广田创办《世界文艺季刊》，该刊物刊载了西南联合大学教授冯至、卞之琳等多位学人的外国文学研究论文。主要有卢式《爱密尔·白朗代及其〈咆哮山庄〉》《A. N. 奥斯特洛夫斯基的〈大雷雨〉》《罗曼·罗兰的〈悲多汶传〉》，杨周瀚《路易麦克尼斯的诗》《论近代美国诗歌》，以及卞之琳《新文学与西洋文学》、君平《冈察洛夫的〈悬崖〉》、方敬《托尔斯泰的两个中篇》、闻家驷《罗曼罗兰的思想、艺术和人格》、卞之琳《小说六种》、杨振声《传记文学的歧途》等。同时，国立中央大学迁至重庆。该校外文系的教师孙晋三、范存忠、柳无忌②、赵瑞麒、盛澄华、方重、徐仲年等学者创办《时与潮文艺》，发表了大量外国文学研究的论文。正如孟繁华所言："百年中国的思想文化到了1940年代，逐渐形成了两种不尽相同的传统，这就是以延安为代表的革命文化传统和以北京大学西南联大为代表的学院文化传统。"③ 重庆作为战时"陪都"和"大后方"的位置，云集了当时许多著名的外国文学研究专家。《世界文艺季刊》与《时与潮文艺》这两本刊物集中了当时许多外国文学研究专家。相对于《世界文学季刊》，《时与潮文艺》更为集中地体现了20世纪40年代外国文学研究的成果。所以，本章以《时与潮文艺》为例，梳理国统区外国文学研究的一个侧面。

1943年3月15日，《时与潮文艺》在重庆沙坪坝创办。该刊于1946年6月终刊，共发行5卷26期。主编孙晋三在《发刊词》中这样写道：

《时与潮文艺》，一向以报道时代潮流，沟通中西文化为宗旨，所

---

① 徐仲年：《创刊辞》，《法国文学》1945年第1卷第1期。
② 柳无忌：《西洋文学研究》，中国友谊出版公司1985年版。该著是作者在1932—1946年在国内任教期间撰写的西方文学专题研究的16篇论文，包括《西洋的研究》《西洋文学与东方头脑》《西洋戏剧的发展阶段》《希腊悲剧中的人生观》《莎士比亚的凯撒大将》《柯立奇的诗》《吉卜龄的诗》《欧战与英国诗人》《现代英国文学背景》《现代英国小说的趋势》《巴比塞的战争小说》《三部战争小说》《二十世纪的灵魂》《少年歌德与新中国》《蒲伯与讽刺的艺术》《亚诺特论文学与人生》。
③ 孟繁华：《中国20世纪文艺学学术史》第3部，上海文艺出版社2001年版，第123页。

以我们所首先出版的《时与潮半月刊》，便针对这大动荡的时代，介绍各国对于时局，对于战争，对于政治经济的言论和文章，使读者于外国报纸的精华，可以一目了然。《时与潮副刊》，更扩大了我们的范围，着目于一般性的介绍，以生动的文笔，描述现代生活各部门的知识，务求言之有物，不流于虚浮。我们这两种刊物，出版以来，谬荷读者的嘉许，销数日增，风行全国，这是我们既感且愧的。

但是，我们并不是以一些为满足，我们还愿意继续不断的扩大我们的视野，使我们的对象，遍及文化的各方面。《时与潮文艺》，就是在这原则下创刊的。我们相信，一个伟大民族的精神，最明显的体现在它的文学艺术中，所以，要彻底了解我们的世界，我们还需要深掘到民族灵魂的源泉。

《时与潮文艺》，一秉时与潮社向来的作风，将对中西文学艺术的各部门，作切实的介绍研究，并尽量刊载优秀的作品。它是一个通俗性的刊物，但却带有学术化的气息。

《时与潮文艺》的主要对象，是世界文学。所以我们对世界文学名著，对中外的作家，将逐个加以分析和评价，研究与批评。对于外国作家的作品，我们要以超出一般水准的译文，把它介绍进来。此外，文艺的理论和技巧，也是我们所要特别注意的。……①

以上发刊词表明，《时与潮文艺》在《时与潮半月刊》《时与潮副刊》的基础上，为了扩大研究视野并透析民族精神，主要对"中西文学艺术的各部门，作切实的介绍研究"。尤其是该刊物将主要研究对象锁定在世界文学，可以说，"对世界文学名著，对中外的作家，将逐个加以分析和评介，研究与批评"是《时与潮文艺》的重头戏。

综观这本刊物的目录，其外国文学研究的成果极为丰富：俞大姻《妇女与文艺》《文学里的女性自我表现》《曼殊斐尔论》；范存忠《鲍士伟尔的约翰生传》《史屈莱基的维多利亚女王传》《卡莱尔的英雄与英雄崇拜》；徐仲年《四十年来的法国文学》《巴黎解放前后的法国文学》《纳粹铁蹄下的法国文学》《法国文学的主要思潮》；吴达元《法国古典派诗人伯洼洛》《法国文学史序》《罗兰之歌》；盛澄华《忆纪德》《试论纪德》；

---

① 孙晋三：《发刊词》，《时与潮文艺》1943年第1卷第1期。

吴景荣《奥斯登（Jane Austen）恋爱观：从"劝导"讲起》《吴尔芙夫人的〈岁月〉》；陈瘦竹《法国浪漫运动与雨果〈欧那尼〉》《法国古典悲剧与〈熙德〉》《象征派剧作家梅特林》；柳无忌《莎士比亚的凯撒大将》《沙恭达罗》《印度的史诗》；赵瑞霂《回忆诗人燕卜孙先生》《斯丹达尔及其〈红与黑〉》；商章孙《少年维特之烦恼考》、方重《乔叟和他的康妥波雷故事》[①]、焦菊隐《柴霍甫与其〈海鸥〉》、孙晋三《美国当代小说专号引言》、林疑今《美国当代问题小说》、孟克之《托尔斯泰后期作品》、谢庆尧的《英国小说家吴尔芙夫人》、徐迟《里尔克礼颂》、陈麟瑞《叶芝的诗》[②]、杨周瀚《奥登——试坛的顽童》、王西彦《论屠格涅夫的罗亭》、戴镏龄《当代英国文学批评的动向》等。除此之外，该刊物也十分重视对国外研究成果的译介。[③] 可以看出，《时与潮文艺》有这些

[①] 方重写作《乔叟和他的康妥波雷故事》的主要目的是"以为我国文艺界借镜"。在该文中，作者讲述了产生乔叟的时代："在六百年的英国社会不安定，政治没有上轨道，学术不算昌明，文字还在借用大陆上的法文和已经失了生机的拉丁文；可是，那时出了一位文人乔叟，体会人生，由黑暗里打开光明，由纷乱中清出条理，握起一支灵动的笔杆，谱成数千万言的长诗，绘画一时生活动态，于是勘定了数百年文字的基础，指出了一个伟大民族文风的定向。"在现今的中国，社会政治文物思想各方面处于极度的波动期，"像盲马一般，需要一个善骑的人来驾驭。所以这时代似乎期待着天才的降临"。

[②] 陈麟瑞：《叶芝的诗》，《时与潮文艺》1944年第3卷第1期。陈麟瑞把叶芝的创作分为三个阶段：一是青年时期的"梦"的阶段。在这个阶段叶芝沉浸在爱尔兰民族的"神仙想象"中，恍恍惚惚离开了现实，创造出很多"现实与想象的事物不分，各种知觉官能也混合在一处"的"模糊"的诗。二是叶芝抛弃"梦境"，走到现实中的阶段。在这个阶段，它的诗遭到了视文学为消遣品的人的遗弃、得到了"有智阶级"的欢迎。三是"梦"与现实相融合的阶段。在这个阶段，达到了他诗歌艺术的最高峰。在这里，论者肯定了叶芝对纯粹抽象和纯粹现实的超越后，所达到的既植根于现实，又以丰富的象征蕴涵深刻诗意的创作。从而认为伟大的艺术"不靠一时勃起的灵魂，亦不靠铿锵的音符，更不靠偷巧的排比，那都容易陷入虚浮。诗人之伟大由是由他所感的深且多，全由时间所限定的经验而来的"。

[③] 桥本政尾著、李春霖译《关于战争文学的问题》，盛澄华《忆纪德》，[英]史屈谦作、戴镏龄译《麦考莱传》，[俄]布加郭夫著、吴奕真译《托尔斯泰出走与死的真相》，纪德作、盛澄华译《忆王尔德》，《伦敦泰晤士报》载吴景荣译《泛论美国小说》，[苏]梅泰洛夫作、诸侯译《德国的反法西斯文学》，[苏]洛克托夫作、李葳译《反纳粹的德国作家》，[美]格莱登作、吴茗译《美国晚近文艺思潮汛论》，[匈]凯士特勒作、焦菊隐译《小说作家的三大危机》，[英]史屈莱夫著、孙家新节述《苏联文学二十五年》，纪德《悼保罗·华莱里》，罗塞尔《华莱里小论》等。其中，日本桥本政尾的《关于战争文学的问题》。同样地，在《关于战争文学的问题》，作家否定了战争文学"是一种非技巧地，坦率地创造'自然'的艺术"。而认为对于"有关国家存亡、民族安危"的战争文学，作家更应该具备发现蕴涵伟大艺术价值材料的能力；凯士特勒在《小说作家的三大危机》中指出，小说家将面临的三大危机：第一，不关心"外边那些呻吟、狂笑、悲鸣，和战争的怒吼"，"抛弃蔷薇红色的作品"；第二，作家不再是一个小说家，而成了报道的记者；第三，作家看到的是"现实的片断"，产生"毫无性欲成分的爱情，不流汗的劳动，消化畅快者的忧郁"。

学者对各国文学的宏观分析,又有他们对具体的作家与作品的微观研究,显示了该刊物广阔的世界文学视野。可以说,这本刊物代表了国统区外国文学研究的主要成果和倾向,具有学院派研究的学术化气息。

一 "女性"文学研究

民国时期,真正涉足外国文学研究的女性学者并不多,俞大姻[①]就是这少之又少中的一位。在《时与潮文艺》这本刊物中,俞大姻以女性特有的视角,先后发表了《曼殊斐尔论》《妇女与文艺》《文学中的女性自我表现》等文章,对于外国文学史上女性文学与女性作家创作进行了系统梳理,并发表了自己独特而又深刻的见解。

俞大姻在《文学里的女性自我表现》里认为,在卢梭之前,作家们几乎不重视自我表现,最好的例证就是关于莎士比亚的生平和遭遇及其著述时的心理和情绪,之所以有层出不穷的谜语,"只是因为莎翁在世时没有写出一部自传"。而卢梭是"具体的有意识的自我表现的创导者",在《忏悔录》里他将自己生平的遭遇"坦白地毫无隐饰地放在读者视觉之下"。从当时众多的"自传""自述"性文章或自我解剖的书信和随笔中,可以看出,以卢梭为标志的浪漫主义运动,使自我反省和自我分析成为作家创作的主要方向。这样,以后的研究者就能够潜入作家的心灵深处,将其作品里最微妙、最精髓的意识探索出来——这就是"文学里自我表现的意义"。但是在现实中,女性却不能将"自我"表现在文学里。作者引用伍尔芙关于莎士比亚妹妹的遭遇为例,表明由于男女写作机会不均,女性不被允许而受到不公正的待遇。该文列举了三种文学里女性自我表现的方式:对男性意识形态的屈从、非建设性的抱怨以及对男权体制的直接反叛。从中可以看出,在文学史上,只有一小部分女性可以写作。如奥斯丁一生写了六部非常精细和逼真的家庭故事。因为作者本人生长在英国小村

[①] 作者俞大姻,浙江绍兴人,外国文学研究专家。1931年毕业于上海沪江大学,1933年到英国牛津大学留学,1936年获硕士学位,回国后,任南京中央大学教授。1949年任北京大学西语系教授、英语教研室主任。1966年含冤去世。著有《现代英国文学的新源流》等。见任继愈主编《中国文化大典》,山西教育出版社1999年版,第2762页。除了在《时与潮文艺》中发表外国文学研究论文外,俞大姻还在《学生杂志》的"欧美小说名著讲座"专栏撰写《海洋小说家斯摩拉特》《李查生和他的小说》等文章。如作者抓住了认为康拉德创作的重要特色,"大自然对于斯氏的引诱力,不仅限于海洋,利用自然——甚至超自然来加重情节或情绪的厚度,是斯氏的特长"等。中央大学教授徐仲年、范存忠、商章孙等也在此栏目发表论文。

庄里一个牧师家庭,她的作品题材很狭窄,但她极为真切与透彻地描写了中等社会的家庭生活琐事,男婚女嫁是她小说一贯的主题,跳舞会、野餐、宴会、拜访、音乐表演等是她小说常见的情节。由于奥斯丁的"认识真切,技术成熟,文辞精练,她的作品便达一种臻于完善的程度"。① 除此之外,关于女性的表现:"差不多完全是男性作家代拟的。比如世界文学里最出名的女性人物的著名,差不多完全是男作家捏塑出来的。"② 可以看出,俞大姻对女性作家的创作与境遇给予了深切关注,作者的女性立场使女性文学研究更为立体化,这种感同身受的认同感在《妇女与文艺》一文中得到了深化。

《妇女与文艺》一文原为演讲词,俞大姻主要从文艺之定义及其重要、文艺对于人生的作用、文艺与妇女的关系、过去女作家缺乏的原因、介绍几位中外女作家、妇女对文艺应尽之责等六个方面展开具体论述。通观全文,作者的女性视角使该文充满了对于女性作家的极大同情与关注,其女性主义倾向也将激励更多的女性通过文学写作表达自己的心声。其中,作者对外国文学史上的女性文学给予了集中而又详细的论述。在作者看来,荷马《伊利亚特》的结构"完全系紧在美人海伦一人身上",《奥德赛》"一部分着重皇后片来罗片的贞操";中世纪意大利伟大抒情诗人彼得拉克的作品,充满了他"对他的情人 Laura 的赞扬";但丁的《神曲》是受了"比亚德力斯的灵感"的影响;莎士比亚的十四行诗,有一部分是为了不知姓氏的女郎而作等。

值得我们关注的是,作者对于女性作家的论述。如在"过去女作家缺乏的原因"这一部分中,作者认为由于两性教育的不平等和重男轻女的社会制度,使女性不能发现自我,自然也就不能自由地表现自我。尤其是在重男轻女的社会制度下,"女子回到厨房和育婴室"的呼声,使女性作家的创作"少涉及世界潮流或社会组织"。古今中外的女作家,在她们的成名与成功的背后,"不知经过几多艰难与挫折"。其中,乔治·桑"这一位孤苦飘零的女子,赤手空拳的挣扎,直至她变成世界名人的故事,真是文学史里可歌可泣、惊心动魄的史料"。③ 许多女性天才因"舆论的仇视、社会的压迫"而被埋没。为避免一般的顽固偏见,女作家不得不用男性的

---

① 俞大姻:《文学里的女性自我表现》,《时与潮文艺》1944 年第 4 卷第 4 期。
② 同上。
③ 俞大姻:《妇女与文艺》,《时与潮文艺》1943 年第 2 卷第 4 期。

名字作为笔名发表作品，如乔治·桑、乔治·艾略特等。作者认为，"假设女子有完全自由平等的环境，她对于文艺的贡献必不亚于男子"。

在"介绍几位中外女作家"中，作者从诗歌、小说、文学批评和戏剧等四个方面，详细论述了中国的李清照、希腊的萨福、英国的乔治·艾略特、法国的乔治·桑、法国的斯达尔夫人和英国的伍尔芙夫人等女性作家。作者认为，萨福的创作主要为抒情诗，婚礼中的颂词和宗教节日的赞诗是萨福创作的两大主题，其一生似乎"时时刻刻都在'美'的追求中"。俞大姻以美国心理学家对347位女子所作的职业选择为例[①]，认为女子对于人类的贡献主要在文艺方面。在俞大姻看来，对于世界文艺贡献最大的是英国的乔治·艾略特和法国的乔治·桑。作者认为，乔治·艾略特是女作家里"最有学问，最富于思想，最深刻的一位。在格调方面，她并不像奥斯登一样，求每一个字每一句的恰当，凑成一种水晶式的体裁。她也不用虚饰的辞藻使她的文字华丽夺目。她的作风非常的淳朴严肃，蕴蓄着很大的力量。她对于癖性的描写和畸形心态的揣摩，差不多没有人能够及。她的作品，大部分以英国乡下中等社会的生活为材料。她的结构简单，人物稀少。她着重社会下面潜伏着的暗潮，和一切社会，政治，经济的力量，个性间的摩擦，及个人与环境的争斗，是她作品的精髓"。[②] 个人与社会的失调是乔治·艾略特所写小说的重要主题。作者并以《织工马南传》与《佛洛斯河上的磨坊》为例，认为"深刻的含蓄，玄奥的哲理，和深刻的技艺"是乔治·艾略特创作的重要特色。俞大姻将乔治·桑的一百多部小说分为四类：恋爱小说、社会小说、乡村风味的描写、混杂的自述。在作者看来，乔治·桑的一生和作品可以说是浪漫派的象征，"深染着卢梭的热忱，加上她丰富的生命，以及婚后痛苦的遭遇，她便产生了许多情真意切的文学。她反对残酷和势利的社会，提倡一种纯洁而不自私的爱。她的作品盈溢着纯洁、热情，和敏感"。[③] 同时，作者也指出，乔治·桑创作中乌托邦想象的成分，"她常梦想一个黄金的时代——在那个社会里，一切都是和睦和仁慈，一切的战事和不平等都会消灭"。[④] 俞大

[①] 心理学家 Pruette 女士让这347位女子指出对于人类贡献最大的女性，得出的结果不是英国的伊丽莎白女王、不是法国女英雄贞德……而是英国19世纪小说家乔治·艾略特。

[②] 俞大姻：《妇女与文艺》，《时与潮文艺》1943年第2卷第4期。

[③] 同上。

[④] 同上。

姻对乔治·艾略特、乔治·桑创作特色的把握，在今天看来，仍然闪烁着思想的火花。

在文学批评方面，俞大姻主要对斯达尔夫人与伍尔芙夫人进行了论述。她指出斯达尔夫人的文字简明有力，很少虚饰和隐喻，对于文学批评的贡献主要有：将欧洲文明分为北方文学与南方文学，提出"北方是浪漫的，南方是古典的"的观点；首创浪漫运动一词；她的《关于德国》（今译《论德国》）使"德国的文艺和学术在十九世纪能领导全欧，而欧洲人渐渐重视北欧文学，不能说是没有受到斯达尔夫人的影响"。由此，作者对斯达尔夫人的文学地位和功绩给予了高度评价，"欧洲文艺能踏进一个光辉灿烂的浪漫时代，不能不归功于她的前驱——斯达尔夫人"。作者没有对伍尔芙展开论述，只因"自从她前岁溺水自尽以后，各杂志都纷纷地介绍，因为节省时间的关系，我们不必在此赘述"。谢庆尧的《英国小说家吴尔芙夫人》、吴景荣《吴尔芙夫人的〈岁月〉》等文章，则对伍尔芙进行了集中的论述。

吴景荣的选取伍尔芙《岁月》为分析个案，不仅阐述了该作的创作特色，同时也将其置于整个现代主义文学的总体氛围中加以论述。作者认为，现代主义文学充满了悲观的色彩，主要因为"科学摧毁了宗教的基础，仍然不能代替宗教。人们失掉了感情上的寄托，反陷于惆怅的漩涡里。弗洛伊德的学说，揭穿人类尊严的最后帷幕。……马克思把人类看做为无情的经济势力所操纵的动物"。[①] 1920—1929年欧美爆发经济危机、1933年希特勒登台、1938年9月的慕尼黑协定、1939年9月世界大战爆发等支离破碎的局面，"就是现代文学的悲观背景"。由此，伍尔芙的"伤感"和"悲观"，"当然不是偶然，而且我们可以说，整个的近代欧洲文学，多少含有'伤感'和'悲观'的气息"。[②]

作者认为，在卢梭的《忏悔录》《新爱洛伊斯》与歌德《少年维特之烦恼》里，感情毫无拘束、毫无含蓄地在奔放。但伍尔芙的小说里，"我们只能看见不幸的阴影，伤感成分常常是衬托出来的暗示。说她是一个新写实主义者，也无不可"。[③]《岁月》于1937年问世，伍尔芙"以柏其特

[①] 吴景荣：《奥斯登（Jane Austen）恋爱观：从"劝导"讲起》，《时与潮文艺》1943年第1卷第2期。

[②] 同上。

[③] 同上。

家庭为中心,从一八八零年写到现代。这半个世纪的光阴,带给时代,柏氏家庭以及书中每一个人,都有不可磨灭、无可挽回的变化。岁月毁灭了一切,把一切烦恼纷扰堆成一起"。在作者看来,伍尔芙的《年华》表示着时间的悲剧:时间带来了种种变化,把年轻的人添加白发,把中年的人送上走向坟墓的道路,留下来的只有未完成的希望和理想。伍芙夫暗暗地讽示我们:人之所以为人,就免不了虚荣,免不了烦恼,所以也就免不了作"时间""命运""死亡"的奴隶。在《岁月》中,爱德华最喜欢"我消磨了我的青春"这句话。在旁人看来,他确实把他的青春消磨了。学者的梦带走了一个人的青春,而一个人在青春已逝的时候,反引他学者的梦为骄傲,这不是人生的冷嘲吗?

在作者看来,20世纪以前,西洋小说拘泥于开场、发展、结局的传统模式,福楼拜的小说最具这种代表性。但是,在"一战"前夕,"福楼拜的盛名被泼禄士德(即普鲁斯特)所掩盖了。生长在弗洛伊德的时代,泼禄士德一变传统的作风。在《往事回忆录》,他用下意识的回忆,给我们大战前巴黎的全景。弗洛伊德告诉我们一个人如何在梦境里揭开了过去的秘密。而我们这位哮喘多病的作家在加上一点:不仅在睡眠里我们可以重新创造的过去,而有时候偶然的感觉或偶然的事物会使我们想起过去相关的感觉或相关的事物"。[①] 作者认为,在伍尔芙的小说里,着重点不是在"现在",而是"现在"所引起的"过去"。因为"一个人的'自我',在现代错综复杂的社会中,绝非外表的行动可以表现;在内心黑暗的角隅里,在下意识里,才可以探求真理的埋藏所在"。[②] 所以,"自我"是埋藏在下意识里,而下意识在"过去"里才能显露出来。由此,伍尔芙将"动作"变为"回忆",而"情节"也不能像传统的小说那样平铺直叙了。对于伍尔芙的自杀,作者认为:"伍尔芙作为一个伤感而未悲观的作家,在这大悲剧扮演的今日,很容易失掉对人生最后一层憧憬。那么,可能的结局,不是疯便是死。……她一只手按住流血的心,一只手指示给我们看看这就是新时代,这是人生。"[③] 这篇文章论述了伍尔芙《岁月》中悲观色彩,以及伍尔芙意识流的创作技巧,以现在的眼光来看,作者的分析也

[①] 吴景荣:《奥斯登(Jane Austen)恋爱观:从"劝导"讲起》,《时与潮文艺》1943年第1卷第2期。

[②] 同上。

[③] 同上。

是极为恰当而准确的。与当时有些学者对于意识流小说的否定相对，作者的观点更接近伍尔芙创作的本来面目。①

吴景荣作为奥斯丁研究专家，在《奥斯登（Jane Austen）恋爱观：从"劝导"讲起》一文里认为，研究奥斯丁《劝导》这本书是绝不能忽略的，因为"在这本书里，我们可以看见奥斯丁心理转变的征迹"。假如《劝导》以前的作品足以代表古典主义的精神，那么《劝导》非但没有古典主义的精神，反而可以配合浪漫主义的暗潮。古典主义讲"和谐"，讲"理性与情绪的协调"。②作者以《理智与情感》为例，认为奥斯丁的主张是"所谓恋爱，应该是理智考虑的结果，决不可有感情的冲动；结婚的目的，不是寻求幸福，只是希望过着平稳的日子"。在作者看来，奥斯丁之所以持这样的观点，主要是因为"她的观点十足地代表了当时社会传统的意见。英国到了十八世纪中叶，婚姻制度还是不自主的。再者，奥斯登生长在英国南部的乡村，父亲是一位牧师，思想上当然比较守旧。她谈来谈去无非是些琐屑的事，碰到的无非是些无声无色的中流阶级。耳闻目见没有什么了不起的浪漫史。在这种气氛中，她很自然地接受社会上一般的看法"。③从理查逊到哈代的英国小说家最喜欢戴着道德家的面具，只是他们的程度不同而已。可以说，在《劝导》以前，奥斯丁的女主角把恋爱看成是一种义务、一种报答，男主角与女主角结婚，并没有真正情感作基础，"不自私的爱或牺牲便是真正的幸福"。在《劝导》里，这种"理性"已经不能控制"情绪"了，感情的语调充满了《劝导》。如以罗素夫人为代表的社会旧道德，将妇女们驱入她所认为的谨慎的道路，"把人类自然的情感抑制到最后"。该书书名虽为"劝导"，而实际上，在恶势力的威胁利诱下，温迪华士与安妮的恋爱，竟遭到不近人情、不近人道的干涉。"所以奥斯登一改往日作风，一字一句，都寄以浓厚的情感，使一种唏嘘

---

① 柳无忌也认为："维多利亚正统的新叛徒，如劳伦斯、乔哀斯、吴尔芙夫人……可称为心理分析派"。他们的创作："要废除时间与形式……小说没有了时间性，于是也没有形式、动作与布局。唯一重要的就是……表现人物……来回游动的下意识，那股滚滚不尽的紊杂无章的意识之流。"柳无忌：《近代英国小说的趋势》，见柳无忌《西洋文学研究》，中国友谊出版公司1985年版，第158—160页。

② 吴景荣：《奥斯登（Jane Austen）恋爱观：从"劝导"讲起》，《时与潮文艺》1943年第1卷第2期。

③ 同上。

低徊的气氛笼罩《劝导》的故事。"①只"可惜奥斯登的作风正从观察事实到观察情绪的时候,就短命死了"。正如伍尔芙所言:"如果奥斯登写了《劝导》后再活着继续写下去,她或许会成为亨利·詹姆斯(Henry James)与马塞尔·蒲胡(Marcel Proust)的先驱。"

感情之所以成为《劝导》的主导方面,作者认为,主要是因为从18世纪中叶以后,英国文学史正由伤感主义向哥特传奇(Gothic Romance)转变,奥斯丁"知道自己有喜剧的才具"。所以,在《劝导》以前,她的创作以喜剧为主导。在作者看来,奥斯丁叙事一个故事,"普通只是平铺直叙,开头是男女主角的会面,中间经过弱小波折,结尾是团圆"。但是,人生上的种种遭遇,奥斯丁改变了此种倾向:"《劝导》就不是喜剧了。"对于这种转变,魏未尔博士(Dr. Whewell)认为:"《劝导》是奥斯登最美丽的创造",而作者却对此说法表示异议:"虽然未敢苟同,然而我们必须牢记着,《劝导》表现出奥斯登在道德观上,在艺术上,正在蜕变。她对于道德观恋爱观的改变,必然的引起语调的改变,十八世纪末同十九世纪初间,渥慈华斯(Wordsworth)和柯立慈(Coeridge)正揭开浪漫主义运动;奥斯登的这种改变正不期的使她靠近时代的召唤。"②

《时与潮文艺》对于曼殊菲尔、奥斯丁、伍尔芙等女性作家进行集中的译介与研究,可以说是该刊物的一个亮点。学者们不仅仅是就作家论作家,他们往往以文学史的高度,为当时的外国文学爱好者与研究者提供了更为广泛的学术视野。如在《曼殊斐尔论》一文中,俞大姻悉数了外国文学史上短篇小说的发展历程。作者认为,19世纪的英国短篇小说比较重视"正面积极的叙述,而忽视侧面、随意的素描"。而曼殊斐尔则超越了这种"绅士"作风的毛病,"用冗长繁累的语句,表达他们认为时尚和道德的思想"。在写作技巧上,曼殊斐尔注重"侧面叙述和随便的笔法",并根据自己的生活经验塑造出一系列中下层女性的形象。俞大姻非常赞赏曼殊斐尔这种在"平凡的人物""平淡的生活"中寻找"深厚的诗意"的创作手法,"她善于拿片段来代替全部,用一套情节,来暗射另一套情节,拿遗露的反观存在的。她喜欢她的人物心理的转变,表现在读者面

---

① 吴景荣:《奥斯登(Jane Austen)恋爱观:从"劝导"讲起》,《时与潮文艺》1943年第1卷第2期。
② 同上。

前。她的人物，老是在一种不停歇的自问自答的状态中"。① 可以说，俞大姻、吴景荣、谢庆尧等学者在此领域的耕耘，无疑为以后女性文学研究奠定了良好的基础。

二 古典戏剧研究

《时与潮文艺》在戏剧方面的研究成果主要有：陈瘦竹《法国浪漫运动与雨果〈欧那尼〉》《法国古典悲剧与〈熙德〉》《象征派剧作家梅特林》；柳无忌《莎士比亚的凯撒大将》《沙恭达罗》；焦菊隐《柴霍甫与其〈海鸥〉》等文章。我们且以陈瘦竹②为例。

在《法国古典悲剧与〈熙德〉》一文中，陈瘦竹详细而具体地分析了《熙德》的剧情后，认为《熙德》的主题"有点类乎所谓的'死胡同主题'（A blind alley theme）"。③ 在作者看来，"剧情限于二十四小时之内，施曼娜虽则认为荣誉已得满足，但丧父之痛仍不可免，故无论如何，一时决不能谈到结婚"。④ 由此，作者认为，虽然《熙德》原名为悲喜剧，自1648年后称悲剧。但其悲剧性并不是基于情节的结尾，而在于人物内心的冲突，以及人物所遭遇的厄运及其克服厄运的努力。正是剧中人物的高贵性及心理的悲剧性，使《熙德》"永远会使读者或看者发生兴趣而感动"。同时，该剧也凸显了古典派戏剧的特征："布局谨严，简洁明了，具有建筑的美。"⑤

在《象征派剧作家梅特林克》里，作者认为，戏剧上的各种运动，

---

① 俞大姻：《曼殊斐尔论》，《时与潮文艺》1946年第5卷第3期。
② 陈瘦竹（1909—1990），江苏无锡人。1933年毕业于武汉大学外文系，之后到南京国里编译馆任编辑。抗日战争爆发后，在武汉加入中华文艺界抗敌协会。1940年到国立戏剧专科学校任教，潜心研究戏剧理论。先后在《学生杂志》《时与潮文艺》《文艺先锋》等刊物发表《萧伯纳及其〈康蒂姐〉》《论〈威尼斯商人〉的布局》《新浪漫派剧作家罗当斯》《戏剧鬼才安德列夫》《法国浪漫运动与雨果〈欧那尼〉》《法国古典悲剧与〈熙德〉》《象征派剧作家梅特林》《世态戏剧杰作"巴瓦列先生的女婿"》《高尔斯华绥及其"争强"》《自然主义名剧：高尔基的"下层"》《莎士比亚及其〈麦克白〉》《窝狄浦斯王》《希腊悲剧大家：攸里比德斯和他的杰作"美狄亚"》《希腊戏剧艺术渊源与竞赛》《希腊戏剧艺术之演员与观众》《希腊戏剧艺术剧场与布局篇》等文章。
③ 陈瘦竹：《法国古典悲剧与〈熙德〉》，《时与潮文艺》1946年第5卷第5期。英国剧作家在其《编剧术》的第20章"死胡同主题及其他"开明宗义地说："所谓死胡同主题，顾名思义，系指毫无出路而言，则其问题不能解决者，或一切解决方法均不惬人意不合情理者，即是死胡同主题。"
④ 陈瘦竹：《法国古典悲剧与〈熙德〉》，《时与潮文艺》1946年第5卷第5期。
⑤ 同上。

如浪漫主义、自然主义、象征主义、表现主义等都是解放运动，其目的是将错综复杂甚至神秘晦涩的人生众相，惟妙惟肖地表现在舞台上。如自然主义描写平凡男女的日常生活，以代替浪漫主义笔下英雄美人的稀世奇遇；象征主义表现内心生活和灵魂世界，以补充自然主义的外表动作和物质世界。自然主义与象征主义的区别是：前者着眼于已知的现实和可见的世界，而以实物为其表现；后者着眼于人所未知的世界和肉眼所看不见的世界，而以象征为其表现。前者是科学的、分析的；而后者是哲学的、综合的。我们的感官难以窥探超现实世界中的奥妙。所以，我们生活在神秘之中。

自亚里士多德以来，人们视"动作"为戏剧的灵魂。但象征主义戏剧家梅特林克不满足于以外在动作为主的戏剧，他独创出一种新的戏剧："将恍惚迷离的心境、潜在意识，隐晦的情感，表现在舞台上。"① 梅特林克与一般剧作家的区别是：后者往往从热闹中观察生命的真相，其所见的是生命的火花；而梅特林克却是在宁静中体会生命的真谛，其所见的是生命的本体。所以，梅特林克的戏剧所表现的动作，"乃是心理上的动作"。而一般作家所采用的外在的动作，不能也无法传达神秘的生命本体与隐晦的潜在意识等"心理的动作"，"非依赖语言不可"。所以，梅特林克认为真正伟大而美丽的悲剧，不在动作而在语言。所谓语言不是戏剧中人物的对白："而是指那种语言之外的另一种语言，换言之，即是无用之言或是无声之言"；"凡是乍看时毫无用处的语言，在剧本中则是最关紧要，因为其中含有真味。这另一种语言，和那必要的语言相比较，你许会觉得是多余的；但是细加研究，便觉惟有这另一种语言，才能使得灵魂倾听，惟有应用这种语言，才能诉诸灵魂。一部作品的品质和范围，全视这种似无必要的语言之品质和范围而定"。② 因为不注重外在的动作，所以他的人物放在舞台上，"骤看之，不啻一尊雕像"。他的戏剧是"静止的"心情戏，无情节、无动作，人物都是傀儡，人物之间的对话，"不在推进动作、阐明性格，而在创造气氛"。③ 如在《闯入者》这部剧中"死是这个戏中的主角，但是他并没有登场，可是我们虽然不闻其声，不见其形，但却觉得到他的存在。这是梅特林克的一种特色"。最后，作者这样总结：

---

① 陈瘦竹：《象征派剧作家梅特林克》，《时与潮文艺》1944年第4卷第2期。
② 同上。
③ 陈瘦竹：《法国古典悲剧与〈熙德〉》，《时与潮文艺》1946年第5卷第5期。

"梅特林克使我们知道，在人类热情的激烈争斗以及社会法律和风俗的热烈讨论之外，尚有所谓'戏剧'存在。"① 陈瘦竹对梅特林克戏剧艺术的分析，在今天看来，仍然鞭辟入里，具有很高的学术价值。

《法国浪漫运动与雨果〈欧那尼〉》一文，主要由法国的浪漫运动、雨果的"怪诞"说、雨果的《欧那尼》三部分组成。该文主要对法国的浪漫主义运动、雨果的艺术主张、《欧那尼》的结构特色进行了全面而又富有深度的论述。作者系统梳理了浪漫主义运动发生的历史背景。陈瘦竹认为，古典派将罗马批评家贺拉斯《诗艺》中的"得体"原则，视为金科玉律。他们注重形式，"严守诗体义法，分门别类，不容混同"。如喜剧情节不能插入悲剧，次要故事不得附属正文，强调模仿希腊戏剧，"不注重精神，而重形式，不啻舍本逐末"，其结果是"绝灭天才，无法独创"等。虽然古典派戏剧得到朝廷的扶持与学者的拥护，但"终不能满足当时法国人民的要求，因此失去了艺术上的生命力"。② 由于古典主义尊重理性，抑制感情。然而，在当时法国戏剧中，"举凡足以刺激观众感情者，皆以诗句间接叙述，不用动作直接表现"。③ 而观众到剧场是看戏，而不是听诗。所以，法国古典戏剧不能满足巴黎观众的需要。于是，歌舞趣剧和奇情剧应时而起。这两种戏剧"都以刺激和发散观众的感情为主"。但是，当时的法国批评界，将不守古典法则的悲剧斥为"奇情剧"而一笔抹杀。它们虽为文人学士所不齿（将其斥为低级趣味），却能适应观众的要求。作者认为，浪漫派戏剧深受奇情剧的影响。如壁棚藏人、偷听秘密、乔扮香客、戴假面具等手法"无一不是奇情剧中惯技"；剧情方面，"亦极尽悲欢离合阴谋巧计之能事"；在舞台表演方面，"无繁复布景，简直无法演出"。直到1813年，斯达尔在《德意志论》中提出"浪漫的"，为其鸣不平。1823年，司汤达《拉辛与莎士比亚》认为："拉辛已经不能满足观众的要求，唯有莎士比亚才是永垂不朽的剧诗人。法国作家应该模仿莎士比亚。"④ 1827年，雨果发表《〈克伦威尔〉序言》是"浪漫主义运动的第一声信号"。

《〈克伦威尔〉序言》集中体现了雨果的艺术主张，其要旨是"主张

---

① 陈瘦竹：《法国古典悲剧与〈熙德〉》，《时与潮文艺》1946年第5卷第5期。
② 陈瘦竹：《法国浪漫运动与雨果〈欧那尼〉》，《时与潮文艺》1945年第5卷第2期。
③ 同上。
④ 同上。

怪诞，打倒形式规则，崇尚天才独创，偏重地方时代特性"。其中，陈瘦竹所言的"怪诞"即我们今天所通用的"美丑对照原则"。在作者看来，"怪诞为雄伟之对照，又为大自然所能赋予艺术之最丰富之源泉。"当然，"怪诞"这一要素，在古典作品中也并非绝无仅有。如《复仇神》之类，"实即怪诞的化身，不过大都拘谨，不敢露出真面目"。浪漫派的最大特色，在于随处应用对照。作者认为，虽然雨果主张"怪诞说"，但并不像后来自然主义派一样，专以表现怪诞丑恶为目的。雨果把怪诞当作一种手段，用以烘托出"壮美"或"秀美"，从而产生一种强烈的对照。雨果的戏剧、小说、诗歌等创作"以怪诞（Grotesque）二字为其骨干"。在雨果所崇拜的四大作家中（意大利的阿里奥斯托、西班牙的塞万提斯、法国的拉伯雷、英国的莎士比亚），因为莎士比亚将"雄伟性与怪诞性熔于一炉"，所以雨果对莎士比亚"推崇尤力"。雨果将诗的发展分为三期：初民时代产生颂诗，古代产生史诗，近代产生戏剧："颂诗吟咏永恒，史诗予历史以庄严之相，戏剧描写人生。初期诗之特色为巧智，第二期为简洁，第三期之特色为真理。……颂诗中之人物为伟人，如亚当、该隐、诺亚之类；史诗中之人物为巨人，如亚奇里斯、俄雷斯特斯之类；戏剧之人物为凡人，如哈姆雷特、麦克白、奥赛罗之类。"① 其中，作者认为戏剧最真实，最能表现现实的社会人生："这三种诗，虽然各有特色，三系一脉相承，彼此混同。三者之中，以戏剧最完备。而在戏剧中，抒情诗的元素，最为重要。戏剧最真实，最能表现人生。但是人生非止一面，高洁的灵魂与粗俗的兽性，常同时并存。"②

《欧那尼》之所以被名为浪漫剧而非奇情剧，全在其抒情诗。第四幕中卡洛斯王的大段独白，第五幕中一对情人的美妙情话，"为法国剧场中所仅闻，曾经传诵一时，即古典派亦不得不首肯"。在详细分析《欧那尼》每一幕的戏剧效果后，作者指出《欧那尼》的结构，全以"对照"为其基础。作者指出，在雨果的原作中，每一幕都有一个标题，分别为：王、盗、叟、墓、婚。"我们单看王盗墓婚四字，就可看出两种对照。剧情既然如此复杂曲折，极尽烘托对照的能事，所以在情节安排上，抑扬顿挫、前后开合。"浪漫派戏剧最重视时代空气与地方色彩，《欧那尼》破坏了古典派所秉持的"三一律"。最后，作者指出《欧那尼》的缺点：该剧虽然为浪漫悲剧，但

---

① 陈瘦竹：《法国古典悲剧与〈熙德〉》，《时与潮文艺》1946年第5卷第5期。
② 同上。

其悲剧性的产生并不是源于人物性格的缺陷。"全剧以号角为关键,欧那尼为遵守誓言而自愿牺牲,未免不尽情理。"在作者看来,该剧仅是一部情节悲剧,从第一幕到第四幕,"实为一部标准的奇情剧",第五幕诚属蛇足;剧中人物性格虽鲜明,但"不免如漫画中人,离现实生活过远"。由于过于强调对照,在性格描写上"亦嫌矛盾过火"。而《欧那尼》的缺点亦如《哈姆雷特》的延宕一样,"只在书斋中冷静分析之后方才显露出来,在剧场中,去不被观众所觉察"。① 但"戏剧的生命,并不单靠书斋,而决定于剧场。剧场一日存在,《欧那尼》亦将一日不朽"。②

陈瘦竹在西方戏剧史的整体视野下,以《欧那尼》为切入点,对浪漫派戏剧的产生与发展进行了精细论述,足见其对于西方戏剧研究的深厚功力。

三 国别文学史研究

文学史研究方面,《时与潮文艺》倾力较多的是对法国文学史与美国文学史的研究。在法国文学史研究方面,主要包括徐仲年③的《四十年来的法国文学》④《纳粹铁蹄下的法国文学》⑤《巴黎解放后的法国文学》⑥。《四十年来的法国文学》分上、下两篇。上篇分为19世纪的遗产、昨日的大师、今日的权威三部分;下篇分为四十年来的诗歌、四十年来的小说、四十年来的戏剧三部分。在小说部分,作者具体分为:理想小说、分析小说、风俗小说、历史小说、地域小说等;《纳粹铁蹄下的法国文学》,副标题为"续《四十年来的法国文学》",全文由回顾、正视和展望三部分构成。"回顾"主要讲述一战与法国小说,"正视"则详细分析二战与法国文学,具体包括"战败的法国""自我检讨""呜呼《新秩序》""有志之士的出奔""因祸得福的诗坛""目下的法国杂志和可怜的出版家"等七个部分;"展望"以"一个不完全的测验"为题,对法国文学的未来进行预测。《巴黎解放前后的法国文学》一文从十个方面:"光明的更生""反省的自勉""智识分子的奋斗""奴隶文学""诗与诗人""抗战诗撷粹""两个百年祭"

---

① 陈瘦竹:《法国浪漫运动与雨果〈欧那尼〉》,《时与潮文艺》1945年第5卷第2期。
② 同上。
③ 徐仲年是法国文学研究专家,他还创办刊物《法国文学》《世界文学》等刊物。
④ 徐仲年:《四十年来的法国文学》,《时与潮文艺》1943年第1卷第2、3期。
⑤ 徐仲年:《纳粹铁蹄下的法国文学》,《时与潮文艺》1943年第2卷第1期。
⑥ 徐仲年:《巴黎解放前后的法国文学》,《时与潮文艺》1945年第4卷第5期。

"逝者如斯夫""几部新书""新生的象征"对巴黎解放前后的法国文学进行了阐述。从以上所举各篇目的小标题可以看出，徐仲年对法国文学研究具有扎实的功底。他梳理了法国文学各时段的概况，这成为当时的中国读者从宏观上了解战时国外文学的重要窗口。

吴达元在清华大学、西南联合大学和中法大学长期讲授法国文学史，是当时为数不多且具有深厚学力的法国文学研究专家。《〈法国文学史〉序》[①] 是吴达元为自己的专著《法国文学史》撰写的导论性质的文字。该文指出：希腊和罗马是西方文明的发源地，古代希腊罗马文学对西方近代文学有很大的影响。欧洲文学之所以有现在的光荣，不能不感谢古代希腊的大诗人、大作家，但古希腊罗马毕竟是过去了，不再发展。在近代，意大利开启了文艺复兴，产生了不朽的诗人、作家，但近二三百年来，意大利的文学却颇为沉寂。德国是后起之秀，18世纪以前，德国文学在欧洲文学中的地位比一些小国高不了多少，它要到18世纪，经过了"狂飙突进"，有了歌德，才进入自己的黄金时代。从历史看，德国文学"不能不让英法文学一筹"。英、法两国的文学具有悠久的历史，性质却不尽相同。虽然，斯达尔夫人把欧洲文学分为北方和南方，英国文学属于北方，法国文学属于南方，但是，"南方文学和北方文学同样的有研究的价值。研究欧洲文学但认识北方的英国文学是不够的，也应当研究南方的法国文学。……20世纪是东西文化交流合并的时代，在中国对欧洲文学发生兴趣的人一天比一天多。但是因为文字关系，国人多向英国文学方面努力。法国文学虽然也有人作研究工作，但可惜还很少，而且多数是零碎的介绍，引不起国人的注意。我们如果想认识欧洲文学的真面目，法国文学的研究应当是目前的急务，一部用中文写的法国文学史应当是迫切的需要罢"。[②] 这段话言简意赅地介绍了法国文学在欧洲文学史中的地位、研究

---

① 吴达元：《〈法兰西文学史〉序》，《时与潮文艺》1946年第5卷第5期。文末作者这样写道："在本书写作的过程中，作者受到很多朋友的鼓励和指导。现在又承李书华先生接受这部文学史作中法教育基金委员会的丛书之一。作者应当向他们表示无限的敬意，特别感谢朱自清先生细心润饰本书的文字。本书献给霍守华先生。没有他，作者没有受大学教育与出国研究的机会；没有他，作者不会认识法国文学，更不会写这部《法国文学史》。"

② 吴达元：《〈法兰西文学史〉序》，《时与潮文艺》1946年第5卷第5期。文末作者这样写道："在本书写作的过程中，作者受到很多朋友的鼓励和指导。现在又承李书华先生接受这部文学史作中法教育基金委员会的丛书之一。作者应当向他们表示无限的敬意，特别感谢朱自清先生细心润饰本书的文字。本书献给霍守华先生。没有他，作者没有受大学教育与出国研究的机会；没有他，作者不会认识法国文学，更不会写这部《法国文学史》。"

法国文学史对研究欧洲文学史的意义以及中国法国文学史研究中一些值得注意的问题。从这里也可看出，作者写作这部著作的学术意义与现实意义。

在序言中，作者把法国文学史分为六个时期，即中古时期、16世纪、17世纪、18世纪、19世纪、20世纪，分别论述了法国文学各阶段的面貌，清晰地呈现了它从古至今的发展过程。作者指出："这六个时期虽然各有不同的特点，但这一千多年的文学创作，不管是本土的或模仿希腊、罗马的，古典的或浪漫的，实写主义或自然主义的，巴拿斯派的或是象征派的都充分表现出法兰西民族的特性。"谈到法兰西民族的特性时，他强调了三个方面：理性、重感情和爱美。

法兰西民族是理性特别发达的民族。他们不是不明白人生有很多痛苦，但他们绝不愿意像日耳曼人似的自寻烦恼，研究宇宙之谜。……法兰西人的理性教他们不要想入非非，不要浪费精力在无边无际的哲学里。人生是应当享受的。生命如果是美丽的，我们固然要享受；就是丑恶的，我们也可以把它变成美丽的，享受它。这就是法兰西人的人生观，理性的人生观。这人生观在文学作品里表现得非常清楚。17世纪马雷伯整理法兰西文字，把它弄成一种纯粹为简洁的逻辑文字。这就不能说马雷伯用人为的力量改变法兰西文字，这是法兰西民族性的要求。17世纪的沙龙人士和法兰西学院不是也同样要把法兰西文字弄成理性的文字吗？不管如何，从此理智是法国文学的特点。伯洼洛继马雷伯之后，把理智定位文学的最高的标准，教人写作不要走出理智的范围。理性高于一切的理论，从此把诗人作家的感情压下，造成客观文学独霸文坛的局面。

法兰西民族是理性的民族，却不是没有感情的民族。在承平时代，他们尽情享乐；在国家危急存亡之秋，他们牺牲一切，同赴国难。法兰西民族如果不是热情的民族，他们怎会有这样激昂澎湃的爱国精神？在古典文学作品里，理性虽然占有最高的地位，却不是不容许感情的存在。拉辛写的是客观文学的悲剧，但他的悲剧人物有着如火如荼的热情，古典诗人不是没有感情，而是因为主义的关系，不能不把内心情绪敛藏住。从马雷伯算起，法兰西民族——至少可以说法国的诗人作家——把情绪压制了两百年之久。到了18世纪末年，卢梭揭竿而起，作古典文学的第一个叛徒，浪漫文学的先驱。他赤裸裸地发泄内心的情绪，暴露心灵的喜怒哀乐。从此法兰西民族的感情得着解放了，从此主观文学和客观文学占有同样重要的地位，从此浪漫诗人和古典诗人同样地受到人们的景仰和尊敬。

单靠理性和感情是不济事的，不够作为伟大的诗人和不朽的作品。法国之所以能有一部光明灿烂的文学史，还要靠法兰西民族的爱美观念。他们的衣饰是美的，他们的住宅是美的，他们的城市是美的，他们的生活的一切没有不是美的。他们在油画、雕刻、建筑、音乐各方面都很努力，都有很高的成就。文学是艺术，诗人作家的理想的境界就是美的境界。古典诗人的创作目标是美，浪漫诗人也是美。伯洼洛教诗人用艰难的方法写容易的诗，缪塞说："除了美不是真，没有真就没有美。"说法虽然不同，主义虽然大有差别，他们的理论却殊途同归。古典诗人和浪漫诗人追求的都是美，法兰西民族性要求的美。①

在这里，本书之所以大段引用这些文字，主要是要说明泰纳的"种族、地理、时代"论与斯达尔夫人的"地理环境决定论"在民国时期外国文学史写作中的普遍性。从共时看，民族性的确是区分国别文学特性的一个重要尺度，法国文学之所以与英国文学、德国文学、俄国文学不同，主要在其特有的民族性，即理性、重感情、爱美；但从历时看，法国文学从产生之日起，历经数百年的历史。每一阶段、每一时期法国文学的精神面貌是各不相同的，促使其发生变革与创新的因素也是多样化的，不同时期法国社会、经济、政治以及法国文学自身需要等诸多要素，或多或少会参与到法国文学的前后更迭中。如果仅用民族性去解释法国文学丰富、复杂、矛盾的发展过程，无疑忽视了各时期法国文学的具体性和特殊性，这样简单化的处理显然是片面而缺乏说服力的。但这并不影响该著对法国作家、作品的研究，由于本书只考察文学期刊中外国文学研究，限于篇幅这里就不展开论述。中华人民共和国成立后，吴达元与杨周翰、赵萝共同主编我国第一部《欧洲文学史》。在十年浩劫中，这本《法国文学史》被斥为"反动学术权威"而受到批判。

在美国文学史方面，"美国当代小说专号"最具代表性。可以说，《时与潮文艺》是继20世纪30年代《现代》"美国文学研究专号"之后，又一刊载美国文学研究的重要刊物。编者孙晋三之所以将研究对象锁定在"美国当代小说"，因为："近二十年中，美国文坛比英国文坛活跃得多。至于小说方面，从纯文艺观点而言，当代英国小说自然是晶莹光彩的……

---

① 吴达元：《〈法兰西文学史〉序》，《时与潮文艺》1946年第5卷第5期。

但是，英国的小说犯了一个大毛病，就是和活生生的人生已经是距离越来越远，研究的对象，走向变态的人生，而不是活红活跳的人生，作家的注意，在技巧的试验，而不在素材。当代英国小说，或探测到了灵魂的深处，或邀游太虚。但都缺乏一种'活'的感觉，一种'生'的喜悦。而这种'活'的感觉，'生'的喜悦，却正是当代美国小说所给予我们最夺目的印象。当代英国小说家，给读者以一个梦魇世界的感觉，而美国小说家，却没有钻到这样深……只看到前面有血有肉的人生。"[1] 从这里我们可以看出，孙晋三认为当代英国小说太过重视技巧的试验，趋向于人类潜意识的探索，而远离了"活""生"的现实人生。编者对于英国当代小说的否定态度，表明美国当代小说具有鲜活的"现实性"。该专号包括孙晋三的《美国当代小说专号引言》、林疑今的《美国当代问题小说》、吴景荣翻译的《泛论美国小说——离了旧世界的桎梏》，以及八篇美国短篇小说，包括德莱赛《自由》、安特生《上帝的力量》、凯漱《保罗的悲剧》、威士各特《逃亡者》、休士《掉了一件好差事》、海明威《非洲大雪山》、斯坦贝克《约翰熊的耳朵》、萨洛扬《十七岁》。其中，值得我们关注的是孙晋三的《美国当代小说专号引言》。

该文主要从"健壮的当代美国小说""写实主义在美国""美国的短篇小说""八位作家和八篇短篇小说作品"四个方面，总结了美国当代小说的发展状况，并对相关的作家作品进行了简要的述评。首先，作者对美国文学史的回顾和反思：作者认为，美国文学经历了较长的懵懂期，19世纪至20世纪初，美国文学"完全受新英格兰所支配，波士顿是美国的文艺首都，……在这清教徒的壁垒中，尊重传统的精神支配着一切，作家的心和眼还是向着大西洋对面的欧洲和母国，并不望向西方的原野。他们写着谨严的英文，没有注意到新美洲的一切。在美国古典作家中，除了梅尔维尔别具才怪和霍桑是比较变质了清教徒外，其余的都很少与英国的作家有何区别。美国在文艺的地图上，仍显然是英国的殖民地"[2] 随着美国的文艺中心由波士顿转向芝加哥，再由芝加哥转向纽约，美国的作家来源"已不是哈佛的教授区，而是堪萨斯州和旧金山的报馆访员房。一般作家的姓氏已不再让人想起英国的奋家，却指向地中海滨的农家了"[3] 作

---

[1] 孙晋三：《美国当代小说专号引言》，《时与潮文艺》1943年第3卷第2期。
[2] 同上。
[3] 同上。

者认为，美国文学的生成是在脱离新英格兰的独占之后，而这种解放当然要靠真正的美国人，"生在美国，心在美国的人们，而不能希冀改植的清教们来达成"。① 通过对八位作家"种族和生地"的考察，作者指出，除了斯坦贝克和萨洛扬外，其余几乎全是中西部的人，而"中西部是美国的布尔乔，所以美国的当代文学也富于小市民的气息（但是批判性的，而不是感伤性的）"。在作者看来，美国正处于成长演变中，素材遍地皆是，作家只要环顾一己的四周，便可找到崭新的材料，这样似乎注定美国文学应是一片新天地。

所以，作者认为，美国当代小说的主流是写实主义。与一般写实主义小说给人以灰暗的感觉不同，美国的写实主义小说以"素材内蕴的浪漫性"见长。写实主义小说在美国大致经历了四个发展阶段：一是本地风光的加重。本地风光一向是美国小说颇为重要的因素，但在19世纪末，本地风光"已不只是用作陪观点缀，或一种古怪的幽默的根源"，作家们渐渐以本地风光为对象，现实地描写某一区域的生活。当然也有一些作家已经超越此界限，把本地风光的描写"当作一种噱头的地步了"。二是赤裸的现实主义。在19世纪末20世纪初，美国文坛出现了故意提倡"力的文学"的怪味，由此狂放地、赤裸裸地描写现实成为文坛的主要方面。最具代表性的是杰克·伦敦的《野性的呼唤》《海狼》，其"夸张的粗暴，病态的残忍，已是自然主义登峰造极之作"。三是社会批评。杰克·伦敦的后期作品，已经攻击到社会制度，而在罗斯福时代又发生了一种揭露美国社会的黑暗面的"暴露"运动。在这场暴露运动中，最为国人所熟知的辛克莱脱颖而出。他通过调查芝加哥屠宰场的情况，"大为那里的残忍、污秽，和对人的糟蹋所激动，结果写了一部《林莽》（直译《屠场》）。1905年，震骇一时"。② 后来，辛克莱又写了很多暴露性的小说，主要痛加抨击资本主义的各方面。作者认为，辛克莱的作品"文学价值虽不见太高，但影响是极为广大的"。③ 在这种相当肤浅的暴露运动的狂飙过去以后，美国小说出现了几个巨人，比较深刻地批评了美国生活的愚蠢、假善、浅薄，"且着重于人物的性格"。此时，美国狂放热烈的青年期已经过去，跟着而来的是一个悲观、自我检讨、幻想破碎的时代。这种对于狂妄的大美国主义的反动，支配了当代的美

---

① 孙晋三：《美国当代小说专号引言》，《时与潮文艺》1943年第3卷第2期。
② 同上。
③ 同上。

国小说。在这些作家之中,对于中国读者最熟悉的恐怕要数刘易斯。虽然,刘易斯的文笔只是一个记者的文笔,算不上优秀的文体家。但是,他的作品还是具有一定的价值。因为刘易斯最细腻、最翔实地讽刺了美国生活,尤其是对小市民心理进行了透彻观察。尤其是1920年出版的《大街》,毫不留情地描出了美国小城中人们鄙陋丑恶的生活,而引起了一场大风波。本来,这种讽刺也并不是开始于小说,但如刘易斯这样以显微镜方法,有条有理地作出暴露和讽刺却是第一次。四是幻想破碎的写实主义。一战后,美国文学为幻想破碎的写实主义所淹没,海明威的《战地春梦》和帕索斯的《三士兵》都是反战作品的杰作,海明威的《太阳也出来了》更刻画了战争后期道德观念的混乱。然而这种低调并没有持续多久,海明威由追求刺激而进入"力的哲学",帕索斯更从事写作《美国三部曲》,美国民族并不比英国民族的老弱而精力衰退,它还是具有惊人的康复力,很容易地便脱出了绝望的深渊。于是,美国文学便有了史坦贝克和萨洛扬的兴起,如萨洛扬"以天真烂漫的笔调,写出了美国生活,不涉一点技巧,不加半点渲染,更是妙笔天成。而且他俩的作品全以口语写成。美国的写实主义,已渐渐脱去仅存的少许矫作,而踏入和生活打成一片的化境了"。① 孙晋三从以上四个方面论述了美国现实主义文学的发展,可以看出,作者具有高度的理论概括能力。尤其是作者对新兴作家的述评,更能显示出作者对世界文学动态的准确把握。

孙晋三认为,短篇小说在英国"不登大雅之堂",且处于次要地位的体裁。但是,对于美国当代的小说家,在他们最优秀的作品中,往往少不了短篇小说。可以说,美国文学是以短篇小说起家,从欧文、爱伦·坡、霍桑起,很多的美国文学杰作都是短篇小说。在此专号中,孙晋三所选的作品是清一色的短篇小说。在作者看来,短篇小说能够"代表当代的美国小说,这在换一个国家,便是很危险的事了"。② 作者认为,美国的短篇小说到19世纪末,"更日趋精炼"。尤其是亨利·詹姆斯,"以他谨严和忠于艺术的态度,使短篇小说超越了速写与故事的阶段,成为精湛的艺术品;克莱恩和杰克·伦敦更把短篇小说,引向了写实主义的道路"。③ 然而,美国的短篇小说也有其俗气的一面。主要因为美国通俗杂志众多,短篇小说的销路非常旺盛,缺乏艺术正气的作家,很容易走向投合读者趣味

---

① 孙晋三编:《美国当代小说专号引言》,《时与潮文艺》1943年第3卷第2期。
② 同上。
③ 同上。

的途径。这一派的大师当然是欧·亨利。欧·亨利的小说"取了当前的生活，借助莫泊桑的布局（但增加巧合成分），益以幽默，无疑是最讨人喜欢的读物，但是，除了对城市中某些人物的性格描写外，他的作品便少坚硬的质地。他的影响无疑是巨大的，一般职业性的短篇小说家几乎都以他全集为教科书，但是他对纯文艺小说的影响，却无宁是反面的而不是正面的。美国第一流的短篇作家，都意识地避去欧亨利的方法和作风"。① 虽然同为美国文学专号研究，重视短篇小说的引介与研究是《时与潮文艺》与《现代》的重要区别之一。

在"八位作家与八部作品"中，孙晋三评述的闪光点也是随处可见。对于德莱赛，称其是一位悲观沉重的作家、美国的左拉，《美国的悲剧》"对软弱的人性，分析最为群尽"；对于海明威，孙晋三在《最近来渝的海明威先生》②里写道："海明威是个性很强而且有独特作风的作家，我们不能希望他随便为我们写些宣传作品。他以前对中国人的态度很不好，在《有与无》中，主角老是以殴打中国人当玩笑，把中国人当下贱动物般看待。当然，那些中国人都是洗衣商，船上厨子，不是代表，但总是件遗憾的事。不过，正因为他曾有过这种偏见，我想海明威来华后的印象很可能是出乎意料之外地好，因为以前中国在脑海里的影子实在是太坏了。这次回去，无论写报告文学，或是以中国为背景写文艺作品，我相信至少他可以认识一些我国真面目了。"③ 从这段引文可以看出，海明威来华无疑会掀起引介与研究海明威的热潮。孙晋三认为，在美国当代作家中，只有海明威能够深深影响欧洲和英国作家，海明威"以口语对话写小说的方法，简短而有色的字汇，以及融浪漫与自然主义于一炉的精神，是当代文学上的一个巨大的影响"。④ 对于斯坦贝克，孙晋三在《月亮下落》译作前的编者按里，这样写道："斯坦贝克是近来美国最出风头的作家。他继承了美国小说主流刘易斯，安特生，特莱塞等所发展的社会小说类型，而却更尖刻，更深入民间，文格更高，技巧更成熟，可以代表美国小说迄今最高的成就。这篇《月亮下落》……是宣传文学中不朽的名著，已被认为是这次大战中所产生的最佳小说。在这里我们可以看到，最成熟的文艺

---

① 孙晋三编：《美国当代小说专号引言》，《时与潮文艺》1943年第3卷第2期。
② 孙晋三：《最近来渝的海明威先生》，《文艺月刊·战时特刊》1941年第5卷第1期。
③ 孙晋三编：《美国当代小说专号引言》，《时与潮文艺》1943年第3卷第2期。
④ 同上。

技巧，即使是用在宣传品中，也是如何的有力。今天，我们有权来谈他的革命的人道主义。对于小人物的怜悯革命人道主义……小说中的汤姆，一生本可以做个只顾自己的小有产者，变成了一个为人民的利益而奋斗的战士。……在厄运的打击之下，约家的精神坚强起来，……成了不能摧折不了的人民底象征。"① 孙晋三既看到斯坦贝克创作的艺术成就，又强调其作品中人道主义精神，对于战时中国的现实意义，等等。从以上的论述可以看出，孙晋三对美国现实主义文学的发展，特别是当代小说的发展，描述清晰、分析精制。

四 作家研究

《时与潮文艺》在作家作品研究方面，对保罗·瓦莱里、奥哈拉、叶芝、麦尔维尔、霍桑、劳伦斯、梅里美等诸多作家给予关注。在这里，值得本文关注的有三个方面："卡夫卡式小说"、纪德"纯小说"以及司汤达的《红与黑》。

1944年10月15日，《时与潮文艺》第4卷第3期推出了"介绍参桑"的专号。这个专号包括1篇"编者前言"和《目睹者》《长布单》《墙》等3篇翻译小说。编者孙晋三在《介绍参桑：从卡夫卡说起》里这样写道："本刊这里介绍的参桑，是此次战时在英国最引起文坛注意的一个青年作家，服务于消防总队，年只二十余岁，但他这里的三篇作品，已是炉火纯青，充分表现Kafka氏方法的优点了。各篇均选自其《Fireman Flower》集（1944）。"② 从这段引文可以看出，该文旨在将"卡夫卡式"的小说介绍给中国读者。

正如美国批评家柯莱认为，一战之后对英美青年影响最大的是爱略奥特和乔埃斯，"而在目前，那是里尔克和卡夫卡了"。虽然卡夫卡在欧洲现代文坛具有广泛的影响力，③ 但孙晋三认为，"而在我国，他的名字却

---

① 孙晋三：《编者按》，《时与潮文艺》1943年第1卷第1期。
② 孙晋三：《介绍参桑：从卡夫卡说起》，《时与潮文艺》1944年第4卷第3期。
③ 英国《新写作》编者莱曼也在《欧洲新写作》中也说："凡知道十五年来英国青年作家所读而深受影响的是些什么书的人，一定会知道卡夫卡在他们中间所生的震荡。他的《堡》和《审判》译本在英的出版，其轰动写作界相同于里尔克的诗的译本的问世。"作者认为，卡夫卡是"目前英国前进小说家的楷模。吴尔夫夫人的最后一部遗作《幕间》，就是卡夫卡型的。……这种作风现已成为一时风尚，对最近的英美文坛，正发生着重大的作用"。

是全然陌生的，这未免是件遗憾之事"。① 作者指出，卡夫卡是生于捷克布拉格的犹太人，其创作具有神秘主义的色彩，主要表现了"人生晦涩的深奥"。从总体看，卡夫卡倾向于象征主义的方向。但是，卡夫卡却完全不同于正宗的象征派。孙晋三这样写道："在小说方面，卡夫卡的影响，见之于寓言小说的勃兴。但是卡夫卡型的寓言小说，并不是本扬或施威夫特显喻性的寓言，无宁可说是相当于梅尔维尔或杜思妥益夫斯基式晦喻式的小说，其涵义不是可以用手指所按得住的。卡夫卡的小说看去极为平淡，写的并非虚无缥缈之事，而是颇为真实的人生，但是读者总觉得意有未尽，似乎被笼罩于神秘的气氛中，好像背后似乎另有呼之欲出的东西，而要是细细推考，而有发现象征之内另有象征，譬喻之后又有譬喻，总是探测不到渊底。卡夫卡的小说，不脱离现实，而却带我们进入人生宇宙最奥秘的境界，超出感官的世界，较之心理分析派文学的发掘只止于潜意识，又是更深入了不知凡几。"② 在这里，孙晋三对"卡夫卡式的小说"进行了言简意赅的阐述。可以说，孙晋三抓住了卡夫卡作品的主要特色，向中国读者传递了关于卡夫卡写作手法的重要信息。但是，在《中国对卡夫卡作品的译介（1979—2004）》一文中，王蔚认为："在随后（指20世纪30年代）几十年的中国大陆，卡夫卡似乎销声匿迹，经历一个长达30多年的空缺期。"③ 这样的说法显然是缺乏史料考证的。

《试论纪德》是盛澄华纪德研究的代表作。1934年，盛澄华在清华大学通过温德教授的课程《纪德》，对纪德的作品产生了兴趣。1935年留学法国时，盛澄华通读了《纪德全集》。在巴黎，盛澄华结识了纪德，他们时有书信往来。1947年回国不久，纪德获得了诺贝尔文学奖。次年，盛澄华《纪德研究》问世。该著共有9篇文章以及2个附录④，其中最能代表盛澄华纪德研究水平的是《试论纪德》一文。《时与潮文艺》刊登了盛澄华的这篇文章。该文长达6万字，共计117页。值得我们注意的是，盛

---

① 孙晋三：《介绍参桑：从卡夫卡说起》，《时与潮文艺》1944年第4卷第3期。
② 同上。
③ 王蔚：《中国对卡夫卡作品的译介（1979—2004）》，见卫茂平《阐释与补阙：德语现代文学与中德文学关系研究》，上海外语教育出版社2012年版，第402—403页。
④ 九篇论文：《安德列·纪德》《〈地粮〉译序》《试论纪德》《〈新法兰西评论〉与法国现代文学》《普卢及其〈往事追踪录〉》《纪德的艺术与思想的演进》《纪德的文艺观》《纪德在中国》《介绍一九四七年诺贝尔文学奖金得主纪德》，以及两个附录：《纪德作品年表》《纪德书简》。

澄华向中国读者介绍纪德在《伪币制造者》中创造"纯小说"的试验。作者指出"纯小说"指"取消小说中一切不属于小说的成分……肃清小说中带有叙事性的对话,而这些对话是写实主义者自以为荣的。外在的事变、险遇、重伤,这一类全属于电影,小说应该舍弃;连人物描写,我也不认为真正属于小说"。① 在纪德的"纯小说"观念中,传统小说中基本的要素人物、情节、对话、环境等都是应该舍弃的。但是,作者指出,纪德认为这样的小说观念是行不通的。② 然而,汪曾祺③实现了纪德关于"纯小说"写作的理想。

赵瑞霶《斯丹达尔及其〈红与黑〉》一文,是最早评论司汤达及其《红与黑》的论文。该文主要对司汤达的生平及创作进行了概述,尤其对司汤达的创作思想与艺术特色的分析,足见赵瑞霶对法国文学研究的功力。作者认为,司汤达憧憬18世纪的生活艺术,具有古典派明朗而简练的作风,不似浪漫派对自然风景加以渲染。在司汤达作品中,人物的名字虽然改变,但人物的性格却是不变的,其男主角通常是"自我主义、自私、冷漠,老是打着人生的时代的算盘",④ 女主角有三种类型:"聪明、欢快而热情;热情、温柔而愚蠢;残忍且较量轻重。"⑤ 作者特别强调在人物塑造上,司汤达用"全副的力量创造一二个主要的人物,而忽略甚至故意抹杀次要人物的地位"。⑥ 对于这些人物,他往往以粗线条的、大刀阔斧的方式加以勾勒,当"人物的轮廓、性格、色采描绘成了,他便让人物自己发展下去",而自己"远远地离开他所创造出来的人物"。在分析人物性格时,司汤达不但运用"心理的"方法,而且"注重事实,研究事实每一细节,剖辟入微,穷究人心深处的细流",⑦ 往往把自己当作解

---

① 盛澄华:《试论纪德》,《时与潮文艺》1945年第4卷第5、6期。
② 同上。
③ 1930年,张若名在法国里昂大学通过答辩获法国文学博士学位的论文《纪德的态度》中,认为纪德:"有象征派的神秘,而没有象征派的虚幻;他在写实的地方,能真切如画,然而却有一种深刻的诗意流露于其间,又绝非写实派的文字所可比拟。他怀抱着无边的孤独与不可排解的悲哀,这确实带有一点浪漫派的色彩;然而表现在文字里,他却又能表现得恰好,紧严,而又具有古典派的风度。所以说,他的艺术是在融汇法国一切过去的文艺思潮,然后独自创出来的一种特殊风格。"张若名:《纪德的态度》,三联书店1994年版,第90页。
④ 赵瑞霶:《斯丹达尔及其〈红与黑〉》,《时与潮文艺》1944年第4卷第3期。
⑤ 同上。
⑥ 同上。
⑦ 同上。

剖的对象。所以，作者对法国现代文学史家朗松称司汤达为"人类心灵的观察者"，表示异议。作者认为，称司汤达为"人类情感的分析者"更为恰当。但是，作者认同了朗松的这一观点："力的研究是斯丹达尔小说的灵魂。"在作者看来，司汤达崇拜性格和行动的力量，在《红与黑》中读者处处可以"感觉到一种冲突的力量在扩长，在燃烧。从开始到终结，这书就是力量冲突的场面，特别是心理冲突的过程"。①

司汤达的《红与黑》是赵瑞蕻重点关注的研究对象之一。对于《红与黑》的主人公于连，作者这样写道："《红与黑》里的主角玉连是一个残酷地追求名利的青年。他抛弃了'红'色的军装，披上了'黑'色的袈裟，因为在法国王政复古时代，牧师阶层已取拿破仑的军权而代之，前者的势力远远大过后者，于是玉连的内心掀起了'红'与'黑'的冲突，冲击的巨浪。他经过一番深远的考虑后，决定从'红'色的路程走向'黑'色的路程。他跟社会作战，和一个浪漫主义的角色一模一样。他仇恨社会，因为社会束缚他，压迫他。于是，他要起来反抗，充分表现了自我的精神，这就是贝尔主义的一个方面。"②其中，"贝尔主义"（Beylisme）是指一种对"自我"的崇拜，"疯狂地克服所有困难和阻碍，不论是道德的，还是别的，只要能达到享乐的目的"。作者对于连这个艺术形象的认识、对"红"与"黑"象征意义的阐释，在很大程度上影响了中华人民共和国成立后学界对此的观点。如于连"残酷的追求名利""仇恨社会""表现自我"等个性化特征，在阶级斗争尖锐的年代，于连被贴上小资阶级的标签而受到批判。

最后，该文高度评价了《红与黑》在法国文学上的地位："《红与黑》是1830年左右法国人民生活，社会风尚以及拿破仑失败以后一部分青年人思想转变情形的记录。我们决不可把斯丹达尔《红与黑》仅仅看成一个爱情的悲剧。它代表了小说艺术的新传统，它是西洋心理小说最崇高的成就，是'19世纪的史乘'。"在19世纪的诸多"史乘"之中，作者对《红与黑》与《人间喜剧》进行比较："巴尔扎克用海洋似的篇幅来制造十九世纪四十年代法兰西社会的全面的图景。……斯丹达尔作了一个心理与哲学的深刻的而研究，他更把这研究的背景安置在一片重要的历史背景上。五百余页的篇幅包容了《人间喜剧》所包容的一切东西，他那么细

---

① 赵瑞蕻：《斯丹达尔及其〈红与黑〉》，《时与潮文艺》1944年第4卷第3期。
② 同上。

致深邃地分析了大革命以来所造成的社会生活内层的性质，人们心灵的秘密和行为的动机。巴尔扎克只把事实呈现给我们，让我们看见人们为了财产、权势、地位，是怎样的从事于野蛮的斗争，以及这种斗争的普遍的结果。他运用一种基本的假设，来描写人类求成功的欲望，和贪婪的热狂。斯丹达尔则一刀深入事物的灵魂。他更观察灵魂的秘密，怎样的灵魂化成性格，再由性格产生外表无数的动作，而这些动作装成了社会的相貌。"①作者得出的结论是：一部《红与黑》抵得上全部《人间喜剧》。同年12月，赵瑞霖翻译了《红与黑》的第1—15章，这是我国第一次对该作进行译介的尝试。

不论是对女性文学、戏剧文学、传记文学研究，还是意识流小说、"卡夫卡式"小说、纪德"纯小说"和其他重要作家作品的研究来看，国统区的学者、教授们比较熟悉外国文学的理论和方法，他们将各自的外国文学研究成果发表在《时与潮文艺》上，使该刊物成为国统区外国文学研究的代表性性刊物。

总体上看，20世纪40年代，在战争主导一切的历史语境下，抗日救亡成为中华民族迫在眉睫的历史任务。毛泽东《在延安文艺座谈会上的讲话》（以下简称《讲话》）精神，将"为工农兵服务"的阶级性话语深深植入了此时外国文学的引介与研究的内部。虽然，《讲话》精神所体现的"阶级性"是占据主流意识形态的话语。但是，从外国文学研究较集中的刊物，如沦陷区的《西洋文学》与国统区的《民族文学》《时与潮文艺》等研究成果看，由于在地理位置上远离《讲话》的发源地延安，所以，它们又呈现出不同于解放区外国文学研究的风貌。值得我们注意的是，民国时期的外国文学研究专家在此时期先后出版或发表了自己的外国文学研究论著。如希腊戏剧研究专家罗念生的《希腊悲剧》《〈特洛亚妇女〉引言》；德国文学研究专家冯至的《从浮士德里的"人造人"略论歌德的自然哲学》《浮士德里的鬼》；柳无忌于1948年出版的《西洋文学研究》，该著包括《西洋的研究》《西洋文学与东方头脑》《西洋戏剧的发展阶段》等。由此，20世纪40年代的外国文学研究呈现出多元化的场景。

---

① 赵瑞霖：《斯丹达尔及其〈红与黑〉》，《时与潮文艺》1944年第4卷第3期。

第六章

学人与话语：关于外国文学研究方法的探讨

陈子展在《中国近代文学之变迁》中这样写道："到了林纾，以古文家翻译西洋小说，且以为司各特的文学不下于太史公，于是中国才渐渐知道西洋亦有文学，亦有和我国古人所谓'文集之王都'——太史公一样伟大的作家，这是中国认识西洋文学的起点，同时，留学西洋的学生研究西洋文学的也渐渐多起来了。"[1] 从以上引文我们可以得知，外国文学研究在清末民初就已经存在。而在这之前的相当一段时期内，由于清政府的社会政治改革，当时整个中国社会对外国文学大多保持一定的距离，留学生的专业选择也偏重科学和实业。中国传统文人对本国文学的固有优越感，使其本能地排斥外国文学，"慨自欧风东渐以来，文人学士，咸从事于左行文字，心醉白伦（拜伦）之诗、莎士比亚之歌、福禄特儿（伏尔泰）之词曲，以为吾祖国莫有比伦者。呜呼，陋矣！以言乎科学，诚相形见细；若以文学论，未必不足以称伯五洲，彼白伦、莎士比亚、福禄特儿辈固不逮我少陵、太白、稼轩、白石诸先哲远甚也"[2]。这样肤浅的认识又使他们更加坚定了这种排斥。民国时期外国作家作品、外国文学思潮、外国文学史等源源不断地被译介到中国，外国文学的"翻译热"极大地促进了外国文学的研究，人们逐渐改变了之前对于外国文学简单而又片面的认识，能够高屋建瓴地对外国文学研究本体进行理性的批判和思考。在民国文学期刊刊载的论文中，我们可以看到民国学者不但对外国作家、作品、文学现象等有着独到的见解，并且对外国文学研究的本体，也有着自己独立的思考。20世纪20年代，茅盾与郭沫若关于外国文学介绍与研究的争论，使外国文学研究的合法地位得以确立。尤其是在20世纪30—40年代，"怎样研究西洋文学"曾引起学者们的广泛关注。其中，曾虚白的

---

[1] 陈子展：《中国近代文学之变迁》，上海书店1982年影印本，第167页。
[2] 冯平：《梦罗浮馆词集·序》，《南社丛刻》第21集，广陵书社1996年版，第31页。

《欧洲各国文学观念》一文集中体现了民国学者对于外国文学研究的独特视角。总的看来，此时的外国文学研究并未停留在普及外国文学常识的启蒙阶段，而且进入了学术研究层面。

第一节　关于外国文学介绍与研究的讨论

一　介绍：民国时期外国文学研究的存在方式之一

在外国文学学术史上，较早提出介绍外国文学的是鲁迅。1907年，鲁迅在《域外小说集·序》的开篇这样写道："我们在日本留学的时候，有一种茫漠的希望：以为文艺是可以转移性情，改造社会的。因为这意见，便自然而然的想到要介绍外国新文学这一件事。但做这事业，一要学问，二要同志，三要工夫，四要资本，五要读者。第五样逆料不得，上四样在我们却几乎全无：于是自然而然的只能小本经营，姑且尝试，这结果便是译印《域外小说集》。"① 鲁迅寥寥数语便点明了当时介绍外国新文学的困境。从这里我们可以看出，鲁迅强调的是外国文学的社会作用，其出发点主要是"介绍"。而这种介绍本身也包含着鲁迅对于外国文学的系统研究。从《域外小说集》的所选篇目来看，它更接近外国文学的审美特质。但是，由于晚清时期，侦探小说、科幻小说、历史小说等具有较强商业化原色的通俗译作，占据着大半读者的阅读市场，鲁迅"介绍外国新文学"的夙愿显然是"生不逢时"。《域外小说集》因"曲高寡和"，终与中国读者的阅读习惯相去甚远，"以为他才开了头，却已完了"，② 最后只落得卖出41册便滞销的历史命运。在鲁迅的《域外小说集》之后，《小说月报》明确将"介绍外国文学"作为自己的办刊宗旨。

1919年11月，主编王蕴章邀请在商务印书馆做编译工作的茅盾，负

---

① 鲁迅：《域外小说集·序》，见鲁迅《译文序跋集》，人民文学出版社2006年版，第14页。
② 《域外小说集》所译的作品，均为短篇小说。所选的作者除了美国的爱伦·坡和英、法的王尔德、莫泊桑，大多是东欧、北欧的作家，如安徒生、显克微支、契诃夫、迦尔洵、安德列夫等，这些作家的作品代表了19世纪中期至20世纪初欧洲一流的短篇小说。这些小说以主观表现和抒情化叙事见长，常常以诗化的意境和语言来表达个体的生命体验。因为这种艺术表现方式往往没有清晰完整的情节，甚至没有故事，只有不连贯的生活场景、人物的主观感觉和想象，或是某些融会了人物情绪的景象，等等。所以对于看惯了惊奇曲折的故事内容的中国读者们来说，超出了他们的审美能力，自然也就不受欢迎了。

责《小说月报》增设专栏《小说新潮》的相关工作。在第 10 卷第 12 期的《"小说新潮"栏预告》里，茅盾表示："本社同人等私心过虑，常常以为介绍西洋文学，要先注重源流和变迁，然后可以讲到现代。"① 在第 11 卷第 12 期的《本月刊特别启事》里，茅盾声明革新《小说月报》的具体思路："近年以来，新思想东渐，新文学已过其建设之第一幕而方谋充量发展，本月刊鉴于时机之既至，亦愿本介绍西洋文学之素志，勉为新文学前途尽提倡鼓吹之一分天职。自明年十二卷第一期起，本月刊将尽其能力，介绍西洋之新文学，并输进研究新文学应有之常识。"② 1921 年 1 月，茅盾正式担任《小树月报》主编。在第 12 卷第 1 期的《改革宣言》中，开篇即称《小说月报》："谋更新而扩充之，将于译述西洋名家小说而外，兼介绍世界文学界潮流之趋向，讨论中国文学革进之方法""介绍西洋文学的目的，一半果是欲介绍他们的文学艺术来，一半也是为介绍世界的现代思想，而且这应该是更注意些的目的"。③ 其中，值得我们注意的是，介绍西洋文学、世界文学等是《小说月报》反复重申的议题。可以说，《小说月报》的这种办刊方针与思路在民国时期极具代表性。综观当时具有文学性质的刊物如《创造周报》《文学旬刊》④《学衡》《现代》等，几乎都将介绍外国文学作为自己的使命。这种"西化"倾向，极好地说明了民国时期外国文学引进的繁荣景观。《新青年》刊载的《现代欧洲文艺史谭》《易卜生主义》《文学上的俄国与中国》等文章，表明外国文学作为批评话语在新青年学人眼中的重要地位，作为独立文学研究的外国文学还未形成气候。在《小说月报》的栏目预告和改革宣言中，第一次明确将介绍"西洋文学""西洋之新文学""世界文学""世界的现代思想"等作为独立的研究对象推到历史前台。我们且以《小说新潮栏宣言》为例。

---

① 沈雁冰：《"小说新潮"栏预告》，《小说月报》1919 年第 10 卷第 12 期。
② 《本月刊特别启事》，《小说月报》1920 年第 11 卷第 12 期。
③ 《改革宣言》，《小说月报》1921 年第 12 卷第 1 期。
④ 《文学旬刊》是文学研究会另一主要刊物，茅盾在发表于此的一篇文章里写道："《小说月报》一向是兼重介绍西洋文学与提高创作，它和本旬刊（笔者注：指《文学旬刊》）同一宗旨，同一精神，然而战略不同。本旬刊是短小精悍的冲锋队，……它的手段是批评，指摘，把社会从醉梦中唤醒来；《小说月报》是兵站，它把西洋的文学杰作翻译过来，介绍西洋文学原理，西洋文学近状，专为那已经觉悟的人作进一步的研究用的。"沈雁冰：《读〈小说月报〉第十三卷第六号》，《时事新报·文学旬刊》1922 年第 40 期。

第六章　学人与话语：关于外国文学研究方法的探讨　　269

　　1920年1月，茅盾以"记者"为署名撰写《小说新潮栏宣言》。①该宣言从文学译介的角度，指出当时中国翻译小说存在的一些问题，如"微嫌有点杂乱""不合时宜"等。茅盾认为："多译研究问题的文学果然是现社会的对症药"，但是类似社会问题小说的翻译"未免忽略了文学进化的痕迹"，它们只是增加了一般人文学常识，而对于由翻译向创造的转化，"那是终觉有些不够的"。在茅盾看来，西洋小说已经由浪漫主义、写实主义、表象主义发展至新浪漫主义，而"我国却还是停留在写实以前，这个又显然是步人后尘的。所以新派小说的介绍，于今实在是很急切了"②。但是，茅盾认为："神秘、表象、唯美三者，不要说作才很少，最苦的是一般人还都领会不来。所以现在为欲人人能领会打算，为将来自己创造先做系统的研究打算，都该尽量把写实派自然派的文艺先行介绍。"③由于时间有限，写实派与自然派文学又浩如烟海，茅盾认为，"我们要急就，便不得不拣几个几种的著作尽先译出来，其余的只好从缓"。"急就""急切""要紧"等词语表明，茅盾对于引进外来文学、跟随世界文学潮流的迫切心情。基于此，茅盾列举了亟待翻译的20位作家的43部作品，并将其分为两个部分，"我以为总得先有了客观的艺术手段，然后做问题文学做得好，能动人，这便是我强分第一第二两部的一孔之见了"。④两步走的步骤，表明茅盾主张循序渐进地从事外国文学研究的策略。

　　在茅盾看来，文学的艺术性、思想性同样重要，茅盾曾多次强调艺术的重要性。他认为介绍西洋文学"却更宜注意于艺术一方面，因为观察和思想是可以一时猛进的，艺术却不能同一步子"⑤，"文学作品虽然不同纯艺术品，然而艺术的要素一定是很具备的。介绍时一定不能只顾着这作品内所含的思想而把艺术的要素不顾"。⑥在《宣言》中，茅盾这样写道："思想固然要紧，艺术更不容忽视。思想能够一日千里的猛进，艺术怕不

---

①　记者：《小说新潮栏宣言》，《小说月报》1920年第11卷第1期。该文最初以"冰"为署名、以"我对于介绍西洋文学的意见"为题，发表于1920年1月1日《时事新报·学灯》。
②　同上。
③　同上。
④　记者：《小说新潮栏宣言》，《小说月报》1920年第11卷第1期。
⑤　沈雁冰：《我对于介绍西洋文学的意见》，《时事新报·学灯》1920年第2期。
⑥　沈雁冰：《新文学研究者的责任与努力》，《小说月报》1921年第12卷第2号。

是'探本穷源'便办不到。因为艺术都是根据旧张本而美化的。不探到了旧张本按次做去，冒冒失失'唯新是慕'是立不住脚的。所以中国现在要介绍新派小说，应该先从写实派与自然派介绍起。本栏目的宗旨也就在此。"① 在此，茅盾反对进化文学史观的片面性，"旧文学也含有'美'、'好'的，不可一概抹煞。所以我们相信现在创造中国的新文艺时，西洋文学和中国文学的旧文学都有几分的帮助。我们并不想仅求保守旧的而不求进步，我们是想把旧的做研究材料，提出他的特质，和西洋文学的特质结合，另创一种自由的新文学来"。② 新文学的建设必须正确处理同中国传统文学、外国文学之间的关系。因此，既反对"守旧"的倾向，也要反对"徒然'慕欧'"的现象。基于这样的认识，茅盾在该文中指出："治哲学的倘然不先看哲学史、看古来大哲学家的著作，不晓得以前各家本体论的说头怎样，现在研究到怎样，价值论、认识论又怎样，而只看现代最新的学说，则所得的仍只是常识，不是研究。文学自然也是如此的。西洋古典主义的文学到卢骚方才打破，浪漫主义到易卜生告终，自然主义从左拉起，表现主义是梅德林开起头，一直到现在的新浪漫派。先是局促于前人的范围内，后来解放（卢骚是文学解放时代），注重主观的描写；从主观变到客观，又从客观变回主观，却已不是从前的主观，其间进化的次序不是一步可以上天的。我们中国现在的文学只好说尚徘徊于'古典''浪漫'的中间。"③ 从以上引文与论述可以看出，茅盾从方法论层面指出，外国文学研究不但要掌握关于外国文学作家作品的一般性基础知识，更要具有"穷本溯源"的文学史意识。④ 由此，茅盾在文末指出，当前主要任务除了引介写实派自然派的作品外，"要紧的事情，就是看一部近代

---

① 记者：《小说新潮栏宣言》，《小说月报》1920年第11卷第1期。
② 同上。
③ 同上。
④ 茅盾曾说："在当时，大家有这样的想法，既要借鉴于西洋，就必须穷本溯源，不能尝一脔而辄止。我从前治中国文学，就曾穷本溯源一番过来，现在即把线装书束之高阁了，转而借鉴于欧洲，自当从希腊、罗马开始，横贯十九世纪，直到'世纪末'……因而也给了我一个机会对十九世纪以前的欧洲文学作一番系统的研究。这就是我当年从事于希腊神话、北欧神话之研究的原因，从事于希腊、罗马文学之研究，从事于骑士文学的研究，从事于文艺复兴时代文艺之研究的原因。"茅盾：《商务印书馆编译所》，载《茅盾全集》（第34卷），人民文学出版社1997年版，第150页。茅盾之所以关心神话，和他做学问喜欢穷本溯源直接相关。他说："二十二三岁时，为要才从头研究欧洲文学的发展，故而研究希腊的两大史诗；又因两大史诗实即希腊神话之艺术化，故而又研究希腊神话。"茅盾：《神话研究》，百花文艺出版社1997年版，第1页。

西洋文学思潮史。待这些阶段都已走完,然后我们创造自己的新文艺有了基础"。①茅盾强调依照思潮流派进行系统的介绍,"我们现在应选最要紧最切用的先译,才是时间上人力上的经济方法;却又因为中国尚没有华文的详明西洋文学思潮史,所以在切要二字之外,更要注重一个系统字"。②茅盾在介绍外国文学的发展状况时,体现出强烈的思潮、流派特色,显然颇为适合读者的接受水平。

从《小说新潮栏宣言》这个个案我们可以看出,"介绍"是"五四"时期乃至整个民国时期外国文学研究存在的方式之一。当然,我们必须承认,民国时期的外国文学研究有相当一部分成果皆处在介绍层面,这是中国外国文学研究在发生或起步阶段的必经之路。

二 外国文学介绍与研究的争论

以《小说月报》为代表的"五四"学人之所以选择"介绍"作为外国文学研究方式存在,主要因为其初衷就是"适合一般人需要""足救时弊"。这样的文学启蒙意识使普及性地介绍外国文学,成为当时主要文学期刊的常规动作。但是,这不意味着"五四"学人将外国文学仅仅定位在"介绍"而非"研究"上。外国文学最早是作为一种新思潮受人关注的,但随着外国文学翻译的逐步深入,其本身也成为研究者研究的对象。关于外国文学的介绍和研究,在20世纪20年代曾引起学者们的关注。最典型的个案便是茅盾与高卓、周作人、郭沫若之间,在关于外国文学翻译的对话与交流中,显示了对外国文学研究的关注。

1921年9月27日,《学灯》刊载了高卓撰写的《对于介绍外国文学的我见》一文。该文提出三点意见:(一)先介绍作品,后介绍作家;③(二)不应忽视前代的外国文学介绍;(三)反对尽量模仿外国文的句法和语法。同年10月9日,茅盾以"冯虚"为署名发表《〈对于介绍外国文学的我见〉底我的批评》一文,对此逐条予以批评。茅盾认为介绍有

---

① 记者:《小说新潮栏宣言》,《小说月报》1920年第11卷第1期。
② 茅盾:《对于系统的经济的介绍西洋文学的意见》,《小说月报》1921年第12卷第1号。
③ 高卓认为:"不同的文学家有不同的人格、思想、文章格调,和人生哲学:这种统须在他们的作品中搜求。"由此,"先介绍作品,后介绍作家"。

广义与狭义之分；"文学不是科学，也不是历史"，没有必要从头介绍；①高卓所言："用中国固有的语法"翻译西方文学不能成立。茅盾眼中所认为的介绍是"广义的介绍"，即"于翻译作品而外，并有述说该作者的身世、思想、作品的大概面目，等等义务，就是要把批评家对于该作者的批评撮要的叙述出来，庶可使读者能够领会该作品的真正意义。因为好的文学作品所以能称为好，全赖具有普通人闻之能感的情绪，而这情绪却又必须是深刺人心的，永久要在灵魂中起波澜。……可知凡文学作品必具有深与浅之两方面，一篇文学作品有数万乃至数十万的读者，能风行一时又能永久不朽，全赖有这两种特质。普通读者大都只能在浅的一方面领略，深的一方面需赖批评的指引"。②茅盾所言广义的"介绍"，不仅仅限于高卓所指的外国文学作家、作品的翻译，其只能让读者领略外国文学"浅的一面"，而高卓从狭义层面去解说"'介绍'，未免误会"。茅盾对外国文学"深的一面"的提出，表明茅盾所言的"介绍"还包含着外国文学学术研究的意味；高卓所认为"要介绍外国文学，非先从作品上入手"的思路，在茅盾看来"更为不妥"，"我们研究外国文学，犹如旅行一个异邦，或一个不得到过的名胜；若不把'旅行指南'先看一看，岂不成为盲旅瞎行么？文学史、批评论文、文学家传，就是文学国的'旅行指南'；如果把文学当一件正经事去读去研究，这'旅行指南'必不可少！除非中国旧文人的习气，把文学当做消遣品，这方可以'开卷有得''随意所乐'，而不用那'旅行指南'了"。③在茅盾看来，高卓"完全陷入了以文学为消遣品的旧观念，所以不能无误谬之说了"。

其中，茅盾提到"文学史"这一概念值得我们注意。1905年，黄摩西在《普通百科新大辞典》中指出，文学史作为研究文学舶来品，值得中国文学批评借鉴："以源流研究文学者曰文学史。或以种族，或以国俗，或以时代，种类甚多，颇有益于文学。而我国则仅有文论、文评及文

---

① 茅盾认为介绍文学，其性质是普遍的，不是专给少数的研究文学进化的人去看的。现在要去研究古典派浪漫派著作的人，除非是研究文学进化的人，然而他们应该懂一国外国文了。周作人在《小说月报》二号内通信里所论，千真万确。介绍文学与研究文学、研究文学与研究文学进化是两回事，而高卓所犯的错误是"颠颠倒倒要把研究文学进化的人们应取的手续加之于介绍文学者身上了"。
② 沈雁冰：《〈对于介绍外国文学的我见〉底我的批评》，《民国日报·觉悟》1921年10月9日，署名冯虚。
③ 同上。

苑传而已。"① 1923 年，吴宓在《希腊文学史》第一章附识中也提到："文学史之于文学，犹地图之于地理也，必先知山川之大势，疆域之区画，然后一城一镇之关系可得而言。必先读文学史，而后一作者、一书、一诗、一文之旨意及其优劣可得而言。故吾人研究西洋文学，当以读欧洲各国文学史为入手第一步。此不容疑者也。近年国人盛谈西洋文学，然皆零星片段之功夫，无先事统观全局之意。故于其所介绍者，则推尊质及，不免轻重倒置，得失混淆，拉杂纷纭，茫无头绪。而读书之人，不曰我只欲知浪漫派之作品，则曰我只欲读小说，其他则不愿闻之，而不知如此从事，不惟得小失大，抑且事倍功半，殊可惜也。欲救此弊，则宜速编著欧洲文学史。"② 1937 年，金东雷在《英国文学史纲》的序言中这样写道："'文学'是诉诸情感的创作，'史'则不然，事事贵有证据，注重客观的实录，不需主观的情绪。最忠实的史家就在能用客观的态度和科学的方法来记载事实，不凭个人的理想为好恶，舍取和褒贬之标准。所以'文学'非科学，'文学'的使命在发泄个人的或人类的情感，'文学史'的使命只是以文学的作品分别编成一部实录，使后人可以参考和研究。换句话说，'文学史'就是文学作品的一篇总账，记载着全时代的，某一时代的或某一国家的散文、小说、戏曲；正如物理、化学的记载自然现象相似，是一种客观的学问。这全是科学的方法。"③ 1946 年，朱自清在《欧洲文学的渊源》也强调："研究任何一国文学，我们要有'史的意识'，要穷究它的根源，它的传统或'社会的遗产'。有了'史的意识'，我们才知

---

① 我国文学之名，始于孔门设科，然意平列。盖以六艺为文，笃物为学。后世虽有文学之科目，然性质与今略殊。汉魏以下，始以工辞者为文学家。见于史则称文苑，始与今日世界所称文学者相合，叙艺文者，并容小说传奇（如《水浒》《琵琶》）。兹列欧美各国文学界说于后，以供参考。以广义言，则能以言语表出思想感情者，皆为文学。然注重在动读者之感情，必当使寻常皆可会解，是名纯文学。而欲动人感情，其文词不可不美。期待文学虽与人之知意上皆有关系，而大端在美，所以美文学亦为美术之一。惟按国国民之性情思想，各因习惯，其语言之形式亦异于各国文学，各有特色。以外形分，则有散文韵文之别，而抒情诗、叙事诗、剧诗等（以上皆于我国风骚及传奇小说为近）于希腊时代，亦随外形为区别，而今则全从性质上分类。要之我国文学，注重在体格辞藻，故所谓高文者，往往不易碎解，若稍通俗随时，则不甚许以文学之价值，故文学之影响于社会者甚少，此则与欧美诸国相异之点也。以源流研究文学者曰文学史。或以种族，或以国俗，或以时代，种类甚多，颇有益于文学。而我国则仅有文论、文评及文苑传而已。见钟少华编《词语的知惠——清末百科辞书条目选》，贵州教育出版社 2000 年版，第 50 页。
② 吴宓：《希腊文学史·第一章：荷马之史诗·附识》，《学衡》第 13 期，1923 年 1 月。
③ 金东雷：《英国文学史纲》，商务印书馆 1937 年版，第 3 页。

道区区一花一果都承受着悠久年代的风雨滋润与晴光涵煦，也才知道一个文学从古至今有它的连续融贯的生命。在这篇短文里，我们想让读者对于欧洲文学有这么一点'史的意识'，意在启蒙，我们只想画一个轮廓。所以不辞粗陋。"① 可以看出，面对中国之外的文学世界，以"文学史"的方式认识外国文学，是民国时期外国文学研究的特征之一，表明该时段已经脱离了晚清民初作家作品的微观研究状态，从而具有了历史研究的宏观思维。在这里，茅盾对文学史意识与品格的强调，说明《小说月报》已经具有文学史的整体视角和宏观视野。可以说，"广义的介绍"将外国文学从语言翻译推向了学术研究，也初步确立了《小说月报》外国文学研究的三种形态：文学史、批评论文、文学家传。

1920年12月27日，周作人在写给茅盾的信中说："陈胡诸君主张翻译古典主义的著作，原也很有道理；不过我个人的意见，以为在中国此刻，大可不必……我以为我们可以在世界文学上分出不可不读的及供研究

---

① 朱自清：《欧洲文学的渊源》，《益世报·文学周刊》1946年第15期。朱自清认为西方文化起源于希腊，称《伊利亚特》和《奥德赛》是"西方诗的源泉"，希腊悲剧是"一个完美的典型，后来的欧洲文学不由得不跟着它走"，亚里士多德的《诗学》奠定了所谓"古典"的理想，它直接或间接地影响了中世纪到现代的作家或批评家。罗马文学处处模仿希腊文学，罗曼人的法律观念特别浓厚，在文艺上奠定了所谓的"古典"的规律。欧洲人以为文章要有"义法"，得力于罗马人的居多。罗马时期，作为希伯来文化结晶的耶稣教传入欧洲，它"纪元二三世纪以前，欧洲的文化主要的是希腊罗马的文化；纪元三四世纪以后，它主要的是耶教的文化；一直到十三世纪以后文艺复兴时代，这两种本来相仇视的文化就开始合流了。复兴后的古典文化不复是希腊罗马时代那样的，而是吸收了耶教文化进去使内容跟家深广的"。16、17世纪，对于古典的不完全、不正确的知解反成为文学的桎梏，作家们都深信必须遵从规律，模仿古人，信任知识和常识，不能凭情感和想象自由发泄。结果就有了"新古典"期，在朱自清看来，"新古典"实在是"假古典"，是对自然加以不自然的歪曲，因为他们模仿的是拉丁古典而不是希腊古典，所谓"取乎法中，仅得其下"。到了18世纪后半叶，文艺复兴的真精神又重新焕发了，成为所谓"浪漫运动"。"浪漫运动"是一种"反抗"，就是反抗假古典派的规律；它也是一种"还原"，就是还原到中世纪传奇故事与民歌多表现的深挚的情感与丰富的想象，再进一步还原到希腊古典的自由与和谐。英国批评家佩特说浪漫运动是"浮士德与海伦的结婚"。如果从历史的连续性看，作者认为浪漫运动可以说是文艺复兴的顶点，所以有人称它是"第二文艺复兴"。第一是重情感与想象而轻理智与常识，第二是富于极端的唯我的色彩，理想高二事实不能凑合，于是悲观的色彩也很浓厚。第三是崇拜自然，想由自然而进到自然的奥秘，于是采取所谓"泛神观"。在这几个特色上，卢梭开其风气，被称为"浪漫运动的祖宗"。歌德《浮士德》表现出近代人的人生观，人生要在继续的"活动"中实现，作者认为歌德是"把浪漫诗人的热情与古典诗人的静穆铸于一炉，所以他在欧洲文化上是一个集大成者"。浪漫运动在19世纪后叶激起一个强烈的反动，就是写实主义。他所标的宗旨是"不动感情"，重"冷静的客观"，"搜集证据来"。在表面上这些信条恰针对浪漫主义而走到相反的极端，其实它和浪漫主义还是同出于一个祖宗，就是文艺复兴运动所要复兴的是希腊精神，不过浪漫运动侧重自由表现的一方面，而写实主义则侧重科学的客观态度一方面。

的两项：不可不读的（大抵以近代为主）应译出来；供研究的应该酌量了。"① 这是因为"中国此刻人手缺乏，连译点近代的东西还不够。岂能再分去做那些事情（指翻译西方古典文学）呢？"② 周作人之所以不赞同翻译西方古典作品，"人手缺乏"只是敷衍之辞。而真正原因在于周作人认为，中国民众具有"好古、盲从、不能客观"等特点，翻译古典作品易引起复古的负面影响，不利于新文学建设，从而使古典作品缓译或不译成为必然。1921年2月10日，茅盾回信表示同意周作人的意见③："凡是好的西洋文学都该介绍这办法，于理论上是立得住的，只是不免不全合我们的目的，虽则现在对于'艺术为艺术呢，艺术为人生'的问题尚没有完全解决，然而以文学为纯艺术的艺术完美应是不承认的。西洋最好的文学属于古代者，现代本也很少有人介绍，姑且不论。便是那属于近代的，如英国唯美派王尔德（Oscar Wilde）的《人生装饰观》的著作，也不是篇篇可以介绍的。王尔德的'艺术是最高的实体，人生不过是装饰'的思想，不能不说他是和现在精神相反，诸如此类的著作，未漫不分别地介绍过来，委实是太不经济的事。"④ 1921年6月30日，郑振铎在《盲目的翻译家》中说："在现在的时候来译但丁（Danta）的《神曲》，莎士比亚的《韩美雷特》（Hamlet），贵推（Geothe）的《法乌斯林》（Faust）似乎也有些不经济吧。翻译家呀！请先睁开眼睛来看看原书，看看现在的中国，然后再从事翻译。"⑤ 次年，郑振铎重申："现在的介绍，最好是能有两层的作用：（一）能改变中国传说（传统）的文学观念；（二）能引导中国人到现代的人生问题，与现代的思想相接触。而古典主义的作品，则恐不能当此任。所以我主张这种作品，如没有介绍时，不妨稍为晚些介绍过来。"⑥ 周作人、茅盾、郑振铎的现实功利态度，使其在文学翻译上明显倾向于"可读"的19世纪现实主义文学，而冷冻了在学理意义上"可供研究的"的古典主义文学。可以看出，文学研究会成员在文学翻译上的观点基本一致。读者万良浚对文学研究会所持"不经济"的观点表示异议，认为《浮士德》《神曲》和《哈姆雷特》等古典作品"虽产生较早，

---

① 周作人：《翻译文学书的讨论》，《小说月报》1921年第12卷第2号。
② 同上。
③ 1921年2月10日，该信刊登在《小说月报》第12卷第2号的通信栏。
④ 茅盾：《新文学研究者的责任与努力》，《小说月报》1921年第12卷第2号。
⑤ 郑振铎：《盲目的翻译家》，《时事新报·文学旬刊》1921年第3期。
⑥ 彰军编：《郑振铎作品精选》，广西师范大学出版社1995年版，第109页。

而有永久价值者，正不妨介绍于国人"。① 茅盾在回信中温和地表示反对，并阐明了启蒙立场的翻译文学观："翻译《浮士德》等书，在我看来，也不是现在切要的事；因为个人研究固能惟真理是求，而介绍给群众，则应该审度事势，分个缓急。"②

1922年7月27日，郭沫若在《时事新报》的副刊《学灯》发表《论文学的研究与介绍》一文，就此表示反对。郭沫若认为，"我们要介绍西洋文艺，绝不是仅仅翻译几篇近代的作品，便算完事的呢。就是要对于近代人的作品，纵则要对于古代思想的源流，文潮代涨的波迹，横则要对于作者的人生、作者的性格，作者的环境，作者的思想，加以彻底的研究，然后才能无所咎负。"③ 可见，郭沫若强调在共时与历时交错的网状结构中，呈现外国文学的深层意蕴，而不是以现实需要为依据，人为地切断文学流变的进程。郭沫若又对文学研究与文学介绍进行了区分，认为文学研究的对象是文学作品与人，"人尽可随一己的自由意志，去研究古今中外的一切文学作品"④。而文学的介绍则涉及文学作品、介绍家、读者，其中"介绍家是顶主要的，因为他对于文学作品有选择的权能，对于读者有指导的责任"。⑤ 郭沫若指出文学研究和文学介绍的不同之处的同时，又强调了两者的个人性质。由此，他认为茅盾的看法是"专擅君主的态度"。1922年8月1日，茅盾发表《介绍外国文学作品的目的》一文，对郭沫若的观点予以回应。在该文中，茅盾委婉地承认"个人研究固能惟真理是求"有点语病，但他仍然强调外国文学翻译"适合一般人需要""足救时弊"的客观性、社会性特征。同时，茅盾对"个人研究"与"介绍给群众"进行区分，认为"要翻译一件作品不能不有彻底的研究，尤其是世界名著——而非我所谓'个人研究'与'介绍给群众'之谓。以我想来，个人研究的作品，与介绍给群众的作品，可以不是同一个东西。个

---

① 万良浚：《通信》，《小说月报》1922年第13卷第7期。
② 李玉珍：《文学研究会资料》，知识产权出版社2010年版，第597页。
③ 郭沫若：《论文学的研究与介绍》，《时事新报·学灯》1922年7月27日，见李玉珍《文学研究会资料》，知识产权出版社2010年版，第600页。
④ 茅盾：《介绍外国文学作品的目的》，见王训昭《郭沫若研究资料》中册，中国社会科学出版社1986年版，第403页。
⑤ 郭沫若：《论文学的研究与介绍》，《时事新报·学灯》1922年7月27日，见李玉珍《文学研究会资料》，知识产权出版社2010年版，第598页。

人研究或范围极广，而介绍或专注于一位作家"①。在这里，我们撇开文学研究会与创造社可能存在的帮派对立意识不谈，仅从他们对于外国文学介绍与研究的讨论出发，可以看出，虽然郭沫若与茅盾在外国文学翻译对象的选择上存在分歧，但都一致认为在翻译外国文学的同时，必须对外国文学"有彻底的研究"。

这些讨论足以证明20世纪20年代初期，民国学人已经注意到外国文学研究的理论性问题，从而使外国文学研究并非仅仅局限于简单的常识普及与一般性的启蒙介绍。其中，既有指向"介绍"层面的外国文学，又有倾心"研究"层面的外国文学。虽然其本意并非直接指向当时外国文学研究现状的分析，而是从外国文学翻译角度出发，在论述外国文学翻译的同时，对外国文学研究发表自己的观点（虽然有些讨论只是打了擦边球）。可以说，其时外国文学的研究意识已经凸显。20世纪30—40年代，学界对"怎样研究西洋文学"的讨论，不仅表明民国学人对于外国文学本体认识的进一步深化，而且在一定程度上规范了外国文学的学术研究。总的看来，《小说月报》对于"五四"时期文学研究的最大贡献，莫过于对外国文学的译介。"译"与"介"的分离，以"介"甚至是以"研究"为主，体现了《小说月报》的主编对于"外国文学"这一学科体系的初步认识。

三 外国文学翻译与研究的思辨

从外国文学与翻译文学的角度，"介绍"并不意味着译介主体直接从源语言到译入语的机械转化。译介主体应是一个文学研究者，茅盾认为文学翻译者一定是"研究文学的人""了解新思想的人""有些创作天才的人"。②"翻译某文学家的著作时，至少读过这位文学家所属之国的文学史，这位文学家的传，和关于这位文学家的批评文学，然后能不空费时间，不介绍假的文学著作来。要这样办，最好莫如专研究一国或一家的文学的人翻译，专一自然可以精些。""大文豪的著作差不多篇篇都带着他的个性；一篇一篇反映着他生活史中各时期的境遇的。没有深知这位作家

---

① 茅盾：《介绍外国文学作品的目的》，《文学旬刊》1922年第45期，见李玉珍《文学研究会资料》，知识产权出版社2010年版，第595页。

② 茅盾：《译文学书方法的讨论》，《小说月报》1921年第12卷第4期，见《茅盾全集》第18卷，第93页。

的生平和他的著作,便翻译他的著作,这是极危险的。因为欲翻译一篇文学作品,必先了解这篇作品的意义,理会得这篇作品的特色,然后你的译本能不失这篇作品的真精神;所以翻译家不能全然没有批评文学的知识,不能全然不了解文学。"①"我以为现在文学家的责任是在将西洋的东西一毫不变动的介绍过来,而在介绍之前,自己先得研究他们的思想史,他们的文艺史,也要研究到社会学人生哲学,更欲晓得各大名家的身世和主义。不然,贸然翻译出来,译时先欲变原本的颜色,译后读的人读了一遍又要变颜色,那是最可怕的!"② 茅盾对于翻译主体文学素养、思想前瞻性与敏锐度的强调,突出了外国文学译介的文学性特点,也表明外国文学译介是基于文学研究之上的一种学术行为。茅盾多次强调外国文学研究的重要性:"我们现在译小说,一定欲好好儿做一篇序,最好是长引。"③"国人对于西洋文学的派别源流,明白的也很少,所以我以为最好介绍一篇的时候,复个小引,说明这位文学家的生平和著作;如其那篇东西是有特别意思的,或作者因特别感触而作的,最好在小引之外,再加一个序……"④批点小说作为中国文学批评的一种形式,为茅盾在《小说月报》的译介小说中所提倡。在译介小说之前附有长引、小引、序或附注等形式,介绍作者的生平事迹、文学主张及其作品的写作背景等情况,极大地便利了初学者的入门之用。正如施蛰存所言:"从翻译小说数量之多,说明外国小说的读者群正在迅速扩大。其中除一部分略知外国情况的知识分子以外,大多数是趋向变法维新的一般士民,他们的文化水平低,理解力还浅,就是所谓的'民智未开'。翻译小说卷前的译者序文,对这一类读者大有启发作用。在那个时期,这是有意义、有必要的。'五四'运动以后,新一代的文艺工作者,并不重视这种传统的文学批评方式。批点,绝迹了;题序,侧重在介绍原作者的生平及著作。他们对于前代的旧式文学批评,不屑注意,甚至贬为迂谈腐论,而不能以历史的观点去作公允的评价。因此,我们现在要特别提出这一现象,作为近代翻译文学的又一特

---

① 茅盾:《新文学研究者的责任与努力》,《小说月报》1921年第12卷第2号。
② 沈雁冰:《现在文学家的责任是什么》,《东方杂志》1920年第17卷第1号。
③ 茅盾:《致傅东华》1920年,见茅盾《茅盾全集》第36卷,人民出版社1989年版,第6—7页。
④ 沈雁冰:《对于系统的经济的介绍西洋文学底意见》,《时事新报·学灯》1920年第2卷第4期。

征。"① 现在看来,这虽然显得幼稚简单,但在当时的确是一种行之有效的启蒙手段。据《民国时期总书目(外国文学)》统计,1911—1949年我国共出版外国文学译著(包括重译本)3994种。② 这些译本之中,绝大多数附有前言和后记,这与林译小说中的序跋一样,体现着早期外国文学研究的最初形态。译介文本的序跋、期刊论文、单行本共同构成了民国时期外国文学研究的主要物质载体,本书主要关注文学期刊这一话语场所,当然根据论述需要,也会适时涉及其余两种。

民国时期是中西文化与文学的激烈碰撞期。随着翻译文学的兴起,对于外国作家和作品的研究也相应升温,外国文学的翻译和研究正是在"相互定义"③ 中互为促进。傅东华在谈到翻译动机时说:"系统的文学记述和评论,于研究文学,固然不可缺少,但是这一步功夫,至多须等研究的资料——具体的作品——勉强够用时再做,那才使研究的人有具体的东西可以凭借,以为归纳的根据,不致徒向空中摸索。我本着这点意思,所以决计在数年之内,把我自己所治的英国文学的重要作品,不管好歹,尽量翻译,庶几文学的研究室里多一分研究的资料。"④ 在新时期,杨武能则更具体地指出,一个译者"处于他活动的第一阶段(指对原著的理解和接受阶段),做的是一项科学性很强的工作",译者必须"研究作者的生平、著作和思想,研究作品产生的时代,研究他们的民族文化传统……"⑤ 余光中也认为:"一本译书要够分量,前面竟没有译者的序言交代,总让人觉得唐突无凭。译者如果通不过学者这一关,终难服人。"⑥ 外国文学翻译者也应该是外国文学研究者,文学翻译的根本前提就是文学研究。不可否认,人们正是通过翻译文学逐步认识到西方不但有声、光、电、化,更有让其惊异的精神文化资源。从古希腊到20世纪的文学作品正是通过翻译进入了人们的视野。长期以来,鲁迅、周作人、罗念生等作

---

① 施蛰存:《施蛰存学术文集》,上海人民出版社2012年版,第297—298页。
② 王奇生:《中国留学生的历史轨迹》,湖北教育出版社1992年版,第180页。
③ 正如高路兹(Elizabeth Grosz)在《城市—身体》一文中所谓的"相互定义"指出:"原来作为一个地域或都城成品(product)的个人,也会反过来具体改变这个城市的空间象征。换言之,个人身体与城市空间,不是谁生产谁或谁反映谁的问题,而是他们彼此的相互定义(mutually defining)。"
④ 傅东华:《四十年来之英国诗坛》,《晨报副刊》1922年。
⑤ 杨武能:《翻译、接受与再创造的循环——文学翻译段想之一》,《中国翻译》1987年第6期。
⑥ 余光中:《作者、学者、译者》,《外国文学研究》1995年第1期。

为评论家、文学史家的身份被他们作为翻译家的身份给湮没了。翻译与研究的分离使民国时期外国文学翻译过于深入人心，而被人们过度消费了，从而遮蔽了当时外国文学研究的成果。

第二节 "怎样研究西洋文学"的讨论

一 关于外国文学研究本体的探讨

20 世纪 20 年代，茅盾与郭沫若关于外国文学介绍与研究的争论，使外国文学研究的话题进入了学者们的视野中。1920 年，罗易在《谈外国文学之先决条件》中认为，研究外国文学的先决条件是首先要区分中西文学在生活观念与恋爱观念方面的不同。中国文学"因为本身是厌世，所以就是做悲剧，偏要找一个空中因果，（如仙女被谪下凡）以自行解决。悲剧的色彩，转变成淡薄些"。而西洋文学"思想发源于希腊，展开于文艺复兴。第一个目标就是：生的享乐，因为他看这个人生，是有真价值的，所以生活实感，文章上时时流露出来，更加深刻的一层。到了近代写实派的流行，实感的程度，更加高了。衣食住，成了从古未有更重大的意义。因为他本来承认人生是有享乐权利。所以对于社会上之悲剧，反抗更为猛烈。能够把人生的一种矛盾，完全表现出来，听读者自行解决。所以在我看来，西洋人看悲剧，犹如湖南朋友吃辣子，越辣越有趣。绝不想加点别种味儿，来调和。但可这就是'人生的'真味哩！"[1] 作者在分析中西文学的恋爱观念后认为，"檀德神曲最后的天国就是爱，贵推福斯得，最后之救星也是爱（即所谓永久女性的）何等神圣威严。就是专言男女，一来是从中古以来保存下一种尊崇女性的习惯。二来是从实际生活上，发生一种真诚确切的必要；所以谈到初恋二字（人生发轫），真个是旌旗变色，日月无光！"[2] 由此，可使读者设身处地地进入外国文学的语境中，以避免在外国文学研究中牛头不对马嘴的批评。1921 年，梅光迪在《近世欧美文学之趋势》中强调亚里士多德的《诗说》对于西洋文学研究的理论意义。他这样写道："《诗说》者，评论文学有统系条理之专书也。此书文艺复兴后，始现于世，其后校订注释，时有其人，于可见其在文学

---

[1] 罗易：《谈外国文学之先决条件》，《改造》1920 年第 1 号。
[2] 同上。

上之势力矣。故研究二三百年间之文学者，必知乎此，始有脉络可寻用。"[1] 梅光迪以《诗说》研究西洋文学的线索，对于深入而系统研究西洋文学的学者来说，这是一条捷径。这与白璧德的新人文学主义注重古典文学的研究紧密相关。1922 年，瞿世英的《希腊文学研究》则以西洋文学的源头希腊文学为最重，开篇即言：

> 数典忘祖是件耻事。我们现在研究西洋学问，知道不论是哲学，文学，自然科学，算学，医学，差不多皆以希腊为起原，所以我们研究西方学问，决不能忘掉希腊，别的科学如此，文学亦如此。
>
> 希腊地方不大，年限也不长久。然而它的文学，却像花一般开得极盛，无论近代的哪种体裁——如戏剧，小说，诗歌等类希腊都有，希腊真是西方文化的花苞，现在灿烂的鲜花，那时早已潜伏在那里了。现在我们中国研究西方文学的很多，皆注意于现代的作家，而研究古希腊的文学的却不多。他们西方的作家，既然都是从那里来的，我们何不一穷其源，看他们的路是怎样走的呢？

在这篇文章末尾，作者这样总结道：

（1）研究西方文学不能不从希腊过一过，否则不知其来龙去脉。

（2）现代西方文学的各种体裁，希腊都有。于此乃益叹服希腊人之天才，希腊文学之伟大，更信希腊实为西方文学的摇篮。

（3）研究希腊哲学及历史的不能不研究希腊文学。因为哲学家说的话是理智的形式的。历史所记的事实不过是表面的。要明白希腊人生活之全部，只有文学可以表示其精神生活，进一层说，无论研究哪一时期哪一国家的思想和社会，不能不求助于文学。反而言之，研究文学不能不研究哲学和社会的实况。

（4）我研究希腊文学的结果，深信文学必以哲学为本质。文学的确是人生的表现，并且为形成将来的社会的要素，文学的势力是非常伟大的。

（5）古希腊文学可以自成一段落。她的历程由形成的而渐趋于解放的、自由的，可信文学的进化确是由形式的发展而达于自由的。换句话说：便是渐渐的由注重形式而后注重本质。文学所要紧的是本

---

[1] 梅铁山编：《梅光迪文存》，华中师范大学出版社 2011 年版，第 95 页。

质，形式要稍为不重要一点。①

瞿世英所举的这五点，极为准确地指出了希腊文学作为欧洲文学源头的深远意义，极为符合希腊文学在西方文学史上的地位和作用，为当时的外国文学爱好者研究西洋文学找到敲门砖。现在看来，瞿世英的观点也颇具学术意味和理论价值。1927年，张采真的《怎样认识西方文学及其他》出版。其中，《怎样研究西洋文学》一文从方法论上点明从事西洋文学研究的要领：一是要有闲暇的心境，"匆忙的诵读本是徒费光阴。为应付考试而念底文学决不会有鉴赏，因为这动机根本就错了"。② 二是要明确研究文学的目的。这需要更彻底地认识人生，更真实地通晓人情。最后，作者引用 Lewis Chase 的原话："中国要晓得西方文化，必须晓得西方文学，要晓得西方文学，必须专晓得一个一个的作家，这是极根本底。因为在西方，一个人常是专读某一个人底著作。"③ 鉴于此，作者认为"应寻求与你们最投脾胃底作家，尽力研究他底著作，你们底兴趣延长多久，你们便研究多久。研究时要反复诵读，尽心揣摩，不要管什么'得一些旁底大概底知解'底闲话。你们要领会西方文学，博雅的诵读是没有益处底，你们当抛掉通晓一切底野心，总专精积渐的路上走去，因为多少文学家已经证明了这是唯一的到'文艺之园'底路"。④ 该文在论述上虽略显空泛，但作者所指出的"专""细"的研究思路对于外国文学研究则具有一定的现实指导意义。

以上所举各例表明，20世纪20年代已有学者从理论层面把握外国文学研究的要旨，但毕竟只有少数学者关注外国文学研究。什么是推动外国文学发展的内在动力、哪些因素造成文学流派的前后更迭等问题，可以说是检验研究者是否领悟外国文学精神实质的关键。1934年，高昌南在《怎样研究西洋文学》一文中，认为："西洋文学的泉源是希腊和希伯来，究竟要读哪几本书是不能说的，各人有各人'灵魂的冒险'，然而依我自己的偏见，我似乎可以于心无愧地这样告诉读者：圣书是不能不看的，它是世界伟大的巨

---

① 瞿世英：《希腊文学研究》，《改造》1922年第4卷第5号。
② 张采真：《怎样研究西洋文学》，见华北文艺社编《文学研究》，1935年。该文集收入孙席珍的《怎样研究文学》，郑振铎、汪倜然的《怎样研究中国文学》，邱韵铎、张采真的《怎样研究西洋文学》，鲁迅、茅盾的《怎样创作》，谢六逸的《怎样做小说》，熊佛西的《怎样编剧》，郁达夫的《怎样批评》等12篇论文。
③ 张采真：《怎样研究西洋文学》，见华北文艺社编《文学研究》，1935年。
④ 同上书，第135页。

著，欧洲文学的宝藏，尤其是书约中的约伯记，怎样也是不能忽视的。希腊神话是研究西洋文学必具的知识，你打开西欧的名籍，你就会看到希腊的思想，希腊的故事，和希腊戏剧的暗示。所以希腊神话差不多研究西洋文学者不能不知道的。"①高明在《中国文学的研究方法》一文中也提道："研究西洋文学的，一定要读《圣经》。因为《圣经》是他们最古老的文学作品之一，圣经的精神已经渗入到他们的民族生活将及二千年之久，后来的文学作品都有形地或无形地受到圣经的影响。对于圣经没有研究，就是数典忘祖，不能算是懂得西洋文学。"希腊神话、《圣经》、"两希"文化、科学的人生观以及对女子的尊敬等元素是民国学者进行外国文学研究时所关注的要点。在今天看来，他们对于外国文学本体意蕴的把握无疑是切中肯綮的，为当时的外国文学爱好者或普通读者从事外国文学研究提供了正确的路径，因为只有对西方文化有全面的了解，才能对西方文学有透彻的认识。下面以柳无忌的《西洋文学与东方头脑》为例，探讨民国学人对外国文学本体进行的研究。

柳无忌的《西洋文学与东方头脑》认为，文学既具有超时空的特性，又有独特的民族性，这使国人研究西洋文学成为可能。但是，当我们用东方头脑去研究西洋文学时，"我们应虚心地去探讨一切造成西洋文学的民族与社会背景。搜索它的历代遗产，追溯它的源泉；然后再以同情的心肠暂时忘怀了我们的东方传统，置身在西洋人的社会中，似他们一样地思索着，想象着，生活着；这样我们才不至于用有色的眼睛去观望西洋的景色，或用固执的头脑去解释西洋的事物。养成了这种客观的习惯后，我们始可游刃有余地去应付着西洋文学作品中的每个道德宗教与社会问题"。②所以，从事西洋文学研究最初的工作就是辨识形成西洋文学主要品质的因素。在作者看来，希腊的审美观、基督教的教义、科学的人生观，是支持西洋文学的三大支柱，正是它们贯穿并推动了西洋文学的发展，"西洋文学有三种时期：古代、中古时代与近代；使它进展的也有三种原动力：希腊艺术、耶稣教圣经与促进工业文化的科学。古代的西洋文学就是希腊文学，以及它的附庸拉丁文学；中古世纪是教堂的全盛时代，耶稣教的势力笼罩全欧，文学与别的学问一样，不得不仰承着它的鼻息；文艺复兴带来

---

① 高昌南：《怎样研究西洋文学》，《读书顾问》1934年第3期。
② 柳无忌：《西洋文学与东方头脑》，见《西洋文学研究》，中国友谊出版公司1985年版，第9页。

了近代的曙光,自十六世纪以至十九世纪的三百年中,交织着古典文学与浪漫文学的盛衰,而浪漫运动的泉源即是神秘的中古世纪,它的古式建筑与传奇故事。这种冲突继续着,直到十九世纪的中叶,为一个新兴的力量完全掩盖了,这力量就是科学。二十世纪可以说是科学的,以及科学所产生出的工业世界。最富敏锐感的反映着时代的文学,也随着与科学结上了不解之缘,于是就有现代的西洋文学,其中也混杂着希腊文化与基督教的成分"。① 正是这三种要素使西方文化与文学得以延续与繁荣。

其中,希腊艺术以美为出发点、以美为归宿的观念,从古典作家力争形式的美、浪漫作家以美的本质为创作灵感,以及19世纪末唯美派提倡"为艺术而艺术"的信条等,都可以看出希腊的审美观在西洋文学创作中的影响。与希腊艺术注重美的观念相对,基督教则一切以道德标准为归依。在基督教堂管辖的中世纪,希腊的影响式微。作者讲述了基督教如何影响西方人对人生的态度,这种态度又如何表现在文学中。如基督教崇拜上帝与耶稣,又从耶稣崇拜推及对圣母玛利亚的崇拜,"在当时几乎是一种普遍的狂热,一种宗教。这种对于圣母玛利亚的宗教热忱扩大成了对一切妇女的尊敬。在乔叟和斯宾塞的诗中,我们可以看到对女性的浪漫憧憬成了代表一切理想的美德。可以说,中世纪对女性的崇拜,已经深入到西洋人的血液中。从此,恋爱成为西洋诗歌、戏剧、小说的源泉与主题"。② 由此,作者认为,"这种男女间相处的态度,也是研究西洋文学者所不可不了解的"。③ 柳无忌从中西文化的比较出发,指出对女性的尊重是西方文化和西方文学的本有之意,解除了当时中国读者对西方文学女性观的隔膜。

---

① 柳无忌:《西洋文学与东方头脑》,见《西洋文学研究》,中国友谊出版公司1985年版,第10页。
② 同上书,第14页。
③ 关于这一点,柳无忌以小泉八云在《文学的解释》中的观点为证,"我渴望能给你们这个观念,在西洋,存在着一种对于女性的热情,虽然由于阶级与文化而有程度上的差别,但却虔诚得象一种宗教的热情。这是千真万确的;不懂得这一点,等于不懂得西洋文学。"小泉八云在《不能克服的困难——西洋文学上的一个"谜"》《不能克服的困难——西洋文学上的一个"谜"》《西方生活与研究西方文学的关系》《研究西洋文学的难关》等文章中认为,崇拜女性是一种世俗艺术和浪漫化的宗教,这种信仰的来源并不属于罗马或希腊底文明,却是属于古代北方民族底生活。它不是建立在真理上,它是一种民族的情操或种族的信仰。"这并不从任何肉感的观念中发源的,却是发源于一种很古的迷信观念。这一片谦卑的土地,差不多是一切最高的感情,最高信仰和最高艺术底发源地。"

文末，作者这样写道："最近一百年来，欧美可以说是成了科学世界。"① 柳无忌认为，达尔文的进化论动摇了宗教信仰，浪漫的气氛消失，科学对文学的写作方法起了决定性的影响。一方面表现在写实主义，文学家置身事物之外，采用科学方法客观地描述人生与社会；另一方面表现在心理分析上，从普鲁斯特、乔伊斯、伍尔芙等的作品中可以看出"走向心理分析的途上，为 20 世纪的文学放射一线异彩"。② 作者通过对整个西方文学的研究而提炼出的这三个方面，就是在今天看来，也是值得参考和借鉴的。

二 关于外国文学研究方法的探讨

1930 年，邱韵铎在《怎样研究西洋文学》一文中认为，文学是"以经验为原料，而又以变幻无穷的想象力来醇化或理想化。这就是文学只有这总是文学"。③ 基于此，作者认为研究文学不仅仅是简单的心灵上的习练，关键是有无系统的方法。作者指出，正确的研究方法应是："第一是理论的分野，在这儿去解释文学，以至考察它的本质等等；第二是具体的指示，实行个别地研究一首诗，一篇小说，一幕戏剧和一则其他任何形式的文字。随着再提出实际的连用，在这儿包容着观察，经验，阅读种种的总结。"④ 从事文学研究需具备一定的理论基础与视野，对文学作品进行认真的细读，这样才能点明作家和文学作品在文学运动上的意义，从而避免"只注意文学的事实，却抛开了文学的动力。只知道作家个人的生活而不明了其作品之意义，实是一个严重的失败"⑤ 的误区。所以，外国文学研究者"对于文学的历史和动力，当然有一种紧张的趣味"。⑥ 1931 年，余秋楠撰写的《中国学生对于研究西洋文学应有的认识》⑦ 指出，中国学生从事西洋文学研究，除要认识研究文学的五种意义之外，必须具有时代的眼光、了解东西思想、明晓作品的背景、懂得文字的连用、尊重人生的

---

① 柳无忌：《西洋文学与东方头脑》，见《西洋文学研究》，中国友谊出版公司 1985 年版，第 15 页。
② 同上书，第 15、18 页。
③ 邱韵铎：《怎样研究西洋文学》，《读书月刊》1930 年第 1 卷第 1 期。
④ 同上。
⑤ 同上。
⑥ 同上。
⑦ 余秋楠：《中国学生对于研究西洋文学应有的认识》，《暨大文学院集刊》1931 年第 1 期。

观念；1934年，高昌南的《怎样研究西洋文学》一文主要从阅读的角度，论述如何培养西洋文学研究者的兴趣。作者认为，研究者初步的工作并不是读《哈姆雷特》《神曲》《失乐园》，或《浮士德》一类经典的作品，而是读小说，"装订美丽，故事不长，如小仲马的《茶花女》，杜思退益夫斯基的《穷人》、莫泊桑的《一生》、歌德的《少年维特之烦恼》、伏尔泰的《赣第德》、屠格涅夫的《父与子》一类的作品"。① 在作者看来，培养研究者的兴趣是第一位的，无论读西洋的小说、诗歌或戏剧，最重要的是作品的思想与内容。

1936年，梁实秋撰写的《怎样研究英美文学》认为，"所谓研究文学，异于欣赏，绝不是读几部作品之谓，研究文学须要像研究其他学科一样，须要深入，须要有新的发明或理解"。② 在该文中，梁实秋比较具体论述了怎样研究英美文学。梁实秋指出研究英美文学应分四个步骤：划定研究范围、搜求参考资料、精读主要作品、探讨文学背景。在梁实秋看来，前三个步骤在严格意义上算不上研究，只能算是研究的准备，而"探讨文学作品"若是走到精细处，也只能算是研究之一种，真正的研究是英美学者所进行的具有问题意识的精细研究。梁实秋列举国外学者关于莎士比亚研究的26项选题，如版本之建立、文字之解释、辨伪、编年、故事之来源、作者传记、处理材料之方法、作者之心理过程、作者与当代文学潮流之关系；与当某某作家的关系；作者的声名；在国内国外的影响；历史的与政治的背景；社会背景；智识的背景——科学的与哲学的；语言学的背景；古字之解释；肖像之研究；剧院之背景；表演之特殊情形；作者之戏剧技术；其发展之模型等。在梁实秋看来，英美学者所从事的这种琐细研究，正是值得中国学者学习的地方。最后，梁实秋指出英美文学已被无数国外学者研究整理，其中遗留下来的问题已不多。中国学者应先尽量吸取外国学者已有的研究成果，来充实自己的知识。如果可以找到一个新鲜的题目进行独立研究，便是进入研究的最高阶段。相对来说，梁实秋所论述的研究方法，更具专业性、学术性，这与他自身曾留学英美、专修外国文学密切相关。

---

① 高昌南：《怎样研究西洋文学》，《读书顾问》1934年第3期。
② 梁实秋：《怎样研究英美文学》，《出版周刊》1936年第204号。

三 关于外国文学教学研究的探讨

随着外国文学系在高校的设置,"怎样研究西洋文学"在20世纪30—40年代引起学者们的广泛关注。柳无忌在《西洋文学的研究》中曾这样写道:"这时候西洋文学的研究已经从文坛上移到学府内,各大学内一个个西洋文学系或外国语文系应时出现了。从前,在教会大学内,英文或其他外国文获得极大的注意,但是主要的仅是应用西洋文字作为一种工具,不是对于西洋文学有任何兴趣。自从国立大学内的西洋文学系成立以后,气象为之焕然一新。西洋文学研究已受到了国家的鼓励与保障,不只是投合一般读者的嗜好,或借助于以写作维持生活的作家。换句话说,这种外国语文的研究已成为一种学问,与本国语文的研讨占着同样的地位。此类学系的设置与发展,表示着国家、教育家与学者都已公认了这点。盛极一时的西洋文学又在学院内种下了深根与固蒂。约从五四运动时起,大学已成为文化中心,而现在外国文学亦以受到大学学者的熏陶而培植起来了。于是,西洋文学的研究达到了一个新的阶段。"[1] 这段引文表明,随着相应学系的设置,民国时期的外国文学研究逐渐受到社会的认可而步入正轨。据梁实秋统计,当时中国包括各个公私立大学,共设有三十一个外国语文系。北京大学、南开大学、清华大学、西大联合大学等均开设外国文学课程,相关学者对于这些民国高校中的外国文学教学给予极大的关注。

1932年,范存忠的《谈谈我国大学里的外国文学课程》一文,对于当时国内外的外国文学教学现状进行了述评。作者把英美大学里的外国文学教学分为两派:一派是硬性的,他们在教学时注重的是文学的源流、变迁、影响以至于字义、语法、词法等实际问题的讲解。在作者看来,虽然这派在考证方面取得了不少的成就,但是往往因为他们这种精专细微的教学过分注重细节,导致"他们教的,有时竟不是文学,是文学史,语言史,风俗史,经济史"。[2] 结果,他们的门徒往往一生在事实方面做无穷无尽的搜求,反而缺乏普通人欣赏文学的能力。作者认为,"他们不是研

---

[1] 柳无忌:《西洋文学的研究》,见柳无忌《西洋文学研究》,中国友谊出版公司1985年版,第3—4页。
[2] 范存忠:《谈谈我国大学里的外国文学课程》,《国风》1932年创刊号。

究文学的；他们是研究文学史的科学家"。① 另一派是软性的。这派不谈考证、不讲思想，而注重文学上有趣味的传说与故事，且自命为批评家。在作者看来，"他们是浅尝者，是说书家，不是研究文学，是随便谈谈文学"。② 鉴于以上两派各走极端的倾向，作者认为，"我们要教的是外国文学，不是关于外国文学的东西；我们要注意的是基本的训练，不是专跟人家跑，更不是专尚时髦。依我的鄙见，教者学者与其化许多时间在专讲人名地名书名的诗歌史，戏剧史，小说史上，不如读通了几个标准的诗家，戏剧家，小说家。……我这个课程的目的，不在淹博，在澈底，不在仅仅知道些人名地名书名以至于篇名，乃使有些作家的思想行为与文格成为我们自己的一部分"。③ 实际上，在大学的外国文学课堂里，每每侧重对作家、作品或文学现象等抽象式的传授，而忽略了对其具体的细节的呈现。其实，我们应当注重的是了解文学作品本身，不是空谈关于文学的东西。

1936年，伍蠡甫在《怎样研究西洋文学》一文中以国内高校的西洋文学教学为讨论对象，重点论述了教师的教学方法在西洋文学研究中的作用。该文列举了当时西洋文学教学中流行的四种教学方法，并一一进行了点评。首先，偏重形式或语言文字。作者认为，当时国内大学多半在文学院设立外国文学系、外国语文系或英国语文系，其中的语文系和文学系都有专重形式的趋势，"学生最后所得的也大半是形式胜过了内容——文字胜过了文学"。④ 在作者看来，"这种成绩不能说是没有相当的价值，可是离开外国文学的路未免太远了。无论如何，外国文学不仅是英国语文之了解和应用吧？"⑤ 这种方法把文学和文字混作一处，并且它又不是预先看到文字和文学意识间的有机关系，而是从内容上截下了形式，单独地研究它，所以在作者看来，这不是在目的问题讨论之内的。其次，偏重主观形态。这种方法比上一种更接近文学，作者这样写道："教师一大部分工作都在说出西洋文学思潮之迁变，作家受着思潮的影响，呈露在作品里的某种某种意识。内中有这么一个普遍概念：希腊思想与希伯来思想为两大主流，它们互相消长，形成一部西洋文学史。更有穷诘底蕴的工作，便是专

---

① 范存忠：《谈谈我国大学里的外国文学课程》，《国风》1932年创刊号。
② 同上。
③ 同上。
④ 伍蠡甫：《怎样研究西洋文学》，《出版周刊》1936年第188—189期。
⑤ 同上。

门研究某一文学天才者,如荷马,但丁,莎士比亚,佛罗贝尔,托尔斯泰等人的思想,说出它们如何影响了西洋文学的每一个时代,以及他们之间,后来的如何受了以前的熏染。同时对于划时代的古典主义,浪漫主义,自然主义等,也都解为思想的转变,是两大主流与天才者交互作用的结果。因此,但丁是产自希腊思想的向上精神,托尔斯泰是代表希伯莱思想的简约与抑制。"① 这样的方法依然存在于现在的外国文学教学中,它撇开环境因素而单重主观的解释,如无根之浮萍,缺乏对背后问题的进一步探究。再次,偏重客观形态。作者认为,此种方法分别注重文学与观念、文学与现实的相互关系,但是它们没有彻底地揭示出研究西洋文学的目的,使我们无从批评。"犹之学校对于英文教学法的考究一样,我们若未曾明白各种方法之将现实如何目的,也难以判断各种方法的优,劣,当,否。"② 最后,主观客观之统一。此方法用辩证法与唯物论的观点来研究整个西洋文学史,并且涉及若干作家与作品。然而,这样的讲解方法容易使学生误以为教师讲的是社会科学而不是文学。

在西洋文学的教学中,之所以出现以上四种教学方法的缺憾与不足,其原因就在于讲授者未曾认识到研究西洋文学的目的是什么。在作者看来,中国人研究西洋文学不一定要和别国人研究西洋文学抱着同样的目的,因为别国研究西洋文学的需要未必就与我们相同,"做现代的一个中国人,须从中国和世界的相互关系上认知中国的地位,从未懂得自己的使命,懂得如何去做一个中国人"。③ 在作者看来,在当时的中国,"国难时期的课程""非常时期的课程"以及"国防文学"等的口号"实在已嫌太迟了"。所以,中国人应该明确以什么为研究西洋文学的目的,究竟是"想用外国语文来发表文学的作品呢?还是打算翻译一点外国作品,介绍给国内的文坛呢?抑或要深知外国文学的全景以及今后的动向,然后来扶助自己的文学的成长呢?"④ 在研究西洋文学的时候,"自然要从积极方面培植自己的文字,以推动社会的新发展,于消极方面吸收外国的新食粮,以作培植的资源"。⑤ 基于上述目的,在作者看来,研究西洋文学的时候,

---

① 伍蠡甫:《怎样研究西洋文学》,《出版周刊》1936 年第 188—189 期。
② 同上。
③ 同上。
④ 同上。
⑤ 同上。

最重要的是认识文学和人生的关系。一方面文学反映人生而又指导人生，所以无论是创造或是批评，须从文学本身看出"社会关系的存在"。而对于"纯文学"这一名词，"它隔离文学的社会使命和文学用以实现这个使命的手段。它乃大大的梦呓"。① 另一方面，文学反映社会而又指导社会。作者认为文学离不开政治，文学和政治的不同之处在于：文学自有其艺术的本性，如形式之美、形象之活跃等。所以，只有尽量使用文学的这些特征，才能充分传达政治的功能，从而引起读者的共鸣。

文末，作者又评述了上述四种研究方法是否有助于达到此目的。作者认为，第二种方法偏重主观、第三种方法偏重客观，这些方法都抓不住西洋文学的全貌。第四种方法虽调和第二种、第三种方法，但在本质上不是妥协，而是加强我们走向明确目的的手段。由此，作者建议宜先在学校设置"文学的方法论"课程。在这门功课里，教师可把观念派和物质派的方法一并介绍给学生，并指出它们的长短，以唤起学生对于健全方法的重视。如观念派擅长发掘一个时代的文学意识形态、作家心灵的状况等文学现象，但是它缺少健全的方法来说明这些现象的成因。它认为欧洲精神有两种：希伯来精神和希腊精神，却无法充分举出它们的根源。它所能说明的，在作者看来，多半止于这类的话："这两种相反的思想，完全基于相反的两种人类的本性，它们一盛一衰，一胜一败，循环往复的斗争着，形成了欧洲文明的历史。"② 至于盛衰胜败是由何决定的呢？这循环往复的动力是从何处来的呢？观念派未能给予我们满意的答复，物质派把研究重心转向造成文学现象的根据上，也未能做出明确的解释。

四 关于外国文学课程设置的探讨

1941年，梁实秋在《论外国语文系及其课程》中认为，设立外国文学的目的有三。第一，为养成研究外国文学的专门人才，以期在学术上有所造就。第二，为养成通达外国语文字的专门人才，以期能做一些翻译介绍等等实际工作。第三，为培养中等学校的英文教师。在论述第一点时，梁实秋明确提出："我们中国人研究外国文学是很困难的，比研究其他学科都困难。"众所周知，文学离不开文字、离不开其所依附的社会历史背景，那么，外国文字与外国历史及其社会生活，对于中国人来说又是相当

---

① 伍蠡甫：《怎样研究西洋文学》，《出版周刊》1936年第188—189期。
② 同上。

生疏与陌生的。即使精通外国文字，若想研究外国文学仍有绝难超越的困难。因为"外国文学经过他们本国无数学者若干年来的研究整理，已经很有规模，他们现在不研究则已，研究则必是比较很精细的题目。外国文学之研究，已踏入高深阶段。我们中国人，以一个异邦人的资格，闯入外国文学研究的园地里去，而想有所收获，其难不堪设想。……而在中国，研究外国文学的人，能在研究外国文学的刊物（不是通俗的刊物）上发表论文的，几乎可以说没有。这并不是说研究外国文学的人智力低，或是努力不足，实在的原因是研究的性质限制了他，使他特别的难于有所建树。这还是就能运用外国文字并且能认识外国生活背景的人而论，至于普通一般大学学生，在短短四年之中，一面训练他的外国文的基本能力，一面教导他读寥寥三数十册外国文学作品，便期望他能成为研究外国文学的专才，这岂非希望太奢，理想太高？"① 外国文学的异质性因素一直是中国学者从事外国文学研究的主要障碍，如何跨越或能否跨越这道障碍，也是历代中国外国文学研究者所面临的问题之一。在梁实秋看来，"外国文学之研究困难，我并不主张知难而退，难也要研究下去"。② 只是这项工作应该由研究院或大学教授来负担，而不应该责之于大学学生。现行的课程设置要把外国文学系的学生培养成研究人才，在梁实秋看来，这"是理想太高，不切实际，而同时把剩余的时间训练通达外国文字，结果双方均无成就。以不切实际的目的妨碍了另一切合实际的目的"。③

1948年，盛澄华在《试说大学外国语文学系的途径》一文中，对此进行了详细的探讨。作者首先梳理了此类学系名称的演变与更迭。如从最初的"英文系""英国文学系"，到20世纪20年代的"西洋文学系""外国文学系"，再到抗战前称"外国语文学系"。由于师范制度的确立，其在师范学院又称"英语系"。从最初的名称"英文系"可以看出，当初，设置该系的主要目的在于语言的学习，侧重的是语言运用的一面，还未曾把外国语言或文学当作学术研究对象；而到后来称之为"学系"，则趋向一定程度的学术研究层面。正如盛澄华所言："大学中的外国语文系，顾名思义，应是从学术本位来研究外国的语言与文学的一个系别。"④ 但是，

---

① 梁实秋：《论外国语文系及其课程》，《高等教育季刊》1941年第1卷第3期。
② 同上。
③ 同上。
④ 盛澄华：《试说大学外国语文学系的途径》，《周论》1948年第1卷第6期。

在实际操作中，外国语文系却背离了这一初衷。作者认为，"这一系日渐在扩展中：起初对象很浅显：学习一点英文或英国文学；稍后企图从西洋及中国以外的各国文学入手；到最后目标扩大成研究中国以外各国的语学和文学。至少从名义上应该这样解释。而实际上呢？这一系在课程上与教学上本身无多大变动。除少数大学例外，一般大学中的外国语文学系实则都只有英国文学的课程；至于语学，至今我们还逗留在外国语基本学习的阶段中。把西方语言安置在学术基础上，诸如重字源学、文字形态学、文法学，乃至字典学、文字学史、比较语音学、语言心理学等课程去入手都还谈不上；战前尚有文学一门，今则已缩小成更切实际的语音学"。[1] 在当时中国讲求节约与忽视专才培养的情况下，外国语文系普遍存在把工具（语言文字）与目标（文化与学术）倒置的现象。由此，外国语文系的历史虽然悠久，但其"成绩却着实落后。试看几十年来我国学术界对于外国文学或语言不拘作点或线或面的研究性著作可说绝无仅有"。[2]

在课程设置与教学实践上，当时中国高校的外语系一味地模仿英美。在作者看来，这样"东施效颦"的做法，无疑是割裂了文化与国情的有机联系。这是当时外语系迟迟不能踏上学术途径的最大致命伤。由于东西对立的观念，国人向来就把大学中的国文系与外文系看成对立或互不相关的两系。如在外语系，师生双方"对本国文化尚欠认识"。[3] 学生除了修习一年普通国文以外，几乎和本国文字绝缘。在作者看来，"这两系在名义上似系相反，实质上却是最应相成的"。[4] 作者引用民国十二年梁启超对清华学校出洋学生的忠告：出国去的，不拘是学矿学工程或学其他门类，某一部分中国典籍是人人必读的。由此，作者指出，应加强学生两方面能力的培养："阅读原作的理解力（包括外文根基与文学鉴赏上的修养）与著述或译文的传达力（包括本国文字的修养与运用）。"而文学是浓缩的文化精华，外语系的学生在读期间："除应令其多多精读西洋名著外，尤须鼓励他们不疏忽本国古籍的浏览与当代文选的涉猎。"只有这样，才能"站在自己的文化观点去批判西方文化；藉摄取西方文化的精华

---

[1] 盛澄华：《试说大学外国语文学系的途径》，《周论》1948 年第 1 卷第 6 期。
[2] 同上。
[3] 同上。
[4] 同上。

来弥补并滋养本国文化所患的虚弱"。① 最后，作者这样写道："总之，欲再造中国在学术上固有的光荣，对本国文化的认识已成当前急务。"②

此外，闻一多也认为，在历史演进的进程中，许多原来中西分设的学系都已合流，唯独文学与语言依然是中西对立、各不相干的两系。这不但是旧制度下中西对立、语文不分的产物，同时也是近百年来中国半殖民地、半封建社会残余意识的体现，其阻碍了中西文化的融会贯通。所以，闻一多主张打破中西的空间阻隔与对立，建议"将现行制度下的中国文学系（文学组、语言文字组，它以文学为主，文字学是其附庸）与外国语文学系改为文学系（中国文学组、外国文学组）与语言学系（东方语言组、印欧语言组）"。③ 文学系专门研究文学，语言学系专门训练语言文字，这也是现在中文系与外语系的分工。但在梁实秋看来，这样的办法虽有一定道理，但它只是找到了问题的症结，而并没有解决问题的关键。"须知文学研究与文字训练，在性质上并没有冲突。文字训练是文学研究的必须准备，二者并不是对立的。如果分为两组，则不但文学研究失去了凭借，而且语言文字组如果专门以训练实用人才为目的，也根本不能成为大学的一部门。"④

梁实秋在《论外国语文系及其课程》提出两种解决方案：第一种取消外国语文系，组织外国语委员会，直属于文学院，专门负责训练全校学生外国语的责任。这个委员会的目的很单纯，就是训练作为一种求学工具的外国语文。它不需要文学课程，多开班数，每班人数最好不超过二十人，旨在提高学生外国语言的运用能力。那么，外国语文系取消之后，它的课程着落如何呢？梁实秋认为，其中的文学课程可归并到中国文学系（中国文学系应该为文学系），如"英国文学史""文学概论""文学批评""欧洲名著选读""英诗选读""小说选读""戏剧选读"等。梁实秋指出："这对于中国文学系也有好处，现在研究中国文学，也应该多多参考外国文学的作品与理论，可以扩张眼界，吸取新的方法，引进新的感兴。"⑤ 其中比较高深的课程，如"分期英国文学研究""英国文学名家全

---

① 盛澄华：《试说大学外国语文学系的途径》，《周论》1948年第1卷第6期。
② 同上。
③ 闻一多：《调整大学文学院中国文学、外国语文学二系机构刍议》，《国文月刊》1948年第36期。该文是朱自清先生在整理闻一多先生遗稿的基础上连缀而成。
④ 同上。
⑤ 梁实秋：《论外国语文系及其课程》，《高等教育季刊》1941年第3期。

集选读""专家研究"等可归入研究所。"凡是有充分师资及设备能开这些高深课程的学校，就应该有力量在研究所里开设外国文学部，因为研究所的指导人员本来就是大学的教授，并非另聘而来。有志研究外国文学的学生应该在文学系之后，或具有同等学力，考进研究所。研究所里应该有几位以终身研究外国文学为职业的教授，他们一面自己研究，一面指导少数有希望的研究生。这种办法，如果假以时日，我想可以使中国人研究外国文学的成绩水准渐渐提高。"① 按照这样的安排，虽然外国语文系被取消，但它的课程并没有落空。

梁实秋认为，上述办法也许太过激进。于是，他又提出一种比较温和的解决方案。其要点有二。第一，应大大缩减外国语文系的数目。据梁实秋统计，当时全国公私立高校共设有三十一个外国语文系，这导致了外国文学研究人才的分散。所以"将办理比较不善的外国文学系尽量裁撤。大盖全国设六七个外国语文系，也尽够了。无论如何也不能超过十个，将来人才充分时，不妨再添"。② 外国语文系减裁之后，则凡保留外国语文系的大学均宜设文科研究所外国文学部。在这些研究所里，教授与研究生同等重要，而且教授自己应先做起研究工作，以为示范。大学培养学生尤须培养教授，因为教授就是较高阶段的学生。梁实秋指出，当时我国有许多学会，唯独没有"外国文学学会"；有许多学术刊物，唯独没有专门学术性的外国文学刊物，这就表明外国文学研究人才不够。第二，应修正现行外国语文系的科目表。因为现有科目表不利于使学生达到研究文学的目的，也不能使学生熟练地进行文字工具的训练。其本意是双方兼顾，而事实却两者皆失。这两方面必须有一方退让，在梁实秋看来，"当然是应该文学方面让步，因为62学分即是全用在文学研究上亦不见得能有成效，但在文字训练方面多加上些学分便可切实收效。修改科目表，侧重文字训练"。③

为推动民国时期外国文学研究的发展，当时的中国学者对于为什么要研究、怎样研究、研究时注意哪些事项、如何培养研究人才等诸多方面展开了有效的探讨。从伍蠡甫、邱韵凯、高昌南的同名论文《怎样研究西洋文学》、柳无忌的《西洋文学的研究》与《东方头脑与西洋文学》、余秋

---

① 梁实秋：《论外国语文系及其课程》，《高等教育季刊》1941年第3期。
② 同上。
③ 同上。

楠《中国学生对于研究西洋文学应有的认识》、梁实秋的《论外国语文系及其课程》等代表性的研究成果表明，20世纪30—40年代的中国学者从自身对外国文学研究的实践出发，或从本体层面，或从教学环节，或从学科设置等方面，表达了对当时中国外国文学研究现状的考量。他们提出的问题与解决方案，对当今的外国文学教学与研究具有一定的借鉴和启示意义。

结　　论

　　本书之所以择取民国时期的外国文学研究作为独立研究对象，主要基于两点。第一，民国时期的特殊性。与西学激荡下晚清学界的躁动不安和"十七年"国家意识形态控制下的中西文化对峙相比，民国时期缺乏高度统一的意识形态，在多元共生、百家争鸣的局面中，外国文学成为中国学界表达自身文学想象的有效资源，从中我们可以了解当时国人如何配置外来文学资源，从而为目前的外国文学学术史研究提供史料线索。如俄苏文学的确是中国外国文学研究者的"朋友和导师"，"走俄国的路"是中华人民共和国成立后外国文学研究的主导态势；美国文学因其现代、自由的特征，成为中国学者在20世纪30—40年代用力颇多的又一外来文学资源等。中华人民共和国成立后，这种多元共生的外国文学研究局面转变为"重视苏联社会主义现实主义文学，重视欧洲现实主义和积极浪漫主义文学，特别是俄国批判现实主义文学，重视东欧被压迫民族的文学"[①]的单边格局，阶级性、人民性成为"十七年"外国文学引介与研究的主要话语。第二，从整体上对民国时期的外国文学研究进行系统的爬梳和整理，以呈现其学术轨迹的研究与探讨，在本学科领域是个薄弱环节，望本书的写作能使更多学者投入民国时期外国文学学术史的研究工作中。以现在的眼光去衡量，民国时期外国文学研究确实存在一定的局限性，但其在外国文学学术和学科发展历程中的意义和价值，并不能因此而受到低估和忽视，它是我们梳理外国文学学术史、回顾外国文学学科沿革时，不可绕过的历史路径。

　　本书以民国时期主要文学期刊史料为基础的实证研究表明，该时段的外国文学研究成果具有自身的特点，如它总是与中国的现实问题相结合，

[①] 卞之琳等：《十年来的外国文学翻译和研究工作》，《文学评论》1959年第5期。

表现出强烈的社会参与意识；同时，它也有着浓厚的学术化气息与学院派研究的特征。但是，民国时期的外国文学研究成果非但没有进入或转化为当今外国文学学科建设的资源，反而受到学界不同程度的异议。有学者认为："从鲁迅的《摩罗势力说》开始，1949年前的外国文学研究还是刚刚撒下了一些种子的荒漠般的园地。而且这块园地一直为国民党经院所控制。总体说来，它实际上是一块有待开发的处女地。外国文学研究方面的一些零星点缀多半只是摆摆样子。如果游学欧美等国中国留学生的习作（包括个别不曾翻译成中文的博士学位论文）可以忽略不计，那么勉强算得上研究的只有极少数学术刊物登出的很少几篇文章。由于立场、观点、方法等的局限。加之材料的阙如，那些文章大都是根据外国老师的著书依照画葫芦画出来的，缺乏独立之精神、自由之思想。一般刊物上固然也可以见到一些从个人好恶出发、凭个人印象谈论西方作品的文章，但即使偶有见地，也缺乏系统性和可信性，难于归入研究之列。即使是完全体现西方立场的'著作'也极为罕见。"[①] 从本书收集的资料与具体的写作实践看，此论还有待于商榷。

第一，民国时期，外国文学对于中国新文学与新文化建设的贡献是不言而喻的，中国知识界正是通过外国文学这扇窗，眺望着自身之外的遥远世界，也想象着民族国家建构的美好图景。在此过程中，正如李何林在《近二十年中国文艺思潮论》中谈道："中国的文艺思想，或多或少的反映了欧洲各国从十八世纪以来所有的各文艺思想流派的内容，即浪漫主义、自然主义、写实主义（现实主义）、颓废派、唯美派、象征派……但是，人家以二三百年的时间发展了的这些思想流派，我们缩短为二十年，来反映它，所以各种'主义'或'流派'的发生与存在的先后与久暂，不像欧洲各种文艺思潮的界限较为鲜明和久长；或同时存在，或昙花一现的消失。"[②] 不可否认，时空压缩是民国时期外国文学引介与研究的时代特征，在一定范围内也确实存在这样或那样的散漫和无序，甚至也出现

[①] 陈众议编：《当代中国外国文学研究（1949—2009）》，中国社会科学出版社2011年版，第91页。

[②] 刘增杰：《云起云飞：20世纪中国文学思潮研究透视》，上海文艺出版社1997年版，第304页。

过抄袭或编译的现象。1933年,赵景深在《逐臭集:答残月谈世界文学史》①一文中谈到,余慕陶的《世界文学史》对其相关著作的抄袭;1938年,周骏章的《金东雷:〈英国文学史纲〉》②也谈到该作在编写与翻译等方面的问题。但是,从另外一个角度看,与中华人民共和国成立后到新时期这30年政治意识形态与阶级斗争的高度集中,对于外国文学引介与研究的严重束缚相比,民国时期虽间或有国民党严格的书报检查,但总的看来,此时的外国文学引介与研究是在一种自由自在的状态中展开的,或随着社会话语转变而不断地自我更新,或远离阶级、政治的尘嚣而回归自我。可以说,民国时期的外国文学引介与研究充分显示了研究者自己的真实观点,其本身就不是为系统性、有序性而存在,不似现在有专门的外国文学学会与专业的外国文学研究期刊,会定期或不定期讨论外国文学界的相关热点问题。民国时期,名目繁多的各种期刊都会或多或少地探讨外国文学。其中,既有如本书所重点论述的《小说月报》《现代》《时

---

① 赵景深:《逐臭集:答残月谈世界文学史》,《老实话》1933年。原文大概:对于余慕陶先生的学识,早就知道是不凡的,例如他在《大众文艺》上做过一篇文章,谈到美国的新兴文学,以为只有辛克莱、贾克伦敦、哥尔德等四人。这样多么痛快,什么新群众的一些作家,都不妨一笔勾销。残月说,"赵景深老哥如看过这一本'像样'的大作的话,总可以心照吧"。似乎在说起"不宜"。其实我虽是滥好人,人家用了我的著作的大半部,总不能默默无言,所以也就"宜"了一下:"余慕陶的《世界文学史》一字不易的拿剪刀来剪赵景深的《中国文学小史》以及别的书。"(见最近的徽音月刊拙作《中国文学史书目解题》)但是,话又说回来,余先生究竟是可感谢的,他能下顾到我那本"像样"的小书,十年前的旧著,我实在感到万分的荣幸。再过十年二十年,我的书一定会被淘汰,而余先生的大著竟流传下去,使我的一点点文艺私见得附余先生的骥尾而传世,那就尤其感到荣幸了!感谢之余,谨将二书雷同(不敢说是人家偷我的,将来人家也不妨说我是偷他的)之处,表列如下(表从略)。表写完后,再附好评一个,替自己的著作吹嘘一下:"拙著与辛克莱专家唯物史观的世界文学史'英雄所见略同',足见本书之价值。"

② 周骏章:《金东雷:〈英国文学史纲〉》,《宇宙风》1938年第63期。原文大概:题字的是两位名流,蔡元培和蒋梦麟。作者认为,序文所言似通非通。第一篇说:不但中国人须读此书,"尤其是英国人,应当买来读读,可以使他们明了研究英国人内心生活及文学价值的学者,中国是大有人在!"这简直是无耻的狂吆!作者看来,"恐怕英国人买这本书来读,要把大有人在的中国学术界,看得一文不值"。第二篇说:金先生为"为一般爱好英国文学的人"而作此书;"在这爱好英国文学的队伍里头,站在高高一端的有专攻英文学的学者,站在矮的一端的有初学英语的学生,而站在矮的一端的朋友们"捧读金先生的"史纲",尤为适宜。作者怀疑,站在矮的一端的人,完全盲从此书,将来是否有"长高的可能"。本书错误百出,文学流畅,因此文字虽然流畅,也只得光彩毫无了。我们认为内容(里)第一,文字(表)其次。该文指出《英国文学史纲》的错误:译名错误、引证错误、叙事错误。如金先生遇见自己不懂的名词,就胡乱译音,敷衍了事。耶稣在最后的晚餐时所用的"圣杯"(Holy Grail)严格地说,应译为"圣盘",被金先生译为"圣·葛来儿"。本书依据的参考书,有许多不足为凭。并且在注解中所列的英文书籍似乎,有十分之九他尚未披阅;而他所浏览的只是几部文学史而已。以上所述,只是触目惊心的大错,其他讹误、矛盾和遗漏之处,更仆难数。

与潮文艺》等重要期刊，以专号、特辑的形式刊载外国文学研究论文；又有像《长虹周刊》《春秋》《大风》等这样知名度较低的期刊会对此产生兴趣。所以，该时段的外国文学研究的确是比较零散，缺乏系统性。但总的看来，这种散漫、无序的原生状态，显示了外国文学研究的原初状态，也恰恰说明了民国时期"独立之精神，自由之思想"的学术氛围，体现了民国时期对于外国文学具有普遍的社会诉求。

第二，民国时期的外国文学研究虽然受到苏联或欧美知识界的影响，中国的外国文学工作者或将之转译，或在自己的论文中将之重复，这的确是存在的现象。但是，这并不表明此时的外国文学研究就是苏联或欧美知识界的"复读机"。从本书所分析的原创的外国文学研究论文可以看出，民国时期的外国文学研究总是与该时段中国文学与革命的现实问题紧密结合的，从而体现出极强的主体性。在对待外来文学资源的态度上，鲁迅的"拿来主义"与毛泽东的"批判地继承"，传达了中国学界明确的外国文学观。尤其是在柳无忌的《西洋文学的研究》一文中，重点论述了民国时期研究西洋文学的主要目的：其一，要从文学作品中介绍欧美的思想和文化；其二，要吸取西洋文学研究的方法和技巧来研究中国文学；其三，促进中国新文学的创造。这种"为我所用"的姿态，表达了民国时期的外国文学研究者明确的主体意识。由此，民国时期的外国文学研究大多立足于中国社会的现实需要，从而趋向于社会政治层面，在一定程度上具有明显的功利性。这与晚清梁启超将日本政治小说作为启蒙救亡的工具一脉相承，正如瞿秋白所言："我们决不愿意空标一个写实主义或象征主义、新理想主义来提倡外国文学，只有中国社会所要求我们的文学才介绍——使我们中国社会里一般人都能感受都能懂的文学才介绍。"① 周扬也指出："在这种非常时期，我们的文学研究，从最初一课到《最后一课》，都应当为了救中国。"② 同时，站在纯学术本位的"为研究而研究"也是部分学者的个人选择。从叶公超对艾略特的研究、盛澄华对纪德的研究、李健吾对福楼拜的研究、梁实秋对莎士比亚的研究等，则显示了从学术学理层面所进行的系统研究也是很多学者自觉的学术追求。虽然这些带有学术化倾向的研究，只占民国时期外国文学研究的一小部分，但是这些成果在今天看来，仍然具有一定的意义和价值。以现

---

① 瞿秋白：《俄罗斯名家短篇小说集·序》，新中国杂志社1920年版，见《瞿秋白文集》第2卷，人民文学出版社1985年版，第248—249页。

② 周扬：《非常时期的文学研究纲领》，《读书生活》1936年第3卷第7期。

在的眼光去衡量民国时期的外国文学研究，其中有些确实存在一定的局限性，但其中有很多研究成果也是现今所未能超越的，正如如钱林森在《法国作家与中国》中认为"50多年后的我们仍感到，在中国的许多研究者所砌的攀向纪德的无数面墙中，只有纪德最接近纪德。这面高墙，至今仍无法、无人逾越"。① 最能体现中国特色外国文学研究的是以林纾为代表的知识分子，将中国传统诗学话语用之于外国文学研究，这成为中国百年外国文学学术史上的一抹亮色。关于"外国文学介绍与研究"的争论，以及"怎样研究西洋文学"的探讨，表明民国时期的中国学者，对于外国文学学术研究与学科建设等方面的倾力关注。

第三，民国时期外国文学研究者的队伍极为庞大，留学生、翻译家、评价家、社会活动家、报社编辑、高校教师等构成外国文学研究的主力。大多数外国文学研究者往往集翻译、研究、编辑、创作等多重身份于一身，或长期或短暂或偶然从事外国文学研究工作。尤其是经过欧风美雨沐浴的留学生如吴宓、柳无忌、叶公超、盛澄华、梁实秋、俞大絪、李健吾等，他们既具有扎实的国学基础，又接受了西方现代高等教育和学术研究的系统训练，这种"承受者和集成者"的特殊身份，使他们对于外国文学蕴含的深层意蕴，具有较为深刻的体悟。留学生群体不同的价值取向，呈现出辨识度极高的外国文学研究印痕，如欧美留学生偏向自由主义、苏俄留学生倡导社会主义现实主义、日本留学生倾心左翼视角等。他们从各自的视角出发，使民国时期多元化外国文学研究图景的演绎成为可能。从个体看，民国时期的"通才"们具有宽广的世界文学视野，学贯中西，其知识背景、理论功底和学术情怀，是目前一些外国文学研究者所不及的。从整体看，他们在一定程度上形成了民国时期外国文学的研究队伍，且培养了中华人民共和国成立后的一大批外国文学研究专家。如在吴宓的主持下，清华外文系培养出一批学贯中西的博雅之士，② 如钱锺书、季羡

---

① 钱林森：《法国作家与中国》，福建教育出版社1995年版，第552页。此观点仍适用于现在。

② 1932年4月11日，吴宓在清华大学纪念周上，曾作题为"外国文学系课程编制大旨"的讲演，强调学生应贯通中西学问，他说："本系学生毕业后，其任教员，或作高深之研究者，固有其人。而若个人目的在于（1）创造中国之新文学，以西洋文学为源泉为圭臬，或（2）编译书籍，以西洋之文明精神极其思想介绍传布于中国，又或（3）以西文著述，而传布中国之文明精神或文艺思想于西洋，则中国文学史学之知识修养均不可不丰厚。故本系注重与中国文学系联络共济。"齐家莹编：《清华人文学科年谱》，清华大学出版社1999年版，第117页。

林、李健吾、李赋宁等。从师承关系上，也不能轻易否定民国时期的外国文学研究。

同时，民国时期还有很多昙花一现的外国文学研究者。从笔者所查找的期刊史料来看，他们的外国文学研究同样也应受到重视，如漫铎的《世界文学发展的鸟瞰》、杨亦曾的《近代世界文学潮流》。杨亦曾1897年出生于湖南省新华县，号仁甫，写作该文时年仅22岁，并任《新群》的责任编辑，但因疾病缠身，杨亦曾不幸于1921年4月去世。该文并未因其英年早逝而失去其的意义与价值。在民国时期的外国文学研究史上，杨亦曾是较早详细介绍、研究世界文学的学者之一。在陈独秀、胡适、周作人、茅盾、施蛰存等熠熠发光的文化精英之外，我们更应关注像杨亦曾这样默默无名的普通大众对于外国文学研究的贡献，虽然他们中的大多数连身份都无从考证。正是这些"无名者"的大量参与，才造就了民国时期数量众多的外国文学研究成果。这体现了民国时期对于外来文学与文化具有极为普遍的社会需求，也为我们了解特定时代的社会心态提供了丰富的线索。不论是社会精英还是无名大众，他们均以各自特有的视角，使民国时期的外国文学研究呈现出多元化的丰富场景。

所以，从研究实绩与师承关系等方面看，我们应本着"同情之理解"的态度看待民国时期的外国文学研究。

参考文献

一 文学期刊类

《北斗》
《创造周报》
《法国文学》
《黄钟》
《国立武汉大学文哲季刊》
《抗战文艺》
《萌芽》
《民族文学》
《清华学报》
《时与潮文艺》
《世界文学》
《世界文学季刊》
《狮吼》
《拓荒者》
《文学》
《西洋文学》
《现代》
《现代文学评论》
《小说月报》
《新青年》
《新月》
《学衡》
《学生杂志》

《战国策》
《真善美》
《中原》

二 专著

艾晓明：《中国左翼文学思潮探源》，湖南文艺出版社1991年版。

安敏成：《现实主义的限制》，江苏人民出版社2011年版。

包天笑：《钏影楼回忆录》，中国大百科全书出版社2009年版。

北京图书馆编：《民国时期总书目1911—1949》（文学理论·世界文学·中国文学），书目文献出版社1992年版。

［法］布尔迪厄：《文学场的生成和结构》，刘晖译，中央编译出版社2001年版。

蔡元培：《中国新文学大系导论集》，岳麓书社2011年版。

陈福康：《郑振铎论》，商务印书馆1991年版。

陈建功：《百年中文文学期刊图典》，文化艺术出版社2009年版。

陈建华：《二十世纪中俄文学关系》，高等教育出版社2002年版。

陈建华：《中国俄苏文学研究史论》，重庆出版社2007年版。

陈平原：《中国现代学术之建立》，北京大学出版社1998年版。

陈平原：《作为学科的文学史》，北京大学出版社2011年版。

陈铨：《中德文学研究》，辽宁教育出版社1997年版。

陈学恂《中国近代教育史教学参考资料》，人民教育出版社1986年版。

陈众议：《塞万提斯学术史研究》，译林出版社2011年版。

陈众议编：《当代中国外国文学研究》，中国社会科学出版社2011年版。

陈子善编：《施蛰存七十年文选》，上海文艺出版社1996年版。

陈子善编：《叶公超批评文集》，珠海出版社1998年版。

陈子善编：《周作人集外文1904—1925》，海南国际新闻出版中心1995年版。

陈占彪：《中国现代文学研究的学术转型》，南京大学出版社2009年版。

程光炜主编：《大众媒介与中国现当代文学》，人民文学出版社2005

年版。

戴望舒:《丁香空结雨中愁》,古吴轩出版社 2012 年版。

戴燕:《文学史的权力》,北京大学出版社 2002 年版。

丁尔纲:《茅盾:翰墨人生八十秋》,长江文艺出版社 2000 年版。

丁亚平:《一个批评家的批评历程》,上海文艺出版社 1990 年版。

董丽敏:《革新时期的〈小说月报〉研究》,广西师范大学出版社 2006 年版。

范伯群:《1898—1949 中外文学比较史》,江苏教育出版社 2007 年版。

范劲:《德语文学符码和现代中国作家的自我问题》,华东师范大学出版社 2008 年版。

范智红:《世变缘常:四十年代小说论》,人民文学出版社 2002 年版。

方长安:《选择·接受·转化》,武汉大学出版社 2003 年版。

方壁等:《西洋文学讲座》,上海书店 1990 年版。

[美] 费正清主编:《剑桥中华民国史》,上海人民出版社 1991 年版。

冯至:《冯至学术论著自选集》,北京师范学院出版社 1992 年版。

[法] 福柯:《知识考古学》,谢强译,三联书店 2004 年版。

高玉:《话语视角的文学问题研究》,中国社会科学出版社 2009 年版。

戈宝权:《戈宝权比较文学论文集》,北京出版社 1992 年版。

葛桂录:《中英文学关系编年史》,上海三联书店 2004 年版。

龚海燕编:《海上文学百家文库:蔡元培、陈独秀、胡适卷》,上海文艺出版社 2010 年版。

龚翰熊:《西方文学研究》,福建人民出版社 2005 年版。

郭延礼:《中国近代翻译文学概论》,湖北教育出版社 1998 年版。

韩晗:《寻找失踪的民国杂志》,华中科技大学出版社 2012 年版。

韩一宇:《清末民初汉译法国文学研究》,中国社会科学出版社 2008 年版。

何辉斌等:《20 世纪浙江外国文学研究史》,浙江大学出版社 2009 年版。

贺桂梅:《批评的增长与危机》,山西教育出版社 1993 年版。

侯宜杰：《梁启超文选》，百花文艺出版社2006年版。
胡适：《胡适留学日记》，安徽教育出版社1999年版。
胡适：《胡适学术文集》，中华书局1993年版。
胡先骕：《胡先骕文存》，江西高校出版社1995年版。
黄念然：《20世纪中国古代文论研究史·文论卷》，东方出版社2006年版。
季剑青：《北平的大学教育与文学生产1928—1937》，北京大学出版社2011年版。
季进：《陈铨：异邦的借镜》，文津出版社2005年版。
季进编：《李欧梵论中国现代文学》，三联书店2009年版。
贾植芳：《中外文学关系史资料汇编》，广西师范大学出版社2004年版。
姜义华：《胡适学术文集·新文学运动》，中华书局1993年版。
教育部编：《全国专科以上学校教员专题研究概览》，商务印书馆1937年版。
教育部编：《全国专科以上学校要览》，正中书局1942年版。
金观涛：《中国现代重要政治术语的形成》，法律出版社2009年版。
金理：《从兰社到〈现代〉》，东方出版社2007年版。
孔慧怡：《翻译·文学·文化》，北京大学出版社1999年版。
雷蒙·威廉斯：《关键词：文化与社会的词汇》，刘建基译，三联书店2005年版。
李春林：《鲁迅与外国文学关系研究》，吉林人民出版社2003年版。
李凤吾：《中国现代文学大事记》，吉林大学社会科学学报编辑部，1981年。
李今：《三四十年代苏俄汉译文学论》，人民文学出版社2006年版。
李静：《〈新青年〉杂志话语研究》，天津大学出版社2010年版。
李欧梵：《上海摩登——一种新都市文化在中国（1930—1945）》，人民文学出版社2010年版。
李叔同：《李叔同全集》，东方出版社2008年版。
李喜所：《近代中国的留学生》，人民出版社1982年版。
李杨：《文学史写作中的现代性问题》，山西教育出版社2006年版。
李玉珍：《文学研究会资料》，知识产权出版社2010年版。

李振声编：《梁宗岱批评文集》，珠海出版社1998年版。
梁启超：《清代学术概论》，上海世纪出版集团2005年版。
林薇：《百年沉浮——林纾研究综述》，天津教育出版社1990年版。
林伟明：《中国左翼文学思潮》，华东师范大学出版社2005年版。
林祥主编：《世纪老人的话：施蛰存卷》，辽宁教育出版社2003年版。
刘登阁：《西学东渐与东学西渐》，中国社会科学出版社2000年版。
刘禾：《跨语际实践》，三联书店2002年版。
刘宏权主编：《中国百年期刊发刊词600篇》，解放军出版社1996年版。
刘增人：《中国现代文学期刊史论》，新华出版社2005年版。
柳和城：《孙毓修评传》，上海人民出版社2011年版。
柳珊：《1910—1920年间的〈小说月报〉研究》，百花洲文艺出版社2004年版。
柳无忌：《西洋文学研究》，中国友谊出版公司1985年版。
鲁迅：《鲁迅文集》第7卷，黑龙江人民出版社1995年版。
鲁迅：《译文序跋集》，人民文学出版社2006年版。
罗岗：《危机时刻的文化想象》，江西教育出版社2005年版。
罗岗编：《梅光迪文录》，辽宁教育出版社2001年版。
罗志田：《近代读书人的思想世界与治学取向》，北京大学出版社2009年版。
马良春编：《三十年代左翼文艺资料选编》，四川人民出版社1980年版。
毛庆耆：《中国文艺理论百年教程》，广东高等教育出版社2004年版。
茅盾：《茅盾全集》第18卷，人民文学出版社1989年版。
茅盾：《茅盾文艺杂论集》，上海文艺出版社1981年版。
茅盾：《世界文学名著杂谈》，百花文艺出版社1980年版。
茅盾：《西洋文学讲座》，上海书店1990年版。
茅盾：《西洋文学通论》，书目文献出版社1985年版。
梅铁山编：《梅光迪文存》，华中师范大学出版社2011年版。
孟昭毅：《中国翻译文学史》，北京大学出版社2005年版。

倪正芳：《拜伦与中国》，青海人民出版社2008年版。

钱谷融编：《林琴南书话》，浙江人民出版社1999年版。

钱林森：《法国作家与中国》，福建教育出版社1995年版。

商金林编：《朱光潜批评文集》，珠海出版社1998年版。

沈卫威：《"学衡派"谱系：历史与叙事》，江西教育出版社2007年版。

沈卫威：《回眸"学衡派"》，人民文学出版社1999年版。

沈卫威：《吴宓与〈学衡〉》，河南大学出版社2000年版。

沈永宝编：《林语堂批评文集》，珠海出版社1998年版。

施蛰存：《北山散文集（一）》，华东师范大学出版社2001年版。

施蛰存：《北山四窗》，上海文艺出版社2000年版。

施蛰存：《沙上的脚迹》，辽宁教育出版社1995年版。

施蛰存：《施蛰存序跋》，东南大学出版社2003年版。

施蛰存：《施蛰存学术文集》，上海人民出版社2012年版。

施蛰存：《往事随想·施蛰存》，四川人民出版社2000年版。

施蛰存：《文艺百话》，华东师范大学出版社1994年版。

时萌：《曾朴研究》，上海古籍出版社1982年版。

书目文献出版社：《小说月报索引1921—1931》，书目文献出版社1984年版。

舒新城编：《中国近代教育史资料》中册，人民教育出版社1981年版。

舒允中：《内线号手：七月派的战时文学活动》，三联书店2010年版。

宋炳辉：《弱势民族文学在中国》，南京大学出版社2007年版。

宋祥瑞编：《杨晦文学论集》，北京大学出版社1985年版。

苏云峰：《从清华学堂到清华大学1911—1929》，三联书店2001年版。

孙郁：《苦境：中国文化怪杰心录》，辽宁人民出版社1997年版。

孙郁：《在民国》，浙江人民出版社2008年版。

孙毓修：《欧美小说丛谈》，商务印书馆1916年版。

孙中田：《茅盾书信集》，文化艺术出版社1998年版。

唐沅等编：《中国现代文学期刊目录汇编》，知识产权出版社2010

年版。

王德威：《写实主义小说的虚构》，复旦大学出版社 2011 年版。

王光和：《西方文化影响下的胡适文学思想》，四川大学出版社 2011 年版。

王济民：《晚清民初的科学思潮和文学的科学批评》，中国社会科学出版社 2004 年版。

王建开：《五四以来我国英美文学作品译介史》，上海外语教育出版社 2003 年版。

王锦厚：《五四新文学与外国文学》，四川大学出版社 1989 年版。

王奇生：《中国留学生的历史轨迹》，湖北教育出版社 1992 年版。

王泉根主编：《多维视野中的吴宓》，重庆出版社 2001 年版。

王友贵：《翻译西方与东方：中国六位翻译家》，四川人民出版社 2004 年版。

王钟陵编：《二十世纪中国文学史论文精粹（文学史方法论卷）》，河北教育出版社 2000 年版。

卫茂平：《德语文学汉译史考辨》，上海外语教育出版社 2004 年版。

温儒敏：《中国现当代文学学科概要》，北京大学出版社 2005 年版。

温儒敏：《文学史的视野》，人民文学出版社 2004 年版。

温儒敏编：《战国策派文化论著辑要》，中国广播电视出版社 1995 年版。

吴俊：《中国现代文学期刊目录新编》，上海人民出版社 2010 年版。

吴晓明编：《鲁迅文选》，上海远东出版社 2011 年版。

吴元迈：《吴元迈文集》，上海辞书出版社 2005 年版。

夏晓虹：《觉世与传世——梁启超的文学道路》，中华书局 2006 年版。

谢天振、查明建主编：《中国现代翻译文学史》，上海教育出版社 2004 年版。

徐静波编：《梁实秋批评文集》，珠海出版社 1998 年版。

徐懋庸：《文艺思潮小史》，生活书店 1948 年版。

徐迺翔：《中国新文艺大系（1937—1949）》理论史料集，中国文联出版公司 1996 年版。

徐志啸：《近代中外文学关系》，华东师范大学出版社 2000 年版。

许怀中：《中国现代文学史研究史论》，厦门大学出版社 1997 年版。

许纪霖：《20世纪中国知识分子史论》，新星出版社2005年版。
许钧：《20世纪法国文学在中国的译介与接受》，湖北教育出版社2007年版。
薛其林：《民国时期学术研究方法论》，湖南人民出版社2002年版。
薛绥之：《林纾研究资料》，福建人民出版社1983年版。
颜湘茹：《层叠的现代〈现代〉杂志研究》，中山大学出版社2011年版。
杨联芬：《二十世纪中国文学期刊与思潮》，百花洲文艺出版社2006年版。
杨晓明：《梁启超文论的现代性阐释》，四川民族出版社2002年版。
杨扬：《茅盾早期文学思想研究》，华东师范大学出版社1996年版。
杨扬编：《周作人批评文集》，珠海出版社1998年版。
杨义编：《二十世纪中国翻译文学史》，百花文艺出版社2009年版。
叶嘉莹：《王国维及其文学评论》，河北教育出版社2000年版。
叶隽：《现代学术视野中的留德学人》，同济大学出版社2004年版。
叶隽：《德语文学研究与现代中国》，北京大学出版社2008年版。
易升运：《西学东渐与自由意识》，湖南人民出版社1988年版。
易鑫鼎编：《梁启超选集》，中国文联出版社2006年版。
尹康庄：《20世纪中国文学主流话语研究》，中国社会科学出版社2006年版。
袁荻涌：《二十世纪初中外文学关系研究》，中国文史出版社2002年版。
中国外国文学学会编：《外国文学研究60年》，浙江大学出版社2010年版。
张大明：《三十年代左翼文艺思潮选编》，四川人民出版社1980年版。
张大明：《西方文学思潮在现代中国的传播史》，四川教育出版社2001年版。
张燕瑾编：《20世纪中国文学研究论文选》，社会科学文献出版社2012年版。
张一兵：《问题式、症候阅读与意识形态：关于阿尔都塞的一种文本学解读》，中央编译出版社2003年版。

张正吾选注:《中国近代文学作品系列·文论卷》,海峡文艺出版社1992年版。

张志庆:《欧美文学史论》,科学出版社2002年版。

赵淳:《话语实践与文化立场》,南京大学出版社2008年版。

郑春:《留学背景与中国现代文学》,山东教育出版社2002年版。

郑振铎:《文学大纲》,商务印书馆1998年版。

周葱秀:《中国近现代文化期刊史》,山西教育出版社1999年版。

周立波:《三十年代文学评论集》,上海文艺出版社1984年版。

周立波:《周立波鲁艺讲稿》,上海文艺出版社1984年版。

周棉:《中国留学生人辞典》,南京大学出版社2000年版。

周为筠:《杂志民国:刊物里的时代风云》,金城出版社2009年版。

周锡山编:《王国维集》第2册,中国社会科学出版社2008年版。

周作人:《近世欧洲文学史》,团结出版社2007年版。

周作人:《欧洲文学史》,岳麓书社2010年版。

周作人:《知堂回想录》,河北教育出版社2002年版。

周作人:《知堂序跋》,中国人民大学出版社2004年版。

朱德发:《现代文学史书写的理论探索》,山东人民出版社2010年版。

庄钟庆:《茅盾的文论历程》,上海文艺出版社1996年版。

邹振环:《影响中国近代社会的一百种译作》,中国对外翻译出版公司1996年版。

三 期刊论文

卞之琳等:《十年来的外国文学翻译和研究工作》,《文学评论》1959年第5期。

巴彦:《三十年代的大型文学杂志——〈现代〉月刊》,《新文学史史料》1990年第5期。

陈众议:《外国文学学术史研究——"经典作家作品系列"总序》,《东吴学术》2011年第2期。

曹万生:《1930年代清华新诗学家的新批评引入与实践》,《西南师范大学学报》2005年第11期。

冯至:《从浮士德里的"人造人"略论歌德的自然哲学》,《哲学评论》1947 年第 10 卷第 6 期。

冯至：《浮士德里的鬼》，《学术季刊·文哲号》1943 年第 1 卷第 3 期。

冯至：《继承和发扬"五四"以来翻译界的优良传统》，《世界文学》1959 年第 4 期。

管兴平：《〈现代〉的现代品格》，《福建论坛》2005 年第 5 期。

管兴平：《〈现代〉的编辑策略》，《湖南大学学报》2005 年第 6 期。

戈宝权：《对纪念五四运动 70 周年的几点希望》，《世界文学》1989 年第 3 期。

葛红兵：《论"文学进化"》，《湖北民族学院学报》1996 年第 4 期。

葛桂录：《论王国维的西方文学家传记》，《贵州师范大学学报》2001 年第 4 期。

贺其颖：《苏俄与弱小民族》，《晨报·副刊》1923 年。

何辉炳：《论茅盾的进化论文学观》，《汉语言文学研究》2010 年第 9 期。

季进：《论陈铨对"民族精神"与"民族文学"的建构》，《江苏大学学报》2007 年第 3 期。

刘卫国：《"巴尔扎克难题"与中国左翼文学批评中的世界观论述》，《文学评论》2008 年第 2 期。

罗念生：《怎样研究希腊文学》，《商务印书馆出版周刊》1936 年第 223—224 期。

罗念生：《希腊神话》，《宇宙风》1936 年第 20 期。

罗念生：《埃斯库罗斯》，《宇宙风》1940 年第 23 期。

林精华：《中国的外国文学史建构之困境》，《外国文学研究》2012 年第 1 期。

林薇：《论林纾对近代小说理论的贡献》，《中国社会科学》1987 年第 6 期。

柳和城：《孙毓修和〈欧美小伙丛谈〉》，《出版史料》2004 年第 3 期。

刘增杰：《中国现代文学期刊研究的综合考察》，《河北学刊》2011 年第 11 期。

南帆：《个案与历史氛围》，《上海文学》1995 年第 11 期。

彭敏:《1930 年代我国高校文科教师》,《中国图书评论》2011 年第 10 期。

宋炳辉:《弱小民族文学的译介与中国文学的现代性》,《中国比较文学》2002 年第 4 期。

王健开:《翻译史研究的史料拓展:意义和方法》,《上海翻译》2007 年第 2 期。

王晓路:《事实·学理·洞察力——对外国文学传记式研究模式的质疑》,《外国文学研究》2005 年第 3 期。

倪文宙:《欧洲近百年史上之文学与文学家》,《小说月报》1941 年第 13—14 期。

闻家驷:《波德莱尔——几种颜色不同的爱》,《学文月刊》1934 年第 1 卷第 3 期。

吴鼎第:《文艺影响与世界文学观》,《学术界》1943 年第 1 卷第 3 期。

吴晓东:《现代"诗化小说"探索》,《文学评论》1997 年第 1 期。

吴岳添:《被遗忘的了法朗士》,《世界图书》1981 年第 3 期。

王友贵:《鲁迅的翻译模式与翻译政治》,《山东外语教学》2003 年第 2 期。

袁荻涌:《茅盾早期对西方文学的研究与介绍》,《贵州师范大学学报》2002 年第 2 期。

杨迎平:《论施蛰存的现代编辑思想及〈现代〉的现代性》,《文艺理论研究》2009 年第 1 期。

杨武能:《翻译、接受与再创造的循环》,《中国翻译》1987 年第 6 期。

余光中:《作者、学者、译者》,《外国文学研究》1995 年第 1 期。

袁可嘉:《五四运动后四十年来关于亚非各国文学的介绍和研究》,《北京大学学报》1959 年第 2 期。

赵凌河:《叶公超的文学思想与"新批评"理论》,《海南师范大学学报》2009 年第 5 期。

张洁宇:《"荒原"与"古城"——30 年代北平诗坛对〈荒原〉的接受和借鉴》,《中国现代文学研究丛刊》2000 年第 3 期。

诸葛瑾:《十八世纪前之法国戏剧》,《学术界》1943 年第 2 卷第

5 期。

左文：《论左联期刊的翻译作品》，《中国文学》2005 年第 2 期。

四 学位论文

陈婧：《论新时期外国文学史范式的建构与转型》，博士学位论文，华东师范大学，2013 年。

陈菊：《〈时与潮文艺〉与抗战时期的文学翻译》，硕士学位论文，西南大学，2006 年。

高志强：《〈小说月报〉（1921—1931）翻译文学初探》，博士学位论文，北京语言大学，2007 年。

刘波：《20 世纪上半叶中国民间文艺学基本话语的嬗变》，博士学位论文，复旦大学，2007 年。

卢玉玲：《文学翻译与世界文学地图的重溯——"十七年"英美文学翻译研究》，博士学位论文，复旦大学，2007 年。

王炜：《现代视野下的经典选择：1919—1999 年的汉语外国文学史研究》，博士学位论文，四川大学，2007 年。

温华：《外国文学研究话语的转型（1978—2000）——以五家学术期刊为讨论中心》，博士学位论文，华东师范大学，2013 年。

朱云生：《清末民初翻译文学与中国文学现代性的发生》，博士学位论文，山东大学，2006 年。

杨朔镔：《中国"世界文学史"写作的滥觞》，硕士学位论文，东北师范大学，2009 年。

后　　记

从遥远的"戈壁明珠"石河子，到繁华的"东方明珠"求学，又重回美丽的"塞上江南"宁夏。于我而言，这样的人生旅途不仅仅是一次次地理位置的迁徙流转，更是一级级学术视野的登高望远。其间包含的各种生命体验与学术历练，已成为我人生中最宝贵、最闪亮的回忆。

本书正是我学术生命的一个阶段性总结，是在我博士论文的基础上修改而成。主要以实证研究为主，在挖掘、整理、细读大量期刊史料的基础上，以求客观、全面地呈现民国时期外国文学研究的总体面貌与演变轨迹，及它在百年中国外国文学学术史中具有的不可或缺的地位与价值。由此，阐明民国时期的外国文学研究有着良好的基础和切实的成绩，并不是像有些学者所说的"几乎是一片空白"，从而达到为民国时期的外国文学研究"正名"的目的。谨此出版之际，衷心感谢曾经帮助、鼓励过我的各位前辈及同人们。

吾师陈建华先生为人谦和，学术视野开阔，每次与其交谈，如沐春风。从本书的选题、写作到完成，无一不凝聚了先生的心血。尤其是在本书写作的每个阶段，先生及时地评阅与鼓励，更是给予我莫大的精神支持。只是学生资质浅薄，未能有效地领悟先生的点化，本书还有很多问题有待于进一步补充、完善。在先生的学术训练与培养下，让我真正体会到坐冷板凳的苦与乐。正是先生引我进入外国文学学术史研究的领域，从而确立我以后学术研究的方向。"一日为师，终身为父"，先生严谨的学术态度与执着的学术追求，将继续伴随我前行。

感谢华东师范大学的殷国明、金衡山、范劲、杜心源、刘文瑾、田全金等老师对本书的框架结构以及诸多细节提出的宝贵意见。感谢陈大康、陈子善、王晓明、罗岗、朱国华等老师的课堂教学，打开了本书写作的研究思路。感谢北京大学的凌建侯老师、厦门大学的夏光远老师、南京大学的肖锦龙老师、上海大学的蔡翔老师、北京大学的李国华老师、宁波大学的肖丽华老师、河南大学的王鹏老师、华东师范大学的回达海老师、上海外国语大学的周琼老师以及上海图书馆的工作人员为本书写作提供大量的史料信息。

感谢北方民族大学文学与新闻传播学院左宏阁、席宁山、郭艳华等领导及同事们对本书给予的关心与帮助，在此过程中又鼓励我申报国家社科基金项目，为我的学术成长助力。感谢学院对本书出版的大力支持与资助。

一路走来，感谢家人对我无私的爱与无尽的包容，让我有更多的时间与精力投入到自己的学术研究中。一个人成长的背后是领导、同事、亲朋好友的默默关怀与付出，感恩生活、感恩生命。

史料研究是枯燥而又乏味的，但在细读近代中国期刊、报纸里关于外国文学研究的一排排竖行繁体字时，分分钟感受着学人们的学术热情与学术温度，仿佛是在和他们展开一场场跨越时空的历史对话。尤其是在发现一些深埋在历史烟尘中的史料时所产生的惊喜之情，更是常人所无法体会到的，或许这就是史料研究的高贵回报。在这一过程中，也引发自己思考清末民国时期外国文学是如何进入中国传统文化圈，被接受的文化语境是什么，外国文学作为一门学科如何在本土一步步落地生根，对它们进行知识考古是本书写作的出发点。运用史料还原外国文学学术研究、外国文学学科建设的历史现场是本书力求达成的目标。尽管本书在史料梳理上难免会有所疏漏，但正是这种"未完成性"是我继续从事该方面研究的重要动力，以期为中国外国文学学术史的研究贡献自己的绵薄之力。

杨克敏
2020 年春于雅和苑